FAUST ET MARGUERITE

TOME II

MICHEL MORPHY

FAUST ET MARGUERITE

TOME II

PARIS

JULES ROUFF ET Cⁱᵉ, ÉDITEURS

CLOITRE-SAINT-HONORÉ

Elle se dirigeait vers le foyer autour duquel toute la troupe de Bohémiens était réunie..
(Page 949.)

« C'est celle de... de Bertha, de la jeune fille que j'ai arrachée à la mort si heureusement pour son tendre ami...

La première pensée du docteur fut d'ébranler la cloison, qui le séparait de ces deux personnes amies... de signaler sa présence...

Puis il revint sur son idée... Peut-être ces coups allaient-ils les effrayer... les faire fuir...

Mieux valait attendre... A la nuit il reviendrait... il descellerait les briques...

— Ah ! — fit-il en replaçant son oreille contre le mur...

« Une autre voix... c'est celle d'un enfant... écoutons...

Pépito venait en effet de rentrer chez les Tirolo...

— Quelles nouvelles ? — criaient à la fois Jiacomo et Siébel en se précipitant vers l'adolescent.

— De grandes ! allez ! — répondit l'enfant en s'asseyant toutes soufflé, et en jetant sa coiffure sur la table.

Puis, quand il eut repris son souffle :

— En l'honneur des prochaines épousailles du prince-régent Méphisto avec la duchesse Nathalie, pleine et entière amnistie est accordée à tous ceux qu'on appelle encore ici les révoltés !...

« Tenez, écoutez !... Les entendez-vous, les prisonniers enfermés aux *Carceri Grande* ?... Les voilà qui sortent... qui se répandent dans la ville...

« Les Bourguignons, eux, ont été déjà relâchés...

— Et mon père ? — demanda Bertha, anxieuse, malgré la bonne nouvelle. — Où est maître Gioritto ?

— Ah ! mademoiselle ! — soupira Pepito en se rapprochant de la jeune fille pour lui parler à l'oreille.

« On dit sur lui, dans la ville, de bien vilaines choses...

« Il aurait, paraît-il, trahi...

— Jamais !... Jamais !... C'est faux !... — s'écria Bertha, en fondant en larmes.

— Et le docteur Faust et le lieutenant Roger ? — insista Siébel en prenant les mains de Pépito, comme pour le supplier de donner une bonne réponse.

— Ceux-là... on les garde ! — répondit l'enfant en baissant la tête et en dirigeant sur la pointe de ses sandales un regard tout chargé de tristesse. — On dit que Faust, c'est pour la Cour de Rome... et que le bon lieutenant Roger, c'est pour... le cimetière !...

— Horreur ! Et Marguerite ?...

— Celle-là... on ne la connaît pas !... Il n'y avait pas de Marguerite, que je sache, avec les patriotes...

« Mais... je ne me trompe pas... c'est bien monsieur Valentin qui passe dans la rne ?...

« Attendez... je vais l'appeler...

— Oh ! oui ! — s'écria Siébel, en s'élançant derrière l'enfant qui déverrouillait la porte de la masure,

« Comme cela, nous serons tous à travailler au salut de son père !...

Mais, Valentin et Siébel étaient déjà dans les bras l'un de l'autre...

— Où suis-je, mon cher Siébel ? — fit, en rendant son étreinte à l'étudiant, le pauvre Valentin, hâve, défait, mourant de faim.

— Chez des braves gens ! — répondit Siébel, en désignant la mère Tirolo — Oui, chez des braves gens, qui nous aideront à arracher ton père et le docteur Faust aux griffes des bandits infâmes qui veulent leur mort !... Vive Dieu, nous n'amnistions pas les traîtres, nous !...

L'Étoile d'Amour.

I

LE SAGE ET LA FOLLE

A politique italienne aux tortueux méandres... l'œuvre de sang et de feu, — de poison et de ruse aussi, — du chevalier Méphistophélès et de Nathalie, la Messaline toscane, nous ont fait délaisser pour quelque temps la douce et idéale créature que l'amour et la maternité ont menée à la folie et que la folie, à présent, guide vers la radieuse étoile de l'Espérance.

Revenons à elle dans cette dernière partie de notre œuvre...

Tandis que Faust rampe dans le passage secret où son aïeul trouva la liberté, Marguerite est sauvée... son enfant aussi...

La pauvre recluse du palais enchanté a retrouvé dans un moment tragique... inoubliable... ceux qui furent ses premiers amis... ses protecteurs... ses défenseurs aux heures sombres de sa détresse et de son abandon...

Elle est sauvée, la pauvre mère, l'amante au cœur dolent; mais aussi elle a sauvé ses frères d'adoption, quand, naguère, surplombant l'abîme, son geste de suprême détresse montra aux Bohémiens le chemin du salut... la route mystérieuse ensevelie sous la neige par où la caravane a pu quitter le sinistre Val d'Enfer.

Et les reîtres qui la poursuivaient ont dû battre en retraite, désappointés, furieux, se demandant si le diable n'était pas venu en aide a cette tribu de païens...

Lourds et lents, toute la nuit, les chariots avaient descendu la côte... L'épais tapis de neige assourdissait le bruit des roues; on n'avait pas allumé les lanternes... et puis, la route fortement encaissée cachait la marche du convoi.

Du reste, aucun spectateur n'était là pour contempler le défilé de la petite troupe...

Moins lugubres que le site infernal où les pauvres nomades avaient manqué être anéantis, ces parages étaient néanmoins fort déserts...

A peine, de loin en loin, cette route était-elle parcourue par des contrebandiers... ou d'intrépides déserteurs pressés d'aller chercher un asile contre les rigueurs du recrutement...

Quand l'aube blafarde commença à mettre son incertaine lueur dans les grisailles du ciel d'hiver, les Bohémiens s'arrêtèrent.

On était dans la plaine...

Les baliveaux, les menus arbustes, la broussaille, à perte de vue remplaçaient les hautes futaies de la veille.

Derrière soi, on voyait les gorges sinistres du Val d'Enfer... au-dessus, des vols de corbeaux tournoyaient...

Mahadok, après avoir fait choix pour bivouaquer d'une clairière où l'on serait à l'abri du vent... et des regards hostiles, réunit tout les hommes de sa troupe, afin de tenir conseil.

Quand ils furent rassemblés autour d'un feu de bois mort, allumé au centre de la clairière, le vieillard leur dit :

— Mes amis, voilà : hier, par ma faute, vous avez été à deux doigts de la mort... Au lieu de vous diriger sur une route, je vous ai engagés dans une impasse... Une intervention qui tient du prodige a pu, seule, vous sauver ! Il est donc juste que, pour vous guider, vous ne vous en rapportiez plus exclusivement à moi...

D'une voix unanime, les Bohémiens se récrièrent... Mahadok avait toute leur confiance pour les conduire sur les routes... Il avait l'expérience et la sagesse prudente que donne une vie longue passée à parcourir tous les chemins du monde... mais nul homme n'est infaillible... et fallait-il tenir rigueur au sage qui s'est trompé, une fois, dans son existence ?... On ne serait pas toujours en hiver... et, partout, on ne rencontrerait pas le val diabolique, ses ténèbres et ses pièges !...

La tribu suivrait, sans cesse, Mahadok, l'ancêtre, son guide depuis des générations...

Et elle obéirait à Saâda, sa reine, ou plutôt son roi, comme on appelait la brune souveraine, depuis qu'elle avait quitté cotillon et souquenille pour revêtir la tenue virile et manier la rude cognée de Jack-le-Bûcheron, abatteur de chênes dans la forêt et d'hommes d'armes dans la mêlée...

Mais Mahadok secoua la tête.

— Il vaut mieux, — dit-il, — qu'on prenne l'avis de tous ! Jadis, travailleurs ambulants, montreurs de bêtes, diseurs de bonne aventure, nous allions au gré de la fantaisie du jour ou de l'intérêt du moment.

« Il importait peu de suivre une route ou une autre, et l'erreur du guide ne risquait pas de conduire aux abîmes. Mais les événements nous ont mêlés aux discordes des gens, sur une terre où nous sommes des étrangers...

« Nous avons voulu être des justiciers... Ce rôle illusoire a fait de nous des proscrits !... Certes, il ne s'agit point de récriminer, mais, pour le salut de la tribu, il faut que tous donnent, pour la communauté, ce qu'ils estiment être l'avis le meilleur... Le prodige qui nous a sauvés hier ne se renouvellera pas tous les jours...

— Pourquoi donc pas ? — murmura Saâda qui, naturellement, assistait au conseil.

Marguerite, qui avait passé la nuit dans le chariot de sa sœur d'adoption, venait de se réveiller...

Et la pauvre innocente au regard extatique descendait, allaitant son enfant, les marches de la roulotte...

Elle se dirigeait vers le foyer autour duquel toute la troupe de Bohémiens était réunie, en train de se chauffer et de discuter d'une façon calme sur ce que l'on ferait dans l'avenir... cet avenir inconnu, plein de mystère et de périls qui allait commencer tout de suite...

Tous les regards, instinctivement, s'étaient tournés vers cette blanche apparition...

Marguerite la folle semblait une reine, tant son port était noble et majestueux...

Mieux qu'une reine... une Madone... divinité de tendresse humaine et de douleur maternelle, comme tous ceux qui souffrent et qui aiment se plaisent à la représenter et à l'adorer.

O culte éternel de la femme !... Adoration perpétuelle de la grâce et de la faiblesse !...

Jack-le-Bûcheron avait posé sa hache... Ses yeux où l'énergie se lisait en traits de feu... ses beaux yeux bruns où flambait toute l'ardeur de l'Orient devinrent humides...

Une pitié très douce... une infinie affection... noyaient son cœur...

Saâda se levait.... allant au-devant de la folle qu'elle baisa au front et aux lèvres, suivant la coutume bohême...

Ah ! que ne pouvait-elle, de son souffle pur, de sa fraîche haleine raviver la tremblotante lueur de l'âme, cette flamme divine, qui, chez Marguerite, couvait sous les cendres du malheur...

— Sœurette... petite sœur mignonne... tu ne me reconnais donc pas ?... Je suis Saâda... celle qui t'aime... qui donnerait sa vie pour toi... Marguerite, ma douce et gentille sœurette... je tiens tes mains serrées dans mes mains... je t'embrasse sur tes boucles blondes... Allons... plonge dans mes yeux le regard de tes yeux d'azur, et dans un sourire... et dans un baiser... reconnais ta sœur qui t'aime, Saâda !...

Regard doux et vague... regard vide... regard qui ne voit pas ou qui voit au delà de l'humanité... voilà ce que les yeux noirs de Saâda rencontrent dans le visage blanc et rose de Marguerite.

Saâda laisse tomber ses bras... des larmes furtives coulent sous sa paupière...

Elle redevient femme... c'est une enfant qui pleure parce que sa sœur adoptive qu'elle aime est folle et ne l'a point reconnue...

Et tous les Bohémiens au bivouac sont tristes parce que Marguerite, la blonde gitane,... Marguerite, fille adoptive de la tribu, ne les reconnaît point.

Elle passe, en sa marche de reine, saluant avec cérémonie ces gueux en guenilles et leurs compagnes miséreuses :

— Bonjour, marquis !... Messeigneurs, je vous salue... soyez les bienvenus à ma cour !... Je suis bien aise de vous voir, duchesse !... Il y a longtemps, noble comtesse, qu'on ne vous a vue céans !... Prince, j'ai bien l'honneur de vous saluer...

Marguerite tourne ainsi autour du bivouac, faisant des révérences.

La voilà revenue auprès de Saâda qu'elle interpelle :

— Joyeux troubadour, nous comptons sur vous pour égayer ces réunions avec vos chansons d'amour et de guerre que vous accompagnerez avec la vielle ou le théorbe...

Mais voilà que de sourds grognements viennent couper ces discours pénibles... auxquels nul, cependant, n'osait mettre fin...

Augias et Gunther, les deux ours, ont remarqué un intrus...

C'est le jeune faon qui est devenu l'inséparable compagnon de Marguerite...

Et ils grognent, à travers leurs muselières de cuir, car l'instinct leur dit que cet intrus serait bon, voire excellent, à manger sur son pain... Et ma foi ! les provisions sont rares... On a dû mettre les ours, tout comme les hommes, à la ration congrue...

Brahma, le singe frileux, blotti contre le foyer, semble se désintéresser du conflit... Son esprit de bête rusée est ailleurs. Il surveille des marrons que quelques Bohémiens ont mis à cuire dans la braise... Et, de temps en temps, à la dérobée, il en tire un du feu, ne laissant à personne le soin de le dévorer... ce qu'il ne fait pas, d'ailleurs, sans grimace, car ils sont terriblement chauds.

Mais tout s'apaise... Les montreurs d'ours font taire leurs bêtes. Il faut bien qu'elles s'habituent à traiter le faon comme un frère adoptif... un compagnon de route...

Brahma a reçu quelques coups de cravache pour ses larcins. Il ne recommencera plus, ou, du moins, s'il recommence, il prendra mieux ses précautions pour ne pas être vu. En attendant, il se venge en grimaces sournoises...

Saâda fit asseoir Marguerite à côté d'elle, près du foyer, où elle ajouta quelques branches sèches, et elle aida sa sœur adoptive à emmailloter son enfant...

Car le pauvret, qui était rassasié, maintenant, et ne tétait plus, s'était mis à pleurer à cause du froid dont les âpres morsures se faisaient sentir sur ses petites chairs tendres... nudités roses comme celles des Amours joufflus et des anges grassouillets que les maîtres de l'époque ont mis dans leurs tableaux.

La reine des Bohémiens fut surprise de voir l'intelligence prévoyante, l'adresse expérimentée avec laquelle la pauvre innocente s'occupait des soins à donner au doux mignon qu'elle avait mis au monde.

« Miracle de tendresse !... prodige d'amour !... Chez elle, la folie s'arrêtait toujours au seuil de la maternité.

Insensible à tout ce qui se passait autour d'elle, inconsciente du monde extérieur, Marguerite, qui ne reconnaissait personne, savait bien soigner son enfant, le dorloter, le bercer avec de douces paroles dans lesquelles Saâda, étonnée, voyait passer des éclairs de cette raison absente, disparue pour un temps, mais qui, bien sûr, ne tarderait pas à revenir.

La folle murmurait :

— Do... do... l'enfant do... l'enfant dormira bientôt... Do... do... et quand l'enfant se réveillera... des deux côtés de son berceau... qu'est-ce qu'il verra... son père ici et sa mère là... Dors, mon mignon... Dors... ton père t'attend... ta mère te mènera vers lui... Do... do... fais dodo... cher petit...

L'enfant dormait sur les genoux de sa mère... et les grâces poupines de son frais visage s'illuminaient d'un radieux sourire d'innocence et de bonheur.

Alors Marguerite cessait de le bercer, et élevant ses regards, elle semblait suivre, dans le ciel gris et froid de l'hiver, la sublime vision de son espoir...

Saâda, tout auprès d'elle, l'enlaçant d'une tendre et fraternelle étreinte, essayait par ses douces paroles de guérir la pauvre âme blessée.

Marguerite l'écoutait, souriante et distraite, heureuse tout de même de cette voix qui la caressait comme une musique exquise.

Et la folle disait à la virile petite reine, dont les prunelles humides luisaient comme des escarboucles de l'Inde :

— Gentil troubadour, vous ne me quitterez point, n'est-ce pas ?... Et dans nos fêtes joyeuses, vous nous direz de belles romances sur les dames et les chevaliers, les tournois pleins du cliquetis des armes... vous nous chanterez les preux chevauchant les destriers fougueux pour aller combattre les Sarrasins, tandis qu'auprès d'eux leurs écuyers sonnent de l'olifant...

« Puis ce seront les vieilles cathédrales où les cigognes font leurs nids parmi les ogives...

« Et, dans la forêt épaisse, la noire prison où gémit l'innocente captive...

« Vous chanterez encore, gai troubadour, le triomphe des amants, que la méchanceté et la traîtrise a longtemps tenus séparés, mais qui se retrouvent pour n'être plus désunis... jamais... jamais... même dans la tombe !

« Le fiancé conduira sa promise à l'autel... Il l'appelait, autrefois, sa gente demoiselle, et en gage de son amour fidèle, il lui a passé au doigt... cet anneau...

Et alors ces yeux où naguère ne luisait que l'azur d'un ciel vide... ces yeux s'éclairent comme si l'or de sa bague des fiançailles, qu'elle contemple avec extase, se reflétait dans sa prunelle.

— Comme elle l'aime! — pensa Saâda. — Oh! j'en suis sûre... ma sœurette chérie guérira. L'amour guérira le mal que l'amour a fait...

Tandis que Marguerite la folle parlait, les Bohémiens, qui l'aimaient et la respectaient, — n'était-ce pas à sa miraculeuse intervention qu'ils devaient leur salut? — toute la tribu, disons-nous, gardait le silence... écoutant les paroles qu'elle laissait tomber de sa voix lente... harmonieuse..

Et quand elle eut fini, Mahadok, qui l'observait avec plus d'attention encore que tous les autres, s'écria :

— Savez-vous ce que je pense?... Je pense que parmi nous, au milieu de cette vie heurtée, toute remplie d'inquiétudes et de tourments, Marguerite représente la poésie... Elle est le rêve, elle est la fiction... elle est aussi l'idéal.

« Sa folie vaut mieux que ma sagesse... car elle comporte plus de bonheur... J'ai le pressentiment qu'une ère nouvelle va s'ouvrir pour nous... Du reste, nous avons besoin de dépister nos ennemis mieux que par des marches et des contremarches... Il faut faire peau neuve... mes enfants.

Les Bohémiens regardaient leur vieux guide, sans comprendre; mais ils avaient une foi absolue en lui.

Ils suivraient aveuglément ses instructions.

Là-dessus, on prit le repas en commun, l'unique repas de la journée, car on n'en faisait qu'un pendant cette fuite précipitée, où le ravitaillement était presque impossible.

Bêtes et gens, nous l'avons vu, étaient à la ration de guerre.

Cet état de siège forçait encore à prendre quelques précautions qu'on n'avait pas négligées au campement... C'est ainsi que des sentinelles avaient été postées de loin en loin, afin de donner l'éveil si quelque danger menaçait...

Comme d'habitude, on voyagerait la nuit, après avoir envoyé des éclaireurs pour reconnaître la route, et l'on bivouaquerait dans la journée aussi loin que possible des lieux habités.

En hiver le soir arrive très vite... Et la soirée amène de suite les ténèbres de la nuit... L'obscurité et le froid se donnent la main... Il le faut bien, puisque la lumière et la chaleur sont sœurs.

Silencieusement, Mahadok avait donné le signal du rassemblement. Les maigres haridelles étaient venues d'elles-mêmes se mettre entre les brancards des chariots.

Jack-le-Bûcheron, sa lourde cognée sur l'épaule, s'apprêtait à marcher en tête de la première roulotte, le palais royal de sa majesté nomade... qui donnait asile à Marguerite et au petit Henry.

Un des conducteurs s'approcha de l'ancêtre et lui demanda :

— Maître... de quel côté allons-nous?... Vous ne nous l'avez pas encore dit!...

— Ohé! le bel homme! de quel pays êtes-vous? (Page 957.)

Cette question, pourtant bien simple, parut embarrasser le vieux philosophe.

C'était donc vrai?... Il restait toujours leur guide, chargé de les conduire sans repos ni trêve sur la route amère de l'éternel exil... Juif Errant de Bohême, moins les cinq sous!

La nuit d'avant on était sorti d'un danger... le plus terrible, il semblait, de tous ceux que l'on avait rencontrés jusqu'ici...

Ils étaient sauvés... peu importait le reste... On pouvait maintenant marcher devant soi... sans s'inquiéter de la direction à suivre.

Condamné à toujours marcher, le Juif Errant se demande-t-il où il ira ?...

La tribu nomade, comme Ahasvérus, pouvait cheminer sans but fixé, sans aucun plan tracé d'avance... L'essentiel était de s'en aller... de partir d'ici... pour arriver ailleurs d'où l'on repartirait, à la nuit prochaine, vers un autre « ailleurs » quel qu'il fût...

Et ainsi toujours, d'étape en étape... N'est-ce point l'image de la vie ?...

Mahadok, d'un geste vague, montra l'Orient...

On pourrait marcher longtemps... très longtemps... dans cette direction... traverser des fleuves, escalader des montagnes, franchir des lacs, s'enfoncer dans des forêts épaisses, rencontrer d'autres rivières, avec des marécages, des déserts, des coteaux encore... jusqu'aux lointaines et mystérieuses contrées d'où la tribu nomade était descendue aux premiers âges du monde, quand les hommes de l'Europe habitaient encore les cavernes, avec les fabuleux animaux de la faune antédiluvienne.

Saâda fut moins vague... plus terre à terre.

— Grand'père ! — fit-elle, — si vous le voulez, nous retournerons de l'autre côté, vers l'ouest... C'est l'Alsace et ses plaines fertiles... les gens y sont moins méchants qu'ici... Et puis... c'est par là, aux portes de Strasbourg, que nous avons rencontré Marguerite. Bien qu'elle ne nous ait pas tout dit, — et nous avons respecté son douloureux secret ! — il est certain que c'est son pays...

« Alors nous retrouverons sa famille... celui qu'elle aime et dont la pensée ne la quitte jamais, même au milieu de sa folie...

— Soit ! — fit encore Mahadok, — quoique je doute encore... Ta pauvre sœur adoptive, quand nous l'avons recueillie mourante sur la route, avait bien plutôt l'air de fuir le théâtre du drame qui venait de briser son bonheur... sa vie... Et puis son évanouissement coïncidait... je l'ai remarqué et tu te le rappelles aussi, Saâda... avec le passage de cette chevauchée endiablée qui allait sur la route du Sud...

Comme il finissait, le ciel, qui était resté obstinément sombre, dépouilla un instant son voile de nuées épaisses.

Et Marguerite, qui avait couché le petit Henry, apparut seule sur le devant de l'entre-sort.

La folle, d'un geste inspiré, leva ses beaux bras blancs et dit, de sa voix lente, plaintive comme le son d'une harpe éolienne qui gémit au vent des nuits :

— J'aperçois au ciel mon étoile... là-haut... une toute petite étoile... C'est l'astre radieux de l'amour et de l'espoir... Et je marcherai... toujours... toujours jusqu'à ce que j'arrive... C'est mon étoile qui me guide ! Elle me mène où l'on m'attend... là-bas !

Mahadok regarda le ciel du côté que la folle montrait. C'était le sud...

— La direction de la chevauchée! — fit-il à mi-voix. — Sa folie suit, dans le ciel, le chemin de son amour enfui, disparu sur la grande route terrestre qui poudroie. Ceux qui ont perdu la raison voient plus haut que ceux qui se disent les sages... Qui sait?

« Enfin, je le répète, sa folie nous guidera peut-être mieux, que ma prétendue sagesse... Allons!

Jack-le-Bûcheron avait acquiescé, renonçant à son projet...

Sur l'ordre de Mahadok, la caravane s'ébranla vers le Midi, marchant à l'étoile que Marguerite montrait d'un geste inspiré.

Toute la tribu se sentait délivrée d'une incertitude et comme soulagée d'un grand poids...

Plus n'était besoin de se demander où l'on irait...

A présent on avait un but.

Un pressentiment leur disait à tous que le temps des douleurs et des tribulations était passé...

Marguerite était un guide auquel on était bien près d'accorder l'infaillibilité que doivent posséder les êtres surnaturels...

Mieux que cela... ils la considéraient, on l'a vu, comme douée d'une puissance mystérieuse et bienfaisante.

Conduits par elle, ils marchaient vers le bonheur... l'éternelle chimère!

II

LE CABARET DES TROIS ROIS MAGES

A situation, pour les Bohémiens fugitifs, ne tarda pas à s'éclaircir, comme le temps, qui devenait doux... La température était plus clémente... On sentait que l'hiver approchait de sa fin. Le printemps allait renaître...

Les parages que l'on traversait étaient moins sinistres, moins désolés... Ce n'était plus l'horrible solitude boisée, la forêt immense et déserte, tout emplie de terreurs et d'embûches.

Mais les routes, plus fréquentées, maintenant, présentaient pour les nomades un autre inconvénient.

Les gens qui vivent fixés au sol voient toujours d'un mauvais œil les vagabonds.

Plusieurs fois, les éclaireurs avaient signalé des bourgades, que la caravane, dans sa marche nocturne, évitait du mieux possible, par des routes détournées, des chemins de traverse.

Cela allongeait le voyage, mais qu'importe?... Chemineaux de naissance, les Bohémiens ne sont jamais pressés d'arriver.

Du reste, tous les soirs, au bivouac, quand on s'apprêtait à partir, c'était Marguerite qui ordonnait la marche, en se guidant sur la mystérieuse petite étoile qu'elle était la seule à voir...

C'étaient, maintenant, des agglomérations assez importantes qu'on aurait bien de la peine à éviter, car elles se trouvaient au carrefour de toutes les routes.

La contrée était peuplée... un pays commerçant, industrieux... la plus méridionale de la Forêt Noire...

Ce n'est même la Forêt Noire que de nom... Des bouquets d'arbres de plus en plus clairsemés, de jolis coteaux d'où coulent avec un clair murmure quelques ruisseaux grossis par la fonte des neiges.

Aux burgs altiers, repaires de bandits féodaux, avaient succédé de coquettes habitations de plaisance, des fermes riantes, des ateliers de tisserands ou de grandes scieries de bois...

Le bois, principalement, était la grande industrie... Des artisans dont quelques-uns avaient des âmes d'artistes, sculptaient ces figurines curieuses, fantastiques ou réalistes qui sont encore la spécialité de cette partie de l'Allemagne...

Toute la région respirait le travail, le bien-être et, aussi, la joie de vivre... si rare dans les grandes cités.

Les portes entr'ouvertes des cabarets laissaient voir des bandes bruyantes d'ouvriers, attablés devant des chopes de grès, toutes pleines de bière mousseuse, ou des gobelets d'étain emplis de vin du Rhin...

Des bandes de canards, des troupeaux d'oies barbotaient dans les mares... on voyait des porcs à l'engrais derrière la moindre chaumière.

— Que le diable m'emporte!... mais c'est le pays de Cocagne!...

Cette exclamation, — véritable cri du cœur, — échappa à un homme seul, muni d'une besace, qui se trouvait sur la route, à l'entrée d'une bourgade de certaine importance, dans la planctureuse région où nous venons de conduire le lecteur.

Notre passant, qui ne semblait pas être doué d'une nature essentiellement angélique, répéta un des grossiers jurons qui lui étaient familiers :

— Dieu me damne!... quand je lisais *Don Quichotte* à mes moments perdus dans la bibliothèque de monseigneur le margrave... cette satanée canaille d'Othon à qui j'ai crevé les deux yeux... je ne me figurais pas autrement l'endroit où se célébraient les fameuses noces de Gamache!...

Et, en disant cela, le gnome, car c'était lui, se mit à renifler de toute la force de ses narines, — et nous savons qu'il avait un nez de taille respectable, — dans la direction d'un charcutier en train de confectionner quelques aunes de boudin souverainement appétissant.

Le hideux et difforme personnage lâcha un juron plus accentué que les précédents et poursuivit son monologue... apéritif :

— ... Le saint-père dans Rome et l'empereur dans Vienne ne mangeraient pas de meilleur appétit que moi... et ne boiraient pas de meilleure soif. Ah! — et il eut un soupir, — c'est bien le pays où fleurissent les bons pâtés, les fines andouilles et autres... délicatesses!...

« C'est bien là que je voudrais vivre... manger et mourir d'indigestion... le plus tard possible. Mais voilà le *hic*, — comme disait le chapelain de messire Othon, — je n'ai pas un rouge liard et alors, dame! malgré tout mon bon vouloir, Balthazar, Lucullus, Pantagruel ne sont pas mes collègues...

« C'est dommage! — ajouta-t-il avec un dernier et mélancolique regard vers les aunes de boudin suspendues à l'étalage du charcutier; — oui! c'est bien dommage, car je me sentais en verve pour entamer un dialogue avec les restes mortels du superbe cochon que ce charcutier vient d'occire...

Le gnome avait l'air si minable et si comique à la fois, que des éclats de rire partirent à son adresse d'un cabaret voisin.

— Est-il drôle, ce particulier-là! Quelle dégaine!...

— Et mal bâti, donc!

— Bossu par devant... bossu par derrière... il cumule!...

— Avec ça un œil qui a l'air de dire « bran » à l'autre!

— Et des genoux cagneux, tel un macaque!

— Des jambes en tire-bouchon...

— Voyez donc son nez qui vient renifler son menton!...

— Et sa barbe rouge... comme les flammes d'enfer qui le brûleront sûrement un jour... heureusement!

Des buveurs se mirent même à interpeller ce passant falot.

— Ohé! le bel homme! de quel pays êtes-vous?

— De Nuremberg, sans doute, où l'on fait des marionnettes en bois taillées à coup de serpe?

— Tous nos compliments à l'artiste qui t'a offert cette anatomie, mon vieux!... Il a fait un chef-d'œuvre, dans son genre.

— Ta mère a eu sûrement une envie de polichinelle.

Le gnome était quelque peu rancunier... Nous en avons vu la preuve après la prise du burg d'Othon-le-Cruel.

Mais il savait dissimuler quand ses autres passions étaient en jeu... ce qui était le cas.

La gourmandise et l'ivrognerie étaient du nombre.

C'est pourquoi il ne se fâcha pas, sachant par expérience que les gens qui ont bu sont, plus que ceux qui restent sobres, enclins à la générosité.

Alors, esquissant une grimace qui pouvait, à la rigueur, passer pour un sourire, il s'approcha d'eux et les salua jusqu'à terre.

Cette révérence excita, dans le cabaret, une hilarité générale. Un des buveurs demanda au nain :

— Monsieur le boscot, êtes-vous toujours aussi exhilarant que cela dans la vie courante?

Le gnome, astucieux, répondit :

— Erreur ! Je suis infiniment plus drôle quand j'ai mangé mon saoul de boudin et bu mon content de bière !

— Oh ! oh ! gringalet, on va t'emplir jusqu'à la garde !

... La journée était assez avancée quand notre difforme personnage quitta le cabaret où, pour s'amuser, quelques artisans dont c'était le jour de paye l'avaient régalé... largement.

— On ne s'amuse pas si souvent ! — proclama un des plus sérieux de la bande ; — on gagne bien sa vie, mais les distractions sont rares... Nous n'avons pour nous distraire que les représentations d'Oberammergau... au diable-vert, où l'on joue, une fois l'an, la passion de Notre-Seigneur.

— Et il n'y a pas à dire, c'est toujours la même chose ! — fit sentencieusement l'hôtelier qui semblait s'inspirer de M. de La Palice. — Au dernier acte, Jésus est crucifié entre les deux larrons... Les artistes ne varient jamais leur programme.

« Ah ! si des comédiens ambulants, comme il y en a en France, passaient par ici, ils feraient de l'argent. D'abord, moi, je leur prêterai la grande salle qui est dans le fond... pour rien... vu que ça m'attirerait des clients... pardi !

Ces propos ne tombèrent pas dans l'oreille d'un sourd...

Bien qu'il fût plein comme une outre, le gnome, en se retirant, les entendit.

Relevant la tête, il regarda l'enseigne, et lut, à travers les fumées de l'ivresse :

CABARET DES TROIS ROIS MAGES

On sait que ces personnages légendaires ont joui, au moyen âge, d'une très grande popularité en Allemagne où une tradition voulait même qu'ils fussent venus finir leurs jours, en revenant de Bethléem...

Il faisait presque nuit quand le gnome arriva au campement des Bohémiens, qu'il avait vaguement suivis dans leur exode, comme pis-aller...

. . . .

Ceci demande quelques explications.

On se rappelle les événements tragiques auxquels les nomades dirigés par Mahadok avaient pris part, pendant la révolte des gueux de la Forêt Noire.

On n'a pas oublié non plus le rôle que le gnome avait joué dans cette révolution sans lendemain, hélas ! comme la plupart des révolutions qui éclatent avant l'heure...

Le haineux avorton, sa vengeance une fois assouvie, était resté au milieu de ses frères d'armes, partageant avec eux les dangers de la proscription et de la fuite...

Mahadok n'aimait guère ce personnage vindicatif, dont l'âme était presque aussi difforme que le corps était contrefait...

Ivrogne et querelleur, aimant à chaparder, enclin à la paresse, le gnome avait en partage tous les défauts qui faisaient de lui la vivante antithèse du doux philosophe qu'était le vieux Bohémien.

Mais il répugnait à l'ancêtre, nature droite, éprise avant toute chose de justice et de courage, de laisser cet être infirme, ce dévoyé chez qui tout clochait, le sens moral comme la vigueur physique, seul en proie à ses bas instincts. Et puis, trop près du théâtre de son inoubliable exploit, n'était-il pas exposé à tomber entre les mains des gens du burg, en train d'exercer leurs terribles représailles ?

Du reste, avec cette merveilleuse expérience des hommes qu'il possédait, Mahadok avait compris le parti qu'il pourrait tirer du pauvre avorton.

Le gnome rusé, patient comme pas un, excellait à se glisser parmi les broussailles, à rôder le long des haies, à se faufiler entre les maisons...

Il rampait comme un serpent, grimpait aux arbres comme un écureuil, savait voir sans être vu et écouter sans être entendu...

Au milieu des dangers continuels qui entouraient la troupe de Bohémiens dans sa retraite précipitée, il pouvait rendre des services inappréciables, en précédant le convoi, pour reconnaître les lieux et les êtres.

C'est ainsi qu'il fut un éclaireur très utile, aux bons yeux et à l'ouïe fine.

L'essentiel était qu'on ne le laissât pas boire... du moins des liqueurs fortes...

Il ne fut pas difficile de lui imposer cette abstention... Nous savons que la tribu nomade était, sous le rapport des approvisionnements, assez dépourvue...

L'argent aussi était rare...

Autant d'empêchements qui faisaient craindre que la marche de la caravane ne fût arrêtée, ou tout au moins retardée.

Mais Mahadok avait son idée... depuis qu'il avait dit que Marguerite leur apportait sa part de bonheur, sous forme de poésie... de rêve... de fiction... d'idéal.

Le penseur savait bien ce qu'il disait quand il parlait d'une incarnation nouvelle...

Quand le gnome rentra au camp, il alla en titubant rendre compte de sa mission à Mahadok.

L'ancêtre s'apprêtait à morigéner l'ivrogne, mais les reproches expirèrent sur ses lèvres.

Ce que le nain difforme racontait semblait intéresser beaucoup le philosophe...

Les dernières paroles recueillies à l'auberge des Trois Rois Mages et que le gnome répéta textuellement produisirent sur Mahadok une vive impression.

Elles correspondaient à sa pensée intime...

Tout cela rentrait dans son plan...

Il réunit les hommes et dit qu'on ne partirait pas ce soir-là... Même le lendemain et les jours suivants, on resterait au campement..

Il y aurait de l'ouvrage pour tout le monde.

Et Marguerite, sur le devant de l'entre-sort, berçant le petit Henry, ne donna pas le signal du départ.

Dans le ciel, la petite étoile, sans doute, ne s'était pas montrée...

Mais la lune brillait dans son plein, et, à tous, aux femmes rassemblées, aux petits enfants qui ouvraient leurs grands yeux curieux, et écoutaient bouche bée, elle racontait une belle histoire comme il y en a dans les livres dorés tout pleins de jolies images.

— *Il y avait une fois...*

III

GENEVIÈVE DE BRABANT

OMME toutes les peuplades primitives, nos Bohémiens adoraient entendre des contes, des histoires fabuleuses.

Leur imagination d'Orientaux se réveillait, évoquant les merveilleux récits d'autrefois, transmis par les ancêtres, enrichissant les vieilles fictions de détails nouveaux.

Les légendes poétiques de l'Alsace, les tendres complaintes de la terre natale que Marguerite, inconsciente, redisait dans le cercle familial des nomades, tout en berçant son cher enfantelet mignon, le doux chérubin qu'elle allaitait de ses beaux seins d'albâtre, tout ce lyrisme qui surnageait dans son âme, après le naufrage de sa raison, éveillait chez les Bohémiens une poésie latente endormie depuis des générations.

Autour du feu où cuisinent les mets du repas pris en commun, chacun à son tour, quand Marguerite se taisait, prenait la parole et racontait des histoires...

Chose étrange, elles se ressemblaient souvent par bien des points, ces histoires où le pur amour, la chaste passion jouaient le principal rôle.

Cela n'étonnait pas Mahadok qui savait qu'en des lieux souvent bien éloignés les mêmes légendes ont cours, à peine transposées...

Contes des fées ou des *Mille et une Nuits*, romans de chevalerie, éblouissantes fictions de l'Inde avaient toujours au moins un point de ressemblance...

La glorification de l'amour, roi des êtres, le triomphe de la femme, éternelle divinité dont la sublime faiblesse domine le monde...

Et le vieux penseur, qui avait pour mission de conduire la tribu, se

Un homme de la tribu avait un certain talent pour la peinture... (Page 963.)

réjouissait en voyant sa petite troupe, naguère si désolée, transfigurée grâce à Marguerite, reprenant force et courage au récit des aventures d'amour et de guerre, dont chacun à tour de rôle égayait la monotonie du campement.

Mais on ne négligeait pas, pour cela, les travaux manuels.

A chacun, Mahadok avait réparti sa besogne... un labeur qui parut étrange tout d'abord, et dont on ne comprenait pas bien la portée...

N'empêche qu'on obéissait, silencieusement, car on avait, pour l'ancêtre, un respect sans bornes...

Les femmes passaient leurs journées à coudre d'étranges vêtements...

Tout ce qu'on pouvait dire, c'était que si les gens avaient jamais été habillés de la sorte, ce devait être dans des temps bien anciens... ou dans des époques de rêve, en des pays chimériques.

Mahadok, qui avait quelques économies, était allé acheter les étoffes dans une ville voisine sur laquelle le gnome, après une de ses tournées, l'avait renseigné...

Il avait fait aussi d'autres emplettes... de la toile et des couleurs...

Un homme de la tribu avait un certain talent pour la peinture... talent rudimentaire, mais bien suffisant en vue du but à atteindre...

Sur les indications de Mahadok, il brossa largement, sur de grands morceaux de toile, des scènes riantes ou dramatiques, empruntées aux légendes, — partout les mêmes, — de l'éternel féminin...

Hercule aux pieds d'Omphale... l'Enlèvement d'Hélène par Pâris... Judith et Holopherne... La Belle au bois dormant... Les Noces de Cendrillon et du Prince Charmant... Roméo expirant sur le tombeau de Juliette...

D'autres toiles représentaient, avec plus de bonne volonté que d'art, des palais étincelants d'or, des jardins superbes, des forêts épaisses, de sombres cavernes.

Toutes ces toiles étaient fixées au moyen de châssis mobiles sur les chariots, qui furent repeints à neuf, non plus de couleurs sombres comme auparavant, mais de teintes claires et gaies, visibles de loin...

Mahadok, qui était très versé dans l'art de la mécanique, élaborait des appareils ingénieux aux ressorts cachés...

Quand toutes ces choses furent prêtes, mises en place, essayées, il dévoila son plan à la troupe réunie autour de lui et qui l'écoutait religieusement...

— Mes enfants, — fit-il, — je vous ai dit que nous allions faire peau neuve. Artisans nomades, faisant tous les métiers, même celui de révolutionnaires qui ne nous a point enrichis, nous allons revêtir une incarnation nouvelle. A partir de demain nous serons... non plus des Bohémiens qu'on hait et qu'on proscrit, mais des comédiens ambulants...

Des signes d'étonnement... de joie aussi se manifestèrent dans la tribu rassemblée.

Ces êtres primitifs avaient une âme d'enfant... Cette perspective les amusait... ce qui était bien excusable, après tout ; ils avaient tant souffert !

Mahadok poursuivit :

— Non plus des bateleurs... des montreurs de bêtes... des faiseurs de tours... mais des comédiens, une catégorie de gens qu'on commence à apprécier... à admirer, en attendant qu'on les respecte, comme on respecte les personnages, — héros ou rois, — dont ils jouent le rôle.

Après cette entrée en matière, Mahadok expliqua ce qu'il attendait de sa troupe.

C'était bien simple... Ils représenteraient sur la scène qu'il venait d'improviser, au milieu des décors peints par un de leurs camarades, les histoires que, jusqu'ici, tantôt l'un, tantôt l'autre racontaient aux veillées du bivouac.

Les nomades furent enthousiasmés de *vivre* les légendes dont le récit faisait leur joie.

Beaucoup se mirent à battre des mains... les acteurs naïfs s'imaginaient être encore le public.

Cependant Mahadok continuait, expliquant comment on procéderait.

Il n'y aurait pas de rôles écrits à apprendre par cœur.

Les pièces consisteraient en un simple canevas que chacun suivrait en donnant libre cours à sa verve particulière, à son entrain personnel.

De la sorte, il n'y a pas d'amour-propre d'auteur à sauvegarder... Tous les artistes collaborent à la pièce...

Mahadok se conformait d'ailleurs à un système qui avait cours à cette époque...

En Italie, les comédies à canevas étaient fort en vogue...

Peu de temps après, en France, Molière et sa troupe débutaient ainsi.

Restait à distribuer les rôles...

Chacun eut son genre... les jolies filles, du reste, ne manquaient pas et il y avait de fort belles voix dans la troupe, ce qui permettait de mêler le chant au dialogue parlé...

Saâda portait à merveille le costume d'homme qu'elle n'avait plus quitté depuis la guerre des gueux...

Elle jouerait les travestis.

Dans les rôles de jeune amoureux, elle devait être idéale...

Le gnome était destiné, par son physique et aussi par son moral, à jouer les rôles antipathiques... Ce serait l'espion, le traître, le fou...

Brahma, le singe grimacier, ainsi que ses collègues grognons, Augias et Gunther, verraient également utiliser leurs services...

N'y a-t-il pas de bêtes dans les contes de fées... et les vieilles légendes ne sont-elles pas remplies d'animaux féroces ?...

— Mais ce n'est pas tout ! — ajouta Mahadok. — J'ai construit quelques petits mécanismes qui permettront aux fées et autres êtres surnaturels d'apparaître et de disparaître d'une façon... magique.

Car les divinités ont toujours besoin d'une machine pour faire leur apparition... *Deus ex machina !*...

Il fut convenu qu'on débuterait le lendemain dans la bourgade où le gnome s'était si joyeusement livré à son penchant favori pour la bière de Mars et le vin du Rhin...

Le cabaretier des Trois Rois Mages avait gracieusement mis une salle à la disposition des comédiens... si une troupe passait par là...

Or, le lendemain, un placard collé sur les murs annonçait que la troupe des *Comédiens du Roy d'Égypte* allait passer et jouerait, avec la permission de M. le bourgmestre, un beau drame féerique mêlé de chants, intitulé *Geneviève de Brabant*.

L'idée de la pièce était due à Saâda dont l'amour pour sa sœur adoptive ne se démentait pas un instant...

La charmante petite reine des Bohémiens avait vu une ressemblance surprenante entre ce qu'elle savait de l'histoire de Marguerite et la légendaire aventure de la douce Geneviève, fille du duc de Brabant...

Dans l'espèce de canevas qu'elle avait tracé pour servir de guide aux comédiens improvisés, Saâda se conformait à la légende très vivace, très populaire dans les Flandres, en Alsace et sur tous les bords du Rhin.

... Le jeune et beau Siegfried, comte palatin du pays de Trèves, vient d'être uni à la tendre et belle Geneviève qu'il aime et dont il est aimé...

Mais le lendemain de leur mariage, les sons belliqueux de la trompette guerrière se font entendre au pied du manoir...

Siegfried part pour aller rejoindre Charles-Martel et combattre les Sarrasins qui ont envahi la France...

Les adieux de la jeune épouse sont déchirants...

Mais quelque chose de plus redoutable que l'épée des Sarrasins menace le bonheur des époux : c'est le mensonge vil... la trahison infâme !

Dans l'oreille de Siegfried, l'odieux Golo verse le poison de la calomnie... Il se venge de la chaste créature qui a repoussé les offres de son avilissante passion. Sa diabolique perfidie n'a eu que trop de succès...

Siegfried croit son épouse coupable... Et c'est Golo qu'il charge du châtiment.

Geneviève est jetée dans une immense et noire forêt où elle est destinée à périr par la dent carnassière des fauves...

Mais Geneviève trouve un abri dans une caverne où elle met au monde un fils, doux gage de l'amour de Siegfried, que son cœur chaste et fidèle ne cesse d'adorer.

Une biche partage l'asile de la pauvre recluse et de son fils...

Un jour qu'elle est allée brouter au dehors, un chasseur poursuit la biche dans le bois.

C'est le comte Siegfried, revenu de la guerre, après la bataille de Poitiers où les Sarrasins furent vaincus. Mais le remords le harcèle, car il n'a cessé d'aimer Geneviève... Il l'aime trop pour la croire vraiment coupable...

Les traces de la biche l'amènent jusque dans la caverne... il retrouva Geneviève avec son fils qu'elle allaite...

La victime de l'infâme Golo fait éclater son innocence et elle rentre avec lui, triomphante, dans leur manoir, aux sons joyeux de l'olifant...

Golo est châtié comme il le mérite...

Ce dernier rôle était tenu... et fort bien tenu, ma foi, par le gnome qui incarnait à merveille, dans son corps difforme, l'âme basse et haineuse du traîtreux personnage.

Saâda représentait, à ravir, le comte Siegfried... Son visage brun et son regard énergique, sa noire chevelure courte et frisée et ce je ne sais quoi de viril et de fort... de tendre en même temps qui se dégageait de toute sa personne contribuaient à faire d'elle un type de paladin amoureux, fier et brave...

Quand on distribuait les rôles, on s'était demandé qui pourrait bien jouer celui de Geneviève...

Il y avait, certes, de belles femmes dans la troupe, mais leur beauté robuste et saine, leur type ultraméridional ne correspondaient guère à l'idéal de morbidesse et de mélancolie d'une blonde fille des Gaules, comme était la chaste et infortunée épouse du comte Siegfried...

La douce et dolente victime du hideux Golo était... ne pouvait être qu'une blonde au teint lilial et rose, aux yeux d'azur...

L'innocente et mignonne exilée qui allaitait son enfant au milieu des bohémiens rassemblés au bivouac, par sa divine prescience, semblait être en communion d'idées avec eux...

Déjà plusieurs fois cela était arrivé... Ainsi s'expliquait la vénération un peu superstitieuse dont ils l'entouraient depuis qu'elle leur avait... inconsciemment... montré la route du salut dans les passes difficiles du val d'Enfer...

Son rêve intérieur se mettait parfois à l'unisson de la réalité... Souvent il la devançait...

C'est par là que Marguerite se révélait une voyante...

Et comme on discutait cette question d'art, au campement, la folle, sans s'arrêter de faire téter son cher petit Henry, se mit à parler...

C'étaient des choses très douces... très tristes aussi...

Le poème de l'amour... le drame de l'abandon... les douleurs de l'innocente vertu que le souffle de Satan essaye de noircir...

Puis... la fuite... l'exil... l'horreur de la grande forêt où sont les fauves...

Les joies et les souffrances de la maternité... et l'étoile d'espérance qui luit au seuil de la caverne sombre...

Enfin... le triomphe de l'amour près de l'époux enfin retrouvé, après une dernière victoire sur la perfidie infernale qui avait ourdi tout ce mal...

Toute cette poésie était si naturelle, si humaine, que chacun l'écoutait, attendri...

L'éternelle chanson de l'humanité berçant sa douleur vibrait dans les paroles de la folle, et sa sincérité la rendait plus poignante encore...

Saâda, émue jusqu'aux larmes, s'écria :

— Quelle création sublime !... Si Marguerite pouvait jouer ce rôle !... Elle serait la Geneviève de Brabant rêvée...

— Elle le jouera ! — fit gravement Mahadok.

Sachant soigner les âmes autant et mieux qu'il guérissait les corps, le meneur des Bohémiens savait combien ces âmes frêles et dolentes qu'étreint une passagère folie sont facilement soumises à la suggestion des choses extérieures...

Dans un décor reproduisant un des sites de la Forêt-Noire près d'une grotte comme celle du val d'Enfer, Marguerite la recluse, la victime d'amour, la calomniée, dirait son mal et son espoir...

Et Marguerite remplit le rôle de *Geneviève de Brabant* comme Saâda l'avait souhaité et comme Mahadok l'avait prévu...

On l'applaudit, ainsi que tous les autres interprètes, y compris le jeune faon qui ne quittait plus la mère du petit Henry et avait, du reste, dans la pièce, un rôle... muet, consacré par la légende.

Bref, les débuts de la troupe ambulante firent sensation...

Elle dut prolonger de près d'une semaine son séjour dans cette bourgade importante, car on venait de dix lieues à la ronde et même on se battait pour entrer dans le cabaret des *Trois Rois Mages*, où les comédiens du *Roy d'Égypte* donnaient leurs représentations.

Le patron profita du succès pour augmenter le prix de ses chopes, ce qui était déjà une habitude à cette époque-là...

IV

LA SOURCE BLEUE ET L'ÉTOILE D'OR

LE printemps était venu... La terre souriait au ciel où l'astre radieux lançait les tièdes rayons d'avril... Comme la fortune, la nature souriait aux fugitifs...

En marche, la caravane allait... Où cela ?... Vers aucun but... depuis que la sagesse de Mahadok avait abdiqué en faveur de la folie de Marguerite...

La voyante était désormais le seul guide que toute la tribu nomade suivait, sans murmurer...

Les fronts n'étaient plus ridés par la noire anxiété... on avait de quoi vivre... largement, et aucune poursuite à redouter...

Plus besoin d'être sur un continuel « qui vive? ».

Autour des roulottes peintes de couleurs gaies, les Bohémiens vêtus de leurs oripeaux brillants, allaient, chantant et dansant au son des tambourins joyeux...

Les gens accouraient pour les voir passer sur la route, et les enfants, curieux, se montraient cette mère avec son nourrisson qui marchait en tête, accompagnée par un faon pas timide du tout.

Jusqu'à Augias et Gunther qui semblaient moins grognons, sans doute parce qu'ils étaient mieux nourris.

Brahma le singe grimacier continuait à payer... de sa personne à l'entrée des ponts à péage ; mais comme il s'était mis, malicieusement, à contrefaire le gnome, cela amenait des querelles homériques entre ce dernier et le personnage simiesque, pour la plus grande joie des badauds.

La troupe maintenant voyageaient à petites journées, sans se hâter, surtout sans faire ces tristes et terribles marches de nuit, auxquelles on était contraint quand on fuyait...

Par une belle matinée, au milieu des ouates rosées du soleil levant, on aperçut un grand clocher très haut, piquant sur le ciel sa flèche légère...

Au fur et à mesure qu'on avançait, les brumes matinales qui se fondaient laissaient voir la grande cathédrale gothique en grès rouge dont les vitraux étincelaient sous les lueurs du jour naissant.

Quelques monuments d'un aspect sévère, d'élégantes maisons d'habitation se groupaient là entre une rivière à l'eau claire et transparente et une colline boisée d'un aspect riant...

C'était Fribourg-en-Brisgau, assise au pied du Schlossberg, dernier contrefort des montagnes de la Vallée-Noire...

Avec son université et ses artistes, avec ses ouvriers aisés et ses riches bourgeois, Fribourg présentait des chances de succès et partant, de recettes, — car l'un ne va pas sans l'autre, — pour des comédiens en tournée.

Cette jolie ville, constamment disputée, à cette époque de son histoire, entre le roi de France et l'empereur d'Autriche, avait pris, au contact de nos officiers et de nos troupes, quelque chose de français, de gai, de pimpant, qu'elle possède encore.

Les gens de Fribourg-en-Brisgau se piquaient d'aimer la musique et le théâtre...

A peine y apprit-on l'arrivée des fameux *Comédiens du Roy d'Egypte* que leur renommée avait précédés, qu'il y eut foule pour retenir les places.

Obligés de prolonger, — pour cause de succès, — leur séjour dans la riante cité qui marque, en quelque sorte, le terme de la Forêt-Noire, nos acteurs durent forcément varier leur répertoire.

Marguerite s'était montrée, comme d'habitude, sublime de tendresse douloureuse et fidèle dans la légende dramatique de *Geneviève de Brabant*...

Dans la *Belle au bois dormant*, une féerie pour laquelle Mahadok,

Marguerite chantait de sa voix mélodieuse et triste comme une harpe d'Éole... (Page 975.)

habile mécanicien avait imaginé des trucs ingénieux, Saâda avait incarné à ravir le prince Charmant, qui est le sentimental héros de tous ces contes chimériques...

Sous ses tendres baisers d'amour, il avait réveillé la belle endormie... Marguerite dont l'alanguissement disait les rêves bien doux, les célestes visions.

Tout le monde s'accordait à dire que c'était une artiste inimitable, bien que son jeu eût quelque chose d'étrange...

Rendant les impressions de l'héroïne avec une intensité vraiment surprenante, elle semblait pourtant vivre en dehors de son rôle...

— En dehors... mais au-dessus ! — disait Mahadok pour qui elle était un sujet d'observation continuelle.

Et il pensait en lui-même :

— On dirait que son âme est en dehors d'elle et la guide, ses yeux immatériels levés vers la splendeur astrale que nos yeux corporels ne peuvent voir. C'est pourquoi elle est une voyante bien plus qu'une folle...

« Mais elle guérira, car il ne faut pas que l'âme plane trop haut !... La splendeur du rêve la ramènera au sens de la réalité sur l'aile bleue de la chimère... Déjà son pauvre cerveau va mieux depuis que nous lui avons fait donner la vie de la scène aux fantômes de son imagination... Folie ou génie, un rien vous sépare... Et ce rien... c'est tout ! Exécuter ce que l'esprit a conçu... voilà la question !...

Aussi Mahadok, qui prévoyait... et préparait la guérison de Marguerite, se pardonnait à lui-même, à cause de cela, d'être le régisseur et le metteur en scène d'une troupe de comédiens ambulants...

Mais, pour varié qu'il fût, le répertoire, à la longue, menaçait de s'épuiser, car le séjour à Fribourg-en-Brisgau se prolongeait.

Saâda utilisa ses loisirs à faire un drame sur canevas, dont elle emprunta le sujet à la vie de Marguerite et à des événements auxquels la tribu de Bohémiens s'était trouvée mêlée...

Elle changea les noms et transposa les lieux...

Sous le titre de *Don Pedro le Cruel*, c'était la captivité de Marguerite et le supplice de Djilma dans le burg du seigneur Othon... Marguerite s'appelait, pour la circonstance, Mercédès la Blonde. Elle était sauvée par son amoureux Don Gusman qui escalade la citadelle de Tolède... Bien entendu, Saâda joua le rôle du libérateur... qu'elle avait joué pour de bon à l'assaut du burg...

Aucune allusion n'était faite à la révolte des gueux... c'était un conseil prudent qu'avait donné Mahadok qui se méfiait de la censure exercée, dans tous les temps, par les princes de tous les pays...

Ces gens-là n'ont jamais aimé ni l'idée ni le mot de révolution !

Mais comme il faut un dénouement, Don Pedro le Cruel est détrôné par son bâtard Iago, une espèce d'avorton qui lui crève les yeux...

Ce fut le gnome qui joua le personnage d'Iago avec une conviction, un feu, qui n'était pas sans inquiéter, au dernier acte, l'acteur chargé du rôle de don Pedro...

Ce drame eut un grand succès ; il clôtura la série des représentations des *Comédiens du Roy d'Égypte* à Fribourg-en-Brisgau...

Nos artistes, dont la réputation s'accroissait chaque jour, avaient été mandés auprès d'un très grand seigneur des environs.

Les princes de Furstenberg n'étaient pas de ces petits hobereaux qui vivent dans les burgs des bords du Rhin comme des oiseaux de proie dans leurs nids.

Régnant sur deux mille kilomètres carrés, avec cent mille vassaux répartis dans des villes comme Fribourg, Pillingen, Heiligenburg, etc., ils comptent parmi les familles de la plus haute aristocratie de l'Allemagne...

Cela ne les empêche pas d'être dévoués, corps et âme, au roi de France... C'est une tradition; l'aîné des Furstenberg est dans l'armée française, les cadets sont dans la diplomatie et le haut clergé.

Le prince s'appelle Louis comme le roi qu'il a servi... Mais, à présent, il vit retiré dans ses terres.

Louis XIV se plaignit de sa grandeur qui l'attache au rivage.... Louis de Furstenberg se plaint... de la goutte qui l'attache dans ses domaines seigneuriaux, tout près de Fribourg-en-Brisgau où il ne peut même pas aller...

Comme au fond il est très français d'esprit et de cœur, il maugrée spirituellement contre son infirmité.

Il dit à ses écuyers qu'il rudoie, à son chapelain dont il plaisante les *oremus*, à son médecin dont il tourne les ordonnances en dérision :

— J'ai eu bien des maîtresses, mais aucune ne s'est attachée à moi comme cette maudite goutte... quel crampon !...

Mais au fond c'est un assez bon diable, comme tous ceux qui aiment la vie et ses jouissances.

Le prince Louis adorait la bonne chère, la cuisine délicate et les plats raffinés. Vatel eût été son auteur favori... son vin de prédilection était le bourgogne.

— Je sais, — disait-il, — que c'est une passion malheureuse! Le bourgogne, c'est la goutte en bouteille...

Et il riait de son jeu de mots...

Pas toujours, car les accès de goutte, assez fréquents, lui arrachaient parfois des jurons peu compatibles avec la dignité d'un prince chrétien....

Au révérend qui essayait pieusement de le ramener à des sentiments plus austères, il répondait avec bonhomie:

— J'ai toujours aimé mon prochain... et surtout ma voisine... et j'ai pensé que le bon Dieu avait fait les bonnes choses pour qu'on en profite. C'est le diable seul qui a dû inventer la goutte...

C'est pourquoi Louis de Furstenberg s'ennuyait princièrement dans son magnifique château de Donaueschingen.

Il n'avait comme distractions, en dehors des prêches de son chapelain et des remontrances des médecins attachés à sa personne, que les lettres de son frère François, évêque de Strasbourg, et les humeurs acrimonieuses de sa fille Héloïse, qui se desséchait à la pensée de coiffer sainte Catherine.

La noble damoiselle déversait sa sentimentalité sans emploi dans la lecture des romans de chevalerie.

Tout cela constituait un ensemble de plaisirs assez restreint pour un homme qui, comme le prince de Furstenberg, aurait été un des fidèles compagnons d'Henri IV...

Quand il sut qu'il y avait une troupe de comédiens à Fribourg-en-Brisgau, il fit écrire au bourgmestre de sa bonne ville qu'il serait bien aise d'assister à leurs représentations.

Malheureusement la goutte ne lui permettait pas même ce léger déplacement.

Il priait donc qu'on fit venir à Donaueschingen les comédiens du Roy d'Égypte...

Cette prière était un ordre pour nos Bohémiens... D'ailleurs, tout le monde savait que le prince, possesseur d'une énorme fortune, savait se montrer généreux pour les artistes...

Il avait rapporté des manières somptueuses de la cour de France, et puis, d'ailleurs, comme il le disait lui-même quand on lui reprochait sa prodigalité :

— Les gens qui ont la goutte ne sont jamais atteints de ladrerie!...

Notre troupe d'acteurs n'eut pas à se plaindre de son séjour dans la demeure princière...

Ils furent bien payés et encore mieux choyés... Le prince de Furstenberg avait invité aux représentations qu'il faisait donner chez lui toute la noblesse des environs.

Ce furent, pendant quelque temps, des fêtes continuelles.

Devançant Louis XIV qui ne craignait pas de faire asseoir Molière à sa table, le prince Louis invita Mahadok, l'imprésario de la troupe, et Saâda, le premier rôle, qui passait, aux yeux de tous, pour un jeune homme...

Héloïse, la romanesque et sentimentale héritière, n'avait de regards que pour cet acteur dont la voix d'or, les gestes nobles, l'attitude héroïque l'avaient absolument séduite...

Elle eût donné son titre, sa fortune, et même sa vertu pour entendre ce prince Charmant roucouler à ses oreilles de fille mûre la douce et éternelle romance de l'amour.

La petite reine de Bohème, celle qui avait été Jack-le-Bûcheron, le révolutionnaire farouche, riait sous cape des œillades enflammées, forcément platoniques, que lui adressait l'aristocratique héritière.

Mais il était dit que tous les bonheurs atteindraient nos comédiens dans le château seigneurial de Donaueschingen.

Le prince Louis avait été pris d'une crise de son mal, plus grave que les précédentes.

Ce n'est pas impunément qu'on exerce ses devoirs d'amphitryon joyeux quand on est sujet à la goutte.

Mahadok, qui connaissait l'art de guérir et avait toujours dans sa roulotte de merveilleux remèdes, en donna un au prince qui le soulagea.

Comme le charlatanisme lui répugnait, — il laissait ça aux docteurs patentés des Universités d'Allemagne et d'ailleurs, — le doux philosophe dit à son généreux Mécène :

— Mon secret est simple... le voici. La colchique d'automne croît
dans les prés, d'août à octobre. La tige est bulbeuse, les fleurs sont lilas.
Au lieu d'infuser les bulbes comme on le fait, je distille les semences et
j'en retire ce suc qui vous a guéri pour l'instant; mais ce médicament
doit être employé avec prudence. Je vous ai fait boire de l'eau... beaucoup... avec. Croyez-moi, monseigneur, c'est surtout ce qui vous a guéri...
Je vous ai enseigné, pendant quelques jours, à être sobre...

Les médecins qui assistaient à l'entretien ne pipèrent mot... Mais ils
notèrent soigneusement sur leurs tablettes que les semences de colchique
valaient mieux que le bulbe...

Le chapelain, imbu d'idées toutes différentes et qui commençait à
voir Mahadok d'assez mauvais œil, dit au prince:

— Ah! monseigneur, si vous alliez en pèlerinage à Notre-Dame de
Villingen qui se trouve justement sur les terres de Votre Altesse...

Et il regarda Mahadok d'un air vainqueur, s'attendant à prendre le
vieux parpaillot en flagrant délit d'hérésie.

Mais le digne homme fut bien surpris, car Mahadok renchérit sur sa
proposition, en disant au prince:

— Monseigneur, je serai de l'avis de notre pieux et saint abbé!...
Il faut que Votre Altesse aille à ce sanctuaire vénéré... qu'elle y aille à
pied... et qu'elle y jeûne, ne vivant que de légumes et de fruits, huit jours
durant, tout en buvant de l'eau de la source miraculeuse qui jaillit d'une
grotte près de l'église...

L'abbé prit les conseils hygiéniques de Mahadok pour un acquiescement à ses pieuses doctrines, et il en conçut une profonde sympathie
pour le vieux philosophe.

De leur côté, les médecins surent gré au Bohémien d'avoir perfectionné
leur connaissance de la botanique d'une façon telle qu'ils pouvaient, —
chacun dans sa clientèle, — s'attribuer le mérite de l'invention.

Au bout d'une semaine, le prince revint de son pèlerinage en bien
meilleure santé... et pour cause.

Il avait fait de l'exercice et de l'hygiène... et bu de l'eau, ce qui
constituait le vrai miracle.

Mahadok fut porté aux nues... Mais son expérience lui disait qu'il ne
faut jamais rester trop longtemps dans les endroits où l'on est devenu
célèbre et où l'on a été favorisé par l'inconstante fortune...

La roche Tarpéienne est près du Capitole.

C'est pourquoi il pensa que le moment était venu de plier bagage.

L'annonce du départ de la troupe eut pour résultat de désoler la trop
sentimentale Héloïse qui, plus que jamais, se morfondait en soupirs et
en œillades à l'adresse du prince Charmant.

Hélas! elle montait en graine, comme on dit vulgairement, et cet
idéal des filles à marier ne s'était jamais présenté, en réalité, au château
de son père. Rien d'étonnant, donc, à ce qu'elle eût palpité aux tirades
ardentes de ce prince de la fiction, de cet amoureux délicieu-

sement chimérique qu'incarnait si délicieusement la belle Saâda...

Mahadok avait voulu rester fidèle aux traditions séculaires de sa race.

Même au sein des splendeurs du château de Donaueschingen, où ils recevaient la fastueuse hospitalité du prince de Furstenberg, la tribu de Bohémiens campait...

Le bivouac était établi dans le parc...

On eût dit que le printemps radieux y avait établi sa cour.

Sous l'haleine tiède des zéphyrs, avril y trônait au milieu des fleurs.

Tout chantait la douceur des nids et l'ardeur des sèves...

Les petits oiseaux gazouillaient dans le verdoyant feuillage...

La saison était à souhait pour se mettre en route...

Mahadok activait les préparatifs, tout en se demandant de quel côté la troupe nomade dirigerait ses pas errants...

Depuis qu'elle avait, en quelque sorte, fixé son esprit dans la poétique vision des rôles où elle excellait, Marguerite, la voyante, semblait muette pour le reste, et ne rendait plus d'oracles.

Allaitant son cher petit Henry et suivie de l'animal fidèle qui avait fui avec elle les horreurs du Val d'Enfer, la douce et tendre créature errait des heures entières dans les parties les plus retirées du parc...

La troupe était au complet... On devait partir le lendemain dès les premières heures du jour.

Déjà le soleil baissait sur l'horizon et Marguerite n'était pas encore rentrée...

Mahadok résolut d'aller à sa recherche... Saâda, qui venait de vaquer aux soins du ménage, avait revêtu pour cela, ainsi qu'elle le faisait journellement, les habits de son sexe...

— Je joue à présent mon rôle de cuisinière! — disait-elle avec son gracieux sourire.

Mais comme elle avait fini son travail, elle voulut accompagner son grand-père...

L'amour qu'elle avait pour sa blonde sœur d'adoption la rendait soucieuse, inquiète, toutes les fois que Marguerite n'était pas là...

Vaine anxiété !... Crainte illusoire !... Une divinité tutélaire semblait veiller sur la folle...

On eût dit qu'à son évocation les nymphes des bocages et les ondines des fontaines sortaient de leurs retraites profondes et protégeaient leur sœur Marguerite dont l'âme exquise et tendre était, comme elles, toute proche de la nature.

La nuit était venue quand Mahadok et Saâda retrouvèrent Marguerite...

Elle était avec son enfantelet chéri, auprès d'une source au clair murmure...

Le faon, à côté, broutait l'herbe tendre...

La folle s'était fait une couronne de paquerettes, sa fleur favorite, celle dont elle portait le nom si poétique et si doux...

Dans ses bras, tout enguirlandé de marguerites des champs par sa mère, le petit Henry semblait, dans son innocent sommeil, sourire aux anges... ses pareils...

Mahadok et Saâda s'arrêtèrent, attendris, à contempler cette suave vision...

Et ils écoutèrent aussi, ravis, car Marguerite chantait de sa voix mélodieuse et triste comme une harpe d'Éole...

Elle chantait la mélancolique romance d'un poète de France qui était mort jeune, le cerveau terrassé par le mal dont Marguerite souffrait...

Et cette romance, que le poète intitulait : *Ma Maîtresse*, disait la douloureuse tendresse que la pauvre humanité a pour son mal...

La voix argentine de la voyante égrenait ces couplets dans la paix du soir :

> Je vais vous dire mes amours,
> Le doux objet de ma tendresse,
> Le nom charmant et cher toujours
>   De ma maîtresse !
>
> Devant son étrange beauté,
> Qui donc oserait en médire ?
> Qui ne ressent la volupté
>   De son sourire ?
>
> Que j'aime ses cheveux épars,
> Coulant sur son front, comme l'onde !
> Qu'ils me plaisent, ses yeux hagards
>   Cette eau profonde !...
>
> Qu'elle est belle ! j'aime son air
> Si langoureusement farouche,
> Et j'adore le rire amer
>   Qui tord sa bouche.

Mahadok et Saâda s'arrêtèrent, craignant que le bruit de leurs pas, le froissement de l'herbe, le craquement des branches dans les buissons près desquels ils passaient ne vinssent interrompre le chant qu'accompagnait le clair murmure de l'onde dans laquelle l'ombre de la voyante se reflétait sous les clartés stellaires...

Elle poursuivait son étrange et plaintive mélopée :

> Je laisserai rire les sots,
> En la voyant, parfois, hautaine,
> Errer le soir au bord des flots,
>   Vague, incertaine.
>
> J'aime la guirlande de fleurs
> Qui sur ton blanc cou se relie
> A tes blonds cheveux tout en fleurs
>   Pâle Ophélie !
>
> Reste maîtresse en ma maison
> Toute soumise à ta parole,
> Loin de ceux qui, de la Raison,
>   Font leur idole !
>
> Et fais que, pour l'éternité,
> Ce cœur qui t'aime et te contemple,
> Un jour à ta divinité
>   Serve de temple !

— Grand-père... tu n'entends pas?... Il me semble qu'on a marché...

Et en disant cela Saâda posait une de ses mains sur le bras de Mahadok, tandis que, de l'autre, elle montrait au vieillard une forme qui se glissait au milieu des oseraies, sur la rive opposée du petit cours d'eau...

— Oui... en effet... — fit Mahadok, — on dirait... une femme...

Marguerite achevait le *lamento* triste du pauvre poète :

> Pour moi la vie est un tourment...
> Donne-moi l'abri de ton aile !
> Tu sais que je suis ton amant
> Toujours fidèle !
>
> Qu'elles sont jeunes, mes amours,
> Et que ma maitresse est jolie !
> Ma maitresse vivra toujours...
> C'est La Folie !...

Juste comme elle achevait sa romance, Marguerite poussa un cri...

Le faon timide vint se refugier dans ses jupes, tandis que le petit Henry s'éveillait et pleurait...

Mahadok fit quelques pas dans la direction de la folle... Lui aussi, il venait d'apercevoir, de l'autre côté du ruisseau, une apparition...

Mais il s'arrêta et sourit... L'apparition n'avait rien de spectral... ni de terrible ou de repoussant...

C'était une femme... et dans cette femme, il avait reconnu la sentimentale Héloïse de Furstenberg...

Celle-ci, de son côté, avait reconnu le bon vieillard qui venait d'apporter naguère un adoucissement à l'infirmité du prince son père...

Elle s'aperçut de l'espèce de crainte produite par son arrivée à l'improviste et elle s'en excusa de son mieux...

S'adressant à Mahadok, elle lui dit :

— Pardon, monsieur... je me suis écartée un peu de ma route... j'avais entendu madame, — et elle montra Marguerite, — qui chantait si divinement bien... et je n'ai pu résister au désir de l'entendre de plus près... Les décors de votre théâtre sont fort beaux et vos artistes sont merveilleux, mais pour un talent comme celui de madame, pour une voix qui vous enlève aux cieux sur les ailes bleues de je ne sais quelle idéale chimère, quel décor vaudra jamais ce site idéal où jaillit la source du Danube?...

Comme tout le monde, Mahadok avait trouvé Héloïse de Furstenberg un peu ridicule, à la façon des *Précieuses* de son temps, mais il était loin de la prendre pour une sotte...

Elle avait le sentiment de la poésie et de l'art... avec cela, elle était bonne, ce qui était tout naturel, car l'art et la poésie ne vont pas sans la bonté...

On pouvait donc lui passer quelques petits travers.

Après l'avoir saluée avec cette déférence exempte d'humilité qu'il savait mettre dans ses rapports avec les grands, Mahadok lui dit :

— Mademoiselle... nous sommes heureux de penser qu'en retour de

... montra une étoile d'or qui scintillait dans le ciel, vers le sud — Là! — fit-elle, — c'est là
qu'il faut aller!... (Page 981.)

l'hospitalité si généreuse du prince votre père, et en remerciement de la
faveur que nous avons trouvée auprès de vous, nous avons pu, une
dernière fois, avant de partir, vous faire goûter, avec le charme de la
nature, l'attrait de la poésie... Mais si la voix de notre divine chanteuse
mérite tous les éloges, il faut dire que le décor est à vous... Je suis sûr
que votre goût personnel a dû contribuer à faire entourer d'un cadre digne
de lui le Danube naissant...

Héloïse de Furstenberg sourit :

— J'avoue que j'ai donné quelques conseils aux jardiniers de mon père... mais je leur en ai donné surtout un... celui de ne pas trop gâter la nature... Je crois que si je les avais laissés faire, ils auraient taillé et... frisé les arbres qui entourent la source du Danube, un peu comme les perruques que l'on porte à la cour du roi de France...

Mahadok savait, comme tout le monde, que la ville de Donaueschingen devait son nom à la source du Danube, en allemand *Donau*, qui jaillissait dans le parc du château, fief des princes de Furstenberg.

Pendant tout cet entretien, Saâda était restée à l'écart, cachée derrière un buisson, à l'abri des regards d'Héloïse...

Cette sentimentale personne, encouragée par les paroles affables de Mahadok, s'enhardit, en rougissant, à faire un aveu...

— Monsieur, — dit-elle, — je vous ai dit que ce soir, c'est en m'écartant un peu de ma route que j'étais arrivée à la source bleue du Danube, auprès de laquelle chantait cette voix de fée... J'allais, en réalité, plus loin !

Elle parut faire un effort sur elle-même, et, dans un soupir, acheva par ces mots :

— J'allais... vers cette partie du parc... où votre troupe est campée...

Un froncement de sourcils... imperceptible, surtout à cette heure sombre, témoigna chez Mahadok non de l'étonnement, mais de l'ennui...

La persécution importait peu à cet éternel proscrit, à ce perpétuel exilé ; même, il ne redoutait pas, bien qu'il ne les cherchât point, l'âpre horreur des batailles ; mais il avait peur des intrigues...

Comme le clair ruisseau qui traverse, sans se mêler à lui, le fleuve aux eaux limoneuses, il voulait que sa tribu marchât sous le grand soleil de Dieu, pure et fière...

Du sang... quand on ne pouvait faire autrement... comme dans la révolte des Gueux de la Forêt-Noire... Mais de la boue... jamais...

Héloïse comprit-elle l'impression pénible que le commencement de son aveu avait produit sur l'austère vieillard ?...

Sans doute, car malgré qu'elle fût une *Précieuse* suivant le langage de l'époque, elle n'en était pas moins une femme, avec la finesse et le tact exquis de sa féminine nature...

— Oh ! monsieur !... — fit-elle en joignant les mains, comme en un geste de prière, — ne me jugez pas mal ! Les filles de mon rang sont parfois plus malheureuses que les paysannes qui bêchent la terre ou les nomades qui courent, pieds nus, dans la poussière des routes...

« Elles peuvent donner leur cœur... et il nous est défendu d'en avoir un... A la place, nous portons un écusson héraldique... Et pourtant, la nature au printemps chante pour nous, dans les prés et dans les bois, la chanson des nids et des sèves... comme pour les filles des manants et des Bohémiens...

« Les livres où nous cherchons un refuge contre la solitude dorée de nos pauvres âmes, ce sont des poèmes et des romans qui chantent l'amour et célèbrent l'idéale tendresse des cœurs épris...

« Comme la colombe dont l'aile est cassée par le plomb du chasseur, notre âme s'abat par terre, meurtrie...

Mahadok se sentait pris d'une immense pitié... Le ridicule de la vieille fille disparaissait à ses yeux... Il n'avait plus devant les yeux qu'une femme qui souffrait... parce qu'elle aimait...

Elle aimait... d'un impersonnel amour... tout ce qui manquait à son cœur... l'amant chimérique... l'époux du rêve... dont les doux serments soufflaient leur ardeur à son oreille... dans les sonnets, dans les poèmes, dans les romans, dans les drames du théâtre...

Celui qu'elle aimait, c'était l'être idéal en qui elle incarnait toutes les tendresses, tous les baisers, toutes les joies et toutes les souffrances même qui lui manquaient...

Elle aimait... l'amour... un absent !...

Le vieux philosophe indulgent comprit... Il épargna à la triste victime du préjugé nobiliaire l'humiliation du dernier aveu...

— Vous recherchez, — lui dit-il, — un artiste de notre troupe.

Elle balbutia :

— Oui... vous vous en êtes aperçu... sans doute, monsieur... je l'aime d'une façon que je ne saurais dire... comme on aime ces êtres immatériels dont la poétique crédulité de nos pères a peuplé le ciel et la terre... comme on aime les héros légendaires et les anges bibliques... comme les filleules des fées, Cendrillon, la Belle au bois dormant aiment leur prince Charmant...

Derrière les buissons où elle se cachait, Saâda étouffa un rire...

Elle fut sur le point de se montrer... de dire à la romanesque personne :

— Voyez mes jupes... je suis une femme comme vous... Je ne suis pas le prince Charmant... mais une pauvre petite Bohémienne qui vient de faire cuire la soupe aux choux dans son chaudron...

Mahadok avait deviné l'intention de sa petite-fille...

Il l'arrêta d'un geste.

Le doux philosophe pensait qu'il ne faut jamais briser l'aile de la chimère... jamais ternir une illusion... jamais ravilir l'idéal...

Sa figure grave d'apôtre s'illumina, et, d'une voix inspirée, il dit :

— C'est l'*Impossible Amour !*... Restez dans la poésie qui élève votre âme, dans la contemplation de la nature sereine qui apaise et console... aimez les faibles... protégez les pauvres... que tout, autour de vous, sente la divine bonté, sœur de la céleste poésie... Vous trouverez l'amour dans le parfum des roses, dans le vol du papillon, dans le chant de la fauvette et dans le sourire des enfants dont vous aurez secouru les mères... Et quand vous aurez, en cheveux blancs, ainsi terminé votre carrière, vous vous direz que vous avez connu l'amour... le plus délicieux, le plus pur... celui qui ne laisse derrière lui ni le dégoût ni les remords...

Les paroles de Mahadok avaient rendu à la pauvre princesse ce courage et cette sérénité que donne toujours aux exquises natures féminines le contact de l'idéal.

Elle avait repris possession d'elle-même, complètement, et ce fut cette fois sans hésitation dans la pensée, comme sans trouble dans la voix qu'elle dit au vieillard :

— Vous avez raison... je vais tourner le dos à l'*Impossible Amour*, mais je garderai un délicieux souvenir des visions d'art, de poésie et de tendresse qu'ont apportées ici les *Comédiens du Roy d'Égypte*, qui, désormais, seront les *Comédiens ordinaires du prince de Furstenberg*...

Elle tira un parchemin scellé de cire rouge de son corsage et le tendit à Mahadok en lui disant :

— Voilà le brevet qui vous accrédite en cette qualité... Mon père vous l'octroie et j'allais au camp... un peu inconsidérément à cette heure, vous le porter. Recevez-le donc ici de mes mains près de la source bleue du Danube, et ne gardez pas un trop mauvais souvenir d'une vieille fille romanesque... qui aimait peut-être un peu trop le théâtre et la poésie...

— Mademoiselle, vous êtes charitable et douce... Le vieillard qui est devant vous... vous souhaite le bonheur,... que vous trouverez toujours en faisant le bien. Et j'ai une infinie reconnaissance pour le prince votre père et pour vous... Ce brevet émanant d'un prince éclairé, aimant les arts, favorisant les artistes, ne peut que nous servir beaucoup au cours de nos pérégrinations théâtrales...

Héloïse de Furstenberg devint grave.

— Il vous servira peut-être plus que vous ne croyez ! — dit-elle. — Peut-être ce bout de parchemin assurera-t-il votre sécurité en route. Il faut vous dire que mon père a reçu aujourd'hui une lettre de son frère, l'évêque de Strasbourg.

« Mon oncle dit que le margrave Othon, rendu aveugle à la suite d'événements tragiques qu'on n'a pas oubliés, est en ce moment à Strasbourg pour se faire soigner... Ses partisans, tous les petits hobereaux du Rhin se démènent pour le venger. Ils trouvent que les représailles qui ont suivi la prise du Burg n'étaient pas suffisantes. Ils voudraient de nouveaux coupables, de nouvelles exécutions.

« On a entendu dire à Strasbourg qu'une troupe de comédiens qui donnaient des représentations à Fribourg-en-Brisgau, jouait, sous le titre de *Don Pedro le Cruel*, un drame qui était une transparente allusion à l'aventure d'Othon.

« Comme de juste, on ne suppose pas que ces comédiens aient participé au sac du Burg ; mais mon oncle l'évêque demande à mon père de la faire rechercher, cette troupe d'acteurs, afin de lui faire interdire de jouer la pièce en question. On voudrait aussi les interroger un peu... on s'étonne qu'il y ait dans le drame des détails réels, généralement ignorés du public.

« Mon père, qui est plus Français qu'Allemand, n'aime guère ce Prussien de seigneur Othon, et il serait désolé que pour une vétille, en somme, — quelques scènes de drame trop réaliste, — la justice vous cherchât querelle.

« C'est pourquoi il a pensé que vous trouveriez quelque sauvegarde dans ce brevet vous accréditant comme attachés à sa personne, ainsi que le fait le roi de France pour la Comédie Française...

« Adieu, monsieur, et qu'en tous lieux, comme ici, la chance heureuse favorise les comédiens ordinaires de S. A. le prince de Furstenberg...

La romanesque princesse disparut, escortée par un rayon de lune dans lequel elle semblait se fondre...

Quand elle fut loin, Saâda sortit de sa cachette et vint rejoindre son grand-père.

— Tu as entendu? — fit simplement Mahadok.

— Oui... il faut fuir encore... s'en aller loin... bien loin... mais où?

Mahadok regarda, pensif, le mince filet d'eau qui s'écoulait de la source, serpentant au milieu des vertes prairies émaillées de pâquerettes...

Il rêvait... ce ruisseau devenait un fleuve imposant et superbe... Il traversait des royaumes, des empires... route éternelle et mouvante de ces nomades armés qui furent les légions romaines des Césars... les Huns d'Attila... les croisés de Godefroy de Bouillon...

Le fleuve devenait une mer... aux Portes de Fer, sur un lit de rochers qu'encerclent mille dangereux tourbillons...

Et le Danube pénétrait avec des grondements d'océan furieux dans les mystères de l'Orient profond...

C'était là le chemin à suivre... celui qui menait, qui sait? à l'antique berceau de sa race...

La lune était couchée... les astres avaient pâli... Le chant lointain des coqs annonçait le jour prêt à naître...

Marguerite, qui était restée silencieuse près de l'eau à bercer son enfant, se leva et montra une étoile d'or qui scintillait dans le ciel, vers le sud :

— Là ! — fit-elle, — c'est là qu'il faut aller, toujours !...

V

LES AILES NOIRES

Mais il nous faut laisser là ces brillantes images... Florence, où tout est à la joie et aux fêtes, à cause de la nouvelle régence et des fiançailles de la duchesse Nathalie avec le comte Méphisto... Florence verra bientôt se dérouler les scènes de l'épopée tragique et finale, dont une trêve momentanée a interrompu le cours...

Les Bohémiens sont sur la route du Sud, toujours guidés dans leur marche à l'étoile mystérieuse par la voyante Marguerite...

Le bonheur voyage dans les roulottes des comédiens nomades... La protection du prince de Furstenberg, les libéralités de ce fastueux seigneur leur assurent la sécurité et l'abondance, deux choses qu'ils n'ont guère connues jusqu'ici, les pauvres errants !...

Qu'ils jouissent de cette paix sereine, avant que l'âpre fatalité ne les rejette dans le tourbillon des événements...

Quittons l'Italie au soleil d'or et au ciel d'azur, abandonnons la route qui, des sources du Danube aux bords fleuris de l'Arno, conduit ces chimériques pèlerins, ces dévots de la poésie et de l'art, ces fervents de la légende...

Et revenons à Strasbourg, la ville libre, la fière cité alsacienne où le génie diabolique de l'infernal Méphistophélès a jeté la semence du mal...

La moisson de deuil et de larmes amères a amplement poussé...

Comme les figures humaines, les façades des maisons semblent porter on ne sait quel reflet des choses intimes qui se passent dans leur intérieur et qu'on ne voit pas.

Si c'est vrai, voilà une humble et pure demeure où doit régner un chagrin pesant, une tristesse bien sombre.

Le seuil est morne... les volets rabattus semblent des paupières mi-closes...

C'est un toit sous lequel on souffre, sous lequel on pleure...

C'est la maison qu'habite Mme Roger, la femme... nous allions presque dire la veuve de l'héroïque lieutenant Roger...

Rarement le vent du malheur a soufflé sur une créature humaine comme sur cette épouse et cette mère...

Continuelle bourrasque qui laisse le pauvre esquif désemparé à la merci des flots...

Marie Roger est vieille avant l'âge...

Depuis de longues années, séparée de son mari, qui est parti pour une guerre lointaine et n'en est point revenu, elle avait une joie, une consolation...

C'était la consolation, c'était la joie de toutes les mères...

Ses enfants bien-aimés... Valentin son fils adoré... son orgueil... si beau... si brave... tout le portrait de son père.

Marguerite, sa douce colombe... jolie et pure comme un lis de France... Marguerite, sa blondine chérie dont les tresses dorées étaient comme du houblon d'Alsace ; dont les yeux bleus, dans leur pureté rêveuse, semblaient refléter le ciel...

Et puis, voici qu'après son bonheur d'épouse, ses joies de mère s'étaient envolées... avaient disparu à l'horizon si noir de sa vie... sa pauvre vie douloureuse qui n'aurait plus jamais un sourire...

Valentin était parti pour la guerre... lui aussi... afin de rejoindre son père s'il vivait... pour le venger s'il était mort !...

Ah ! maudite soit la gloire des armes... qui fait pleurer les mères !...

Celle-là, à force de pleurer, elle avait les yeux rouges et brûlés par les larmes qui avaient creusé un sillon dans ses joues à la pâleur de cire vieillie....

Car il y a des larmes plus cuisantes que celles de la douleur... ce sont celles de la honte....

Pleurs qui corrodent et qui rongent, comme les acides sur la plaque du graveur...

Elles avaient leur douceur et leur fierté, les larmes données au double souvenir de l'époux et du fils, absents tous les deux, tous les deux morts peut-être...

Mais sur son cœur endolori, quel frisson d'opprobre passait, quand elle songeait à Marguerite...

Et toujours vers cette absente maudite... mais aimée... sa pensée de mère allait... pensée d'humiliation et de honte à travers laquelle montait, ainsi qu'une impalpable vapeur d'encens, le parfum divin du pardon...

Madame Roger n'était pas seule... sa fille Jeanne était auprès d'elle...

La frêle et délicate enfant, au contact du malheur, avait pris une raison bien au-dessus de son âge...

Elle aidait sa mère dans les soins du ménage et elle la consolait de son mieux...

La céleste candeur des anges ne doit être effleurée par aucun soupçon du mal...

Jeanne savait que sa sœur aînée avait encouru la malédiction de leur mère, mais elle ignorait quelle était la faute de Marguerite...

Bien souvent, l'aimante et virginale enfant s'approchait de sa mère et, lui séchant ses larmes à force de baisers, elle lui disait :

— Maman !... ne pleure pas !... petit père reviendra avec mon frère Valentin... Ils t'apporteront de beaux bijoux et de belles robes de l'Italie où il y a de si jolies choses, disent les gens qui y sont allés... Et nous serons tous bien heureux... avec ma sœur Margot aussi... qui t'a fait de la peine... je ne sais pas quoi... mais je sais bien qu'elle sera pardonnée... quand elle sera là... parce que tu es bonne comme le bon Dieu... et que le bon Dieu pardonne... à ceux qui ont souffert...

« Marguerite souffre... petite mère !... Je l'ai vue dans mes rêves... qui avait froid... dans une forêt bien sombre... au milieu des loups... Et j'ai prié le petit Jésus pour elle en me réveillant !

— Cher ange ! — murmurait la mère en attirant sur son sein, pour l'embrasser, celle qui était désormais sa seule enfant.

Puis, sous un prétexte, elle la renvoyait, pour que petite Jeanne ne vît pas son trouble affreux...

Depuis le jour où la fille maudite et coupable avait fui loin d'elle, Mme Roger ne prononçait plus ce nom... Marguerite !... La pauvre mère était allée cacher dans un coin obscur du grenier un délicieux pastel qu'un vieux maître alsacien avait fait de sa fille et qui était jusque-là resté accroché dans la chambre d'honneur.

On eût dit qu'elle voulait bannir jusqu'au nom et jusqu'au souvenir de l'absente, et, pourtant, le pardon était là qui veillait, prêt à ouvrir la porte à cette pauvre martyre de l'amour !...

Privé de l'aide et du soutien naturels de son époux et de son fils, Mme Roger était tombée dans une gêne bien proche voisine de la misère...

Trop fière pour tendre la main, n'osant implorer l'assistance de ses amis, si toutefois il lui en restait encore après tant de cruelles vicissitudes, l'épouse du lieutenant Roger vivait de quelques menus travaux d'aiguille...

Elle n'avait pas la jeunesse et les doigts de fée de Marguerite et sa vue baissait, affaiblie par tant de veilles et de larmes...

Sa santé se ressentit des privations endurées, et surtout du chagrin qui la minait...

C'était maintenant Jeanne qui veillait sur elle, avec une sollicitude tout à fait maternelle... quelque chose de souriant, d'exquis chez une enfant de cet âge...

Mais pendant toute la belle saison, l'état de Mme Roger put se maintenir, tant bien que mal...

Seulement, elle dépérissait visiblement...

Depuis la date fatale, à Pâques, rien, aucun indice n'était venu lui révéler l'existence de Marguerite...

Et quelque chose était entré dans son âme qui ressemblait bien à un remords...

L'âme d'une mère a des trésors infinis d'indulgence... La vertu sans tache, l'impeccable honnêteté, la vie modèle de cette épouse et de cette mère de soldats français ne l'empêchaient pas de s'accuser elle-même, dans son for intérieur...

Elle se disait :

— J'ai été trop dure!... Mon Dieu... vous qui avez pardonné à Marie-Madeleine la pécheresse... vous vous seriez montré moins sévère que moi... qui ne suis qu'une créature humaine! Ma fille, ma pauvre fille n'aura pas voulu survivre à ma malédiction trop implacable... elle se sera tuée !... Oh !... c'est épouvantable !...

Quelque chose semblait justifier cette supposition alarmante... On se rappelle que la nuit, après sa fuite, Marguerite avait été ramassée par une ronde de police.

Les archers du guet l'avaient conduite à la Prévôté... Le grand Prévôt s'était donné la peine de l'interroger lui-même. Marguerite n'avait pu que confirmer les événements de la soirée précédente, ces duels dont l'issue tragique avait donné tant de tracas au chef de la police...

Notre magistrat, ennuyé du bruit fait autour de l'affaire, voulait, autant que possible, contribuer à faire le silence sur tout cela.

Il avait fait remettre Marguerite en liberté...

Tout cela s'était su et, comme de juste, avait fini par arriver aux oreilles de Mme Roger...

Il arrive quelquefois que les pêcheurs, en jetant leurs filets dans le fleuve, ramènent
des cadavres... (Page 986.)

Elle avait entendu dire également que sa fille avait été vue sortant
de la ville par une des poternes de l'enceinte...

Marguerite se dirigeait vers le Rhin...

Depuis, on n'avait plus rien su d'elle... jamais...

Pas une trace... pas un indice...

Aucune nouvelle... rien !...

Le silence de la mort...

Le destin de Marguerite s'était fait muet comme le sépulcre...

Il arrive quelquefois que les pêcheurs, en jetant leurs filets dans le fleuve, ramènent des cadavres...

Personnes tombées accidentellement à l'eau ou qui y ont été précipitéesr par une main criminelle... ou bien des suicidés.

Quand on ramène ces noyés en ville pour l'enquête du lieutenant de police, cela se sait... tout le monde en parle...

Le fleuve n'avait pas rendu le corps de Marguerite, si toutefois il l'avait reçu...

Mme Roger, qui avait maudit sa fille... qui l'avait chassée... tremblait à la pensée qu'on pourrait la lui rapporter... morte.

Elle frémissait à la pensée de la retrouver vivante dans son ignominie.

Quel plus cruel supplice peut-on concevoir que celui-là pour une mère ainsi placée entre le sentiment de l'honneur familial et l'amour maternel?...

Mais l'année qui avait été témoin de la faute de Marguerite, de la chute de cet ange, poursuivit son cours...

L'été s'écoula... l'automne joncha la terre de sa rouille... puis vint le grand hiver lugubre et froid... l'hiver qui chassait les loups affamés de leurs sombres repaires de la Forêt-Noire...

Nous avons vu les aventures douloureuses de la pauvre Marguerite sous les rigueurs du ciel implacable...

Hélas! si la vie de la mère n'eut pas de ces tragiques péripéties, l'existence de la malheureuse femme n'en fut pas moins, — uniformément, — douloureuse et pénible...

L'hiver est le bourreau des pauvres gens...

Les nuits sont plus longues... pour travailler, il faut dépenser de la lumière... et... si peu que ce soit... on est bien obligé de faire du feu...

Et, avec cela, dérision amère, alors que les charges augmentent, les ressources vont en diminuant...

C'est la morte-saison... un mot qui en dit long!... Oui... malheureusement, pour beaucoup... la saison où tout est mort... au logis... quand le travail chôme...

Saison du foyer sans flammes réconfortantes... saison de la huche sans pain... sois maudit, hiver, tueur de miséreux!...

. . . .

— Maman! ma petite maman chérie!... pourquoi tousses-tu comme ça?...

C'est Jeanne qui couche, dans un petit lit, à côté de sa mère et qui lui demande cela, la pauvrette innocente, réveillée par une quinte de toux de la malade.

La pauvre mère s'afflige... non de son mal... mais parce qu'elle a interrompu le sommeil de son petit ange chéri.

Et son cœur maternel, aux divines tendresses, s'en excuse dans un sourire d'infinie tendresse qui vient illuminer son pâle visage...

— Jeanne, ma toute mignonne... je te demande pardon de t'avoir éveillée...

— Oh! petite mère, ne dis pas cela!... Est-ce que je ne suis pas là pour te soigner... comme tu m'as soignée quand j'ai fait ma grande maladie... Car c'est toi, mère adorée, qui m'as sauvée, au moins autant que M. le docteur Faust... qui était si bon... si doux...

Un flot de sang empourpre les pommettes de la malade...

Elle murmure :

— Oh! ce nom!... ce nom!...

Mais elle se tait... Jeanne ignore... Et la filiale candeur de l'enfant ne doit pas être ternie...

Heureusement... si l'on peut dire cela en parlant d'un mal cruel... voilà que Mme Roger se met de nouveau à tousser d'une façon convulsive... douloureuse... qui secoue atrocement tout son pauvre corps si affaibli...

Jeanne s'est levée... elle a passé, à la hâte, ses petites jupes, et voilà, comme une vraie femme, qu'elle rallume le feu et se met à préparer de la tisane...

Elle l'apporte à sa mère.

— Maman, tu vas la boire comme ça, bien chaude.

— Oui, mon enfant!... merci, ma Jeannette adorée... Oh! ce ne sera rien... Je sens déjà que ça me fait du bien. Vois-tu, j'ai dû prendre froid, hier, en sortant pour aller rapporter cet ouvrage... Il tombait de la neige, et la bise soufflait avec furie, venant du nord...

— Je ne veux plus que tu sortes, petite mère, tant qu'il fera ce vent et cette neige. Quand il y aura de l'ouvrage à rapporter, j'irai pour toi...

Mme Roger s'est dressée sur son séant... Ses bras amaigris attirent vers son sein sa fille bien-aimée, la seule enfant qui lui reste, et tout en la couvrant de baisers, elle crie, avec une vivacité étrange qui surprend la fillette :

— Non!... je ne veux pas!... non!... non!... tu ne sortiras pas... seule... pour que l'on te prenne... comme... Non! jamais!... j'aime mieux mourir à la peine... courir pieds nus dans la neige... offrir aux morsures de la bise ma poitrine décharnée... Tout plutôt que...

Mais cet effort a eu raison de sa vigueur... elle se remet à tousser, et sa tête décharnée retombe sur l'oreiller où l'empreinte est moulée... creuse comme un tombeau...

Spectacle bien triste et pourtant si banal!... Ne le voit-on pas tous les jours?...

Lugubre tableau de tous les temps et de partout!... Un organisme épuisé par les privations, rongé par les noirs soucis, et qui, presque vaincu d'avance, lutte contre la phtisie, fille de la misère...

Le jour s'était levé et des tourbillons de neige balayaient l'atmosphère, fouettés par la tempête venue du septentrion...

Une teinte d'un gris plombé alourdissait le ciel bas... A l'horloge du clocher de Strasbourg que le feu du ciel, de sinistre augure, avait touché, les heures sonnaient lentes, lamentables, comme un glas funéraire...

Dans la journée, Mme Roger fut prise par un violent accès de fièvre...

Elle délira... Douces visions, hallucinations effrayantes venaient tour à tour se présenter devant elle...

Elle chassait sa fille Marguerite puis la rappelait, levant les bras pour la maudire ou les ouvrant pour l'embrasser...

Il lui semblait que des ennemis nombreux et implacables l'entouraient... Impuissante à se défendre, elle appelait son fils Valentin pour qu'il vînt la secourir... Et puis, soudain, voilà qu'il lui apparaît râlant, sur un champ de bataille, au milieu d'un flot... d'un fleuve de sang qui s'écoulait de sa poitrine...

Dans ses fiévreux discours, l'image et le nom de son mari, le lieutenant Roger, revenaient encore.

Elle le revoyait, jeune et tendre époux, au premier temps de leur union bénie...

Puis, c'était la séparation cruelle... la guerre mystérieuse et lointaine...

Et la veuve prenait le deuil... Mais sa tendresse se refuse à croire à la mort... Son mari vivait... mais il était séparé d'elle...

Son délire lui donnait une merveilleuse prescience... Une vision éloignée des choses faisait voir à la malade de lourdes chaînes de fer, d'épaisses murailles, avec, dans le haut, Satan-le-Maudit, qui riait dans l'ombre des créneaux...

Ses pauvres mains décharnées se projetaient en avant comme pour repousser la diabolique vision.

Jeanne alors, qui l'observait silencieuse et attristée, tombait dans les bras de sa mère, dont la fièvre ardente se calmait, en la douceur des baisers...

Charme et fraîcheur de l'innocence, amour filial qui fait des miracles !...

Malheureusement, ces crises, à présent, se renouvelaient tous les jours... la malade ne cessait de tousser, et, comme elle ne prenait avec cela aucune nourriture réconfortante, elle dépérissait à vue d'œil.

Jeanne se multipliait, soignant sa mère, préparant ces tisanes adoucissantes qui la soulageaient... En plus, la courageuse enfant s'était mise, de son mieux, à faire ces travaux de couture dont Mme Roger se chargeait avant sa maladie.

Les personnes qui donnaient ces travaux à faire, à présent, venaient les chercher, une fois qu'ils étaient finis.

Cela semblait si naturel, que la petite fille restât toujours auprès de sa mère, sans la quitter jamais...

L'hiver se passa ainsi, avec le spectre de la mort assis au chevet de la malade...

Vers la fin des grands froids, Mme Roger avait eu un crachement de sang, et c'était là un bien mauvais signe...

Jeanne s'en inquiéta, sans cependant laisser trop percer de son anxiété pour ne pas effrayer sa mère.

— Il faudrait voir un médecin, petite maman chérie!...

Lutte sublime entre ces deux créatures de devoir et de tendresse!... Mᵐᵉ Roger, de son côté, bien qu'elle se sentît fort malade, voulait rassurer sa fille.

— Ça ne sera rien, vois-tu, ma Jeanne adorée!... Les beaux jours m'emporteront mon mal... et... ils ne tarderont pas à venir, j'en suis sûre, car je viens d'apercevoir frôlant les vitres de la fenêtre l'aile poétique d'une de nos gentilles cigognes... Jeanne... ma Jeanne chérie... dis-moi que les cigognes sont revenues..., j'y verrai l'annonce de ma guérison et cela me donnera de l'espoir...

Jeanne, pour obéir à sa mère, se dirigea vers la fenêtre... Des hauteurs de la flèche de Strasbourg, tournoyant dans le ciel grisâtre, un vol sinistre de corbeaux s'était abattu sur le sol, comme pour y chercher quelque vaine pâture. Quelques ailes noires, au passage, avaient frôlé les vitres... sombre présage!...

L'enfant revint auprès du lit de sa mère, dissimulant de son mieux la tristesse qui avait envahi son âme pure et tendre...

Elle dit, simplement, avec des sanglots refoulés :

— Non, mère chérie!... ce ne sont pas les cigognes... encore!... je crois qu'il faudrait voir un médecin.

La malade secoua la tête :

— Les médecins, comme de juste, ne se dérangent pas pour les malades qui n'ont pas d'argent à leur donner...

D'une voix basse, comme un écho lointain, elle murmura ces paroles... un souffle... un rien, plutôt que des mots... mais une pensée profonde comme le Passé... ou comme l'Au-Delà :

— Il n'y en avait qu'un... et...

Elle n'acheva pas...

La bouche innocente de la toute mignonne Jeanne devina... ou bien sa pensée avait précédé celle de sa mère.

— Faust, — dit-elle. — Il était si bon... et sa charité était grande... comme sa science qui était sans limites. Ah!... petite mère, si le docteur Faust était encore à Strasbourg, il ne se le ferait pas dire deux fois, mais ni le vent ni la neige ne pourraient l'empêcher d'accourir et tu serais sauvée...

La malade fit entendre un douloureux gémissement, entrecoupé de paroles confuses :

— Oh! non!... Ce Faust... lui!... lui!... J'aimerais mieux...

Mais elle pensa à l'enfant... à l'angélique candeur de cette âme virginale...

Semences du mal... graines funestes et maudites... faut-il que vous leviez votre odieuse moisson dans le champ où ne doit éclore que la blancheur des lis!...

Non !... Le visage de la malade, sinon son âme, reprit sa sérénité.

Et Mme Roger dit à sa fille :

— Jeanne... va me quérir mon livre d'heures ! A défaut du médecin, je prierai Dieu...

Quand Jeanne eut apporté le livre sacré, une précieuse relique de famille, la malade l'ouvrit au hasard, de ses mains faibles et tremblantes.

Et ses yeux, alors, tombèrent sur cette phrase :

« En vérité, je vous le dis, ne jugez pas et vous ne serez point jugés ! »...

Jeanne, étonnée, vit sa mère, au lieu de lire, qui rêvait sur le livre ouvert devant elle...

Songe de douceur, de mansuétude et de pardon...

De quel droit se permet-on de juger et de condamner ?... Comme si on était sûr de ne jamais se tromper dans ses jugements...

Comme si la raison humaine n'était pas toujours capable de commettre une erreur...

Qui donc peut prétendre à l'infaillibilité ?...

Ainsi parlait la conscience de cette honnête femme... la conscience auguste et sainte qui juge, en dernier ressort, et brise souvent les arrêts de la justice humaine !...

VI

UNE HYÈNE

C̀E n'était pas seulement sur la mélancolique demeure de Mme Roger et de sa fille Jeanne que le malheur avait étendu ses ailes noires.

Pendant cet hiver si cruel et si sombre, Strasbourg tout entier fut en proie à la calamité...

La peste qui, au commencement de notre récit, vers les temps de Pâques bénies, avait cessé ses ravages funestes, la peste, spectre hideux, venait de faire une nouvelle apparition.

Chose étrange et qui n'est pas encore expliquée... après des siècles... les germes mystérieux du « mal qui répand la terreur », bien que provenant des contrées chaudes, sommeillent dans nos climats, pendant l'été...

Et les rigueurs de l'hiver réveillent le fléau.

Dans la crédulité naïve de l'époque, les gens d'Alsace, cherchant à quelle cause attribuer l'épidémie, eurent une croyance superstitieuse, bizarre.

Le malheur s'était abattu sur la ville libre et prospère depuis que certain ambassadeur toscan y avait fait un séjour que l'on ne pouvait oublier.

Oui, vraiment, cet homme était Satan... en personne ! Comme une traînée de soufre qui brûle, rendant l'air irrespirable, partout où il était passé... partout où il avait séjourné... c'était l'opprobre... le deuil !

Pour comble d'horreur, ce sinistre messager de l'enfer n'avait-il pas emmené avec lui... dans un but que l'on ne s'expliquait guère, le seul homme qui fût considéré comme le défenseur... la sauvegarde du pays contre la maladie terrible...

Le docteur Henry Faust était parti, emporté dans la cavalcade diabolique du chevalier Méphisto.

Décidément, la peste avait beau jeu !...

Tout favorisait le fléau... le meilleur élève de Faust, l'héritier de sa science, le détenteur de ses merveilleux secrets... le jeune Siébel était parti...

Et ce départ était encore imputé au satanique ambassadeur dont les maléfices coupables avaient forcé.... diaboliquement... Siébel à quitter Strasbourg et l'Alsace pour de lointains climats, où des dangers inconnus... fabuleux, comme tout ce qui tient au mystère... menaçaient le maître et le disciple...

C'est pourquoi on ne parlait à Strasbourg du chevalier Méphisto que pour le maudire... comme on maudit un suppôt de l'enfer...

Et les bonnes gens faisaient le signe de la croix en prononçant le nom de l'ambassadeur toscan.

Dame Marthe Schwerdein, navrée par la perte de ses économies, dans des circonstances qu'on n'a pas oubliées ! — et elle encore moins, — se souvenait avec regret et amertume de ce fructueux passé où tous les procédés lui étaient bons ! — pourvu qu'ils fussent malhonnêtes et lucratifs, — pour grossir son bas de laine ..

Ses économies !... A cette pensée douloureuse, de véritables sanglots soulevaient son corsage opulent...

Nous n'osons parler de son cœur, et pour cause !... Il ne faut pas parler des absents...

Et puis, n'est-ce pas profaner ce mot exquis et divin que de l'employer en parlant de la créature si peu respectable dont les menées louches et les ténébreux agissements ont déjà rempli bien des pages de notre récit...

A la place du cœur, dame Marthe portait ce fameux bas de laine... Mais depuis qu'un des collaborateurs de Satan lui avait subtilisé son précieux magot, la vieille entremetteuse n'aimait plus rien au monde.

Et si elle maudissait, comme tous ses concitoyens, l'infernal ambassadeur de Toscane, ce n'était pas à cause des malheurs du pays, mais bien pour des motifs plus strictement personnels.

Du reste, nous la connaissons assez pour savoir qu'elle n'était pas femme à tenir longtemps rancune au diable, s'il lui était prouvé, par hasard, que le diable pût servir ses intérêts...

C'est ce qui arriva.

Pendant cette recrudescence hivernale de la peste, Strasbourg, privé de son merveilleux docteur Faust et de l'excellent élève Siébel que le grand savant avait formé... la malheureuse ville libre alsacienne, disons-nous, se trouva livrée à la tourbe des médicastres ignorants et des charlatans éhontés.

Mais quand les gens riches eurent pour la plupart quitté Strasbourg en proie au fléau, pour se réfugier dans des parages moins contaminés, tous nos Esculapes désertèrent à qui mieux mieux un poste où leurs précieuses santés couraient de trop grands risques, sans compensation pécuniaire sérieuse.

Les malades pauvres pouvaient bien mourir tout seuls !...

L'exode des disciples d'Hippocrate n'eut, bien entendu, aucune influence sur la santé des malades besogneux qu'ils abandonnaient à eux-mêmes... et aux miraculeuses ressources de la nature...

Quelques sceptiques prétendirent même que le fléau, à partir de ce moment-là, se mit à décroître.

C'est bien possible après tout... « On ne meurt que quand on doit mourir », dit un proverbe oriental qui pourrait bien avoir raison.

Dame Marthe pratiquait un peu ce fatalisme...

Elle resta à Strasbourg... forcément d'abord, car l'état de ses finances, depuis le *malheur* qui lui était arrivé, ne permettait pas à notre matrone d'entreprendre une villégiature coûteuse.

Et puis, elle s'était dit qu'il est avec l'enfer des accommodements.

Plus de chambres garnies à louer aux étrangers de passage... plus d'amours clandestines à favoriser, contre espèces sonnantes, hélas !...

Mais personne ne savait mieux qu'elle se plier aux circonstances.

Elle se fit garde-malade...

Sur les plages inhospitalières de certaines contrées sauvages, les malheureux naufragés sont parfois victimes de ces pilleurs d'épaves, qui trouvent, dans la calamité des autres, matière à butin.

Si pauvres qu'ils soient, les malades que les familles abandonnent et dont les médecins désertent le chevet ont encore, souvent, quelques maigres ressources...

Dans ces lamentables naufrages de la vie, il y a encore des épaves à piller...

La Schwerdein fut une hideuse et atroce pilleuse d'épaves...

Voleuse de moribonds, détrousseuse de cadavres... elle se réconciliait avec Satan...

Son bas de laine, à nouveau, s'emplissait...

Sous le masque de la charité, affublée du déguisement de la bienfaisance et du désintéressement, elle pénétrait dans les tristes demeures où le fléau régnait, derrière la peste dont elle semblait l'ombre...

Elle s'appropriait sans scrupules tout ce qui lui tombait sous la main... (Page 994.)

Pas de surveillance à craindre... nul contrôle à redouter pour ses actes ténébreux. La peste qui lâchait en liberté la lâcheté humaine, dans ce qu'elle a de plus vil et de plus triste, faisait le vide autour de ses victimes...

A toutes les époques, ce mot « pestiféré » n'est-il pas sinistrement évocateur d'isolement... d'abandon... de mise hors d'humanité ?

Les familles étaient dispersées... les ménages les plus unis se disjoignaient... les amis se fuyaient... le fiancé quittait sa promise... la maîtresse laissait là son amant...

Il n'y avait plus que deux sortes de gens... les pestiférés qui mouraient ou s'en tiraient comme ils pouvaient... et les autres qui s'en allaient.

Au premier symptôme, la solitude se faisait autour de ces malades que leur entourage considéraient déjà comme des morts...

Pire que cela ! car on pleure les morts et on leur rend les derniers devoirs... Tandis que le pestiféré est un être qui communique son mal. Il est le semeur effroyable de la mort...

Ça commençait brusquement... D'emblée, en pleine santé, le malade se plaignait d'avoir mal à la tête, un mal lancinant, comme si, à coup de vrilles, on lui eût percé le crâne...

En même temps, un feu ardent lui dévorait la gorge... sa figure s'altérait... sa démarche devenait incertaine, il titubait en marchant, comme un homme ivre...

Cela durait quelques heures... c'était assez pour désigner à tous la victime de la peste.

L'infortuné se couchait... les forces anéanties, sans parole, avec un regard morne et résigné...

Et la fièvre s'allumait... avec le délire et des convulsions...

Un froid glacial envahissait le pestiféré dont les lèvres devenaient bleues...

Un dernier hoquet... et c'était la mort... la mort libératrice...

Devant un pareil spectacle, que rendait plus poignant, en outre, l'imminence de la contagion, on comprend que la tendresse même des proches hésitât...

Des gens... des hommes énergiques et forts, qui ne craignaient pas d'affronter la mort dans les combats, reculaient, saisis d'une sorte de terreur superstitieuse devant le spectre affolant de la peste...

Dame Marthe n'eut pas ces craintes... ou plutôt, chez elle, l'amour du lucre fut plus fort que la crainte...

Le démon de l'avarice lui inspira un affreux et répugnant courage...

Quand elle savait que des malades atteints de la peste étaient abandonnés par leur famille, dépourvus de soins, sans médecins, sans personne qui s'intéressât à eux, vite, elle accourait...

Cauteleuse, hypocrite, elle venait s'installer à leur chevet...

Et alors, pendant l'agonie atroce dont nous avons retracé, en quelques mots, le désolant tableau, elle allait et venait par la maison...

Sûre de n'être pas dérangée, tant le vide s'était fait autour de ces infortunés, elle s'appropriait sans scrupules tout ce qui lui tombait sous la main...

Elle se livrait à une fouille scrupuleuse, visitant les placards, sondant les cloisons, experte dans l'art de découvrir les cachettes les mieux dissimulées.

M. le lieutenant de police, qui pourtant s'y entendait, ne savait pas mieux que la Schwerdein, perquisitionner chez les gens qui lui étaient dénoncés comme professant des opinions réputées séditieuses...

Mais il n'y avait pas de danger qu'en ce moment le brave fonctionnaire vînt déranger dame Marthe dans son trafic.

Il était parti prudemment en villégiature, bien que ce n'en fût pas précisément la saison, laissant le service à des subalternes aussi poltrons que lui et qui, par conséquent, se tenaient, le plus possible, à l'écart des milieux contaminés par la peste.

Et puis, il faut bien le dire, il eût parfois été difficile de prendre notre astucieuse garde-malade en défaut...

Ceux qui se sentent mourir, surtout quand la famille les a abandonnés, montrent pour les étrangers qui les soignent, à leur lit de mort, des trésors de tendresse...

Dame Marthe sut ainsi capter l'affection de certains mourants, chez lesquels elle sentait qu'il y avait des ressources...

Elle avait, pour ces dépouilles opimes, un flair de hyène!...

Un bol de tisane donné à propos, quelques paroles d'espoir et, par reconnaissance, des moribonds lui abandonnaient tout ou partie de ce qu'ils possédaient...

Et l'argent des pestiférés s'en allait emplir à nouveau son fameux bas de laine si malencontreusement vidé...

A défaut d'espèces sonnantes, elle récoltait de-ci de-là quelques menus meubles, des œuvres d'art... ou même de simples ustensiles de ménage...

Tout ce qui est bon à prendre est bon à garder!... Satan la protégeait visiblement. Elle n'eut pas la peste...

Les fléaux que l'Enfer vomit ne se font pas du tort entre eux!

VII

LA DETTE SECRÈTE

L'ÉPIDÉMIE est en décroissance... la Camarde se repose et dame Marthe a moins de besogne.

Elle peut à loisir contempler son nouveau tas, qui s'est arrondi...

— Eh!... eh! — fait-elle en le soupesant, — le magot est assez respectable, pas tant que l'ancien, tout de même!... Mais, enfin, je n'ai pas à me plaindre... Et puis ça a été assez vite fait!... Dire qu'il y a des gens qui ont peur du spectacle de la mort!... Ils ont raison... Comme ça ils me laissent la place libre... et j'en profite... c'est mon droit!...

« Par exemple, bien malin, à présent, sera celui qui parviendra à
t'enlever, mon doux trésor... mon bas de laine bien-aimé!... Je serai sur
mes gardes, dorénavant, et ne m'en laisserai plus conter... par un
homme !...

« Faut-il que j'aie été folle !... Amour... amour... quand tu nous
tiens !... seulement tu ne me tiendras plus !... fini de rire !... ah ! mais
non !... je n'ai plus envie de recommencer à me faire mettre sur la paille
pour un sacripant...

« D'abord, personne n'en saura rien... non ! pas même Schwerdein,
mon époux, le damné ivrogne, si jamais il revient d'Italie, ce qui n'est
guère probable... Il y a, là-bas, trop de champs de bataille où il a eu
maintes occasions de laisser sa carcasse... trop de cabarets où il aura
noyé sa raison...

« Enfin ! que le diable ait son âme ! Mais lui, il n'aura pas mon
magot !...

Les beaux jours étaient venus, et tout en se livrant à ces réflexions,
la garde-malade mettait un peu d'ordre dans son logis, qu'elle avait
quelque peu négligé tous ces temps-ci, à cause de ses philanthropiques
occupations.

Dame Marthe balayait, époussetait, les fenêtres ouvertes, respirant
l'air pur et sain, le cœur à l'aise, la mine épanouie, bref jouissant de
la vie, après avoir bénéficié de la mort.

Ses occupations ménagères la conduisirent dans une pièce sombre de
sa demeure où elle mettait un tas d'objets dont elle ne se servait pas.

Cet obscur réduit, véritable capharnaüm, renfermait pour l'instant
ce qu'elle appelait dédaigneusement son bric-à-brac.

C'était là que se trouvaient, notamment, les meubles qu'elle avait
acquis, plus ou moins légitimement, en soignant les pestiférés...

Nous avons vu, en effet, qu'à défaut d'argent, elle faisait main-basse
sur tout ce qui se trouvait à portée de ses pattes crochues, en se disant
qu'elle trouverait toujours bien le moyen, d'une façon ou d'une autre,
d'utiliser ces non-valeurs...

Au besoin, l'ingénieuse matrone, à ses industries diverses, ajouterait
le métier de brocanteuse, genre de négoce qui était bien dans ses cordes.

Pendant que la Schwerdein mettait un peu d'ordre dans ce butin
dont elle était redevable à la Camarde, le tiroir d'une sorte de petit buffet
s'ouvrit, et une grosse enveloppe cachetée de cire rouge tomba par terre.

Dame Marthe se jeta sur ce pli... sa curiosité, poussée au plus
haut point, et sa cupidité aussi. Mentalement, elle se dit :

— Si ça pouvait être de l'argent !... Pourquoi pas, après tout? On a
vu des choses plus extraordinaires que ça !...

Et elle alla dans une pièce voisine, plus claire que son capharnaüm,
pour voir en quoi consistait cette aubaine.

Elle manqua tomber à la renverse, en lisant sur le recto de l'enveloppe
cette suscription :

Pour remettre après ma mort
A MADAME MARIE ROGER,
Épouse de Monsieur le lieutenant Roger.

— Tiens!... Tiens!... — fit-elle, — voilà qui est étrange! J'étais à cent lieues de penser aux Roger... et pour cause! J'ai négligé ces gens-là... depuis... toutes ces histoires qu'ils ont eues... C'est un peu par leur faute, ou, du moins, à cause d'eux, ce qui est tout comme... qu'il m'est arrivé un tas d'ennuis. Avec ça, rien à faire... à aucun point de vue... Le lieutenant Roger... mort ou disparu... son fils parti, lui aussi, pour la guerre... on n'en a pas de nouvelles que je sache...

« Marguerite... une belle fille... ça, il n'y a pas à dire, et qui aurait trouvé des amoureux « en veux-tu? en voilà! » et des hommes bien... ayant de quoi... mais une pimbêche qui faisait des manières, malgré qu'elle eût *fauté* au vu et au su de tout le monde...

« Envolée!... sans laisser plus de traces que l'oiseau dans l'air!...

« A la maison, la vieille mère qui passe son temps à pleurer... et Jeanne, une enfant!...

« Pauvreté, misère et compagnie... La maman, cet hiver, a été malade de la poitrine... Pas de médecin ni de garde pour la soigner! ça se comprend... il n'y aurait eu que dame Marthe pour se dévouer,... et dame Marthe avait mieux à faire!...

« C'est pas là, tout de même, que j'aurais arrondi mon bas de laine!...

Après ces réflexions qui partaient sinon d'un bon naturel, du moins du naturel particulier de celle qui les faisait, notre peu respectable matrone se mit à sourire.

Quelle ironie dans les événements!...

La mort et la Schwerdein étaient deux bonnes amies... si bonnes amies que dame Marthe servait encore d'entremetteuse à la Camarde, pour faire ses commissions d'outre-tombe.

Car c'était bien vraiment une commission de l'au-delà. Notre matrone se rappelait de la façon la plus exacte dans quelles conditions elle avait... hérité du petit buffet d'où l'enveloppe venait de tomber...

C'était à l'autre bout de Strasbourg, dans le quartier des tanneurs...

Au milieu de ces ruelles étroites, puantes, malsaines, le fléau, plus que partout ailleurs, avait exercé ses ravages.

Et, pourtant, cette partie de la ville n'était pas habitée uniquement par les pauvres gens qui, en général, dans toutes les épidémies, forment le premier contingent des victimes.

Les époux Mauer passaient pour être fort à leur aise... Le mari, un petit patron, faisait travailler quelques ouvriers qui l'aimaient beaucoup, car il se montrait bon pour eux, ce qui n'était pas toujours le cas dans le quartier des tanneurs... et même ailleurs.

Sa femme s'occupait seule des soins du ménage; elle se passait d'autant mieux des services d'une domestique qu'elle n'avait pas d'enfants.

On ne connaissait à ce couple modeste, mais heureux, que des parents éloignés, qui, d'après le peu qu'on savait d'eux, habitaient l'Allemagne.

Un proverbe qui est de tous les temps dit que nul homme, avant sa mort, ne peut être tenu pour heureux.

Le malheur veille et l'on n'est jamais à l'abri de ses coups imprévus et sournois.

Mauer succomba, emporté en quelques heures, à la maladie terrible qui décimait l'Alsace.

Sa petite industrie fut forcément arrêtée... Les ouvriers se dispersèrent.

La veuve, qui avait soigné son mari avec un dévouement infatigable, tomba malade à son tour.

Escomptant en quelque sorte une succession qui ne pouvait leur échapper, les parents étaient venus, et malgré la terreur qu'inspirait le mal, ils s'étaient livrés à un partage anticipé des dépouilles.

Puis, comme un vol sinistre d'oiseaux de proie, les Allemands s'étaient dispersés, leur curée une fois accomplie...

La pauvre femme mourut chez elle... sans ressources... sur un grabat.

Dame Marthe Schwerdein était accourue pendant son agonie, comme ces hideux insectes qu'attirent l'odeur des cadavres et qui viennent manger les reliefs du festin des vautours et des corbeaux.

Mais sa cupidité fut bien déçue... Elle ne trouva à glaner, dans la demeure mortuaire ni argent ni objet de valeur, et dut se contenter de quelques meubles insignifiants que les héritiers, par pudeur, avaient laissés autour de la moribonde.

Oui !... elle se le rappelait bien, ce buffet dont le tiroir venait de laisser échapper la mystérieuse enveloppe, c'était chez les Mauer qu'elle l'avait... acquis, — maigre butin !

Assurément, la Schwerdein était une vile et méprisable créature, mais rendons-lui au moins cette justice, elle avait, de temps à autre, un mouvement humain.

Chez elle, comme chez tout le monde, — ou presque, — ce premier mouvement était le bon, celui qui est spontané...

Ce n'est qu'après avoir réfléchi qu'elle se décidait dans un autre sens... le second mouvement... le mauvais, ainsi qu'il arrive, hélas ! dans la plupard des cas, en ce bas monde.

Donc, le premier mouvement de notre digne matrone fut d'aller porter cette missive à la personne dont le nom figurait sur l'adresse... c'est-à-dire à Mme Roger.

Justement c'était sa voisine... elle profiterait de la circonstance pour prendre de ses nouvelles et de celles de Jeanne... Comme la méchanceté avec elle ne perdait jamais ses droits, elle appellerait la conversation sur Marguerite... demanderait à sa mère si elle en avait entendu parler... Elle savait que c'était retourner le poignard dans la plaie dont la pauvre femme ne cessait de souffrir... Elle aviverait sa blessure, mais ne serait-ce pas là une façon de se venger de tout le mal dont elle croyait avoir à se plaindre de la part de la famille Roger ?...

On voit que le premier mouvement, — le bon, — de dame Marthe s'accompagnait d'une assez forte dose de méchanceté...

Mais l'astucieuse garde-malade se prit à réfléchir... et le résultat de ses méditations ne fut pas, comme on pourrait le croire peut-être, d'amender sa méchanceté...

Le second mouvement, au contraire, l'incita à la perfidie. D'ailleurs, la curiosité s'en mêla et, aussi, la cupidité...

Qu'est-ce que cette mourante pouvait bien écrire, *in extremis*, à la femme du lieutenant Roger ?...

Si, par hasard, c'était un testament !...

Bien sûr, qu'elle, la Schwerdein ne pourrait pas hériter à la place de Mme Roger... Mais elle pourrait en profiter tout de même. Détenant un secret si important, elle le ferait payer un bon prix aux Roger...

Cela pouvait être, aussi, la révélation faite, à l'article de la mort, d'une mystérieuse cachette où l'on trouverait un précieux magot...

La mourante, abandonnée, dépouillée par ses proches avait, peut-être, eu l'idée qui vient souvent aux malades de laisser son avoir à quelque personne étrangère... une amie d'enfance, par exemple.

Mais la matrone avait beau fouiller ses souvenirs, scruter tous les recoins de sa mémoire, elle ne se rappelait pas avoir entendu prononcer chez les Roger, le nom des époux Mauer.

L'énigme n'en était que plus tentante à déchiffrer...

Ah ! si c'était quelque cachette d'argent !... ses yeux en brillaient... ses doigts se repliaient crochus, comme les serres du vautour, ou plutôt, — l'image est plus digne d'elle, — comme la patte de la pie... voleuse.

Elle voyait son bas de laine qui s'arrondissait... se gonflait à en crever...

Rêve d'or... vision de fortune... satanique tentation à laquelle succomba cette conscience gangrenée.

Dame Marthe Schwerdein avait fait sauter le cachet de cire rouge...

Ce qu'elle vit, tout d'abord, dans l'enveloppe, c'était une feuille de papier portant le timbre du fisc...

— Tiens ! — fit-elle intéressée au plus haut point, — un papier d'affaire !... Peut-être un testament...

Pour voir plus clair elle s'approcha de sa fenêtre ouverte et, là, tirant tout à fait le document de l'enveloppe, elle se mit en devoir de le lire.

Voici ce que portait le papier timbré :

RECONNAISSANCE *d'une somme de mille écus de France reçus, ce jour, à titre de prêt, sans intérêt, et que je m'engage à rendre, sur le vu de la présente.*

Strasbourg, en l'an seize cent... le...

ROGER,
Lieutenant, au service du Roy de France.

Dame Marthe eut une vive déception...

Nous savons qu'elle comptait soit sur la révélation d'un trésor caché, soit sur un testament fait en faveur des Roger et qu'elle n'eut livré, à ceux-ci, que contre une forte rançon...

Au lieu de cela, c'était la reconnaissance d'une dette...

L'actif sur lequel elle avait commencé à bâtir des châteaux en Espagne, se changeait en passif...

Elle eut, malgré elle, un geste de découragement...

Dans le mouvement involontaire qu'elle fit, une feuille de papier qui se trouvait dans l'enveloppe avec le document qui causait sa mauvaise humeur, s'échappa et se mit à voltiger dans l'air...

L'astucieuse matrone regarda ce bout de papier qui tournoyait, avant de tomber sur le sol, au caprice du vent...

Il y avait quelque chose d'écrit dessus...

— Bah! — se dit-elle, — ça ne peut guère être intéressant pour moi... Les dettes du lieutenant Roger qu'est-ce que ça peut me faire?... J'en serai quitte pour brûler l'enveloppe et le papier timbré... ni vu ni connu! Personne ne saura que j'ai trouvé cela dans un tiroir des Mauer... Et puis, ça n'a pas d'importance!

« Autant en emporte le vent ! Je suis volée...

Sur cette conclusion, elle ferma la fenêtre...

VIII

LA JOIE DE VIVRE

CETTE brise folle qui faisait voltiger le papier sans importance que dame Marthe venait de laisser échapper de son enveloppe, éparpillait aux échos de la rue cette *Chanson de la Puce* qui était assez en vogue, à l'époque où se passe notre récit :

> Une puce gentille
> Chez un roi prospérait.
> Celui-ci l'adorait
> Comme sa propre fille.

Le chanteur s'arrêta, et, pour se parler à lui-même, condescendit à employer la vulgaire prose...

— Non! décidément... c'est une scie... on l'a trop chantée... cette plaintive romance... Je crois que je ferais bien de varier mon répertoire... C'est curieux comme ces rues sont étroites... à présent...

Le fait est que la rue n'était pas assez large pour le brave garçon qui avançait... oh! si peu... en titubant de la façon la plus visible...

Il avait cette heureuse disposition d'esprit des gens qu'un rien amuse... après boire... (Page 1003.)

— Il n'y a pas à dire, — continuait-il avec l'obstination des gens qui ont un peu trop fêté la dive bouteille, — les rues se sont resserrées… rétrécies…

« Notre professeur de physique a raison… La chaleur dilate les corps… et le froid les fait se contracter.

« Newton affirme que… au fait qu'est-ce que Newton affirme ?…

« Non ! ce n'est pas ça !… Gassendi prétend que…

« Enfin voilà… j'y suis !… Descartes pour prouver que la chaleur dilate les corps… nous fait voir les rues de Strasbourg qui sont plus larges en été…

« Or, nous sortons de l'hiver… les rues sont étroites parce qu'il a fait froid… ce qui le démontre, c'est que je me cogne la tête tantôt d'un côté tantôt de l'autre… ce qui n'arriverait pas si la rue se dilatait…

Et, sur ce raisonnement qui ne tenait pas debout… pas plus, d'ailleurs, que celui qui le faisait, le brave garçon s'arrêta et se mit bravement à bayer aux corneilles.

A sa tenue, et surtout à la longue rapière qui pendait à son côté et, par instant, se mettant entre ses jambes, menaçant de le culbuter, il était facile de reconnaître un étudiant de la docte Université de Strasbourg.

Cette rapière, pour le moment, lui rendit un réel service… Il s'appuyait dessus, ce qui n'était par de trop pour permettre à notre étudiant de conserver son équilibre.

Dans cette posture, le nez en l'air, comme nous venons de le voir, il souriait béatement…

Il avait cette heureuse disposition d'esprit des gens qu'un rien amuse… après boire…

Sa bonne humeur venait d'une feuille de papier qui voltigeait… allant de droite… de gauche… remontant vers le ciel… redescendant vers la terre… se posant sur l'angle d'une porte, s'envolant à nouveau pour se poser sur le rebord d'une fenêtre… ainsi qu'un gros papillon blanc, qui vole au gré de son caprice, zigzaguant, fantaisiste, du ciel bleu aux roses embaumées…

A un moment, le bout de papier passa tout près de l'étudiant qui essaya de s'en emparer…

Peine inutile… la brise ironique emportait sa proie illusoire, tandis que le jeune homme pestait…

Deux fois, le vent joua ce vilain tour à l'ivrogne qui, dans un suprême effort pour s'emparer du papier, s'étala tout de son long dans le ruisseau…

— Ah ! mais, — s'écria-t-il en se relevant tant bien que mal, — ça ne finira donc jamais…

Il avait l'air furieux pour tout de bon…

Alors, il lui vint une de ces idées qui ne germent que dans les têtes échauffées par de trop copieuses libations…

Tirant sa longue rapière, il alla vers le papier qui voltigeait toujours.

— A nous deux !... — fit-il. — Je crois que le maraud s'est moqué de moi... En garde !... Une... deux... je pare... je riposte... le voilà qui rompt... j'en étais sûr !... Un coup droit... touché... Bravo... Gaudeamus !...

Le joyeux drille, qui ferraillait depuis un instant dans l'air, venait de transpercer le malencontreux papier, qui pendait maintenant à la pointe de sa rapière...

Il l'enleva, le froissa, et, sans y faire attention, le glissa dans sa poche...

Puis il n'y pensa plus, et reprit sa route en chantant un air bacchique :

> Quand la Mer Rouge apparut
> A la bande noire,
> Pharaon tout d'abord crut
> Qu'il n'avait qu'à boire !
> Mais Moïse, un peu plus fin,
> Vit qu'ce n'était pas du vin !
> Il la passa toute
> Sans en boire une goutte.

— Tiens !— fit-il, après avoir marché quelque temps ! — C'est curieux l'instinct... J'allais, sans savoir où... et voilà que je m'arrête, sans le savoir, devant la porte de Gambrinus...

Avec un geste héroï-comique, il tira sa toque et salua gravement l'enseigne :

— Salut ! ô seuil vénérable que je vais franchir... car il n'y a qu'un pas de toi à moi et réciproquement...

« Salut ! ô puissant monarque, sublime roi Gambrinus qui a sur tous les rois présents, passés et futurs, l'inappréciable avantage de n'avoir jamais existé... Ton règne chimérique, que je ne cesse de saluer, est plus beau que si tu avais été, comme on le prétend, le géant Gambreew, irlandais magicien et faiseur de breuvages apocalyptiques... ou bien Jean Brimus, duc de Brabant et patron des brasseurs de son pays... Tu es mieux que ça, dans ta légende dorée, saint Gambrinus... patron des buveurs...

« J'entre pour boire à la tienne... mon vieux !... *Gaudeamus !*...

Et, sur ce mot, notre intrépide buveur entra dans la taverne dont l'enseigne lui avait inspiré ce flot d'érudition...

— Heinrich !... — s'écria un jeune homme en se levant de table et en allant à sa rencontre.

— Ludwig ! — fit le nouvel arrivant.

Et les deux étudiants s'embrassèrent fraternellement. Puis Ludwig Frosch fit asseoir son camarade Heinrich à la table qu'il occupait déjà.

— Tu vois, — fit Ludwig en montrant à Heinrich les chopes vides qui s'amoncelaient devant lui. — Bien que me trouvant seul...

L'autre l'interrompit...

— Parfaitement... tu travaillais à rattraper le temps... et les amis perdus... Le fait est que... ça n'était pas drôle... cet hiver, passé dans les joies austères de la famille... loin des bancs de l'école et surtout des joyeuses tavernes où...

— Où nous étudions... les différents crus du Rhin et les diverses qualités de bière... la brune... la blonde... la bière de mars...

— Si nous n'avions pas Gambrinus et ses confrères, la vie serait pour nous une perpétuelle... peste : comme celle qui, cet hiver, a sévi sur Strasbourg... On a fermé l'école et les cabarets aimables qui en sont l'annexe... et on nous a renvoyés dans nos familles... sous prétexte d'hygiène... Ah! la peste soit de la peste...

— Mais aussi, à présent, quelle volupté il y a à vivre, dans ce renouveau... comme une joie de la nature qui est plus verte, plus fraîche, plus souriante après les orages qui l'ont un instant désolée...

— Oui!... la vie aurait du bon... s'il n'y avait pas d'école... mais bah!... à quoi bon penser à ça... Pensons à boire! Je ne suis pas encore assez ivre pour ne pas trouver une jouissance à boire davantage... Holà!... patron... Tavernier du diable... du vin cacheté et du meilleur... on arrive de chez ses parents... on a la bourse bien garnie, et pour devise : *Gaudeamus*...

— Je vois, mon cher Heinrich, que tu es toujours le même, le gai compagnon... le joyeux luron... dont le mot favori, éternel, est *Gaudeamus* : réjouissons-nous... ce qui fait, latiniste d'occasion, qu'on t'a surnommé ainsi...

— Oui, Ludwig, je m'en fais honneur et gloire... Ce sobriquet, qui porte en lui toute la joie de vivre, me semble préférable à tous ces noms de savants en *us*, dont nos maîtres s'affublent pour cacher la nudité de leur âme... et quelquefois la malpropreté de leur conscience...

Son camarade lui mit la main sur le bras.

— Chut!... si on t'entendait... tu sais que le lieutenant de police a ses espions, et notre vénéré doyen ses émissaires secrets... Tiens! Karl Brander!...

Un troisième étudiant venait d'entrer dans la salle commune du Gambrinus et il était allé s'asseoir à la table où se trouvaient déjà ses deux camarades.

Il leur serra la main, en disant :

— Bonjour, Ludwig... bonjour, Heinrich... Je suis arrivé à Strasbourg d'hier... et, ne sachant où vous trouver...

Le joyeux Heinrich l'interrompit :

— Tu es venu au Gambrinus parce que ce magnifique cabaret attire les étudiants comme l'aimant attire le fer... ainsi que l'a démontré Torricelli... non... Pascal... Enfin, peu importe! l'essentiel... c'est d'être aimant!

— Tais-toi, insupportable bavard! — fit Ludwig.

Mais l'étudiant, levant son verre, déclara gravement... ou presque :

— Messieurs, à la santé des dames!...

« Hôtelier de Satan, je t'autorise à venir trinquer avec nous à la santé de...

Heinrich s'interrompit et, promenant autour de la salle un regard circulaire, il dit sur un ton désolé :

— Mais... le diable m'emporte... ça manque de femmes ici...

Le cabaretier, enlevant sa calotte graisseuse, s'était empressé de venir trinquer avec ses clients...

Il n'y avait pas vingt-quatre heures qu'ils avaient quitté le sein de leur famille... cela lui inspirait confiance... tout au moins pour Ludwig Frosch et son camarade Heinrich... Karl Brander, lui, ne payait jamais... il se faisait régaler par les amis... mais le tavernier ne l'en respectait pas moins pour ça... D'abord, comme tous les gens dont ce n'est jamais la tournée, il poussait très fort à la consommation... Et puis le brave homme avait d'autres raisons encore...

Karl passait pour être en très bons termes avec les autorités universitaires... et autres, auxquels ils rendaient des services discrets.

Les hôteliers et cabaretiers, dans tous les pays du monde, ménagent toujours les individus qui, de près ou de loin, appartiennent à cette institution mystérieuse et toute-puissante qu'on appelle la police.

Mais revenons à notre récit, que nous avons laissé au beau milieu de la conversation forcément décousue que tenaient nos trois buveurs, ainsi que le patron du Gambrinus, qu'ils avaient invité à trinquer avec eux.

— Ça manque de femmes, ici ! — s'était écrié Heinrich.

Le joyeux drille ajouta :

— Est-ce que la peste les aurait toutes emportées, les gaies ribaudes qui nous aidaient à tarir les chopes et à soulager l'ennui des doctes leçons que nos maîtres nous distillent dans le cerveau?...

Son camarade Ludwig fit chorus, disant, sur un ton dramatique :

— Et le fléau, par hasard, aurait-il sévi sur les respectables matrones qui protègent et facilitent les amours de la jeunesse... et de l'âge mûr... voire de la vieillesse encore verte?...

Poétique... élégiaque et narquois en même temps, comme un homme en train de devenir complètement ivre, Heinrich saisit le cabaretier par un bout de son justaucorps et lui demanda :

— Échanson de Satan... sommelier de Lucifer, rassure mon âme inquiète... écoute ma voix tremblante et qui t'implore... dis-moi si la faucheuse macabre n'a pas emmené dans les sombres régions où l'on mange les pissenlits par la racine... très cythéréenne et ruffianesque dame Marthe Schwerdein, procureuse du royaume d'Éros, entremetteuse et logeuse d'amour en garni?

Grave, avec une nuance de respect, le maître cabaretier du Gambrinus répondit :

— Messeigneurs, dame Marthe a donné céans l'exemple des vertus les plus louables.

— Gaudeamus! — s'écria l'incorrigible Heinrich. — Il faut que la peste nous l'ait changée en nourrice !

— Et... quelles vertus pratiqua-t-elle... céans, comme vous le dites si bien ? — demanda à l'hôtelier Ludwig légèrement incrédule.

Piqué, le tavernier répondit :

— Alors que tant d'autres désertèrent l'infortunée cité où la peste avait établi son quartier général, dame Marthe resta, pieuse et charitable personne, pratiquant les œuvres de miséricorde... les œuvres pies dont la vie des saints nous fournit des exemples. Sans se laisser rebuter par la hideur des plaies, par la terreur des agonies noires, elle accourait au chevet des moribonds... elle choisissait de préférence les pestiférés que leurs proches abandonnaient,... et elle aidait ces malheureux à mourir doucement et religieusement...

— Amen ! — fit Heinrich ; — mais savez-vous, notre hôte, que cela semble une histoire extraite de la *Légende dorée*... Elle me tirerait les larmes des yeux si je n'avais si soif... A boire !... à boire !... Ah ! l'anecdote est jolie et elle ferait bien, peinte en fresque dans la cathédrale de Strasbourg !... Sainte Marthe Schwerdein, priez pour nous !... Je vois d'ici sa vénérable tête ceinte d'une auréole et des ailes blanches qui poussent sur ses omoplates... Un ange au ciel...

Le nouveau flacon de vin du Rhin que le cabaretier venait d'apporter acheva de griser Heinrich qui était déjà en si bonne voie, du reste...

Il continua, dans son verbiage d'ébriété joyeuse :

— Un ange... *Gaudeamus !*... Parbleu !... je me rappelle, tout à l'heure, en passant sous ses fenêtres, elle s'envolait sous forme d'un papillon blanc...

Ludwig vidant son verre, sans doute pour se mettre au diapason de son camarade, s'écria :

— Fallait-il que tu fusses ivre... déjà... mon pauvre Heinrich, pour voir, en cette saison, et dans la rue où reste la Schwerdein un papillon voltiger autour de toi, comme si tu étais une fleur...

— Puisque je te dis que je l'ai vu... un beau papillon blanc.

— Tu avais la berlue... Ça arrive... quelquefois... quand on a bu... un coup de trop.

— C'est un peu fort !... J'avais si peu la berlue que j'ai tiré ma rapière...

— Preuve que tu étais saoul... ami !

— C'est ce qui te trompe... incrédule que tu es ! J'étais si peu saoul qu'avec ma rapière j'ai transpercé le blanc papillon qui s'envolait de la fenêtre de dame Marthe et... tiens... le voici...

En disant cela, Heinrich tira, non sans quelques tâtonnements, un morceau de papier tout froissé de la poche de son pourpoint...

Ludwig Frosch fut pris d'un fou rire :

— Si ce n'est pas là une idée d'ivrogne, je veux que le diable m'emporte ! Ah ! mon pauvre ami, je ne t'engage pas à passer ton examen d'histoire naturelle tant que tu prendras, pour des papillons, de vieux bouts de papier qu'on jette au ruisseau !

Puis, avec cette versatilité des jeunes gens... et des gens de tout âge quand ils ont bu, nos gais étudiants se mirent à parler de tout autre chose.

Karl se mêlait, de loin en loin, dans leur conversation à bâtons rompus...

Moins exubérant, il se tenait sur une plus grande réserve, comme tous les gens qui ont quelque chose à cacher ou qui ont besoin d'épier...

Pour l'instant, il bourrait consciencieusement sa pipe, pensant... à quoi?... lui seul le savait!...

Il venait de faire d'infructueux efforts pour allumer sa bouffarde au quinquet fumeux qui les éclairait tous les trois.

Ludwig s'en aperçut et lui tendant le papier chiffonné que Heinrich avait laissé sur la table, il lui dit :

— Tiens ! allume-la donc avec le papillon blanc envolé de chez dame Marthe!...

Karl Brander allait faire comme son camarade lui disait... mais... il se ravisa.

Il avait fini par allumer sa pipe au quinquet...

Et, se rasseyant, tandis que les deux autres se lançaient dans une interminable discussion métaphysique, *inter pocula*, il déplia le papier et jeta un coup d'œil dessus...

La surprise se peignit sur ses traits...

Ce qu'il lisait devait l'intéresser au plus haut point, car il continua attentivement sa lecture.

Quand il eut fini, avec le bord de sa main, sur la table, il déplissa le papier, puis, le repliant soigneusement, il le fit disparaître dans son portefeuille.

Les autres ne s'étaient aperçus de rien...

A ce moment, le cabaretier s'avança obséquieusement vers ses clients.

— Messeigneurs ! — leur dit-il — j'ai le regret de vous dire que j'entends au loin retentir sur le pavé le pas cadencé de messieurs les archers du guet. C'est la ronde de nuit qui s'avance. Il faut que je ferme mon cabaret...

« Ah ! depuis cette satanée peste, ces messieurs de la police sont devenus d'une sévérité !... Ils prétendent que c'est au nom de l'hy... l'hy...

— L'hygiène publique!... — acheva Ludwig.

— C'est cela même ! — conclut l'hôtelier en fermant les volets de sa devanture.

— *Gaudeamus !* — s'écria Heinrich, en se remettant sur ses pieds tant bien que mal, — mais... vous avez beau dire, ça manque de déesses!

Lourdement, de son pas rythmé, la ronde de nuit passa... Les voix joyeuses des étudiants s'éloignaient, à présent, dans le dédale enténébré de la vieille cité...

Et le vent, par lambeaux, emportait les échos bachiques... Après la désolation de la peste, l'exubérante joie de vivre...

Contrastes éternels qui sont lois d'ici-bas!...

L'infortunée victime tressaillit... Elle vit l'abîme ouvert tout grand devant elle...
(Page 1014.)

IX

MENDIANTES!...

ES jeunes gens avaient beau se moquer d'elle, dame Marthe était une personne fort avisée...

Ses malheurs, — toujours présents à sa mémoire, — la tenaient en perpétuelle méfiance. En toute chose, elle voyait le profit à en tirer...

Elle était devenue prudente et réfléchie, se disant, non sans raison, que pour s'enrichir il faut, tout d'abord, éviter de se laisser voler... comme cela lui était déjà arrivé une fois...

Nous avons vu la déception qu'elle avait eue en constatant que l'enveloppe, si indiscrètement ouverte par elle, ne contenait ni testament, ni renseignement d'aucune sorte, relative à quelque trésor caché...

La reconnaissance d'une dette, voilà tout !... Elle fut sur le point de faire disparaître, en les brûlant, et l'enveloppe et le papier timbré...

Déjà elle approchait le tout de sa lampe allumée...

Mais elle retira sa main... et déposa les documents sur sa table...

— J'allais faire une grosse bêtise ! — se dit en elle-même notre matrone, — où avais-je la tête, grand Dieu ?... Comment n'ai-je pas pensé plus tôt que cette reconnaissance de dette, signée du lieutenant Roger, pouvait être une aubaine pour moi ?...

« Le papier ne porte pas le nom du créancier... Mais tout fait présumer que cette créance appartient aux Mauer... Or, les Mauer sont morts tous les deux... ne laissant que des parents éloignés qui se sont empressés de prendre... d'avance, tout ce qui pouvait leur revenir après le décès...

« S'ils ont négligé cette créance, c'est qu'ils en ignoraient l'existence...

« Abandonnée, dépouillée par les siens, Mme Mauer, qui, d'après ce que j'en ai vu, était la meilleure des femmes, aura voulu, avant de mourir, faire une dernière bonne œuvre...

« Et elle a légué à la femme du lieutenant Roger la créance qu'elle a sur son mari...

« Comme il n'y a pas de nom... aucune preuve justifiant cette hypothèse, je me substitue à la créancière... défunte, grâce à la peste...

« Mais je m'en vais d'abord tâter adroitement le terrain... voir si la mère Roger ne se doute de rien, si elle ne possède aucun indice capable de la mettre sur la voie de mon... subterfuge.

Le premier résultat des réflexions auxquelles venait de se livrer dame Marthe Schwerdein fut d'amener l'astucieuse mégère chez Mme Roger, sa voisine...

Il y avait longtemps qu'elle ne l'avait vue... ses bonnes relations de voisinage n'existaient plus comme dans le temps.

Les incidents que l'on connaît avaient altéré ces rapports... et puis la peste avait donné trop d'occupation à la Schwerdein pour qu'elle pût s'occuper d'une personne uniquement malade de chagrin et de faiblesse, chez laquelle, d'ailleurs, il n'y avait rien à glaner.

Maintenant, les choses changeaient d'aspect...

Dame Marthe allait se présenter chez sa voisine... en créancière.

La femme du lieutenant Roger ne fut pas médiocrement surprise de voir arriver dame Marthe, et un secret pressentiment l'avertit qu'elle était l'avant-courrière du malheur.

La petite Jeanne, avec cette merveilleuse intuition qu'ont parfois les enfants, dit tout bas à sa mère :

— Que nous veut, maman, cet oiseau de mauvais augure ?...

Mme Roger, en regardant sa Jeannette, mit un doigt sur sa bouche et elle s'apprêta à faire accueil à cette voisine pour laquelle, cependant, elle éprouvait une répulsion qui n'était que trop justifiée...

Tout d'abord, avec une politesse un peu cérémonieuse et où perçait une certaine froideur, — ainsi qu'il convient quand on est venu pour parler d'affaires, — la Schwerdein s'enquit de la santé de madame et de sa fille...

Elle n'avait pu venir les voir plus tôt, comme elle l'aurait voulu, à cause des occupations occasionnées par ses fonctions nouvelles d'infirmière...

La mère de Jeanne répondit qu'elle avait été malade de la poitrine... bien peu de chose en comparaison de l'épidémie qui avait exercé tant de ravages à Strasbourg... heureusement, sa fille était là qui l'avait soignée avec un dévouement et une raison bien au-dessus de son âge.

— Oh ! petite mère, ne dis pas ça ! — s'écria la douce et gentille enfant en mettant sa mignonne main rosée sur les lèvres décolorées de sa pauvre mère. — Maman chérie, je n'ai fait que mon devoir... et n'importe qui aurait fait mieux... mais voilà, nous n'avions personne... nous sommes trop pauvres pour payer des médecins et des gardes-malades... Et le docteur Faust, qui soigne les pauvres, est bien loin...

Mme Roger devint encore plus pâle qu'elle n'était... puis, de suite après, un afflux de sang colora ses pommettes...

Innocemment la petite remuait ces douloureux souvenirs qui fouettaient sa mère au visage, avec la conscience de l'opprobre ineffaçable...

Sur un ton de reproche, exempt cependant de la moindre colère, elle dit, regardant sa fillette, ces simples mots :

— Mon enfant !...

Jeanne mit ses deux petits bras potelés autour du cou de sa mère et l'embrassa sur les joues...

— Pardon, ma petite maman chérie ! — fit-elle avec sa douceur d'ange... pensive et triste...

Hideuse nature, la Schwerdein jouissait intérieurement de tout ce qu'elle entrevoyait de douleur et de honte dans ce rapide colloque.

Mais elle n'oublia pas que, si elle était venue chez sa voisine, ce n'était point dans un simple but de courtoisie ou même de curiosité...

Elle était venue pour affaire... et, tout en causant de la façon banale qu'on vient de voir, elle promenait autour d'elle un regard inquisiteur, estimant la maison et le mobilier qui s'y trouvait...

On eût dit qu'elle s'attendait à voir tout ça passer bientôt entre ses mains aux doigts crochus.

Une chose, tout d'abord, lui importait à savoir...

Mme Roger connaissait-elle les Mauer.. et était-elle prévenue de la créance qu'ils avaient sur son mari ?

Pour arriver à se renseigner sur ce sujet qui l'intéressait au plus haut point, l'astucieuse femme d'affaires se mit à passer en revue les connaissances communes d'elle et de Mme Roger qui avaient été victimes du fléau...

Dame Marthe citait un nom... Mme Roger, un autre... on parlait de celui-ci... de celle-là...

Le nom de Mauer ne fut pas prononcé...

Les natures droites, foncièrement honnêtes, et qui ne savent pas mentir ni même dissimuler, sont facilement la proie de ces êtres tortueux aux actes louches, aux manœuvres ténébreuses, dont l'esprit est continuellement tendu vers la fourberie et le mensonge.

Nul doute que si la femme du lieutenant Roger eût connu les Mauer, elle en eût parlé à sa voisine, tandis que toutes deux faisaient la liste des gens qu'elles connaissaient et qui avaient succombé à l'épidémie.

La Schwerdein le comprit bien ainsi...

Elle résolut, en conséquence, de démasquer ses batteries...

Tout d'abord, elle demanda à Mme Roger si elle avait reçu des nouvelles de Marguerite...

C'était là une cruauté inutile mais qui rentrait dans son jeu...

Blessée de tous les côtés et de toutes les façons, sa victime serait moins apte à se défendre, tout à l'heure, quand elle lui porterait le coup final, mortel...

L'odieuse créature ne se trompait pas.

Mme Roger, blémissante... puis rouge de honte, torturée par sa douleur de mère et par le souvenir de cette flétrissure... la chaste épouse... la femme au cœur pur... si honnête, si droite en sa vertu rigide, baissa la tête et murmura :

— Non!... Hélas!... nous ne savons... rien... rien!...

Et une larme perla au coin de ses paupières, flétries par les veilles meurtrières et le chagrin plus meurtrier encore...

Dame Marthe ne parut pas remarquer le mal qu'elle faisait. Elle poursuivit avec son apparente insouciance :

— Et... avez-vous eu, ces temps derniers, madame, des nouvelles de M. le lieutenant Roger? J'y suis un peu intéressée, car Schwerdein, mon chenapan de mari qui ne me donne jamais signe de vie, sert dans la compagnie de M. Roger... si, toutefois, il n'est pas mort !

La pauvre femme, — on pourrait presque dire la pauvre veuve, — ne put que dire à dame Marthe Schwerdein ce qu'elle savait... c'est-à-dire bien peu de choses.

Hélas ! les nouvelles de Florence étaient confuses, parfois même contradictoires... aussi bien celles du lieutenant Roger que de son fils Valentin...

Le lieutenant qu'on avait cru mort, n'était que prisonnier à Pise.

Un mouvement populaire avait tiré le soldat de France de sa sombre geôle où le retenait captif l'astucieuse politique d'un tyranneau italien...

Depuis sa délivrance, il combattait, ayant son fils à ses côtés, pour la liberté des peuples...

C'étaient de rudes batailles qui ne laissent guère de temps pour écrire...

Et puis l'Italie est loin, les routes sont peu sûres... les courriers n'arrivent pas toujours.

Dame Marthe pinçait les lèvres, comme quelqu'un que ces détails trop vagues n'intéressent guère.

Elle jugea que le moment était venu de frapper son grand coup...

— Madame, — demanda-t-elle à sa voisine, — votre mari ne vous a jamais dit qu'il était mon débiteur?...

La femme du lieutenant resta étourdie comme si on lui avait asséné un coup de massue...

Elle balbutia :

— Mais... non... madame Schwerdein!... vous m'étonnez... car, vous-même, vous ne m'en aviez jamais parlé...

— Mon Dieu, madame, n'en accusez que ma discrétion, jointe au désir de rendre service au chef de mon mari... cet ivrogne de Schwerdein qui ne mérite guère, entre parenthèses, toutes les bontés que M. Roger a eues pour lui...

— Comme ni mon mari... ni vous... ne m'en avez rien dit... vous comprenez que j'ignore absolument...

Dame Marthe voyait faiblir celle qu'elle appelait son ennemie et qui était surtout sa victime...

Raison de plus, pensa-t-elle pour se montrer plus dure... plus arrogante...

Elle n'y manqua pas!... Ce fut du ton impérieux, presque insolent, d'une créancière pressée de se faire payer, qu'elle dit à la malheureuse femme :

— Vous prétendez que vous ne savez rien... Enfin, soit,... je veux bien le croire... Quand M. Roger est parti pour la campagne d'Italie, j'avais quelques économies de côté... un peu d'argent qui, Dieu merci, ne devait rien à personne.

« Par des confidences qui m'avaient échappé, votre mari avait connaissance de la chose, aussi n'y a-t-il rien d'étonnant à ce qu'au moment de son entrée en campagne, ayant besoin de quelques avances, il se soit adressé à moi, une voisine, une amie, qu'il savait à la tête d'un petit pécule...

« Du reste, si vous doutiez de ma parole... la signature de M. le lieutenant Roger lui-même au bas d'une reconnaissance pour les mille écus que je lui ai avancés...

Et en disant cela, l'odieuse et criminelle matrone mettait sous les yeux de Mme Roger, le papier timbré signé par son mari...

La foudre tombant aux pieds de la malheureuse épouse du lieutenant, l'aurait plongée dans une stupeur moins grande que ne le faisait la vue de ce mystérieux document...

— Oui!... — fit-elle, dès qu'elle put recouvrer l'usage de la parole... — c'est... bien là... en effet... la signature... de mon... mari!...

Jeanne, apeurée devant ce danger nouveau que son enfance entrevoyait, sans le comprendre... Jeanne, la douce mignonne, était venue se blottir sur le sein de sa mère, comme les timides poussins qui accourent sous l'aile maternelle, quand ils voient planer dans les airs l'épervier rapace...

Dame Marthe triomphait :

— Je vois avec plaisir, madame, que vous ne songez pas à renier une dette sacrée... et j'espère que vous ferez honneur à la signature de M. le lieutenant Roger...

L'infortunée victime tressaillit... Elle vit l'abîme ouvert tout grand devant elle...

Un échelon de plus dans la misère!... mais ce n'était rien!... Ne pas payer sa dette... surtout une dette comme celle-là... encore un échelon dans la honte et l'opprobre... C'en était trop!...

Le ciel, décidément, était sans pitié pour elle... Non!... La vertueuse et honnête créature se trompait! c'était l'enfer qui la poursuivait de sa haine lâche et féroce... L'enfer d'où sortent ces êtres qui, comme le chevalier Méphistophélès, s'agitent dans les milieux dorés des cours princières, ou comme dame Marthe dans l'atmosphère plus humble du peuple laborieux...

Mais dans les palais des rois... ou sous le toit des citoyens modestes, ces incarnations néfastes du mauvais génie, passent en semant le deuil, la désolation, la ruine... toutes les misères et toutes les tares...

... La Schwerdein avait disparu, laissant une femme et une fillette en pleurs, serrées l'une contre l'autre...

— Mon enfant adorée!...

— Ma pauvre maman chérie!...

Mme Roger promena autour d'elle un regard désolé...

Pauvres petits meubles... tristes reliques de famille... doux souvenir d'un amour chaste et pur... leur maison... temple sacré de la famille... où l'on sent revivre auprès de soi, dans les portraits, ceux qui ont disparu... doux nid où, dans la chaleur de la maternelle tendresse, on a élevé ses petits... ô seuil béni, témoin de toutes les joies... et de toutes les douleurs... il va donc falloir vous quitter... vous dire un éternel adieu... déchirant!...

. . . .

Dame Marthe rentra chez elle, enchantée d'un triomphe qui était plus aisé et plus complet qu'elle ne l'avait espéré.

Elle détruisit l'enveloppe scellée... décachetée, et vide à présent, sur laquelle avant de mourir Mme Mauer avait tracé l'adresse de Mme Roger.

L'astucieuse créature faisait ainsi disparaître, — du moins elle le pensait, — toute preuve de l'odieuse et criminelle supercherie dont elle venait de se rendre coupable.

Quant à la reconnaissance de la dette du lieutenant Roger, elle la porta chez un homme de loi... pour faire le nécessaire.

Hélas!... comme tous ses pareils, gens de loi... et de proie, dans tous les temps, en tous les pays, il ne demandait qu'à... travailler.

Si les lois présentent d'inextricables broussailles où peuvent continuellement se réfugier les individus sans scrupule, les êtres artificieux et rusés, par contre elles sont inexorables pour tous ceux qui ignorent l'art d'être retors, chicaniers... malins en un mot, pour employer l'expression vulgaire.

Que pouvaient une faible femme et une pauvre enfant, comme Mme Roger et sa Jeannette, contre une matrone de l'acabit de dame Marthe, rouée, méchante, doublée d'un homme d'affaires, rompu à toutes les chicanes ?

Ce qui devait arriver... arriva... L'épouse infortunée du lieutenant Roger dut reconnaître que la reconnaissance portait bien la signature véritable de son mari...

Mais il était à la guerre... elle n'en avait pas de nouvelles... et obligée de travailler pour vivre... au milieu de mille privations... elle n'était pas en mesure de faire honneur à cette signature chérie...

Oh! les choses ne traînèrent pas! Dame Marthe et son complice légal avaient bien pris leurs précautions...

Tous les biens de Mme Roger furent vendus par autorité de justice...

La malheureuse femme et sa pauvre petite fille étaient sur le pavé... seules, sans appui... sans soutien aucun... dorénavant deux mendiantes !

X

HERR KARL BRANDER

Nous avons vu que Karl Brander, l'étudiant sournois, avait semblé prendre un intérêt très vif à la lecture du bout de papier froissé, envolé de chez dame Marthe... le blanc papillon, comme l'appelait son joyeux camarade.

Mais le louche personnage qu'était Karl, comme tous ceux qui ont quelque chose à cacher, ne laissait jamais paraître sur son visage « renfermé » et « en-dessous » les sentiments intérieurs qui pouvaient l'agiter...

Il avait soigneusement, sans que ses deux camarades s'en fussent aperçus, replié l'énigmatique papier, puis s'était empressé de le serrer dans son portefeuille...

En sortant du Gambrinus, à l'heure avancée où passait la ronde de nuit, Karl, prenant congé de ses amis Ludwig et Heinrich, rentra dans sa chambrette d'étudiant... et de policier.

Pour achever de peindre cet individu douteux, il faut dire que son logis, au lieu d'être situé, comme celui de ses camarades, dans le centre des écoles, se trouvait, comme par hasard, tout proche de l'hôtel habité par M. le lieutenant de police...

Et, toujours comme par hasard, il y avait, à son modeste logement de garçon, une porte fort discrète qui donnait sur une sorte d'escalier de service faisant partie de l'immeuble... administratif.

De cette façon, nul ne pouvait dire qu'il eût jamais vu l'étudiant Karl Brander entrer à la lieutenance ; et, comme on voit, le personnage, bien que jeune, avait une maturité précoce dans l'art de sauvegarder les apparences... Il n'en était pas moins suspect...

Pénétrons avec lui dans son logis d'étudiant et d'espion, à la fin de cette soirée où ses camarades avaient fêté, au Gambrinus, la reprise de de leurs chères études et, surtout, de leurs chères habitudes de noctambules...

Karl, en rentrant, alluma le vieux quinquet qui éclairait sa chambre, et, au lieu de se coucher, il s'assit devant la table bancale qui ornait, — ornementation plus que douteuse ! — le local dont nous venons de donner la description détaillée...

Quelqu'un qui l'eût vu ainsi, penché sous cette clarté fumeuse, aurait sans doute pensé que c'était là un jeune homme studieux en train de pâlir sur ses livres...

Mais... non !... Ce n'était pas l'amour de la science qui poussait Karl Brander à veiller de la sorte, cette nuit-là...

Le problème qui lui troublait l'esprit était tout autre. Que signifiait le mystérieux papier que son camarade, sous la fenêtre de dame Marthe, avait, en son ébriété joyeuse, transpercé avec la pointe de sa rapière?...

Il le lut... encore... et le relut... plusieurs fois... au point de le savoir bientôt par cœur....

Voici ce que portait cette lettre énigmatique :

Madame.

Mon pauvre mari, qui vient de succomber à la terrible épidémie, était un ami et un camarade d'enfance de votre époux. Les hasards, les circonstances de la vie les séparèrent sans altérer l'amitié et l'estime qui ne cessaient d'unir celui qui était un brillant officier et celui qui, après avoir été un honnête et modeste ouvrier, finit par devenir un chef d'industrie laborieux et aisé.

La différence de leur état social, leur mariage à tous les deux, dans des familles qui n'avaient aucunes relations communes, les voyages de l'un, les continuelles occupations de l'autre furent cause que les deux hommes se virent peu, et que nous, leurs épouses, nous ne nous sommes jamais connues.

Mais, je le répète, l'amitié de nos maris avait résisté au temps et à l'éloignement. Votre époux avait rendu service au mien, dans le début de sa carrière; rien d'étonnant, par conséquent, à ce que, lui-même, à son tour soit venu demander un service à mon mari.

» Il s'agissait d'un prêt de mille écus... une avance plutôt, nécessitée par l'urgence du départ... Du reste, aussitôt arrivé là-bas... où vous savez... votre mari renvoya au mien la somme avancée dans les circonstances que je viens de dire.

— Il est fou ! — pensa la matrone. — Je vais aller prévenir ces messieurs du guet...
(Page 1024.)

D'une droiture scrupuleuse jusqu'à la minutie, votre mari avait signé au mien une reconnaissance de la somme, en lui disant : «Quand je te rembourserai, tu me rendras ce papier, mais tu ne le rendras qu'à moi seul. Ce n'est pas la peine que ma chère épouse sache que le gouvernement de Sa Majesté est... un peu en retard avec son serviteur. »

Vous le voyez, madame, le secret est bien anodin et tout à l'honneur de votre époux!

La dette une fois payée, mon mari aurait dû en détruire la reconnaissance, mais il était, lui aussi, scrupuleux à l'excès...

Cette pièce dont la possession devait servir d'acquit à votre époux, le mien ne pouvait l'envoyer là-bas à une adresse qu'il ignorait...

C'est pourquoi il la garda, se proposant de la rendre en main propre à son ami, quand celui-ci reviendrait à Strasbourg...

Hélas! mon mari est mort... et je sens que moi-même je ne vais pas tarder à le rejoindre dans la tombe, emportée à mon tour par le fléau qui ne pardonne pas...

J'ai hérité de mon mari sa scrupuleuse probité commerciale.

C'est pourquoi je vous envoie la pièce qui doit servir d'acquit à la dette depuis longtemps payée; vous remettrez ce papier à votre époux qui pardonnera à la mourante... à la morte que je serai alors... l'indiscrétion que j'aurai commise en vous dévoilant ce secret bien innocent.

Je mets ma lettre et le document en question dans une enveloppe scellée portant votre adresse.

Une pieuse et charitable personne qui me soigne trouvera ce pli cacheté, après ma mort, et ne manquera pas de vous l'apporter.

Adieu, madame, que le ciel vous maintienne la santé et le bonheur!

C'est le vœu d'une mourante!...

Femme MAUER

... Karl avait pu déchiffrer la signature... mais... elle ne lui disait rien. Il avait beau chercher... fouiller dans ses souvenirs d'étudiant et de policier, il ne trouvait personne répondant à ce nom.

— Dame! — fit-il, en manière de conclusion et pour se consoler, — je ne peux pas connaître tout Strasbourg!...

Le contenu de la lettre, d'ailleurs, n'apportait aucun éclaircissement.

Il remarqua qu'aucun nom propre ne s'y trouvait... ce qui compliquait singulièrement la question...

Notre homme se sentait agacé... taquiné par cette énigme dans laquelle il devinait un intérêt... mais pas un intérêt purement platonique, comme celui qu'il y a à deviner les jeux d'esprit que le *Messager boiteux de Strasbourg*, l'almanach fort en vogue, propose à la sagacité de ses lecteurs.

— Il y a là, — se disait Karl, — un intérêt... d'argent... la reconnaissance d'une dette ignorée... et remboursée secrètement. L'adresse écrite sur l'enveloppe me renseignerait sûrement... mais... voilà le *hic!*... cette enveloppe je ne l'ai pas... Cependant elle a été ouverte puisque je possède... par hasard... une partie de son contenu... Puisque ce papier paraît s'être envolé de chez dame Marthe, c'est que cette brave personne avait en sa possession la susdite enveloppe... ouverte!... Pourquoi?... Très vraisemblablement par elle!... Mais alors c'est qu'elle ne l'avait pas remise, c'est... que la Schwerdein y voyait un intérêt... financier, le seul auquel elle soit sensible... Et puis... et puis...

Karl Brander était forcé de s'avouer que son raisonnement, fondé sur une logique irréfutable, ne pouvait pas être poussé plus loin...

De déduction en déduction il en arrivait à... ne pas être plus avancé après qu'avant...

— Je me heurte à un mur, — pensait-il, — un mur derrière lequel il y a un secret d'argent entre deux personnes... un nommé Mauer qui est mort et un autre qui voyage... « là-bas où vous savez »... oui... mais moi je ne sais pas... Et quel est cet autre ?... La lettre précise pour ceux qui savent est terriblement vague... pour moi!... « Mon mari... votre époux... mon époux... votre mari... » Pour deviner il faudrait être sorcier... ou seulement être... cette vieille sorcière de dame Marthe!...

Nous n'avons pas besoin de dire que Karl dormit mal cette nuit-là.

Ce mystérieux papier le tracassait... Il était obsédé par ce problème dont la solution ne semblait pas facile.

Il pensa à utiliser, dans ce but, ses relations policières, mais de suite il renonça à cette idée...

S'il y avait un profit à tirer de l'aventure, il ne voulait point le partager avec des complices, forcément peu scrupuleux, et qui chercheraient à se tailler la meilleure part...

Le matin, en se levant, il s'était tracé un plan de conduite à suivre... en attendant les événements.

Ce plan ne comportait que deux points : découvrir ce qu'étaient ces Mauer; ensuite, surveiller dame Marthe...

La première partie du programme ne fut pas difficile à exécuter.

Les doctes médecins de la Faculté qui, une fois l'épidémie disparue, étaient bravement revenus à leur poste, se complaisaient à instruire leurs élèves des cas de peste... auxquels, entre parenthèses, ils s'étaient bien gardés de porter aide et assistance...

Les registres des décès remplaçaient, pour cela, toutes les thèses doctorales.

Karl Brander devint, tout d'un coup, le plus assidu, le plus studieux, le plus fureteur des élèves...

Il pâlissait sur les actes mortuaires, sous prétexte d'un travail... de statistique.

Mais un beau jour, son ardeur à l'étude et son amour de la statistique s'arrêtèrent net... et pour cause.

Notre studieux personnage avait trouvé, sur les registres, la mention de deux décès, survenus à peu d'intervalle, en pleine épidémie... un nommé Mauer, maître tanneur, était mort de la peste; sa femme n'avait pas tardé à le suivre dans la tombe.

— Je marque un point! — se dit, en lui-même, Karl Brander.

Il ne tarda pas, du reste, à en marquer un second.

En furetant à droite et à gauche, dans le quartier des tanneries, il finit par découvrir l'ancienne demeure de maître Mauer et de son épouse...

Adroitement, il interrogea les voisins... et surtout les voisines; avec son air bon enfant, ses manières pleines de bonne humeur, — en apparence du moins, — Karl excellait à faire causer les gens.

C'est ainsi qu'il apprit une chose intéressante... Après la mort de son mari, Mme Mauer, abandonnée, dépouillée à peu près de tout par ses proches, avait été soignée jusqu'à sa mort, par une âme charitable dont le nom n'était prononcé qu'au milieu d'un concert de louanges et de bénédiction...

Cette sainte, qui avait ainsi capté la confiance universelle et usurpé une auréole à laquelle elle n'avait aucun droit, cet ange descendu de l'azur du ciel, s'appelait en ce bas-monde, dame Marthe Schwerdein...

Karl se serait frotté les mains de cette nouvelle découverte, s'il n'y avait eu encore une lacune bien ennuyeuse, dans la reconstitution à laquelle il se livrait, au sujet de cette affaire...

Personne n'avait fait la moindre allusion à l'étrange et mystérieuse missive que Mme Mauer, avant de mourir, adressait à une correspondante inconnue...

Il y avait là un secret que tout le monde ignorait... sauf dame Marthe, mais il ne fallait pas, bien entendu, songer à s'adresser à elle...

Et Karl Brander se disait :

— Quand j'aurai gagné ce point-là, j'aurai gagné la partie... ou à peu près !...

En attendant, et pour mieux cacher son jeu, il reprit son existence d'étudiant — en apparence — insouciant et joyeux... Cela ne l'empêchait pas, simultanément, de rendre au régent de l'Université et à M. le lieutenant de police, — deux têtes sous un même bonnet, — ces légers services de renseignements rétribués qui constituaient sa profession occulte.

On continuait à le voir à l'École et au *Gambrinus* qui était la succursale... ou la concurrence... comme on voudra... de la docte Faculté...

Au cabaret fameux, il était toujours en compagnie de ses deux camarades, les inséparables Ludwig et Heinrich, qui continuaient à se montrer généreux dans les tournées qu'ils lui offraient, l'argent de leurs parents n'ayant pas encore complètement passé dans les mains du tavernier...

Karl, nous le savons déjà, aimait assez à se faire régaler par les autres... ce qui était bien dans son tempérament...

Mais le temps s'écoulait et notre peu catholique personnage ne marquait toujours pas ce point qui, pour lui, devait signifier qu'il avait... enfin... partie gagnée...

Il en arriva à se demander si, vraiment, il ne faisait pas fausse route...

En somme, rien ne disait que le mystérieux papier venait de chez dame Marthe...

Le joyeux buveur qui, dans son ébriété, avait pris cela pour un papillon blanc, pouvait s'être trompé. La rue où il avait bravement piqué de sa rapière le papier qui volait, n'était peut-être pas celle où respirait la vénérable matrone... En supposant, même, que ce fût sa rue, qu'est-ce qui prouvait que le papier venait de chez elle ?...

Mais les coquins ont un point de commun avec les hommes de génie... s'ils réussissent dans leurs entreprises, c'est... en y pensant toujours !

Karl Brander, persuadé qu'il y avait pour lui un profit à retirer de ce mystérieux document, concentrait toutes ses facultés dans la solution du problème que l'on sait...

— Persévérer, c'est réussir ! — se disait-il.

Et il s'obstinait, poursuivait ses recherches... infructueuses, hélas ! se lançait sur une piste... puis sur une autre... sans arriver à aucun résultat...

Mais s'il y a un Dieu pour les ivrognes, il semble qu'il y en ait un aussi, pour les fripons.

C'est à ce dernier titre que la protection céleste, — ou infernale, — vint, sous le couvert du hasard, favoriser les entreprises ténébreuses de Karl...

Ses occupations de policier secret le forçaient à fréquenter parfois les milieux judiciaires... Magistrature... espionnage... de tout temps, ces deux professions ont eu, l'une pour l'autre, une secrète affinité...

Un beau jour, les yeux de Karl tombèrent, au tribunal, sur le rôle des affaires...

Quel ne fut pas son étonnement en voyant que dame Marthe Schwerdein poursuivait Mme Roger, la femme du lieutenant, pour une dette contractée par son mari.

Un secret pressentiment avertit l'étudiant que cette histoire banale, en apparence, présentait, pour lui, un intérêt particulier...

Il suivit l'affaire attentivement et ne tarda pas à se convaincre qu'il ne se trompait point dans ses appréciations...

—C'est étrange ! — se dit-il. — Dame Marthe prétend avoir prêté de l'argent au lieutenant Roger au moment où celui-ci est parti pour la guerre d'Italie... Et c'est seulement maintenant qu'elle en parle... et qu'elle tire la reconnaissance signée de l'officier... après la peste...

« Il faut avouer que la coïncidence est au moins bizarre... pour quelqu'un, — et je suis apparemment le seul, — qui connaît la lettre signée, « femme Mauer » !...

Alors les termes de cette missive, qu'il n'avait pas bien compris sur le moment, lui revinrent à l'esprit, et, à présent, il était moins embarrassé pour les interpréter.

— C'est clair ! *Un brillant officier* signifie « le lieutenant Roger ». *Un chef d'Industrie* veut dire « le maître-tanneur Mauer... ». *Là-bas où vous savez*, se traduit par « en Italie...». La personne à qui la défunte Mme Mauer écrivait n'est autre que Mme Roger...

« La *pieuse et charitable personne* qui *ne manquera pas* d'apporter la lettre à cette dernière, c'est la Schwerdein...

« Seulement au lieu de l'apporter, elle l'intercepte... la dette est secrète... Mme Roger ne sait pas que son mari a emprunté cet argent à Mauer... elle ignore qu'il l'a rendu...

« Dame Marthe profite de l'absence du lieutenant pour réclamer à sa femme la somme portée sur cette reconnaissance... qu'elle a détournée...

« Quelle superbe canaillerie!... je n'aurais jamais cru dame Marthe de cette force-là!...

« Seulement... voilà!... il s'agit pour moi d'être plus fort qu'elle!...

L'affaire, au Tribunal, se termina par le jugement que nous connaissons déjà...

La garde-malade, devenue femme d'affaires, eut gain de cause... Les biens et tous les meubles de Mme Roger furent vendus par autorité de justice...

Ce fut dame Marthe qui se rendit acquéreur du tout avec les économies amassées pendant la peste... en soignant les malades et en volant les morts!...

XI

UN VER RONGEUR

L'ODIEUSE créature triomphait!...

Malheureusement pour elle, son triomphe ne fut pas de longue durée.

Karl Brander finit par avoir le fin mot de l'énigme qui le tracassait... Oh!... de la façon la plus simple et la plus naturelle.

Il sut, comme tout le monde, que la pauvre Mme Roger, qui était à peine guérie, venait d'être expulsée de chez elle et se trouvait sur le pavé avec sa petite Jeanne, douce et mignonne enfant dont tout le monde admirait la gentillesse.

Les malheureuses créatures étaient les victimes d'une créancière sans pitié, et cette créancière se trouvait être leur propre voisine, dame Marthe Schwerdein.

On les plaignait d'autant plus volontiers qu'elles payaient une dette qu'elles ignoraient, car c'était avant de partir pour la guerre que le lieutenant Roger avait contracté cet emprunt chez la Schwerdein, à l'insu de sa femme.

Karl Brander riait dans sa barbe naissante... Il était seul à entrevoir la vérité au sujet de cette dette dont l'astucieuse garde-malade n'avait parlé à personne... avant la peste.

Un soir, dame Marthe avec le calme d'une conscience tranquille, — il n'y a que les coquins pour avoir cette sérénité! — procédait aux apprêts de son dîner.

Comme c'était une fine bouche, elle faisait mijoter avec soin quelques-uns de ces plats délicats dont elle se régalait, quand elle était seule, car la dame n'aimait point partager les choses succulentes qu'elle s'offrait... à huis-clos.

Elle était comme ces moines de l'époque, fervents disciples de Gargantua, qui prétendaient que, pour bien savourer une dinde truffée, il faut être trois : soi-même, la dinde et... le verrou à la porte.

Dame Marthe allait se mettre à table, comme Lucullus dînant chez Lucullus, et déjà elle caressait amoureusement le flanc rebondi d'une bouteille de vin du Rhin, véritable or liquide, quand on frappa à sa porte qu'elle avait eu bien soin de verrouiller, conformément à la règle monacale et pantagruélique.

Ce fut en maudissant l'intrus qu'elle alla ouvrir... Quand elle vit que c'était Karl Brander, elle esquissa une grimace qui donna à son visage une expression encore moins avenante que de coutume.

Et elle s'apprêtait à le renvoyer avec des paroles peu aimables, mais elle se rappela que l'étudiant passait pour avoir des accointances policières, et, dans sa situation, elle tenait à rester en bons termes avec « ces messieurs », comme elle disait en parlant des gens de M. le lieutenant de police.

C'est pourquoi elle esquissa un sourire qui pouvait, à la rigueur, passer pour gracieux, et elle s'écria :

— Ah ! monsieur Brander, quel bon vent vous amène?...

Karl huma l'air à plusieurs reprises, dans la direction de la salle à manger, après quoi, il répondit cyniquement :

— Un bon vent !... Je vous crois !... quel excellent fumet !... Peste ! vous avez donc fait un héritage, chère madame, pour vous payer de pareils... gueuletons !...

Cette familiarité parut de mauvais goût à la matrone, qui allait vivement relever l'étudiant pour l'inconvenance grave qu'il commettait à son égard...

Mais elle n'eut pas le temps de formuler sa protestation... Karl s'était glissé dans la salle à manger et, assis sur la chaise solitaire, devant l'unique couvert, il se versait, sans façon, une pleine rasade d'un vin fort coûteux...

— C'est ça !... ne vous gênez pas !... faites comme chez vous !— s'écria la maîtresse de maison stupéfaite de tant d'audace.

Karl engloutissait une assiettée d'excellent potage qu'il arrosa d'un bon verre de vin...

La bouche encore à moitié pleine, il fit, avec bonhomie :

— Vous voyez... c'est tout à fait... sans cérémonie...

Et il attaqua un pâté de foie gras dont la croûte dorée s'ouvrit, sous son couteau, en une large brèche, comme une forteresse prise d'assaut...

Dame Marthe bondit.

— C'est trop fort ! — fit-elle au comble de l'indignation.

Avec sang-froid, Karl se contenta de dire :

— Les foies de canards comme nous les engraissons à Strasbourg, deviennent un mets divin, quand on les marie aux truffes venues d'une province de France qui s'appelle, si je ne m'abuse, le Périgord... Mais cela me fait penser... Veuillez donc aller me chercher une bouteille de Bourgogne... Alsace... Bourgogne... Périgord... eh!... eh!... eh!... vous êtes comme moi, dame Marthe, vous connaissez la géographie de la gourmandise... allons... voyons... cette bouteille de vieux bourgogne. . vous êtes longue à l'aller quérir!...

— Voleur!... assassin!... je vais aller chercher la garde...

— Dame Marthe, c'est sans doute la faim qui vous trouble l'esprit, vous feriez bien mieux de vous asseoir là, en face de moi, et de partager, sans façon, mon frugal repas!... allons!... ne vous gênez pas!... faites comme chez vous!...

— Il est fou! — pensa la matrone. — Je vais aller prévenir ces messieurs du guet pour qu'on l'enferme... mais je n'ose le laisser seul ici... il va tout me dévorer!...

Le fait est que le robuste appétit de Karl Brander ne justifiait que trop les appréhensions de dame Marthe...

Son appétit!... on pourrait ajouter... et sa soif!...

L'étudiant venait de vider la bouteille qui était devant lui, et, maintenant, avec son verre complètement à sec, il frappait des coup rythmés sur la table, en criant :

— A boire!... à boire!... à boire!...

Dame Marthe tenait beaucoup à sa respectabilité, surtout depuis qu'elle avait fait peau neuve, en soignant les pestiférés de Strasbourg avec le dévouement et le désintéressement que l'on sait. Inquiète à présent des façons tapageuses de Karl Brander, elle lui dit sur ce ton courroucé qu'elle n'avait pas quitté depuis le commencement de cet étrange entretien :

— Mais... taisez-vous donc!... Vous allez me faire remarquer!... on finira par prendre ma maison pour... un cabaret !

Karl ricana :

— On pourrait la prendre pour... quelque chose de pire et vous pour la patronne du mauvais lieu... mais je ne suis pas collet-monté... En dehors de mes chères études, j'aime à rire et j'aime à boire... c'est pourquoi l'idée m'est venue de prendre pension céans... la chère est bonne... le vin à discrétion...

La matrone sursauta, indignée :

— Il ne manquerait plus que cela, vraiment!... Et... combien me payeriez-vous pour cela?...

— Dame Marthe, ne soyez point vénale!... Sans cela, moi je vais l'être aussi... Je serais bien capable, si je ne me retenais pas, de vous demander plus ou moins de ce vil métal...

Sachant les accointances policières de l'intrus, dame Marthe flaira une extorsion de fonds, et son avarice frémit à la pensée de ce cher bas de laine qu'elle avait eu tant de mal à engraisser après la terrible saignée qu'il avait eu à subir dans les circonstances que l'on connaît.

Elle était par terre, la bête malfaisante !... (Page 1029.)

Mais Karl Brander ne la laissa pas longtemps à ses sombres méditations.

D'un air enjoué, en lui indiquant un siège :

— Allons ! ne vous faites pas prier. Mettez-vous à table, vous devez avoir faim... quant à moi, j'ai soif...Il y a une heure que je vous demande à boire !

Comme la maîtresse de maison ne bougeait pas, l'étudiant lui demanda, tout simplement...

— Avez-vous connu une femme Mauer, dont le mari était, de son vivant, patron tanneur ?...

Cette phrase sonna lugubrement... ainsi qu'un glas funèbre aux oreilles de la Schwerdein...

Oh! ce n'était pas le souvenir de ces deux victimes de l'épidémie qui mettait ainsi comme un crêpe de deuil sur sa pensée...

Ce n'était pas, non plus, le remords de son crime... le faux monstrueux qu'elle avait commis... le vol infâme dont elle s'était rendue coupable, au détriment de Mᵐᵉ Roger et de sa fille Jeanne, la pauvre innocente fillette !...

Non! l'abominable mégère, qui s'était enrichie des dépouilles de tant de morts, était incapable d'un bon sentiment...

Elle ne voyait que le danger de perdre le fruit de ses rapines... Si quelqu'un, jamais, mettait au jour ses ténébreuses machinations... si on découvrait l'odieux et criminel stratagème par lequel sa voisine avait été dépouillée... c'en était fait d'elle...

C'était la prison... l'ignominie... le bagne !... C'était... surtout... la perte de cette petite fortune à laquelle la diabolique créature tenait plus qu'à la vie... plus qu'à l'honneur...

Du ton le plus naturel, dans la silence de la pièce, où ils se trouvaient tous deux, seuls, Karl Brauder laissa tomber ces mots :

— Le tanneur en question, si je ne m'abuse, était un ami et un camarade d'enfance du lieutenant Roger, votre voisin... mais, dans la famille, on ignorait... ce détail.

Dame Marthe avait les pupilles dilatées par la terreur....

Est-ce que cet homme savait ?...

Machinalement, dans son buffet, elle alla chercher une bouteille de vieux vin et la mit devant lui...

Elle-même s'assit en face, avec un sourire contraint, désireuse si c'était possible, d'amadouer l'étudiant pour apprendre de lui... ce qu'il pouvait savoir... pour profiter de ce qu'il ignorerait.

D'après ce qu'elle connaissait de lui, ce n'était pas une de ces natures, droites, inflexibles, qui ne transigent jamais avec ce qui est honnête, loyal et juste....

C'était un homme à user de faux-fuyants, à prendre des biais, bref, un être louche comme tout ce qui touche à l'espionnage et à la police...

On était fait pour s'entendre... L'essentiel c'était que Karl Brander ne taxât pas à un trop haut prix cette entente cordiale

En fine mouche, la Schwerdein ne lui donna pas prise sur elle...

A sa dernière question, elle répondit par des banalités :

— Oui... ces pauvres Mauer... encore des victimes de la peste!... ah ! l'épidémie en a fait, des ravages, dans Strasbourg !...

— Vous avez eu de la chance de ne pas en être !...

— La Providence a daigné me préserver...

— Et la mort n'a pas dédaigné de vous enrichir...

— Ah ! comment pouvez-vous dire ça, monsieur Brander? C'est tout juste si j'ai ramassé quelques maigres économies...

— Celles des pestiférés que vous avez raflées avec une *maestria* incomparable ?

— Des calomnies... Les trois quarts de ces malheureux que je soignais ne possédaient que leurs misérables hardes... des chiffons...

— Des papiers aussi !...

Il y eut un silence...

Dame Marthe mangeait du bout des lèvres, car toute cette histoire lui avait coupé l'appétit, mais le dernier mot prononcé par l'étudiant l'arrêta net...

Elle blêmit, et levant ses regards vers lui, des regards chargés de haine, elle ne trouva rien à dire...

Ah!... si ses yeux avaient été deux pistolets, à la façon dont ils étaient braqués sur lui, Karl Brander aurait bien vite passé de vie à trépas...

Cependant, il n'eut pas l'air de s'en apercevoir. Il se contenta de remplir à nouveau son verre, après quoi, il le but lentement, en faisant claquer sa langue contre son palais, comme un fin connaisseur qu'il était... toutes les fois que ça ne lui coûtait rien...

— C'est du bon ! — fit-il ; — vient-il de la cave de cet excellent Schwerdein?... Non... n'est-ce pas? Votre noble ivrogne d'époux n'était pas homme à laisser vieillir du vin à portée de son gosier... au contraire, il aurait bu son vin... au pressoir, le digne videur de bouteilles !... Alors, c'est de la cave de feu Mauer... dans ce cas, tous mes compliments au tanneur !

La Schwerdein balbutia :

— C'est... du vin... que... j'ai acheté... sur mes économies.

— Je félicite vos économies?... En buvez-vous souvent du pareil?...

— Oh ! non ! il est trop cher !...

— Pas pour moi... j'en ferai mon ordinaire... car c'est entendu... je prends pension chez vous, dame Marthe... Et... vous savez... moi je ne regarde pas à la dépense... d'autant plus que... la dépense c'est vous qui vous en chargerez... J'ai horreur de me mêler des questions d'argent, je n'y entends rien... Mais, par exemple, je payerai mon écot d'une autre façon... je vous raconterai des histoires...

« Je commencerai, si vous le voulez bien, par une histoire d'enfance... l'enfance de Mauer et de son ami Roger...

Il s'arrêta.

— Cette histoire a l'air de vous ennuyer, dame Marthe! Vous faites la grimace... l'enfance, c'est bien loin... comme dit cet autre, passons à l'âge mûr !...

« Roger est devenu lieutenant... il part pour la guerre; comme c'est pressé et que les fonds pour son entrée en campagne n'arrivent pas assez vite de France, notre officier emprunte la somme qui lui est nécessaire à son ami Mauer, qui est devenu le patron d'une tannerie importante...

La Schwerdein était livide... Elle voyait s'écrouler sous ses yeux l'édifice de sa criminelle fortune.

Karl Brander continuait, toujours narquois, l'ironique récit de son étrange découverte ;

— D'Italie, au début des opérations, le lieutenant renvoya au tanneur l'argent qu'il lui devait... Mais la peste survient, Mauer succombe... sa femme, qui ne va pas tarder à le rejoindre, met sous un pli scellé avec la reconnaissance, la preuve que Roger a payé sa dette... L'enveloppe porte l'adresse de Mme Roger... Une bonne âme qui soigne Mme Mauer et qui justement est la voisine de Mme Roger ne manquera pas de faire tenir l'enveloppe à sa destinataire.

« Mais la bonne âme se nomme Marthe Schwerdein... elle s'empare de la reconnaissance qui ne porte pas de nom... et elle s'enrichit des dépouilles de Mme Roger... après tant d'autres...

« Cette longue histoire m'a donné soif... Je boirais bien encore, dame Marthe !...

La matrone ne prêta pas l'oreille à cette invite... Par un dernier effort de son audacieux cynisme, elle voulut faire contre mauvaise fortune bon visage...

Haussant les épaules, elle s'écria :

— Sornettes que tout cela !... C'est bel et bien à moi que le lieutenant Roger avait emprunté de l'argent... D'ailleurs, le tribunal l'a reconnu ainsi en faisant vendre les biens de Mme Roger par autorité de justice... donc.

— Le tribunal peut s'être trompé... et le jugement pourra être cassé, si on démontre qu'il y a eu, en l'espèce, un véritable faux... puisqu'une créancière supposée s'est substituée au créancier véritable, et un vol qualifié... puisque la dette était déjà payée...

— Ce sont là des fadaises bonnes, tout au plus, pour les contes qu'on donne à lire aux petites filles !... Je vous engage, mon brave garçon, à ne pas colporter d'aussi sottes allégations sans preuves à l'appui... Tout ce que vous racontez là, autant en emporte le vent... vous dis-je...

— Souvenez-vous d'une chose, dame Marthe, parfois le vent emporte des choses bien intéressantes... Je vous ai dit que l'enveloppe, outre la reconnaissance de la dette, renfermait la preuve que la dette était payée... Cette preuve c'est une lettre signée par Mme Mauer... Elle a dû s'envoler de chez vous cette lettre, dont l'absence vous enrichit, mais dont la production en justice vous enverrait au bagne...

Dame Marthe avait tout à fait perdu le sang-froid machiavélique et le cynisme infernal dont elle avait fait preuve jusqu'ici...

Cette révélation... c'était l'écrasement... Impossible de continuer le rôle qu'elle essayait de jouer devant l'étudiant.

Terrifiée, affolée, la perfide créature ne put que murmurer :

— Elle existe... cette lettre... quelqu'un l'a vue... quelqu'un la possède en ce moment?...

— Oui !... moi !...

Oh ! si toutes les puissances de l'Enfer avaient pu surgir à la voix de cette sorcière, quel horrible Pandemonium aurait déroulé sa ronde diabolique autour du malheureux Karl Brander.

Le cri qu'elle poussa n'avait rien d'humain... Ce n'était pas le rugissement de la tigresse à qui on enlève ses petits... Non !... Ce cri a sa noblesse... sa fureur a quelque chose de grandiose et de beau... n'est-il pas maternel ?...

Le cri que la Schwerdein poussa en s'abattant sur le sol, c'était plutôt le grognement de la hyène à qui on enlève sa nourriture... la proie hideuse que la bête vile et lâche va chercher au fond des cimetières...

Elle était par terre, la bête malfaisante !... Des soubresauts convulsifs l'agitaient... sa bouche toute tordue écumait...

Ses yeux tournaient dans leurs orbites, ne laissant voir que le blanc... Ses membres se raidissaient avec des craquements sinistres, comme s'ils allaient se briser... son corps se plia en arc de cercle...

Sans aucun mouvement de pitié, Karl Brander se pencha sur elle, disant à mi-voix :

— Épileptique... il ne lui manquait plus que cela !... Moi, j'ai une sainte horreur des gens atteints du « Mal sacré ». Aussi je m'en vais... J'ai du reste fort bien dîné... La table et le vin, ce sont les deux seules qualités que je reconnais à dame Marthe... D'ailleurs, je reviendrai...

Il aperçut sur le buffet la bourse de la matrone qu'elle avait posée là...

Sans compter ce qu'il y avait dedans, il la fit prestement passer dans sa poche...

— Ce sera pour mes menus plaisirs...

Comme il était encore de bonne heure, en sortant de chez dame Marthe, il alla au *Gambrinus*...

Mais il ne régala pas ses camarades... Ce n'était point dans ses habitudes... Il s'offrit généreusement quelques bons pots de bière et alla se coucher, dans la chambrette que nous connaissons, heureux de sa journée.

Il y avait de quoi !...

XII

LES MENDIANTES DU PARVIS

PAQUES !... le son des cloches ébranle l'air... Les fidèles se pressent en foule vers l'antique cathédrale pour célébrer la fête joyeuse de la résurrection...

Cependant, il semble bien qu'il n'y ait guère de joie dans toute cette foule... A quoi cela tient-il ?... Peut-être à l'épidémie qui a encore sévi pendant l'hiver précédent, accumulant les deuils dans l'antique capitale de l'Alsace...

Peut-être aussi le temps en est-il cause un peu... Ce printemps est morose... le vent souffle humide et froid... les giboulées de mars se sont prolongées jusqu'en avril...

Et les grosses commères bien emmitouflées qui se rendent à l'office religieux, tout en bavardant, ne peuvent s'empêcher de faire cette réflexion :

— Ah!... Les années se suivent et ne se ressemblent pas !...

Les conversations vont leur train, accompagnées par les cloches qui sonnent à toute volée...

— Quel radieux jour de Pâques, celui de l'an passé!... La nature souriait dans le renouveau du printemps... Il y avait partout des vols de cigognes!... — dit Mme Kreutzer, — une bourgeoise sentimentale et pratique.

La mère Schmitz, une forte marchande, plus terre-à-terre, de répondre :

— Et, avec ça, les affaires allaient bien. On gagnait ce qu'on voulait... Ce n'est pas comme à présent... tout augmente et nous gagnons moins, parce qu'il nous faut payer plus cher... Ajouter à cela que personne n'achète, parce qu'on est ruiné...

— Qu'est-ce que vous voulez faire? — demanda une troisième, Mme Shaten, qu'à ses longs habits de deuil et à son voile noir, on reconnaît pour une veuve. — Il y en a qui ont perdu leur soutien... Tout de même, j'ai idée qu'on en serait venu à bout d'arrêter la peste, si nous avions eu encore à Strasbourg, le docteur Henry Faust!...

— Pour sûr ! — riposta la marchande. — Ce n'est pas lui qui se serait enfui comme tous ces charlatans, qui sont bons pour nous agripper des sous, quand nous avons le moindre *bobo*, mais qui prennent la poudre d'escampette au moindre danger !

Et sa conversation continua sur ce ton, tandis que les trois braves femmes se pressaient, — plus ou moins vite, — vers l'office divin, leurs livres d'heures dans les mains, bien engoncées à cause de la bise aigrelette qui fouettait au visage, avec une pluie fine, pénétrante, entrecoupée par instants, de neige ou de grésil...

On se rappelait, en cheminant, le temps passé... les cures merveilleuses opérées par le docteur Faust, qu'on tenait bien un peu pour sorcier... un bon sorcier...

— Le fait est, — dit la mère Schmitz — que depuis qu'il nous a quittés, le malheur semble s'être abattu sur notre ville. Tout va de mal en pis !

Mme Kreutzer soupira ;

— La nature elle-même a l'air de porter son deuil... Mais qu'est-il devenu? On ne m'ôtera jamais de l'idée que l'enfer jaloux de ses miracles, lui a tendu un piège... Comme tant de savants, — même parmi ses aïeux à ce qu'on dit, — il aura signé un pacte avec Satan... et le diable en personne est venu le chercher...

— Dieu ait son âme ! — murmura Mme Shaten en faisant le signe de la croix.

Ses deux amies l'imitèrent, dans leur foi naïve...

La crédulité ingénue de l'époque s'accommodait assez de cette idée, qui avait eu cours dans tout le moyen âge et qui devait persister jusqu'à l'aurore de la Révolution française...

On s'imaginait volontiers qu'un homme de science, désireux d'approfondir les secrets mystérieux de la nature, pour arriver à son but, vendait son âme au Malin-Esprit...

Satan, alors, lui livrait la clef des mondes inconnus... le mot de l'Éternité... les mystères occultes du Grand-Tout...

Mais, en échange, au jour fixé, le prince des ténèbres venait s'emparer de son dû... le prix du pacte... l'âme du savant téméraire... du sorcier...

L'Église encourageait ces croyances... Les peuples maintenus dans l'ignorance par la crainte salutaire de l'Enfer seraient ainsi plus faciles à dominer...

C'est ce qui explique qu'à l'époque où se passe notre récit, trois bourgeoises aisées de Strasbourg pouvaient, sans être taxées de folie, s'imaginer que Faust, leur cher et vénéré docteur, avait été la proie de Satan...

Ce qu'on savait sur sa disparition ne justifiait-il pas, dans une certaine mesure, la légende qui s'était formée autour de lui?...

— Oui ! — disait la grosse mère Schmitz en baissant la voix. — Il y a de la diablerie là-dessous... pour sûr !... Le docteur Faust, à un moment, recevait en cachette une visite que... enfin ! *motus !* je me comprends !...

Tout bas, elle aussi, comme il convient quand on parle de messire Satanas, épouvantail des âmes dévotes, Mme Shaten continua :

— Mon pauvre mari qui était employé dans les affaires du gouvernement et qui en savait long sur bien des choses, me l'a dit bien souvent : « Il se passe chez M. le docteur Faust des choses qui ne sont pas naturelles... Il est en rapport avec un être bien suspect, un personnage machi... machi... » Je ne me rappelle plus comment il disait...

Mme Kreutzer, qui avait plus de lectures que ses deux compagnes, acheva le mot :

— Vous voulez dire machiavélique !...

— C'est cela ! — fit la veuve. — Mon mari qui était au courant de ça, plus qu'il ne voulait en avoir l'air, le brave cher homme, me disait que le docteur Faust serait perdu par ce machiavélique ambassadeur qui était débarqué à Strasbourg, un beau jour, venant on ne sait d'où...

— De l'Enfer !... ça ne fait pas de doute ! — dit la mère Schmitz. — Je le vois encore avec sa barbe rouge, toute pointue, et ses moustaches en crocs, un jour que, dans son carrosse, il traversait le marché où je vendais... Vous me croirez si vous voulez, je lui ai fait les cornes par derrière, comme on fait quand on voit le diable...

Comme on le voit, le chevalier Méphistophélès n'avait pas laissé de bien grandes sympathies à Strasbourg...

Il avait une tête qui ne revenait pas aux bonnes femmes de la vieille cité alsacienne...

Pour un peu, on l'aurait accusé de tous les malheurs qui avaient fondu sur le pays... la peste, le mauvais état des affaires, et le printemps maussade qui faisait de ce beau jour de Pâques une fête assez terne...

Si on n'allait pas jusque-là, ce qui eût été injuste, en somme, on l'incriminait, et à bon droit cette fois, de plusieurs autres méfaits tels que la disparition de Faust et les malheurs qui s'étaient abattus sur la famille Roger...

Les femmes sont parfois sévères dans leurs appréciations relatives aux autres femmes... Mais cette dureté ne saurait se maintenir chez ces natures fortement impressionnables, toutes de douceur et de bonté, sauf des exceptions dans le genre de la Schwerdein bien entendu, mais peut-on appeler cela des femmes?...

L'opinion s'était montrée injuste pour la pauvre Marguerite, après sa chute... C'était à qui lui jetterait la pierre...

Infortunée martyre de l'Amour!... Triste et dolente victime de la destinée!

...Abandonnée de celui en qui elle avait placé toutes les chastes et divines aspirations de son âme virginale, trahie par le ciel lui-même qui semblait rester sourd à ses ferventes prières, la blonde et exquise mignonne avait vu tomber sur sa tête la pesante malédiction des siens!...

Être maudite par sa mère, c'est pire que d'être maudite par le ciel...

Les autres, les étrangers, ne pouvaient que faire *chorus* avec les siens, qui la chassaient comme une fille indigne de vivre désormais sous le toit familial que sa faute avait déshonoré!...

Mais, nous l'avons dit, l'âme aimante et miséricordieuse de la femme ne saurait conserver les haines éternelles...

Chez toutes celles qui connaissaient la douloureuse histoire de la pauvre enfant, il n'y avait plus qu'une pitié immense, un attendrissement infini...

La mère avait pardonné la première, et la première aussi, comme de juste, elle avait oublié la faute pour ne plus sentir que la douleur atroce de la séparation... de l'incertitude mortelle...

Et c'était ce mystère planant sur Marguerite qui avait ramené, à la pauvre disparue, l'indulgence, d'abord, et ensuite la pitié, puis la sympathie des braves femmes qui, comme la grosse mère Schmitz et ses amies, Mme Kreutzer et la veuve Shaten, se remémoraient tous ces événements, en se rendant, au son des cloches, à la grand'messe de Pâques.

— Pauvre Marguerite! — fit d'un air apitoyé la marchande. — Et dire qu'on n'a plus su... jamais... jamais ce qu'elle est devenue!...

— Elle a marché du côté du Rhin et là on a perdu sa trace... voilà près d'un an!... — s'écria Mme Kreutzer.

— Et, chose étrange, que mon mari m'a fait remarquer bien des fois, — ajouta la veuve, — elle a disparu le même jour que le docteur Faust

Les flots des fidèles s'engouffrent dans l'antique cathédrale. (Page 1033.)

s'en allait... emporté l'on ne sait où par la chevauchée infernale du diabolique seigneur Méphistophélès.

— Les gens disparaissent comme par enchantement quand apparaît ce suppôt d'enter ! — s'écria en manière de conclsion, la mère Schmitz qui ne pensait pas dire si juste...

Les flots des fidèles s'engouffrent dans l'antique cathédrale où le son grave et majestueux des orgues prélude à la solennité de la grande fête chrétienne...

On se presse d'autant plus d'entrer qu'au dehors, sur le parvis, le vent, qui balaye les dernières giboulées, vous cingle désagréablement le visage... ,

Cependant, à la porte de l'église, il y a là, comme toujours, des mendiants qui tendent la main...

En passant, chacun laisse tomber son obole... le moins généreux se croit obligé de donner... sous peine de péché mortel...

C'est qu'il faut racheter, par des aumônes faites le saint jour de Pâques, les manquements que l'on a pu commettre à la rigoureuse observance du carême...

Dame Marthe Schwerdein, qui vient d'aller à la messe, — la pieuse âme! — n'a pu se dispenser, malgré son avarice, de donner son aumône... Elle l'a faite aussi petite que possible, ce qui n'est guère équitable au point de vue des commandements de l'Église, car elle a grandement sacrifié, nous le savons, en dépit du carême, à un péché capital, — son péché mignon, — la gourmandise!...

Elle donne, en passant, très vite, sans regarder la main dans laquelle son aumône est tombée...

Cette main est celle d'une enfant délicate et gentille, qui serait jolie sans la hideuse livrée de misère qui la couvre...

L'enfant, on le dirait, a honte de mendier... elle tient les yeux baissés vers les dalles froides qui s'étendent, usées par les pieds des fidèles, au seuil du monument religieux...

Un vieux châle, percé de trous rapiécés, couvre une grande partie son visage, cachant ses cheveux épais, éteignant la flamme vive et intelligente de son regard.

Auprès d'elle, appuyée sur un bâton, se tient une femme plus âgée... un fichu de laine épais entoure sa figure sans doute à cause du froid...

Maigre et sèche, la malheureuse est en proie à une toux opiniâtre qui secoue et déchire sa pauvre poitrine...

Elle a des douleurs dans tous les membres et les moindres mouvements lui arrachent des cris...

Un observateur attentif qui aurait été placé près de la petite mendiante, quand celle-ci reçut dans sa main grêle et rose l'aumône de dame Marthe, aurait remarqué l'étrange lueur qui apparut, à ce moment-là, dans les yeux de l'enfant.

Et la petite tendit, de suite, la pièce qu'elle venait de recevoir à la vieille femme, auprès d'elle, en lui disant à mi-voix :

— Mère... faut-il ?

La mère répondit :

— Non !...

Et saisissant la pièce elle fit mine de la jeter au loin... Mais, bientôt, elle se ravisa... Elle pensait :

— Quand on est pauvre, on n'a pas le droit de céder à la fierté... Du moment que l'on consent à tendre la main... on doit accepter de toutes les mains qui donnent... Mais pourtant... je ne peux pas. . non, je ne peux pas... de celle-là... J'aimerais mieux la mort... Oh! Seigneur... vous le savez... si j'ai accepté de vivre... après tant de honte... tant de misère... tant d'opprobre... ce n'est pas pour moi... Je suis vieille et malade... minée par les douleurs... si je veux vivre... vivre encore... soutenir... par la mendicité... ma vie chancelante... c'est... pour elle... pour cet enfant... cette pauvre inocente qui ne peut se passer de l'aile d'une mère... si fragile... si tremblant que soit cet abri!... Mais cet argent... oh! non!... je ne peux pas... bien que nous n'ayons pas une bouchée de pain... Ce sera... pour une autre... qui en a besoin aussi... et à qui cette aumône de l'enfer ne brûlera pas les doigts...

Et là-dessus, la malheureuse femme alla déposer dans la sébile d'un aveugle qui se trouvait tout près, l'obole de dame Marthe...

A travers les giboulées printanières que la rafale secouait, deux gargouilles fantastiques, qui crachaient l'eau du ciel par leur gueule monstrueuse, semblaient ricaner...

L'une d'elles, — étrange vision! — qui simulait une sorcière en route pour le sabbat, à cheval sur un manche à balai, offrait le visage hypocrite et cauteleux de la Schwerdein...

L'autre représentait un diable aux pieds fourchus... Il avait, coïncidence étrange! tous les traits d'un certain ambassadeur de Toscane qui avait visité Strasbourg l'année d'auparavant...

Méphistophélès... Dame Marthe... êtes-vous donc montés dans les ogives superbes de l'altière cathédrale, pour mieux voir votre œuvre infâme?...

Mme Roger et sa pauvre mignonne Jeannette, réduites à tendre la main, à implorer la charité des passants, tristes et lamentables mendiantes, sur le parvis de l'Église!...

Hélas!... la femme du brave et héroïque lieutenant n'avait pu se réduire que tout à fait à la dernière extrémité, à cette terrible chose... mendier!...

Chassées de chez elles, grâce aux odieuses machinations de dame Marthe, les deux malheureuses créatures s'étaient trouvées, absolument, sur le dur pavé...

Quelle lugubre odyssée fut la leur!... quel triste et lamentable chemin de la croix!...

Mme Roger n'avait plus de parents à qui elle pût confier sa détresse, à qui elle pût demander aide et assistance! pas d'amis pour l'aider, dans son malheur...

Elle commençait à être sur le déclin de la vie... a cet âge, où, quand on jette les yeux en arrière, on aperçoit l'existence passée comme une longue route... toute bordée de tombeaux...

Parents... amis... tout cela mort ou dispersé... Et puis, est-ce bien sûr qu'ils l'eussent aidée?...

La parenté est nombreuse, les amis empressés, tant qu'on est heureux...

Viennent les temps sombres, et l'on se voit seul... bien seul...

La misère engendre la misère... c'est la chaîne sans fin... le cercle infernal d'où ne peuvent plus sortir les damnés de la souffrance...

Que pouvaient faire une pauvre vieille femme maladive et une frêle enfant comme Mme Roger et sa fille ?...

Travailler ?... Mais pour travailler, il faut avoir un chez soi...

Les deux malheureuses en étaient réduites à chercher... oh ! elles mangeaient si peu !... rien qu'un petit morceau de pain... qu'elles partageaient entre elles...

Elles connurent la chose atroce que c'était d'avoir faim... au milieu de gens qui mangent à leur appétit...

Elles descendirent tous les échelons de la dolente misère... Elles connurent toutes les affres de la pauvreté la plus poignante... obligées même, au milieu des intempéries de ce triste printemps, de chercher un refuge pour la nuit sous les porches des églises ou les poternes du rempart...

Mais détournons les yeux de ces images lugubres... la misère n'a été que trop souvent décrite... et on ne la connaît que trop pour l'avoir vue, souvent, hélas !... de bien près...

Et pour nous consoler de la vue de ce spectacle, enfin !... pénétrons dans l'âme des douces et infortunées créatures, qu'un malheur immérité a jetées là, sur le parvis de la cathédrale de Strasbourg, implorant la charité...

Oh ! les angéliques et délicieuses natures !... Quel suave parfum de vertu divine, de tendresse exquise se dégage de ces deux mendiantes !...

Jeanne a pour sa mère une adoration sans bornes...

L'idéale et mignonne enfant oublie les privations qu'elle endure, le froid aux morsures cruelles, la faim qui la torture, pour ne songer qu'à sa maman chérie...

Elle fait la vaillante et la forte pour soutenir la pauvre femme, l'encourager dans cette lutte de tous les instants contre la destinée...

On dirait que c'est elle-même qui est la mère... une mère à la sollicitude toujours en éveil... une bonne toute petite mère câline qui soigne son enfant délicate et faible.

C'est que la pauvre Mme Roger a tant besoin de précautions... de soins de toute nature...

La cruelle maladie de poitrine qui s'est emparée d'elle, cet hiver, est loin d'être guérie... Comment le serait-elle, avec cette vie atroce qui est son lot ici-bas ?...

Hélas ! la misère n'est-elle pas toujours la sinistre pourvoyeuse qui procure à la mort son éternel contingent de victimes ?...

Mais cela n'altère pas le pur et immense amour dont son âme maternelle est pleine...

Une flamme céleste illumine ses yeux quand leur regard se pose sur sa Jeannette adorée, son unique joie, sa seule consolation...

Oh ! qu'elle vive !... qu'elle soit heureuse !... que toujours... toujours elle ignore le mal... et l'opprobre qui guette, à tous les coins du chemin, les vierges pauvres...

Et qu'elle reste dans la sainte et douce innocence des anges purs, des anges radieux... jusqu'au jour où son père reviendra de lointains combats... s'il en revient... jusqu'à ce que son bon frère Valentin retourne au pays...

Oh ! pour cela, pour le bonheur... pour la pureté de son enfant chérie, elle donnerait, *mater dolorosa*, jusqu'à la dernière goutte du sang, pauvre et faible, qui coule dans les veines de son triste corps, tout perclus de souffrances !...

Là-bas... au loin... dans les rudes batailles qu'ils livrent pour la liberté des peuples... le lieutenant Roger... l'héroïque Valentin... s'ils pouvaient voir cette scène cruelle : l'épouse chérie, la mère vénérée... l'enfant bien-aimée, la sœurette mignonne... réduites à tendre la main sur le parvis de la cathédrale !...

Ah !... comme leur cœur bondirait dans ces poitrines de soldats !...

Et comme le châtiment viendrait soudain... inexorable... pour les sataniques auteurs de tant de maux...

Mais ils ne reviennent pas... les dures vicissitudes de la guerre... les trahisons, les surprises... retiennent les deux héros sur le théâtre glorieux et terrible où se déploie leur énergie de fils de l'Alsace...

Ils ne savent rien... ils ne peuvent donner de leurs nouvelles !...

Et les deux mendiantes sont là, sur le parvis de l'église, exposées à la pluie qui tombe froide et fine...

Au-dessus d'elles, les deux gargouilles symboliques crachent à flots, par leurs gueules grimaçantes, l'eau du ciel que le plomb des gouttières leur envoie...

Ce sont des gargouillements et des glouglous où leurs deux voix semblent échanger on ne sait quel infernal dialogue...

Colloque diabolique entre ces deux incarnations de Satan... dame Marthe Schwerdein et le chevalier Méphistophélès...

En même temps, — ironie singulière des contrastes ! — par la porte entr'ouverte du temple, on entend, scandé par la voix grave de l'orgue, ce chant liturgique :

Gloria in excelsis Deo, et in terra pax hominibus bonæ voluntatis!

« Gloire à Dieu dans le ciel, et, sur la terre, paix aux hommes de bonne volonté ! »

XIII

GOTTFRIED LE MANCHOT

OICI, par exemple, une chanson qui n'a rien de liturgique... C'est là, tout près, dans une rue longue et sinueuse qui, d'une des portes de l'enceinte, conduit vers la cathédrale.

Et la voix qui lance ces accords plus ou moins mélodieux n'a rien de commun avec la voix argentine et grêle des enfants de chœur psalmodiant les hymnes religieuses!...

Mais quelles rudes cordes vocales!... Il y a de quoi faire trembler les vitres, pourtant solides, cerclées de plomb qu'elles sont, et épaisses avec ça comme des fonds de bouteilles, auxquelles elles ressemblent par leur teinte d'un vert opaque...

L'homme qui vient par la rue tortueuse, en faisant sonner lourdement ses bottes sur les pavés rugueux, chante, en dialecte alsacien une chanson de marche, comme parfois en entonnent les soldats de son pays, pour tromper la fatigue et charmer l'ennui des longues étapes...

La chanson, sans être grossière, dame! n'est pas de celles que les nonnes enseignent aux timides jouvencelles commises à leur garde...

Les Alsaciens sont de bons vivants, franchement gaulois, et puis n'oublions pas que ce sont des soldats!

Le chanteur, à n'en pas douter, appartient à cette catégorie de citoyens...

Sa tenue n'est peut-être pas strictement militaire et un censeur sévère trouverait à redire... sur une foule de détails, notamment la façon un peu fantaisiste dont il porte son épée... une de ces longues épées, — il y en avait de près de deux mètres, — dont certaines compagnies de fantassins se servaient à cette époque...

Eh bien! notre homme n'avait rien trouvé de mieux que de la porter sur son épaule, et à l'envers, c'est-à-dire qu'il tenait l'arme par sa pointe, fortement ébréchée entre parenthèses, tandis qu'à la garde qui se dressait au-dessus de son dos, il y avait un paquet, plié dans un gros mouchoir à carreaux...

C'était une de ces gardes d'épées que l'on tenait à deux mains et qu'on faisait tournoyer, moulinet terrible qui abattait têtes et bras dans la mêlée...

Mais l'homme qui employait à un aussi pacifique usage son arme guerrière était bien excusable de la porter ainsi; il n'aurait plus été capable de la manier avec les deux mains... Il était manchot.

Son uniforme troué, rapiécé, les cicatrices qui zébraient son mâle visage, indiquaient clairement que ce soldat était un glorieux mutilé...

Cependant la pluie avait l'air de l'ennuyer... plus peut-être que les coups qui pleuvaient rudes et drus sur les champs de bataille d'où il revenait...

En arrivant sur la place où s'élève la cathédrale de Strasbourg, il lança, à pleins poumons, une véritable bordée de jurons contre l'intempérie dont il semblait avoir si fortement à se plaindre...

— Der Teuffel!... Corpo di Bacco!... Gotferdom!... Ventre-saint-gris!... Et dire qu'on appelle ça le printemps... ici!... Vrai!... Ça ne vaut même pas l'hiver de là-bas!... Mais... voilà... ça serait trop beau la Toscane... avec ses fleurs, ses femmes et son ciel bleu... s'il n'y avait pas... cette sale engeance de filous... de traîtres... d'empoisonneurs... toute la séquelle du diable... per Bacco!...

Et l'homme lança, à nouveau, une bordée de ces jurons... polyglottes dans lesquels il semblait se complaire... souvenirs apparemment de sa longue et rude carrière militaire dans un de ces régiments, composés d'étrangers, au service du roi de France... et où, du reste, les Alsaciens dominaient...

Après s'être soulagé la conscience par ces malédictions à l'adresse du temps et... des Italiens, notre invalide leva la tête et consulta l'horloge célèbre de la cathédrale de Strasbourg...

— Hum! — fit-il, — il y a encore deux bonnes lieues depuis ce clocher jusqu'à mon village... Ça n'est pas la mer à boire... mais... justement... à propos de boire... je... me rafraîchirais bien un peu... pour me réchauffer... morbleu!... C'est malsain... le brouillard et la pluie... surtout en avril... Seulement... voilà... mon pauvre Gottfried... si tu as gagné à la guerre d'avoir un bras de moins... tu n'y as pas gagné des rentes... Alors... si tu ne veux pas rentrer à ton village gueux comme Job, ce qui donnerait une triste idée du métier militaire aux blancs-becs qui se préparent à entrer dans la carrière... eh bien!... mon pauvre vieux, il faut mettre un cran à ton ceinturon et réfréner ta pépie...

Tout de même, comme il était fatigué, il posa par terre son *baluchon*, le petit paquet serré dans un mouchoir à carreaux, qu'il portait si drôlement sur l'épaule, au bout de sa longue flamberge.

Et lui-même s'assit, sans façon, sur les marches du parvis, disant à quelques mendiants qui se trouvaient là et qui maugréaient de le voir s'installer auprès d'eux :

— Il n'est pas défendu de se reposer... n'est-ce pas?...

. . . .

Si extraordinaire que cela puisse paraître, Ludwig Frosh et son inséparable Heinrich, plus connu sous le sobriquet de *Gaudeamus*, avaient éprouvé le besoin, en ce dimanche de Pâques, d'aller entendre la grand'-messe à la cathédrale de Strasbourg.

Nous ne répondrions pas qu'ils aient été poussés à cela uniquement par une piété fervente.

Mais... peut-être sont-ils venus avec le désir, — bien excusable à vingt ans, — d'apercevoir quelques jolis minois... l'espoir d'échanger des œillades furtives avec de gentilles *gretchen*... et... qui sait?... avec l'idée d'esquisser quelque amoureuse intrigue...

Karl Brauder s'est attaché à leurs trousses... Il n'est pas seulement l'espion de ses camarades, dont le regard langoureux s'échappe parfois au-dessus du livre de prière, il est encore et surtout leur parasite acharné... Ce jeune homme est précoce dans l'art de vivre aux dépens d'autrui... Dame Marthe en sait quelque chose... et ma foi, si peu sympathique que soit l'étudiant policier, sa façon de gruger la peu vénérable matrone n'a rien qui puisse indigner.

Avec ses camarades, cette façon d'agir est évidemment peu estimable, mais Karl connaît à merveille l'art des nuances... Il sait, avec chacun, jusqu'où il peut aller... sans essuyer de rebuffades... les jours... et les circonstances où tel et tel le régaleront de bon gré...

Et puis, on le supporte parce qu'il est amusant... Il paye souvent son écot en farces, en plaisanteries de plus ou moins bon goût... Mais la jeunesse studieuse n'est pas difficile sous ce rapport...

Du reste, c'est admis; un parasite est presque toujours un bouffon... C'est son excuse et sa raison d'être!...

Toujours est-il que Karl Brander escortait, ce jour-là, à la messe, ses deux camarades de l'École, Ludwig et Heinrich...

En sortant de la messe, les trois jeunes gens riaient, parlaient haut et fort, avec des mots libres, pour ne pas dire plus, et s'amusaient à dévisager les jolies femmes, au grand scandale des vieilles dévotes et des mari, jaloux...

— Tout de même! — s'écria Heinrich, — on a besoin de se rattraper après la contrainte que vous impose la solennité de l'office... Nous avons bien chanté les orémus, mais maintenant... *Gaudeamus!*...

Karl Brander, avec son air de pince-sans-rire, lui répondit :

— Je te conseille de parler, mon vieux, des orémus que tu as chantés! Dans le psaume latin : « Nous qui vivons, rendons grâces au Seigneur! » ne t'es-tu pas avisé, au lieu de chanter *Nos qui vivimus*, de proférer ces paroles sacrilèges et blasphématoires : *Nos qui bibimus...* nous qui buvons!... Ah! c'est du beau...

— Oui! — continua Ludwig, — c'est joli, ce que tu as fait là, mon pauvre Heinrich, et ce qu'il y a de pire, c'est que les chanoines... les chantres, les enfants de chœur, tout le monde, entraîné par ton exemple, a bravement chanté *Nos qui bibimus...*

— Ce qui fait, — poursuivit Karl, — que, sous ces voûtes solennelles, le psaume divin avait l'air d'un cantique d'actions de grâces des buveurs! Tu t'imaginais donc, incorrigible ivrogne, que notre antique cathédrale est placée sous le vocable de saint Gambrinus.

Heinrich ne voulait pas être en reste de brocards et de lazzis avec ses deux amis :

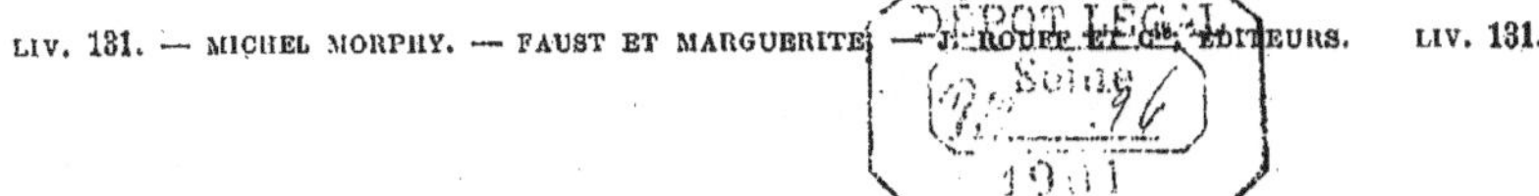

L'homme criait : — Malheur... je vous le dis... à ceux qui ont fait ça... (Page 1045.)

Prenant Karl directement à partie, il lui décocha ce compliment assez peu flatteur :

— Ça te va bien, à toi, de plaisanter les autres sur leur tenue à l'église, toi qui profites du service religieux pour faire une conquête comme celle que tu as faite... N'essaie pas de nier !... Pendant toute la messe, dame Marthe Schwerdein ne te quittait pas du regard... Elle te mangeait des yeux... positivement ! Ah çà !... don Juan, est-ce que tu te disposes à faire quitter le sentier de la vertu à cette vénérable matrone ?...

Ludwig vint à la rescousse, et s'adressant également à Karl, il lui dit :

— Moi aussi, j'ai remarqué votre amoureux manège... J'espère que tu nous préviendras... quand tu embarqueras pour Cythère ta Vénus garde-malade... ta suave poseuse de sangsues... ton Aphrodite, veilleuse de morts... afin que nous puissions être de la fête... Ohé !... ohé !... ce que ça sera gai !...

— *Gaudeamus !* — s'écria Heinrich pour conclure, tout en faisant sauter très haut, pour la rattraper ensuite avec adresse, sa toque d'étudiant.

Chose extraordinaire, car cela lui arrivait bien pour la première fois, Karl Brander, loin de faire chorus avec ses amis, resta sombre et taciturne... fronçant le sourcil...

Aucune plaisanterie ne pouvait lui être plus désagréable...

Lui aussi, il avait vu, pendant tout l'office, rivé sur lui, le regard de dame Marthe...

Mais, mieux que personne, il savait que ce n'était pas là un regard d'amour.

Un incident imprévu vint changer le cours des idées de nos trois étudiants...

Un cri, sur le parvis de la cathédrale, avait retenti soudain, au moment où la foule vidait le lieu saint.

Et, en même temps, on vit une jeune fille, une enfant plutôt, qui tombait sur les dalles qu'elle baignait de son sang...

Une femme en cheveux blancs se jetait sur le corps de l'enfant, et poussait des cris entrecoupés de sanglots :

— Ma fille... Oh !... mon Dieu !... ma pauvre Jeanne !... quel malheur !...

Les trois étudiants avaient à peine eu le temps de tourner la tête du côté d'où partaient ces cris, qu'ils virent un homme grand et sec, porteur d'un uniforme militaire délabré, se porter au secours de la petite blessée... étancher le sang qui coulait de sa plaie...

Puis il prit l'enfant dans ses bras, ou plutôt il la soutint de son bras unique.

De l'autre côté, la manche de son justaucorps était cousue à sa poitrine... il était manchot... Mais quelle force dans le bras qui lui restait, par exemple !...

Et quelle vigueur aussi dans les poumons !... car c'est d'une voix à faire tressaillir tous les pieux échos du parvis qu'il lançait une bordée de jurons dans tous les idiomes connus.

Ludwig Frosh s'était précipité du côté où cette scène rapide se passait... La jeunesse est légère et dissipée, mais elle a généralement bon cœur... L'étudiant se disait que peut-être ses faibles lumières d'apprenti chirurgien lui permettraient de venir en aide efficacement à la blessée...

Ses deux camarades l'accompagnèrent...

En arrivant auprès de la jeune fille, il se rendit compte de suite de ce qui venait de se passer...

Une gargouille qui se trouvait au-dessus d'une des portes de l'église, sans doute sous l'action prolongée de l'eau et de l'humidité, avait fini par s'effriter... Un fragment s'était détaché et était tombé sur la tête de l'enfant...

Le sang que le manchot avait étanché laissait voir une large blessure dont les deux lèvres s'ouvraient au milieu des cheveux tout englués par les caillots...

Tandis que Ludwig examinait avec soin la blessure, la pauvre mère affolée, se courbant sur l'enfant évanouie, que le manchot soutenait, baisait ses menottes pâles et ses pauvres joues exsangues...

— Mon enfant !... ma fille !... Jeanne... ma Jeannette adorée...

Puis, relevant vers l'étudiant son visage torturé par l'angoisse, elle lui demanda :

— Monsieur... pensez-vous que... ce soit bien grave ?...

— Madame, — répondit le jeune homme, — les blessures à la tête sont fort anodines... Une plaie large, béante, saignant beaucoup, effrayante même à voir, comme celle-ci, peut n'offrir aucune gravité parce qu'il n'y a d'intéressé que le cuir chevelu... Il n'y a qu'à faire deux ou trois points de suture après avoir bien nettoyé... C'est le cas de cette pauvre enfant... Il faut lui faire prendre un cordial pour la tirer de son évanouissement et la ramener chez vous où on ira la soigner et faire cette petite opération qui n'est rien du tout... je vous le répète .. C'est à peine s'il restera à votre fille une légère cicatrice absolument invisible d'ailleurs sous son épaisse chevelure.

— Ah ! merci... monsieur... merci ! — s'écria la pauvre mère dans l'élan de sa gratitude.

Ludwig releva la tête, fier de sa science...

Cette voix ne lui était pas inconnue...

— Mais... cette figure non plus ! — fit-il, achevant à mi-voix sa pensée. — Mais c'est...

Il n'acheva pas...

Le plus formidable tonnerre de jurons que jamais la cathédrale de Strasbourg eût entendu résonna sur le parvis...

— Caramba !... Pécaïre... Morbleu... Goddam !... Sacramente !...

L'incorrigible rieur qui s'appelait Heinrich ne put s'empêcher de faire cette plaisanterie :

— Ce manchot jure comme on devait jurer sur la tour de Babel après la diffusion des langues!... *Gaudeamus!...*

Son rire s'éteignit...

Après ses jurons, — exagérés comme quantité, — le manchot avait fini par dire, secoué d'un frisson tragique :

— Malédiction!... c'est Mme Roger... la femme d'un héros, la mère du plus vaillant officier que je connaisse... et elle mendie... elle tend la main avec sa fille sur ce pavé de Strasbourg, dont son mari est une des gloires... Ah! malheur!... si je savais quelles sont les infâmes crapules...

Il n'acheva pas sa phrase... Mais de son seul poing valide, saisissant la longue épée que d'habitude on manie avec les deux mains, il la fit tournoyer dans l'air.,.

Et personne ne s'avisa de rire de la pauvre vieille lame ébréchée...

Car l'homme criait :

— Malheur... je vous le dis... à ceux qui ont fait ça... — et il montra à ses pieds, sur les dalles, le groupe dolent de Jeanne sanglante et de sa mère échevelée; — malheur... aussi vrai que je suis Gottfried-le-Manchot...

Le frisson de l'homme passa sur la foule...

L'épée qu'il maniait était bien le glaive de la Justice...

Dame Marthe, à petits pas menus, sans bruit, ainsi qu'une souris qui trottine, s'évada du groupe où elle se trouvait emprisonnée, malgré elle, contemplant ce spectacle... son œuvre scélérate...

. . . .

... Si parfois les lâchetés semblent, comme une épidémie, s'abattre sur les foules, le courage, aussi, il faut le dire, est souvent contagieux...

On est rarement méchant de parti pris...

Et puis disons, à la décharge des Strasbourgeois, qu'en tout ceci, leur ignorance était plutôt en cause...

On savait que Mme Roger, pour une dette, avait eu des démêlés avec la justice... ce sont là des actions civiles que les tribunaux jugent, par douzaines, tous les jours...

La malheureuse épouse du lieutenant et sa fille avaient disparu de suite après... on pensa qu'elles étaient allées habiter ailleurs.

Et l'on s'en occupa d'autant moins que, depuis le départ de son mari, surtout depuis que leur fils Valentin était allé rejoindre son père, à la suite d'événements diversement commentés, Mme Roger avait vécu retirée du monde.

Vieillie, pauvre, de cette pauvreté qui humilie et défigure, qu'y a-t-il d'étonnant à ce qu'on ne l'ait pas reconnue, quand, sous ses cheveux blancs, que recouvre un épais fichu de laine, avec sa Jeannette chérie, elle est venue tendre la main sur le parvis sacré...

Mais la pauvre épée rouillée du manchot, en tournoyant au-dessus de la foule, a fait luire un éclair...

Oh! le beau geste... le geste sauveur et par lequel la foule revient à la sereine bonté!...

On reconnaît la femme admirable du héros alsacien, Ludwig Frosch un des premiers...

Il hésitait... mais la rude imprécation de Gottfried ne lui laisse plus de doute!...

Trois braves femmes, trois excellentes natures de commères alsaciennes, un peu cancanières, mais d'un si bon cœur, sont auprès de lui... C'est la mère Schmitz... la grosse marchande de la Halle... Mme Kreutzer, rentière; Mme Shaten, la veuve d'un petit fonctionnaire...

Elles s'empressent autour de Jeanne... la marchande lui fait boire un excellent cordial qu'elle vient d'envoyer chercher chez elle par un galopin à qui elle a donné des sous pour sa course...

Les deux amies consolent, réconfortent Mme Roger... On essaye d'expliquer à Gottfried ce qui s'est passé... Mme Kreutzer s'en charge... c'est la plus belle parleuse des trois...

— Voilà... monsieur le militaire... toute la vérité... Mme Roger a vu vendre ses biens par autorité de justice... à cause d'une dette que son mari avait laissée en partant pour la guerre... et qu'il n'a pas payée...

— C'est vrai!... — fait Mme Roger avec un air triste, désespéré...

Le manchot a l'air de tomber des nues... Il s'écrie :

— Une dette du lieutenant!... oui... je sais qu'il en avait une... mais il y a beau temps qu'elle est payée... et j'en sais quelque chose... c'est moi qui ai remis l'argent...

— A qui? — demande la grosse mère Schmitz qui se mêle maintenant à la conversation en fronçant les sourcils, et qui semble réfléchir profondément.

— Mais, parbleu! — répond Gottfried, — au créancier... Mauer... le maître tanneur!...

Tout le monde a l'air saisi, comme quand la foudre vient de tomber et qu'on est sous l'influence du choc... Le créancier, c'était maître Mauer... et c'était la Schwerdein qui avait fait vendre...

La marchande de la Halle met ses deux gros poings sur ses hanches... puissantes, et avec sa rude franchise de plébéienne, elle bougonne :

— Voulez-vous que je vous dise?... Eh bien!... pour moi, cette pauvre dame et sa fille ont été victimes de quelque abominable... malpropreté... Mais si jamais je découvre qui a fait ça... Eh bien! j'en fais mon affaire... et l'affaire de tout le marché. La mère Schmitz, tout le monde sait ça, n'a qu'une parole et sa parole fait loi sur le carreau de la Halle : c'est franc comme de l'or!...

Heinrich, qui ne pouvait s'occuper longtemps des choses sérieuses, venait de ramasser le fragment de gargouille par lequel Jeanne Roger avait été blessée...

Il représentait la face lubrique et grotesque d'une sorcière sur la route du sabbat... c'était une des deux gargouilles que nous avons vues, tout à l'heure, cracher ironiquement l'eau du ciel sur les deux pauvres mendiantes du parvis...

L'étudiant rieur le montra à son camarade Karl, en lui disant ironiquement :

— Tiens, voilà le portrait de ta Dulcinée... ton idole... Notre-Dame des sangsues, la madone aux ventouses... très bonne... très charitable... et très appétissante dame Marthe Schwerdein... Heureux mortel !... *Gaudeamus !*

Mais Karl Brander n'avait aucune envie de se réjouir...

Depuis un moment, il voyait et entendait des choses qui lui donnaient bien à réfléchir...

XIV

VERS LA LUMIÈRE !

LA grosse mère Schmitz ne prononçait pas une parole en l'air lorsqu'elle disait, en parlant de l'infamie secrète dont elle pressentait que Mme Roger avait été victime :

— J'en fais mon affaire !...

C'est que, dame ! c'était une nature énergique !...

— Si j'avais été homme, j'aurais été soldat ! — disait-elle souvent.

Et, alors, tout le monde de lui répondre :

— Pour sûr !... Et vous auriez fait un rude soldat...

On ne s'étonnera donc pas si à la Halle de Strasbourg, elle exerçait sur toute la corporation des marchandes une réelle et incontestable autorité... autorité qui n'était balancée que par l'estime et l'affection que tout le monde lui portait...

Donc, la mère Schmitz était une puissance... une de ces sortes de petites royautés populaires comme il s'en élevait jadis, du sein même des classes plébéiennes, pour servir de contre-poids au pouvoir féodal et mettre un frein à l'arbitraire de la noblesse et du clergé...

Monseigneur le grand prévôt et M. le lieutenant de police avaient des ménagements et des égards même pour cette grosse mère...

On savait que, sur un signe d'elle, tout le marché pouvait se mettre en ébullition... la chose était déjà arrivée...

Et ces messieurs préféraient avoir à réprimer une révolte d'étudiants qu'une émeute des dames de la Halle...

Les intérêts de Mme Roger et de sa mignonne Jeannette étaient, on le voit, en de bonnes mains...

— C'est pas tout ça !... Il faut aller au plus pressé ! — s'écria de suite, après la scène du parvis, l'excellente femme dont nous venons d'esquisser un rapide portrait ..

Elle fit transporter, dans sa propre maison, la pauvre petite Jeanne dont l'horrible plaie à la tête, — heureusement peu dangereuse, nous l'avons vue, — fut vite recousue par un maître chirurgien que Ludwig Frosh était allé quérir.

Puis on s'occupa de Mme Roger. La mère Schmitz savait que la meilleure manière de venir en aide à ceux qui n'étaient pas heureux consistait en ceci... leur assurer par un labeur sérieux et régulier cette dignité et cette indépendance sans lesquelles les âmes fières et droites ne sauraient vivre...

Grâce à ses soins, Mme Roger eut un logement modeste, il est vrai, mais convenable et assez bien meublé, où elle pourrait attendre la fin des événements, auxquels la grosse marchande prévoyait, avec son instinct et son flair de commerçante, une solution favorable.

Auprès d'elle, en même temps, la petite Jeanne achèverait sa convalescence, qui ne serait ni bien longue ni bien difficile... la cicatrisation de sa blessure n'étant qu'une question de jours.

Restait à faire vivre la mère et la fille sans que personne leur fît une aumône, même déguisée...

La mère Schmitz ne voulait pas de ça... Elle pensait que l'aumône rabaisse la personnalité morale, amoindrit la conscience et transforme les pauvres en parias, ce qui est pire..

Son âme de femme du peuple entrevoyait déjà, dans son exquise bonté, cet admirable mouvement du siècle à venir... la solidarité humaine remplaçant la charité, ou plutôt l'améliorant, la rendant plus générale et plus efficace...

Et voici l'idée qu'elle eut...

La corporation des marchandes de la Halle était riche et influente, mais... il manquait quelque chose à ces dames, c'était d'avoir leurs comptes en ordre, bien tenus...

La plupart ne sachant même pas ce qu'elles gagnaient, les trois quarts du temps incapables de compter, versaient leur argent à une sorte de caisse commune où elles puisaient après cela, au fur et à mesure de leurs besoins.

La mère Schmitz, qui était à la tête de cette espèce de banque corporative, avait bien trop à faire avec la vente de ses poissons pour s'amuser à épurer des comptes assez embrouillés, la plupart du temps, et qui, trop souvent, se soldaient par un déficit...

Elle chargea Mme Roger de la vérification... Ce n'était pas une sinécure. La noble et vaillante épouse de l'héroïque lieutenant avait un travail de chiffres, très ardu, très minutieux... un véritable contrôle qui demandait beaucoup de probité et d'intelligence.

Bien entendu, la mère Schmitz payait des appointements réguliers, assez lucratifs à sa caissière, sur les fonds de la banque corporative...

Pour la victime de dame Marthe, l'avenir s'annonçait sous un meilleur

« ... J'ai passé comme une muscade à travers le fer et le feu... (Page 1052.)

aspect... Évidemment, ce n'était pas... ce ne pouvait pas être le bonheur...

L'éloignement, le manque de nouvelles de son mari et de son fils...
la disparition de Marguerite... et le poids de cette faute qui avait jeté sur
leur nom un si pesant opprobre... tout cela interdisait à la pauvre mère
de songer au bonheur, fût-ce dans ses rêves...

Mais, tout de même, son ciel devenait moins sombre... Un rayon de
soleil perçait les épais nuages qui, jusqu'ici, l'avaient recouvert...

Ce n'était pas encore l'azur, certes, mais ce n'était déjà plus les ténèbres!...

La grosse marchande avait pris en main, avec l'ardeur que nous lui connaissons, les intérêts de sa caissière...

Mais, comme elle le disait, c'était un gros morceau... Aussi, elle pensa qu'elle ferait bien de ne pas agir seule... d'avoir des alliances de divers côtés, en dehors de la Halle...

L'affaire Schwerdein, comme on disait déjà au marché, commençait à occuper ces dames, et, ma foi, à la Halle, les choses ne se passent pas en sourdine... on bavarde...

C'est peut-être pour ça qu'on y fait souvent plus de bruit que de besogne!

La mère Schmitz s'adjoignit ses deux amies, Mme Kreutzer, la rentière, et Mme Shaten qui, étant la veuve d'un fonctionnaire, avait quelques aboutissants dans le monde officiel...

Elle compléta cette sorte de conseil d'enquête par Ludwig Frosh, un brave garçon, à qui elle était reconnaissante de l'intérêt qu'il avait porté à Jeanne Roger, quand la pauvre enfant avait été blessée par la chute de la gargouille.

Ludwig était naturellement flanqué de son inséparable Heinrich dit Gaudeamus. Cet incorrigible noceur n'était pas d'un grand secours dans les affaires sérieuses, mais son intarissable faconde et sa perpétuelle gaîté l'avaient rendu très populaire dans le monde des écoles, et la mère Schmitz se disait que les étudiants joints aux dames de la Halle constitueraient une force avec laquelle il faudrait compter...

Car elle prévoyait qu'il y aurait une lutte à soutenir, plus grave qu'on ne croyait...

Malheureusement Ludwig et Heinrich avaient été suivis par un jeune homme qui ne lui revenait guère... ce Karl Brander qui avait l'air sournois... et se faisait toujours régaler par les autres.

Par exemple, il y a quelqu'un qu'elle n'avait garde d'oublier... Gottfried le Manchot...

N'était-ce pas lui qui avait donné le premier mot de l'énigme et fait entrevoir la criminelle supercherie dont Mme Roger et sa fille étaient les innocentes victimes ?

Gottfried n'avait ni femme ni enfants... Il était allé bien vite embrasser ses vieux parents qui habitaient un petit village à deux lieues de Strasbourg, et puis il était revenu dans la capitale de l'Alsace, se mettre à la disposition de Mme Roger et de ses amis...

— Pour la femme et la fille de mon lieutenant... mais... je me ferais couper le bras qui me reste! — s'écriait-il, en appuyant cette énergique déclaration de ses jurons les plus variés et les plus exotiques...

Mais le brave et sympathique soldat fit mieux que cela, il ne se contenta pas de ces protestations de dévouement, si sincères et si énergiques qu'elles fussent.

Il apporta encore à la noble épouse de son chef une assistance plus efficace...

On n'a pas oublié l'exclamation de surprise indignée qu'il avait poussée, sur le parvis de la cathédrale, en apprenant que les biens de Mme Roger et de sa fille avaient été vendus par autorité de justice, pour une dette que le lieutenant aurait laissée impayée...

Oui, c'est vrai ! En partant pour l'Italie, le lieutenant laissait une dette... dont il n'a point parlé à sa femme; mais il y a longtemps que cette dette est payée... et Gottfried en sait quelque chose puisque c'est lui qui a remis l'argent au créancier, maître Mauer, le patron tanneur...

La mère Schmitz, quand Gottfried revint de son village, lui demanda de corroborer cette importante déclaration et de la préciser...

Le manchot ne se fit pas prier... et il commença son récit devant Mme Roger et sa fille, qu'entouraient la marchande avec ses deux amies, ainsi que le trio d'étudiants...

— Voilà !... — fit-il. — Mon lieutenant avait reçu du roi de France l'ordre de partir pour l'Italie. Comme la mission était urgente, il dut se mettre en route immédiatement... les fonds nécessaires pour son entrée en campagne lui furent tenus à Gênes, par les soins du trésorier de la sérénissime République, amie et alliée de la France...

« Le lieutenant Roger avait justement besoin de m'envoyer en Suisse et en Alsace, où je devais lever des recrues pour le service de Sa Majesté.

« Il me chargea, en conséquence, d'une lettre pour Mme Roger où il lui donnait de ses nouvelles et lui annonçait son arrivée en Italie... Mais ce n'était pas tout... mon chef me donna encore une mission de confiance... Il savait que j'étais des environs de Strasbourg... il connaissait ma famille : chez nous il n'y a ni traîtres ni voleurs !... Le lieutenant le savait bien... allez !...

Tout le monde était intéressé par ce début... Gottfried s'arrêta un instant, pour lamper, en véritable Alsacien qu'il était, un grand verre de bière que la mère Schmitz venait de lui servir, et il continua son récit :

— Vous comprendrez pourquoi il fallait que le lieutenant eût confiance en son fidèle Gottfried... qui n'était pas encore surnommé le Manchot... et pour cause... mais *motus !*... suffit... cette histoire viendra en son temps... Donc il faut vous dire que je partais de Gênes à cheval, emportant mille écus d'or à l'arçon de ma selle...

— Mille écus ! — s'écria Mme Roger dont la pâleur morbide s'accentua encore à cette étrange révélation. — Mais c'est justement la somme pour laquelle...

— Dame Marthe vous a fait vendre ! — acheva la mère Schmitz, — Ah !... je crois que nous finirons par y voir clair dans tout ça...

— Oui, mille écus, — poursuivit le Manchot, — et on n'a pas envie de s'amuser en route quand on porte une somme pareille... et qu'il faut traverser des pays de brigands comme l'Italie, des gorges de montagnes comme celles qu'on rencontre en Suisse !...

« Enfin, je ne vous raconterai pas mes aventures dans ce voyage...
ça n'a rien d'intéressant... d'abord, j'y suis trop habitué... coups d'espin-
gole sur les grand'routes, arquebusades traîtreuses dans les guets-apens,
derrière les broussailles... J'avais de bons pistolets... une épée solide et
bien trempée... J'ai passé comme une muscade à travers le fer et le feu...
et... les mille écus étaient intacts... Dieu merci !...

Le brave militaire alsacien vida d'un trait la bière mousseuse qu'on
lui avait versée et reprit le récit des événements dont il était un des
principaux acteurs et dont il se faisait le narrateur fidèle.

— Bref, j'arrive sain et sauf avec mon précieux bagage à Strasbourg...
Je passe chez Mme Roger... je lui donne la lettre de son mari, et de suite,
sans descendre de cheval, je vais dans le quartier des tanneries.

« Mon lieutenant m'avait dit, au départ de Gênes :

« — Ecoute bien, Gottfried, tu iras chez mon ami Mauer, le maître-
tanneur, et tu lui remettras ce sac d'écus. C'est l'argent qu'il m'a avancé
pour mon entrée en campagne. Comme on ne sait ni qui vit ni qui
meurt, j'ai signé à Mauer une reconnaissance de cette somme. Tu lui
diras qu'il la garde pour me la donner en main propre, quand je ren-
trerai à Strasbourg. Mauer est un honnête homme. Je suis sûr de lui
comme de moi... Il n'abusera pas de ma signature ! »

« J'ai fait comme le lieutenant m'avait dit... J'ai donné le sac d'écus
au patron tanneur qui m'a offert de me rafraîchir, ce que j'ai accepté de
bon cœur, et après un tour au village pour embrasser les vieux, je suis
allé faire mon métier de sergent recruteur.

« Puis, à la tête de mon contingent d'hommes, je suis retourné en
Italie où... j'ai finalement laissé un des deux bras que la Providence
m'avait donnés...

« Mais... motus !... suffit !... ça n'intéresse que moi, et encore... Je
manie assez bien ma flamberge de la main qui me reste et elle me suffit,
d'ailleurs, pour lever mon verre à la santé de Mme Roger, de Mlle Jeanne
et de ces dames !...

Et, en disant cela, il leva une dernière fois son verre et le vida d'un
trait...

Le brave troupier pouvait être un peu vulgaire dans ses manières et
dans ses paroles, mais personne ne songeait à le trouver ridicule...

Il avait payé de sa personne, largement, sur les champs de bataille,
ainsi qu'en témoignait sa glorieuse mutilation... et l'on sentait qu'il
parlait avec la rude franchise du soldat, incapable d'altérer la vérité...

Un profond silence suivit ces révélations... Mme Roger, ses amies, tout
le monde comprenait qu'il y avait là... quelque chose... Un coin du voile
qui couvrait le mystère était soulevé, évidemment, mais ce n'était pas
tout... Il aurait fallu... quelque chose de plus... par exemple une preuve
écrite corroborant l'assertion de Gottfried le Manchot...

Là était le nœud de la question...

Il y avait quelqu'un qui le comprenait mieux que personne...

C'était Karl Brander...

Et un hideux sourire voltigea sur ses lèvres...

Il avait là, sur lui, la preuve cherchée...

Mais, pas un instant, il ne songea à prendre la bonne route, à suivre la voie de l'honneur et de la droiture... à dire :

— Cette preuve irréfutable que vous cherchez, la voilà !...

Non !... le misérable ne songea qu'à son intérêt... aux louches et sombres machinations, grâce auxquelles il pouvait vivre de ce secret dont le hasard l'avait rendu maître...

... La nuit était venue... la nuit, sinistre complice de tous les crimes... noire entremetteuse dans toutes les vilenies qui se commettent sous l'œil endormi de la Providence...

Karl Brander prétexta du travail... Pour se livrer à ses chères études... il n'accompagna même pas ses camarades à la taverne de Gambrinus...

Mais, soigneusement enveloppé dans les plis de son manteau, et rasant les murailles, il se rendit chez la Schwerdein.

XV

L'INUTILE COQUETTERIE

MALGRÉ l'heure indue, dame Marthe reçut de la façon la plus aimable son visiteur intempestif.

Celui-ci en fut tellement surpris, qu'au premier abord il se trouva embarrassé pour entamer la conversation.

Dans une précédente entrevue entre la cupide et astucieuse garde-malade et l'étudiant policier, nous avons vu le talent que Karl savait déployer pour apprivoiser la mégère.

Employant, tour à tour, la menace et l'ironie, le possesseur du terrible secret était parvenu à amener dame Marthe à composition. Mais cette créature avare et rancunière n'acceptait qu'en frémissant l'espèce de joug que Karl Brander lui imposait.

Le jeune homme ne se faisait pas illusion à ce sujet... Il savait bien que la Schwerdein le considérait comme son ver rongeur...

Cela ne lui déplaisait pas... Ses appétits comme sa malice naturelle y trouvaient leur compte...

Aussi fut-il quelque peu décontenancé, nous venons de le voir, par l'accueil que lui fit celle qui pouvait se dire, jusqu'à un certain point, sa victime.

Elle l'aida à enlever son manteau, et, comme le temps était humide, elle le fit asseoir dans un moelleux fauteuil au coin d'un bon feu...

— Cher ami, — lui dit-elle, — je vais vous préparer du vin chaud... ne me refusez pas! vous me feriez de la peine! Avec cela vous prendriez bien quelques biscuits. Attendez un moment... ici... en fumant votre pipe... vous auriez tort de vous gêner... Je sais ce que c'est... j'ai été mariée et l'odeur du tabac ne me gêne point... au contraire...

— Diable, — pensa Karl Brander, — elle dit qu'elle a été mariée.. Est-ce que, par hasard, elle se considérerait comme veuve?... Pourtant je n'ai pas ouï-dire que cet excellent Schwerdein ait été rejoindre, là-haut, dans les célestes vignes du Seigneur, saint Bacchus, le bienheureux Silène et le patriarche Noé, ses vénérés patrons. Mais je ne pense pas qu'elle ait, en tout état de cause, jeté son dévolu sur un consolateur... et que ce consolateur soit moi. Ah! mais non!...

Pendant que Karl se livrait à ces réflexions assez peu avantageuses pour la bonne hôtesse qui le recevait si cordialement, malgré l'heure... ou à cause de l'heure... dame Marthe avait disparu pour se livrer aux apprêts d'une hospitalité qu'elle voulait aussi large que possible.

Ah! ses sentiments étaient bien changés depuis le soir où elle voulait faire arrêter l'étudiant, pour violation de domicile, par la ronde de nuit de messieurs les archets du guet!...

Karl eut tout le loisir de se livrer aux douceurs de la pipe et de méditer sur les variations de dame Marthe...

La maîtresse de céans ne revint qu'un bout d'un laps de temps assez long... apportant sur un superbe plateau d'argent ciselé, — encore un *souvenir* de la peste, — un bol de vermeil où fumait le vin chaud tout embaumé d'épices, tandis qu'autour s'amoncelaient les plus fins et les plus délicats chefs-d'œuvre de la pâtisserie alsacienne...

L'étudiant huma avec convoitise le tiède parfum qui se dégageait de toutes ces friandises, et il se dit en lui-même :

— Ce que c'est que de posséder un talisman comme celui dont je suis porteur!... Brave fou d'Heinrich, va!... c'est à toi, pourfendeur de papillons chimériques, que je dois de trouver ici tout ce que je demande... et tout ce que je ne demande pas...

Si Karl achevait ainsi sa pensée de satisfaction, c'est qu'il venait de laisser tomber son regard sur son hôtesse en train de déposer sur un guéridon, devant lui, la légère collation dont elle voulait le régaler...

Dame!... il comprenait maintenant pourquoi l'ancienne garde-malade était restée si longtemps à apporter et biscuits et vin chaud...

— Parbleu! — fit-il en lui-même, — c'est qu'elle s'est parée... comme on pare les victimes pour le sacrifice...

Et, là-dessus, sans pitié, dans son for intérieur, il détailla les appas déplacés, les grâces surannées, les charmes fanés de la virago... et ses cheveux trop noirs... et ses lèvres trop roses... et ses yeux trop allongés...

Elle avait mis une sorte de peignoir en velours frappé, — de vrai velours d'Utrecht garni de dentelles de Malines.

L'échancrure du col portait une agrafe en argent de Gênes, tout guilloché, avec des filigranes d'or...

Ses pieds, chaussés de bas de soie noire, jouaient dans des babouches brodées d'arabesques...

Une femme jeune et belle eût été ravissante dans cette toilette ou plutôt dans ce déshabillé d'intérieur.

Karl Brander pensa :

— Fi!... l'horreur!... on dirait la Camarde vêtue en carnaval!

Et tout haut, il ajouta, narquois :

— Vous ne craignez point, belle dame, que quelque germe de peste ne soit restée entre les plis de ce velours, ou dans les mailles de cette guipure?...

Elle minauda :

— Oh! cher ami... je ne pense pas que vous soyez venu pour me parler de cette vilaine peste, à laquelle pour ma part je ne pense plus...

Le cynique personnage fit, simplement :

— Ça... c'est de l'ingratitude! vous lui devez tout, dame Marthe, à cette bonne vieille peste; en dehors de tous ces falbalas, vous lui devez d'êtes devenue ma meilleure amie... ma confidente la plus intime...

Elle s'était rapprochée du jeune homme... ses genoux frôlaient ceux de Karl Brander et c'est vers lui qu'elle coulait des regards, en apparence langoureux, tandis qu'elle lui murmurait d'une voix légère comme un souffle :

— Oui... Karl... votre confidente... votre amie... en attendant mieux!

L'étudiant policier était une de ces natures rusées et cauteleuses qui flairent le piège... sous les roses.

Derrière les langueurs simulées de la vieille coquette, il voyait le fiel et la haine de la sorcière...

Mais il feignit de se méprendre au sens de ces invites, pourtant assez claires, et il fit à la Schwerdein cette réponse perfide :

— En attendant de devenir... mon associée! Mais dans une association, ma chère âme, il convient que les apports soient, autant que possible, égaux...

Quels sourires et quelles œillades décocha la femme d'affaires à celui qu'elle voulait duper... Elle déployait une rouerie, une diplomatie même, le mot n'est pas de trop, à rendre jaloux un politique italien aussi retors que le chevalier Méphisto...

Sa réponse était calculée pour engluer le jeune homme dont elle connaissait les vices principaux... la paresse qui l'éloignait de tout travail sérieux... de tout labeur honnête et... la gourmandise de la boisson et de la chère, qui faisaient que Karl Brander aurait vendu son âme au diable pour un plat de choucroute arrosé d'un pot de bière...

Dame Marthe décrivit, de la plus engageante façon, l'aisance et le calme de son logis... Tout y était coquet, douillet... d'une tiédeur exquise pour l'hiver, et, avec ça, si frais l'été qu'on se croyait en pleine campagne...

— Un vrai nid d'amoureux! — fut sa conclusion... qui fit froncer les sourcils à Karl Brander.

Elle passa à la description de sa cuisine et de sa cave, s'étendant longuement sur la science qu'elle possédait de tous les plats fins; énumérant, par crus et par années, les vins qui vieillissaient sous la glorieuse poussière du temps...

— Le temps améliore les vins, mais il détériore singulièrement les vieilles coquettes! — pensa celui pour lequel cette élogieuse énumération de bouteilles fameuses était faite.

Quand elle l'eut finie, dame Marthe poussa un soupir :

— Toutes ces douceurs de la vie sont bien peu de chose pour les cœurs aimants... quand il leur manque... ce qui me fait défaut... une âme d'élite capable de me comprendre et de partager avec moi les biens de la terre que j'ai pu amasser, grâce à mon esprit d'ordre...

— Et grâce aussi à la peste! — acheva Karl, tout en reculant son fauteuil, car la matrone s'était approché de lui un peu plus que ne le permettaient les bienséances...

Et l'étudiant ne badinait pas avec les bienséances quand il avait devant lui une antique coquette comme la Schwerdein...

Puis il ajouta, d'un air qui simulait l'ingénuité :

— Remettez-vous, chère madame! Rien ne dit que M. votre époux soit décédé! Moi, quelque chose me dit qu'il reviendra... avec son chef, le lieutenant Roger... et comme il ne méprise pas le bon vin, il se réjouira, sans doute, de voir combien vous avez enrichi sa cave.

« Le lieutenant Roger, par contre, aura moins lieu de se réjouir en voyant comment vous avez su appauvrir sa famille!...

La criminelle mégère se redressa... prête à vomir son venin... comme le fait une vipère quand on lui a marché sur la queue.

Ses yeux dardaient des flammes... Elle s'écria, la bouche tordue d'un rictus haineux :

— Il y a chose jugée!... Les tribunaux ont sanctionné l'obligation souscrite par le lieutenant Roger...

— Oui!... souscrite à Mauer et remboursée à lui par le lieutenant...

— Mensonge!... Calomnie!... Il n'y a pas de témoins...

— Vous oubliez Gottfried le Manchot... l'homme même qui, d'Italie, a apporté l'argent au maître tanneur.

— Je peux dire que Gottfried est un fourbe et un imposteur... Il n'y a pas de preuves...

Karl se fit goguenard et familier :

— Voyons, maman Schwerdein... tu radotes. Je crois que si, devant un tribunal où le Manchot viendrait raconter sa petite histoire, Karl apportait la lettre qu'une certaine veilleuse de morts trouva dans quelque vieux meuble ayant appartenu à défunte dame Mauer...

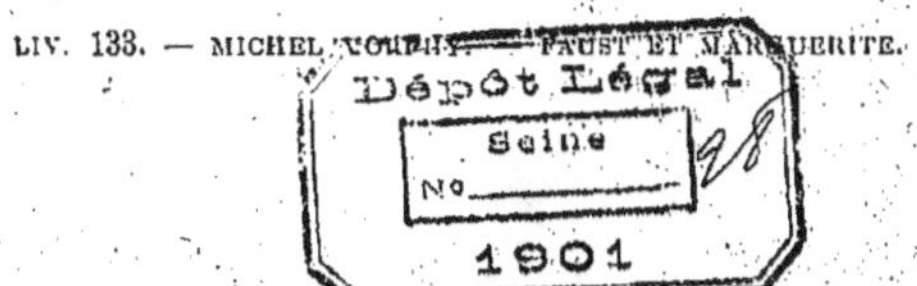

Il commença sa lecture, sans attendre la permission de dame Marthe. (Page 1058.)

Elle ne le laissa pas finir... Oubliant toute retenue, si toutefois elle en avait jamais eu, elle jeta ses bras tout garnis de velours et de dentelles au cou de l'étudiant, et laissant tomber sur son épaule sa tête aux cheveux trop noirs, aux joues trop peintes, elle murmura, câline :

— Écoute... Karl... mon cher et doux ami... je ne saurais résister au penchant de mon cœur qui m'entraine vers toi... Laissons là toutes ces vilaines histoires et soyons tout au bonheur qui nous attend...

Ce roucoulement sonnait faux aux oreilles de Karl qui essayait de se dérober à l'amoureuse étreinte... La peu respectable matrone s'aggripait à lui de plus en plus...

Elle courait fiévreusement vers le but qu'elle s'était fixé...

Dans sa hâte d'y arriver, elle brûlait les étapes...

— Tout à l'heure... Karl... mon chéri... tu parlais d'association... Eh bien!... le moment n'est-il pas venu de nous attacher indissolublement l'un à l'autre par les liens... de l'hymen... Je suis libre... aussi libre que peut l'être une femme dont le mari a disparu... sans espoir de retour... Tu connais mon aisance... Elle sera en commun... Toi, de ton côté, tu apporteras... tu sais ce que je veux dire...

Elle baissa la voix... se faisant caressante... féline :

— Ce papier... ce malheureux chiffon de papier... une menace perpétuelle pour ma tranquillité... Songe, Karl... à tout ce que tu recevras en échange de ce vieux papier froissé... le gîte et le couvert... une vie assurée et facile...

Simulant une virginale pudeur, elle baissa modestement les yeux pour dire :

— Sans compter mon cœur qui s'abandonne sans contrainte et sans réserve à l'amour que tu as su m'inspirer...

Karl ne fut pas en reste d'hypocrisie avec l'odieuse femme d'affaires.

Pendant ces dernières paroles, il s'était tenu un peu à l'écart, et, accoudé sur un meuble, il feuilletait un gros livre...

Prenant un air cafard, il dit à cette séductrice surannée :

— Madame, je ne saurai, sans commettre un péché, faire tort à maître Schwerdein des légitimes ardeurs de son épouse...

Elle se mordit les lèvres, pleine d'une rage concentrée, en voyant l'anéantissement du plan machiavélique qu'elle avait conçu...

L'appât de la bonne chère... l'amour de l'oisiveté, à défaut d'autres tentations, retiendraient l'étudiant dans les filets qu'elle tendait autour de lui...

Une fois endormi dans les délices de Capoue... il se déferait de la fameuse lettre en faveur de l'enchanteresse qui lui faisait ces loisirs.

Peine perdue!... le jeune hypocrite qu'elle essayait de séduire... pendant qu'elle parlait... feuilletait... quoi?... la Bible.

— Madame! — fit-il sur un ton d'une onction toute sacerdotale, — voici en vérité une histoire bien édifiante!... Permettez-moi de vous la lire!...

Et il commença sa lecture, sans attendre la permission de dame Marthe.

— « Or, il arriva un jour que Joseph étant entré dans la maison de Putiphar, la femme de celui-ci vint à lui et lui dit : « Associons-nous « ensemble, vous aurez ici bon souper, bon gîte et le reste! » Mais Joseph, lui laissant son manteau entre les mains, s'enfuit hors du logis. »

Puis, redressant la tête, il ajouta, cynique, cette fois :

— Maman Schwerdein... cette histoire sera la nôtre, si vous le voulez bien, jusqu'à l'affaire du manteau exclusivement, car je l'emporte, comme de juste...

« Je ne vous en remercie pas moins de votre vin chaud et de vos gâteaux... Votre cuisine est bonne... je reviendrai le plus souvent possible... soyez sans inquiétude à ce sujet!

« Et puis, tenez!... Je vais vous proposer une affaire... J'aime assez m'occuper de police... c'est un peu dans mon tempérament... Eh bien!... j'en ferai pour vous... Je vous apporterai des renseignements qui vous intéressent et... vous me les paierez... voilà tout!...

« Quant à vous livrer mon petit papier... ce serait vraiment trop bête de ma part... Une fois que vous seriez en possession de la lettre de feu Mᵐᵉ Mauer, vous n'auriez plus besoin de mes petits services... Adieu les petits gâteaux et le vin vieux, les brocs de bière et les plats de choucroute plantureusement garnie!...

« Mais, pour en revenir à nos petites affaires, voici les informations de derrière les fagots que je vous apporte. Préparez vos respectables oreilles et votre vénérée bourse...

« Or donc, une association s'est formée entre un certain nombre de dames de la halle... ou de la bourgeoisie, et quelques étudiants de mes amis, dans le but de venir en aide à Mᵐᵉ Roger et à sa fille Jeanne, de toutes les façons en général, mais plus particulièrement en leur permettant de faire reviser le procès civil qui vous a reconnue comme créancière du lieutenant Roger... Gottfried, le Manchot, est de la partie...

« Voilà tout ce que j'ai à vous dire pour aujourd'hui... c'est un louis... ou vingt livres en monnaie de France... ou deux pistoles qui sont chacune de dix francs...

Et le maître fripon tendit la main...

Dame Marthe ne s'empressa pas d'acquitter cette taxe que l'étudiant prélevait sur son crime...

Elle marchanda le prix de son silence.

Karl n'eut pas l'air de s'en fâcher.

— Un louis, c'est à prendre ou à laisser. Si vous n'achetez pas, libre à vous. Mais j'irai vendre, à l'aurore, le petit papier que vous savez, et qui me sera payé un bon prix, rubis sur l'ongle, par les défenseurs de Mᵐᵉ Roger.

Devant cette menace, la Schwerdein s'exécuta...

Elle alla chercher, dans son armoire, une belle pièce d'or, qu'elle tendit en soupirant à Karl Brander.

L'étudiant policier, méfiant, fit sonner le louis sur le marbre de la cheminée. S'étant assuré de la sorte que la pièce était de bon aloi, il la fit disparaître dans les profondeurs de sa poche, après quoi il prit galamment congé de sa victime, en lui baisant le bout des doigts...

— Belle dame, au plaisir de vous revoir... à bientôt, j'espère...

La matrone le retint un instant, par la main... Elle voulait tenter un dernier assaut...

— Karl... mon ami... — fit-elle presque maternelle, — il est bien tard... et à cette heure les rues ne sont pas sûres... Si vous restiez ici... jusqu'au matin... J'ai justement une chambre de libre...

— Que diable pourrait-on me voler ?... le louis que je tiens de votre munificence... mais je n'aurais qu'à venir ici demain et je connais assez votre bon cœur pour savoir que vous m'en donneriez de suite un autre, sans vous faire prier...

« Ou bien, à la rigueur, on me volerait peut-être... la lettre que vous savez et que je porte toujours sur moi, cousue dans un sac de toile.

Les yeux de dame Marthe lancèrent des éclairs...

Karl, sans paraître s'en apercevoir, achevait, flegmatiquement :

— Mais l'histoire que raconte ce bavard de Gottfried est tellement connue... dans tout Strasbourg, que le voleur n'aurait rien de plus pressé que de porter ce papier aux amis de Mme Roger... pour avoir de l'argent... ou à vous... toujours pour avoir de l'argent.

« C'est pourquoi je suis bien tranquille... vous n'avez aucun intérêt à ce que je sois dévalisé... si ce n'est par vous-même, mais... je suis sur mes gardes.

Là-dessus, Karl Brander ouvrit la porte et sortit après une ironique révérence à la dame de ses pensées... monétaires.

Restée seule, la Schwerdein montra le poing dans la direction de la porte, et elle s'écria :

— Cette lettre, gredin, il faudra que je l'aie, coûte que coûte !

. . . .

XVI

LA GLOIRE AU CABARET

AISSONS ces deux répugnants personnages se menacer réciproquement et dresser l'un contre l'autre tout un échafaudage de savantes machinations et d'artifices...

Ils étaient cependant si bien faits pour s'entendre... le mâle et la femelle... la hyène et le chacal... dont on aurait pu dire, avec le bon Lafontaine.

D'animaux malfaisans c'était un fort bon plat !

Mais on ne rencontre pas que des coquins, dans la vie... et les images qui se déroulent sans cesse devant nos yeux ne sont pas uniformément tristes ou écœurantes.

Nous avons vu qu'il y avait de braves cœurs, pas loin de chez dame Marthe et de chez Karl Brander, qui battaient d'une ardeur saine et droite pour de belles et nobles causes.

De ce nombre étaient la mère Schmitz, l'énergique commère de la Halle, et ses dignes amies, les protectrices de Mme Roger et de sa fille Jeanne...

N'oublions pas non plus la jeunesse un peu folle, mais si honnête... si enthousiaste, parmi laquelle, depuis le départ de Siébel et de Frantz Holbach, brillent au premier rang Ludwig Frosch et son inséparable camarade Heinrich dit Gaudeamus.

On sait avec quelle énergie ces deux natures, si bonnes et si exubérantes, ont pris la défense de la femme et de la fille du lieutenant Roger, le héros alsacien...

Mais la jeunesse ne serait plus la jeunesse si elle se confinait strictement dans l'exécution austère des devoirs et la poursuite des plus nobles tâches...

Heinrich et Ludwig, assurément, n'oubliaient pas qu'ils avaient promis de faire rendre justice à Mme Roger et à Jeanne... seulement cela ne les empêchait pas de continuer à mener l'existence des étudiants alsaciens de cette époque-là, existence où la docte Faculté avait sa part, mais dans dans laquelle les joyeux cabarets n'étaient pas oubliés non plus...

Le *Gambrinus* les voyait souvent, en dehors des heures de l'école, principalement le soir...

C'est donc au sein de cette taverne universitaire qu'il nous faut ramener nos lecteurs, pour assister à un entretien qui devait avoir les plus graves conséquences sur la suite des événements...

On se rappelle que Gottfried le Manchot, au moment de son intervention miraculeuse sur la place du Parvis, avait promis de narrer plus en détail, quand il en aurait le loisir, les faits et gestes de la glorieuse phalange d'Alsaciens dont il était lui-même un des héroïques débris.

Après être allé embrasser ses vieux parents dans le modeste village qu'ils habitaient à deux lieues de Strasbourg, le manchot, on l'a vu, était revenu dans l'antique et noble cité, se mettre à la disposition de Mme Roger et de ses défenseurs...

Il avait fourni tous les renseignements en son pouvoir, pour l'enquête que dirigeait la mère Schmitz, imposante reine de la Halle strasbourgeoise...

Et il n'y avait plus qu'à attendre... un fait... un incident qui permettrait de faire rendre justice à la femme et à la fille du vaillant guerrier, si odieusement dépouillées.

Ludwig Frosch profita de cette sorte d'accalmie pour mettre à exécution un projet qui lui tenait au cœur...

C'était d'offrir un banquet au glorieux mutilé, qui avait tenu haut et ferme, sur les champs de bataille de la perfide Italie, le drapeau de l'Alsace... celui de la France.

On profiterait de la circonstance pour faire raconter par Gottfried l'épopée de la légion alsacienne.

Il s'en ouvrit à quelques camarades... Heinrich le premier.

Ce brave garçon, aux premiers mots, jeta en l'air sa toque d'étudiant et la rattrapa avec son pied qu'il avait levé à hauteur de l'œil, tout en s'écriant :

— Gaudeamus!... On ne va pas s'ennuyer... Le manchot lève le coude de la façon la plus merveilleuse avec le bras qui lui reste... Et il manie sa colichemarde comme si c'était une simple plume pour écrire : à quand la petite fête ?...

Dans une forme plus modérée, les autres étudiants donnèrent leur assentiment...

On offrirait au patriote Gottfried un banquet par souscription, et ce banquet aurait lieu dans la plus grande salle de la taverne de Gambrinus.

Karl Brander obtint d'en être, sans verser sa cotisation...

Il était dans l'impossibilité de souscrire et pleurait misère, mais son patriotisme souffrait à la pensée que, pour une misérable question de gros sous, il ne pourrait pas boire à la santé du lieutenant Roger et de son héroïque phalange.

Ludwig eut pitié de lui et s'arrangea pour que son infortuné camarade eût place, tout de même, au fameux banquet...

... En reconnaissance de quoi, Karl Brander alla prévenir M. le recteur et le lieutenant de police de tous les préparatifs qui étaient faits par les organisateurs.

Les gens de l'Université et de la police, tout ce que Strasbourg comptait de pédants et de mouchards, nourrissaient, à cette époque une inconcevable animosité contre les militaires.

Par lâcheté et aussi, dit-on, parce que madame son épouse l'avait trompée dans le temps avec un officier des mousquetaires, monseigneur le grand prévôt partageait les opinions de la police et de l'Université.

Il interdit le banquet que la jeunesse des écoles devait donner à Gottfried le Manchot.

Les étudiants furent consternés.

La mère Schmitz, que Ludwig Frosch avait mise au courant de cette déconvenue, lui dit simplement :

— Laissez-moi faire, mon petit! Je vais voir à arranger ça, et vivement... je ne vous dis que ça !...

Aussitôt dit, aussitôt fait! Avec la brave et énergique commère, les choses ne traînaient jamais en longueur.

A la tête d'une députation des dames de la Halle, elle alla trouver le grand prévôt qu'elle se mit à haranguer, sans aucun souci des règles de l'éloquence ni du protocole.

Elle mit ses deux mains solides sur ses fortes hanches, secoua la tête d'un air qui n'annonçait rien de bon et, regardant l'imposant personnage sous le nez, comme on dit vulgairement, elle fit cette déclaration :

— Qu'est-ce que c'est encore que ces bêtises-là !... On trouve donc que les affaires marchent trop bien depuis la peste ?... Comment... voilà qu'on va faire un grand banquet qui nécessitera des tas de victuailles... En vue de ça nous faisons venir du poisson, des légumes, des fruits, de la volaille... en masse. Et puis on veut que toutes nos marchandises nous restent pour compte. Ah !... mais non !... vous laisserez faire le banquet... ou bien... nous vous tirerons notre révérence... nous fermerons boutique et nous ne payerons plus les taxes... vous vous arrangerez pour combler ce vide, en mettant un impôt sur les cuistres de la Faculté et un droit sur les espions de la police...

Le grand prévôt avait une peur bleue des marchandes de la Halle. Il avait eu plusieurs fois, déjà, maille à partir avec cette importante corporation, et dame !... il n'avait pas eu le dessus...

Et puis, il supputa mentalement les impositions que le marché payait... Il fallait ajouter à cela les droits d'entrée de consommation, de stationnement, une des grandes sources de revenus de la ville...

Qu'un seul jour le marché ne se tienne pas, et ce sera un déficit très sensible dans la caisse municipale, sans parler du mécontentement qui en résulterait dans toutes les classes de la population...

Décidément, cet imbécile de lieutenant de police et cet âne bâté de recteur lui mettaient une bien sotte histoire sur les bras !...

Il avait bien envie de lâcher dans leurs jambes toute la meute plus ou moins mal embouchée des marchandes de poisson, des fripières et des revendeuses du carreau !...

Bref, le résultat de l'ambassade extraordinaire de la mère Schmitz fut qu'on autorisa le banquet.

Seulement Karl Brander reçut de ses chefs des instructions plus strictes que jamais, pour rendre compte, d'une façon précise, de tout ce qui se ferait... de tout ce qui se dirait dans ces agapes... qui prenaient décidément, aux yeux des autorités, un caractère révolutionnaire...

. . . .

Ce n'est pas un mince honneur d'être le héros d'une fête comme celle que la jeunesse de Strasbourg offre au représentant de l'héroïque légion alsacienne... Mais Gottfried est à la hauteur de sa tâche... Il a le vigoureux estomac des hommes de sa race... et, comme tous les enfants du pays, il sait aussi bien causer que manier la flamberge...

— Ces satanés Italiens, — dit-il, — malgré leur escrime traîtresse, ont senti le poids de la lourde épée que manie notre brave infanterie... Car je suis un fantassin, je m'en fais honneur et gloire... et si quelquefois j'ai dû chevaucher pour porter les messages de mon chef, mon bonheur était encore de frapper d'estoc et de taille, monté sur les deux jambes solides que le bon Dieu m'a données, quand je suis venu au monde, à deux lieues du clocher de Strasbourg !...

. Ce n'est pas pour dire du mal de la cavalerie, loin de là !... Mais l'infanterie sera toujours la reine des batailles !...

— Gaudeamus ! — hurle cet incorrigible Heinrich, le nez dans son verre. — Vive l'infanterie !.,.

'— Vous ne dites rien de l'artillerie ! — intervint un des convives.

— C'est une arme savante, —répond le manchot, — ce qui n'empêche pas qu'elle demande de la force ! — ajoute-t-il avec une nuance de respect.

« Tenez !... là-bas, c'est un jeune homme très instruit... un étudiant d'ici qui est en quelque sorte le grand maître de l'artillerie... Eh bien !... il est d'une force... quand il ne reste plus de munitions, à prendre le canon et à le jeter à la tête de l'ennemi...

— Un argument comme un autre ! — dit quelqu'un.

Heinrich crie à tue-tête :

— Gaudeamus ! le meilleur des arguments... un argument digne d'Hercule... Je n'ai connu ici qu'un de nos camarades capable de jongler avec de l'artillerie et de lancer des bombardes à la tête des gens avec qui il se trouve en désaccord... A part ça, la meilleure nature du monde... j'ai nommé le doux Frantz Holbach !...

— C'est cela même, en effet ! — répond Gottfried.

Alors, de tous les côtés partent des questions auxquelles le manchot est obligé de répondre...

Il s'acquitte de sa tâche le mieux possible et raconte en détail les hauts faits de l'étudiant strasbourgeois, Frantz Holbach, l'hercule de l'Alsace et le maître de l'artillerie dans la fameuse colonne qui combat, sur les bords de l'Arno, la tyrannie toscane.

Ce récit, tout à la gloire de l'un des leurs, a le don d'enthousiasmer les étudiants...

Des vivats répétés en l'honneur de Frantz Holbach ébranlent les murs enfumés de la taverne...

Gottfried le Manchot, dans son rude langage de troupier, évoque ce fantôme brillant qui s'appelle la gloire et qui fera toujours vibrer les âmes des vaillants fils de l'Alsace...

Pendant qu'il parle, un frisson passe parmi les convives haletants...

Car c'est l'Épopée que ce soldat raconte... l'Épopée... telle qu'il l'a vécue, avec ses victoires et ses revers...

Pourtant le frémissement héroïque, à un moment, fait place à la commisération.

Gottfried raconte comment il a perdu son bras, qu'a broyé une grenade éclatant à côté de lui, fauchant ses camarades, dans le fracas d'une bataille où l'infanterie fut décimée.

— Je serais mort, — fait-il, — si je n'avais été recueilli et soigné... par un Alsacien encore... un jeune chirurgien de Strasbourg... qui m'a coupé ce maudit bras où la gangrène s'était mise et menaçait de m'emporter... Ah ! je n'oublierai jamais son nom... Il s'appelait M. Siébel !...

. . . .

Certes, l'étudiant policier, le misérable Karl Brander, ne volerait pas

La Schwerdein n'osait plus résister... ni appeler... (Page 1071.)

l'argent de ceux qui le payaient... le recteur... le lieutenant de police...
et dame Marthe Schwerdein.

Il pourrait leur rapporter à tous trois bien des paroles qui s'étaient
échangées à ce patriotique banquet, où une commune pensée d'admiration
et de respect avait évoqué tant de souvenirs et suggéré tant d'espoirs!...

Souvenirs et espoirs qu'endeuillait, hélas! la mélancolie des regrets...

Il y avait longtemps déjà que Gottfried, le glorieux mutilé de la légion
alsacienne, avait quitté le théâtre de tant d'exploits... Et depuis cette

époque, quelle incertitude sur le sort de son chef et de ses vaillants compagnons d'armes, Valentin Roger, Siébel, Franz Holbach !...

Et toujours le mystère planant sur la destinée de Marguerite, victime des plus infernales machinations, tout le monde était d'accord là-dessus, maintenant... Mais la justice immanente suit son cours !...

Et si Karl Brander fut sincère, il put dire... à ceux qu'on sait, qu'à partir de ce soir-là, grâce à la rude et mâle parole de Gottfried-le-Manchot, un souffle nouveau agita la jeunesse...

La plus juste et la plus noble des causes allait faire un grand pas en avant... Elle finirait bien par triompher de l'abominable fatalité qui, depuis trop longtemps, accablait le lieutenant Roger, ce héros alsacien, et sa malheureuse famille.

. . . .

XVII

LES TRIBULATIONS DE DAME MARTHE

Tout n'est pas rose dans le métier de coquin... heureusement ! L'ancienne garde-malade enrichie par la peste venait d'en faire la terrible expérience.

Elle avait dû payer fort cher à son bourreau, comme elle l'appelait, des renseignements qu'elle ne lui demandait pas !...

C'est ainsi que Karl trouvait le moyen de venir répéter à la Schwerdein tout le mal qu'on disait d'elle dans la bonne ville de Strasbourg...

Et il taxait uniformément toutes ces informations à un louis pièce...

Cependant, il lui fut donné de pouvoir jouir, pendant quelque temps, de sa tranquillité... sous le rapport de l'argent, tout au moins.

Karl Brander, qui, pour des causes sur lesquelles nous n'avons pas besoin de revenir, possédait la confiance des hautes personnalités universitaires, fut chargé d'une mission qui l'obligea à s'absenter.

Il s'agissait d'un gentilhomme des bords du Rhin qui désirait venir se faire soigner à Strasbourg pour une affection très grave dont il était atteint...

L'infortuné était devenu aveugle par accident, et cette lamentable cécité s'accompagnait de certains troubles du côté du cerveau. Il ne pouvait donc voyager sans avoir quelqu'un pour le guider et s'occuper de lui.

Policier et espion, par goût et par besoin, Karl Brander se faisait encore infirmier à l'occasion : tous les métiers lui étaient bons pourvu qu'il y ait quelque chose à gagner.

Il partit donc pour aller chercher, dans les provinces rhénanes, l'aristocratique aveugle au cerveau malade... une bonne aubaine qui le força à négliger momentanément dame Marthe Schwerdein, ce dont celle-ci ne se plaignit pas, loin de là !...

L'absence de l'étudiant pique-assiette et pince-sans-rire, qui s'était fait sournoisement le ver rongeur de la vieille entremetteuse, n'empêcha pas ses camarades du « Gambrinus », en particulier, Ludwig Frosch et Heinrich dit *Gaudeamus*, de se livrer à leurs ébats juvéniles et endiablés...

Faute d'un moine, comme dit le proverbe, l'abbaye ne chôme point... Et la vieille gaieté alsacienne ne chôma pas, parmi la jeunesse plus ou moins studieuse de l'Université de Strasbourg, par suite du départ de Karl Brander.

Du reste, l'être indélicat qui grugeait dame Marthe, par les procédés que l'on a vus, était loin d'être un boute-en-train. Sa façon de s'amuser, aux dépens des autres, était généralement en dessous et, le plus souvent, malfaisante.

Nous avons dit que la gaieté ne sombra pas, après le départ de Karl, dans la capitale fameuse de l'Alsace. Mais ce fut, hélas! juste au détriment de la Schwerdein que cette gaieté s'exerça ; et malheureusement pour elle, la peu respectable matrone n'avait pu être avertie par son « ver rongeur » à un louis le renseignement, de ce qui se tramait contre elle au Gambrinus.

On sait que, depuis les révélations de Gottfried-le-Manchot, tous les braves cœurs qui avaient épousé la cause de Mme Roger et de sa fille Jeanne ne dissimulaient plus leur animosité contre la Schwerdein.

Mais si la mère Schmitz, l'imposante reine de la Halle strasbourgeoise, et ses dignes amies, Mme Kreutzer et la veuve Spaten, attendaient l'occasion favorable qui permettrait de faire rendre justice à la femme et à la fille du vaillant guerrier, si odieusement dépouillées, il n'en allait pas de même en ce qui concernait notre généreuse, mais fort turbulente jeunesse...

Ludwig Frosch, Heinrich, d'autres encore résolurent de donner libre cours aux sentiments qu'ils nourrissaient à l'égard de la vieille entremetteuse, et qui n'étaient rien moins que bienveillants... cela, tout en s'amusant, ce qui était, pour eux, double bénéfice.

Un soir, dame Marthe, dont nous connaissons les raffinements culinaires, était en train de donner le dernier coup d'œil à un excellent pot-au-feu qui achevait de mijoter sur le fourneau de sa cuisine.

Elle tenait d'autant plus à cette soupe odorante et savoureuse, dont le fumet la délectait par avance, que ses ingrédients nutritifs lui avaient coûté un assez bon prix.

En effet, toutes ces dames du marché s'étaient donné le mot pour vendre tout plus cher à la peu sympathique mégère, enrichie par la peste... et par un vol odieux entre tous, mais que la Justice était impuissante à atteindre.

Dame Marthe, avec le geste amoureux d'un artiste caressant son œuvre, ou le geste pieux d'un prêtre officiant à l'autel, venait de soulever le couvercle de sa marmite...

Voici que soudain, dans le silence et l'obscurité du soir, à la lueur fumeuse de la chandelle qui l'éclaire, une apparition spectrale frappe ses regards d'effroi...

C'est un squelette livide au rictus hideux qui, lentement, descend par le grand trou noir de sa cheminée...

La Schwerdein en laisse échapper, de terreur, le couvercle qu'elle tenait...

Raide, sautillant, le squelette descend toujours... Ses extrémités affleurent le haut de la marmite... bientôt elles y plongent... bain de pieds macabre qui fait sauter partout sur la flamme qu'il éteint, l'appétissant pot-au-feu de dame Marthe.

On a beau être cuirassé contre les émotions que peut procurer le triste spectacle de la maladie et de la mort, on a tout de même les nerfs remués par l'arrivée imprévue d'un squelette.

Une crainte superstitieuse envahit l'âme cupide et méchante de la veilleuse de morts, dont la conscience était loin d'être nette...

Si c'était sa vieille associée... sa complice fidèle et sinistre... la Camarde qui s'invitait chez elle... sans façons...

Mais non ! la gardienne des pestiférés, la dépouilleuse de cadavres est au-dessus de ces crédulités peureuses...

Quand on est mort, c'est pour longtemps !... Cette expression vulgaire est plus profondément vraie, dans sa trivialité, que toutes les fantasmagories créées par les inventeurs du merveilleux.

Nul ne revient de l'au-delà... Les spectres ne s'introduisent chez les gens que s'ils y sont amenés...

Elle a bien vite repris ses sens... mais c'est pour entrer alors en fureur au spectacle de son pot-au-feu perdu.

La pensée qu'on s'est moqué d'elle achève de l'exaspérer.

Elle vomit les plus basses injures de son répertoire crapuleux à l'adresse des mauvais plaisants qui viennent de lui jouer ce tour pendable... et damnable !

Les auteurs de la farce macabre étaient une bande d'étudiants dirigés et inspirés par Ludwig Frosch et son inséparable Heinrich

Ces ennemis acharnés de la vieille entremetteuse avaient remarqué que sa cuisine était située dans un petit bâtiment qui n'avait qu'un seul étage...

Un beau soir, ils profitèrent de ce que la rue était déserte, pour se hisser jusque sur le toit avec le funèbre accessoire qu'ils avaient distrait des précieuses collections de la docte faculté.

Et, une fois là, les joyeux étudiants avaient fait descendre, à l'aide d'une corde, le squelette dont les pieds étaient venus se baigner dans le pot-au-feu de dame Marthe.

Après avoir suffisamment joui de la surprise terrifiée que la matrone avait manifestée sur le premier moment, ils s'étaient hâtés de déguerpir... aussitôt qu'elle s'était mise à injurier ses mystificateurs inconnus.

La farce n'était pas, sans doute, de très bon goût, mais la peur et son dîner perdu constituaient déjà pour l'odieuse mégère une petite punition, en attendant le grand châtiment que l'immanente Justice lui réservait...

— Gaudeamus! — s'était écrié l'incorrigible Heinrich en détalant avec ses camarades du toit de dame Marthe.

Ce cri... caractéristique, certains autres indices aussi, qui ne l'étaient pas moins, firent penser à la matrone que les auteurs de la facétie perpétrée à son détriment devaient appartenir à la jeunesse des écoles.

Notre mégère, furieuse de rester de la sorte avec un souper manqué et un squelette laissé pour compte, alla se plaindre aux régents de l'Université. Ceux-ci ne purent que regretter l'absence de Karl Brander, espion professionnel de ses camarades, grâce auquel on aurait pu savoir ce qui s'était passé.

En attendant, et à tout hasard, ils ne purent que renvoyer l'ancienne garde-malade, en lui disant :

— Soyez sans inquiétude ; cela ne se renouvellera plus !...

Ils s'avançaient beaucoup. Nos joyeux étudiants, enhardis par l'impunité, revinrent à la charge, s'acharnant à faire expier, par un tas de mauvais tours, les fraudes criminelles dont la Schwerdein s'était rendue coupable.

On sait que cette peu recommandable personne louait des chambres garnies, à la semaine, et même à la nuit.

Les étudiants lui envoyèrent, en se concertant, tout ce qu'ils purent trouver, à l'asile, de gens atteints de la gale ou couverts de vermine.

Même, un soir qu'elle était sortie, la vieille logeuse, en rentrant chez elle, trouva, installé dans son lit, un lépreux horrible que les étudiants facétieux étaient parvenus à introduire dans son logis, grâce à un complot savamment machiné.

Elle avait beau se plaindre auprès des autorités universitaires, la peu intéressante victime ne parvenait pas à obtenir justice ; on lui disait toujours d'attendre... le retour de Karl Brander, car seul, l'espion des étudiants parviendrait à connaître les auteurs de cette conspiration de la jeunesse.

Mais dame Marthe faisait la moue ; elle ne tenait pas... et pour cause... à voir revenir son « ver rongeur » qui était bon, évidemment, à la renseigner sur ce qui pouvait l'intéresser, mais qui faisait payer trop cher ses talents d'indicateur.

On n'en finirait pas à vouloir raconter, par le menu, toutes les tribulations que la Schwerdein eut à endurer, tant de la part des étudiants que des autres catégories de citoyens, car tout le monde semblait s'être ligué contre elle...

Étrange popularité, vraiment, et dont se fut bien passé l'odieuse créature qui, après avoir occasionné tous les malheurs de la famille Roger, s'était encore ingéniée, de façon à profiter, grâce à un nouveau crime, des maux qu'elle avait elle-même causés!...

Par exemple, ce qui fut le plus sensible à dame Marthe, ce fut de voir sérieusement compromise sa réputation de femme sérieuse, à laquelle la pauvre dame tenait plus qu'à tout le reste.

En effet, un beau matin, grâce aux braves commères de la Halle, qui ne l'aimaient guère et ne se gênaient point pour propager cette révélation... sensationnelle, toute la ville de Strasbourg apprit que dame Marthe avait passé la nuit à courir les cabarets les plus bruyants et les plus licencieux, en compagnie de l'homme de fer de la Kammerzell.

A partir de ce moment-là, on crut qu'elle était réellement sorcière...

C'est que... l'homme de fer, tout commé l'antique édifice de la Kammerzell, dont il faisait partie intégrante, pouvait à bon droit passer pour un des monuments historiques de Strasbourg.

... Longtemps avant l'époque où se place notre légendaire récit, en pleine nuit du moyen âge, il y avait, dans la capitale de l'Alsace, des familles aristocratiques qui s'en voulaient mal de mort les unes aux autres, et, par conséquent, elles ne manquaient aucune occasion pour échanger force horions.

De tout temps,
Les petits ont pâti des sottises des grands.

Et les simples bourgeois ou les manants finissaient toujours par pâtir de l'animosité de ces nobles batailleurs.

Alors ceux qui plus tard devaient former le tiers état, père de notre grande Révolution, se liguèrent contre les aristocrates. Ils se constituèrent en une sorte de garde civique, chargée de maintenir l'ordre et de défendre le peuple contre les empiétements et l'arbitraire de la noblesse.

Un de ces hommes d'armes volontaires, bon bourgeois, mais solide et vigoureux, revêtu de la pesante armure des chevaliers de l'époque, défendit tout seul, pendant des heures entières, le petit pont des tanneurs, contre toute une bande d'aristocrates.

Grâce à ce haut fait, le courageux Alsacien devint très vite populaire... et, ce qui était plus difficile, il le resta jusqu'à sa mort...

Quand il fut trépassé, ses concitoyens, pour honorer sa mémoire, pendirent sa vaillante armure au-dessus de sa propre maison.

Le glorieux trophée défia l'effort des siècles... mais il ne put résister à l'entrain endiablé d'Heinrich, qui, sans nul respect pour ce vestige des âges passés, un jour qu'il avait fait au « Gambrinus » de trop copieuses libations... décrocha l'armure de la Kammerzell et s'en revêtit, au milieu des rires approbateurs de ses camarades.

Mais le malheur voulut qu'à ce moment-là, dame Marthe vint à passer, revenant de la cathédrale où elle avait prolongé ses dévotions plus que de coutume.

Une idée folle germa alors dans le cerveau du joyeux Heinrich, une de ces idées qui ne peuvent pousser qu'après de fréquentes et copieuses libations.

— Gaudeamus ! voilà la peste de Strasbourg !... C'est bien le moins qu'elle fasse la fête avec feu l'homme de fer !...

Et en disant ces mots, tout bardé de fer, la visière du casque baissée, notre étudiant s'approcha de la matrone attardée dans la rue, lui passa un bras autour de la taille, et malgré ses cris et ses protestations, l'entraîna vers les ruelles sombres où il y a des cabarets louches qui restent ouverts toute la nuit.

Les camarades du jeune fou se rallièrent à son armure, menant derrière le couple étrange que formaient l'homme de fer et l'ancienne veilleuse de morts une sarabande effrénée, aux cris répétés de :

— Vive la Peste !...

— Vive la Kammerzell !...

— Vive la Schwerdein !...

Dame Marthe, plus morte que vive, et prête à s'évanouir dans les bras fort rudes de son étrange ravisseur, s'écriait :

— Au secours !... à moi !... à l'aide !...

Heinrich la retenait de sa main gantée de fer et l'entraînait :

— Gaudeamus ! belle dame, nous allons boire à la gloire immortelle de nos aïeux... et à la santé des pestiférés que vous soignâtes si bien que... pas un seul n'est revenu pour leur rafler... *in extremis*... tout ce qu'ils avaient.

L'horrible créature frissonna...

Frisson tragique... indicible !...

Dans les propos décousus et incohérents de cet ivrogne passait comme un souffle de la colère céleste... signe avant-coureur de l'expiation prochaine.

La Schwerdein n'osait plus résister... ni appeler...

Inerte, passive, elle s'abandonnait à l'homme de fer qui s'entraînait dans le tourbillon vertigineux de son ivresse croissante.

Dans les cabarets, véritables coupe-gorge, où il la conduisit, elle se laissa aller à boire, suggestionnée par lui... et peut-être aussi pour fuir on ne sait quelle obsédante vision.

— Gaudeamus !... buvons à la santé de...

Et ici, chaque fois qu'il trinquait avec sa victime, le terrible Heindrich mettait au nom...

Ce nom... justement... était celui d'un des moribonds soignés par dame Marthe...

C'était aussi... le nom d'un des morts qu'elle avait veillés...

L'ivresse, — par un phénomène qui est assez fréquent, — avait le don de rafraîchir et d'aviver la mémoire du jeune homme, qui se rappelait, et rappelait à sa compagne forcée la liste des pestiférés dépouillés par l'odieuse mégère... liste qui se colportait dans tout Strasbourg, depuis que la mère Schmitz et ses amies avaient fait l'enquête que l'on connaît.

Les camarades de l'impitoyable Heinrich avaient, eux, conservé relativement leur sang-froid...

Inquiets sur les conséquences possibles de sa folle équipée, ils n'eurent garde d'y prendre part.

Mais s'ils n'accompagnèrent pas leur ami, tous ces braves garçons le suivirent de loin, prêts à intervenir, si c'était nécessaire, pour épargner au joyeux Heinrich les suites d'une pareille frasque.

Après avoir promené sa victime de cabaret en cabaret, l'étudiant bardé de fer s'écria :

— Gaudeamus!... il n'est si bonne plaisanterie qui n'ait une fin!... Belle dame, je vais vous ramener chez vous...

Il la conduisit... au cimetière...

Et là, avant que ses camarades, qui ne le perdaient pas de vue, aient pu l'en empêcher, il trouva le moyen de hisser l'ancienne veilleuse de morts par-dessus le muretin de ce champ du repos...

Puis, à travers la visière fermée de son casque, ces mots sifflèrent... vengeurs :

— Ohé! la Camarde!... tu es ici chez toi!...

— Voyons, Heinrich, que fais-tu là? — s'écria Ludwig Frosch qui venait d'accourir.

Impassible, l'ivrogne, sous son armure, étendit la main vers cet amoncellement de croix et de cyprès, que la lune éclairait de sa lueur spectrale, et il fit, pareil à quelque fantastique justicier sorti des vieilles légendes du Rhin :

— La peste de Strasbourg couche sur son domaine! *Requiescat in pace!...*

Ce fut un vrai scandale, dans la vieille cité alsacienne, quand on sut, qu'à l'ouverture de la porte du cimetière, la Schwerdein, que tout le monde exécrait, avait été trouvée, par les gardiens, ivre-morte parmi les tombes...

Et ce fut bien pire encore quand la rumeur publique raconta, — au marché et dans les boutiques où les commérages sont colportés, — que la vieille entremetteuse avait fait la fête, toute la nuit, et couru les mauvais lieux, en compagnie de l'homme de fer de la Kammerzell.

On soupçonnait bien, avant cela, dame Marthe d'être sorcière, mais à présent, les bonnes femmes de Strasbourg furent convaincues que l'horrible matrone était bien réellement allée au sabbat...

La preuve, c'est qu'on l'avait retrouvée dans le cimetière... lieu de rendez-vous de tous les gnomes, farfadets, revenants et autres génies infernaux.

On lui en voulait surtout d'avoir débauché l'homme de fer, relique vénérable et historique que le temps lui-même avait respectée.

Le masque tragique de cet homme appelle l'attention... En réalité, il fait peur .. (Page 1078.)

Une foule composée de commères et de badauds, de bavardes et d'oisifs de toute sorte se rendit ce jour-là à la Kammerzell...

Tout le monde put constater que l'homme de fer qui ornait l'antique édifice était toujours à la même place...

Bien entendu, les étudiants, après l'équipée de leur camarade Heinrich, s'étaient empressés de rependre, sur la façade de la Kammerzell, l'armure respectable, qui avait servi à Heinrich pour s'amuser aux dépens de dame Marthe.

Mais, à cette époque de crédulité et de superstition, c'était là une explication beaucoup trop simple.

La naïveté populaire s'ingénia à trouver des causes surnaturelles, pour justifier la macabre aventure de la Schwerdein et le retour extraordinaire à la Kammerzell de l'homme de fer, que des témoins dignes de foi avaient aperçu, au clair de lune, courant le guilledou avec la sorcière...

Au premier chant du coq, le diable complice de la sorcière, avait remis, sans nul doute, l'homme de fer à sa place.

Le grand prévôt eut vent de l'affaire... et, loin de croire au surnaturel, il pensa que ce miracle, dont les commères de la ville se trouvaient tout ébaubies, n'était qu'une farce d'étudiants.

C'était aussi l'avis du lieutenant de police, sur lequel le haut magistrat se déchargea du soin d'éclaircir toute cette histoire.

Notre policier, qui manquait de lumière à ce sujet, et pour cause... Karl Brander étant absent... procéda comme ont toujours procédé, en tout lieu et en tout temps, les policiers dans l'embarras.

Il s'en prit à la victime, qu'il fit comparaître à sa barre, quand elle eut cuvé son vin.

— Dame Marthe Schwerdein, — lui dit-il d'un ton sévère, — il vous arrive beaucoup d'histoire depuis quelque temps.

L'entremetteuse se mit à gémir :

— À qui le dites-vous !...

— Nous n'aimons pas beaucoup... les histoires ! — poursuivit le lieutenant de police.

— Est-ce ma faute ?...

— Le peuple est sens dessus dessous... on ne parle que de ça !

— Pourtant je vous assure que je n'aime guère à faire parler de moi.

— Votre sotte aventure avec l'homme de fer de la Kammerzell vous fait passer pour sorcière...

— Mais, je vous jure, monsieur le lieutenant de police, que ce sont encore ces maudits étudiants.

— Je n'en doute pas, mais comme je ne peux les prendre, et comme, d'autre part, vous avez occasionné du scandale, étant ivre et vous introduisant dans cet état au cimetière, avec escalade et effraction...

— Monsieur le lieutenant de police... je ne m'y suis pas introduit de mon plein gré...

— Taisez-vous... sachez que nous en avons assez de vos fredaines ; si vous ne vous amusiez pas, à votre âge, à courir la prétentaine avec de jeunes écervelés, il ne vous arriverait pas continuellement de ces histoires dont vous devriez être la première à rougir, entendez-vous, dame Marthe Schwerdein ?...

La conclusion de cet interrogatoire fut que l'infortunée matrone s'entendit condamner pour scandale nocturne à huit jours de prison.

Elle se permit de récriminer amèrement, sans autre résultat, d'ailleurs, que d'indisposer son juge qui se rappela alors qu'une très vieille ordonnance de police permettait d'appliquer la peine du fouet aux personnes trouvées en état d'ivresse sur la voie publique.

Assimiler le cimetière aux rues de la ville, c'était peut-être donner une légère entorse à la loi, mais quand un lieutenant de police est mal disposé, il n'y regarde pas de si près.

La pseudo-sorcière fut donc fouettée, ce qui donna un commencement de satisfaction au sentiment de justice et d'équité, toujours vibrant chez la mère Schmitz et ses dignes amies... en attendant que l'expiation fût complète.

Quant aux étudiants, ils manifestèrent leur joie bruyamment, suivant leur habitude.

L'incorrigible Heinrich salua même cette sorte d'exécution d'un cri bien senti de :

— Gaudeamus!...

XVIII

UNE ÂME DANS LA NUIT

MAIS les soucis de cette exubérante jeunesse, tout comme la pieuse sollicitude et la vaillante sympathie des amis de Mme Roger, ne devaient point tarder à s'orienter vers de plus graves... de plus tragiques préoccupations.

Après avoir fait ses huit jours de prison, la Schwerdein rentra chez elle furieuse, comme bien l'on pense.

A la honte de l'affront subi, avec cette peine infamante du fouet, se joignait... le regret de son argent.

En effet, le lieutenant de police lui avait infligé, par surcroît, une forte amende... le maximum, car, en sa qualité de chef de la police, il avait fini par entendre dire, lui aussi, comment elle s'était enrichie, avec la peste.

Châtiée dans son amour-propre, punie dans son avarice, dame Marthe ayant réintégré sa demeure solitaire, se dit en elle-même :

— Dès que cette canaille de Karl Brander sera de retour ici, je lui achèterai... le petit papier qu'il détient. J'y mettrai le prix qu'il faut pour payer ma tranquillité. Après quoi, je vendrai tout ce que j'ai... et puis... je quitterai à tout jamais Strasbourg !...

Mais... la femme propose... et le... Destin dispose.

Un soir, quelqu'un heurta à l'huis de dame Marthe.

Elle alla ouvrir...

C'était Karl Brander...

— Belle dame, — fit-il une fois qu'il eut pénétré dans le confortable intérieur de la vieille entremetteuse, — je viens vous apporter un renseignement intéressant !

La Schwerdein fronça les sourcils en songeant au beau louis de France en or qu'il lui faudrait, bon gré mal gré, tirer de son cher bas de laine. Celui qu'elle appelait son ver rongeur devina... aisément... sa pensée...

— Tranquillisez-vous ! — fit-il d'un air goguenard, — la nouvelle que je vous apporte, eh bien ! je ne vous la ferai pas payer !... Je vous la donne... pour cette fois, ce sera *gratis pro deo*... ou plutôt... *pro diabolo*, puisque, paraît-il, vous avez profité de mon absence pour avoir commerce avec l'esprit malin et, comme une sorcière, aller au sabbat sur un manche à balai... avec l'homme de fer de la Kammerzell...

Enfin... ne revenons pas sur des souvenirs cuisants... J'ai fait un voyage assez profitable ; mon escarcelle est bien garnie... car si l'on ne gagne pas tout à fait autant d'argent à guider un aveugle et à garder un fou qu'à soigner les pestiférés et à veiller les morts... cependant, je n'ai pas à me plaindre, Dieu merci !...

« C'est ce qui me permet, — une fois n'est pas coutume ! — de vous fournir un renseignement gratuit !

« Or donc, sachez, dame Marthe Schwerdein, que Marguerite est retrouvée... ou, tout au moins, qu'on est sur ses traces.

. . . .

Et le mauvais drôle s'en fut retrouver le misérable infirme dont il s'était fait le guide.

Un sentiment d'horreur poignante et aussi de commisération profonde s'emparait de tous ceux qui voyaient cet étranger.

Les grands maîtres de la faculté et leurs élèves, bien qu'habitués au spectacle de la douleur et de toutes les infirmités physiques, ne pouvaient se défendre d'une émotion réelle devant le lamentable tableau du malade que Karl Brander, sur l'ordre de ses chefs, était allé chercher dans le fond d'un antique château des bords du Rhin...

Ses orbites vides semblaient deux trous sombres qui s'ouvraient sur la nuit. Et quelle nuit !...

La nuit d'une âme dans laquelle s'agitent les plus effroyables fantômes... souvenirs et regrets... remords peut-être... dans tous les cas, un perpétuel cauchemar qui marchait... un perpétuel besoin de mouvement comme pour fuir.

Karl Brander, en échange d'une honnête rémunération, avait été chargé de conduire cet aveugle, et, dame, ce n'était pas une sinécure.

Le malheureux ne pouvait rester en place...

On aurait dit qu'il cherchait à échapper aux obsédantes visions qui peuplaient les ténèbres intérieures de sa conscience.

Sa cécité, — tous les médecins tombaient d'accord là-dessus, —

était hors des ressources de leur art. Ce que l'on cherchait à guérir, c'étaient les troubles étranges qu'on voyait se manifester du côté du cerveau, comme aussi l'impérieuse nécessité qui poussait cet infortuné à se déplacer sans cesse...

Une marche vers quelque but mystérieux que lui montrait la fatalité, une course à l'abîme... qui sait ?

Mais tous ces symptômes qui déroutaient la science étaient-ils bien les signes précurseurs de la folie ?...

Ce n'était pas bien sûr !...

Ludwig Frosch et son inséparable Heinrich qui, du coup, en oublia ses sempiternels *Gaudeamus*, — les autres étudiants aussi, — apprirent, par leur « camarade » Karl Brander, l'histoire de l'étrange malade qu'il était chargé d'accompagner.

Cet aveugle qui était riche et noble s'appelait Othon.

Il habitait un vieux burg féodal perché, comme un nid d'aigle, sur le sommet d'une montagne toute proche de la Forêt-Noire.

Une révolte imprévue, suscitée, dit-on, par des Bohémiens nomades campés dans les plus sombres régions du Schwartswald, s'était terminée par l'incendie et le sac du château fort.

Le malheureux seigneur était resté seul des siens après cette tragique aventure au cours de laquelle il avait eu les yeux crevés par les impitoyables assaillants...

Puis, peu à peu, des troubles cérébraux s'étaient manifestés, et sa parenté avait alors résolu de l'envoyer à Strasbourg, afin que les sommités de l'art pussent se prononcer sur son cas.

Il n'était pas arrivé depuis longtemps dans la vieille cité universitaire, que tout le monde put être témoin de la forme étrange que revêtait son délire... ou du moins ce que l'on prenait pour du délire !

C'était un jour de marché...

Véritable reine de la Halle, tant par sa corpulence que par son argent et l'énergie de son caractère, la mère Schmitz trônait au milieu de ses pareilles... marchandes de poissons, vendeuses de légumes, et cætera.

Partout régnaient le bruit, l'animation qu'on devine, dans le va-et-vient des chalands, le marchandage tapageur et l'échange de propos parfois vifs.

Les bonnes gens d'Alsace ont parfois le verbe haut, et les dames de la Halle, à Strasbourg comme ailleurs, à cette époque-là aussi bien qu'aujourd'hui, n'ont pas, comme on dit vulgairement, leur langue dans leur poche.

Mais l'entourage de la mère Schmitz était d'autant plus animé que, ce jour-là, s'était réunie, autour de son étal, l'espèce d'association que la brave femme avait formée pour arriver, légalement, à faire rendre gorge à la Schwendein, voleuse infâme qui n'avait pas craint de dépouiller de tous leurs biens la femme et la fille du lieutenant Roger, le héros alsacien.

Il y avait là ces deux braves bourgeoises, la veuve Spaten et Mme Kreutzer, associées pour faire le bien avec la mère Schmitz, et Gottfried-le-Manchot, devenu très vite populaire parmi ces dames du marché. Enfin Ludwig Frosch et Heinrich, qui représentaient la jeunesse enthousiaste et généreuse.

Les dernières et si grotesques mésaventures de dame Marthe, commentées avec la verve un peu salée des poissonnières de la Halle, faisaient le thème de toutes les conversations.

Mais voilà que dans la foule animée et bruyante apparaît un aveugle conduit par un étudiant bien connu de tous... Karl Brander.

Le masque tragique de cet homme appelle l'attention...

En réalité, il fait peur...

Sur son passage, le silence se fait...

A voix basse, Ludwig Frosch explique à la mère Schmitz et à ses amies que c'est un seigneur des bords du Rhin, qui se nomme Othon et qui a perdu la vue, et la raison peut-être, dans des circonstances particulièrement dramatiques...

Au milieu du marché, l'homme voilé de ténèbres éternelles s'arrête et demande à son jeune conducteur :

— Où suis-je?...

Karl Brander lui répond :

— Vous êtes au milieu de la Halle.

— Il n'y a donc personne?

— La foule vous entoure.

— Je n'entends aucune voix.

— On s'est écarté sur votre passage et l'on a fait silence, par respect pour vous.

— Par pitié... vous voulez dire... par horreur plutôt... car Othon-le-Cruel sait bien que... nulle part... il ne peut rencontrer le respect... Qui donc peut respecter celui qui n'a rien respecté?...

La foule silencieuse... émue... s'est amassée autour de l'aveugle qui parle...

A l'horloge célèbre de la vieille cathédrale, voilà que sonnent... lentement... douze coups...

Un à un, Othon les a comptés.

Quand c'est fini, il demande à son gardien :

— Pourquoi m'avez-vous trompé?... Minuit a sonné... il est temps que je rentre.

— C'est midi! — répond Karl Brander, — le soleil est au haut de sa course, le marché est plein de lumière et de monde.

La commisération de la foule se traduisait en des murmures légers, des paroles chuchotées comme au chevet d'un malade.

L'aveugle promena autour de lui le regard, — peut-on bien dire le regard? — de ses orbites vides et mornes...

Puis il s'écria :

— Minuit a sonné... je vous dis que c'est la nuit !... Dieu !... comme il fait noir !...

« Ce que j'entends, c'est le bruissement du vent dans le feuillage !... La Forêt-Noire est pleine de ténèbres... où rôdent les Bohémiens nomades, les contrebandiers agiles... les sans-feu-ni-lieu... tous les noirs vagabonds...

Il eut un geste horrifié et recula comme devant une vision sinistre et terrifiante...

La foule était vivement impressionnée par le spectacle que donnait ce dément ou ce visionnaire... si étrange.

Othon continuait à vivre son rêve de ténèbres et d'effroi...

La main tendue, il semblait indiquer et compter les fantômes lugubres qui peuplaient l'obscurité de son âme.

— Ils sont là... je les vois... ceux que le plomb a fauchés ou qui sont morts, la hart au col... les gueux qui valurent au seigneur haut justicier le surnom de Cruel.

« Othon-le-Cruel... landgrave des potences... margrave des gibets... allons ! compte autour de ton burg les têtes qui sont tombées sous la hache du bourreau...

« Le Schwartzwald est bien noir... moins noir cependant que ton âme de damné...

« En as-tu donné de l'ouvrage au fossoyeur, burgrave de la Camarde !... hi... hi... hi !...

Un rire de grelot fêlé, secouant le sinistre aveugle, fait passer sur la foule muette un long frisson d'horreur...

Mais les transes l'agitent à nouveau, et sa face pâle, veuve de ses yeux, semble s'éclairer... comme si elle prenait le reflet des flammes de l'enfer...

C'est que, dans la vision de l'aveugle, il vient de passer du feu.

Il le voit... et il recule comme s'il craignait de se brûler.

— La torche... le bûcher s'enflamme !... la vieille Bohémienne se tord dans la fournaise, comme un sarment qui se consume...

« J'y vois clair... à présent... très clair. La lueur du bûcher illumine la Forêt-Noire et le burg, qui est plus obscur, et mon âme plus sombre encore que tout !...

« Le bûcher s'éteint et l'on retombe dans les ténèbres... Comme le Schwartzwald est noir !... Au château seigneurial il fait nuit... mais la nuit est plus noire encore dans l'obscure conscience d'Othon-le-Cruel...

« Et le féroce seigneur a envoyé perdre, dans un des plus sombres recoins de la Forêt-Noire, la jeune captive dont il avait voulu abuser...

« On la nommait la Bohémienne blonde, car ses cheveux étaient d'or... et sa longue natte tombait presque jusqu'à terre...

« Elle avait des yeux d'azur et portait une robe blanche... Mais ce n'était pas une enfant de la nomade Bohême.

« La tribu, disait-on, l'avait adoptée depuis le jour où on l'avait trouvée mourante, sur la route, aux portes de Strasbourg...

« Et... l'on disait encore... qu'à son baptême elle avait... reçu... le nom de Marguerite !

Comme un écho, ce nom éclata dans la foule :

— Marguerite !...

La mère Schmitz et ses amies, Gottfried-le-Manchot, Ludwig Frosch et Heinrich, d'autres encore se pressèrent autour de l'aveugle.

— Vous dites qu'elle s'appelait Marguerite ?...

— On l'avait trouvée aux portes de Strasbourg !...

— Savez-vous à quelle époque ?...

Pour la foule, cet homme n'était plus un dément... c'était un voyant...

Cette belle jeune fille qui s'appelait Marguerite... dont les yeux étaient d'azur et dont la chevelure d'or pendait en tresse soyeuse sur une robe blanche... qui avait été trouvée mourante, sur le grand chemin, près de la ville... mais ce ne pouvait être que la fille de cette pauvre Mᵐᵉ Roger...

Les amies de sa mère, avant d'aller la prévenir et pour ne pas lui donner une fausse joie, voulurent avoir des détails plus précis, plus circonstanciés, du tragique aveugle dont la vision animée, venait, pour la première fois, de jeter un rayon de lumière sur l'épais mystère qui entourait le sort de Marguerite.

Mais l'homme des ténèbres cessa d'être le voyant, le révélateur des noirs secrets de son âme...

Les rumeurs de la foule et le bruit des paroles de ceux qui l'interrogeaient l'effarouchèrent, comme les clartés du soleil effarouchent les oiseaux nocturnes.

Il frappa sur l'épaule de son conducteur et lui dit :

— Vous avez raison... il ne fait nuit que pour moi... et nous sommes parmi les commères du marché... et non pas dans la Forêt-Noire... Je n'entends plus le bruissement du vent dans les feuilles... Rentrons !...

. . . .

Karl Brander, après cette scène, avait eu raison de dire à dame Marthe Schwerdein que si Marguerite n'était pas retrouvée, on était du moins sur ses traces...

C'était aussi l'avis des protectrices et des défenseurs de Mᵐᵉ Roger.

L'espoir renaissait enfin dans l'âme de la noble et digne épouse du lieutenant, ainsi que dans le cœur innocent et pur de la toute mignonne Jeanne...

En même temps tout un plan de campagne était dressé en des conciliabules d'étudiants au « Gambrinus » dont les murs avaient cessé d'avoir des oreilles depuis que l'espion Karl, retenu auprès de son aveugle, n'était plus là pour aller répéter à ses chefs les propos de ses camarades.

Nous avons vu qu'à partir du banquet, donné par la jeunesse des écoles, pour fêter le glorieux mutilé de la légion alsacienne, un souffle nouveau avait agité cette jeunesse, émue et frémissante a l'évocation des

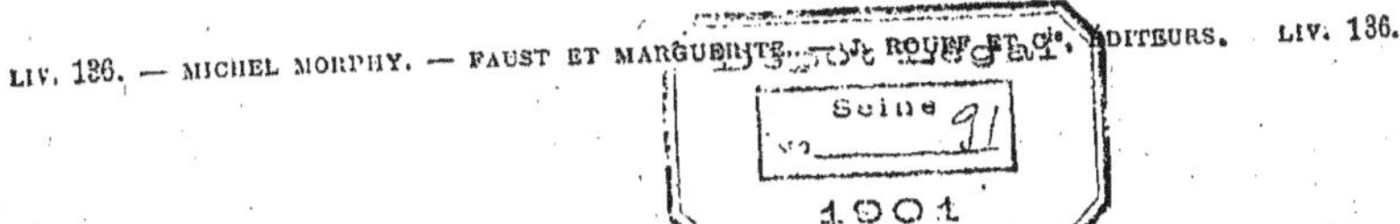

Un nouveau plan fut tracé dans un dernier conciliabule tenu au cabaret... (Page 1085.)

exploits racontés par la rude et mâle parole de Gottfrid-le-Manchot.

Maintenant, grâce aux révélations de celui qui était, ou plutôt qui avait été Othon-le-Cruel, la plus juste et la plus noble des causes allait faire un grand pas en avant, et le mystère qui planait sur le destin de la pauvre Marguerite allait se trouver éclairci... enfin !

Nos jeunes conspirateurs avaient ourdi un complot qui n'allait pas tarder à recevoir son exécution.

On savait que le seigneur aveugle, condamné, sans appel, par tous les plus forts médecins de Strasbourg, allait bientôt reprendre le chemin de son pays, sous la garde de Karl Brander.

Les conjurés, dirigés par Gottfrid-le-Manchot, iraient attendre au coin de la Forêt-Noire les deux voyageurs, auxquels, bien entendu, on ne ferait aucun mal...

Mais Othon serait mis en demeure d'indiquer l'endroit du Schwartz-wald où la bohémienne blonde, cette énigmatique Marguerite, avait été abandonnée par son ordre...

Là, on ne manquerait pas de retrouver son cadavre, si elle était morte... Dans le cas contraire, on y trouverait ses traces... un indice quelconque qui mettrait les investigateurs sur la voie.

Si déserte et solitaire que soit la Forêt-Noire, elle n'est pas complètement inhabitée... Et il ne serait pas complètement impossible de rencontrer par là un braconnier, un vagabond, un hôte quelconque du bois qui aurait souvenance d'avoir aperçu une jeune femme, répondant au signalement de l'infortunée disparue, signalement qui concordait du reste d'une façon complète avec le portrait que l'aveugle Othon, dans son étrange délire, avait tracé de la jeune captive qu'il avait jetée en proie à la forêt sombre.

Hélas ! ce plan si savamment conçu échoua par la faute de l'implacable fatalité. Une catastrophe se produisit qui émotionna la ville de Strasbourg tout entière.

Trompant la surveillance de son gardien, l'aveugle... le fou... peut-être !... escalada, en pleine nuit, le clocher de Strasbourg.

Parvenu au vertigineux sommet de la flèche, il promena sur l'horizon infini ses orbites vides...

Les ténèbres de l'heure et celles de ses yeux morts parurent s'éclairer pour lui d'une étrange et mystique lueur.

Et son cri éclata dans la nuit, comme celui du hibou lugubre qui, dans les grands cyprès, au-dessus des froids mausolées, pleure son funèbre *lamento*...

L'aveugle cria :

— Oui... j'accours !... têtes grimaçantes qui me faites signe du haut des noirs gibets... morts perdus dans les oubliettes... cadavres qui nagez dans le sang... et toi... la vieille dont le bûcher a calciné les os... je vais vous rejoindre... tous les pendus et les décapités... ah !... ah !... ah !...

« Dans les ténèbres éternelles de la nuit infernale... vous formerez la cour grimaçante et le sanglant cortège du burgrave égorgeur !...

« Me voilà !

Karl Brander, s'apercevant de la disparition de son malade, était accouru...

Il l'aperçoit au sommet du clocher de la cathédrale, effroyable et sinistre, planant au-dessus de l'espace... marchant aux abîmes...

Les archers du guet, les gens de M. le lieutenant de police accourent à leur tour, sous les ordres de leur chef...

Eveillés par la rumeur croissante, les habitants du voisinage paraissent aux fenêtres...

L'effroi gagne tous les spectateurs de cette scène épouvantable.

A la lueur sinistre des torches, qui éclairent le parvis, on aperçoit là-haut... le fou... l'aveugle cramponné à la croix qui couronne l'antique et vénérable édifice.

Les douze coups de minuit sonnent, dans le silence tragique, à la vieille horloge...

Quand les personnages symboliques ont terminé leur défilé, Othon crie une dernière fois :

— Oh !... oh ! oh !... j'y vais !... j'y vais !...

Un cri d'horreur s'élève de la place au milieu de laquelle se dresse l'orgueilleuse cathédrale...

La flèche penche avec la croix qui la surmonte...

Et celui qui fut Othon-le-Cruel vient s'écraser sur le parvis au milieu des décombres...

— Depuis que la foudre est tombée dessus l'an passé, la flèche de Strasbourg n'était plus guère solide ! — s'écrie le lieutenant de police, pour toute oraison funèbre, et tout en s'occupant de faire transporter le cadavre à la Faculté, aux fins d'autopsie.

XIX

LES GOLIARDS

A disparition de l'homme sur lequel ils comptaient pour les mettre sur la trace de Marguerite ne manqua pas, bien entendu, de jeter le désarroi parmi les amis et défenseurs de la famille Roger.

Est-ce que leur généreuse initiative était forcément condamnée à avorter parce que, dans un accès de démence, ou bien pour échapper au poids du remords, Othon-le-Cruel venait de se faire justice !...

Avec la réflexion, l'espoir revint aux partisans de la vérité.

Et un nouveau plan fut tracé dans un dernier conciliabule tenu au cabaret fameux du « Gambrinus ».

Malheureusement, ici, les murs à nouveau eurent des oreilles...

Karl Brander, qui n'avait plus à s'occuper de son aveugle... définitivement guéri de son infirmité par la mort, qui le délivrait également de ses noires visions... l'espion des étudiants était donc revenu auprès de ses camarades.

Le grand prévôt, le recteur, le lieutenant de police, toutes les autorités universitaires et autres, apprirent donc qu'une bande d'étudiants strasbourgeois se disposait à partir pour la Forêt-Noire, sous la direction d'un ancien invalide de la légion alsacienne... Gottfried-le-Manchot.

Il en coûta, du reste, vingt bonnes livres en monnaie de France, à dame Marthe, pour avoir ce renseignement.

Karl, par-dessus le marché, lui apprit que, sur l'ordre de ses chefs, il se disposait à suivre la petite troupe où ses camarades, sans assez de méfiance, lui faisaient place au milieu d'eux.

La Schwerdein se réjouissait à la pensée de se voir, encore une fois, délivrée de celui qu'elle appelait son ver rongeur. Et, comme elle comptait mettre à profit l'absence de ce coûteux parasite... pour vendre tout ce qu'elle possédait, et quitter à tout jamais le théâtre de ses exploits et de l'affront cuisant qui les avait clôturés, elle pensa que le moment était venu de négocier avec Karl Brander, pour qu'il lui rendît le malencontreux papier dont il était détenteur.

Ici encore, l'ancienne garde-malade joua de malheur. Le rusé coquin à qui elle avait affaire n'avait pas de ces vices qui font qu'un homme, perpétuellement besogneux, accepte toutes les propositions d'argent qui lui sont faites.

Il avait l'escarcelle suffisamment garnie, grâce à ses opérations financières récentes; et puis c'est lui qui avait été chargé par la famille de pourvoir à la nourriture et à l'entretien de feu le seigneur Othon.

Par un souci constant de son hygiène, Karl avait eu soin de veiller à ce que son malade observât la sobriété la plus stricte et la tempérance la plus complète.

Mais s'il mettait l'aveugle à la portion congrue, notre personnage était bien trop intéressé pour ne pas mettre dans sa poche les économies qu'il réalisait de ce chef.

Et il s'était amassé ainsi un petit pécule qui lui permit de faire le dédaigneux devant les ouvertures... financières de dame Marthe.

Ce fut même avec un véritable cynisme qu'il répondit, tout en ricanant:

— Je ne veux pas manger mon blé en herbe!... Cette lettre vaut de l'or... plus que de l'or... c'est du diamant. Les affaires de la famille Roger remontent considérablement depuis quelque temps...

« On peut retrouver Marguerite... Le docteur Faust peut revenir... Il pourra alors se passer des choses dont on n'a pas idée en ce moment. Ceux qui sont en bas monteront au pinacle...

« Qui dit qu'à son retour d'Italie le lieutenant Roger, disparu et qu'on croit mort, ne va pas rapporter une véritable fortune?...

« Ces choses-là se voient encore autre part que dans les romans!...

« Eh! eh! la petite Jeanne, qui n'est vraiment pas mal, — l'avez-vous remarqué? — fera un beau parti!... qui vous dit qu'on ne la donnerait pas à l'homme intelligent... et désintéressé... qui mettrait la famille en possession d'un document de nature à la faire rentrer en jouissance des biens dont elle a été frustrée... je n'ai pas besoin de vous dire par qui...

Dame Marthe était, — on ne l'a que trop vu, — dépourvue de tout scrupule... L'honneur, la probité, pour elle, n'étaient que de vains mots... Mais ce qu'elle venait d'entendre lui démontrait qu'elle avait, au moins une fois dans sa vie, trouvé son maître...

Le monstrueux sang-froid, le tranquille cynisme de Karl Brander la déconcertaient.

— Alors, — fit-elle avec une tristesse manifeste, — vous ne voulez pas... vous refusez... de me... vendre... ce papier?...

— Ça ne sera pas pour aujourd'hui... Une autre fois je ne dis pas... si le roman que j'ai ébauché ne devait pas se réaliser...

— Karl... il ne faut pas faire de châteaux en Espagne! — fit d'une voix douce la Schwerdein, dissimulant la haine qu'elle portait dans son cœur.

Et elle continua, mielleuse, insinuante :

— Croyez-moi, mon ami, n'allez pas lâcher la proie pour l'ombre!... Il vaut mieux tenir que courir!... Avec l'argent que je vous donnerai, en échange de cette lettre, vous pourrez vous offrir bien des satisfactions... avoir de jeunes et jolies maîtresses...

— Je suis sage et rangé, belle dame, et ne cours point les filles!... Je veux me marier... comme je vous l'ai dit... être honoré, considéré, comme le sera un homme qui aura fait rendre justice à une famille indignement dépouillée par une aventurière que j'aurai démasquée...

La Schwerdein grinça :

— Vous devenez bien vertueux, Karl!...

Il riposta, sardonique :

— Pourquoi pas?... surtout si la vertu est plus... lucrative que la coquinerie. Car ce que vous avez fait, ma pauvre dame, au détriment de la famille Roger... ne mâchons pas les mots... c'est un tour pendable!...

« Et la peine du fouet, que vous fûtes obligée de subir pour vous être... diaboliquement saoulée, au sabbat, en compagnie de l'homme de fer de la Kammerzell, n'est que de la Saint-Jean en comparaison de ce qui vous attend, si, grâce à moi, votre fraude est découverte...

L'ironie noire de Karl Brander avait produit sur l'ancienne veilleuse de morts l'effet que l'étudiant en attendait...

La Schwerdein était tombée, anéantie, prostrée, sur un siège, les yeux pleins de sinistres visions que son « ver rongeur » évoquait complaisamment devant elle.

Après avoir joui de l'abattement de sa victime, le cynique personnage lui jeta, en manière de consolation :

— Tranquillisez-vous, dame Marthe! Tout cela n'arrivera peut-être pas. Si, au retour de mon voyage, je vois que mon projet n'a pas chance d'aboutir... eh bien!... dans ce cas, j'aurai recours à vous... Vous pouvez compter là-dessus.

« Je traiterai avec vous pour la vente de cette lettre, à laquelle vous attachez, à juste titre, tant de valeur. Vous êtes une poire que je garde pour la soif!...

Après avoir lancé cette flèche du Parthe, Karl Brander quitta la Schwerdein pour aller rejoindre, hors des murs de la ville, ceux de ses camarades qui allaient former l'expédition dont Gottfried-le-Manchot prenait le commandement.

Par une coïncidence étrange, le lieu fixé pour le rendez-vous était dans cet endroit solitaire au bord de la route, où la pauvre et infortunée Marguerite, en un jour de malheur, avait vu passer la cavalcade diabolique du seigneur Méphistophélès qui, vers le sud lointain, entraînait tout ce qui était son amour... son espoir et sa vie...

C'était là que les Bohémiens de Mahadok l'avaient trouvée évanouie...

Et c'était de là que, rappelée à l'existence par les soins du bon vieillard et de sa petite-fille Saâda, la pauvrette blonde était partie... première étape de cette voie douloureuse qui s'est déroulée devant nos yeux en quelques tableaux... doux et mélancoliques parfois... mais parfois aussi terribles et tragiques.

Hélas!... depuis le jour, — bien éloigné déjà, — où la caravane nomade a repris sa marche, emportant la fille d'adoption de la tribu... celle que l'on appelait la Bohémienne blonde... il a coulé bien de l'eau sous le vieux pont du Rhin... bien de la poussière a volé sur la grand'route...

Tout s'efface à la longue, aussi bien les traces des pauvres vagabonds nomades que celles des chevauchées seigneuriales...

Et rien n'indique à ceux qui partent pour chercher Marguerite qu'un hasard étrange a mis leurs pas dans la trace effacée des siens...

Cette trace, ils ne la retrouveront pas davantage tout le long de cette route où elle passa... inconnue... mystérieuse...

Il faut dire aussi que nos braves et courageux garçons ne cherchaient point à avoir, en ces parages, des nouvelles de la disparue... ce qui était logique de leur part, vu qu'ils ignoraient absolument la direction prise par Marguerite Roger en, quittant Strasbourg, après les douloureux événements qui forçaient l'infortunée martyre à fuir le toit maternel.

Leurs recherches étaient basées sur un point : la présence... présumée de Marguerite, à une époque déterminée, dans la prison du château féodal d'Othon-le-Cruel.

Outré de ne pouvoir venir à bout des résistances de sa captive, le féroce châtelain, par ses hommes d'armes, l'avait fait jeter dans la Forêt-Noire.

C'était tout ce que savaient les amis de la famille Roger ; aussi, leur plan était tout tracé...

Ils se rendraient aux ruines du burg, jadis célèbre par les sanguinaires exploits du landgrave Othon...

La fameuse révolte des gueux avait beau avoir détruit la vieille demeure nobiliaire... tué ou dispersé ses défenseurs, on n'en trouverait pas moins, aux alentours, quelques témoins survivants de cet épisode dramatique... peut-être même un de ceux qui étaient allés, sur l'ordre du seigneur, jeter la pauvre prisonnière dans le fond des bois...

On le voit, tout l'espoir de nos véritables chevaliers errants reposait sur des indices assez vagues et des hypothèses plus ou moins bien fondées... Mais cette ardente et généreuse jeunesse ne se rebutait devant nulle difficulté... elle ne reculait devant aucun obstacle.

Son enthousiasme faisait sa force...

Cependant, tout cela ne les empêchait pas de réfléchir.

Tout d'abord nos étudiants ne se dissimulaient pas que leurs recherches ne commenceraient, réellement, qu'après qu'ils seraient arrivés à connaître l'endroit où les séides d'Othon-le-Cruel avaient amené Marguerite, dans la Forêt-Noire.

Si l'infortunée captive n'avait pas péri tout de suite après de faim, de froid, ou sous la dent des fauves, elle avait dû évidemment aller chercher un abri dans des lieux habités...

Et c'est ici que les difficultés commenceraient... on se trouverait dans un inextricable labyrinthe où les chercheurs n'auraient plus ce fil d'Ariane, qui les guidait vers le burg du seigneur Othon, dont les aveux servaient de point de départ à leurs recherches.

Comme on le voit, le problème se compliquait étrangement.

D'ailleurs, dès le début de leur expédition, — au premier village où ils passèrent la nuit après leur départ de Strasbourg, — les étudiants se rendirent compte d'une chose... à savoir que leur bande, où la tenue universitaire décelait la qualité de ses membres, ne manquerait pas d'attirer l'attention..

On se demanderait ce que peut faire cette troupe... scolaire, quelle louche besogne elle entreprend... et vers quelles mystérieuses aventures courent tous ces étudiants nomades en rupture d'école...

— Mais c'est là justement, — fit Ludwig Frosch, — ce qui nous sauve en nous garantissant contre toute intrusion étrangère... en écartant tout soupçon... et en nous permettant ainsi d'agir, au gré de notre caprice, ainsi qu'il semblera aux gens, mais en réalité suivant les événements qui nous dicteront notre conduite.

— Comment cela ? — demanda Karl Brander, qui tenait, pour les motifs que nous connaissons, à être bien renseigné sur toute chose...

Ludwig qui était le véritable chef et l'organisateur de l'expédition... la tête et le cerveau de la troupe, répondit à la question de son camarade.

— Parce que... nous sommes des *goliards*... et que nul ne s'avise de

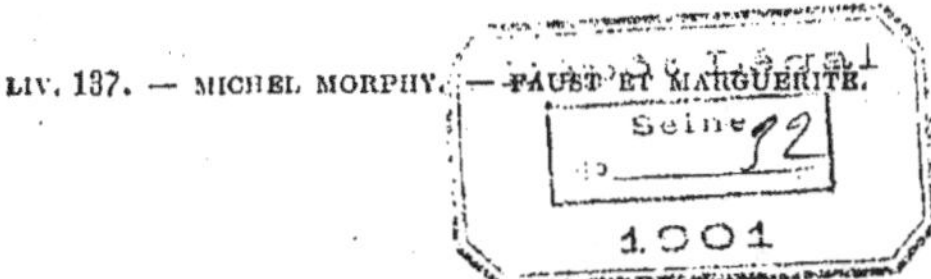

Cette ombre, c'était Karl Brander, le vil espion. (Page 1095.)

demander aux *goliards* qui ils sont, ni d'où ils viennent et où ils vont...

« Les *goliards* sont libres comme l'oiseau qui chante et le papillon qui vole... libres comme les enfants de Bohême...

« Aux *goliards* qui passent, la pipe aux dents, la rapière au poing, bourgeois ou manants, seigneurs et moines n'osent refuser l'hospitalité...

« Il y a toujours, dans les maisons à pignon comme dans les chaumières, dans les burgs comme dans les abbayes, des pots de bière et des bouteilles de vin pour les *goliards!...*

— *Gaudeamus !* — s'écria l'incorrigible Heinrich enthousiasmé, comme bien on pense, par cette dernière perspective.

— Vivent les goliards... que nous sommes ! — entonnèrent en chœur tous les étudiants.

Qu'étaient-ce donc que ces fameux goliards, dont on évoquait la joyeuse et fantaisiste image, ce soir-là, dans une auberge des bords du Rhin, tout embrumée par la fumée des pipes ?

Disons, tout d'abord, que l'origine des *goliards* se perd dans la nuit du moyen âge...

On appelait ainsi certains clercs vagabonds... certains *escholiers* peu dociles et... pas très studieux, qui promenaient, de droite et de gauche, par monts et par vaux, d'une contrée à l'autre, leurs libres propos et leur verve plus burlesque que poétique.

Préférant la vie errante, les aventures galantes, les franches lippées et les fortes *beuveries* à la discipline morose des écoles, leur humeur fantasque, leur allure licencieuse les faisaient réprouver par tous les gens sérieux et... ennuyeux.

Mais, par contre, on ne détestait point, même en certains milieux austères, leur exubérante gaieté qui faisait diversion aux graves soucis de ces époques troublées où l'on se battait continuellement entre princes et même parfois entre couvents...

Les *goliards* étaient l'intermède joyeux de ces temps sombres... Au milieu du servage, ils représentaient la liberté, avec quelque exagération, sans doute, mais on leur pardonnait beaucoup, parce qu'on les aimait comme on aime... parfois... les mauvais sujets...

Et puis, contre l'oppression politique ou religieuse, ils incarnaient la satire amère et le pamphlet vengeur...

La verve des *goliards* s'exerçait aux dépens du trône et de l'autel... c'est ce qui fait qu'ils étaient toujours plus ou moins protégés par tous les mécontents qui étaient légion, comme maintenant encore.

Il nous importe assez peu de savoir d'où ils tiraient leur nom... soit du géant Goliath, que David tua avec sa fronde, soit d'un prétendu saint Golias, patron des goinfres, des parasites et des pique-assiette...

Toujours est-il que cette confrérie hétérodoxe, véritable bohème scolaire, voisinait assez volontiers avec les Bohémiens nomades, ayant la même vie errante, la même insouciance et les mêmes ennemis !...

XX

GOTTFRIED ET SES ÉTUDES

L'IDÉE qu'avait eue Ludwig Frosch de transformer ses camarades en goliards, était d'une heureuse inspiration.

D'abord, elle permettait à la troupe, qui n'était pas riche, de voyager sans trop bourse délier. Et puis, elle endormait les méfiances.

Qui donc pourrait soupçonner cette bande de joyeux drilles, « humeurs de piots », chanteurs de gais refrains, vrais disciples de Rabelais et dignes émules de Villon, de poursuivre un but précis et déterminé?...

Leur plan de campagne, toute la stratégie de l'expédition qu'ils venaient d'entreprendre disparaîtraient aux yeux du vulgaire, qui ne verrait que l'exubérante fantaisie de leurs fredaines et n'entendrait, — sans le comprendre la plupart du temps, — que le fameux *latin de cuisine* qui était, comme on le sait, le langage courant de ces enfants terribles de la scolastique... par eux irrévérencieusement transmuée en école buissonnière.

Il n'y avait, dans la troupe qui venait de quitter Strasbourg pour aller à la recherche de Marguerite, qu'un homme qui n'était pas heureux de voir ses compagnons transformés pour les besoins de leur cause en goliards.

C'était Gottfried-le-Manchot. L'héroïque débris de la Légion alsacienne, avec une franchise toute militaire, déclara à Ludwig Frosch :

— Je suis un soldat et rien qu'un soldat! Dès ma plus tendre enfance je n'ai appris qu'à me battre... La science des armes est la seule à laquelle je suis initié. Pour le reste, ma foi, je ne suis pas grand clerc, et je crains de ne pas être à ma place dans une association d'étudiants, comme est la docte compagnie des goliards.

Ludwig Frosch se tourna gravement vers ses camarades et leur dit :

— Messeigneurs, rien n'est plus sensé que la remarque faite par maître Gottfried. Nous autres goliards, nous sommes régis par certains us et coutumes très stricts qui ont force de loi. Le premier article de nos règlements goliardiques porte que nul ne peut faire partie de notre confrérie, être admis *in nostro docto corpore* s'il n'est étudiant. Or, maître Gottfried ne rentrant pas dans les susdites conditions... *in conditionibus*, nous pourrions nous voir, à notre grand regret, contraints de nous priver de sa présence... *sua presentia*...

Cet exorde burlesque avait excité les rires de nos étudiants qui, cependant, crurent devoir protester contre l'espèce d'ostracisme dont semblait être frappé le vaillant guerrier pour lequel ils éprouvaient tous la plus vive sympathie.

Mais Ludwig, d'un geste de la main, les fit taire, après quoi il ajouta :

— Chers camarades en goliarderie, vous ne m'avez point laissé finir !... Si la règle de notre ordre prohibe l'adjonction de membres... *adjonctio membrorum*... qui ne sont pas étudiants... *qui non sunt étudiantos*... par contre, elle n'empêche personne d'aller user ses chausses sur les bancs raboteux de l'école, quels que soient d'ailleurs son âge et sa profession antérieure... *professionibus anterioribus*. Que maître Gottfried soit étudiant et nous l'admettrons *illico, presto*... *subito* dans la pieuse confrérie des goliards... Nous le déclarerons *dignus intrare*...

Le discours de Ludwig peut paraître déraisonnable, et il l'était, certes ; mais il s'explique, ainsi que la scène qui le suivit, par l'état d'esprit de cette jeunesse encore imprégnée du souvenir de ces farces et *soties* du moyen âge, la fête des fous, la messe de l'âne et autres mascarades fort irrévérencieuses, par lesquelles on secouait, de temps à autre, le lourd manteau de la toute-puissante théologie.

Et puis nos goliards, qui, comme les bateleurs, payaient leurs droits de péage en véritable « monnaie de singe », avaient parfois de vraies aubaines...

C'était, en ce moment, le cas de notre bande d'étudiants strasbourgeois, dont la franche gaîté et l'esprit facétieux avaient prélevé un véritable tribut de victuailles et de boissons sur les habitants d'une bourgade florissante, amusés par la verve comique de ces chemineaux scolaires.

La saison était douce, on avait amplement de quoi manger et de quoi boire, et l'on célébrait le bonheur de vivre en déjeunant sur l'herbe, à l'ombre des grands sapins de la Forêt-Noire, dans laquelle on venait d'entrer...

Le déjeuner, des plus copieux, avait été largement arrosé, ainsi qu'en témoigne surabondamment le discours plus ou moins latin de Ludwig Frosch...

Comme on l'a déjà remarqué, le moins gai de tous les convives était encore le brave Gottfried. Surtout, la perspective d'avoir à se faire étudiant à son âge, pour devenir goliard, jetait un nuage sur son âme un peu candide, au fond, de vieux militaire.

Mais Ludwig, qui ne voulait faire à son bon ami Gottfried nulle peine, même légère, ne tarda pas à le rassurer au sujet des études... préalables, qu'exige la noble profession de Goliard.

— Messire Gottfried, peut-être êtes-vous plus grand clerc que vous ne l'avouez, avec la modestie qui sied au vrai savoir ?

— Dame ! si je le suis, — répondit le manchot, — c'est bien sans m'en douter, je le jure !

— Justement ! — fit Ludwig. — C'est pourquoi vous n'en avez que plus de mérite.

« Mais rien n'échappe à cet œil perspicace, avec lequel j'ai l'honneur d'être docteur en goliarderie.

« Tenez, messire Gottfried, je gage le diplôme sur peau d'âne que ne m'a pas encore octroyé la Faculté de Strasbourg, contre... une bouteille de vin du Rhin, que vous avez fait vos études en Italie?

— C'est peut-être bien possible, — riposta l'invalide qui finissait par se mettre à l'unisson de la facétie déployée par son interlocuteur.

— Ainsi, par exemple, vous avez dû faire votre médecine, — poursuivit Ludwig.

— Hum ! Je n'en ai pas souvenance.

— Mais si... mais si... Voyons ! rappelez vos souvenirs. Vous avez bien fait une amputation ?

— Ah ! oui !... J'y suis maintenant ! Ça me revient ! Un grand escogriffe de soldat toscan visait avec son épée mon capitaine. J'ai pris ma bonne épée à deux mains et j'ai frappé si fort que... ma foi... le poignet de l'Italien a été tranché net.

— Vous voyez bien !... Messeigneurs, c'est là une superbe opération... ou je ne m'y connais pas !...

— Bravo ! — crièrent les étudiants en chœur. — Vive le maître chirurgien Gottfried !...

— Et ce n'est pas tout certainement ! — poursuivit Ludwig. — Ne cachez pas avec tant de modestie vos autres titres médicaux !

« Vous n'avez pas seulement tranché, cher maître, vous avez bien encore donné quelques bons coups de pointe ?...

— Ah ! pour sûr !...

— Eh bien ! appelons-les des... ponctions !

— Si vous le voulez... ça m'est égal ! J'ai... ponctionné, comme vous dites, quelques ventres d'ennemis. Cependant, il me vient un scrupule...

— Lequel ?

— C'est que, parfois, mon épée...

— Vous voulez dire votre scalpel...

— Soit... bref, il m'est arrivé, dis-je, que mon instrument ressortait de l'autre côté...

— Parfait ! C'est ce que l'on appelle un séton !... Rien n'est plus médical que le séton.

— Ah ! je l'ignorais.

— Pas de fausse modestie, étudiant Gottfried ! Ce que vous nous dites de vos études en Italie nous prouve amplement vos capacités thérapeutiques. La saignée n'a plus de secrets pour vous !

Là-dessus, Ludwig, se tournant vers la bande des goliards qui s'étaient rangés derrière lui, tandis qu'il procédait à l'interrogatoire, ou, plus exactement, à l'examen de Gottfried, leur demanda :

— Messeigneurs, que ceux d'entre vous qui sont étudiants en médecine répondent si, oui ou non, le camarade Gottfried peut être agréé par eux en cette qualité ?...

— Oui!... oui!... — firent toutes les voix.

— Bon! — s'écria Ludwig Frosch, — cette unanimité, bien rare dans le monde universitaire, doit vous pousser, mon cher Gottfried, à conquérir encore de nouveaux titres scolaires.

« D'abord, qu'on verse à boire! Il faut arroser l'immatriculation de notre nouveau et digne camarade parmi les étudiants disciples d'Esculape...

— *Gaudeamus !* — hurla cet incorrigible Heinrich d'une voix à faire tressaillir les échos de la Forêt-Noire. — Rien ne me donne soif comme un examen.

Quand les libations dont ce premier examen de Gottfried était le prétexte furent terminées, Ludwig poursuivit le cours de son interrogatoire scientifico-comique.

— Cher élève, — fit-il en s'adressant au vieux soldat, — est-ce que vous n'auriez pas également étudié le droit... en Italie ?

— Nous pratiquions le droit du plus fort... ou nous le subissions, suivant les cas, — répondit l'invalide.

— C'est un droit... comme un autre. C'est même un droit supérieur à tout autre... un droit dont l'origine se perd dans la nuit des temps... Droit de conquête, droit de premier occupant... N'est-ce point là l'origine de toutes nos lois?... Qu'en pensez-vous, messeigneurs?... Et ceux d'entre vous qui sont étudiants en droit ne trouvent-ils pas que le camarade Gottfried en sait autant qu'eux, sous ce rapport?...

La même unanimité que tout à l'heure se retrouva pour acclamer l'étudiant Gottfried... et le trouver très fort en jurisprudence.

— Cher et éminent juriste, — poursuivit Ludwig Frosch, — tous les compagnons de la sainte Goliarderie s'accordent à proclamer votre compétence en droit civil et militaire, reste à savoir si vous êtes également versé en droit canon.

Le vieux militaire répondit ingénument :

— J'ai servi dans l'infanterie.

— La reine des batailles ! — s'écria Ludwig.

Après quoi, il continua son rôle d'examinateur burlesque.

— Camarade Gottfried, — fit-il, — en vertu d'une aberration étrange, le droit canon est synonyme de droit ecclésiastique. Or, vous m'étonneriez beaucoup si, en Italie, où il a tant d'églises, vous n'aviez point étudié ces choses-là.

Gottfried répondit :

— En fait d'églises, je n'ai souvenance que d'une sacristie, où j'entrai, le soir d'une bataille et où je vidai le vin des burettes. Morbleu! pensais-je en le buvant, les prêtres s'y connaissent; le vin qu'ils absorbent est supérieur à celui qui est réservé au commun des mortels. D'où, — diable! — peut-il bien provenir ce nectar canonique?

— Eh! Parbleu! des vignes du Seigneur!

Cette réflexion de Ludwig Frosch fut accueillie par un hilarité géné-

rale et les Goliards, à nouveau, burent à la ronde, tandis que l'examinateur, se levant, prenait une dernière fois la parole :

— Camarades, — dit il, — l'ami Gottfried vient de prouver ses
études en médecine, en droit civil et canonique, il est des nôtres, que
vous en semble ?

Tout le monde cria à la fois :

— Oui !... cent fois oui !...

— *Vivat!* pour Gottfried l'étudiant !...

— Honneur à Gottfried, l'écolier studieux !

— Dans ces conditions, — poursuivit Ludwig, — je crois que nous
pouvons, conformément aux lois, décrets et règlements qui régissent notre
sainte et illustre confrérie, admettre dans son sein l'étudiant Gottfried,
qui vient de répondre avec une rare compétence à toutes les questions
que je lui ai posées !...

« Gottfried! au nom de tous les camarades qui t'acclament *inter
pocula*, je te salue comme un des nôtres. Approche, que je te donne
l'accolade qui va te sacrer Goliard.

— *Gaudeamus!* sacré Goliard ! — s'écria le terrible Heinrich, en tapant
sans façon sur le ventre du soldat qui riait franchement de toute cette
gaîté...

Jeunesse ardente et généreuse qui s'amusait avec entrain sans perdre
de vue la belle et noble tâche qu'elle s'était imposée !... Jeunesse un peu
folle, sans doute, dans ses jeux, et bien irrespectueuse dans ses propos...
mais ce sont là des écarts faciles à pardonner !... N'avait-elle pas le respect
de l'honneur et de l'équité, l'amour de la justice et de l'héroïsme, comme
le prouvait cette expédition qu'elle venait d'entreprendre pour retrouver
et ramener auprès de sa mère la pauvre Marguerite, innocente victime
de la fatalité et de la méchanceté humaine... œuvre grande et sublime
qu'ils comptaient achever, en démasquant la perfidie, le mensonge et le
vol de l'abominable créature qui avait dépouillé de tous leurs biens
Mme Roger et sa mignonne petite Jeanne.

Il y avait une ombre, une seule, à ce tableau de franchise et de
loyauté qu'encadraient la saine gaîté et l'enthousiasme juvénile de
Ludwig et de ses camarades.

Cette ombre c'était Karl Brander, le vil espion, le « ver rongeur » de
la Schwerdein, qui n'aurait eu qu'un mot à dire, un bout de papier à
donner pour faire triompher la vérité.

Mais ce mot, Karl ne le prononçait pas, ce document sauveur, il se
gardait bien de le livrer, le conservant, par devers lui, dans une arrière-
pensée de sordide intérêt.

Hélas! La trahison, comme la cupidité est toujours de ce monde ! La
race de Judas est aussi immortelle !...

Tandis que les camarades achevaient de fraterniser en vidant les dernières bouteilles prélevées sur les bourgeois, au nom du droit des Goliards,
Karl, dans un coin, écrivait à dame Marthe.

« Chère et de plus en plus vénérée matrone.

« La présente est pour vous donner de mes nouvelles et vous tenir en haleine, en vous faisant conserver les bonnes habitudes que j'eus soin de vous donner quand j'étais près de vous, dans la bonne ville de Strasbourg, qui vous a vu naître ainsi que la Peste.

« Veuillez donc, chère dame, au reçu de cette lettre acheter une grosse tire-lire dans laquelle vous mettrez un louis chaque fois que vous recevrez de moi un renseignement. A mon retour, nous casserons la tire-lire, ce qui sera l'ocasion d'une petite fête culinaire que vous aurez le plaisir d'offrir à votre tout dévoué.

« Ver Rongeur. »

« *Post-scriptum*. — Gottfried-le-Manchot vient d'être élu Goliard. Le coût du présent renseignement est de vingt livres que veuillez mettre dans la tirelire.

« Jusqu'ici pas la moindre trace de Marguerite. Cette information, je vous la donne gratuitement, après cela, oserez-vous mettre en doute mon désintéressement? »

— Gaudeamus!... Voilà Karl qui écrit à sa bonne amie!...

Mais personne ne fit attention aux propos de cet incorrigible Heinrich, toujours étourdi, indiscret et... entre deux vins.

D'autres sujets de préoccupation, plus graves, absorbaient nos jeunes gens. D'abord, leurs vivres étaient épuisés... Il allait falloir s'occuper du ravitaillement, une question assez épineuse, maintenant qu'on avait quitté les lieux habités pour pénétrer dans la Forêt-Noire.

Et puis, il fallait songer sérieusement à la tactique à employer pour découvrir la première trace de Marguerite, celle que l'on aurait, — si l'on trouvait quelqu'un qui voulût parler, — là-haut, dans l'ancien burg dévasté où le cruel Othon avait gardé la pauvre enfant prisonnière.

Gottfried proposait de monter carrément à l'assaut. L'ancien château fort, démantelé pendant la révolte des gueux, ne pouvait plus guère offrir de résistance... en supposant qu'il y fût resté des habitants et des défenseurs.

Mais à cela Ludwig fit remarquer, avec juste raison, que si le vieux burg n'était pas habité... et défendu, on ne trouverait là-haut personne à qui parler... victoire facile mais stérile.

— Dans tous les cas, ce qu'il y a pour nous de mieux à faire, — conclut l'étudiant, — c'est d'user de diplomatie, ce qui est le nom poli qu'on donne à la ruse... Mais quelle ruse employer pour pénétrer dans le château, et surtout pour amener les gens du burg, s'il y en a, à parler ; voilà le *hic*?... Qu'en penses-tu, Karl, toi qui es rusé comme Ulysse?

Karl Brander, qui était un pince-sans rire et tenait à ne pas se compromettre, quoi qu'il advînt, auprès des autorités universitaires ou autres dont il recevait des subsides, répondit d'un ton moitié sérieux, moitié plaisant :

— Il a dû détrousser quelque voyageur ou même pire... (Page 1102.)

— Le roi d'Ithaque auquel tu me compares, Ludwig, fit pénétrer ses Grecs dans la ville de Troie au moyen d'un cheval de bois.

— Gaudeamus! Vive la cavalerie! — s'écria Heinrick. — Dans tous les cas, ce n'est pas le bois qui nous manquera ici!...

A ce moment, près de la clairière où campaient les goliards, on entendit un bruit de pas faisant craquer le bois mort et les feuilles sèches; puis, écartant les branchages et les grandes herbes, un homme apparut.

Il portait un superbe costume écarlate tout couvert d'écussons, de

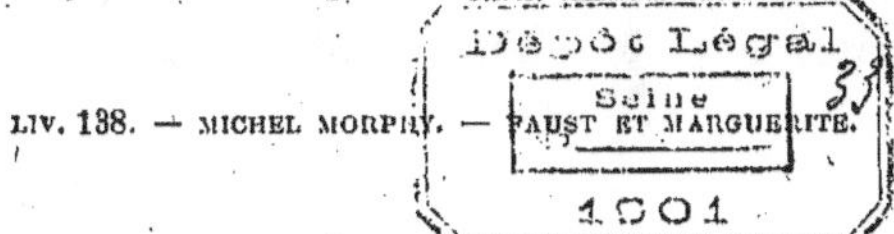

galons et de boutons dorés... une livrée comme, seuls, pouvaient en donner à leur valetaille les nobles les plus huppés.

A son apparition, tout le monde avait fait silence, non sans une secrète appréhension.

Quelle commission ses maîtres pouvaient-ils bien lui avoir donnée?...

En s'avançant au milieu du cercle formé par nos étudiants, le valet s'inclina respectueusement et dit :

— C'est bien à messeigneurs les goliards que j'ai l'honneur de m'adresser?

Ludwig Frosch se leva et répondit avec une dignité grande :

— Seigneur laquais, oui, nous sommes les très illustres, intrépides et vaillants goliards dont la renommée emplit le monde, en général, et la Forêt-Noire en particulier! Parlez sans crainte et dites ce qui vous amène céans...

— Messire, — répondit le valet, — j'appartiens à la maison du très haut et très puissant seigneur le comte de Pétrusberg, Burgrave héréditaire, en ce château dont vous voyez les tours, là haut, sur le coteau.

— Eh! bien! — fit Ludwig devenu tout d'un coup familier. — Qu'est-ce que ton seigneur-comte Burgrave et cœtera t'a chargé de nous dire?

— Rien, messire goliard, rien...

— Alors, je ne vois pas, brigand de malheur, ce que tu viens faire ici, à moins que tu ne cherches une volée de bois vert, que les compagnons sont tout prêts à t'administrer *secundum artem*... ou si tu aimes mieux, conformément à la formule, qui se trouve dans le *Codex* des goliards, à l'usage des fâcheux qui viennent les importuner au milieu de leurs graves occupations. Donc, puisque ton patron ne t'a chargé d'aucune mission.

— Ce n'est pas mon patron... c'est ... madame la comtesse!

— Ah! aimable laquais, voici qui te réhabilite en notre estime. Honneur au beau sexe! La galanterie est une des plus éminentes qualités des goliards. que nous veut ta patronne?...

— Voilà! Madame la comtesse a entendu dire que votre célèbre troupe de goliards passe sur les terres de son très haut et très puissant époux le burgrave...

— Peste, on voit que tes maîtres t'ont ferré... à glace sur l'étiquette et le protocole...

— Ah! pour sûr... que même par moments c'en est agaçant, tellement monsieur se montre exigeant sur les marques extérieures de respect, comme il dit.

— Tu disais, valet de mon cœur, que ta noble comtesse de patronne, ayant oui-dire que nous passions sur son fief, tenait à nous contempler de plus près...

— Pas du tout, messire! ce n'est pas madame la comtesse qui y tient.

— Ni son burgrave d'époux!... Alors, laquais, sous ta livrée, tu caches l'âme d'un sphinx. Cesse de parler au moyen d'énigmes.

— Si vous m'aviez laissé finir, messire, je vous aurais dit, de suite
que mes patrons avaient des tas d'enfants qui s'ennuient à mourir dans
ce vieux manoir qui n'a rien de drôle, je vous assure...

— Je te crois sur parole !... Et cette chère comtesse, sans doute, voudrait
voir les goliards amuser ses nobles bambins ?

— C'est cela même !

— Eh bien ! tu vas guider nos pas vers le burg antique et vénérable,
et nous ferons notre possible pour distraire les petits burgraves en herbe,
n'est-ce pas, camarades ?...

Ludovic avait fait, en disant cela, un signe imperceptible à ses
compagnons, qui voyaient comme lui la chance inespérée que leur apportait la proposition transmise par le laquais.

Et l'on se mit en route, tandis que le joyeux Heinrich faisait sauter en
l'air sa toque d'étudiant, tout en s'écriant :

— *Gaudeamus!*... vivent les goliards... la joie des enfants... la tranquillité des parents !...

.   .   .   .

XXI

LE NOUVEAU BURGRAVE

L'EXCLAMATION joyeuse qu'avait poussée Heinrich en se rendant au
burg était mieux qu'une simple boutade, comme ce bon vivant
était coutumier d'en émettre, après boire.

C'était un cri... symbolique et prophétique aussi, qui résumait et
caractérisait d'avance les occupations qui attendaient nos goliards dans
le vieux château, jadis célèbre par la tyrannie d'Othon-le-Cruel.

Les nobles châtelains, particulièrement prolifiques, avaient une véritable nichée d'enfants, plus espiègles, plus turbulents que ne le sont en
général les aristocratiques rejetons des burgraves.

Gamins et gamines, un peu de tous les âges, exubérants de vie et de
santé, semblaient mal à l'aise dans l'enceinte de la féodale demeure, et
prêts à se plaindre de leur grandeur héréditaire qui, les tenant confinés
dans le burg de leurs ancêtres, les empêchait d'aller dénicher des oiseaux
dans la forêt, ou se livrer à d'autres amusements de plein air, avec les
petits des manants et des vilains, ou les enfants des gueux qu'on voit rôder
sous bois.

Les goliards étaient donc chargés de distraire cette tapée de mioches qui, sans respect pour le blason familial, s'ennuyant ferme en ces lambris dorés, finissaient par rendre la vie insupportable à l'auteur de leurs jours : très haut et très puissant seigneur comte de Petrusberg, burgrave du Rhin. etc., etc., car jamais on n'avait vu un particulier aussi titré.

Jamais non plus hobereau d'Allemagne ne fut plus à cheval sur l'étiquette et plus rempli de morgue que l'hôte féodal sous le toit duquel vivaient depuis quelques jours Ludwig Frosch et ses compagnons.

— Ah ! comme je comprends ces pauvres moutards ! — faisait Gottfried en bâillant à se décrocher les mâchoires, — c'est à crever d'ennui !...

— Si nous nous en allions ! — proposa Heinrich qui en oubliait ses éternels *Gaudeamus*... ce qui était d'un bien fâcheux pronostic au point de vue de sa gaîté habituelle, qu'il était en train de perdre, tout bonnement, dans ce milieu morose.

Ludwig employa toute son éloquence à persuader aux camarades qu'il ne fallait pas quitter le burg, si fastidieux qu'en fût le séjour, avant d'avoir pu percer le mystère qui entourait le sort de Marguerite, captive dans ce manoir, sous le farouche prédécesseur du burgrave actuel.

Mais, jusqu'à présent, aucun indice... rien... ne venait renseigner les goliards qui se demandaient avec anxiété s'ils n'allaient pas prendre racine, comme le disait ce mauvais plaisant de Karl Brander, et faire concurrence aux monotones sapins qu'on voyait, tout alentour, à perte de vue...

Ludwig, toujours plein de finesse et de clairvoyance, se rendit compte d'une chose, c'est qu'on ne saurait rien par les maîtres de céans, le comte surtout, qui était d'un caractère hautain, renfermé, et tellement imbu de sa supériorité qu'il semblait se croire d'une autre espèce que le commun des mortels.

La comtesse était loin d'avoir la fierté et la suffisance de son noble époux ; elle semblait une bonne ménagère allemande, uniquement faite pour s'occuper de son intérieur et mettre des enfants au monde, une tâche, entre parenthèses, dont elle s'était fort bien acquittée... En résumé, une excellente nature, mais passive et sans autre volonté que celle de son seigneur et maître.

Guindée, parlant peu, on aurait dit qu'elle veillait sur ses moindres gestes et ses moindres paroles, comme si elle craignait de trahir quelque tare originelle de roture.

Tous ces détails n'avaient pas échappé à Ludwig Frosch, qui remarquait aussi qu'au milieu des ruines sinistres mais grandioses et belles de l'ancien Burg, le nouveau châtelain avait opéré des restaurations plus somptueuses que de bon goût.

Il y avait trop de blasons, d'écussons, de couronnes, trop de dorures aussi, sur les tentures, sur les meubles et sur les livrées des valets.

— Ça sent son parvenu à plein nez, — pensa-t-il.

Ne pouvant rien tirer du côté des maîtres, il résolut de se rabattre sur la domesticité. Les confidences des serviteurs, — témoins journaliers de la vie de ceux qui les emploient, — sont une source de renseignements intimes qu'il ne devait pas négliger, pour le but qu'il désirait atteindre.

Notre étudiant vécut désormais à l'office, où il eut soin de se concilier les bonnes grâces du laquais qui était venu chercher les goliards de la part du comte...

Cet homme se sentit très flatté de devenir l'ami d'un personnage qui avait à ses yeux le double prestige de l'Université et de la goliarderie, une institution très populaire en Allemagne.

Et comme, avec ça, il était naturellement bavard, Ludwig n'eut aucune peine à provoquer ses confidences.

Assis tous les deux auprès d'une table de la cuisine, devant une bouteille du meilleur vin des maîtres, Ludwig émerveillait le valet par le récit de ses fantaisistes aventures de goliard...

— Mais ça n'est pas drôle tous les jours ! — conclut l'étudiant avec un soupir mélancolique ; — s'il y a des hauts, il y a aussi des bas. La bohème a bien son mauvais côté... Vous êtes plus heureux que ça, vous autres ! Vous avez toujours le vivre et le couvert assurés. Quand on est « gens de maison » dans une vieille famille noble, c'est comme une rente à perpétuité. On y reste de père en fils. Ainsi, je parie que vous étiez ici au temps de l'autre... le père ou le prédécesseur de votre patron...

— C'est ce qui vous trompe ! — répondit le laquais. — Je suis nouveau ici... comme le châtelain. Et tout le personnel est dans le même cas que moi.

— Pas possible ! — s'écria Ludwig qui eut de la peine à cacher son désappointement.

En effet, l'assertion formulée par son interlocuteur battait singulièrement en brèche le plan qu'il avait échafaudé pour savoir, par les gens du château, dans quelle partie de la Forêt-Noire le fameux Othon avait fait jeter Marguerite, sa prisonnière.

L'homme à la livrée armoriée se versa une nouvelle rasade et continua, choquant son verre contre celui de l'étudiant :

— A la vôtre, ami goliard !... Oui... c'est comme je vous le dis, nous sommes tous nouveaux ici et tout y est flambant neuf, même le titre du patron... mais *motus !*

— Pas possible !

— Parfaitement ! Il n'y a pas bien longtemps encore, monsieur n'était pas plus noble que vous et moi...

— Alors comment a-t-il succédé à l'ancien seigneur?

— C'est toute une histoire... Vous savez qu'à la suite d'une révolte des gueux, le burg avait été pris, enlevé, incendié... avec un tas de vilaines choses, d'yeux crevés, d'enfant dévoré par les bêtes... que sais-je ?...

— Oui, on en a parlé, à l'époque, jusqu'en Alsace ; mais le silence s'est fait peu à peu là-dessus...

— Et c'est ce qu'il y avait de mieux !... Les gueux ont peut-être fait une assez triste besogne ; mais, vraiment, entre nous, le seigneur Othon avait une bien fâcheuse réputation... sous tous les rapports. Personne ne l'aimait... même les autres nobles... qui ont pourtant traqué... pendu... fusillé les révoltés... ceux qu'ils ont pu trouver... car beaucoup ont pu se sauver, vu que la Forêt-Noire a l'air d'avoir été faite pour permettre aux gens de se cacher...

« Bref... tout passe en ce monde, et le burg, qui n'était plus qu'une ruine, ne servit plus bientôt que de lieu d'asile aux hiboux et aux chauve-souris.

« Tous ceux qui vivaient là, du temps de messire Othon, étaient morts en combattant, ou bien s'étaient dispersés, fuyant à qui mieux mieux un endroit qui ne leur rappelait que de méchants souvenirs. A dix lieues à la ronde, vous ne trouveriez pas un seul individu ayant fait partie de la maison de ce pauvre châtelain, que personne ne regrette dans le pays.

— Je m'en doute bien !

— Néanmoins, le domaine ne resta pas longtemps en friche. Les héritiers d'Othon, qui voulurent s'en défaire à n'importe quel prix, ayant été envoyés en possession de ses biens, de son vivant même, vu qu'il était fou et aveugle, vendirent le burg, pour presque rien, à un simple roturier...

— Et ce roturier...

— C'est mon cher et bon maître, le comte de Pétrusberg, haut et puissant seigneur, burgrave du Rhin et cætera... né Pétrus Werkmann... de son état charbonnier dans la Forêt-Noire...

— Vous m'amusez ! — fit Ludwig, dissimulant par politesse le peu d'intérêt qu'il prenait au bavardage du laquais.

Tout cela l'éloignait de son but... Désillusionné... il ne retenait de ce verbiage qu'une chose, c'est qu'il n'y avait plus, à une grande distance du burg, un seul des anciens serviteurs ou soldats de feu Othon... Impossible, par conséquent, à moins d'un hasard providentiel, de retrouver un de ceux qui avaient exécuté l'ordre barbare dont cette pauvre Marguerite avait été l'innocente victime...

Mais le laquais, une fois lancé dans ses bavardages d'office, ne s'arrêtait plus. Ce n'est pas tous les jours qu'on trouve des occasions de dénigrer ses maîtres ! Il en rencontrait une, grâce à ce brave goliard, auditeur bénévole, et dame ! il en profitait.

— Oui... c'est comme j'ai l'honneur de vous le dire, un simple charbonnier... comme sa femme, la fière comtesse, une simple charbonnière... et leur tapée de mioches... un tas de petits charbonniers... tout ça noir comme le diable. Du reste, cela se voit encore, malgré la « savonnette à vilain » que le patron a achetée pour essayer de débarbouiller sa roture...

— Il faut croire, — fit Ludwig avec un air d'indifférence, — que le commerce du charbon enrichit ceux qui s'y livrent... dans la Forêt-Noire !

— Taisez-vous donc !... Il y a du louche là-dessous... On ne me fera jamais croire que le patron a gagné tout cet argent-là dans le commerce du charbon. Il a dû détrousser quelque voyageur ou même pire...

— Peste! — s'écria Ludwig, sans relever le caractère... peu charitable de cette appréciation.

— Le fait est que M. le comte de Pétrusberg, burgrave, etc., né Pétrus Werkmann, de charbonnier qu'il était, se réveilla millionnaire... et, ma foi, vous comprenez que quand ces histoires, qu'on ne voit que dans les romans, se passent en plein milieu de la Forêt-Noire... on peut avoir des soupçons...

« Le charbonnier raconta que tout cet argent... un tas de pièces d'or, très vieilles à ce qu'il paraît... lui venait des économies accumulées par son père, son grand'père, son bisaïeul... des histoires à dormir debout...

« Il commença par acheter la verrerie aux bourgeois, où il se montra, pour les ouvriers, plus dur que ne l'étaient les anciens patrons, et les ouvriers menaçaient de le quitter, quand il eut le bon esprit de revendre sa fabrique... une affaire superbe et qui lui rapporta gros...

« C'est alors qu'ayant eu l'idée d'acheter, pour un morceau de pain, l'ancien burg de cette canaille d'Othon... un tas de vieilles bâtisses en ruine dont personne ne voulait, il y fit construire ce nouveau château où nous sommes.

« Mais ça ne suffisait pas à mon charbonnier de patron, qui pouvait bien être propriétaire, mais n'était pas seigneur!... Alors, il acheta, contre argent comptant, un titre de comte, au pape... Werkmann le manant a disparu, et ce roturier de Pétrus s'est changé en comte de Pétrusberg; mais, entre nous, il est resté charbonnier dans l'âme...

« Pour vous en donner un exemple... c'est moi qui suis chargé de pourvoir au chauffage du château... Eh bien! impossible de compter à monsieur un sol de plus... Il connaît le poids des sacs... et ce que vaut, d'un hiver à l'autre, un boisseau de charbon rendu en cave...

— C'est ainsi qu'on fait les bonnes maisons! — conclut sentencieusement Ludwig Frosch.

Hélas! c'en était bien fini des braves gens que nous avons connus!...

XXII

DEUX ENFANTS TERRIBLES

Dis donc, Gaudeamus, qu'est-ce qu'il faut faire, pour être goliard, comme toi?...

Cette question était posée au joyeux Heinrich par le petit Georges, le plus vif, le plus turbulent, le plus indiscipliné des enfants du Burgrave et ci-devant charbonnier...

C'était un vrai petit diable, brisant, saccageant tout, tapant ses frères et sœurs, et bien capable, dans l'exubérance de sa vitalité, pour peu qu'on le laissât faire, d'exercer dans le burg autant de dégâts qu'en avait fait jadis la horde des révoltés.

— Une riche nature! — s'était écrié Heinrich en faisant connaissance, pour la première fois, avec Georges qui venait, comme entrée en conversation, de lui donner des coups de pied dans le ventre.

Mais le plus indiscipliné des goliards et le moins docile des héritiers de maître Petrus ne devaient pas tarder à devenir une vraie paire d'amis.

Heinrich n'avait aucun respect pour l'étiquette ; les convenances sociales étaient, pour lui, lettre morte. Il lançait ses « Gaudeamus » comme une nasarde, à tout ce qui passait pour vénérable... et ne reconnaissait d'autre autorité que son caprice et sa fantaisie.

Georges professait déjà un mépris souverain et précoce pour la hiérarchie, incarnée par les auteurs de ses jours et pour l'autorité qu'ils essayaient, vainement d'ailleurs, d'exercer sur lui.

Qui se ressemble s'assemble...

Et qui s'assemble... s'accorde!... Une réelle harmonie régnait entre le jeune étudiant en rupture de banc scolaire et le petit burgrave tapageur.

Georges qui était d'âge à aller au collège, voyait poindre à regret cette fatale échéance, et lui qui ne respectait rien ni personne, il admirait profondément le goliard son ami... parce que c'était un évadé de l'école.

Oh! être goliard... sans avoir été écolier, quel rêve!... Cette idée d'enfant, que la réclusion du collège effraye et que la liberté enchante, explique la question qu'il vient de poser à son vieux camarade « Gaudeamus » comme il l'appelle...

— Qu'est-ce qu'il faut faire pour être goliard!... — répète Heinrich très embarrassé pour trouver une définition exacte, et en même temps prudente, car il ne faut pas liver le secret de la bande.

Mais le petit Georges a beau être indocile et bruyant, c'est un enfant qui a de la suite dans les idées. Il ne lâche pas prise.

— Oui! — fait-il — puisque tu es goliard, tu dois bien savoir ce qu'il faut faire pour le devenir...

— Mais... il suffit de ne rien faire...

— Comme ça m'irait!...

— On s'en va bien loin de l'école...

— Et mes parents qui veulent m'y envoyer!...

— Dame! Il faut bien que tu apprennes quelque chose, pour devenir burgrave, comme ton père...

— Oh! la! la!... avec ça que papa a appris quelque chose...

— Ton noble père est le fils de ses œuvres...

— Mon pauvre « Gaudeamus », je ne comprends pas le jargon que tu me parles.

— Enfin, tu aimerais mieux courir dans les bois, comme les petits manants, dénicher des oiseaux comme les rustres, vagabonder comme les

Il fit halte dans le cellier, fort bien garni, de l'ancien charbonnier. (Page 1108.)

Bohémiens, courir la prétentaine en chantant et en buvant, aux frais des bourgeois, comme nous autres goliards?...

— Oh! oui... pour sûr!...

— Mais songe donc, petit malheureux, qu'une conduite pareille ferait rougir ton blason.

— Tu sais, « Gaudeamus », il ne faut pas me raconter des choses comme ça!... Autrefois j'y croyais, mais maintenant... n... i ni... c'est fini! Je ne suis plus un bébé comme dans le temps... Dire que j'ai cru au petit Noël qui apportait des cadeaux aux enfants sages. par la cheminée, pendant que leurs parents font le réveillon avec du boudin...

— Comment! toi, un futur burgrave, tu ne crois pas au petit Noël des enfants sages!...

— Non!... Et j'ai mes raisons pour...

— Ah! et quelles sont ces raisons, monsieur le sceptique?

— Voilà!... mais tu ne le répéteras pas, vu qu'on me fouetterait si on le savait, ce qui ferait rougir autre chose que mon blason, comme tu dis, mon vieux « Gaudeamus ».

— Es-tu bête, voyons!...

— Il faut te dire que papa, qui fait tant le fier et qui n'avait pas le sou, était parti avec maman justement pour faire le réveillon avec une pauvre jeune fille que nous avions eue chez nous, mais qui nous avait quittés pour aller vivre dans une espèce de caverne... Papa était très bon, très charitable, à ce moment-là...

— Parce qu'il n'avait pas le sou...

— Et qu'il n'était pas encore burgrave!... Cette jeune fille, qui avait eu des tas de malheurs dans la Forêt-Noire, nous l'aimions bien, va!...

« Donc, comme je te disais, « Gaudeamus », papa et maman s'en vont lui porter de quoi réveillonner dans sa grotte où elle vivait...

— Drôle d'idée, pour une demoiselle, d'habiter une caverne...

— Paraît qu'il y avait des raisons pour! Enfin, ils ne la trouvent pas, et s'en reviennent. Mais pendant ce temps-là, le petit Noël était venu nous apporter des étrennes par la cheminée, pendant que nous étions couchés, tout seuls à la maison...

— Tu vois bien que tu y crois, au petit Noël...

— Hum! pas tant que ça!... j'y croyais peut-être... avant... mais, à partir de ce moment-là, j'ai commencé à avoir des doutes... Le petit Noël nous avait jeté des belles choses rondes toutes brillantes... je n'en avais jamais vu de pareilles... nous prenions ça pour des médailles... mais, à présent, je suis plus dégourdi, et je sais bien ce que c'est, va!...

— Et, qu'est-ce que c'était que tu prenais pour des médailles du petit Noël?...

— Mais... des pièces d'or, parbleu!.. Une vraie pluie... que ça inondait notre chambre...

— Tu as de l'imagination, Georges!...

— Si tu ne me crois pas, tu n'as qu'à demander à mes frères et sœurs qui ont vu, comme moi, les pièces tomber par la cheminée.

— Étrange! — pensa en lui même le jeune étudiant.

Cependant, cet enfant terrible de Georges continuait ses révélations sur les mystérieuses origines de la fortune paternelle.

— Papa, quand il est revenu de la grotte où lui et maman n'avaient plus trouvé la jeune fille en question, ramassa l'argent, et nous défendit de parler de cette histoire... Il alla même jusqu'à essayer de nous persuader que ce n'était pas vrai... que nous avions fait un rêve.

— C'est peut-être possible !

Devant cette supposition, Georges se contenta de hausser les épaules, et il repartit :

— Un rêve !... alors... la fortune de papa... son titre... ce château... tout ça c'est un rêve, dis, « Gaudeamus » ?...

« Car, à partir du jour de ce prétendu rêve.... avec les pièces jetées au haut de la cheminée par le petit Noël, papa est devenu riche... et puis soupçonneux... méfiant... dur pour le monde à la fin...

— De là à devenir burgrave, il n'y avait qu'un pas ! — plaisanta notre goliard...

« Mais, mon petit Georges, puisque ce n'est pas un rêve... puisque cet argent est bien réel et que toi-même tu reconnais que ce n'est pas le petit Noël qui l'a apporté... il faut bien que ce soit quelqu'un...

Georges prit un petit air malin pour répondre :

— Tu comprends, « Gaudeamus », je ne dormais que d'un œil, comme font les enfants, dans la nuit du réveillon, pour surprendre le fameux petit Noël, quand il vient apporter les joujoux... et... un peu avant la pluie de pièces d'or, j'ai vu une forme blanche qui montait tout doucement l'escalier qui se trouvait en dehors de notre maison...

— C'était... un revenant !...

L'enfant terrible secoua la tête d'un air désabusé.

— Je n'y crois plus guère, — fit-il, — aux revenants... qui apportent de l'argent... pas plus qu'à la fameuse Dame Blanche de la Forêt-Noire avec laquelle papa a essayé de...

— De bercer ton enfance et d'endormir ta perspicacité !... Je vois qu'il n'y a pas réussi...

— Il n'y a pas de danger !... ce revenant... ce fantôme... cette dame blanche ressemblait trop à Marguerite...

— Marguerite ! — s'écria l'étudiant, plus ému qu'il ne voulait le paraître.

— Eh bien ! oui... Marguerite !... la jeune fille qui était chez nous et qui avait fini par nous quitter pour aller vivre dans un souterrain...

« J'ai bien souvent songé à ça, depuis... et... je ne suis pas plus bête qu'un autre !... Marguerite a dû trouver un trésor... dans cette grotte... et elle nous l'a apporté...

Anxieux, Heinrich demanda au rejeton de l'ex-charbonnier :

— Et... cette Marguerite... qu'est-ce qu'elle est devenue ?...

— Ça, mon vieux « Gaudeamus », il faut le demander à papa... mais ce n'est pas moi qui m'en chargerai, par exemple !... Il nous a défendu de prononcer ce nom, sous peine d'être fouettés !... Ah ! quand on parle de ça, il n'est pas commode, le burgrave !...

— Mais toi, est-ce que tu saurais retrouver le souterrain où était cette pauvre Marguerite...

— Bien sûr !... nous courions assez dans la forêt pour connaître le Val d'Enfer... et nous nous amusions bien... va !... C'était beaucoup plus drôle qu'à présent où il faut rester enfermé dans ce vieux bourg.. en attendant d'être envoyé prisonnier dans un collège tenu par des moines lugubres... qui vous assommeront de latin et de grec...

« Fini de rire, mon pauvre « Gaudeamus » !... on est condamné à être des burgraves !... ah ! ça n'est pas drôle.

— Aimerais-tu mieux, réellement, être goliard ?...

— Pas besoin de me le demander !...

— Eh bien ! nous allons t'emmener avec nous !...

— C'est bien vrai ?... tu ne te moques pas de moi ?...

— Aussi vrai que je m'appelle Heinrich, dit « Gaudeamus ».

— Alors... nous partons tout de suite... J'aurai un costume comme vous, une toque... une rapière... et je chanterai des chansons drôles... et je boirai dans tous les cabarets...

— A faire rougir ton blason !... oui, mon brave Georges !...

Hélas !... notre étudiant était loin d'être un esprit pondéré... il avait trop souvent donné les preuves de son intempérance de langage... comme de son défaut de sobriété...

Possesseur du secret que venait de lui livrer l'enfant terrible du châtelain, il aurait dû en aviser de suite ses camarades, afin de prendre avec eux les mesures que la situation comportait...

Rendons-lui cette justice... il allait le faire, mais le malheur voulut qu'il trouvât, sur sa route, la porte de la cave... et la fatalité, ou plus simplement la négligence du sommelier, était cause que la clef était restée sur la porte de cette cave.

Son entretien avec Georges avait donné soif à notre incorrigible buveur. Il fit halte dans le cellier, fort bien garni, de l'ancien charbonnier.

Quand il se fut désaltéré, ce qui n'était pas une petite affaire, il s'endormit dans la cave, comme un bienheureux.

La destinée en referma la porte... à moins que ce ne fût... plutôt... le sommelier, qui s'était hâté de réparer sa négligence, car monsieur le comte se montrait fort sévère pour les serviteurs qui manquaient à leurs devoirs...

Mais laissons le plus âgé de nos deux enfants terribles en train de dormir paisiblement du sommeil qui suit les libations... prolongées, et revenons auprès du plus sérieux et du moins expansif des goliards.

Karl Brander avait un avantage sur ses camarades qui, eux, poursuivaient leurs investigations un peu au hasard; c'est que lui avait un plan très bien défini.

Son intention nettement déterminée était de profiter, dans son unique intérêt personnel, de toutes les circonstances qui se présenteraient. Si, avec cela, il se livrait à l'espionnage, — ce qui était dans ses mœurs et aussi dans ses attributions, — c'est que, le cas échéant, la chose devait lui rapporter. Du reste, cette... curiosité, à part le bénéfice qu'il en réalisait, ne pouvait que favoriser ses projets.

Pour arriver à entendre... les confidences qu'on ne lui faisait pas,

Karl employait un procédé bien vieux, mais qui a toujours réussi aux gens indélicats qui l'ont employé. Le « ver rongeur » de la Schwerdein écoutait aux portes...

Le prétentieux castel, que le burgrave Pétrus avait fait construire au milieu des ruines de l'antique château fort, semblait avoir été disposé à dessein pour faciliter des indiscrétions de ce genre, avec son luxe de tentures, de doubles portes, ses escaliers dérobés et ses larges placards établis dans l'épaisseur des murailles.

Karl, il le savait lui-même, n'avait pas une de ces physionomies franches et ouvertes, qui inspirent, à première vue, la sympathie et la confiance...

Ce ne serait jamais à lui que les gens possesseurs d'un secret de quelque importance s'en iraient raconter leurs affaires.

Et l'étudiant policier, qui s'en rendait parfaitement compte, s'appliquait surtout à épier les faits et gestes de Ludwig Frosch, — qui était le véritable chef des goliards, — et de son inséparable Heinrich, les autres pouvant être considérés comme des quantités négligeables.

Notre espion n'avait pas été sans remarquer l'insistance particulière avec laquelle Ludwig semblait rechercher la société du laquais qui était venu dire aux goliards que le seigneur manifestait le désir de les recevoir.

Si Ludwig, âme d'élite, intelligence supérieure, avait une fréquentation si peu en rapport avec ses habitudes et ses goûts, ce ne pouvait être pour l'unique plaisir de converser avec ce rustre, d'une niaiserie et d'une ignorance sans pareilles.

Karl, en furetant, à travers la demeure de Pétrus, le somptueux burgrave, avait fini par découvrir une sorte d'escalier de service, dont on ne semblait guère faire usage, et qui aboutissait à l'office où nous avons déjà introduit nos lecteurs.

Cet escalier de service, plongé dans une obscurité profonde, servait à merveille de poste d'observation pour quelqu'un qui, sans être vu, désirerait coller une oreille attentive à la porte de l'office donnant sur lo palier...

Karl, profitant des facilités fournies de la sorte par un architecte qui, certes, n'avait pas prévu cela, surprit les confidences du laquais racontant à Ludwig Frosch les anciens avatars de son maître.

L'astucieux personnage jugea que cette révélation n'était pas tout à fait dénuée d'intérêt, bien qu'elle n'eût aucun rapport apparent avec ce qui faisait l'objet des recherches auxquelles se livraient les goliards, dans le double but de ramener Marguerite auprès de sa mère et de faire rendre à la pauvre Mme Roger une fortune dont elle avait été dépouillée...

Grâce à la lettre tombée en sa possession, dans les circonstances que l'on sait, Karl était maître d'un secret par lequel la solution de cette dernière affaire dépendait de lui... uniquement de lui.

Mais peu lui importait le triomphe de la justice; il ne se déferait du document en question qu'au mieux de ses intérêts. Son secret valait de l'or... et il lui était indifférent que cet or vînt des victimes ou de la voleuse, de la famille Roger ou de la Schwerdein.

Le moment venu, il le vendrait au plus offrant et dernier enchérisseur... voilà tout!

Quant à la clef du premier mystère, le sort de Marguerite, s'il ne l'avait pas, personne ne l'avait, non plus!

Mais quelle force, pour lui, s'il parvenait à s'emparer, par surprise, du mot de l'énigme, au détriment de ses camarades bien entendu, afin d'être le seul bénéficiaire, l'unique triomphateur! C'est alors qu'il aurait tous les atouts dans son jeu... et qu'il arriverait à ses fins.... Ah!... la ruse... la patience l'auraient bien servi!

Et alors, ruminant ses projets d'avenir, en ce château de la Forêt-Noire où le hasard l'avait conduit, Karl Brander, ce garçon si pratique d'habitude, bâtissait un autre château en Espagne....

— Cette petite Jeanne, — se disait en lui-même l'étudiant policier, — est vraiment fort gentille. Hier encore, c'était une enfant, mais, il n'y a pas à dire, elle se fait. La chrysalide se change en frais papillon aux belles couleurs... la petite fille grêle et délicate se transforme en jeune fille, sous laquelle va bientôt éclore la femme appétissante, dont les bonnes gens disent, en la voyant passer : « Eh! Eh!... son mari n'est pas à plaindre!... Il y a de l'étoffe! »

« Non... décidément, Karl, mon ami, tu ne serais pas à plaindre si tu étais l'époux de Jeanne Roger!... Et pourquoi ne te la donnerait-on pas? Elle n'a pas de fortune; elle ne vit, ainsi que sa mère, que grâce aux travaux que lui ont procurés la mère Schmit et ses amies, presque de la charité...

« S'il se présentait un prétendant jeune, bien portant, sérieux... un garçon d'avenir... comme moi, je ne vois pas pourquoi on le refuserait?...

« D'autant plus que ce serait, du moins, en ce qui me concerne, un pur mariage d'inclination; mon désintéressement seul le prouverait, puisque la petite n'a pas un sou vaillant.

« Une fois mariés, sous le régime de la communauté naturellement; je fais rendre gorge à dame Marthe qui se voit obligée de restituer à Mme Brander, mon épouse, tous les biens dont elle l'a dépouillée quand elle n'était que Jeanne Roger, sans préjudice des dommages-intérêts auxquels les tribunaux ne manqueront pas de condamner cette veilleuse de morts, en l'envoyant aux galères, par surcroît... la seule chose qu'elle n'aura pas volée, la peste de procureuse qu'elle est!...

« Décidément, je crois que j'ai eu du flair de ne pas m'arranger avec elle, comme elle l'aurait voulu! Devenir son amant!... pouah!... son complice!... jamais de la vie!...

« J'ai bien plus d'intérêt à être désintéressé et à devenir, par inclination, le mari de cette délicieuse petite Jeanne, frais bouton de rose qui ne demande qu'à s'ouvrir au doux soleil de l'amour.

« Quand on a de la conduite et qu'on sait mener sa barque, on peut arriver à tout!

Ainsi raisonnait Karl Brander tout en circulant à travers les salles pompeuses et les galeries désertes du château trop neuf où régnait la morgue et l'insolence du burgrave Pétrus-le-Parvenu...

Mais le seigneur, ci-devant charbonnier, ne devait pas tarder à en rabattre, et cela justement, grâce à notre espion... dont tout semblait favoriser les secrets desseins!

. . . .

VII

UN ÉMULE DE MÉPHISTO

GEORGES, l'enfant terrible, était si terrible dans toutes les acceptions du mot, que son noble père avait dû le confiner, ainsi qu'en une sorte d'exil, dans une des pièces les plus retirées du manoir, où son exubérance vitale et l'espièglerie de son caractère risquaient d'exercer le moins de dégâts possible.

Et c'était pour une raison inverse, que le seigneur avait colloqué, dans la même aile du château, le plus calme, le plus réfléchi, mais aussi le moins sympathique et le moins amusant des goliards.

— La loi des contrastes... *contraria contrairiis curantur!* — avait marmotté Karl, le goliard en question qui s'aperçut bien vite, contrairement à l'adage d'Hippocrate ou de Galien, que sa nature calme et pondérée n'avait rien de curatif, pour la pétulance inguérissable du jeune burgrave auprès duquel on l'avait logé.

Mais ce voisinage bruyant, qu'il avait d'abord commencé par envisager avec amertume, presque avec terreur, il ne devait pas tarder à le bénir.

Le turbulent petit garçon n'étant pas de ceux qui mettent une sourdine à leur voix ou un frein à la vivacité de leurs jeux, Karl entendait tout ce qui se passait chez Georges sans avoir même besoin d'écouter aux portes...

Ce fut bien pire, — ou encore mieux, si l'on préfère, — quand le terrible gamin commença à accorder des audiences privées à Heinrich, dit *Gaudeamus*, dont le rire seul constituait un fracas qui ébranlait les vitraux armoriés de la féodale demeure.

Point n'est besoin de dire que, dans de pareilles conditions, les fameuses confidences que Georges fit à son ami le goliard ne pouvaient être rien moins que... confidentielles.

Claironnées par l'organe juvénile du précoce burgrave, il aurait fallu vraiment que l'espion des étudiants fût affligé d'une surdité comme on en voit peu, pour ne pas les entendre.

Et, les ayant entendues, il devait en faire son profit... de toutes les manières.

Tout d'abord sa joie fut sans mélange... Il allait donc retrouver la trace de Marguerite... mais pour la réussite du plan machiavélique dont nous avons esquissé les grands traits, il importait, bien entendu, que, lui seul, il eût le mérite de cette découverte.

— Le mérite... et le bénéfice! — fit-il en lui-même. — En effet, d'après ce que vient de dire cet enfant terrible, l'origine de la fortune de Pétrus-le-Parvenu serait évidemment un trésor découvert dans la Forêt-Noire par Marguerite.

« Évidemment, pour que la fille disparue... et maudite de Mme Roger eût fait une libéralité pareille à ses hôtes... il faut qu'elle ait fait une trouvaille colossale, dont elle aura, comme de juste, gardé la plus grosse partie...

On juge les autres d'après soi-même! Karl Brander n'admettait guère le désintéressement absolu; il ne pouvait lui venir à l'idée que la douce et angélique martyre, dont nous connaissons les longues et cruelles souffrances, ait fait aux petits enfants des charbonniers de la Forêt-Noire l'abandon complet et total du trésor qu'elle avait découvert.

Quoi qu'il en soit, les révélations de Georges rallumèrent les feux de la cupidité, qui n'étaient jamais bien éteints dans l'âme basse et vénale du « ver rongeur » de dame Marthe...

Cette cupidité innée, poussée à un tel point qu'elle devenait l'unique mobile de tous ses actes, ne faisait jamais perdre de vue à Karl les bénéfices immédiats, même en présence des plus beaux profits à réaliser dans l'avenir.

— L'un n'empêche pas l'autre! — pensa notre étudiant policier; — et si, plus tard, je dois devenir riche, comme je l'espère, grâce aux sages dispositions que j'ai su prendre, cela n'est pas une raison pour que je néglige le bon petit trafic journalier.

Imbu de ces maximes... intéressées, il s'enferma et écrivit, toujours avec son style de pince-sans-rire, la lettre suivante à sa vieille correspondante de Strasbourg :

« Chère et vénérée poseuse de ventouses,

« Commencez par mettre un de vos plus beaux louis d'or dans la tirelire au ventre rebondi que vous avez récemment achetée à mon intention.

« Aujourd'hui, en effet, respectable veilleuse de morts, je prends ma bonne plume de Tolède pour vous communiquer un renseignement de la plus haute importance. Vingt livres, même, pour cela, entre nous, c'est donné: mais nous sommes convenus d'avance du prix de toutes les médications que je vous fournis, et je n'ai qu'une parole. Veuillez donc

Il lança une bouffée de tabac qui empesta la pièce. (Page 1115.)

noter en passant, et admirez, je vous prie, mon insigne loyauté, qui n'a
d'égale que mon superbe désintéressement.

« Marguerite est retrouvée, ma chère dame, ou va l'être, c'est tout
comme, vu que le lieu de sa retraite est connu. Mais tout cela n'a rien de
bien extraordinaire; c'est dans l'ordre des choses courantes. Ce qui est
bien plus surprenant et ce à quoi, sans doute, vous êtes bien loin de vous
attendre, c'est que votre victime, car en somme Marguerite est votre
victime, comme sa mère et sa sœur, et même la pauvre, elle le fut avant

elles deux... ce qui va, dis-je, vous surprendre au plus haut point, c'est que Marguerite, par suite d'une aubaine vraiment miraculeuse, est devenue excessivement riche.

« Vous pensez bien que, dans ces conditions, vénérable poseuse de sangsues, je n'aurai aucune difficulté à céder pour un bon prix, à votre opulente victime, le précieux document que vous savez, et avec lequel j'ai l'honneur d'être votre « ver rongeur » pour la vie. »

Après avoir écrit ces lignes moqueuses et menaçantes, Karl Brander se dit :

— C'est pas tout ça ! Il faut que je voie à évincer les camarades, car s'ils retrouvent Marguerite, adieu tous mes beaux projets!... Pour y arriver je n'ai qu'un moyen, c'est de mettre le seigneur Pétrus dans mon jeu, ce qui ne sera pas difficile, vu que j'userai d'intimidation, procédé excellent, car il me permettra en outre de voir un peu la couleur des ducats ou des florins de l'ex-charbonnier.

« Eh ! Eh !... ils ne feront pas trop mal à côté des louis de dame Marthe.

La méditation de Karl Brander, son épître à la Schwerdein, les réflexions que nous venons d'entendre, tout cela n'avait demandé que quelques instants à notre étudiant policier... chez qui, comme on a pu déjà le remarquer, la décision était rapide et l'exécution immédiate.

Heinrich redescendait à peine de chez son ami Georges, qui lui avait fait les confidences que nous savons, qu'un autre homme quittait l'aile du château où habitait le jeune et pétulant burgrave.

Cet homme, c'était Karl Brander qui allait chez le noble Pétrus-le-Parvenu, pour le forcer à jouer le rôle qu'il lui destinait dans cette aventure.

Nous avons vu que le joyeux Heinrich, chemin faisant, avait succombé à une tentation trop forte pour lui. Ce modèle des goliards, qui était loin d'être d'une sobriété exemplaire, avait trouvé la porte de la cave ouverte, et il avait suivi son penchant.

Un hideux sourire de satisfaction malfaisante parut sur les lèvres de l'espion...

Il donna un tour de clef et continua sa route. S'armant d'une audace vraiment singulière, notre policier pénétra directement dans les appartements particuliers du seigneur de fraîche date.

Une fois en présence du maître, il se carra sans cérémonie dans le meilleur fauteuil, croisa les jambes, bourra sa grosse pipe de porcelaine, compagne inséparable des étudiants, comme des goliards, et commença à l'allumer, avec un flegme et une insouciance extraordinaire.

Pétrus-le-Parvenu était, par-dessus tout, l'homme de l'étiquette, mais, quand même il n'eût pas été formaliste à l'excès, il aurait pu s'étonner à bon droit du sans-gêne avec lequel cet intrus agissait.

Karl fumait tranquillement, et ne s'interrompait de la contemplation des ronds de fumée qu'il lançait dans l'air que pour cracher sur le parquet bien ciré de son hôte, comme il l'eût fait au *Gambrinus* de Strasbourg...

Le burgrave était tellement interloqué qu'il ne trouva à dire, enfin, que ce seul mot :

— Sortez !...

Il est vrai qu'il l'accompagna d'un geste suffisamment autoritaire et qui, dans tous les cas, ne laissait aucun doute sur le peu de bienveillance qu'il éprouvait à l'égard d'un manant... qui se permettait une pareille infraction aux lois de la bienséance !

Hélas !... il n'était pas au bout de ses peines, et il devait en voir, et surtout en entendre bien d'autres.

A l'injonction, pourtant formelle du seigneur, Karl répondit sur un ton non moins décidé, par un simple monosyllabe :

— Non !...

Et il lança une bouffée de tabac qui empesta la pièce.

Quand il se décida à enlever la pipe de ses lèvres, ce fut pour dire à son hôte :

— Savez-vous, mon cher, qu'il fait soif ici !... Faites donc monter, je vous prie, quelques rafraîchissements. Ce que je préfère c'est le vieux vin du Rhin. Il paraît que vous avez acheté, avec le reste, la cave de cet excellent Othon qui jouissait d'une incomparable renommée dans toute l'Allemagne... C'est de la cave que je parle... bien entendu !... Allons !... voyons, mon cher, ne vous faites pas prier... Nous avons à causer et rien n'altère comme un entretien vif et animé dans le genre de celui auquel nous allons nous livrer...

Karl, avant de remiser sa pipe, en secouait les cendres sans façon, sur le parquet de la chambre.

— C'est trop fort ! — s'écria le burgrave, sans qu'on pût démêler exactement si ce cri d'indignation lui était arraché par les excès tabagiques du goliard ou bien par les propos irrespectueux qu'il se permettait de proférer.

Mais voyant que l'intrus, loin de faire mine d'obéir à son injonction, persistait dans son attitude, en l'aggravant encore par son air gouailleur, il lâcha ces mots d'un ton plus navré que comminatoire :

— Ah çà !... Je ne suis donc plus le maître chez moi !...

Paroles imprudentes, et qu'il ne tarda pas à regretter, car le goliard impitoyable fit, en le regardant dans le blanc des yeux :

— Charbonnier est maître chez lui ! mais quand on cesse d'être charbonnier, il ne faut plus espérer être maître chez soi... Si tu ne le sais pas, je suis venu te l'apprendre, mon vieux Pétrus !... Allons, fais-nous donc apporter à boire, que nous causions, tranquillement, en bons camarades, *inter pocula*, comme on dit à l'école, ou chez les goliards.

Pétrus-le-Parvenu était autoritaire... vis-à-vis de ceux dont il n'avait rien à redouter, mais son ancienne condition de simple manant lui avait laissé un don naturel, celui d'être souple et obéissant à l'égard des gens qu'il craignait.

Quoiqu'il affectât de ne pas être intimidé par les manières arrogantes et impératives de Karl Brander, celui-ci lui en imposait. Par-dessus tout, — et c'était là sa faiblesse, — il n'avait peur de rien tant que de s'entendre reprocher ses origines si humbles, mais cependant fort honorables.

La vanité se paye, et Karl, qui connaissait les hommes, tablait là-dessus pour amener le burgrave à composition.

Sa tactique s'annonçait comme devant réussir, car Pétrus-le-Parvenu fit apporter par un de ses serviteurs quelques bouteilles de bon vin, ainsi qu'une légère collation, des gâteaux, des pâtés froids, quelques fruits et des confitures...

Cela lui rappelait le temps où les gens de justice étaient venus se goberger à ses dépens, après la tragique aventure du gentilhomme-verrier et de son acariâtre épouse.

Mais quand on est manant, on est taillable et corvéable à merci... et, dame !... on le reste toujours un peu. C'est pourquoi le ci-devant charbonnier aimait mieux amadouer le goliard, qui lui rappelait ses antécédents, et il se laissait d'assez bonne grâce mettre à contribution par lui. Du reste, il est juste de dire que si ce burgrave, tout frais décrassé de sa roture, comme on disait alors, était suffisant et prétentieux, il était loin d'être avare et assez bon homme au demeurant.

Installé en tête à tête avec Karl devant une bouteille d'excellent vin du Rhin, — après que le laquais fut parti, étonné de ce manquement à l'étiquette, — Pétrus versa à boire au goliard et lui dit :

— Je ne rougis pas de ce que j'ai été, loin de là !...

Karl Brander comprit de suite que cette sincérité un peu affectée cachait une rouerie de paysan madré. C'était une façon comme une autre de déclarer, avant tout entretien, qu'on ne se laissera rien extorquer sous la menace de révélations.

Cette retraite prudente de son adversaire força notre espion à changer ses batteries. Doucereux, il fit :

— Assurément, il n'y a pas de honte à avoir été charbonnier. C'est un métier des plus honnêtes ; malheureusement plus un métier est honnête, moins on s'y enrichit...

— Ça dépend... quand on est économe...

— Ce n'est jamais en faisant des économies qu'on devient bien riche.

— Quand on a amassé de l'argent... de père en fils... à la longue... ça finit par faire une somme !

Karl se versa une rasade, but son verre, lentement, puis laissa tomber ces mots :

— Qu'avez-vous donc fait de Marguerite, après qu'elle a eu donné à vos mioches une assez belle collection de pièces anciennes pour leur petit Noël ?...

Cette question troubla follement le burgrave... Karl reprenait l'avantage qu'il avait semblé perdre, un instant.

Pétrus-le-Parvenu, il faut bien le dire, était loin d'être machiavélique ; au lieu de chercher une défaite quelconque, au moyen de mensonges compliqués, il rusa à la façon d'un paysan retors.

— Dame ! ce que vous dites là, il faudrait encore le prouver !

— Ce n'est pas moi qui le dis !

— Ah !... Et... qui ça ?...

— Votre fils Georges !

— Les enfants, c'est menteur comme tout..

— Soit... mais tout cela ne dit pas ce que Marguerite est devenue... après vous avoir quittés ?...

— Est-ce que j'étais chargé de veiller sur elle ?...

— Assurément non !... Mais si Marguerite avait trouvé un trésor dans la Forêt-Noire... trésor dont elle vous aurait donné une partie... et si, après cela, elle avait complètement disparu...

— Ça serait... bien malheureux pour elle... la pauvre fille !...

— Mais ça serait également bien malheureux... pour certain charbonnier de la Forêt-Noire.

— Que voulez-vous dire ?...

— Mon Dieu !... une chose bien simple ; à savoir qu'on accusera de sa disparition le charbonnier qui aura bénéficié de cette première libéralité, dont parle maître Georges. On ne manquera pas de dire que maître Pétrus a supprimé cette malheureuse, seule et sans défense, pour s'approprier le restant du trésor.

Pétrus-le-Parvenu qui était, au fond, un honnête homme, bondit sous cette insinuation.

— Oh ! je suis incapable de commettre un pareil crime ! Qui donc oserait dire cela ?

— Moi !... Jouons cartes sur table ! Si je suis ici, c'est pour le compte du grand Prévôt et du lieutenant de police de Strasbourg, ville natale de Marguerite Roger... la bienfaitrice de vos enfants et... votre victime !...

XXIV

OISEAU DE MALHEUR

C'EN était trop !... L'infortuné Pétrus avait reçu le coup de grâce. Blême et tremblant, il restait là à la merci de son impitoyable adversaire... qui souriait, comme parfois nous avons vu sourire l'odieux Méphisto, quand il venait de remporter une de ces victoires qu'il devait à son génie diabolique...

Karl Brander jouissait de son triomphe, n'attendant plus que l'aveu et... la forte somme que le burgrave allait lui donner pour se taire.

L'ancien charbonnier releva la tête ; ce fut pour dire, pour balbutier plutôt :

— Je vais vous raconter... tout ce qui est arrivé... oui !... c'est bien à Marguerite que je dois ma fortune, mais si elle a disparu... ce n'est pas de ma faute... Je voulais au contraire la ramener pour qu'elle vive auprès de nous, avec nos enfants qui l'adoraient... mais... elle était devenue folle à la suite de tous les événements... la fatalité semblait s'acharner après cette pauvre jeune femme, si douce et si bonne...

Pétrus se mit alors à narrer, dans tous ses détails, l'existence dramatique et tourmentée de Marguerite à la verrerie, puis dans sa chaumière à lui, et enfin dans la vieille carrière abandonnée où elle avait trouvé cette fortune...

Ah !... la pauvre folle ! pourquoi l'aurait-il assassinée puisque tout le trésor, elle le lui avait abandonné, s'obstinant à rester seule avec l'enfant qu'elle venait de mettre au monde ?...

Hélas ! cette obstination, qui avait sa source dans la démence où elle était plongée, devait causer sa perte et celle du pauvre petit !...

Le vieux souterrain surplombait un abîme... Et le val d'Enfer avait englouti la folle avec son enfant...

Karl Brander comprit que le ci-devant charbonnier disait la vérité.

Plus de doute, Marguerite était morte !... Mais le fait même qu'on n'avait pas retrouvé son cadavre ni celui de son fils nouveau-né n'infirmait en rien cette certitude.

Les rigueurs terribles de l'hiver, témoin de cette fin tragique... le précipice... les vautours et les fauves... la neige et ses avalanches suffisaient simplement à expliquer que les deux cadavres n'eussent jamais été retrouvées.

Convaincu par l'évidence, — où, du moins par ce qu'il prenait pour l'évidence, — l'espion commença à apporter quelques modifications au plan de son fameux château en Espagne.

Il ne devait plus compter jouer auprès de Mme Roger et de Jeanne le beau rôle du héros ramenant la pauvre disparue sur laquelle pleuraient la mère et la sœur.

Mais il lui restait la fameuse lettre grâce à laquelle ces deux femmes pourraient rentrer en possession de tous leurs biens, dont elles avaient été frauduleusement dépouillées par dame Marthe...

Le document que l'étudiant policier portait toujours sur lui constituait la cheville ouvrière de la fortune qu'il échafaudait, dans sa convoitise... soit qu'il s'en servît pour son compte, comme époux de Jeanne Roger, soit qu'il en fît usage pour extorquer à la Schwerdein, quand le moment serait venu, tout ce qu'elle avait volé aux autres.

Dans cette idée, bien résolu à revenir de suite à Strasbourg pendant que ses camarades poursuivaient leurs recherches forcément infructueuses, il s'apprêta à prendre congé de son hôte.

Mais Karl Brander ne s'en allait jamais de nulle part les mains vides.

N'ayant pas de crime sur la conscience, Pétrus-le-Parvenu ne s'était pas laissé, comme dame Màrthe, extorquer de l'argent par notre peu scrupuleux personnage, qui dut alors avoir recours à un autre stratagème.

L'étudiant, qui n'avait fait aucun mystère dans sa conversation avec le burgrave, de ses attaches policières, avait dû à cette particularité de se hausser, jusqu'à un certain point, dans la considération du noble châtelain.

L'ancien charbonnier avait toujours conservé un peu de ce respect timoré, presque religieux, que les manants éprouvaient pour tout ce qui touchait de près ou de loin à l'appareil judiciaire; prévôté et lieutenance de police s'entouraient pour les « petites gens », comme on disait alors, d'une auréole de mystère et de puissance occulte, dont Karl bénéficiait actuellement, Pétrus étant toujours resté, sous ce rapport, de la catégorie des « petites gens ».

C'est pourquoi notre parvenu ne s'offusqua pas des conseils dont l'étudiant policier daigna le gratifier.

Tout d'abord, il lui apprit que son fils Georges, qui montrait les plus belles dispositions pour l'indépendance, se disposait à embrasser la carrière peu lucrative et encore moins honorifique de goliard. Il avait même pris la résolution de s'enfuir clandestinement du château paternel avec le membre le plus débauché et le plus intempérant de la peu recommandable confrérie.

Heureusement, lui, Karl, avait eu l'œil!... Il venait d'enfermer le goliard en question dans la cave. Le châtelain en serait quitte pour quelques bouteilles, mais cela valait toujours mieux que de le voir partir en emmenant le jeune burgrave vagabonder au loin comme un enfant de Bohême...

Le ci-devant charbonnier avait frémi à la pensée que son noble héritier pourrait aller galvauder, comme il le faisait dans le temps, avec tous les petits va-nu-pieds de la Forêt-Noire. Aussi fut-il en excellente disposition pour écouter, d'une oreille favorable, les sages avis de l'émissaire secret du lieutenant de police.

Karl s'efforçait de persuader au seigneur Pétrus qu'il était temps de faire commencer à Georges des études sérieuses. L'université de Strasbourg offrait pour cela les meilleures facilités. Seulement, comme notre futur écolier n'était pas un modèle de discipline, d'obéissance et de docilité, le mieux serait de le confier à un précepteur sérieux qui unirait le prestige du savoir à l'autorité de la police.

Karl Brander s'offrait pour incarner ce double rôle de pédant et de mouchard. Et il parvint sans peine à persuader le châtelain des bons résultats que l'éducation de Georges retirerait immanquablement de cette combinaison.

Le burgrave fit comparaître son fils et lui notifia sa volonté, ce qui n'alla pas sans quelques cris et même quelques beaux gestes de révolte de la part de Georges.

Mais force resta à l'autorité paternelle. Le jeune aristocrate et son précepteur partirent pour Strasbourg, dans un solide carrosse que, pour plus de précaution, le seigneur fit escorter de ses meilleurs estafiers, se méfiant des velléités d'indépendance de monsieur son fils, qu'il savait capable de se jeter dans les bois comme un contrebandier, un maraudeur quelconque, voire même un simple charbonnier.

Karl Brander avait dit adieu à ses camarades qui le regrettèrent peu, car, bien qu'on n'eût contre lui aucun grief précis, il était en général peu aimé d'eux à cause de son persiflage continuel et de ses façons sarcastiques... ainsi qu'un vieillard désabusé et sceptique au milieu d'une jeunesse ardente et généreuse.

Il déclara, avant de s'en aller, qu'il était las de cette existence irrégulière et nomade. Le seigneur du Burg lui avait offert une situation fort honorable et qui lui permettrait de gagner quelque argent dont il avait fort besoin...

On se serra la main et tout fut dit...

En s'éloignant avec son élève, ou plutôt son prisonnier Georges, l'émule de Méphisto éprouvait une joie méchante à la pensée que, grâce au silence qu'il avait gardé, les amis et les défenseurs de Mme Roger allaient perdre leur temps et consumer leur énergie dans une tâche stérile.

— Allez, mes bons amis!... courez partout! cherchez! — pensait en lui-même notre machiavélique personnage. — Vous ne trouverez rien... Pauvres fous que vous êtes!... Tandis que moi, je goûterai les joies du triomphe!...

Et là-dessus, heureux, satisfait, le vil espion se frottait les mains, se félicitant d'avoir caché aux goliards le funeste sort de Marguerite!... Et, à dessein aussi, il avait laissé ignorer à Pétrus-le-Parvenu le but que poursuivait la bande, de peur que l'ancien charbonnier ne leur apprît, comme à lui, toute la vérité.

Non!... Il valait mieux les laisser continuer à chercher... par le monde... la folle de la Forêt-Noire, ensevelie à jamais avec son enfant, dans la tombe mystérieuse dont les vautours et les corbeaux du val d'Enfer connaissaient seuls la place....

Ah! pour ne pas être troublé dans la jouissance de la victoire qu'il entrevoyait prochaine et immanquable, Karl Brander avait bien pris ses précautions!...

Trop bien!... C'était là peut-être le danger pour la réussite de son plan, machiné avec une astuce incomparable.

Hélas! tandis que le « ver rongeur » de dame Marthe roulait en carrosse sur la voie triomphale, les pauvres goliards, ses camarades, étaient plus que jamais loin du but vers lequel tendaient leurs généreux efforts et leur noble ardeur.

Heinrich avait été tiré de la cave où il fut renfermé par ce hasard... dont nous avons vu la main...

Le joyeux buveur s'était soumis philosophiquement à la destinée;

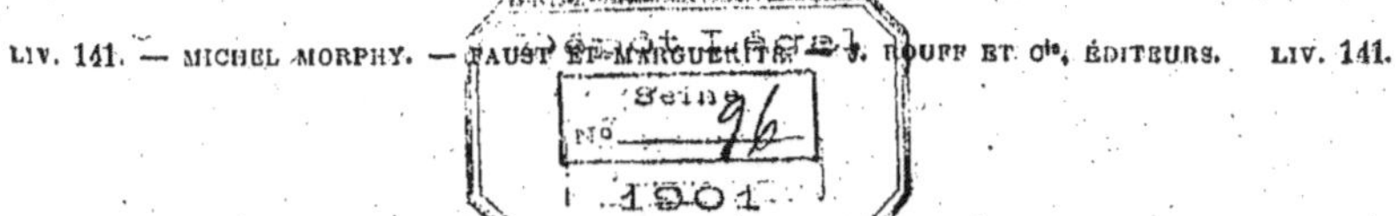

... bombarder les passants à coups de dictionnaires et autres ouvrages... pesants. (Page 1125.)

n'avait-il pas là, à portée de ses mains... et de ses lèvres de quoi prendre en patience une captivité qui, après tout, n'était pas sans charmes?

Comme elle s'était un peu trop prolongée, son ébriété avait forcément dépassé la mesure des gaies beuveries du « Gambrinus » et le captif, par conséquent, avait fini par tomber dans une ivresse complète, ce qui n'était pas fait, précisément, pour rehausser le prestige des goliards.

Du reste, Ludwig Frosch comprit que depuis le départ de Georges leur présence au château n'était plus souhaitée. Il voulut partir avant qu'on lui eût fait sentir, à lui et à ses camarades, qu'on les avait assez vus.

Les voilà de nouveau dans la Forêt-Noire, errant, encore une fois, à l'aventure, n'ayant aucun indice, aucune trace... rien... pour les guider dans leurs recherches !...

Ils n'étaient pas plus avancés que le jour où ils avaient quitté les bancs de l'école pour entreprendre cette véritable croisade dont le but semblait s'éloigner de plus en plus, pour se perdre, triste et décevant mirage, dans la brume mélancolique et froide des espoirs brisés... des illusions perdues...

Karl Brander est arrivé à Strasbourg. Il a remis, entre les mains d'un régent de collège qui a tout l'air d'un garde-chiourme, l'élève turbulent dont il restera le correspondant et le précepteur, se contentant de toucher les sommes que le noble seigneur Pétrus lui fera tenir pour subvenir aux frais de l'éducation de son fils.

Il compte gagner autant d'argent avec Georges-le-Terrible qu'avec Othon-le-Cruel, car le jeune burgrave ne lui jouera pas le mauvais tour de se jeter du haut de la flèche de Strasbourg. Et puis, Georges est encore loin de sa majorité ; d'ici là, il y a pas mal d'écus à gagner avec la bourse du burgrave son père.

Après s'être occupé de son jeune élève, notre espion s'en va, un beau soir, tomber chez la vieille et peu intéressante matrone qu'il a entrepris de gruger jusqu'aux moelles.

Dame Marthe, qui espérait ne pas voir revenir de sitôt son fameux « ver rongeur », ne se montre pas précisément charmée de son retour imprévu.

Mais il faut bien qu'elle fasse contre mauvaise fortune bon cœur, et qu'elle lâche, non sans un âpre marchandage de sa part, le prix des renseignements que son bourreau lui a envoyés par lettres.

Karl y ajoute une dernière et sensationnelle information... le décès de Marguerite certifié par quelqu'un qui en a été le témoin... ou presque. La Schwerdein ne s'en étonne ni ne s'en émeut... la mort ne la trouble point : c'est une vieille associée avec laquelle, longtemps, elle a travaillé et amassé de l'argent.

Mais elle fait remarquer à Karl Brander que, du moment où Marguerite est morte... et morte sans laisser aux siens cette grosse fortune à laquelle il faisait allusion dans une de ses lettres... alors, lui, il perd la chance qu'il avait de vendre, très cher, comme il comptait le faire, le document accusateur... Et elle conclut :

— Il vaudrait mieux nous entendre une bonne fois, mon cher ami. Vous me rendriez cette pièce, et moi, je ferais... quelques sacrifices... J'abandonnerais une partie du peu que j'ai...

Ce que veut Karl, ce n'est pas une partie de ce que possède la vieille criminelle, c'est tout l'amas de ses biens entassés par le vol sacrilège, la captation, les rapines funèbres...

Il sourit d'une étrange façon et dit, en réponse à ses ouvertures :

— Non!... J'ai pour l'instant d'autres idées en tête...

Le misérable et vil espion ne craint pas de songer à la douce et mignonne Jeanne, la toute gentille et ravissante fillette de Mme Roger... la fille du pur héros alsacien. Et maintenant, c'est au domicile des deux pauvres femmes qu'il se rend.

Pour cette visite fatidique, Karl Brander se compose une attitude de circonstance. Son sourire moqueur, son regard qui semble fouiller dans les yeux des gens qu'il observe, jusqu'à ce plisceptique et désabusé qui marque l'envie impuissante et le dénigrement rageur, tout cela, l'étudiant policier le cache sous le masque hypocrite de l'attendrissement et de la commisération.

Il sait qu'il n'est pas beau... Ce n'est pas lui, certes, qui fera rêver les jeunes filles; néanmoins, il se compose un visage sentimental et mélancolique en rapport avec le rôle qu'il s'apprête à remplir.

Bientôt, d'ailleurs, il ne tarde pas à le jouer avec le talent d'un acteur consommé.

. . . .

... Il semble que la nature, avec une cruauté raffinée, ait voulu rendre intarissable la source des larmes chez notre triste et dolente humanité.

La femme du lieutenant Roger avait épuisé la coupe amère des souffrances... Les deuils... les ruines... tous les tourments infligés par une impitoyable fatalité avaient été jusqu'ici son lot et celui de sa pauvre Jeannette adorée...

Et pourtant, hélas! leurs souffrances se ravivèrent, et le deuil éternel qui jetait ses ténèbres sur leurs âmes de martyres devint encore plus sombre... et leurs larmes coulèrent à flots, inondant ces pauvres yeux déshabitués du doux sourire...

Karl Brander avait mis toutes les formes, toutes les gradations voulues dans l'annonce de la douloureuse nouvelle dont il s'était fait le messager bénévole et spontané.

La folie de Marguerite, sa mort tragique en compagnie de ce pauvre petit être, fruit d'une faute dont elle ne cessait de rougir, n'était-ce pas pour la noble et vaillante Alsacienne trop de douleur et trop d'opprobre, malgré les ménagements que put y mettre l'étudiant policier ?...

XXV

LES HAUTS FAITS DE GEORGES

GEORGES causait le désespoir de ses maîtres.

Ce n'était pas l'intelligence qui lui faisait défaut, loin de là, mais ce jeune élève n'avait pas la bosse du respect; il traitait avec la plus souveraine désinvolture et ses livres et ses professeurs, tirant la langue aux uns, écornant les autres, sans avoir la moindre considération pour le latin ou le grec qu'ils étaient chargés, les uns et les autres, d'inculquer à son cerveau...

Et encore les livres devaient-ils s'estimer heureux de n'être qu'écornés, vu que parfois l'héritier du burgrave de la Forêt-Noire s'amusait, quand on le laissait s'approcher des fenêtres, à bombarder les passants à coups de dictionnaires et autres ouvrages... pesants.

Si l'on essayait de lui faire comprendre que ses parents ne l'avaient pas envoyé à l'Université de Strasbourg pour y faire de pareilles études de... balistique, alors maître Georges lançait, avec une ardeur toute juvénile, ses pieds chaussés de bons souliers à clous dans l'abdomen de ces pédants, ou bien il se livrait sur leurs crânes vénérables à des jeux... olympiques, après avoir, avec une adresse incomparable, fait sauter jusqu'au plafond leurs majestueuses perruques.

C'est pourquoi ces doctes gens, comme nous l'avons dit plus haut, finissaient par fermer les yeux quand Georges se contentait de leur tirer la langue ou de leur faire quelque autre aménité de cet acabit.

Grâce au parti héroïque qu'ils avaient ainsi pris de s'abstenir des moindres remontrances, ces messieurs eurent la paix... D'ailleurs, les concessions furent réciproques, car le suave Georges cessa de trépigner sur le ventre de ses maîtres d'étude, et d'écraser, — tel Encelade sous l'Etna, — les passants inoffensifs sous le *Jardin des racines grecques*.

Mais le fils de Pétrus-le-Parvenu était un ambitieux ; il ne lui suffisait pas de ne rien faire, au point de vue scolaire, il voulait encore être libre d'aller et de venir à sa guise... de sortir du collège quand il lui plaisait et d'y rentrer dans les mêmes conditions.

Cette prétention-là était bien grave!... Piétiner les professeurs ou faire sauter la science par la fenêtre constituait un simple péché véniel en comparaison de la chose effroyable après laquelle il aspirait et qui avait nom la liberté... le fruit défendu par excellence, à cette époque-là et même encore aujourd'hui... surtout à cet âge, sans pitié.

C'est dire avec quel soin... et quelles puissantes serrures... cet enfant indiscipliné de la Forêt-Noire fut séparé du plein air, ce paradis terrestre pour lui...

Il n'en devait aspirer que plus ardemment après le paradis perdu. Georges n'avait pas eu besoin de pâlir sur la *Logique* d'Aristote pour savoir que, quand une porte est fermée, il reste toujours, pour se sauver, la fenêtre.

L'ancien petit va-nu-pieds de la Forêt-Noire ne songea pas un instant qu'il pouvait se casser le cou, en descendant avec des draps attachés les uns aux autres, d'une croisée de son dortoir... Il était bien allé dénicher des oiseaux plus haut que cela, dans les grands sapins du Schwartzwald...

Hélas ! la liberté, — seule, — ne fait pas vivre. C'est pour cela que tant d'hommes recherchent la servitude dans laquelle ils trouvent un abri et de quoi manger. Georges, en entendant sonner les douze coups de midi à la fameuse horloge de la cathédrale, regretta le réfectoire de son collège, où cependant la chère était si peu succulente ; mais l'appétit d'un enfant trouverait de la saveur même au classique brouet noir des Spartiates...

Le pauvret eut honte de ce qu'il considérait comme une véritable lâcheté... il serra la boucle de sa ceinture et passa son chemin en détournant la tête des devantures superbes où pâtissiers, charcutiers, et autres marchands de choses comestibles étalaient leurs appétissants produits...

Puis le soir vint... et la nuit... A présent, c'était le dortoir de son collège que Georges commençait à regretter... mais il se reprocha ce nouveau manque de courage.

Il y avait dans le ciel de belles étoiles qui brillaient... le temps était d'une douceur exquise, et quand le vieux carillon se mit à tinter dans le silence nocturne, Georges s'allongea sans façons sous un auvent, dans le milieu du grand marché de Strasbourg.

Il rêva, comme rêve l'enfant qui dort... des rêves d'or, dit le poète... Le fils du somptueux burgrave n'eut plus cette vision de Noël, d'une fortune tombant par la cheminée, présent néfaste qu'il maudissait depuis qu'il avait connu les ennuis et la contrainte du burg, suivis par le régime pénitentiaire du collège...

Non ! Georges rêvait tout bonnement qu'il était redevenu un simple petit charbonnier comme autrefois, dans le bon temps. Il était noir comme un vrai petit diable, gai comme un pinson, et ignorant que les Grecs eussent même existé et les Romains aussi, il vagabondait avec des gamins de son âge à travers la Forêt-Noire. Puis, quand il revenait les joues rouges d'avoir couru, avec une faim de jeune loup, quelle bonne soupe de lard fumé et de choux la maman avait préparée...

Les rêves et la digestion se tiennent, — dit-on ; — or, comme Georges n'avait pas mangé d'un jour, il éprouvait, sans doute, des crampes d'estomac qui influèrent fâcheusement sur ses songes. Le cauchemar vint s'asseoir à son chevet... Rappelons-nous, du reste, qu'il couchait sur le pavé, ce qui devait contribuer aussi à lui donner un sommeil médiocrement confortable.

Georges, dans son cauchemar, revoyait les traits exécrés de celui qui s'était constitué son geôlier... C'était l'image de Karl Brander qui lui apparaissait... image plus laide, plus hypocrite, plus fausse, plus policière que l'original, et ce n'est pas peu dire. L'enfant luttait contre ce monstre abhorré et il finissait par en triompher... ainsi saint Georges terrassant le dragon, qu'il avait vu sur les belles enluminures du livre d'heures de sa très noble dame de mère, la ci-devant charbonnière...

Mais le bon Dieu récompense toujours ceux qui sont venus à bout du diable, que ce soit le saint Georges de la légende, ou le petit Georges, vainqueur du mauvais goliard...

L'enfant se voyait dans son rêve au comble du bonheur...

Il était redevenu, comme au temps jadis, un petit charbonnier tout poudré de noir, libre comme les oiseaux qui gazouillaient dans les ramures du Schwartzwald...

— Pauvre petit !... dormir sur la dure... comme ça... à son âge... si ça ne vous fend pas le cœur...

Georges, éveillé en sursaut, s'ébroua, frottant ses yeux, étonné de voir le jour... Il ne croyait pas avoir dormi si lontemps... Ce que c'est que de rêver, tout de même!...

Il se leva d'un air résolu, pour s'en aller plus loin, promenant autour de lui ses clairs regards d'enfant espiègle sur les commères qui l'entouraient.

Une bonne grosse femme, au verbe haut, mais qui semblait la bonté même, le prit d'une main; c'était elle qui venait de pousser le cri de surprise et de commisération que nous venons d'entendre, lorsqu'elle avait trouvé l'enfant endormi, en ouvrant, ce matin-là, de bonne heure, suivant son habitude, l'étal où elle trônait, reine de la halle de Strasbourg.

La mère Schmit, — car c'était elle, — tout en tenant dans sa main puissante, cet enfant trouvé qui semblait bien décidé à s'esquiver, lui demanda :

— Dis-moi, mon petit, c'est-il ton père ou ta mère qui t'a abandonné la nuit sous cet auvent ?...

Le burgrave évadé du collège répondit d'un ton plutôt rogue :

— Non !... c'est moi-même qui m'y suis mis pour dormir... est-ce que ça vous dérange ?... Du reste, je m'en vais...

La marchande le retint encore.

— Tu n'as donc plus tes parents ? — fit-elle.

— Si fait !

— Tu les as donc quittés ?

— Pas du tout ! C'est eux qui m'ont envoyé ici...

— Pourquoi faire ?

— Rien !...

— Mais... du moment que tu as passé la nuit sous cet auvent...

— C'est que je n'avais pas d'autre endroit où coucher... faut croire...

— Tu n'as pas l'air commode, mais j'aime mieux ça que les sainte-nitouche... Comment t'appelles-tu ?...

— Georges Werkmann.

— Quel est ton pays ?

— Je suis de la Forêt-Noire.

— Et qu'est-ce qu'ils font tes parents, là-bas ?

Georges parut hésiter un moment, puis, prenant une résolution soudaine, il fit cette réponse laconique où il y avait un fond de vérité, tout de même :

— Charbonniers.

La mère Schmit dit alors à l'enfant trouvé :

— Les charbonniers de la Forêt-Noire passent pour d'honnêtes gens qui aiment bien leurs enfants, et l'on dit qu'ils ont en général une certaine aisance.

Le petit déclara, résolument :

— Mes parents ne sont pas malheureux.

— Alors, comment se fait-il, — insista encore la brave et excellente femme, — que toi, tu sois obligé de te coucher sous un auvent, la tête sur un pavé... et... ça, je le devine à ta frimousse pâlote, sans avoir soupé...

— Ni déjeuné non plus !...

— Pauvre mignon ! — s'écrièrent en chœur les amies de la reine des Halles qui écoutaient.

Georges ajouta en posant, carrément, ses petites mains sur ses hanches :

— Mais il y a quelqu'un qui en profite !...

— Et qui ça, mon chérubin ? — demanda une brave femme.

— D'abord, — répondit notre jeune fugitif, — je ne suis pas un chérubin, mais un charbonnier... Ensuite, si je n'ai ni déjeuné ni dîner, ça n'est pas de ma faute. Je devrais avoir de l'argent plein mes poches, vu que mes parents m'en envoient, pour que je ne manque de rien... Seulement, voilà, on me le vole !

— Il faut te plaindre au lieutenant de police, — fit une de ces dames du marché.

Georges se contenta de hausser les épaules, avec les apparences d'un scepticisme vraiment prématuré pour son âge.

— Comme c'est lâche de voler l'argent d'un pauvre enfant ! — s'écria une marchande.

La mère Schmit, qui, elle, n'y allait pas par quatre chemins, comme on dit vulgairement, déclara :

— Moi, au lieu de m'adresser au lieutenant de police, j'irais, tout droit, trouver le grand prévôt !...

Georges secoue à nouveau la tête et fait d'un air désabusé :

— Bah ! il est trop bien avec eux.

Toutes ces dames de la Halle lui avaient apporté quelque chose. (Page 1131.)

Ce fut au tour de la reine du marché, maintenant, à se carrer majestueusement les deux mains sur les hanches imposantes dont la nature l'avait pourvue. Et, dans cette attitude qui indiquait, chez elle, la combativité, elle s'écria :

— Ah çà!... est-ce que la police se mettrait maintenant à protéger les coquins! On le dirait, ma foi!... Avec cette vieille baderne de grand prévôt et ce cafard de lieutenant de police, nous avons tous les jours des

surprises de ce genre. On a laissé cette peste de Schwerdein voler tant
qu'elle a pu et on lui a donné raison au tribunal.

— Cependant, — fit observer une vendeuse installée derrière son étal,
— on l'a fouettée pour son histoire avec l'Homme de fer de la Kammerzell !

— Vous ne voudriez pas, tout de même, — riposta la mère Schmitz,
— qu'on laisse cette vieille sorcière détourner jusqu'aux clochers de la
cathédrale !... L'Homme de fer est un de nos monuments nationaux comme
la Kammerzell, la flèche de Strasbourg et le grand marché... Non ! vrai...
si ça continue, on viendra nous voler jusqu'ici à notre nez et à notre
barbe...

Cette... figure de rhétorique pourrait paraître audacieuse, émise
devant un auditoire exclusivement féminin par une personne du sexe
faible, si tant est qu'il y eut quelque chose de faible dans la personne
énergique et robuste de la reine des Halles. Mais il faut bien dire qu'on
apercevait çà et là, dans les rangs des poissardes, plus d'une rude commère
dont le menton s'agrémentait... mettons de quelques poils follets.

C'est ce qui explique, peut-être, la mâle vigueur avec laquelle fut
poussé à travers le marché ce cri si unanime et si sincère :

— A bas la police !...

La mère Schmitz avait trop de bon sens pour ne pas comprendre que
c'était faire dévier la question... Quand on veut résoudre pratiquement
une affaire dans le commerce ou dans n'importe quoi, il faut bien se
garder des exagérations.

De la main, elle imposa silence à ses bruyantes sujettes et leur dit
avec un ton enjoué :

— Voyons ! on n'a pas volé les tours de la cathédrale. Il s'agit d'un
enfant qui était couché dans le marché et qui n'a pas mangé depuis deux
jours... Avant de jeter la pierre au lieutenant de police et au grand prévôt,
qui le méritent, je le sais bien, il faudrait s'occuper de lui remplir le
ventre, à ce pauvre petit...

Si elles ont la tête un peu trop près du bonnet, les dames de la Halle
ont toujours bon cœur.

— C'est vrai !... — fit l'une d'elles. — Nous restons là à jacasser
comme des pies borgnes, et nous laissons ce pauvre petiot mourir de
faim. Tiens, mon mignon, rassasie-toi !...

Et, en disant cela, l'excellente femme déposait devant Georges,
accroupi par terre contre une borne, un énorme pot de confitures de
quetches, une vraie friandise alsacienne...

Georges allait se jeter dessus, quand une autre commère lui fit
offrande d'une potée de choux dans laquelle nageaient des tranches odo-
rantes de beau lard fumé.

— Voyons ! — lui fit-elle d'un ton de maternel reproche, — est-ce
que tu aurais vraiment le sang-froid de commencer ton déjeuner par les
confitures ?

Pour être impartial, nous devons dire que, malheureusement, c'était vrai!... Oui, le petit burgrave en rupture de banc scolaire aurait eu parfaitement le sang-froid en question. N'ayant pas mangé depuis son évasion du collège, il aurait très bien fait honneur au dessert avant de goûter aux entrées et de savourer les entremets. Mais, même sans mourir de faim, Georges ne se serait pas gêné pour dire deux mots aux confitures de quetches. Quand on a passé son enfance dans la Forêt-Noire, on conserve toujours une certaine indépendance d'allure, ainsi qu'un appétit... désordonné.

Cependant notre petit vagabond voulut bien commencer par le lard aux choux... et continuer par le reste, car toutes ces dames de la Halle lui avaient apporté quelque chose, du boudin cuit, du poulet froid, des fruits... un repas improvisé, mais plantureux, que Georges trouva bien supérieur à la table de son noble père où l'on était servi, suivant l'étiquette, par un majordome qui faisait les portions assez peu copieuses. Et puis, on ne pouvait plus, comme ici, se barbouiller de confitures jusqu'aux oreilles, car il faut de la tenue chez les burgraves, afin que les manants puissent les respecter.

Georges tenait assez peu à la considération mais beaucoup aux friandises... il le prouva surabondamment.

Il en était encore, — ou déjà, si l'on préfère, — aux fameuses confitures, quand la mère Schmit, tout en vaquant aux occupations de son négoce, lui demanda :

— Mon petit... charbonnier, — elle savait qu'il n'aimait pas être appelé chérubin, — tu ne nous as pas dit, — le nom de ton voleur...

La bouche encore à moitié pleine, Georges répondit :

— Karl Brander.

Il avait prononcé ce nom de l'air de quelqu'un qui a bien mangé et qui se désintéresse de tout le reste. Rassasié comme il l'était, qu'est-ce que cela pouvait lui faire d'avoir été dépouillé? Pensant à son ennemi, Georges se disait en lui-même:

— Il ne m'enlèvera pas, toujours, le déjeuner que je viens de faire... alors je n'ai pas besoin de me fâcher!...

Le jeune évadé de collège était peut-être un peu simpliste, mais dans tous les cas on doit reconnaître qu'il était logique. Et avec ça, pas la moindre rancune... il n'en voulait même plus à son geôlier.

— Tu dis ?... — demanda la mère Schmit, croyant avoir mal entendu.

— Mais, parbleu, Karl Brander, l'étudiant qui ne paye jamais quand il va boire avec les autres... Karl, l'espion de ses camarades... Brander... le méchant goliard!...

— Tiens... tiens!... — fit la reine du marché, — c'est bien ça! L'oiseau de mauvais augure, le messager sournois qui est revenu... tout seul...

— Il n'est pas revenu tout seul, — protesta Georges, — puisque c'est lui qui m'a amené à Strasbourg, vu que mon père l'avait chargé de me mettre au collège. Seulement, tout l'argent que mes parents m'envoyaient pour que je ne manque de rien, il le mettait de côté, disant que c'était pour m'empêcher d'en faire un mauvais usage...

— Ah ! le gredin !... et il en fait un bon usage, lui, j'en suis sûre !...

— Ce que je sais, c'est qu'il ne s'en sert pas pour régaler ses camarades... Ah ! mais non, par exemple !

— Un hypocrite et un avare !... Il ferait bien la paire avec cette vieille peste de dame Marthe... Mais au fait... il me semble que ce Brander avait des accointances avec la Schwerdein...

Cette dernière phrase ne s'adressait pas à Georges qui avait fini, ou à peu près, son pantagruélique repas, mais elle servait à entamer une nouvelle conversation entre la mère Schmit et quelques vendeuses de son entourage.

—Certainement qu'ils en ont, des accointances !... — s'écria l'une de ces braves femmes. — J'ai vu un soir l'étudiant en question qui pénétrait chez la vieille procureuse, le chapeau rabattu sur les yeux comme quand on entre dans un mauvais lieu.

— Était-ce par amour... ou bien pour affaire ? — demanda une autre, narquoisement.

— Sa figure ne me revenait pas !...

— Ni à moi non plus.

— Il n'a pas le regard franc.

— C'est un vilain oiseau...

— Et un oiseau de mauvais présage.

Comme on le voit par les appréciations ci-dessus, Karl Brander avait beau jouir de la confiance de M. le lieutenant de police, il ne possédait pas les sympathies de ces dames de la Halle ; mais on ne peut pas tout avoir...

Du reste, d'étranges mésaventures attendaient le méchant goliard, comme Georges l'appelait, et l'étudiant-policier aurait bientôt besoin de tout son flair, de toute sa rouerie, pour conjurer la catastrophe suspendue sur sa tête, ainsi qu'une épée de Damoclès...

En attendant, il se trouvait, comme on dit vulgairement, sur la langue des gens, et comme cette langue, en l'espèce, était la langue verte, le patois alsacien des braves poissardes de Strasbourg, ses oreilles, qu'il avait fort larges, entre parenthèses, durent lui tinter plus d'une fois...

Pendant qu'il était sur la sellette, on passa au crible tous ses faits et gestes, sans la moindre indulgence.

— Plus j'y réfléchis, — fit la mère Schmit, —plus je trouve son retour étrange. Il part avec quelques-uns de ses camarades qui s'adjoignent Gottfrid le Manchot, pour aller chercher cette pauvre Marguerite dans la Forêt-Noire, et il revient sans eux... sans Marguerite non plus, pour mettre au collège un jeune garçon qu'on lui a confié...

« Il prend une figure d'enterrement. Pour un peu, il se mettrait en grand deuil... et il annonce à cette pauvre Mme Roger, qui a déjà eu tant de malheurs, la mort de sa fille Marguerite, là-bas au loin, dans les précipices.

— C'est un menteur !...

Cette exclamation dépouillée de tout artifice, — un vrai cri du cœur, — sortait des lèvres juvéniles du petit Georges qui, soit comme burgrave, soit comme simple vagabond était toujours resté l'enfant terrible que nous avons connu dans la Forêt-Noire.

Au moment où il accusait, avec ce réel accent de sincérité, Karl Krander d'être un menteur, deux bourgeoises, en train de faire leurs achats au marché, s'arrêtaient devant l'état de la mère Schmit, leur amie. C'était Mme Kreutzer et la veuve Spaten. Elles demandèrent avec une curiosité toute féminine de quoi il s'agissait et la Reine des Halles, en quelques mots, les mit au courant.

— Je dois dire, — fit la veuve, — que la conduite de ce jeune homme, dans la circonstance, m'a paru étrangement suspecte. Lui qui jadis ne faisait guère attention à Mme Roger et à sa fille, parce qu'elles sont pauvres, est rempli d'attentions et de prévenances pour elles depuis qu'il leur a apporté la funèbre nouvelle de la mort de Marguerite.

— C'est un menteur ! — répéta cet obstiné de Georges.

— Pourquoi dis-tu cela, mon petit ami ? — demanda Mme Kreutzer.

— Quand on est voleur, on est menteur ! — déclara énergiquement l'honnête petit charbonnier.

— Je comprends, — dit la mère Schmit, — ce méchant goliard comme tu l'appelles a gardé l'argent que tes parents t'envoyaient... Mais tout cela ne dit pas que la pauvre Marguerite n'a point trouvé la mort dans le Val d'Enfer.

— A moins qu'elle n'ait passé de l'autre côté, — fit l'enfant d'un air entendu. — Je sais qu'on peut se tuer si l'on tombe dans les précipices qui sont là ; mais si on peut traverser le Val d'Enfer, on n'a plus rien à craindre. C'est un pays très tranquille et où il y a de tout, des champs, des villages, des jardins potagers et du brave monde. Papa nous disait toujours que c'est un vrai paradis sur terre. Seulement, les gens de ce pays-là, séparés de ceux qui habitent la Forêt-Noire par ce Val d'Enfer, n'ont aucun rapport avec eux... Alors, vous comprenez bien que si Marguerite a pu passer de l'autre côté... eh bien!... on n'en sait rien dans la Forêt.

— Sais-tu, mon petit, — s'écria la reine du marché, — que tu n'es pas trop bête pour un fils de charbonnier ?

— L'oiseau de mauvais augure ne nous avait pas dit ça ! — fit la veuve Spaten.

— Cette espèce de sournois, — ajouta Mme Kreutzer, — doit nous cacher autre chose encore. J'ai bien remarqué que depuis son retour... si imprévu, il avait l'air de faire la cour à la mignonne Jeanne... et ce qu'il y a de plus malheureux, c'est que la pauvre mère semble disposée à favoriser les vues de ce jeune homme qui se pose en prétendant... pour l'avenir... et qui paraît être si désintéressé...

— C'est un menteur !...

Georges, comme on le voit, ne voulait apporter aucun adoucissement, aucune atténuation au jugement par lequel, en sa conscience d'enfant, il stigmatisait Karl Brander, mais sans lui en vouloir, maintenant, qu'il avait bien déjeuné.

— Tiens, tu m'as l'air malin comme un singe ! — demanda la mère Schmit. — Comment se fait-il que les autres étudiants et Gottfried-le-Manchot n'aient pas dirigé leurs recherches du côté que tu viens de nous dire ?

— Quelqu'un allait partir avec eux pour les guider, — fit l'écolier fugitif, — mais... on l'en a empêché.

Anxieuse, la mère Schmit posa à l'enfant cette question :

— Et quel était ce quelqu'un ?

— Moi !...

— Pas possible !

Georges riposta, l'air froissé :

— Je ne suis pas comme le méchant goliard... Je dis toujours la vérité !

— Eh bien !... raconte nous ça ?

— Voilà ! J'avais dit à mon ami *Gaudeamus*, le bon goliard. que je voulais partir avec lui... Je voulais lui montrer l'endroit où était Marguerite... en même temps je lui aurais fait voir par où on passe... pour aller, sans se faire mal, de l'autre côté du Val d'Enfer... Mais tout à coup papa, qui était en train de causer avec Karl Brander, est sorti de sa chambre et m'a dit qu'il voulait m'envoyer au collège à Strasbourg. Il m'a fait partir sous la garde de ce mouchard, tandis qu'il mettait, je crois, à la porte *Gaudeamus* et ses camarades. Seulement, je me suis sauvé de l'école, et je ne veux plus y retourner.

— Mais, tout de même, si ton père te force à revenir au collège...

— Je me ferai goliard, ou braconnier, ou bohémien... n'importe quoi !...

Tandis que la mère Schmit achevait ainsi l'interrogatoire de l'enfant, les commentaires, comme bien l'on pense, allaient leur train sur ces révélations vraiment sensationnelles...

Tout d'un coup, une mignonne enfant, couverte de longs vêtements de deuil, fit son apparition sur l'emplacement du marché...

— Bonjour, Jeanne !

— Bonjour, ma mignonne !

— Jeannette, viens m'embrasser. ma fille !...

Tandis que la veuve Spaten, Mme Kreutzer et la mère Schmit, en qualité d'amies de sa mère, accueillaient la douce et charmante enfant par ces affectueuses paroles, les autres marchandes de la Halle, moins intimes, la saluaient avec une sympathie réelle... Toutes ces braves Alsaciennes avaient une vénération pour Mme Roger, la femme du héros si populaire, la victime de cette peste de dame Marthe qui était leur bête noire à toutes.

Mais voici que tout le monde aperçoit, à quelques pas derrière la sœurette mignonne de cette pauvre Marguerite, la suivant comme son ombre, justement l'antipathique personnage dont tout le monde était en train de parler.

La figure pincée de Karl Brander esquissait un impassible sourire qui montrait que même, — et surtout, — en fait de sentiment, il ne faut jamais forcer son talent.

De noir habillé, lui aussi, comme s'il voulait montrer la part qu'il prenait au deuil de cette famille dans laquelle il aspirait à entrer, le « méchant goliard » du petit Georges n'avait rien d'un prince Charmant...

Et pourtant il s'était fait friser et poudrer, mais... peine perdue, frais inutiles... Ce rôle de soupirant, d'amoureux transi n'était décidément pas dans ses cordes !...

Le soin qu'il avait pris d'étudier ses attitudes, comme de composer son visage, ne servait qu'à lui donner l'air plus sournois, plus dissimulé...

Dès qu'on l'eut reconnu, une rumeur sourde monta du marché...

Il continua à avancer, car il était loin de se douter que l'on s'occupait de lui.

Mais le bruit, vague d'abord, se précisa... C'était comme la vague qui ondule et qui court pour venir enfin déferler sur la rive.

— A bas le mouchard !...

— Enlevez-le !...

— Mort aux voleurs !...

— Gare à vos poches, mesdames !

— Filou !...

— Canaille !...

— A l'eau le malandrin !...

— En prison le tire-laine !...

— Aux galères, le coupeur de bourses !...

Malgré tout son esprit rusé et malicieux, le « ver rongeur » de dame Marthe ne comprenait rien à ce concert d'invectives qui partait des auvents, des étaux, derrière les poissons, les légumes et les longues chaînes de saucisses, et aussi du milieu des ménagères et des bourgeoises en train de faire leurs emplettes.

Cependant, il n'y avait pas de doute ; c'était bien à lui que s'adressaient tous ces compliments peu flatteurs... et il en devenait blême et se mordait les lèvres, lui toujours si disposé à larder les autres de ses impitoyables sarcasmes.

Mais, qu'est-ce qui pouvait lui motiver une pareille sérénade ?...

Il ne tarda pas à être fixé là-dessus... et par Georges !

Sa victime se posa devant lui ; les mains dans les poches, et le regardant crânement en face, ce qui forçait Georges, bien entendu, puisqu'il était beaucoup plus petit, à relever la tête, l'enfant cria :

— C'est un menteur !...

La vue du jeune élève qui lui avait été confié par ses parents, et qu'il exploitait comme il l'avait fait pour Othon l'aveugle, rendit à l'étudiant policier tout son aplomb...

— Satané gamin! — s'écria-t-il; — qu'est-ce que tu fais ici?... Je vais te ramener à l'école et ça ne sera pas long!...

— Filou! rends-lui donc ce que tu lui as volé d'abord!

Cette allusion peu dissimulée aux procédés... financiers de Karl dans ses rapports avec son jeune élève, ne fit qu'accroître le vif désir qu'avait le méchant Goliard d'en finir au plus vite avec cet incident.

— Allons!... vite!... veux-tu venir?...

Et, en disant cela, il regardait le jeune burgrave d'un air sévère.

Il faut dire que le petit charbonnier ne se laissa pas intimider par ce regard... et, loin de témoigner à Karl la moindre déférence, il se mit à le narguer, les deux mains dans les poches et sifflant comme un jeune merle.

Cette attitude exaspéra l'étudiant policier, qui eut alors une inspiration fâcheuse, laquelle amena des événements déplorables pour ses intérêts.

En présence de l'animosité croissante de la foule et devant le refus formel de le suivre que Georges opposait à ses injonctions pressantes, il voulut mettre la main sur son élève indiscipliné... son prisonnier évadé.

Georges, lestement esquiva cette main-mise... malheureusement, comme ces sortes de rencontres ne vont pas sans quelques avaries; le couvre-chef du petit fugitif resta dans la main en question.

Karl ne l'avait pas fait intentionnellement; c'était la personne même de Georges qu'il voulait appréhender et non telle ou telle partie de ses vêtements.

Mais, nous l'avons vu, le petit charbonnier était simpliste, et il avait une logique à lui...

Décoiffé par le mauvais goliard, il lui rendit, tout bonnement, la pareille; bondissant comme un jeune tigre, il enleva la toque de l'étudiant, s'en coiffa, puis sa vengeance une fois accomplie, — la peine du talion, — il se sauva à toutes jambes.

La toque des étudiants, telle qu'on la voit encore dans les universités des bords du Rhin, est plutôt une sorte de calotte posée sur le sommet ou sur l'arrière de la tête et qu'une jugulaire retient sous le menton; on conçoit donc qu'une coiffure qui ne couvrait qu'une partie du crâne de Karl, pouvait coiffer assez exactement une tête de moindre dimension.

Et Georges détalait... heureux de son espièglerie, qui était un acte de justice... enchanté avec cela d'une coiffure qui lui allait à peu près et lui permettrait de faire, lui aussi, son petit goliard, ainsi qu'il l'avait rêvé quand il s'entretenait avec son bon ami *Gaudeamus*.

Ce qui cause le bonheur des uns fait le malheur des autres.

La gaminerie du petit burgrave devait revêtir aux yeux de Karl

A la vue de toutes les bonnes femmes qui remplissaient la Halle, il trébucha
et s'étalla tout de son long... (Page 1138.)

l'aspect d'une véritable catastrophe, car, en voyant Georges prendre la
fuite avec sa toque, l'étudiant policier devint blême. La consternation
se lisait sur ses traits livides, dans un mélange de terreur et de rage.

Cependant, il secoua cette indicible stupeur qui, sur le premier
moment, l'avait, en quelque sorte, pétrifié, et il fit... la seule chose
qu'il y avait à faire : il se lança résolument à la poursuite de Georges...

Dans cette chasse inattendue, on se doute bien que les rieurs n'étaient
pas précisément du côté du chasseur. Et ils le furent encore moins lors-

que Karl, voyant qu'il ne pouvait parvenir à rattraper son jeune élève, s'avisa de crier, de toute la force de ses poumons et en faisant de grands gestes désespérés.

— Arrêtez-le !... Arrêtez-le !...

Un rire homérique... universel gagna tout le marché, d'où sortaient des éclats de voix railleurs.

— Le monde est renversé... Ce sont les filous qui crient « au voleur! » à présent !...

— Il l'attrapera !...

— Il ne l'attrapera pas !...

— Hardi, petit !...

Karl, qui avait de plus grandes jambes, était sur le point de rattraper le petit Georges, lorsque soudain, à la vue de toutes les bonnes femmes qui remplissaient la Halle, il trébucha et s'étala tout de son long, par terre...

Cette chute n'était pas due au pur hasard. L'espion des étudiants passait, à ce moment-là, devant l'établi d'un boucher. Un petit apprenti, qui venait de livrer de la viande aux clients, s'amusait, avant de rentrer dans la boutique de son patron, à suivre les péripéties de la chasse à laquelle nous venons d'assister.

Par instinct, par communauté d'âge, par sympathie de manant pour un de ses semblables en train de secouer un joug, l'apprenti boucher était de cœur avec le petit charbonnier fugitif, à la poursuite duquel Karl s'était lancé.

Voyant que l'enfant était sur le point d'être rattrapé, l'apprenti, avec l'idée malicieuse de faire une bonne farce à l'étudiant décoiffé, lui lança dans les jambes sa corbeille vide.

Nous avons vu les conséquences désastreuses pour Karl de cette espièglerie, qu'il trouva intempestive et de mauvais goût, et, nul doute qu'il ne l'eût fait expier durement à son auteur, s'il n'avait eu, à ce moment, une autre préoccupation bien plus importante et qui était de saisir Georges.

Mais l'enfant détalait... il fallait voir !... Et, grâce à l'aide inespérée que lui avait apportée le petit apprenti, il gagnait du terrain...

Le voilà qui passait, toujours courant, devant la cathédrale... au même moment, une dévote d'âge mûr sortait de l'édifice religieux...

En voyant l'écolier qui courait de toute la vitesse de ses petites jambes, avec, sur la tête, une toque qu'elle reconnaissait, tandis que Karl le poursuivait, tête nue, la dame fut tellement saisie qu'elle en lâcha son livre d'heures.

Elle pâlit et devint, de suite après, très rouge... ses yeux se dilataient... sa poitrine palpitait, comme si le souffle d'une passion violente l'agitait soudain...

Il était visible qu'une tentation diabolique était venue assaillir la dame, juste au sortir de l'office. L'objet de cette tentation devait être bizarre, pour le moins; en effet, comme Georges passait en courant auprès d'elle, cette personne, de plus en plus en proie à des sentiments tumultueux, étendit la main pour saisir la coiffure du fugitif.

— Ah çà! — fit le petit Georges en lui-même, — tout le monde veut donc me décoiffer aujourd'hui!... Mais Karl Brander m'a dépouillé injustement de mon couvre-chef... je lui ai pris sa toque... et le diable ne me l'enlèverait pas à présent.

Et enfonçant sur sa tête, d'un geste déterminé et opiniâtre, cette coiffure acquise par droit de conquête, il fonça, tête baissée, sur l'imprudente dévote.

L'énergie précoce avec laquelle le jeune burgrave avait envoyé son crâne dans l'abdomen de la dame, eut pour premier résultat d'envoyer celle-ci s'asseoir sur les dalles du parvis.

Mais si rapide qu'eût été cet incident, il aurait pu avoir pour résultat de permettre à Karl de rattraper son prisonnier, si la dame, en se relevant ne s'était agrippé solidement à l'espion.

Ce dernier, furieux, lui asséna un formidable coup de poing, qu'il accompagna d'un juron non moins formidable.

— A l'assassin! — cria la dévote.

— Vieille coquine, veux-tu te taire?

Et, en disant cela, l'étudiant policier, pour se dégager, tapait de toutes ses forces sur la dame qui se défendait... *unguibus et rostro*... du bec et des ongles... le tout, pour la plus grande joie de la galerie qui saluait, de ses applaudissements moqueurs, le combat... singulier de Karl Brander et de dame Marthe Schwerdein... dite La Peste de Strasbourg.

Pendant ce temps, Georges, les jambes pendues à son cou, arrivait, sans que personne fît attention à lui, sur le bord du Rhin.

Là, sans plus de façon, voyant une barque amarrée au rivage, il sauta dedans, et, dénouant la corde qui la retenait, il se laissa aller au courant...

. . . .

XXVI

LES OISEAUX S'ENVOLENT

LA scène héroï-comique où cet enfant terrible de Georges avait joué le principal rôle, demande quelques explications. L'énigme, bien simple en somme, avait son origine dans cette affaire de vol, — il n'y a pas d'autre mot, — dont Karl Brander avait surpris le secret.

Homme de toutes les combinaisons louches, l'étudiant policier avait profité de ce terrible secret, dont la divulgation pouvait perdre dame Marthe, pour se faire son « ver rongeur »... Nous ne reviendrons pas sur les procédés de Karl, qui constitueraient ce qu'on appelle aujourd'hui un véritable *chantage*.

Si la Schwerdein était une atroce et odieuse mégère, son « ver rongeur » était un franc coquin... et le trafic que notre espion voulait faire du précieux document tombé en sa possession n'était guère moins criminel que le détournement commis par l'ex-garde-malade.

Lorsque le méchant goliard, comme disait Georges, était revenu seul, à Strasbourg, après son expédition avortée ou sciemment écourtée, dans la Forêt-Noire, dame Marthe, en vraie femme d'affaires, avait voulu, on le sait, en finir une bonne fois pour toutes avec cette histoire si ennuyeuse pour elle.

Plutôt faire un sacrifice pécuniaire, même important, que d'être obligée sans cesse de remettre, à chaque réquisition, un louis par-ci, un louis par-là. Elle estimait que si les meilleures plaisanteries sont les plus courtes, les extorsions d'argent les moins pénibles sont aussi celles qui durent le moins longtemps... C'est pourquoi elle était décidée à faire cesser les hostilités le plus tôt possible, dût-elle, pour cela, payer une forte contribution de guerre.

Le malheur était que son impitoyable ennemi tenait à rester sur le pied de guerre, qui était plus profitable pour lui.

Les honnêtes gars ont, parfois, tant de mal à s'entendre qu'il n'y a rien d'étonnant à ce que pareille chose arrive à des gens malhonnêtes, comme le couple, — mâle et femelle, — qui vient d'avoir maille à partir avec Georges-le-Terrible, sous le clocher de Strasbourg.

On se rappelle le dernier argument employé par la Schwerdein pour amener Karl Brander à composition... Puisque Marguerite est morte, sans laisser aux siens cette fortune dont il avait parlé, le « ver rongeur » ne pouvait plus espérer vendre très cher à la famille Roger, cette fameuse lettre qui la ferait rentrer en possession de ses biens. Le mouchard des étudiants avait répondu qu'il se trouvait, en ce moment, avoir d'autres projets en tête...

L'astucieuse créature se jura de n'avoir ni repos ni trêve jusqu'à ce qu'elle eût découvert les idées qui empêchaient son « ver rongeur » de traiter définitivement avec elle... C'était une fine mouche, et l'étudiant policier, de son côté, montra vite son jeu... Aussi, Dame Marthe ne tarda pas à savoir, comme tout le monde, que Karl Brander poursuivait de ses assiduités Jeanne, la plus jeunette des filles de Mme Roger.

L'ancienne entremetteuse, — elle l'était bien encore restée un tant soit peu, — avait trop d'expérience en la matière, pour ne pas connaître le fort et le faible des passions humaines. L'homme qui lui extorquait de l'argent et la grugeait de toutes les façons, en la menaçant des révélations que l'on sait, n'avait rien de sentimental ni de tendre, pas plus dans son caractère que dans sa personne physique.

Elle savait que les êtres qui semblent le moins faits pour l'amour déconcertent parfois ceux qui les connaissent, par l'ardeur imprévue de leurs désirs...

Éros, maître éternel de tout ce qui vit, n'est-il pas l'archer divin... mais aveugle qui lance ses traits au hasard?...

Et qui donc peut se flatter d'être invulnérable aux traits du « petit dieu malin »?...

Dame Marthe ne douta donc pas que Karl Brander ne fût sérieusement épris de Jeanne Roger... Elle sentit tout de suite le danger que cette situation-là présenterait pour elle... Et, chose curieuse, mais qui s'explique facilement, elle raisonnait, malgré la divergence de leurs intérêts, exactement comme son ver rongeur... comme si les gens intéressés devaient toujours se rencontrer, au moins sur un point.

— Jeanne et sa mère sont pauvres... — se disait la perfide mégère qui aurait pu ajouter : « grâce à moi ». — La jeune fille sera un jour en âge de se marier. Dans la situation où se trouve sa famille, elle n'a pas le droit de se montrer difficile. Ce garçon-là, après tout, est un parti assez sortable pour elle. Supposons qu'il soit sérieusement épris et qu'il l'épouse, qu'est-ce qui arrivera ensuite?... Ma foi, c'est fort simple!... Un mari fait toujours valoir ses droits sur les biens qui peuvent revenir à sa femme. « Nous n'avons rien, dira la mère. La Schwerdein nous a tout enlevé »... « Pardon ! — répondra le mari, — elle détient indûment ce qui vous appartient, et j'ai par devers moi de quoi lui faire rendre gorge ! »...

C'était bien raisonné !... on eût dit qu'elle lisait, à livre ouvert, dans la pensée de Karl, l'être machiavélique aux replis tortueux, qui, sur une plus grande échelle, eût fait le digne pendant du chevalier Méphisto.

Et, toujours, la conclusion pratique de son raisonnement fut qu'il lui fallait rentrer, coûte que coûte, en possession du document accusateur.

La vie ne serait pas tenable pour elle, tant qu'elle aurait cette épée de Damoclès suspendue sur la tête...

Nous avons vu, il y a quelque temps, que Karl Brander, méfiant, comme tous les gens de son espèce, portait toujours sur lui, cousue dans un sac en toile, la fameuse lettre dont la destruction assurerait l'impunité à dame Marthe, ainsi que la jouissance paisible de ces biens qui étaient le fruit de son vol odieux.

La Schwerdein le savait, car l'étudiant policier ne s'en était pas caché, un soir que, chez elle, la peu respectable matrone essayait de le retenir... comme Mme Putiphar l'avait fait pour le nommé Joseph.

C'est du moins la comparaison plus biblique que galante que fit le « ver rongeur » pour rappeler à l'ancienne garde-malade... beauté plus que mûre, qu'elle allait un peu trop loin.

Cette particularité du sac de toile, comme bien on pense, n'était pas sortie de l'esprit de dame Marthe dont les constantes préoccupations avaient pour objet le contenu du sac en question.

Et ce que femme veut... Dieu le veut... à moins que ce ne soit le diable comme c'est ici le cas ; or le diable voulut, — c'était comme un fait exprès, — que, depuis le retour de Karl Brander, la vieille entremetteuse fut, plus souvent que d'habitude, appelée chez M. le lieutenant de Police, à cause des infractions qu'on lui reprochait... Il faut dire aussi que ces reproches, si mérités qu'ils fussent, étaient devenus plus acerbes et plus fréquents depuis que la dame avait été convaincue de courir le guilledou avec l'homme de fer de la Kammerzell...

Car la police était ainsi, à Strasbourg, à cette époque. Elle laissait volontiers de côté les griefs réels et sérieux que la Justice pouvait avoir contre certains malfaiteurs, pour ne s'occuper que des méfaits bruyants et imaginaires qui risquaient de troubler l'ordre public et de porter atteinte aux institutions établies, dont faisaient évidemment partie la Kammerzell et ses accessoires.

Ah! comme on eût mieux fait de tirer au clair le rôle que dame Marthe avait joué pendant la peste de Strasbourg, ainsi que les origines obscures de sa mystérieuse créance sur la famille Roger.

Quoi qu'il en soit, la Schwerdein était mal vue à présent par la police, et elle se voyait forcée d'aller plus souvent qu'à son tour s'expliquer avec le chef de ces messieurs du guet, qui la trouvaient toujours en contravention, vu qu'elle louait des chambres garnies, — trop bien garnies, disaient les rapports des argousins, — sans se conformer aux règlements de la police.

Hélas! depuis qu'elle avait reçu le fouet, — cuisant souvenir! — la vieille entremetteuse filait doux avec une administration qui avait la main si lourde, car elle ne tenait pas du tout à renouveler connaissance avec ce que l'on appelait alors... le bras séculier.

Un jour, donc, qu'elle était allée rendre au lieutenant de police une de ces visites peu bénévoles dont nous venons de parler, la mégère s'engagea, par inadvertance, dans un couloir qui, au lieu de la conduire vers la sortie, l'amena sur une sorte d'escalier de service qui faisait partie d'un immeuble voisin.

S'apercevant de son erreur, elle se disposait à revenir dans le bon chemin... le *bon chemin*, ces deux mots ont l'air de jurer quand il s'agit de la Schwerdein... Bref, elle allait revenir sur ses pas, pour regagner l'issue de l'antre policier, quand les accents plus ou moins mélodieux d'une chanson la firent tressaillir... et elle s'arrêta.

Ce n'était pas certes qu'elle fût émue, — la chère âme! — par le lyrisme de quelque couplet sentimental ou l'amoureuse poésie d'une romance...

L'air n'avait rien de langoureux et les paroles étaient de la trivialité la plus grossière... Pour tout dire, c'était un des refrains du *Gambrinus*, chanson à boire, si l'on veut... chanson de gens qui ont bu serait, en réalité, plus exact.

Ce qui avait cloué au sol la visiteuse involontaire de M. le lieutenant de police, c'était la voix du chanteur, une voix bien connue d'elle... trop connue, même, et une voix chère, pécuniairement parlant.

Le chanteur, en effet, n'était autre que son « ver rongeur » et, chose étrange, les éclats de sa voix qui, décidément, n'avait rien de mélodieux, semblaient venir de très près.

Dame Marthe connaissait les accointances policières de Karl Brander, mais elle savait aussi avec quel soin l'espion s'en cachait. Aussi était-elle à bon droit étonnée de l'entendre ainsi chanter à tue-tête dans un couloir sombre du repaire officiel de ces messieurs du guet.

Elle ne tarda pas à avoir le mot de l'énigme.

La voix... sympathique de Karl Brander ne venait pas du couloir, mais sortait de l'escalier qui se trouvait au bout...

La Schwerdein se dirigea de ce côté...

Son... « ver rongeur » continuait à chanter d'une voix à faire trembler les vitres...

— Comme s'il était chez lui! — pensa la vieille entremetteuse.

Et, en effet, il devait être chez lui... là... Elle savait bien que Karl habitait une de ces vieilles maisons lépreuses qui sont collées, comme des ulcères, sur l'hôtel du lieutenant de police. Mais elle ignorait cette communication secrète entre la demeure de l'étudiant et l'endroit d'où partait le mot d'ordre pour les mouchards et les espions de tout acabit.

Cette voix, dont les éclats lui parvenaient si clairs, si distincts, c'était toute une révélation pour elle, révélation corroborée par un examen plus attentif des lieux... le nid de l'oiseau chanteur.

Elle s'engagea dans l'escalier à pas de loup... Au bout de quelques marches, elle s'arrêta...

C'était bien cela!... Le logement de Karl Brander s'ouvrait sur ce passage mitoyen, entre la vieille masure qu'il habitait et la demeure officielle du chef des argousins...

Nos lecteurs se souviennent de ces particularités, que nous avons déjà relatées, quand nous les avons fait pénétrer dans ce logis d'étudiant et d'espion, la nuit où Karl Brander, à la clarté fumeuse d'une mauvaise lampe, lisait et relisait... au point de l'apprendre par cœur, la lettre de la veuve Mauer, donnant acquit à Mme Roger du prêt de mille écus remboursé par le lieutenant dans les circonstances que l'on sait.

Ce document terrible pour elle, et qui ne cessait de hanter l'esprit affolé de la Schwerdein, se présenta à sa pensée d'une façon plus obsédante encore quand elle se trouva près du taudis où vivait son « ver rongeur »...

Karl Brander, avec l'insouciance de la jeunesse et le calme que donne une conscience tranquille, continuait à lancer aux échos de sa chambrette... et de l'immeuble policier le refrain bien connu des habitués du *Gambrinus*. Le bruit, — on ne peut lui donner un autre nom, — de sa chanson bachique, étouffait les faibles craquements de l'escalier sous les pas de dame Marthe qui, dans sa double profession de veilleuse et de dépouilleuse de morts, avait acquis l'art de glisser silencieusement sur les parquets.

Elle ne marchait pas, elle volait, — soit dit sans jeu de mot, — bref c'était une vraie sylphide...

C'est ainsi qu'elle parvint jusqu'à la porte de l'étudiant... qui était entre-bâillée, elle le constata avec surprise.

— Voilà pourquoi on l'entend si bien ! — fit en elle-même l'ex-garde-malade. — Karl ne craint pas d'être dérangé du côté de la lieutenance, vu que personne ne peut venir par là, sinon des policiers... comme lui. Ah ! c'est un garçon très fort... il sait bien sauver les apparences !... Comme ça personne ne le voit entrer chez ces messieurs ou en sortir ! Ces vieilles maisons, on dirait vraiment que c'est fait exprès pour favoriser les intrigues galantes, les gens de police... ou les voleurs !...

La masure en question semblait avoir été conçue par un architecte dont le plan aurait été de prévoir et d'aider les recherches de dame Marthe...

A côté de l'asile austère et studieux où Karl Brander ruminait, loin des regards indiscrets, ses combinaisons louches mais lucratives, il y avait une sorte de grenier très bas, absolument obscur, qui paraissait un endroit réservé aux ébats des rongeurs et à l'industrie textile des araignées.

Karl Brander sortit de chez lui, — sans doute pour aller au rapport, — par la porte qui donnait sur l'escalier en question, et la Schwerdein, pour ne pas être vue, n'eut que le temps d'aller se blottir, comme une souris, dans le grenier voisin.

L'étudiant policier, en s'éloignant, avait laissé la clef sur la porte... A quoi bon se méfier, puisque personne ne pouvait venir par là, si ce n'est des mouchards comme lui, et ces gens-là ne se volent pas entre eux ?...

Dès que le bruit de ses pas se fut éteint dans le couloir sombre conduisant à la lieutenance, dame Marthe sortit de sa cachette, prit la clef

Ciel !... qu'est-ce qui arrive ?... La mégère a peine à retenir un cri. (Page 1148.)

qui était dans la serrure, redescendit l'escalier et se trouva à nouveau dans les bâtiments de la police.

Elle ne craignait plus d'être surprise par son « ver rongeur », car sa présence dans la ruche peu laborieuse de messieurs les argousins n'était que trop bien justifiée par les délicates histoires dont elle était coutumière et auxquelles nous avons déjà fait, plus haut, une allusion discrète.

Mais elle rentra chez elle sans l'avoir rencontré. Une fois dans sa confortable demeure, elle alla à une armoire mystérieuse où des fioles étaient alignées... Elle en prit une et en mélangea le contenu à une bouteille de vieux bourgogne qu'elle recacheta soigneusement après cette opération, en ayant soin de rouler la cire, chaude encore, dans la poussière pour lui donner un cachet de vétusté.

Le soir, elle reçut la visite de son ver rongeur qui venait lui extorquer la modique somme d'une pistole, car il avait baissé ses prix depuis qu'il n'avait plus de renseignements bien intéressants à vendre à sa victime. Dame Marthe déboursa les deux écus de cinq livres sans trop se faire prier ; et, de son côté, non plus Karl Brander ne se fit aucunement prier pour accepter deux doigts de bourgogne... une vieille bouteille de derrière les fagots.

La bonne hôtesse refusa de trinquer avec le jeune homme, en s'excusant sur la migraine, que déjà les dames invoquaient à cette époque pour éviter de faire ce qui leur déplaisait. Karl était un épicurien assez grossier qui se consolait de ne pas choquer son verre avec dame Marthe, en pensant qu'il y en aurait ainsi davantage pour lui...

Mais il s'en alla la tête un peu lourde... et l'air de la nuit qui était frais, par une réaction assez commune, acheva de le griser...

Était-il gris, seulement ?...

Il n'aurait pu le dire lui-même, tellement ses sensations étaient confuses, surtout avec ce terrible mal de tête qui lui serrait les tempes comme dans un étau.

En même temps, il éprouvait au cœur d'étranges palpitations... son pouls battait avec une excessive rapidité, sa bouche était sèche, et, symptôme étrange, ses pupilles se contractèrent...

Un accès de vertige le renversa sur le sol... écrasé dans un sommeil de plomb...

— Pour une... méchante... bouteille de bourgogne !... — fit-il dans un dernier hoquet avant de s'endormir.

— Tiens !... Mais c'est Karl !...

— Dans quel état il est, le pauvre !...

— Ce n'est pas d'avoir bu de l'eau pure, dans tous les cas !...

— Soyons indulgents, ça peut nous arriver à tous !...

— Ça nous est même arrivé et ça nous arrivera encore !...

— Bacchus est toujours debout !...

Ces réflexions, — ou plutôt ces propos assez décousus, — émanaient d'une bande d'étudiants joyeux qui venaient de rencontrer, au coin d'une borne, leur camarade Karl Brander dans un état digne de pitié... ou d'envie peut-être, car tout dépend du point de vue auquel on se place.

Mais l'avis général fut que Karl avait dû faire une noce carabinée, car il passait, à juste titre, pour un de ceux qui supportaient le mieux la boisson.

Seulement, on ne pouvait le laisser là, exposé aux intempéries ainsi qu'aux rondes de nuit.

Les étudiants ramenèrent donc chez lui leur malheureux... ou trop heureux camarade, et après l'avoir commodément installé dans son lit, ils se retirèrent. Il dormait à poings fermés.

Nous n'avons pas besoin de dire, bien entendu, que, pour le rapporter, ils avaient pénétré dans son modeste logement de garçon par la seule entrée connue d'eux, celle de la rue...

Le lendemain matin, de bonne heure, dame Marthe se rendait à l'hôtel du lieutenant de police, comme si elle avait encore affaire à sa juridiction... mais, en réalité, elle se perdit dans le couloir obscur qui aboutissait au petit escalier qu'elle avait déjà pris la veille, quand la voix de son « ver rongeur » était, d'une façon si imprévue, arrivée ses oreilles.

Elle s'approcha de la porte avec les mêmes précautions. Et avec une barbe de plume trempée d'huile, elle humecta la serrure, dans laquelle bientôt elle fit glissser la clef dérobée, la veille, sans que le moindre grincecement se fit entendre.

Et elle pénétra dans la chambre de Karl qui dormait toujours... mais c'était maintenant d'un sommeil agité avec de véritables phases de délire.

Non ! il n'était pas possible que l'étudiant policier eût été plongé dans cette ivresse mortelle par une simple bouteille de bourgogne!...

En effet, le bourgogne était innocent de ce méfait.

Voici ce qui s'était passé...

Dame Marthe avait trop soigné de malades pour ne pas acquérir, dans l'exercice de cette profession, — qu'elle avait su rendre si lucrative, — certaines connaissances pharmaceutiques.

Elle avait aussi acquis, par le moyen de ses doigts crochus, certains produits plus ou moins toxiques, qu'elle pensait pouvoir lui servir un jour ou l'autre ; on ne sait pas ce qui peut arriver; c'est pourquoi elle emportait de chez ses clients, guéris ou défunts, les fioles des apothicaires, la plupart du temps à moitié pleines, car il est rare qu'un malade prenne toutes les drogues qu'on lui prescrit, ce qui ne l'empêche pas de guérir ou de trépasser, suivant le cas.

C'est ainsi que cette charitable personne, qu'on avait surnommée la Peste de Strasbourg, connaissait l'emploi et le dosage des narcotiques. Et elle avait mélangé à la bouteille de bourgogne, dont Karl venait de faire ses délices, une quantité assez respectable d'opium...

La dose, pour laquelle la Schwerdein ne se montra pas avare, ne tarda point à produire ses résultats comme nous l'avons vu... Mais ce que la veilleuse de morts ne savait pas, c'est que l'alcool, principe actif du vin, est l'antagoniste de l'opium... Les gens qui sont sous l'influence de la boisson résistent aux narcotiques...

Karl Brander était en proie à cette lutte qui se traduisait par des phases d'excitation violente et de somnolence profonde...

Quand elle pénétra dans la chambre de l'étudiant du pas léger qu'elle savait prendre, en certaines occasions, l'autre dormait, comme dorment seuls ceux qui sont sous l'influence des substances opiacées, administrées à forte dose...

Un sourire de satisfaction diabolique éclaira le visage de l'horrible matrone... Elle touchait au but... Karl était endormi, bien endormi... et elle allait pouvoir lui reprendre... sans crainte, la pièce accusatrice... le document libérateur plutôt, car, une fois celui-ci détruit, elle n'aurait plus qu'à se laisser vivre, heureuse et tranquille, sans avoir rien à redouter des innocentes et nobles victimes qu'elle avait dépouillées...

Elle se penche sur le lit... La chemise de Karl écartée découvre sa poitrine... voilà le sac de toile... Il est retenu autour du cou par deux rubans... Elle n'a qu'à prendre ses ciseaux qui sont toujours suspendus à sa ceinture... Elle les approche et va trancher l'un des cordons du sac qui alors viendra tout seul...

Ciel !... qu'est-ce qui arrive ?... La mégère a peine à retenir un cri. Une main solide... véritable poigne d'acier, a saisi son bras et le serre à le broyer...

L'endormi est sur son séant... Ses pupilles étrangement dilatées la regardent... Une voix rauque... une voix de l' « au-delà » sort de ces lèvres contracturées...

— C'est elle !... l'avant-coureuse de la Camarde !... Je la vois... que vient-elle faire ?... Me voler... comme elle a volé les autres !... Mais non !... Non !... je ne veux pas !... je ne suis pas mort !... tout ça ce n'est qu'un rêve... un cauchemar... J'ai trop bu... hier soir... les ivrognes ont parfois des visions terrifiantes !... Ce n'est pas possible que ce soit elle... elle... car je ne suis pas mort... et elle ne vole... que les morts... Est-ce que j'ai envie de mourir... moi ?...

Il était effrayant dans l'excitation passagère de son délire... debout, au milieu de la pièce, luttant contre cette réalité qu'il prenait pour une vision macabre de son cerveau malade...

La Schwerdein, de la main qu'elle avait libre, agrippait le sac, et peut-être, dans la violence de la lutte, l'aurait-elle arraché sans le secours des ciseaux, si tout à coup, comme un homme qui se réveille, Karl Brander ne s'était écrié :

— Mais... c'est elle !... c'est elle !... la Schwerdein, la voleuse des morts... attends, coquine, je vais te régler ton compte... vieille peste !

Et il lui serra le cou dans ses deux mains crispées... Elle sentait qu'il l'étranglait... ses yeux sortaient de leurs orbites... Elle voyait de grandes lueurs pourprées...

— Karl !... Karl !... ouvre donc ! qu'est-ce qui t'arrive ? Voyons mon vieux !... ouvre... ou nous défonçons ta porte !...

Les camarades de l'étudiant, qui étaient venus pour voir comment il allait, et qui entendaient le vacarme infernal qu'il menait à lui tout seul, frappaient à coups redoublés... du côté donnant sur la rue.

La porte s'ébranlait sous leur poussée... mais, en même temps, l'excitation passagère de Karl tombait... Il lâcha prise et s'affaissa sur son lit. Ce fut le salut de dame Marthe qui disparut par la porte donnant sur l'hôtel du lieutenant de police... mais elle n'était pas en possession du fameux sac.

Quand les camarades de l'étudiant entrèrent, après avoir défoncé la porte, leur surprise fut grande de trouver Karl Brander tranquillement endormi dans son lit.

Un apprenti médecin qui se trouvait là lui tapa la figure avec une serviette mouillée, et l'ivrogne, — car c'est le nom qu'ils lui donnèrent en riant, — se réveilla sans aucun indice fâcheux, si ce n'est une certaine lourdeur de tête, jointe à une sécheresse de bouche et autres symptômes... des lendemains de fête.

Les étudiants répétèrent à Karl les paroles qu'ils avaient entendues.

— On aurait dit, — s'écria l'un d'eux, — que tu repoussais l'horrible vision de dame Marthe, notre Peste nationale, venue céans pour te voler... avant ta mort, ce qui est contraire aux usages !

— Tu en rêves donc, de la Schwerdein ? — fit un autre.

— Oui, — répondit Karl Brander, — quand je suis saoul !

Mais quand il se retrouva seul, l'étudiant policier, réfléchissant à tout ce qui s'était passé, se demanda si, vraiment, il était ivre et s'il avait rêvé...

Cette bouteille de bourgogne dont elle n'avait pas bu... et qui l'avait rendu si malade lui parut suspecte...

Il avait eu le délire... mais cela n'empêche pas la réalité de se produire.

Cependant, il n'y avait dans son logement aucun indice permettant de supposer que quelqu'un y eût pénétré, hormis ses camarades tout à l'heure...

Il alla à la porte attenante au domaine du lieutenant de police... elle était fermée et la clef était en dehors, comme il l'y avait laissée la veille... Non !... personne ne pouvait s'introduire par là... aussi ne poursuivit-il pas plus loin ses recherches dans cette direction pour revenir mettre un peu d'ordre chez lui... Il avait toujours sur sa poitrine le petit sac en toile à la possession duquel dame Marthe attachait tant d'importance... Ce sac était froissé, les cordons en étaient tordus... tout cela indiquait évidemment une violence... mais il pouvait l'avoir fait pendant un de ces accès de délire. Mais, malgré cela, il ne se sentait pas tout à fait rassuré.

— Elle sait qu'il est là ! — se disait-il en lui-même, — je ferai peut-être bien de le changer de place... seulement... voilà... où le mettrai-je ?...

Au bout d'un instant de réflexion, il se frappa le front.

— Tiens !... au fait... si je le mettais dans ma toque d'étudiant. C'est une coiffure qu'on n'enlève jamais même devant un roi ou un empereur... Il n'y a que cet écervelé d'Heinrich pour la lancer en l'air, au cri de Gaudeamus... Moi, ça serait le pape que je ne quitterais pas ma toque !...

Tout en monologuant de la sorte, le méchant goliard, comme l'appelait Georges, avait défait la coiffe de son couvre-chef sous laquelle il dissimula le document accusateur.

Puis il se mit en devoir de recouvrir le tout.

Cette scène avait eu un témoin... la Schwerdein...

Au moment de l'arrivée des camarades de Karl, nous savons que dame Marthe s'était rejetée du côté qui donnait sur la lieutenance, en ayant soin de tirer la porte derrière elle... Elle s'apprêtait à descendre l'escalier mitoyen, lorsqu'il lui sembla entendre un bruit de pas du côté de ce couloir obscur qui conduisait dans les bureaux de la police.

Vivement, elle se rejeta dans le grenier abandonné dont nous avons donné la description...

Les pas qu'elle avait entendus étaient tout bonnement ceux d'un soldat de la maréchaussée, circulant dans les couloirs de la lieutenance pour des raisons de service.

Cependant la voleuse des morts... et des vivants ne quitta pas son poste d'observation. Voici pourquoi...

Elle s'était aperçue qu'un rayon de lumière passait par la cloison... Mettant l'œil à la fente, son regard pénétra dans la pièce où se trouvait Karl...

C'est ainsi qu'elle le vit enlever la fameuse lettre du sac de toile où elle était restée enfermée jusqu'ici, pour la coudre dans la doublure de sa toque d'étudiant...

La malicieuse espièglerie de Georges-le-Terrible devait avoir pour effet de terminer d'une façon assez imprévue le litige qui mettait aux prises cette paire de coquins fieffés.

Dame Marthe désespérait de s'emparer du document libérateur, car son « ver rongeur » était sur ses gardes, depuis la bouteille de vieux bourgogne et ses suites... réalité ou cauchemar...

On conçoit donc sa surprise, lorsqu'en sortant de la cathédrale, elle aperçut l'incorrigible petit burgrave qui courait de toute la vitesse de ses jambes, après avoir... subtilisé adroitement le couvre-chef de son garde-chiourme.

Elle crut, un moment, qu'elle allait s'en emparer... mais le coup de tête de l'enfant terrible lui enleva cette illusion... la dernière.

Car elle quitta Strasbourg, libre de soucis, à quelque temps de là, sans dire où elle allait...

Karl Brander en fit autant... par force...

Les révélations de son jeune élève, le bruit de ses négociations louches et de ses dissentiments plus louches encore avec celle que l'on appelait la Peste de Strasbourg, l'avaient complètement déconsidéré auprès de ses camarades, tandis que les gens pour le compte desquels il faisait de l'espionnage le reniaient... à cause du scandale...

— Les deux vilains oiseaux se sont envolés! — s'écria la mère Schmit en apprenant ce double départ.

Ce fut l'avis unanime, au marché et ailleurs!

XXVII

COLPORTEURS D'IDÉAL

ANDIS que ces événements se déroulent, sur les bords du Rhin, et qu'ils font, comme tous les tourbillons, remonter à la surface cette écume fangeuse qui a nom Dame Marthe Schwerdein et Karl Brander, il y a, au loin, une humanité plus douce qui poursuit sa route... C'est la Voie et la Vie... image doublement vraie ici..., car nous sommes, de nouveau, avec la tribu des Bohémiens nomades.

La troupe du vieux Mahadok et de la belle Saàda a dû s'éloigner de la source bleue, où leur existence s'écoula, quelques jours, dans une paix heureuse et dans une abondance bien douce.

Mais, pour la race errante, il n'est de repos que le repos éternel sous cette terre où ils ne possèdent rien...

Ils doivent marcher... marcher sans trêve... vagabonds de l'Infini !...

Et de l'Idéal aussi !... Mahadok, pensif, voulait diriger ses gens le long du ruisseau qui sortait de la belle fontaine d'azur, car c'était le Danube, en marche, lui aussi, vers les splendeurs mystérieuses de l'Orient, berceau de la race.

Mais la folle qui allaitait son enfant, montrait au vieillard un point qui scintillait dans le ciel pur...

C'est pourquoi les Bohémiens, guidés par Marguerite la voyante, s'en allaient par la route du sud, de la source bleue vers l'étoile d'or...

Radieux idéalisme de l'amour !... Mystérieux appels, irrésistible attirance d'un sentiment tout-puissant, absolu, plus fort que tous les obstacles suscités par l'homme ou créés par la nature... Amour, pouvoir sublime qui nous ferait lutter contre Satan lui-même... ou contre ses suppôts, comme allait le faire Marguerite, en disputant l'élu de son cœur, au plus diabolique des êtres, l'infernal chevalier Méphisto !...

La troupe des *comédiens du Roy d'Égypte*, qu'un brevet spécial apporté, dans les circonstances que l'on connaît, par la romanesque princesse Héloïse, transformait en *comédiens ordinaires du prince de Furstenberg*, nos Bohémiens, disons-nous, avaient donc quitté les bords du Rhin pour pénétrer en Suisse.

Dans la libre Helvétie, république indépendante, contrée hospitalière, les artistes nomades n'avaient plus à craindre de se voir inquiétés au sujet des allusions... politiques de *Don Pedro le cruel*, un drame qui était, on s'en souvient, une transparente allusion à l'aventure du burgrave Othon.

Mais aussi, avec leurs mœurs simples et austères, leur pauvreté en quelque sorte traditionnelle, les Suisses ne constituaient pas précisément le public qu'il fallait pour faire vivre une troupe d'acteurs ambulants.

Ainsi pensait Mahadok, dont la sérieuse philosophie s'accompagnait du bon sens et des idées pratiques que donne l'expérience.

Un pressentiment secret lui avait dit de laisser guider sa raison par la folie de Marguerite, dans laquelle il voyait comme un don de prophétie, par lequel cette voyante menait la tribu vers des destins nouveaux.

Mais cela ne l'empêchait pas, lui, de mettre la sagesse de ses cheveux blancs au service de cet idéal en marche, et d'être, comme toujours, l'organisateur prévoyant de la vie commune...

Il décida, par conséquent, que la caravane traverserait la Suisse, en route vers le sud, le plus rapidement possible ; on ne s'arrêterait que pour les haltes indispensables, mais sans dresser nulle part les tréteaux, ni dérouler les jolis décors qu'un peintre de la troupe avait brossés pour encadrer les féeriques légendes et les chimériques amours... Le prince de Furstenberg, ce généreux Mécène, avait fourni à ses comédiens des ressources suffisantes pour leur permettre de supporter les loisirs forcés du voyage, qui devait être quelque peu long et par moments assez pénible.

Par des chemins, la plupart du temps malaisés, il fallait gravir des montagnes escarpées, ou longer des précipices, sous la menace permanente de l'avalanche... La descente jusqu'au fond des vallées encaissées n'était ni moins difficile ni moins dangereuse.

Saâda marchait à la tête du convoi, vêtue en homme, — comme elle en avait l'habitude depuis la guerre des gueux et les représentations théâtrales où elle jouait ces rôles d'amoureux qui allaient si bien à sa beauté brune et mâle. C'était elle qui servait d'éclaireur pour signaler aux conducteurs des chariots les fondrières, les tournants périlleux, les ponts enlevés par le torrent grossi. Mahadok fermait la marche ; il observait le ciel et les cimes aux neiges éternelles ; pour fuir l'orage et éviter la fonte des glaciers, deux choses également redoutables dans cette saison assez chaude.

Ce fut, pour tous, une période de fatigues et de constantes préoccupations ; il fallait pousser aux roues dans les montées et surveiller la descente. Les vallées servaient aux haltes ; on mangeait très vite, puis l'on s'endormait, brisé.

Seuls, Augias et Gunther, les deux ours, trouvaient un charme à ces escalades ; ils l'exprimaient par des grognements de plaisir, et nul doute que, sans leurs gardiens, sans les chaînes dont ils étaient chargés, ils ne fussent allés, hors des chemins battus, rejoindre leurs congénères, au milieu des gorges alpestres.

Et ce sont des montagnes, encore, après des montagnes, une suite con-

Et, comme la chaste Diane, elle apparut sans voile, sous les rayons argentés de la lune...
(Page 1156.)

tinuelle de cols et de défilés, un paysage tourmenté, pittoresque et, malgré tout, monotone.

Enfin, au sortir du Tessin, — car on a toujours marché droit au sud, — voilà qu'un matin le soleil se lève à l'horizon d'opale, déversant, comme un flot d'or en fusion, son étincelante lumière sur une immense vallée qu'enserrent les derniers contreforts des Alpes mourantes.

— L'Italie! — s'écrie Mahadok en étendant le bras dans la direction de ces plaines sans fin.

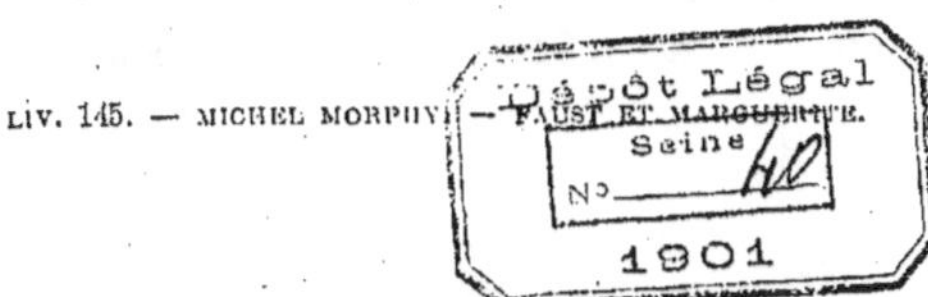

L'air est pur, et il semble que l'on respire mieux, comme si tous ces amas de monts entassés, qu'on laisse derrière soi, oppressaient les poitrines.

La descente commence, avec quelque chose d'alerte et de souriant, au milieu de la verdure embaumée.

Des coteaux, couronnés de pampres, s'étagent autour d'une cité riante dont les blancs clochers se découpent sur l'azur limpide du ciel.

C'est Domo d'Ossola, où nos comédiens font halte et où ils sont fêtés par une population toute italienne, amoureuse d'art et de poésie...

Mais on n'y donne qu'une représentation... Les fiançailles tragiques de Roméo et de Juliette... La folle... la Voyante n'a jamais entendu plus impérieux appel de ses mystiques voix qui lui disent de se rendre sans retard au but du doux et saint pèlerinage d'amour. Jamais l'étoile radieuse qui du haut du ciel guide sa marche, n'a lui d'un tel éclat!... Il est vrai que dans cette saison les nuits d'Italie sont si pures et si douces... nuits voluptueuses... nuits embaumées où la nature entière s'endort sous le baiser des cieux!

La route se poursuit, le long du lac Majeur, dans un décor à rendre jaloux les dieux de l'Olympe...

Et puis c'est la grande plaine lombarde avec ses champs fertiles... Milan, l'opulente cité... Marignan et Pavie aux noms évocateurs de batailles... Partout les comédiens ordinaires du prince de Furstenberg recueillaient les bravos et, ce qui n'était pas à dédaigner, les ducats d'un public connaisseur...

Mais on ne se cantonnait plus dans le drame ou les nuageuses féeries chères aux spectateurs d'Allemagne. Mahadok, le doux penseur, le savant modeste, qui savait si bien plier sa science aux nécessités journalières et accommoder sa philosophie aux obligations de l'existence, se révéla comme toujours un organisateur hors ligne... Aux populations de ces contrées bénies qui vivent dans l'éternel sourire de la nature, il comprit qu'il fallait la musique gaie et pimpante qui charme les sens et berce les pensées.

— Nous resterons toujours, — disait-il, — ce que nous sommes, depuis que, sous l'égide de Marguerite, nous avons entrepris notre marche à l'étoile... des colporteurs d'Idéal!...

On était à l'époque où commençait à se répandre le goût du poème dramatique mis en musique, spectacle d'origine italienne et qui devait bientôt être appelé d'un nom tiré de cette langue, l'*opéra*.

Avec la voix d'or de Marguerite et les dispositions naturelles pour le chant qu'avaient les sujets de la troupe, hommes et femmes, Mahadok résolut d'entreprendre ce genre de spectacle, en le nuançant d'une pointe de gaîté conforme au tempérament du peuple parmi lequel on vivait.

Il abandonna la pompeuse mythologie des faiseurs ordinaires d'opéras et prit ses sujets dans la vie courante idéalisée... Saáda, qui connaissait l'italien à ravir, fut son poète, et lui n'eut qu'à fixer les douces mélodies qui, depuis si longtemps, chantaient dans son âme de rêveur sublime.

Le succès fut immense... Ces pauvres nomades venus on ne sait d'où avaient fini par créer la vogue ; le genre qu'ils inauguraient ne tarda pas à être imité, comme tout ce qui réussit.

Une des premières œuvres dues à la collaboration de la petite reine des bohèmes et de son aïeul, eut pour sujet une légende locale...

Etait-ce bien seulement une légende?... Mahadok assurait que c'était de l'histoire, car il la tenait de ses ancêtres qui, au cours de leurs éternels vagabondages, étaient passés jadis par l'étroit défilé qui commandait cette citadelle étrangement dénommée le *Château-Faible*...

Mais, alors, c'était un château-fort, et, pendant les luttes des Guelfes et des Gibelins, il passait pour imprenable.

Le dernier seigneur, un Gibelin, avait rendu son âme à Dieu, laissant un fils très jeune, mais auquel il manquait les sourires et les baisers d'une mère morte en lui donnant le jour. L'enfant était confié aux soins d'un pieux abbé qui l'élevait comme pour en faire un saint. Et le fait est que le jeune châtelain parvint au printemps de sa vie avec une vertu aussi austère que son château était inexpugnable.

Non ! jamais les Guelfes ne feraient flotter leur gonfanon sur les créneaux altiers de ce fort inaccessible, défendu par la nature et, il semblait aussi, par la piété angélique de son maître; grâce à ces rochers escarpés et à cette vertu qui ne l'était pas moins, les Gibelins continuaient à être les maîtres de tout le pays d'alentour.

Le jeune et pieux châtelain reçut, un jour, une missive familiale... Une de ses parentes âgées, dont il avait entendu parler par son père, l'informait que se rendant en pèlerinage avec sa fille, au sanctuaire vénéré de Notre-Dame-de-Lorette sur la mer Adriatique, elle viendrait en passant demander l'hospitalité au château-fort.

Le saint abbé, consulté par son élève, ne fit aucune objection, loin de là ! La dame passait bien pour avoir des opinions subversives, c'est-à-dire guelfes, mais il convient d'exercer l'hospitalité envers les pèlerins, fussent-ils des ennemis. D'ailleurs la dame et sa fille n'avaient point d'escorte... quelle surprise pouvait-on redouter?...

Les voyageuses arrivèrent et le jeune homme ne put s'empêcher de remarquer que sa cousine était fort jolie... car elle était sa cousine ou quelque chose d'approchant, mais ce n'était point ce lien de parenté, ni la divergence de convictions qui troublait le jeune homme au point que ses nuits ne connaissaient plus le sommeil.

Comme il était d'une piété scrupuleuse à l'excès, il se confessa de ces insomnies à l'abbé qui lui enjoignit, pour chasser les tentations du malin, de s'en aller prier, la nuit dans la solitude, sous les grands arbres du parc. Le ciel ferait le reste...

Le hasard voulut, — était-ce bien le hasard ? — que la cousine Guelfe de l'adolescent Gibelin profitât de la nuit pour venir, sous l'œil de sa mère, se baigner dans le clair ruisseau qui traversait le parc, car on était au plus fort de la canicule...

Et, comme la chaste Diane, elle apparut sans voile, sous les rayons argentés de la lune...

Un cri échappa à celui qui était prédestiné à devenir un saint... invocation de l'amour naissant... ou prière pour éloigner la tentation... qui sait ?... Dans tous les cas, ce cri effaroucha la Diane nocturne au point qu'elle se trouva mal...

La piété fait un devoir de porter aide et assistance à ceux qui souffrent... Le pieux jeune homme rapporta au château sa cousine évanouie...

Ah ! le ciel sur lequel comptaient l'abbé et les autres Gibelins avait fait de belles choses... D'abord les deux voyageuses ne continuèrent pas leur pèlerinage ; et puis le châtelain n'eut plus recours au ministère de son aumônier que pour faire bénir son union avec sa cousine...

Il fut très heureux, mais le pape qui était gibelin déclara qu'il ne le canoniserait jamais.

Un peu pour s'en consoler, beaucoup par rancune, et puis aussi pour plaire à sa jeune épouse, sans doute, le nouveau marié fit hisser sur son château-fort le gonfanon des Guelfes...

De dépit, les Gibelins appelèrent ce point stratégique, que l'amour leur avait fait perdre, le *Château-Faible*... Le public goûta fort cette version nouvelle des amants de Vérone, moins tragique que l'autre et tout aussi vraie, affirmait Mahadok, car la vie n'a pas que des larmes et l'amour n'est pas toujours fait de douleurs...

Et puis, l'on était dans la patrie de Boccace et de l'Arétin... circonstance dont se réjouissait fort un des personnages de la troupe, et non le moindre, bien qu'il fût, à vrai dire, le plus petit.

Nous voulons parler du gnôme, auquel étaient dévolus les rôles de bouffon et de glouton, pour lesquels l'avaient créé sa difformité incurable et sa gourmandise qui ne trouvait de remède que dans un plantureux repas absorbé sans payer, ce qui semblait, pour lui, en augmenter le charme... Quant à sa soif, elle était insatiable, et il exhibait avec orgueil, au milieu de ces populations méridionales, la capacité en liquide d'un estomac des bords du Rhin.

Ah ! le pauvre, il avait bien souffert, quand on traversait la Suisse, d'en être réduit à vivre de petits fromages blancs avec du pain bis, le tout arrosé de lait ou même d'eau pure ! Mais, à présent, il prenait sa revanche avec un enthousiasme vibrant, si bien que les gens qui ne le connaissaient pas, se demandaient, étonnés :

— Où diable un être si minuscule peut-il emmaganiser tout ce qu'il absorbe ?...

Il avait fini par être tout en panse, ce qui le rendit encore plus bouffon, et encore plus glouton...

Son flair... gastronomique, lui servit, comme au sortir du val d'Enfer, pour dépister les endroits où la vie est plantureuse, car il avait remarqué que là on est mieux disposé à jouir de la musique et du spectacle... ventre affamé n'a pas d'oreilles...

La compagnie théâtrale, auprès de laquelle il faisait un peu l'office de chien quêteur de gibier, lui dut quelques bonnes recettes.

Saâda le plaisantait sur ses appétits grossiers; mais Mahadok prenait sa défense, disant :

— Il ne faut jamais trop médire de ce que l'on appelle les bas instincts, car ils soutiennent la vie.

« Et l'idéal mourrait pour cause d'inanition, si on négligeait de manger et de boire.

— On n'est pas des purs esprits ! — concluait le gnôme qui partait à la recherche de quelque cabaret où il payerait son écot en grimaces, concurrence déloyale au singe Brahma qui ne grimaçait qu'en passant les ponts à péage.

Le nain conduisit ainsi la caravane dans les riches cités où son vice l'attirait, comme l'aimant attire le fer... Bologne dont la fine charcuterie est fameuse... Asti dont le vin est célèbre...

Mahadok et sa petite fille... sa collaboratrice Saâda, s'inspirèrent de son étrange figure et de ses propensions grossières pour mettre à la scène, sous une forme symbolique, cet accord de la matière et de l'esprit, de l'Idéal et de l'Instinct que le doux philosophe jugeait nécessaire pour le bien de la vie...

C'était la *Belle et la Bête*... et Marguerite la douce voyante, la tendre illuminée, incarnait ce rôle de l'âme toujours en marche vers l'étoile radieuse des visions sublimes... Le gnôme était la bête... l'instinct asservi, dominé, qui se changeait, pour l'apothéose finale, dans l'incarnation du rêve... le prince Charmant, dont Saâda, avec sa voix exquise, chantait le triomphant amour.

Chose étrange, cette perpétuité du rêve vécu, où parfois les êtres perdent la raison qu'ils possèdent, semblait ramener, dans l'esprit meurtri et dolent de Marguerite, la conscience de la réalité et des choses.

Jadis, sous le toit familial où elle passa les douces années de l'innocence et du bonheur, elle se livrait aux occupations courantes de la vie ; à présent, elle participait avec une ardeur merveilleuse à cet enfantement de chimères...

La rêveuse descendait des splendeurs du ciel bleu et se faisait à son tour créatrice...

Le vieux bohémien n'oubliait pas qu'avant d'être *impresario* d'une troupe ambulante d'opéra, il était médecin... et il augura le plus grand bien pour la santé morale de Marguerite, du changement survenu chez elle.

Elle s'intéressait à ce qui l'entourait, et cessait d'être l'absente pour revenir dans la société des vivants.

Du reste, elle n'avait jamais cessé d'allaiter son cher petit Henry, le doux gage de son impérissable amour...

Comme elle l'adorait, comme elle le couvait de ses regards extasiés et de ses baisers de mère, sans qu'un acte d'elle... le moindre geste pût nuire au frêle petit être, si charmant dans sa faiblesse rose et sa grâce souriante !...

Pour Marguerite, comme pour tant d'autres qui furent comme elle, la Folie s'était arrêté au seuil de la Maternité !

XXVIII

UNE PIÈCE NOUVELLE

Sous le ciel limpide de la belle Italie, comme les nuits sont claires ! Quelle est cette petite étoile qui scintille, là-haut, dans le firmament, d'un éclat si vif ?...

On dirait une mouvante lueur, comme celle d'un feu follet... ou un signal d'appel...

Mais non! l'étoile est fixe... droit sur le sud... au milieu de ce grand voile noir tout pailleté d'or que la nuit a mis sur le ciel endormi...

Une file de chariots se déroule lentement, sur la route... Dans la première roulotte à l'avant, une femme tout de blanc vêtue et tenant un enfant dans les bras, se tient debout, les yeux levés vers la petite étoile qui luit...

C'est Marguerite, la folle... ou la voyante... consultant son astre familier, tandis que le reste de la caravane, rois de théâtre, dieux de l'Olympe, magiciens et sorcières, les deux ours, le singe et les seigneurs de moindre importance, bref, tous les artistes de la troupe, dorment, bercés par le pas lent des haridelles qui les traînent, et font des rêves qui n'ont rien de royal ou de divin, pauvres braves gens dont l'idéal est borné par la modeste batterie de cuisine étalée dans leur roulotte.

Mais cet idéal est réalisé... La chimère est un fameux gibier quand on peut arriver à le prendre et à le mettre à bouillir dans la marmite... L'art nourrit tout ce monde-là qui mourrait de faim ou à peu près, en se livrant à des métiers manuels divers, suivant les hasards de la vie nomade.

Seulement, la bonne fortune les a un peu gâtés ; ce ne sont plus les enfants dociles de naguère qui obéissaient avec une respectueuse déférence à l'aïeul vénérable qui avait guidé plusieurs générations de Bohémiens sur la route de l'éternel exil.

C'était une troupe de comédiens, nerveux, impressionnables, vaniteux, et ayant des prétentions d'argent sans compter les autres. Ils assourdissaient leur directeur, Mahadok, de réclamations continuelles, au sujet de leurs rôles, de leurs costumes et de leurs engagements.

Les « seigneurs de moindre importance » et autres « utilités », comme on dit dans le langage des théâtres, se plaignaient de voir leur talent méconnu, au bénéfice de camarades plus intrigants, mais moins bons qu'eux sur les planches.

Et puis, par suite d'une psychologie qui rendait Mahadok rêveur, certains parmi ces artistes d'hier... vagabonds de la veille, et qui avaient toujours erré par le monde, de père en fils... se plaignaient de ne pas avoir une situation assez stable... Ils parlaient d'engagements...

— Restez donc les enfants de Bohême que vous avez toujours été jusqu'ici! —leur disait le tranquille philosophe qui, depuis tant d'années, présidait à leurs destinées nomades.

Mais cette philosophie ne parvenait pas à les convaincre. La pratique d'un art qui peu à peu ramenait Marguerite vers les réalités terrestres, conduisait les autres dans les décevantes fumées de l'illusion.

Il ne tarda pas à y avoir quelques déserteurs dans la troupe... des chanteurs qui s'étaient faits remarquer et que l'on engagea dans d'autres théâtres.

Une fort belle fille de la tribu renonça même tout à fait à l'art théâtral... Elle savait l'art de plaire et préférait les vrais bijoux au clinquant de la scène. Bientôt, elle eut de vrais diamants et roula carrosse.

— Ce n'est pas impunément qu'on joue les grands seigneurs et les courtisanes! — disait Mahadok; — on finit par prendre tous les vices de ces gens-là.

Bref, cet humble petit royaume de Bohême courait à sa déchéance et à son démembrement.

Saâda qui en était le roi n'avait plus que l'ombre de ce pouvoir incontesté et absolu qu'elle possédait jadis sur toute la tribu. Mais elle s'en consolait, en pensant aux pages glorieuses et déjà lointaines que sa jeune royauté avait eues dans le passé... *La Guerre des Gueux*, la *Prise du Burg d'Othon-le-Cruel* et la *Retraite sous la neige à travers les défilés du Val d'Enfer*, c'était son épopée...

L'amour même ne manquait pas au roman héroïque de celle qui tour à tour incarna Jack le bûcheron, Roméo et le prince Charmant... C'était l'amour dans ce qu'il a de plus tendre, de plus doux, de plus suavement féminin, l'amour d'une sœur à l'âme énergique et forte, pour le cœur alangui par les larmes d'une faible sœurette toute dolente... pauvre oiselet dont la tempête a brisé l'aile bleue...

La brune Saâda aimait ainsi Marguerite... elle l'aimait de toutes les forces de son âme généreuse et vaillante... et cet amour était pour la mélancolique victime de la destinée, à la fois une sauvegarde et un réconfort.

Quand elle avait chanté sur la scène, aux pieds de Marguerite, son rôle passionné d'amoureux, Saâda, en quittant son travesti, reprenait, avec ses vêtements de femme, son rôle de sœur... et le duo chaste et divin de l'infinie tendresse se poursuivait entre ces deux créatures exquises, si dissemblables et, qui sait? par cela même, si bien faites pour s'aimer en vertu de cette mystérieuse loi des contrastes qui régit l'attraction des forces éparses dans l'univers.

— Cette étoile qui luit, là-haut dans le ciel, vers le sud... tu ne trouves pas, Saâda, qu'elle brille, ce soir, comme elle n'a jamais brillé?...

A l'avant de la roulotte où nous l'avons vue tout à l'heure, la blonde Marguerite rêve et parle ainsi, dans le silence embaumé de la nuit, à sa chère Saâda, accoudée auprès d'elle et qui suit son regard.

— Oui! mignonne chérie! — répond celle qui fut le petit roi de Bohême. — La clarté de cet astre va en augmentant... et puis nous ne verrons plus sa lueur... parce que... parce que... Enfin, grand-père me l'a expliqué, mais j'avoue que je ne suis pas très versée dans l'astronomie; c'est pourquoi je ne veux pas reproduire son explication, car je crains de ne l'avoir point comprise...

La folle reprit :

— Je sais, mon cœur, que cette étoile qui nous guide cessera bientôt d'éclairer nos nuits, mais le fanal ne s'éteindra que quand nous nous arrêterons... quand nous ne verrons plus l'étoile... et alors... nous serons au but...

— Tu ne sais pas, ma chérie, ce que m'a dit Mahadok ce soir?... Je peux te le répéter car je l'ai mieux compris, Dieu merci, que ses démonstrations astronomiques... Il m'a dit que la route que nous suivions, comme des aveugles, nous laissant guider par ton inspiration d'en haut, nous conduisait tout droit vers Florence.

Avec une voix lointaine, comme sa pensée, et qui semblait venir des frontières du Rêve, la folle murmura :

— Florence... la cité des fleurs... Ah!... sous les fleurs, il y a souvent des serpents cachés... Le serpent qui siffle et dont le venin empoisonne tout... le reptile aux écailles brillantes qui rampe à travers les roses... le serpent maudit qui m'a fait perdre le Paradis terrestre... avait une face humaine et des paroles fleuries... oui, les fleurs... plein une ville... Et tu m'as dit, Saâda, que cette ville s'appelait Florence?

La brune enfant de la tribu nomade mit un long et tendre baiser sur le front pâle de Marguerite.

— Pauvre mignonne! — fit-elle, — ne fais plus envoler ton âme meurtrie sur l'aile noire de la tristesse... reste auprès de ta sœur bohémienne, à contempler l'étoile d'or qui te mène vers des destins meilleurs. J'allais te parler de notre art, car je sais que cela chasse toujours les vilaines ombres qui jettent un voile sur ton cœur attristé.

« Voilà!... Je te disais que Mahadok s'inquiète de nous voir approcher d'une grande ville, très riche, très raffinée, où l'on a un goût très délicat, particulièrement en ce qui concerne la musique et le théâtre...

— Pourquoi Mahadok a-t-il peur?... Chanterons-nous moins bien parce que la ville est grande et riche, notre duo d'amour; le gnôme sera-

C'était l'aïeul qui, montrant la vision de ce panorama féerique... (Page 1165.)

t-il moins drôle, et les deux ours plus gracieux ? L'art ne change pas... et qu'importe le cadre !...

— Non ! ce n'est pas cela, Marguerite, que je veux dire. Mahadok redoute d'affronter le public de... cette importante cité avec un répertoire déjà ancien... Il voudrait du nouveau, d'autant plus qu'il y a dans cette... ville si grande, une cour princière où l'on dit que les gens sont blasés sur les émotions artistiques ou autres... Bref, Mahadok préférerait attendre que nous ayions monté quelque chose de nouveau avant d'entrer dans Florence.

Saâda regretta ce nom qu'elle avait prononcé par inadvertance, car il semblait, en vertu d'une de ces influences occultes inexpliquées qui agissent sur les âmes malades, évoquer une suggestion douloureuse chez sa pauvre sœurette blonde...

Marguerite, perdue dans le vague de la nuit, prononça, ou plutôt gémit ces paroles... et l'on eût dit le son d'une lyre voilée :

— Florence... Il faut du nouveau à Florence !... Il n'y a de nouveau que ce qui est oublié... l'oubli... c'est... Strasbourg... Alors, il faut rappeler Strasbourg à Florence qui l'oublie...

Le sens mystique et caché de ces mots douloureux échappait à Saâda. Et le petit roi de Bohême au cœur aimant, le menton appuyé sur sa main, regardait pensif sa sœur aux beaux yeux d'azur... il la contemplait, anxieux, cherchant à deviner l'énigme sortie des lèvres roses du sphinx qu'il adorait...

Et alors, dans le chariot de bohémien qui, tout doucement, roulait sur le chemin, sous la clarté des astres, Marguerite, de sa voix d'or, racontait son rêve intérieur... tout un drame nouveau, car il sortait de l'oubli.

— Là-bas, bien loin, sur les bords majestueux du Rhin, à l'ombre des arceaux gothiques d'un sanctuaire, vénéré qui lançait vers le ciel la flèche altière de son clocher, un homme travaillait dans la poussière des livres, penché sur les instruments de la science où se distille la vie... et la mort...

« Il était l'incarnation du génie humain dans ce qu'il y a de plus parfait... Son savoir était sans bornes... un savoir si grand qu'il dépassait les limites de la terre, pour atteindre presque aux limites surnaturelles...

« Mais ce n'était pas le ciel, c'était l'Enfer... car l'immensité de la science avait fini par amener un morne désenchantement dans l'âme du savant. Quel était son âge ?... Nul ne le savait, car personne dans la cité ne pouvait se vanter de l'avoir vu naître... Les plus anciens se rappelaient l'avoir connu dans son enfance, tel qu'il était actuellement ; son corps vivait en dehors du temps, comme son âme évoluait au delà de l'Espace.

« Cette âme supérieure à toutes les âmes humaines, Satan résolut de la prendre... Il apparut au sublime docteur sous les traits d'un noble et riche gentilhomme, vêtu d'un beau pourpoint, comme les galants chevaliers en portent dans les cours princières.

« Séduit par ses artifices trompeurs, le savant, par un pacte infâme qu'il signa de son propre sang, vendit son âme au Malin.

« Mais si l'âme du merveilleux docteur ployait sous le fardeau accablant de la science infinie, son cœur, pendant les âges qu'il avait traversés, son cœur n'avait jamais palpité au doux frisson de l'amour.

« Et ce cœur qui dormait depuis des temps sans fin, un jour se réveilla très tendre et très doux, et pur comme un cristal, car aucune affection terrestre ne l'avait effleuré de son souffle...

« Il aima... d'un amour vrai... ingénu et timide... comme un enfant qui rougit au seul nom de l'amour... ses lèvres qui n'avaient balbutié que les mots baroques des grimoires, murmurèrent les suaves et magiques paroles de la passion naissante...

« L'Élue était une jeune fille chaste et pure... Il l'avait rencontrée, un jour de fête carillonnée, au seuil du Sanctuaire de Dieu, et il lui offrit l'eau bénite en l'appelant sa gente demoiselle.

« Oh ! comme ils s'aimèrent !...

« Le sublime docteur avait fait d'elle sa femme devant Dieu, en attendant qu'elle le fût devant les hommes, et comme gage de leurs saintes fiançailles, il lui avait passé au doigt un anneau d'or.

« Mais Satan veillait... le démon de la haine se fait un vil entremetteur... et, lâchement, ses lèvres infernales distillent la calomnie...

« Le frère de la malheureuse amante tombe, mortellement frappé, dans un duel diabolique... Et elle, la pauvre martyre, succombant sous la honte, est réduite à fuir le toit de sa mère, tandis que l'Esprit du mal emporte le savant en une chevauchée d'enfer vers quelque sabbat lointain...

« Elle souffre, longtemps, errante dans les bois et sur les routes poudreuses, portant dans ses bras le doux fruit de sa faute, le gage de sa rédemption...

« Mais Dieu a eu pitié de ses larmes amères et de ses douleurs infinies... Le pardon a lui dans l'immensité des cieux... et l'espérance aussi... sous la forme d'une étoile radieuse qui conduit l'épousée vers celui qu'elle aime et qu'elle va disputer à Satan dans son Enfer... »

... L'aube blanchissait l'horizon... et comme un enfant de chœur tout de blanc vêtu, qui, l'office divin terminé, vient éteindre les cierges de l'autel, ainsi la juvénile aurore, une à une, éteignait les étoiles...

D'elle-même, la caravane s'était arrêtée... Car les pauvres chevaux attelés aux roulottes savaient bien, dans leur instinct de bêtes, qu'au petit jour on faisait halte...

La cessation du mouvement et la clarté du jour tirèrent Saâda de sa rêverie... Elle avait compris l'énigme douloureuse et tendre... Sa sœur d'adoption, dans son langage imagé de voyante, avait, tout haut, rêvé sa vie...

Et elle ne douta pas que l'étoile d'amour, l'astre d'espérance n'eût conduit sa Marguerite chérie vers l'endroit marqué par le Destin...

A cette pensée, une douleur profonde entra dans le cœur du petit roi de Bohême... Sa sœurette adorée retrouverait donc celui qu'elle aimait... Saâda n'en doutait point... et elle ne pouvait être jalouse, puisque son affection, délicieusement idéale, rêvait pour Marguerite, la réalisation de tout bonheur.

Malgré cela, elle souffrait; car elle savait bien que ce bonheur réalisé la séparerait pour toujours de la blonde sœur aimée... aimée jusqu'à la torture de cœur qu'elle éprouvait...

Écrasant de sa main fine et nerveuse les larmes qui perlaient à ses grands cils bruns, elle chassa cette mélancolie de tendresse qui déprimait son âme et regarda la campagne immense autour d'eux...

Dans les rougeurs du soleil montant, on apercevait au loin une ville qu'un fleuve traversait... Les dômes de ses églises, les toits de ses palais, éclairés par la pourpre du ciel paraissaient flamber... et ce mot sortit des lèvres de Saâda :

— L'Enfer !...

Une voix grave et douce à côté de la roulotte tira la petite bohémienne de sa rêverie. C'était l'aïeul qui, montrant la vision de ce panorama féerique, disait :

— Voici Florence... la capitale de la Toscane... le berceau des arts, la patrie de la musique et de la poésie... mais aussi le repaire de la tyrannie...

« Bonjour Saâda... bonjour Marguerite... avez-vous bien dormi, mes 'mignonnes ? Ce n'est pas, dans tous les cas, la galopade de nos peu fougueux coursiers qui vous aura éveillées !...

« Avez-vous songé à quelque sujet nouveau d'opéra ?... car nous n'entrerons pas dans cette ville... terrible, avec un répertoire dont on a eu la primeur autre part. Et nous resterons là, à camper devant la terre promise, jusqu'à ce que nous ayions mis sur pied quelque chose de neuf et d'inédit.

« Moi qui ai toujours vécu comme un sectateur farouche de la liberté, je suis obligé de dire que si les tyrans ont beaucoup de mauvais, ils ont au moins cela de bon, c'est qu'ils font progresser les arts et forcent les artistes, par ordre, à créer... sous peine de mort ! Vive la tyrannie protectrice des arts !...

Le ton enjoué de l'excellent vieillard arrachait Saâda à la mélancolie de ses pensées... Et le sourire revint sur les lèvres du petit roi de Bohême qui répondit à son aïeul, sur un ton de reproche simulé... et de feinte provocation :

— Oh ! grand-père... est-ce possible ?... alors moi je crie : A bas les tyrans !...

— Praxitèle était un tyran et Athènes lui a dû sa splendeur...

— Andréas Borghès était un tyran. Et Florence ne lui a guère dû...

— Que des impôts... c'est certain ! Mais es-tu bien sûre, Saâda, que les Florentins n'auraient pas payé autant de taxes sous un prince débonnaire?... Et puis, laissez-moi vous dire, roi de Bohême, que vous faites trop d'honneur à votre cousin de Toscane.

— Et pourquoi cela, ô apologiste de la tyrannie?...

— Parce que ce pauvre Andréas Borghès n'était pas un tyran, mais, comme on l'a dit, une vieille bête... Il se laissait conduire par sa femme, la duchesse Nathalie, qui était... et est encore menée par un homme néfaste... le mauvais génie du pays... Voilà, du moins, ce que j'entends raconter dans les auberges où parfois nous nous arrêtons depuis que nous sommes en Italie... Seulement, il ne faudrait pas dire cela trop haut, à présent que nous sommes dans les états gouvernés, avec une poigne de fer, par le tout-puissant Méphisto!

Depuis le début de cette conversation mi-politique, et mi-railleuse, qui mettait aux prises d'une façon plaisante le vieillard et sa petite-fille espiègle, Marguerite, descendue des hauteurs de son rêve, était redevenue mère.

L'idéal, maintenant, consister à allaiter, dans un coin de la roulotte, cette mignonne chimère rose et potelée qui s'appelait Henry... comme son père.

Mais le dernier mot qu'avait dit Mahadok la fit tressaillir... Et, à plusieurs reprises, elle répéta ce nom évocateur, pour elle, de souvenirs douloureux et terrifiants.

— Méphisto... Méphisto...

Saâda et le vieillard, étonnés, se retournèrent de son côté...

Le regard vague... perdu... se noyant dans le bleu du ciel dont l'azur de ses yeux étaient le reflet, la folle continua :

— C'est le nom de Satan... l'Esprit du mal qui lui a fait signer un pacte abominable et a emporté son âme vers la cité maudite où il trône, Roi des Enfers...

Au loin, Florence flamboyait dans les gloires du soleil montant vers son zénith...

Mahadok, étonné, demanda à sa petite-fille :

— Qu'a-t-elle dit?

— Oh! vois-tu, grand-père, cette nuit nous n'avons pas dormi... Marguerite m'a raconté un poème très beau, tout plein de larmes et d'amour, et je songeais à en faire un drame que nous mettrions en musique pour le jouer devant les nobles seigneurs de Florence... Lorsque vous êtes venu, mal à propos, monsieur l'impresario, m'arracher à mon inspiration en me parlant politique, comme si ça nous intéressait, les faits et gestes de ce personnage... Au fait, comment s'appelle-t-il?... son nom m'a l'air joliment difficile à prononcer...

— Satan!... son nom est Satan!... Je vous dis que c'est Satan en personne.

— C'est étrange! murmura le vieux Bohémien, — jamais je n'ai vu notre pauvre Margueite en proie à une émotion pareille!... Il ne s'est rien passé, cette nuit, Saâda, qui puisse voir troublé notre chère voyante?...

— Non, grand-père, elle rêvait à la clarté des étoiles, et moi j'écoutais son rêve... ce poème dont nous ferons un drame lyrique... et que je crois être la résurrection des souvenirs... le retour des douces espérances... oh! que ce sera beau, grand-père, j'y mettrai tout mon cœur...

— Et moi, Saâda, toute mon âme. Si ce que tu penses est vrai, peut-être ce rêve, réalisé par la fiction de la scène, ramènera-t-il, chez la pauvre victime, la raison envolée et le bonheur disparu!

« Nous allons nous mettre au travail, Saâda... C'est le moment de faire un chef-d'œuvre. Je ne sais pourquoi, mais un secret pressentiment m'avertit qu'après avoir erré si longtemps, guidés par l' « Etoile d'amour », nous approchons du but de ce long voyage... Puissions-nous être arrivés enfin à la terre promise...

— Pourvu que ce ne soit pas la ville maudite... la cité d'Enfer au seuil de laquelle il faut laisser tout espoir!

Ce fut ainsi, en vue de Florence, — l'énigmatique cité, — que Maha-dok et Saâda firent comme d'habitude, en collaboration, la pièce nouvelle qui devait être jouée, devant un public d'élite, dans la capitale de la Toscane.

Ainsi que Mahadok l'avait prévu, cet ouvrage était un vrai chef-d'œuvre ; mais, laissant de côté tout amour-propre d'auteur, le vieux Bohémien n'hésitait pas à déclarer que tout le mérite en revenait à sa chère voyante.

Tel était, également, l'avis de la petite Reine de Bohême qui riait, avec cet enjouement un peu mélancolique dont elle voilait la tristesse croissante de sa pensée.

— Nous ne sommes que des traducteurs et des copistes... Saâda a écrit son poème sous la dictée de Marguerite... et Mahadok n'a fait que noter les divines mélodies qui chantaient dans l'âme céleste de ma blonde sœurette!

— Il ne nous manque plus qu'un titre!... — fit Mahadok.

— Oui... c'est cela... Comment appellerons-nous ce chef-d'œuvre... ce chant de cygne... qui sait? — ajouta Saâda rêveuse. — C'est ici que vraiment l'inspiration nous fait défaut...

La folle était près d'eux, silencieuse, berçant son petit enfant... Mais soudain, elle parla, et sa douce voix au timbre d'or laissa tomber ce mots :

— C'est bien facile!... vous appellerez la pièce « Faust et Margue-rite... ».

Mahadok et Saâda se regardèrent...

Ils avaient tressailli l'un et l'autre...

Le vieux Bohémien regarda le ciel où la nuit était venue, comme s'il y cherchait, lui aussi, quelque mystérieuse étoile qui pût éclairer le destin en marche...

— Tiens... Saâda... tu vois... là-haut... C'est une comète qui est visible... depuis le val d'Enfer... Tous les soirs elle grandit parce qu'elle s'approche de la terre... et puis elle cessera d'être visible.

— Elle s'éteindra tout à fait, grand-père ?... le repos... le néant... existe n'est-ce pas... là-haut... comme ici-bas ?...

— Non... elle continuera sa route vers d'autres espaces infinis... Ces astres errants sont les bohémiens du ciel !... Cette étoile-là c'est la nôtre... et elle est dans tout son éclat... mais elle va décroître...

Et comme sa petite-fille restait songeuse, un pli soucieux barrant son front brun et mutin, il ajouta, souriant :

— Voilà ce que je te dirais, si j'étais versé dans l'astrologie et surtout si j'y croyais... Mais j'aime mieux ramasser des simples dans les prés et les bois, pour en faire des tisanes et des élixirs, que de me perdre parmi les étoiles, ces fleurettes du ciel, parce que je ne peux pas les cueillir !...

Le lendemain, la troupe des acteurs nomades faisait son entrée dans la ville de Florence...

. . . .

XXIX

PAIX MÉPHISTOPHÉLIQUE

LA paix sainte et douce, la paix bénie, cet ange de lumière descendu des cieux pour régner sur la terre, voit parfois un étrange usurpateur prendre sa place sous le clair soleil.

Ce n'est plus la guerre, sinistre Gorgone aux traits convulsés dont la tête se hérisse de serpents qui sifflent, dont la main agite la torche incendiaire... monstre nourri de sang, vampire hideux accroupi sur des cadavres, dans un horizon empourpré d'incendies...

Mais si la guerre est horrible... malfaisante... atroce, elle a sa grandeur effroyable et sa beauté terrible. Le Vésuve superbe, dont le cratère vomit des flammes et crache des torrents de lave ardente qui détruisent tout sur leur passage... cette bouche de l'enfer qui sème la mort peut inspirer l'effroi... On la hait, comme on hait le mal, sous toutes ses formes, mais on admire la farouche et grandiose beauté du volcan en éruption...

Ainsi la guerre exécrable... la guerre impie et fratricide... legs de Caïn le Maudit peut trouver des admirateurs et des apologistes. N'est-elle pas l'école du dévouement le plus sublime, le champ fécond où germe l'héroïsme, la plus haute vertu de l'humanité... celle qui fait de l'homme un dieu...

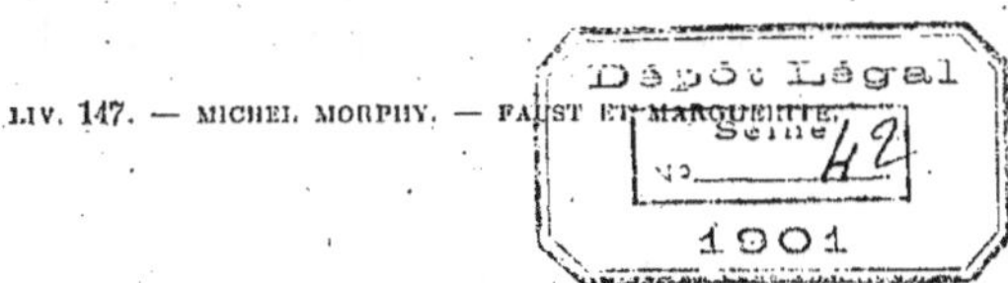

Tous les poisons moraux circulaient sous les fleurs, car ce n'étaient que fêtes, réjouissances... (Page 1170.)

Et l'on oublie la guerre cruelle quand la sainte paix, aux fruits bénis, pousse dans les champs labourés par le fer des batailles et qui ont bu le sang des héros. Heureux sont les peuples sur qui, après les horreurs de la guerre, vient régner cette paix profonde et douce!...

La Toscane, hélas! ne devait pas la connaître!...

Après la brillante victoire des insurgés à Campi et la satanique revanche prise par Méphisto sous les murs du Belvédère, un calme de plomb tomba sur le pays si longtemps convulsé...

« Quand la peau du lion est trop courte, on y coud celle du renard !... »

Méphisto, prince régent de Toscane, avait pris pour devise cette pensée de Machiavel, son maître.

Son maître ?... Mieux que ça !... Quand le Florentin Machiavel, auparavant, écrivait ironiquement peut-être son fameux *Traité du Prince*, il se montrait... bon prophète, voilà tout, et traçait, par avance, le portrait de l'homme qui devait régner, par tous les moyens, sur son pays.

Par tous les moyens... car l'absence de scrupules, un génie fertile en ressources, une intelligence subtile faisaient, du nouveau prince régent de Toscane, le modèle du prince, suivant le portrait tracé par le célèbre écrivain...

Et l'on pouvait dorénavant dire le « méphistophélisme », pour caractériser la politique de cet homme extraordinaire.

Un des premiers fruits de cette politique fut l'établissement d'une paix... machiavélique.

Le mancenillier, — arbre de mort, — porte aussi des fruits... et leur apparence est fort belle, mais ils sont empoisonnés...

L'aqua tofana, perfectionnée on l'a vu, par l'alchimiste de feu Andréas Borghès, jouait aussi son rôle dans cette paix diabolique où la délation, la suspicion, la calomnie, la corruption, tous les poisons moraux circulaient sous les fleurs, car ce n'étaient que fêtes, réjouissances, divertissements et banquets.

On eût dit que la Toscane cherchait à s'étourdir dans le parfum de ces fleurs vénéneuses, à endormir son mal dans l'enivrement de ce bonheur factice, tandis que, comme une chape de plomb, cette paix d'enfer pesait sur ses épaules meurtries...

Nous avons vu qu'après la traîtreuse victoire, remportée sur les insurgés dans Florence même, victoire qui complétait d'une façon digne de lui le guet-apens de la Péja, le satanique Méphisto avait adopté une stratégie nouvelle...

— Les fusillades, les coups de canon, les charges de cavalerie, les manœuvres savantes des armées en marche, tout cela, — disait-il, — c'est bon pour des *condottieri*, des aventuriers de cape et d'épée, qui vont se mettre au service des petits princes d'Allemagne et d'Italie.

« Mais le sort des batailles finit par trahir les meilleurs tacticiens, fussent-ils César ou Annibal. Est-ce que les troupes régulières et bien disciplinées du grand-duc, mon... prédécesseur, commandées par des officiers sortis de l'École de guerre, ne se sont pas fait battre par des bandes de paysans et d'ouvriers ?...

« Non !... je ne veux pas laisser ma fortune... et bientôt je dirai ma couronne... exposée aux hasards d'une guerre heureuse ou malheureuse, suivant qu'un brave homme de capitaine se sera trompé de route avec sa compagnie ou qu'un artilleur aura mal pointé ses pièces...

« Je ne veux, pour me hisser au trône... et m'y maintenir, que les manœuvres de la politique, les marches et les contremarches de la diplomatie... car j'y suis passé maître...

« Mes troupes, mes canons sont là !...

Et en disant cela, dans son cabinet de travail, sans autre témoin que sa conscience muette, Méphisto se frappait le front à l'endroit où bientôt, cerclé d'or enrichi de précieux joyaux, brillerait la couronne de Toscane.

C'est pourquoi les soldats se reposaient, heureux d'un repos qu'ils avaient bien gagné, en somme, tandis qu'un si grand nombre de leurs camarades se reposaient, — pour toujours, ceux-là, — dans les plaines de Campi ou les gorges de la Péja.

Le génie du prince régent veillait et travaillait pour eux!... La révolte avait un chef... ou plutôt elle l'avait eu; c'était le vieux Gioritto.

Mgr Julio Marchetti, gouverneur de la prison d'État, avait eu, par ordre supérieur, les plus grands égards pour le vétéran de la liberté... des égards plus terribles qu'un coup de dague enfoncé entre les épaules... plus vénéneux que l'aqua tofana.

Les patriotes captifs, avant d'être remis en liberté, n'avaient-ils pas pu voir l'ancien révolutionnaire, vêtu comme un courtisan, parader dans le cortège de nobles et de bourgeois qui déambulait à travers la prison, contemplant avec une curiosité malsaine le spectacle de leur captivité et de leurs misères.

Et, pour comble de honte, cet ancêtre, — une vieille barbe, comme ils l'appelaient maintenant par dérision, — avait donné devant eux les signes de l'émotion... particulière aux gens qui ont fait un repas trop copieux et trop bien arrosé...

Jamais un chef de parti n'avait trahi les siens d'une façon aussi vile et aussi basse !...

Trahir, pour se faire le commensal... le parasite de ce Julio Marchetti, un chef de porte-clefs et de gardes-chiourme qui était l'amant de sa fille Hélène, la fameuse Titania, laquelle avait élu domicile dans le somptueux palais du gouverneur de cette Bastille florentine, entre son père et son Julio... Pouah !... les patriotes en étaient tellement écœurés qu'ils ne songeaient même plus à s'indigner !...

Ceux qui avaient l'âme moins haute; ceux sur qui le plaisir, l'oisiveté, le bien-être sous toutes ses formes conservaient encore leurs dangereux attraits, ceux-là se disaient :

— Bah ! après tout, on a bien tort de se faire du mauvais sang pour des idées... Bien boire et bien manger... rêver paresseusement, dans l'ombre des grands arbres l'été, en courtisant les belles filles qui passent, cela vaut mieux que de se faire casser la tête au nom de la liberté...

« Ah !... ah !... ah !... Gioritto nous avait bien monté le coup... le vieux ruffian !...

Et Florence s'emplit de galvaudeux et de fainéants qui vécurent des plus louches métiers, — y compris ceux de sbire, d'espion et de policier.

Ce fut le régime des mouchards et des prostituées, l'âge d'or des personnages visqueux qui partagent avec les filles de joie l'infamie et les bénéfices de leur immonde trafic...

Méphisto, pour mieux régner, avait empoisonné l'âme de ce peuple !

Il avait raison !... Son astuce et sa perfidie le servaient mieux que ses troupes et leur brillant état-major !

Avec une adresse infernale, il avait su combiner tout son plan, machiner de telle façon les apparences, que tout cela semblait l'exacte réalité.

Le vieux Gioritto, pauvre père, patriote plus infortuné encore, n'était qu'un malheureux captif cent fois plus à plaindre que le lieutenant Roger, enfermé dans le cachot n° 13, ou le docteur Faust, prisonnier dans la cellule voisine...

Le vénérable vieillard, anéanti par le narcotique puissant qu'on lui avait versé, n'était plus qu'un corps sans âme... cadavre pantelant que maniaient à leur guise les deux prétendus serviteurs qui semblaient soutenir sa marche chancelante et titubante... en réalité deux gardes... deux surveillants qui ne perdaient pas de vue un seul instant cette triste victime de l'horrible chimie des Borghès.

Quant à la belle Titania, jadis fière et superbe courtisane, aujourd'hui douce et mélancolique victime du plus pur et du plus idéal amour, elle a été livrée comme une prisonnière, elle aussi, par le diabolique Méphisto à ce Julio Marchetti qui l'aimait avec la plus folle passion... qui l'aimait jusqu'au déshonneur, et qui, pour l'amour d'elle, avait vendu son âme au diable... ou au prince régent, ce qui était tout comme !

On le voit, la paix régnait bien en Toscane...

Paix de Satan... pire que la guerre...

Paix de Méphistophélès !...

C'est pourquoi, la nuit, derrière les vitraux de son palais, le démon qui régnait sur Florence avait un rire infernal en contemplant son œuvre... la ville qui dormait, saoule de cette licence remplaçant pour elle la liberté, avec l'ivresse mauvaise et le vertige malsain, reliquat des voluptés orgiaques...

Et les passants attardés, les citoyens honnêtes... et rares, qui, au milieu de l'universelle décadence, avaient conservé les saintes traditions et les pieuses croyances de la droiture et de l'honneur... ceux-là faisaient le signe de la croix... et hâtaient leur marche, en longeant certain mur du palais, près des jardins...

Car on y voyait sortir, d'un pavillon désert, une lumière mystérieuse, et il s'en dégageait une méphitique odeur de soufre, comme celle que le maudit traîne après lui, dit-on.

Mais l'explication en était plus simple... et plus terrible...

C'était dans ce bâtiment isolé, loin des yeux indiscrets que le diabolique prince régent, penché sur ses matras, ses creusets, ses alambics et ses cornues, travaillait aux progrès à réaliser dans la chimie... politique.

XXX

A VINAMONTE

Si, quittant Florence où règne la corruption des mœurs, nous allons jeter un coup d'œil sur les petites villes et les bourgades des provinces, nous y verrons un spectacle plus affligeant encore peut-être.

Le luxe et la splendeur des arts, tous les côtés brillants de la vie d'une superbe capitale peuvent encore faire illusion et jeter comme un voile d'or et de soie sur les plaies d'une société pourrie jusqu'aux moelles.

Mais il n'en va pas de même en ce qui concerne l'existence provinciale, dont la teinte uniforme et monotone laisse transpirer, dans un contact journalier, toutes les basses rancunes, les inimitiés locales, les haines sourdes...

Ici, l'envie a plus de fiel, et les vices qu'aucune magnificence artistique n'habille plus, apparaissent dans toute leur bestialité hideuse et morne.

Le machiavélisme du successeur d'Andréas Borghès avait fait son œuvre, dans ces milieux provinciaux tout comme à Florence...

Mettant en pratique, avec le plus complet cynisme, cette vieille maxime gouvernementale qui est et restera de tous les temps : « diviser pour régner », Méphistophélès avait compris que le meilleur moyen d'annihiler l'esprit révolutionnaire consistait à semer la zizanie parmi les révoltés.

De cette façon, les mécontents ne feraient plus *bloc* contre lui, mais se dépenseraient en dissensions vaines et en discussions stériles.

Adroitement, le nouveau prince régent ressuscita le particularisme local, ce qui était facile dans ces petites villes italiennes, toujours agitées par les influences de familles ennemies.

La moindre bourgade avait ses Capulets et ses Montaigus entre lesquels l'amour ne ramenait pas la paix, comme dans l'immortelle légende de Roméo et Juliette ou l'anecdote gracieuse du Château-Faible.

Dans les centres où, par hasard, il n'y avait ni lutte de classes, ni guerre de clans, il sut ranimer, de leurs cendres mal éteintes, les vieilles querelles qui, naguère encore, mettaient aux prises Guelfes et Gibelins, s'appuyant tantôt sur un parti, tantôt sur l'autre par un jeu savant de bascule, les trompant tous, également, en se servant de tous. Grâce à ce système de gouvernement, la Toscane se partagea en deux moitiés ; l'une était composée de suspects, l'autre de délateurs.

Dans ce chaos où l'on pouvait tout perdre, même et surtout l'honneur, les bons citoyens, les patriotes au cœur loyal et droit, impuissants à retrouver le chemin du devoir, prenaient celui de l'exil...

Ce fut le cas de l'excellent docteur Romalino de Campi.

Cette ville, comme bien on pense, avait laissé un trop mauvais souvenir à la duchesse Nathalie et à son diabolique Prince-Consort pour ne pas être l'objet des... soins tout spéciaux de la part de ce dernier, dans l'ordre d'idées dont nous venons d'esquisser le machiavélique programme...

L'échafaud, la potence, les fusillades... on peut risquer tout cela, mais l'espionnage, la trahison, le contact incessant des policiers et des mouchards inspirent à tous ceux qui ont le cœur haut placé une répulsion instinctive, un insurmontable dégoût...

Le chasseur hardi qui a affronté, face à face, le lion roi du désert, reculera devant un crapaud couché dans l'herbe..., bête immonde et visqueuse dont la bave salit et corrode...

Adriana Romalino suivit son père bien-aimé sur le chemin amer de l'exil, songeant toujours à celui qu'elle avait aimé... aimé depuis le premier instant qu'elle l'avait vu, avec toute la tendresse de son cœur virginal et pur... oui mais aussi avec toute l'ardeur de son âme italienne, fleur superbe éclose dans l'air embaumé, sous le chaud soleil de la radieuse Toscane...

Oh !... comme elle pensait à lui, sans cesse et toujours, la vaillante et belle fille... lui... l'élu de son cœur... qui, dans sa belle figure si douce et si blonde, semblait porter un peu de la brume et du rêve de ces contrées du nord d'où il venait...

Éternelle loi des contrastes, mystérieuses attractions qui régissent les mondes et créent la divine harmonie de l'amour !...

Si le cœur d'Adriana souffrait, depuis que, — forcément, hélas ! — elle avait dû se séparer de Siébel, qui suivait l'armée des révoltés en marche sur Florence, par contre, il faut dire aussi qu'elle avait cette consolation toujours bien chère et bien douce à ceux qui aiment... elle pouvait parler de son amour.

Frantz Holbach, le loyal ami, le camarade fidèle, n'était-il pas là pour répondre aux questions d'Adriana rougissante... émue... qui, avec la maladresse délicieuse et l'adorable naïveté des cœurs épris, ramenait toujours... à propos de tout, l'entretien sur Siébel ?...

Dépositaire du tendre secret de sa charmante petite infirmière, le doux géant mettait, dans cette exquise complicité sentimentale, une ingénuité d'enfant, fraîche et délicate comme une matinée d'avril quand le calice des roses s'entr'ouvre à la rosée printanière...

... Après le guet-apens de la Péja, tragique épopée où Frantz Holbach avait joué son rôle de héros simple, aux muscles d'acier, au courage indomptable, on se rappelle que Siébel et Adriana Romalino, aidés par quelques patriotes, conduisaient dans la plaine, avec des précautions infinies, le pauvre Hercule dont la jambe était brisée.

Les heurts fréquents, les secousses inévitables, dans une difficile descente, opérée à dos d'hommes, occasionnaient au blessé des souffrances atroces.

Siébel, qui était passé maître en chirurgie, savait tout ce qu'un transport présente de dangers, même en dehors de la douleur, pour les fractures qui peuvent se compliquer du déplacement des fragments osseux, et il n'avait eu aucune peine à faire partager ses appréhensions à Adriana, qui s'était instituée l'infirmière intelligente et dévouée que l'on sait.

Elle n'était pas pour rien la fille d'un des praticiens les plus expérimentés de la contrée, et les recommandations de Siébel, forcé de laisser son camarade entre ses mains, afin d'accompagner l'armée des patriotes, ne risquaient pas d'être mal comprises et mal suivies...

L'intelligente enfant n'avait plus qu'une idée... déposer son blessé en lieu sûr, afin qu'il pût être à l'abri d'un retour offensif des troupes ducales, et des représailles qu'elles ne manqueraient pas d'exercer contre les partisans de la révolution... et en même temps choisir un endroit qui ne fût pas trop éloigné du champ de bataille, afin d'éviter à la fracture la complication que pouvait occasionner un transport effectué dans d'aussi fâcheuses conditions.

Un des porteurs, qui était originaire de la contrée, lui avait indiqué, on s'en souvient, Vinamonte, où il avait sa femme et sa mère.

C'était un gros bourg qu'on apercevait, au lointain, dans la plaine, près du débouché qui mène à Ferrare, de l'autre côté de l'Apennin...

C'est là, dans la demeure de Francesco Morello, — ainsi se nommait l'homme en question, — que la douce et courageuse Adriana déposa son blessé en le recommandant à la fermière et à sa bru.

Après quoi, elle alla à Campi, où il était resté, chercher son père le docteur Romalino pour qu'il vînt donner ses soins à Frantz Holbach.

Le médecin de Campi et sa fille ne tardèrent pas à s'apercevoir que la mère et la femme de Morello, faute d'intelligence et de zèle, n'auraient pas les qualités requises pour veiller avec dévouement sur le blessé ; c'est pourquoi Adriana s'installa auprès de Frantz Holbach en promettant aux deux paysannes de les indemniser pour leur dérangement...

Ce fut, pendant de longs jours, dans la compagnie maussade de ces femmes, que la belle et charmante Adriana, pour charmer l'ennui du blessé et calmer les soupirs de son propre cœur, aimait à s'entretenir avec lui, faisant converger toutes ses pensées et ramenant tous ses sujets d'entretien à Siébel... éternel objet d'un amour que le temps et la séparation ne faisaient qu'accroître...

Le docteur Romalino avec cette endurance professionnelle qu'on ne rencontre guère que chez les médecins de campagne, dans sa petite voiture qu'il conduisait, de temps en temps, sa tournée finie, fournissait une étape supplémentaire pour venir à Vinamonte, voir sa fille et surtout son blessé.

L'excellent praticien, avec sa vieille expérience, vit bien qu'il ne fallait pas se presser pour faire la réduction de la fracture; en effet, la violence du choc, les secousses du voyage avaient fortement tuméfié la blessure, et il importait, par-dessus tout, d'attendre que l'épanchement sanguin eût disparu. En attendant, il était indispensable de maintenir le malade au lit et de relever ses forces, de soutenir sa constitution à l'aide de boissons toniques, pour le mettre en état de surmonter les complications ultérieures, s'il s'en présentait.

Pour l'instant, lui ne pouvait se prononcer.

Mais les soins dévoués d'Adriana et la constitution extraordinairement vigoureuse de Frantz Holbach amenèrent bientôt une notable amélioration qui rassura complètement le bon docteur Romalino.

Le gonflement avait disparu et le médecin put, sans trop de peine, réduire la fracture et entourer le membre brisé d'un appareil destiné à maintenir la réduction et permettre à l'os de se consolider.

Aux visites suivantes, il constata avec la plus vive satisfaction que tout allait bien de ce côté, et que les complications immédiates étaient évitées, telles que l'horrible gangrène, — la mort en détail, — ou l'abominable tétanos qui, par ses souffrances atroces et ses convulsions effroyables, fait souhaiter le trépas libérateur.

Frantz Holbach, qui avait hâte de revoir ses amis et de les aider de ses qualités d'artilleur hors pair, demanda au médecin de Campi :

— Quand m'autoriserez-vous, docteur, à me lever?...

Le père d'Adriana hocha la tête, fronça les sourcils et répondit à ce blessé si impatient :

— Nous en recauserons. Une jambe cassée ne se remet pas en un jour et puis... est-ce que vous n'êtes pas bien ici?...

— Oh ! si, cher docteur ! — protesta le doux géant avec un regard de reconnaissance pour son infirmière, — mais, vous comprenez, les amis se battent là-bas... et ils n'ont peut-être personne pour tirer le canon et pour le traîner.

Le docteur avait reçu, d'une source sûre, des nouvelles de Florence, et ces nouvelles étaient d'une nature telle qu'il ne voulait pas risquer d'impressionner son malade en les lui communiquant, pour l'instant, du moins.

Il savait combien le moral influe sur le physique, et quel résultat fâcheux les émotions produisent sur les malades confinés au lit, seuls avec leurs pénibles pensées.

Mais il se retrancha derrière l'autorité de la science pour imposer au blessé une réclusion qu'il sentait nécessaire à tous les points de vue, mais que Frantz Holbach n'aurait pas acceptée si elle ne lui avait pas été imposée par un praticien qu'il estimait profondément, et un homme dans lequel il avait une absolue confiance, si bien justifiée du reste.

Un jour, le docteur Romalino vint à la maison des Morello, avec un air plus soucieux...
(Page 1180.)

— Une fracture de jambe, — fit doctoralement le père d'Adriana, — demande six à huit semaines d'immobilité absolue...

— Dieu! que c'est long!.. Mais je sens que ça va mieux. Ça se ressoude, docteur, je vous dis que ça se ressoude... Tenez, tâtez, on sent déjà le cal.

— Raison de plus pour ne pas faire d'imprudences et risquer de compromettre une guérison qui s'annonce si bien.

— Mais, voyez, je suis fort, vigoureux... quand on est jeune, la nature a beau jeu à réparer les pertes de substance...

— Trop beau jeu, mon cher enfant... car souvent, on voit apparaître un cal exubérant, difforme, qui oblige le malheureux chirurgien à briser un os ressoudé avec exagération.

— Diable... alors... vous pourriez être obligé de me casser une seconde fois la patte...

— Parfaitement... *secundum artem...* si vous n'êtes pas sage et si vous ne m'obéissez pas aveuglément.

— Mais nos canons... songez donc, docteur, nos canons... qu'est-ce qu'ils vont devenir... sans moi?

Un nuage passa sur le front du médecin de Campi qui savait ce qu'étaient devenus, hélas! les tristes débris de l'armée des patriotes et n'osait en parler à son blessé.

Frantz Holbach aperçut ce nuage fugitif et il l'attribua à une simple anxiété médicale, à l'ennui peut-être qu'éprouvait l'excellent homme de ne pas rencontrer chez son malade toute la docilité qu'il était en droit d'en attendre.

L'infinie douceur, l'exquise bonté naturelle de ce géant au cœur d'enfant s'alarmèrent à la pensée qu'il pouvait faire de la peine au docteur Romalino, et alors, il lui dit, avec son bon sourire:

— Je me rends... sans condition... pieds et poings liés... et la jambe surtout... faites d'elle et de moi ce que vous voudrez! Mais je vous préviens qu'après les six semaines auxquelles vous m'avez condamné sans appel, tyran de la Faculté, je vous brûlerai la politesse...

— Savez-vous, monsieur Frantz Holbach, que vous n'êtes guère aimable pour votre geôlière? — fit malicieusement Adriana.

— Mais songez donc, mademoiselle que mes amis... mon camarade Siébel...

Adriana baissa la tête, les joues empourprées de cette délicieuse rougeur qui l'envahissait au seul nom et à la seule pensée du jeune étudiant alsacien qu'elle aimait... livrant son secret délicieux et troublant au père vénéré... à l'ami fidèle...

Le bon géant si ingénu se reprocha alors son étourderie qu'il jugeait impardonnable.

— Allons! bon! — fit-il en lui-même, — voilà que j'ai mis les pieds dans le plat... et Dieu sait si j'ai les pieds solides! Décidément, je suis mieux fait pour manier les canons et jongler avec les rochers que pour ramasser des fleurs, fussent-elles de simples fleurs... de rhétorique...

Mais Adriana, courageuse à la pensée de son amour si pur et si honnête... de ce courage loyal et droit qu'elle apportait dans toutes les circonstances de la vie, leva la tête, et son clair regard fixé sur le blessé, elle lui dit:

— Justement, monsieur Frantz, parce que votre parti, vos amis, et en particulier votre cher camarade M. Siébel, peuvent avoir bientôt besoin de vous, il faut que vous guérissiez et que vous fassiez tout ce que papa vous dira de faire...

— Je vous jure l'obéissance la plus absolue, docteur, pendant six semaines...

— Deux mois !... j'ai dit deux mois... et vous pourrez vous lever.

— Soit, mettons huit semaines... Vous m'aviez, en effet, dit six à huit semaines, et attendu ma corpulence, je consens à avoir le maximum, mais le septième jour de la huitième semaine, je cours, je gambade, je monte à cheval, j'escalade des montagnes, je porte un canon à bras tendu, bref, je fais tout ce qui concerne mon état... d'Hercule.

— Je vous le défends bien, par exemple !... vous commencerez par marcher, prudemment, sans excès... marcher un tout petit peu... tous les jours... comme font les petits enfants qui débutent... Comme je veux assurer vos premiers pas... faciliter votre marche et... prévenir les accidents, je vous ferai confectionner une belle paire de béquilles...

Frantz Holbach bondit, si toutefois on peut appliquer cette expression-là à un homme qui est cloué au lit avec une jambe prise dans un appareil qui semble inventé par le sombre génie des inquisiteurs, mais qui n'est en somme que l'œuvre bienfaisante et réparatrice du savant et modeste médecin de Campi :

Mais le doux géant n'en protesta pas moins :

— Des béquilles... à moi... des béquilles? vous voulez rire, docteur?

— Pas le moins du monde. Songez donc que la jambe supporte le poids du corps...

— Je marcherai sur les mains... alors !

— Grand enfant que vous êtes !...

— Qu'est-ce que vous voulez, docteur, je n'ai jamais fait mon apprentissage d'estropié !... Enfin, je vois bien qu'il y a un commencement à tout... Et combien de temps faudra-t-il que je les garde, ces béquilles?...

— Ça dépendra de votre sagesse... de votre prudence. Il faut bien compter trois mois au moins, après la sortie de l'appareil, pour obtenir la guérison complète permettant le recouvrement des fonctions de votre jambe...

— Maudite patte ! — s'écria Frantz Holbach en frappant à grands coups de poings sur l'appareil qui entourait sa blessure.

— Si vous continuez, — fit doucement le docteur Romalino, — ça ne sera pas trois mois, mais six mois... et encore... Je ne réponds point, après cela, de ne pas être obligé de vous couper la jambe...

Et Frantz Holbach, devant cette sentence qu'il trouva bien sévère, ne put que lever les bras au ciel, tout en maudissant du fond du cœur cette jambe infortunée, qui avait eu le tort impardonnable, selon lui, d'être moins dure et moins résistante que les rochers de la Péja !...

Mais les événements avaient marché, tandis qu'il était resté immobilisé par sa blessure dans la ferme de Vinamonte.

La déroute des patriotes s'achevait dans le déshonneur de leur chef Gioritto, grâce au machiavélisme diabolique du prince régent, qui pour achever sa victoire semait, comme on l'a vu, la confusion, la discorde et la méfiance dans les rangs du peuple...

Un jour, le docteur Romalino vint à la maison des Morello, avec un air plus soucieux encore que de coutume... Voyant son blessé en aussi bon état que possible, la fièvre diminuée et tout danger de complication écartée, il résolut de le mettre au courant de ce qui s'était passé là-bas à Florence, depuis le commencement de sa réclusion forcée.

Le médecin qui recevait des avis d'une source sûre apprit à Frantz Holbach que Siébel était, jusqu'à présent, en sûreté dans une masure de la rue Fragoletto, attenante à la prison d'État où le lieutenant Roger était enfermé et tenu au secret.

Bertha, Giacomo et le jeune Pepito, sauvé de l'*in-pace* d'une façon vraiment miraculeuse, se trouvaient avec l'étudiant alsacien dans cet asile discret où Valentin était venu les rejoindre pour travailler avec eux aux moyens de sauver son père.

Rassuré, jusqu'à un certain point, sur le sort de ses amis avec lesquels il déplorait si vivement de ne pas se trouver dans ces instants critiques, le blessé s'enquit des braves Bourguignons qui avaient pris une part si active dans ces luttes héroïques pour la liberté.

— Hélas! — fit le médecin, — c'est encore ici que se révèle le génie de cette politique astucieuse et perfide qui emploie des armes empoisonnées pour venir à bout de ceux qu'elle n'a pu vaincre ouvertement.

« Les Bourguignons, mis en liberté sur l'ordre de Méphisto, sont réduits à errer, sans pain et sans abri, dans les rues de Florence, et, dame! comme il faut bien qu'ils vivent... ces bons vivants ne montrent pas, dans leurs rapports avec la population florentine, un respect exagéré de la propriété ni des convenances sociales.

« Alors, qu'est-ce qui arrive? C'est que les Florentins s'en prennent, du désordre occasionné, non plus à leur Gouvernement, mais à ces trop joyeux et trop libres vignerons, qui ont, par-dessus le marché, le grand tort d'être des étrangers.

« Tenez, mon cher Frantz, il me revient, un peu de partout, cette impression générale, — car en voyant beaucoup de malades, dans les pays, je tâte forcément le pouls à l'opinion, — je m'aperçois, dis-je, que Méphisto a eu le talent infernal de détourner le mécontentement général sur ceux-là mêmes qui avaient voulu délivrer ce peuple... et auxquels ce peuple, aujourd'hui, reproche d'être des Bourguignons, des Alsaciens, en un mot, des étrangers!...

« Dans cette confusion générale des idées et des intérêts, je sens que moi-même je deviens suspect en mon propre pays où cet aventurier de Méphisto finit par persuader au peuple que c'est lui qui incarne le seul et vrai patriotisme.

« On m'accuse d'être Guelfe, c'est-à-dire du parti de la liberté, celui de la France, alors que les tendances sont du côté des Gibelins qui tiennent pour l'Allemagne, l'oppression et... le méphistophélisme...

Dans les jours qui suivirent cet entretien, les signes précurseurs d'un orage s'amoncelaient sur l'horizon politique aux yeux clairvoyants du docteur Romalino, habitué, comme il le disait, à tâter le pouls à l'opinion publique.

Le prince régent qui voulait avoir partout des créatures et des complices venait de nommer un nouveau podestat dans ce district rural... une franche canaille, mais qui était imbu des idées nouvelles... *il signor Vagnerio !*

C'était le fameux Wagner qui avait italianisé son nom et lançait, dans les cabarets où il trônait sans cesse, les plus formidables malédictions contre les Alsaciens, les Bourguignons et autres étrangers qui, si on les avait laissés faire, auraient fini par réduire en servitude ces pauvres Toscans !

On s'étonnera peut-être de voir Méphisto confier à un homme comme Wagner des fonctions aussi importantes que celles de podestat, mais c'est le propre de la tyrannie de n'être pas difficile dans le choix de ses instruments, du moment qu'ils servent ses secrets desseins... Or, tout ce qui pouvait abaisser l'esprit public, ravaler la dignité populaire et dégrader la moralité nationale rentrait dans le plan dressé par Méphisto.

Et puis, le prince régent devait bien cela à son vieux complice...

Adriana s'était aperçue d'un changement survenu dans la façon d'être de ces deux femmes auprès desquelles elle vivait à Vinamonte, veillant sur le blessé que son père lui avait confié, à elle seule, car les paysannes lui avaient fait l'effet d'être de bien piètres infirmières.

Après un accueil courtois, mais sans trop d'empressement, la mère et la femme de Morello étaient devenues plus réservées... Puis cette attitude même s'était modifiée ; elles ne tardèrent pas à se montrer, dans leurs rapports avec Adriana Romalino et Frantz Holbach, sournoises et revêches, puis franchement hostiles...

La jeune fille s'en ouvrit à son père, en présence de Frantz Holbach à qui on ne cachait plus rien, maintenant que tout danger de maladie grave était conjuré.

— Cela concorde avec certains renseignements qui me parviennent ! — fit le médecin de Campi. — Francesco Morello serait acquis aux idées nouvelles et, qui plus est, il ferait partie de l'espèce d'état-major que traîne à sa suite, de cabarets en bouges et d'auberges en tavernes, l'étonnant podestat que nous expédie le gouvernement de Florence.

« Il est certain que notre cher blessé ne saurait rester plus longtemps ici... Ce Vagnerio, dans sa nouvelle incarnation, est resté capable de tout... même de vouloir venger les injures du nommé Wagner.

— Que faire ? — demanda Adriana.

— Nous ne pouvons songer à le transporter à Campi, — répondit son père, — d'abord le voyage est trop long, dans l'état où il est encore... et puis, il n'y serait pas plus en sûreté qu'ici...

« A plus forte raison nous ne pouvons l'emmener dans l'exil volontaire auquel il faut nous condamner, ma fille...

— L'exil !... que dites-vous, mon père ?...

— Quoi, cher docteur ! vous allez quitter la Toscane que vous aimez tant ! — s'écria Frantz Holbach au comble de la surprise.

— Il le faut bien, — répondit le médecin avec une résignation mélancolique, — quand le mal triomphe et que les coquins règnent, les bons citoyens doivent choisir entre la proscription ou l'exil.

« Je ne saurais vivre soupçonné, traqué, dans mon pays... J'ai résolu d'aller avec toi, ma fille, m'abriter de l'orage, pas bien loin d'ici, de l'autre côté de la frontière, dans le duché de Ferrare, où grâce au ciel règnent la paix et la tranquillité.

« On m'a indiqué un centre d'une certaine étendue, où je pourrais exercer utilement mon modeste savoir... des lieues et des lieues de plaine et de montagne, sur l'autre versant des Apennins...

« Mais nous ne pouvons amener notre cher blessé si loin que cela... Et puis je suis sûr que monsieur Frantz dont la guérison complète n'est plus qu'une question de temps, voudra rester à portée des événements qui ne manqueront pas de se produire...

— Que ma maudite patte me permette seulement de courir, et j'irai de nouveau combattre pour la sainte liberté des peuples ! — s'écria, avec un enthousiasme tout juvénile, le doux géant.

Le médecin de Campi hocha tristement la tête.

— Hélas ! la liberté de ce peuple est bien morte, — fit-il, — et il faudra des siècles pour la ressusciter !... C'est une aurore que verront nos arrière-neveux !...

« Mais le seul devoir qui vous reste à accomplir, à vous qui luttez encore, c'est de rendre à la liberté ceux qui ont combattu pour elle... le lieutenant Roger... Gioritto...

Et après un instant de silence, il ajouta, avec une mélancolie de plus en plus profonde :

— La liberté... oui !... et surtout l'honneur... Pour ce pauvre vieillard... Gioritto... noble et infortunée victime !...

Le lendemain, après avoir généreusement indemnisé les Morello, Adriana et son père partirent de Vinamonte dens la petite carriole du médecin où ils avaient étendu, avec toutes les précautions nécessaires, Frantz Holbach qui gémissait de son impuissance à seconder ses amis, plus que de sa blessure en pleine voie de guérison d'ailleurs.

Et le véhicule prit la direction de cette gorge sauvage des Apennins qui conduisait dans le duché de Ferrare.

Tout en haut de là côte escarpée, — ah ! que la montée fut rude et pénible ! — le docteur arrêta sa carriole près du poteau-frontière aux armes de Toscane...

Là, un peu en retrait, parmi des rochers et des bouquets d'arbustes se dressait une bicoque avec cette enseigne :

ALBERGO DELLA FORNARINA

— C'est ici, — fit le docteur, — à l'auberge de la Boulangère, que nous allons laisser notre cher blessé ; il y sera en lieu sûr. La patronne est une femme sûre... je l'ai soignée, ainsi que son homme, dans le temps, et elle m'a voué une reconnaissance bien rare chez les malades, entre nous soit dit... Une rude femme, allez ! Et puis la maison de cette Fornarina a un avantage inappréciable... Elle n'est plus en Toscane... mais elle n'est pas non plus dans le duché de Ferrare ; c'est une sorte de terrain neutre, un territoire contesté, et le rendez-vous des braconniers, comme de juste.

Puis, faisant un porte-voix de ses deux mains réunies, le médecin cria, dans la direction de l'auberge :

— Ohé ! la Fornarina !... Allons ! vite... on a besoin de vous ici !...

XXXI

LA BONNE HOTESSE

A cet appel, une femme jeune et accorte parut sur le seuil de la maisonnette... Ses bras bien potelés étaient retroussés jusqu'au-dessus du coude et ses poings sur les hanches, d'une allure déterminée, indiquaient un caractère qui ne s'en laisse pas facilement imposer...

C'était, comme on dit vulgairement, un beau brin de femme... et qui n'avait pas l'air d'avoir froid aux yeux... des yeux entre parenthèse fort expressifs.

Avec la dose d'embonpoint voulu, une gorge pas d'une opulence exagérée, mais... bien à son aise, et deux fossettes dans les joues, près des lèvres au sourire avenant, la patronne de l'auberge était bien la *fornarina* la plus appétissante qu'on pût trouver sur les frontières, assez mal déterminées, on le sait, qui séparaient la Toscane du duché de Ferrare, patrie de l'Arioste, divin poète...

Quand la belle hôtelière eut reconnu le médecin de Campi, son sourire devint plus accueillant, son regard plus affable si possible, et elle vint avec empressement au-devant des voyageurs.

— Mon cher docteur, quel bon vent vous amène ?... Ah !... la *signorina* votre fille... je présume... Je me rappelle l'avoir vue, tout enfant...

et je n'étais guère plus grande moi-même... Si vous saviez comme j'ai
pensé souvent à vous et la *signorina*... quand le bruit nous arrivait
jusqu'ici, dans ce désert, de toutes les choses terribles qui se passaient
là-bas!... Car on s'est battu beaucoup, du côté de Campi, à ce que j'ai
entendu dire.

Mais la volubilité de ses paroles se ralentit... Elle venait d'apercevoir
un blessé dans le fond de la voiture, et ses traits prirent une expression
d'intérêt et de compassion si vive que celui qui en était l'objet ne put
s'y méprendre.

— Cette femme doit être la bonté même! — pensa Frantz Holbach,
qui, détaillant de suite après les qualités physiques de la *fornarina*, fut
obligé de convenir qu'elles ne le cédaient en rien à ses qualités morales...

Le docteur Romalino s'aperçut que l'impression était favorable de
part et d'autre, et il s'en félicita, car cela rendait sa tâche infiniment plus
aisée.

— Voici! — fit-il, sommairement, en s'adressant à l'accorte patronne
de l'*Albergo*. — Mon jeune ami, M. Frantz Holbach, un étudiant strasbourgeois, qui était avec l'armée des révoltés, a été blessé accidentellement...

— Ces maudits soldats du grand-duc, comme je les déteste! —
s'écria la fornarina chez qui d'anciens griefs personnels s'ajoutaient à la
sympathie qu'elle éprouvait pour ce jeune et beau blessé.

— A vrai dire, — dit en souriant le médecin, — les soudards en
question que vous avez raison d'exécrer ne sont que la cause... indirecte
de la fracture de jambe qui afflige notre bon et doux... géant. Ce jeune
hercule du Nord, qui manie un canon comme vous vos ustensiles de
cuisine, avait eu l'idée ingénieuse de bombarder les soldats du grand-
duc en leur jetant à la tête les rochers de la Péja... ni plus ni moins...
Un malencontreux coup d'épée, assez insignifiant par lui-même, qu'un
de ces rufians lui envoya dans la main, força notre ami à lâcher prise
et... il laissa tomber le rocher qui lui cassa la jambe...

Frantz Holbach, qui avait la modestie et l'ingénuité timide des hommes
vraiment forts, se mit à rougir de ce qu'il considérait comme un éloge
exagéré, et pour en atténuer l'effet il balbutia :

— Oui... en effet... je suis... un maladroit! Je n'aurais pas dû...
lâcher ce caillou... pour une simple piqûre d'épingle!...

Le récit de l'étonnante prouesse du jeune homme, récit sortant de la
bouche véridique du médecin de Campi, accrut encore l'intérêt que la
Fornarina commençait à porter au blessé.

Était-ce sa perspicacité naturelle, ou une sorte d'impulsion, toute
spontanée et bien féminine, qui lui faisait prendre ainsi ses désirs pour
la réalité?... *Chi lo sa?*... Toujours est-il que la belle hôtelière comprit,
devina... ou souhaita ce que le médecin était venu lui demander, et... ce
fut elle qui acheva... ce qu'il allait dire :

— Alors, docteur, comme il vous semble que notre blessé, par le

Elle, de son côté, lui raconta son histoire... (Page 1189.)

temps qui court, ne se trouve pas suffisamment en sûreté dans le doux
pays de Toscane, vous vous êtes dit : « Allons le confier à la Fornarina
dont l'auberge n'est déjà plus en Toscane, et où il sera tout de même près
de ses amis restés dans le grand-duché!... » Et vous avez bien fait, car
la Fornarina sera pour lui une grande sœur... Elle le soignera, pour ce
qui est de la santé comme de la sécurité. Mon *Albergo* est le rendez-vous
d'un tas de flibustiers et de contrebandiers, je m'en fais honneur et gloire,
mais je peux me vanter d'une chose, c'est que l'engeance maudite des

sbires et des espions n'y entre point... ou s'ils y entrent, — ajouta-t-elle les sourcils froncés et en baissant la voix, — c'est pour en sortir bientôt... les pieds devant.

— Oui ! je sais ça, la Fornarina, — reprit le docteur, — et je n'ai pas oublié... je m'en souviens comme si c'était hier... le drame sanglant...

— Ah !_docteur, je n'ai pas oublié, moi non plus, les circonstances terribles où mon homme fut frappé... ni les soins dévoués... la discrétion... de certain médecin de campagne...

— Allons !... allons !... —fit le docteur Romalino de ce ton de bourru bienfaisant qu'il savait prendre dans certaines occasions, — à quoi bon revenir là-dessus ?... Les soins, c'est la mise en pratique du peu que l'on sait... on fait son possible, voilà tout... et quant au reste.... ce que vous dites, c'est le secret professionnel ! Enfin, vous m'avez deviné... je le vois... Je vous confie donc, jusqu'à nouvel ordre, M. Frantz Holbach... S'il venait des individus mal intentionnés... des mouchards, comme vous les appelez, je ne suis pas inquiet sur ce qu'il ferait d'eux, les pauvres !... une vraie bouillie, une *polenta* comme celle que vous mangez dans vos montagnes ! Mais... justement... il faut empêcher notre cher blessé de faire des imprudences, de jongler avec les Apennins...

— Vous pouvez compter sur moi, docteur !... Je soignerai M. Frantz... comme... comme... mon frère !... Je le ferai avec joie !... N'est-ce pas une manière pour moi de m'acquitter envers vous de cette dette de reconnaissance...

Mais les yeux de la Fornarina, ces grands yeux ardents et tendres, qui ne savaient rien cacher sur ce qui se passait dans son cœur, en disaient plus long que ses paroles et manifestaient clairement, tout en regardant le blessé amené par le docteur Romalino, le bonheur qu'elle aurait, doublement, à payer cette dette de reconnaissance.

Elle appela les deux valets qu'elle avait sous ses ordres et, avec leur aide, transporta Frantz Holbach dans la meilleure chambre de l'*Albergo*. Puis Adriana et son père repartirent sur le chemin de l'exil après avoir pris congé du blessé et de sa bonne hôtesse... On se reverrait dans des jours meilleurs.

Le soleil finit bien toujours par luire après l'orage !...

. . . .

A présent, le doux géant alsacien commençait à marcher... avec des béquilles, très prudemment, ainsi que le lui avait recommandé le bon docteur Romalino.

Du reste, l'ancien médecin de Campi qui, comme tous les proscrits politiques, aimait à contempler, fût-ce de loin, le sol béni de la patrie, s'était établi dans le duché de Ferrare, pas bien loin de la frontière. Et il venait voir, de temps en temps, son cher blessé.

Frantz Holbach se portait à merveille, et sa maudite jambe, comme il l'appelait, commençait à devenir plus raisonnable ; elle ne le faisait pas souffrir et n'exigeait plus une immobilisation absolue au lit... le pire des supplices pour un hercule qui portait un canon à bras tendus ou jonglait avec les rochers de la Péja.

Mais tout de même, pour un être de cette trempe, c'est dur de s'en aller clopin-clopant comme ces estropiés malingres et souffreteux qui mendient sur les routes !

Il est juste de dire que les regards doux et ardents de la belle Fornarina laissaient de plus en plus clairement deviner les sentiments de la superbe hôtelière, à l'égard du blessé qui logeait chez elle.

Non, décidément, elle ne le considérait pas sous un aspect aussi désavantageux que cela. Ses yeux, dépourvus de timidité, détaillaient avec complaisance les formes herculéennes du jeune Alsacien.

Fleur sauvage de ces rudes montagnes, ignorant les miévreries et les fadeurs où se complaisent les coquettes, les beaux esprits et les petits maîtres, la Fornarina ne connaissait que le murmure tiède des sèves sous lesquels palpite le doux printemps ou le bouillonnement du sang plus vif dans les cœurs... le langage du désir aux lèvres rouges... l'éloquence de la brûlante et divine passion.

Cette Italienne, dans l'éclat de sa jeunesse et de sa beauté, s'était éprise de l'étudiant strasbourgeois qui lui avait été amené par le docteur Romalino.

Frantz Holbach de son côté sentait bien que cette belle et bonne hôtesse ne lui était pas indifférente, mais ce doux géant, comme la plupart de ses pareils, était un timide... et en outre un scrupuleux, car il craignait, en faisant la cour à la Fornarina, d'enfreindre les lois sacrés de l'hospitalité.

La jeune femme avait sur ce sujet des idées diamétralement opposées aux siennes. L'hospitalité comportait des droits d'autant plus sacrés qu'un tendre sentiment s'y mêlait...

Et il arriva, ce qui arrive toujours, quand la poudre est près du feu et qu'une étincelle vient à jaillir du foyer.

A quoi bon raconter le roman de cette passion qui arriva, bien vite, à sa conclusion naturelle entre ces deux natures si saines et si droites

Les amours heureuses sont celles qui n'ont pas d'histoire !

L'on eût bien étonné, d'ailleurs, Frantz Holbach et la Fornarina en introduisant du romanesque dans leur liaison, car eux, vraiment, n'avaient point cherché midi à quatorze heures... Ils ne s'étaient pas égarés sur la *carte du tendre*, comme on disait alors.

Ils étaient jeunes et beaux tous les deux, et vivaient confinés dans une bicoque au milieu d'une gorge des Apennins. La chute de l'ardente Italienne était bien excusable... Frantz Holbach de son côté n'avait pas de reproches à s'adresser, pas de remords à avouer... si ce n'est d'avoir eu trop de cette timidité et de ces scrupules dont nous parlions, devant cet amour qui s'offrait...

Amour !... le mot est peut-être un peu trop élevé pour désigner cette passion rustique, mais notre langue est pauvre... et puis Frantz

Holbach n'était pas un psychologue raffiné, un analyste subtil, pas plus qué la Fornarina... Ils se plaisaient, voilà tout, et n'avaient aucune prétention à jouer, lui, le rôle de Roméo, elle, celui de Juliette.

Frantz Holbach eût été parfaitement heureux, n'eût été le regret qu'il avait... de jouir ainsi du bonheur, alors que ses amis Valentin et Siébel se trouvaient là-bas dans la fournaise... attendant le moment propice où ils pourraient reprendre la lutte pour le droit et pour la liberté.

Mais le docteur Romalino s'était énergiquement opposé au moindre déplacement; d'autre part, ses compagnons d'armes, qui lui avaient fait tenir secrètement de leurs nouvelles, ne lui dissimulaient point les difficultés de l'heure présente. Il valait mieux qu'il restât terré dans l'asile calme et sûr que lui offrait la frontière de Ferrare. On lui ferait signe quand il faudrait agir et il accourrait... si toutefois sa jambe le lui permettait.

— Il faudra bien qu'elle marche!... — s'écriait-il en brandissant sa béquille comme une véritable massue d'hercule.

D'ailleurs, ce mot n'est pas de trop. Notre doux géant avait brisé comme un fétu de paille, la première fois qu'il s'en était servi, les appareils si soignés que le docteur Romalino, lui avait fait pour l'aider à marcher.

Frantz Holbach en fut très contrarié, car il craignait de causer de la peine au père d'Adriana.

Et puis, il se tenait à lui-même ce raisonnement qui était fort juste.

— Cet excellent homme... je le connais... Quand il saura cela, il m'en fera faire d'autres... et je les casserai encore!... Ce n'est pas ce genre de baguettes qu'il me faut!...

Et, pour utiliser ses loisirs, il se mit en devoir de fabriquer des béquilles plus solides... quelque chose de résistant et qui puisse supporter Frantz Holbach, ce qui n'était pas le cas des appareils fabriqués par les mains des hommes de l'art.

— Ces gens-là ont toujours l'air, — disait-il, — de travailler pour des Pygmées!

Dans la cour de l'auberge, il y avait des madriers. Le géant alsacien en prit deux, les façonna, et il eut bientôt une paire de béquilles capables de soutenir une montagne ou de terrasser l'hydre de Lerne...

Frantz Holbach, on le voit, n'avait pas renoncé à continuer les doux travaux d'Hercule.

Mais quand il eut fini de faire l'orthopédiste, ou plutôt le charpentier, l'inaction, de nouveau, commença à lui peser, et elle lui était d'autant plus pénible que l'auberge de la Fornarina était, nous l'avons vu, grâce à sa situation tout à fait spéciale, le rendez-vous des braconniers, et surtout des contrebandiers de Toscane et de Ferrare.

Tous ces gens, se sachant là en territoire neutre, ne se gênaient guère pour narrer, — en les amplifiant parfois, — leurs prouesses... professionnelles...

Ce n'étaient que douaniers mis à mal, sbires adroitement occis et autres hauts faits du même acabit.

Assurément, tout cela n'était rien auprès de l'épopée que rêvait Frantz Holbach et dont il avait déjà commencé la réalisation sur le champ de bataille de Campi et dans la grotte de la Péja.

Mais, en attendant... il ne faut pas se montrer trop difficile ! Et pour commencer, l'ancien maître de l'artillerie insurrectionnelle eût consenti, faute de mieux, à se faire la main sur quelques vulgaires séides de la tyrannie.

C'est à eux, sans aucun doute, qu'il pensait quand il brandissait cette poutre dont il s'était fait une béquille.

Au point de vue de la balistique, ça ne valait peut-être pas les rochers de la Péja, mais comme arme défensive et offensive, c'était plus maniable.

Pour l'instant, Frantz Holbach en était réduit à raconter à son amie et confidente, qui l'écoutait avec une admiration passionnée, tous les événements auxquels il s'était trouvé mêlé depuis le jour où le chevalier Méphistophélès, envoyé du Diable, était venu remplir à Strasbourg son infernale et mystérieuse ambassade.

La Fornarina qui s'intéressait aux actions d'éclat de son bel étudiant strasbourgeois, fut émue par les amours de Faust et les malheurs de Marguerite.

Elle gémit sur l'infortune du lieutenant Roger, admira le courage de Valentin, aima la science et l'énergique sang-froid de Siébel. Elle était entrée dans l'intimité de nos héros et Strasbourg même était devenu pour elle un pays de connaissance où s'agitaient des figures que sans doute elle ne verrait jamais...

Mᵐᵉ Roger et sa fille, Jeannette, dame Schwerdein, la louche matrone, et toute la jeunesse studieuse et surtout tapageuse, les clients habituels du Gambrinus, Ludwig Frosch et son inséparable Heinrick dit Gaudeamus, et Karl Brander le pince-sans-rire.

Elle, de son côté, lui raconta son histoire...

Oh ! elle n'était pas de ces prudes ou de ces hypocrites qui veulent poser pour la vertu !... D'abord, elle ne connaissait pas ses parents...

Très jeune, elle avait servi de modèle à des peintres de Florence que séduisait sa beauté robuste et sauvageonne, à la carnation chaude, comme ces fruits qui poussent sans culture, sur le bord des routes...

On l'appelait la *Fornarina*, — ce qui veut dire la petite boulangère, — pour la raison que voici :

Avant d'entrer dans le monde des arts, elle travaillait chez un boulanger de Fiésole qui, pour quelques sous par jour, employait la gamine à porter le pain chez ses pratiques en ville.

Un peintre célèbre la remarqua, fit un croquis de sa tête et, comme le *sujet* lui plaisait, il voulut pousser plus loin cette étude. La Fornarina finit par aller poser dans son atelier où d'autres artistes la virent et bientôt, dans tout Fiésole, à Sienne, à Florence, les artistes se disputèrent la petite boulangère.

Déesse antique, elle entra dans les musées, on la vénéra dans les églises; de riches étrangers payèrent un prix fou la copie de ses lignes impeccables.

— On aurait donné bien plus cher de l'original, mais il n'était pas à vendre! — fit-elle avec un rire mutin. — Celui que j'aimais, c'était un homme sans argent, mais il était beau... et puis je l'aimais. Je devins ainsi la femme de Gaspardo le chevrier, qui venait, dans la saison, en jouant du chalumeau, promener ses chèvres aux mamelles pleines de lait, dans les rues de Fiésole...

Et elle poursuivit son histoire qui finissait en drame.

Le chevrier des Apennins avait amené sa Fornarina au pays, dans ses montagnes sauvages, et, ma foi, comme il fallait un peu plus d'argent pour vivre, à présent qu'on était deux, il s'était fait contrebandier.

— C'est un bon métier, — fit-elle, — quand on n'est pas pris!... Le bonheur nous favorisa et aussi la négligence des douaniers.

Avec l'argent que Gaspardo avait gagné, il monta une industrie qui n'avait plus rien à démêler avec la loi... C'était celle d'hôtelier, mais il eut soin, tout de même, que son auberge fût hors des atteintes de la douane.

On ne sait pas ce qui peut arriver, il tenait à conserver la clientèle de ses anciens collègues, MM. les contrebandiers, qui sont de fort bonnes paies...

Ce détail n'avait pas échappé à certain capitaine des douanes ducales de Toscane qui résolut de purger la contrée de tous les fraudeurs.

Évidemment, c'était son droit; mais, là où il eut tort, ce fut de compter sur Gaspardo pour l'aider dans cette répression fiscale.

Cet officier venait quelquefois à l'*Albergo* vider une bouteille, et l'ancien chevrier lui servait à boire, comme à tout le monde, mais tout en se montrant moins expansif qu'avec les autres.

Douaniers et policiers sont gens auxquels il convient de parler le moins possible, car toute parole, si innocente soit-elle, est par eux mise à profit sans nulle vergogne.

Le capitaine des douanes proposa à Gaspardo une véritable trahison. On savait qu'un convoi chargé des plus riches marchandises était en route pour franchir les Apennins, en venant de Ferrare. Le chevrier, qui connaissait admirablement la montagne, était pris pour arbitre, en général, par les convoyeurs indécis sur la route à prendre. Car, dans la montagne, les chemins sont changeants, ils varient suivant la saison, le vent, la pluie, la neige ou la sécheresse, et que modifient souvent la configuration des lieux, les passes, les défilés, les lits de torrents.

Gaspardo n'aurait qu'à indiquer aux convoyeurs en question une route qu'on lui préciserait et où les douaniers, renforcés par des troupes du grand-duc, attendraient les contrebandiers.

L'ancien chevrier toucherait une prime des plus importantes.

A cette proposition, l'homme de la Fornarina sentit le rouge de la honte et de la colère lui monter un front.

Et l'envie le prit de casser quelque chose sur la tête du personnage, mais il sut se contenir ; il se disait que mieux valait donner aux gens du duc de Toscane une leçon sérieuse qui leur ôterait l'envie de venir molester les montagnards dans leur retraite.

Gaspardo feignit d'accepter les propositions de l'officier des douanes. Mais il avertit les convoyeurs qui prirent un autre chemin.

Pendant ce temps-là, les montagnards s'étaient rassemblés et, sous les ordres du chevrier, ils allaient prendre à revers les soldats du grand-duc.

De sa propre main, le patron de l'*Albergo* tua le capitaine des douaniers, mais, lui-même, il fut grièvement blessé dans la lutte terrible qui s'était engagée.

Ses amis le rapportèrent dans son hôtellerie où la *Fornarina* dut le cacher, car la justice s'était emparé, bien entendu, de l'affaire et comptait poursuivre énergiquement la répression de cet attentat contre le fisc, un véritable crime de lèse-majesté en Toscane et même ailleurs.

Elle fit une descente, ou plus exactement une ascension à l'auberge, mais impossible de trouver Gaspardo…

— Vous l'aviez transporté ailleurs ? — demanda Frantz Holbach.

La *Fornarina* regarda autour d'elle et, voyant qu'on ne pouvait l'entendre, elle dit à son doux géant, tout bas pour plus de sûreté :

— Non ! mais il y dans l'*Albergo* une cachette que je suis seule à connaître… avec le bon docteur Romalino… car c'est lui qui venait avec un dévouement et une discrétion sans bornes pour soigner mon pauvre Gaspardo.

« Hélas !… tous les soins n'y purent rien !… Il mourut, me léguant sa haine farouche contre tous les gens, quels qu'ils soient, à la solde du grand-duc de Toscane…

Et elle resta ainsi inconsolable jusqu'au jour où le destin, sous les traits du médecin de Campi, lui amena cet autre blessé, un des héros de la Révolution…

… A ce moment, un des serviteurs de l'auberge s'approcha de la patronne et annonça :

— M. le Podestat !…

XXXII

LE MAUVAIS HOTE

LA Fornarina s'était vivement retournée vers son ami et lui avait dit :

— Ce n'est pas la peine que le *signor Vagnerio* vous trouve ici, n'est-ce pas? Cela compliquerait... inutilement... bien des choses. Vous avez besoin de vous soigner et le calme le plus absolu vous est recommandé, jusqu'à nouvel ordre... Allons! soyez raisonnable... rentrez tranquillement dans votre chambre... je vous appellerai quand il sera parti.

Certes, la belle hôtelière avait d'excellentes raisons pour prêcher la modération au bon géant alsacien. Le nom, même italianisé, du nouveau Pódestat nommé par le prince régent, avait le don de mettre hors de lui le doux Hercule, qui n'eût pas fait de mal à une mouche, mais aurait éprouvé une réelle satisfaction à châtier comme il le méritait le traître Wagner.

Mais cela pouvait occasionner les plus fâcheuses complications, comme elle le disait. Depuis la bataille livrée par Gaspardo et ses montagnards aux soldats de la douane, l'*Albergo*, rendez-vous des contrebandiers, était considéré par la justice comme un dangereux et sombre repaire; si l'on venait à savoir qu'une des « mauvaises têtes » de l'insurrection y avait reçu asile, et surtout si cette mauvaise tête se livrait à quelque attentat contre l'autorité, il n'y aurait rien d'impossible à ce que le prince régent envoyât une expédition militaire pour détruire ce nid de rebellion.

Il valait mieux patienter en douceur; la Fornarina, avec une diplomatie toute féminine se proposait d'écarter ce danger bedonnant, à la trogne écarlate qui s'appelait pour l'instant Vagnerio, mais qui était toujours resté le plus fieffé ivrogne qui se pût trouver entre le Rhin et l'Arno...

Le drôle, empanaché, superbe, la mine arrogante, ainsi qu'il convient à un personnage de son importance, entra dans la salle commune de l'auberge, tandis que ses estafiers restaient à la porte.

— Je suis bien votre servante, Messire! — fit la Fornarina avec une humble révérence, mais sans aucune sincérité, par exemple, car elle aurait bien voulu voir cet importun à tous les diables.

Le nouveau podestat la considéra un instant d'une façon familière

Une partie de cette soldatesque effrénée se précipita vers la porte. (Page 1196.)

mais qui n'excluait pas de sa part l'admiration qu'un homme éprouve devant une belle femme.

— Eh! Eh! — fit-il tout haut. — Je vois que l'on ne m'avait pas trompé.

« La tavernière est, ma foi, fort bien, et si le vin qu'elle sert a autant de qualité qu'elle a de charmes, m'est avis que je ne vais pas m'ennuyer céans.

— Vous jugez, seigneur, trop bien... ou trop mal, votre servante, —

lui dit la Fornarina, — mais le vin que je peux servir à Votre Excellence ne m'attirera point de reproches.

— Vite!... une bouteille... pour commencer! Et du meilleur!... Or çà, la belle, que vos garçons d'auberge servent mes gens dehors, sous la tonnelle... je boirai, moi, dans cette salle... et vous me tiendrez compagnie, hein?

Tandis que la bonne hôtesse le servait, Wagner la considérait d'un peu trop près, et, plus il allait, plus il la trouvait à son goût.

Il le lui disait, avec sa brutalité d'ivrogne, car le signor Vagnerio, même avant d'avoir bu, était ivre... C'était son état normal : quand il semblait à jeun, il cuvait en réalité le vin de la veille. Et nous n'avons pas besoin de dire que son élévation à la haute dignité que l'on sait n'avait en rien diminué les capacités... remarquables de cette outre à vin.

Devenu le premier magistrat d'un centre vinicole, on peut dire qu'il s'en était donné à cœur joie depuis sa nomination; aussi, c'est à peine s'il se tenait debout quand il entra dans l'*Albergo*.

Buvant à pleines rasades, il eut bientôt fait de laisser au fond de son verre le peu de raison qu'il avait.

— Hé! la belle, un baiser! — fit-il en roulant des yeux où se lisait une ivresse qui n'était pas exclusivement celle de la passion.

La Fornarina s'écarta, ayant bien du mal à réprimer un geste de dégoût; mais nous savons qu'elle voulait, avant tout, éloigner l'ignoble personnage afin d'éviter tout esclandre.

Wagner revint à la charge, avec cette obstination particulière à ceux dont le cerveau est obnubilé par les fumées du vin.

— Voyons... ne fais pas la méchante... un baiser!... Je suis ton petit Po... Podes... Podestat... Un baiser... ma petite Fo... for... fornarina...

La bouche pâteuse, il bredouillait, tout en essayant de se tenir sur ses jambes. Et il poursuivait la belle hôtelière, titubant, pareil à quelque vieux faune...

— Qui me débarrassera de ce maniaque aviné?... — se disait la Fornarina, partagée entre la répugnance bien compréhensible qu'elle éprouvait au contact du drôle et les craintes qu'elle ressentait à la pensée de dire ou de faire quelque chose qui pût risquer de faire découvrir la retraite du cher proscrit blessé, à qui elle donnait asile.

Mais, loin de cesser, l'intoxication physique et morale de l'ignoble personnage ne faisait que s'accroître... Cela ne tarda point à avoisiner la démence.

Avec une fureur bestiale accrue par la résistance qu'il éprouvait, l'ivrogne s'était rué sur la Fornarina.

Soudain, il lui sembla que la terre manquait sous ses pas... Étrange hallucination!... Ne voilà-t-il pas qu'il tournoyait dans l'espace...

Fallait-il vraiment qu'il fût ivre pour éprouver des sensations pareilles... l'ordre des choses absolument changé... le plafond au-dessous...

et au-dessus le plancher avec ses tables et ses chaises... l'auberge à l'envers... et cette fenêtre, pourtant si haute, qui devenait une porte...

— Mais oui... parfaitement... c'est une porte! — pensait notre ivrogne à travers ses hoquets, et tout en décrivant une courbe bizarre dans l'espace. — Une porte... et la preuve... c'est que j'y passe... j'y suis passé!... ce n'est pas plus difficile que ça!... aïe!...

Le monologue assez court auquel se livrait, — en l'air, — *il signor Vagnerio*, venait de s'achever sur ce cri de douleur... qui était justifié, hâtons-nous de le dire.

La sensibilité a beau avoir été émoussée par l'ivresse, ce n'est pas impunément qu'on se livre à des exercices physiques comme ceux que Wagner venait de pratiquer, à son corps défendant, bien entendu!

En effet, après avoir franchi la fenêtre d'une façon plutôt vive et rapide, son gros corps était allé rebondir sur la tonnelle qui avait cédé sous le poids.

Les estafiers, qui étaient en train de boire tranquillement à l'ombre, ne furent pas médiocrement surpris de voir sa corpulence le podestat choir au milieu d'eux, ainsi qu'une énorme tuile.

Quelques-uns d'entre eux allèrent mordre la poussière au milieu des débris de verres, des chaises cassées et des tables brisées.

On voit donc que si Wagner avait crié « aïe! » il y avait réellement de quoi et nul ne pouvait l'accuser d'être trop douillet. Les estafiers malgré leur bêtise en quelque sorte professionnelle, leur premier étonnement une fois passé, ne purent s'empêcher de faire cette réflexion, à savoir qu'un podestat ne tombe pas d'une tonnelle feuillue comme une simple chenille.

Il fallait donc qu'on l'ait jeté... par la fenêtre. Laissant donc leur maître gisant au milieu d'une mare rougeâtre qui pouvait, tout aussi bien, être du vin ou du sang, distinction assez difficile à faire en somme, quand il s'agissait de ce sac à vin! — les drôles firent irruption dans l'auberge.

Quand ils virent qu'ils n'avaient devant eux qu'une femme et un estropié qui se tenait sur des béquilles, leur héroïsme ne connut plus de bornes.

Ils dégainèrent avec enthousiasme et se jetèrent bravement sur ces ennemis qu'ils allaient pouvoir exterminer à cœur-joie.

Frantz Holbach, on l'a deviné, quel que fût son désir de ne pas faire remarquer sa présence à l'*Albergo*, n'avait pu s'empêcher d'intervenir quand il avait vu sa chère Fornarina en butte aux entreprises répugnantes de l'ignoble individu qu'il avait tant de raisons déjà pour exécrer.

Comme une bête horrible et visqueuse dont le seul contact suffit à inspirer le plus profond dégoût, Wagner avait été saisi par son haut-de-chausses et tout bonnement jeté par la fenêtre... Le doux géant avait fait cette petite opération de salubrité comme la chose la plus naturelle du monde, et il s'excusait auprès de sa bonne hôtesse d'avoir cassé quelques vitres, car, dans sa précipitation, il avait négligé d'ouvrir la fenêtre avant de faire sortir le podestat par cette voie ultra-rapide...

Aussi le brave garçon fut-il quelque peu étonné de voir les estafiers venir lui chercher noise; mal leur en prit d'ailleurs. L'estropié commença par faire voir qu'il était supérieurement outillé pour la défense.

La tactique défensive, telle que la pratiquait toujours Frantz Holbach, c'était, avant tout, et par-dessus tout l'attaque. Les béquilles, double massue d'Hercule, commencèrent par faire de terribles moulinets, à la suite desquels nombre d'épées et de dagues se mirent à voler dans l'air, quelques-unes, du reste, accompagnées, par leurs possesseurs.

Une partie de cette soldatesque effrénée se précipita vers la porte, une mesure de prudence expliquée et justifiée par ce fait que plus d'un combattant, moins bien favorisé par le sort, avait été expédié par la même voie que M. le Podestat.

Resté maître du champ de bataille, le bon géant se trouva plutôt embarrassé de sa victoire.

— Que faire? — dit-il en se retournant vers sa bonne amie. — Voilà des blessés, des morts, et ce gros Wagner qni geint au milieu de la vaisselle cassée!...

Il n'éprouvait pas la moindre pitié pour le traître dont la mort seule aurait pu expier les forfaits. Mais Wagner avait des comptes à rendre à ceux qu'il avait trahis, et l'essentiel, pour l'instant, était de le garder à vue, de l'empêcher de fuir, jusqu'au jour du jugement... et de l'expédition.

La Fornarina était une femme de tête. A son ami qui la consultait elle répondit :

— Je sais!... La cachette de mon mari... c'est là qu'il faut garder notre prisonnier jusqu'à ce que nous puissions le remettre entre les mains de vos amis.

Frantz Holbach approuva son idée... Il chargea le podestat, toujours hoquetant et geignant, sur ses robustes épaules et, guidé par la belle hôtelière, il le porta dans cette mystérieuse retraite qu'elle seule connaissait.

Là, il déposa plus ou moins délicatement sur le sol cette outre à vin et referma la porte, une porte solide et massive, dont il mit la clef dans sa poche, en disant au nouveau pensionnaire de l'*Albergo* :

— N'aie pas peur, je t'apporterai tous les jours moi-même ton manger, avec de l'eau, une bonne cruche d'eau de derrière les fagots... tu m'en diras des nouvelles!

Le regard désolé du signor Vagnerio répondit seul à cette plaisanterie, que le traître considérait comme la plus afflictive des peines.

Laissons-le à sa désolation, en train de cuver son vin et sa défaite dans ce mystérieux asile, où nous aurons bientôt l'occasion de revenir.

Et suivons Frantz Holbach jusqu'au seuil de l'hôtellerie que le doux géant, pour défendre son amie, avait, par quelques gestes un peu brusques, transformé en véritable champ de carnage.

— Il y a de la casse !... — s'écria-t-il en contemplant le spectacle dont il était l'auteur.

Puis il ajouta, navré :

— En somme, tous ces pauvres gens-là, je ne leur en veux pas ! Ils ont voulu venger leur maître avec d'autant plus d'ardeur qu'ils nous croyaient incapable de nous défendre.

« C'est leur rôle, après tout, sans quoi, ils ne seraient pas estafiers de leur métier, mais tout de même, je ne peux pas transformer la tonnelle en cimetière et l'auberge en ambulance, d'autant plus que nous n'avons sous la main ni Siébel ni le docteur Romalino... que faire encore ?...

— J'ai une idée ! — dit la Fornarina, — ce sont des soldats du grand-duc, et je les exècre tant que je ne veux pas les garder chez moi, ni morts, ni vivants !... Si on les renvoyait chez eux, tout simplement ?

— Comment ça ?... — demanda Frantz Holbach quelque peu étonné de cette proposition.

— Eh bien !... oui... — répondit la belle hôtelière. — Ces policiers sont venus à cheval... et, à cheval, ils reviendront chez eux, sauf, bien entendu, le podestat, dont nous garderons la monture qui pourra nous servir, le cas échéant.

— Mais... — objecta le doux hercule strasbourgeois, — ils sont, par ma faute, je le reconnais, incapables de se tenir en selle.

Souriante, la Fornarina répondit à cette objection :

— Bah ! Il ne s'agit que de les attacher ! et leurs destriers fougueux qui connaissent le chemin, les ramèneront dans leurs foyers.

— Bravo ! ma chère amie, voilà une idée géniale !...

Et, en disant cela, Frantz Holbach, aidé par les garçons de l'auberge, se mit en devoir d'attacher sur leurs montures les estafiers, tous fort mal en point d'ailleurs, qui avaient eu la fâcheuse inspiration de venger l'affront fait au signor Vagnerio.

Quand cela fut achevé, il s'écria, moqueur :

— Les voilà ficelés comme nos bons saucissons d'Alsace !... Et maintenant, hop !... un bon coup de fouet !... la Toscane aura l'avantage de les revoir ! à Dieu vat !... ou bien à Satan !...

Et, en disant cela, le doux géant, de la main légère qu'on connaît, fit claquer un fouet qu'un garçon d'écurie lui apporta.

A ce signal, l'étrange escadron partit tout d'un trait, dans la direc tion... du duché de Ferrare.

Frantz Holbach n'en revenait pas... il aurait crié au miracle s'il n'avait été élevé dans les idées de la saine raison, qui n'admet aucune intervention surnaturelle dans les choses de ce bas monde, le seul qui nous intéresse, attendu que nous ne pouvons savoir ce qui se passe là-haut... en supposant qu'il se passe quelque chose.

D'ailleurs, l'étudiant strasbourgeois ne tarda pas à avoir l'explication de ce phénomène anormal, et cette explication fut on ne peut plus naturelle.

En effet, il apprit par des contrebandiers, clients habituels de l'*Albergo*, que les chevaux de messieurs les estafiers du signor Vagnerio, podestat en Toscane, avaient été achetés dans le duché de Ferrare.

Cette particularité qui n'intéressait, en apparence, que les officiers de la remonte devait avoir une certaine répercussion sur les événements qui suivirent.

XXXIII

PERSPICACITÉ FÉMININE

CE petit exercice m'a donné de l'appétit! — s'écria Frantz Holbach, en se mettant à table, après avoir expédié à tous les diables, comme on vient de le voir, les infortunés séides de la tyrannie.

La Fornarina, tout en servant son doux ami, le contemplait avec des yeux plus tendres, plus caressants que jamais. Pour elle, il devenait plus qu'un homme, un demi-dieu, comme ces héros de la fable dont la tradition mythologique s'est maintenue dans cette belle Italie, qui est toujours restée un peu païenne, en son amour des formes, legs divin de l'antiquité grecque et romaine.

Et puis, à dire vrai, quelle femme, courtisane ou bourgoise, princesse ou patronne d'auberge, en quelque pays que ce soit, n'eût pas aimé... adoré à la folie l'homme qui, pour la venger d'un malotru, venait à lui seul de mettre en déroute toute une bande de malfaiteurs, — car on ne saurait donner d'autre nom aux acolytes du ci-devant Wagner, actuellement le podestat Vagnerio ou, pour parler plus exactement, le sombre ivrogne mis au régime de l'eau dans la cachette de l'*Albergo*.

Nous avons dit que Frantz Holbach mangeait avec l'appétit que donne la satisfaction du devoir accompli, surtout quand l'accomplissement de ce devoir est doublé d'un exercice physique, le meilleur des apéritifs.

Il se sentait même si bien, après la soupe, qu'il ne put s'empêcher de faire cette réflexion, quelque peu hétérodoxe par rapport aux prescriptions de la docte Faculté :

— N'en déplaise au bon docteur Romalino, je commence à croire que ce qu'il y a de mieux pour la consolidation d'une fracture, c'est de se donner du jeu. Encore une petite opération comme celle d'aujourd'hui, et je ne me ressentirai plus de... cette incommodité. Un podestat

et une demi-douzaine d'estafiers, c'est ça qui vous fait un fameux emplâtre
à mettre sur une jambe! Il faudra que je fasse part à l'excellent Siébel de
ce traitement.

Cette saillie fit rire la Fornarina qui dit à son ami, dans cette douce
langue de l'Arioste et du Tasse que l'étudiant alsacien parlait maintenant
à merveille... car il n'y a rien de tel qu'une jeune et jolie femme pour
l'enseigner.

— *Caro mio*, ce sont là des médicaments que l'on ne trouve pas tous
les jours! Pensez-vous que notre illustrissime prince régent va renvoyer,
dans cet *Albergo* de la montagne, des podestats avec leur suite, pour
que vous vous en fassiez des cataplasmes!...

Et son joli rire argentin, si franc, si clair, se mit à fuser dans la salle
où tous deux achevaient leur repas du soir à la clarté d'une lampe...

Frantz Holbach répondit de son beau rire... le rire d'Hercule... qui
fit trembler dans leur châssis de plomb les épais carreaux de verre qui
garnissaient les fenêtres, et l'on eût dit que ce rire allait casser ceux qui
avaient survécu au passage... impromptu... de sa corpulence messire le
podestat.

Quand il eut bien ri, le géant ajouta :

— Aussi, ma chère amie, n'ai-je point la prétention que ce satané
Méphisto se charge lui-même de me fournir ces éléments d'hygiène dont
vous me parlez, et je compte bien, d'ici peu, les aller quérir moi-même...

— Et où donc, *caro mio?*...

— Mais là où je peux les trouver !... à Florence!...

« N'y a-t-il pas, là-bas, force trabans, reîtres, lansquenets et autres
mécréants à découdre?...

« La cour de Toscane a recruté toute la lie du pays et d'ailleurs. Elle
a embauché tous les Wagner disponibles.

« Mes amis sont dans la cage aux hyènes... Ma maudite jambe m'em-
péchait, — pardonnez-moi cette image saugrenue, — d'aller leur donner
un coup de main... ou un coup d'épaule pour enfoncer une porte de prison.

« Je vois maintenant que ma patte se remet... Et même l'exercice lui
fait du bien... Quoi de plus naturel pour moi que d'aller là-bas?... Je crois
même, entre nous, que ça serait déjà fait, en dépit des recommandations
du cher docteur Romalino, si...

— Si...? — interrogea anxieusement la Fornarina dont la riante
physionomie, soudain, venait de s'estomper d'une brume de mélancolie.

Frantz Holbach prit sa main et la couvrit toute d'un baiser de ses
lèvres si ardentes, si sincères.

— Ne l'avez-vous pas deviné, *carissima?*... Il y a beaux jours que
certain estropié aurait pris son vol vers Florence, avec ses deux béquilles
en guise d'ailes, s'il n'avait été retenu ici par deux beaux yeux...

— Et un cœur bien aimant, Frantz! — ajouta la pauvre amoureuse, un
peu rassérénée par les douces paroles et la galanterie câline de ce grand
enfant, qu'elle savait incapable d'un mensonge.

Mais son sourire se fit dolent, sa voix trembla un peu pour ajouter :

— Loin des yeux, loin du cœur !... Florence est plein de belles femmes aux superbes atours. Elles vous feront oublier la Fornarina à l'humble cotte de laine.

— Pensez-vous que j'aille à Florence pour y faire la fête ? Et suis-je de ceux que la duchesse Nathalie invite aux réceptions de la cour ?

— *Chi lo sa ?* Florence est un lieu fertile en surprises. On y passe aisément du palais à la prison d'État et des courtines dorées au funèbre *in pace*...

« L'inverse aussi a été vu... La faveur du pouvoir ou la duplicité de la politique va chercher ses idoles... ou ses jouets dans les milieux où ne semblait jamais devoir parvenir l'éclat de la couronne...

« Tout y est mensonge, tromperie, trahison... C'est le chaos, la confusion... l'amour s'y perd et l'honneur y sombre...

« Ne dit-on pas que le vieux Gioritto, qui fut la pure gloire de la révolution, finit ses jours dans la honte d'une débauche sans nom, entre sa fille, une courtisane, et l'amant qui l'entretient, un des pires suppôts du pouvoir !

« O Florence, ville maudite, qui prend tout ce qu'il y a de bon, qui consume les cœurs, brûle les âmes, et ne rend que des scories, comme le Vésuve au cratère ardent, semeur de mort et de dévastation !

Il y avait longtemps que le silence s'était fait entre eux.

La rêverie planait, avec quelque chose de douloureux, sur ces deux êtres si pleins de droiture, aux âmes saines comme leurs corps, et que la nature entourait, la bonne nature sauvage et forte, dans cet air vif et pur de la solitude et de la montagne, que n'a point souillé la pestilence des villes.

Frantz Holbach, pour la première fois, se sentait troublé... Il était comme les vieux Gaulois, ses ancêtres, qui, avant de se jeter dans la mêlée farouche et la lutte sans merci, allaient au seuil des déserts rocheux écouter les voix prophétiques des prêtresses, vivant à l'ombre sacrée des grands chênes.

Malgré lui, les paroles de la Fornarina lui semblaient renfermer les présages menaçants du ténébreux avenir.

Oui !... elle avait raison, la bonne hôtesse !... le bonheur était ici, dans la vie calme et paisible de ces montagnes... Ce qui l'entourait était rude et sincère, comme sa passion à cette belle sauvageonne qui n'avait traversé la civilisation empoisonnée des cités maudites que juste le temps qu'il fallait pour la connaître et la haïr !...

Mais ses amis étaient là-bas, luttant contre le mal, au milieu des embûches que tend la perfidie de Méphistophélès, parmi les pièges sans nombre suscités par cette incarnation de l'enfer...

Son devoir n'était-il tout tracé ?...

A présent, il allait mieux... C'était décidé ! Il irait les rejoindre...

Le fugitif de Strasbourg réprima avec peine un geste de surprise... (Page 1204.)

— Je partirai demain ! — fit-il, prenant une résolution soudaine et
qui n'était pas sans tristesse pour lui.

... Pour elle... aussi !... Deux larmes mouillèrent les yeux noirs de la
Fornarina... des perles sur du velours...

La lampe s'éteignait...

Dehors, on entendait le cri plaintif d'une chouette.

Superstitieuse comme le sont toujours un peu les Italiennes, la
patronne de l'*Albergo* fit le signe de la croix, car cet oiseau, quand il fait
entendre sa plainte lugubre, est de mauvais augure, à ce que prétend une
croyance populaire.

— Le cri de la chouette... à minuit, — fit-elle, — cela veut dire « trahison » !

A ce moment, des coups répétés furent frappés à la porte de l'auberge...

XXXIV

UN COMPAGNON PEU SUR

NVELOPPÉ dans les plis d'un large manteau, un homme était entré,
aussitôt la porte ouverte.

— Pouvez-vous me donner de quoi manger ?... Et puis je passerai
la nuit... Je suis harassé, les routes sont si mauvaises... Par exemple, je
vous préviens que ma bourse est maigre... mais je me contente de peu...
du pain, du fromage, et une botte de paille pour dormir.

Tout cela était dit avec un fort accent étranger...

L'intonation du voyageur nocturne avait fait dresser l'oreille à Frantz
Holbach... et son cœur palpita soudain au souvenir de la patrie lointaine.

La bonne hôtesse avait relevé la mèche de la lampe et elle s'occupait
de servir le nouveau venu qui avait déposé à côté de lui, sur une chaise,
son manteau et son couvre-chef.

— Karl Brander !...

On se souvient que les relations de l'étudiant-hercule et de l'étudiant-
policier n'avaient pas été excellentes en dernier lieu.

Frantz Holbach avait même quelque peu rabroué et secoué le faux
camarade, si souvent soupçonné, à tort ou à raison... à tort finissaient
toujours par croire les francs et délurés lurons alsaciens !... On a même
vu qu'ils l'avaient laissé rentrer dans leurs rangs, par imprudence juvénile, insouciance ou indulgence extrême...

Le célèbre artilleur des révoltés ne se souvenait plus guère de ses
anciennes préventions, qu'il jugeait fausses à distance... et après si
longtemps...

Karl était un compatriote et il paraissait malheureux : le géant ne vit que cela!...

Et il alla au-devant de son ancien camarade.

Le fugitif de Strasbourg réprima avec peine un geste de surprise et... d'ennui... Mais il se ressaisit bien vite, prit une contenance affable, un air aimable, et d'un ton qui simulait, à s'y méprendre, le contentement le plus vif, il répondit :

— Ce cher Frantz Holbach !

La Fornarina, qui observait cette scène, remarqua, — les femmes seules ont le don de divination, — la gêne du voyageur... l'incertitude de son regard, et ce qu'il y avait de vague et d'hésitant, par conséquent de louche, dans la façon dont il retrouvait son camarade Frantz Holbach, l'honneur et la franchise mêmes, la loyauté en personne.

Mais Frantz l'arracha à ces réflexions... dont il était loin de se douter. Il criait de sa voix de stentor :

— Ah çà! quel vent t'amène, toi que nous avions laissé plongé dans tes études austères, alors que nous allions courir les aventures, Valentin Siébel et moi?... Mais tu me raconteras ça à loisir! Pour l'instant, tu dois avoir faim et soif... ça n'est rien de le dire. C'est moi qui régale!... Comme au *Gambrinus* dans le temps, tu te rappelles? Eh!... eh!...

Et, de nouveau, le bon gros rire de l'hercule ébranla les vitres.

— Ma chère amie, — ajouta-t-il en se tournant vers la Fornarina, — je vous présente mon jeune et j'ajoute vieux camarade, Karl Brander, en compagnie duquel j'ai usé mes hauts-de-chausse sur les bancs de l'école. Seulement, voilà, ça lui a beaucoup plus profité qu'à moi; je suis resté un âne bâté, tandis que ce cher ami, — ah! tudieu! quelle jeunesse studieuse! — était toujours le nez plongé dans la vénérable poussière des bouquins! C'est un puits de science... il n'ignore rien, disait-on.

— Sauf la droiture et la sincérité! — pensa la bonne amie de Frantz, qui s'empressait... lentement et d'assez mauvais gré... à servir ce nouveau venu qui ne lui revenait pas... mais là... pas du tout.

Et si Frantz Holbach avait été moins absorbé par le plaisir de revoir un vieux compagnon, — ainsi qu'il l'appelait, — il aurait pu entendre la Fornarina qui maugréait entre ses dents...

C'était la première fois, du reste, que cela lui arrivait... depuis que le médecin de Campi avait amené à son *albergo* le glorieux blessé de la Péja.

Du reste, elle ne tarda pas à aller se coucher, laissant les deux anciens camarades d'école évoquer les réminiscences d'antan.

Karl Brander, nous l'avons vu, avait eu l'air désagréablement surpris en rencontrant son ami Frantz Holbach dans cette auberge perdue, au milieu d'une des gorges les plus sauvages de la chaîne des Apennins.

Mais nous connaissons le sang-froid merveilleux et l'imperturbable cynisme du louche personnage.

Dès qu'il avait compris que le géant était demeuré sans rancune et qu'il ignorait complètement les circonstances qui l'avaient forcé à quitter

Strasbourg, le ci-devant ver rongeur de dame Marthe recouvra tout son aplomb.

Néanmoins, l'astucieux et fourbe policier pensa qu'il serait plus prudent de laisser Frantz Holbach parler le premier. Il le connaissait assez pour savoir que les confidences du franc et loyal colosse seraient l'expression de la vérité, sans réticences, sans altération. Une fois qu'il l'aurait entendu, il réglerait ses mensonges en conséquence.

Comme tous les gens sincères et véridiques, l'ami de la Fornarina était loin de songer à jouer au plus fin. Il raconta donc, tels qu'ils s'étaient passés, les événements auxquels il avait été mêlé avec Valentin, Siébel et les autres, depuis leur départ de Strasbourg.

Et il ne cacha pas à Karl Brander que, se trouvant tout à fait remis de sa blessure, il songeait à repartir dès le lendemain pour Florence.

Pendant qu'il parlait, l'espion, inquiet, prêtait l'oreille aux bruits du dehors. Le géant n'y fit pas attention, mais lui versant une nouvelle rasade, il lui dit, avec son rire sonore :

— On dirait, ma parole, que cette auberge est le rendez-vous des *anciens* de Strasbourg !

— Comment ça ? — demanda Karl Brander, laissant malgré lui percer son inquiétude.

— De quel air tu me dis cela! Il semblerait, ma parole, que tu crains de rencontrer céans la maîtresse que tu as quittée... ou un créancier que tu as fui! Mais rassure-toi!... ce n'est ni l'un ni l'autre.

« Il s'agit de Wagner, ce traître avéré, dont je viens de te raconter les hauts faits... qui sont bien tout ce qu'il y a de plus bas et de plus vil au monde... Eh bien ! figure-toi, mon vieux Karl, que sous le pseudonyme d'*il signor Vagnerio*, il a été nommé, par Méphistophélès, podestat en Toscane, sur la frontière, pas loin d'ici.

« Ce sac à vin, que les honneurs n'ont pas changé, loin de là, s'est avisé de faire le goujat; alors je l'ai pris par son justaucorps ou toute autre partie de sa tenue officielle, et je l'ai jeté, sans cérémonie, par la fenêtre que tu vois, ce qui occasionne même un courant d'air, car il y a quelques carreaux de cassés.

— En effet!... Alors, ton Wagner a pris la poudre d'escampette sans demander son reste, car sans te vanter, tu es d'une force peu commune.

— On le dit... Mais il n'était pas seul... Les gens de sa suite se sont jetés sur moi, comme un seul homme ; et alors, moi, également comme un seul homme, je les ai attachés sur leurs baudets, qui ont pris la route de Ferrare...

— Tiens!... — fit à mi-voix Karl Brander, rêveur.

— Oui, mon cher! Et comme je ne tenais pas à renvoyer Wagner dans ses foyers... de guerre civile... je l'ai enfermé, pas bien loin d'ici, dans un endroit qui n'est connu que de la Fornarina et de moi...

— Ah!... et c'est ?...

— Je te montrerai ça!... Figure-toi que nous l'avons mis à l'eau... la diète hydrique absolue, et même intégrale, comme disaient nos chers et vieux maîtres de la faculté! Ce que ça me fait du bien, tout de même, de ne plus les voir, ces respectables perruques!...

« Mais j'oubliais que je parle devant un de leurs disciples préférés, une future lumière de l'École... Tu passais même pour... Enfin, imagine-toi la grimace que doit faire Wagner ou Vagnerio, podestat du diable, en tête à tête avec une cruche d'eau. Un fameux traitement pour un ivrogne, n'est-il pas vrai?...

— Détestable, au contraire, mon cher Frantz !... Tout ce qu'il y a de pire! Les gens intoxiqués par la boisson sont menacés de congestion, d'apoplexie, de délire...

— Toute la lyre, quoi !...

— Bref, on risque de les tuer en leur supprimant tout d'un coup...

— Le funeste et délicieux breuvage où leur raison se noie? Alors, tu dis, mon vieux Karl, que notre suave, mais infortuné podestat mis au régime de l'*aqua simplex*...

— Risque de rendre sa belle âme au dieu Bacchus, dans une dernière gorgée d'eau!

— Eh bien! sans m'en douter, si c'est ainsi, j'ai agi en véritable philanthrope...

— Comment?...

— Parbleu, je conservais ce traître pour le faire juger et je n'ai pas besoin de te dire condamner, j'ajouterai même exécuter, — car il ne l'a pas volé, le misérable ! — par ces patriotes qu'il a vendus, comme Judas.

« Mon *aqua simplex*, une excellente eau de source, pure comme le cristal de roche, risque, me dis-tu, de l'expédier *ad patres*, tout comme la fameuse *aqua tofana* qui est si fort en honneur à la cour de Toscane !...

« J'aurai donc rendu service à ce podestat de l'enfer... Il vaut toujours mieux, n'est-il pas vrai? mourir d'apoplexie ou de congestion cérébrale, que par la strangulation qu'opère une corde solide, attachée à la maîtresse branche d'un des arbres de la forêt voisine !...

« Mais je reste là à bavarder comme une pie borgne... sur des choses qui ne doivent guère te sembler intéressantes ; quel égoïste je fais, n'est-ce pas, à ne te causer que de mes petits travaux, comme si tout cela en valait réellement la peine !

« Allons! voyons, à ton tour, parle-moi du pays, raconte-moi ce qui se fait là-bas... Que deviennent les camarades... Ludwig Frosch... et Heinrich... répète-t-il toujours ses sempiternels Gaudeamus ?... Et Mme Roger... et sa petite Jeannette? A-t-on des nouvelles de Marguerite? Ici, on prétendait, d'après des rapports plus ou moins intéressés, sinon intéressants, — je crois même que ce traître de Wagner y était pour quelque chose, — que la pauvre enfant était à Florence avec Faust; mais Faust est dans la prison d'État, et toujours pas de traces de Marguerite !...

Les gens qui parlent beaucoup et longtemps facilitent, malgré eux, la tâche des fourbes qui s'efforcent de les duper.

L'exubérance du géant, tout à la joie de retrouver un compagnon qu'il croyait fidèle et sincère, permit à Karl Brander de se recueillir.

Et quand l'espion eut bien dressé ses batteries, il raconta sa petite histoire qui semblait la plus naturelle du monde, au bon et confiant camarade qui venait de l'accueillir, cette fois encore, à bras ouverts.

Comme il était en fin d'études, il avait résolu, ainsi que cela se faisait souvent, de compléter son instruction scientifique en visitant quelques universités étrangères. C'est ainsi qu'il avait voyagé à pied, forcément, car il était un étudiant pauvre, de Strasbourg à Heidelberg, de là à Fribourg, puis à Bologne et à Pavie. Il se disposait à finir par Rome, le centre des lumières de l'antiquité et de la Renaissance.

Il s'était perdu la nuit, dans les défilés des Apennins, où passe la route des États de l'Église, qui traverse le grand-duché de Toscane...

Là, il avait frappé à la porte d'une auberge...

— Et j'ai le bonheur de t'y rencontrer, mon vieux camarade, mon excellent Frantz...

— Et moi, j'aurai cette chance inespérée de faire route avec le meilleur des écoliers... le plus spirituel des compagnons.

« La Fornarina a une vieille carriole, nous y attellerons le cheval de Vagnerio, le podestat... hydraulique !... Je suis sûr que nous ferons un voyage charmant !...

Les deux... camarades ! avant de se mettre en route, prirent quelques heures de repos.

Suivant son habitude l'hercule dormit comme un enfant. Karl Brander, lui, eut un sommeil agité, troublé... A chaque instant, il se réveillait en sursaut, s'imaginant entendre des bruits de pas, sur la route... Et alors, il avait une sueur froide.

Les adieux de Frantz Holbach et de la belle Fornarina eurent une exquise douceur triste.

La bonne hôtesse ne cherchait point à détourner son ami de ce qu'il regardait, à juste titre, comme son devoir... mais elle souffrait cruellement d'être sacrifiée à ce devoir... peut-être pour longtemps, sinon pour toujours !

Et pourtant elle sentait qu'elle eût moins aimé le bon géant, s'il n'avait pas demandé à son cœur épris ce douloureux sacrifice...

Nature fière, ardente, toute pleine de l'idéal farouche de la liberté, elle l'aimait ainsi, son Frantz, de courir où l'appelait le devoir...

Le cœur des femmes a de ces héroïsmes... obscurs... sublimes. Une larme, aussi, tremblotait aux cils de Frantz Holbach, mais pour vaincre cette mélancolie, qui menaçait d'amollir son âme, il se tourna vers Karl Brander et lui dit en souriant :

— Viens-tu ?... Avant de nous en aller, nous allons jeter un coup d'œil sur Wagner ce sac à... je veux dire cette cruche à eau !

L'espion se fixa bien, dans la mémoire, la topographie exacte de la cachette... où Frantz le conduisit imprudemment.

Wagner, lui, ne les vit ni l'un ni l'autre. Il ronflait à poings fermés, sans se douter du réveil pénible qui l'attendait, sous la forme de ce récipient, rempli à déborder, d'un liquide avec lequel il était tout à fait brouillé, depuis bien longtemps.

Enfin, les deux étudiants grimpèrent dans la carriole, et le cheval du *signor Vagnerio*, enveloppé par un coup de fouet de l'hercule, partit dans la direction de la frontière toscane.

Au premier détour de la route, Frantz Holbach se retourna et envoya un baiser à la Fornanina... qui était restée debout, toute seulette, sur le seuil de l'*Albergo*.

Quand elle eut perdu de vue les deux voyageurs, elle murmura en proie à de sombres pressentiments :

— Quel est ce compagnon dont le cœur est peu sûr ?...

Il y avait là, dans une niche creusée en plein rocher, une Madone fort vénérée par les gens de la montagne. Contrebandiers, braconniers et autres gens vivant en marge de la société, sur la frontière indécise de deux États rivaux, avaient coutume d'y faire parfois brûler des cierges pour obtenir la réussite de leurs opérations, moins malhonnêtes, en somme, que celles des plus grands de la terre, maltôtiers de haute marque.

Comme une Italienne chez qui la passion s'allie si bien à la piété naïve, la Fornarina s'agenouilla devant l'image sainte.

—O divine madone, — fit-elle avec ferveur, — préservez mon doux ami des embûches de Satan... et de la traîtrise de Judas !

XXXV

LA LEÇON DE SATAN

EVANÇONS Frantz Holbach et Karl Brander sur la route de Florence, et pénétrons dans la capitale de la Toscane, devenue, grâce au génie infernal de Méphistophélès, une cité de corruption, de terreur et de misère !...

Pour ce culte satanique, il y a deux temples... le vieux palais des Borghès et la prison d'État.

C'est dans ce dernier édifice que notre récit nous ramène, ou plutôt dans la luxueuse habitation de Son Excellence le gouverneur des *Carceri Grandi*, Mgr Julio Marchetti.

On sait que, par ordre de son maître, Julio s'est transformé en garde-chiourme et, mieux ou pis que cela, en bourreau. Mais, au lieu de manier des instruments de tortures, c'est le déshonneur qu'il emploie pour tuer moralement le vieux Gioritto dans l'estime de ces concitoyens.

Titania était auprès de lui comme une triste et dolente captive. (Page 1210.)

Ah! l'idée est bien digne du sombre politicien qui gouverne la Toscane!...

- Le tourment infligé au noble et vénérable patriote a secondé les noirs projets du prince-régent, mieux que ne l'auraient fait les plus cruels supplices. Ceux-ci auraient nimbé de l'auréole du martyre le front blanchi de Gioritto... Et voilà que, grâce aux savantes manœuvres de Méphistophélès, si bien servi par Julio Marchetti, le vieillard achève sa pure et belle carrière dans la honte et l'infamie!

Il passe aux yeux de ses derniers partisans, — bien rares, à présent, — car tout le parti, peu à peu, s'est fondu, comme la neige au soleil, il passe, l'infortuné martyr de la liberté, pour être le commensal et l'ami du gouverneur de la prison d'État, ce vil débauché qui est l'amant de la belle Titania, sa fille à lui Gioritto... Quelle abomination !

Apparences trompeuses... satanique fantasmagorie... Toutes ces combinaisons perfides ne pouvaient naître que dans le cerveau de Méphistophélès !

Julio Marchetti avait accepté de jouer le rôle qu'on sait pour obtenir cette Titania, qu'il aimait jusqu'à la folie... jusqu'au crime... Mais l'amour n'obéit point aux lâches compromissions de la politique, aux vils marchés qu'elle impose.

Titania était auprès de lui comme une triste et dolente captive; ses beaux habits de brocart et de soie remplaçaient la livrée habituelle des geôles, ou les guenilles de la pauvresse errante et vagabonde... ces guenilles bénies qu'elle conservait, comme une précieuse relique, dans un coffret dont elle seule possédait la clef.

Et Son Excellence Mgr le gouverneur de la prison d'État était bien loin d'avoir avancé de ce côté-là ses affaires... Le cœur reste toujours libre, en dépit des Bastilles !

Il avait mieux réussi avec le père d'Hélène, avec Gioritto ! Victime de l'horrible chimie des Borghès, le vieillard n'était plus qu'un corps sans âme... Il traînait une vie languissante, végétant, comme ces vieux troncs d'arbres frappés par la foudre, et qu'en dedans rongent les vers, mais où un restant de sève circule encore, en attendant que le cruel hiver en arrête le cours dans le calme et le néant de la mort.

Méphistophélès venait parfois, dans les *Carceri Grandi*, jeter le coup d'œil du maître... L'état de torpeur et d'affaiblissement où il vit l'ancien patriote lui inspira des inquiétudes... mais, comme bien on pense, tout cela n'était point par pure bonté d'âme.

Seulement, il ne fallait, à aucun prix, que l'on pût croire que sa victime mourait empoisonnée... La calomnie, — poison moral, — lui semblait bien préférable, et avec son hideux sourire et sa voix sarcastique, il se mit à réprimander Julio Marchetti, maladroit complice.

— Vous avez eu la main lourde, mon cher gouverneur ! — lui dit-il.

— Je ne désire pas la mort de ce pauvre pêcheur. Son déshonneur me suffit !... Et vous vous mettez à le droguer, *larga manu*, comme si vous étiez un vétérinaire...

— Et je ne suis pas même médecin ! — balbutia, confus, le chef des geôliers de la prison d'État.

— Le fait est que je ne voudrais pas vous avoir pour apothicaire, à moins que je ne fusse complètement dégoûté de l'existence, ce qui n'est pas le cas, Dieu merci ! C'est dans le maniement des... narcotiques, — pour employer un mot poli, — qu'il faut savoir délicatement arranger les doses. L'art d'agencer les nuances vous fait totalement défaut, je

regrette de le constater. Ah! mon cher, il n'y a pas à dire, vous manquer de doigté ! Je ne m'étonne point que vous ne soyez pas plus avancé
que vous ne l'êtes avec la belle Titania !... Pour les femmes, c'est comme
pour les poisons... il faut savoir manœuvrer en douceur !

L'infernal personnage ne reculait devant aucune licence dans son
langage, de même qu'il n'était arrêté par aucun scrupule, dans sa politique astucieuse et perfide.

Julio Marchetti baissait la tête, non point par remords, mais parce
que les reproches que lui adressait le démon auquel il avait vendu son
âme lui allaient droit au cœur, — son cœur de garde-chiourme, — d'autant plus que l'allusion à l'insuccès de ses amoureuses tentatives ne pouvait que le blesser profondément.

Méphistophélès, avec cette ironie noire qui le caractérisait, acheva de
dicter sa conduite à cet homme dont il avait fait son bourreau.

— Gioritto est votre futur beau-père, après tout, — fit-il en souriant
d'une façon étrange, — et vous devez d'autant mieux le soigner que, soit
dit entre nous, vous n'avez aucun héritage à attendre de lui, si ce n'est
celui de sa popularité ; mais c'est un legs que vous ferez bien, si vous
m'en croyez, de n'accepter que sous bénéfice d'inventaire...

« Et puis, j'ai d'autres vues sur ce bon vieux ! Je dois donner, ces
jours-ci, une fête pour célébrer l'anniversaire de la fondation de Florence... une date qui se perd dans la nuit des temps... circonstance qui
me permet de fixer l'anniversaire du jour que j'ai choisi, sans que les
savants me cherchent chicane. D'ailleurs, le bon peuple n'est jamais
regardant ; du moment qu'on lui fournit des sujets de réjouissances, vrais
ou faux, authentiques ou inventés à plaisir, il n'en a cure. Pour lui,
l'essentiel est de s'amuser, et moi j'y pourvoirai.

« Cette fête, dans mon esprit, doit être celle de la concorde et de
l'apaisement. Je veux montrer la couronne réconciliée avec la révolution,
et cætera; vous voyez d'ici, sans que j'y insiste, le thème de cette fête
vraiment nationale.

« Il y aura un feu d'artifice, mais le bouquet, si j'ose m'exprimer
ainsi, ce sera le vieux patriote Gioritto, le chef des insurgés, ayant le
grand cordon et toutes les décorations imaginables de la Toscane, rece-
vant l'accolade du prince-régent, tandis que Son Excellence Mgr le gouverneur de la prison d'État échangera avec la fille du vieux révolutionnaire l'anneau des fiançailles, sous les yeux attendris de son vénéré père.

« Ah! mon cher Julio, j'en suis tout ému, rien que d'y penser !...
Hein ! quelle superbe page pour les historiographes de mon règne ! Je
dois vous dire qu'ils ont déjà reçu des ordres en conséquence. Les
comptes rendus de la fête et ses commentaires sont prêts, et un de nos
plus grands peintres reproduira sur la toile cette scène immortelle, pour
la postérité.

Julio Marchetti comprenait, à mi-mot, les sous-entendus diaboliques
cachés sous cette apparente bonhomie, dont il n'était pas dupe. Mais,

après tout ce qu'il avait fait pour complaire à son maître, le mal qui restait à faire lui importait peu.

Seulement, il n'avait pas cet optimisme triomphant qui faisait que Méphistophélès ne voyait jamais d'impossibilité... à quoi que ce fût; mais il avait cette profondeur et cette clairvoyance d'esprit qui lui montraient, de la façon la plus lumineuse, la route à suivre, au milieu de sa ténébreuse politique.

Et le gouverneur de la prison d'État, qui n'était pas, tant s'en faut, à la hauteur du prince-régent... médiocre élève qui n'approchait point de son maître, lui dit alors d'un air assez piteux :

— Mais la belle Titania repousse tous mes hommages...

— Tu ne sais pas t'y prendre!

— Que faire?

— Naïf, va!... En amour comme en politique, là où la persuasion ne suffit pas, les menaces auront un effet plus certain.

— Je la connais... elle acceptera tout plutôt que de couronner ma flamme, et plus je lui ferai peur... plus je lui serai odieux, et moins mes affaires avanceront. J'ai été, déjà, très brutal en pure perte.

« Si vous croyez, prince, que c'est une manière de réussir auprès des femmes, en faisant le croquemitaine...

— Julio Marchetti, tu n'es qu'un grand niais!... La menace n'a quelque chance de réussir que quand elle est faite « sous condition »... Ainsi une femme te résiste, tu lui dis : « Bon!... Vous ne voulez pas!... Eh bien! votre amant... ou votre fils... ou votre père... va mourir! » Et tu ajoutes d'une voix persuasive, à ta déesse, qu'elle aura le remords, toute sa vie... de n'avoir pas sauvé, — suivant le cas dont il s'agit, en l'espèce, — le père, le fils ou l'amant cher à son cœur.

— Comme vous êtes fort, mon cher maître!

— Et comme tu es faible, toi!

— Cette Titania adore son père, depuis qu'il est victime!

— Raison de plus!... Tu lui fais voir cette noble tête de vieillard roulant sous la hache du bourreau. Au besoin, tu mets sur mon compte cette mesure de... répression. Cela a déjà réussi une fois!

— Elle aime aussi Faust... à la folie!

— Heureux mortel!

— Vous voulez rire?

— Au contraire.

— Comment ça? Je suis absolument déconcerté par votre sang-froid... votre ironie me trouble... Il me semble entendre rire Satan.

— Satan est un grand séducteur. Don Juan, — n'oublie pas ce détail, — l'avait pour seul maître.

— Oui, mais au Festin de Pierre, le Commandeur vient chercher l'âme de don Juan.

— *Pulcinella*, le faquin de Naples, qui s'appelle en France Polichinelle, est emporté lui aussi par le diable, un peu avant que le rideau ne tombe sur sa farce; mais au pied du Vésuve ou sur les bords de la Seine, personne n'est dupe de ce coup de théâtre... et si l'on applaudit, c'est parce que Polichinelle avait rossé le commissaire... c'est parce que don Juan avait triomphé de toutes les résistances féminines, qui se trouvaient sur sa route de libertin... incorrigible... impardonnable... mais toujours pardonné... par le beau sexe!

— Alors... selon vous... je dois...

— Vous devez, don Juan Marchetti, laisser entendre à la belle Titania que la vie de son père, le salut du docteur Faust dépendent de son acceptation amoureuse.

— Et si elle n'accepte pas?

— Elle acceptera... car elle aime Faust... elle vénère son père... et pour les sauver tous les deux... elle donnera encore sa vie!

— Titania sera à moi... c'est cela que vous voulez dire?

— Parfaitement...

— Mais elle me maudira... après?

— Heu!... heu!...

— Elle me reprochera sa honte et mon infamie!

— C'est à voir!...

— Elle me détestera!...

— *Chi lo sa?*...

— Les spectres du passé se dresseront toujours entre nous deux...

— Faites comme moi, mon cher!... Dites aux spectres : « Je ne vais pas vous chercher où vous êtes; ne venez pas me trouver où je suis! » Moi, les spectres ne m'ont jamais dérangé.

— Vous êtes un esprit fort!...

— On le prétend.

— Je tâcherai donc de faire comme vous.

— Allons, mon cher gouverneur, je vois que vous devenez raisonnable. Le meilleur moyen d'admirer, c'est d'imiter... son maître!

— Hélas!... il le faut, en attendant que Satan ait mon âme.

— Si toutefois il en veut. Une âme de geôlier... peuh!

— Et que m'ordonnez-vous, présentement?

— De plaire à la belle Titania, de par Lucifer!

— Je la séduirai... par les moyens que vous m'avez indiqués...

— Bravo! Je ferai encore quelque chose de vous.

— Mais le vieux Gioritto m'a l'air assez malade.

— Dites très malade! Mais à qui la faute?...

— Comment le soigner, maître?

— Appelez un médecin auprès de votre cher et vénéré beau-père.

— Le médecin pourra s'apercevoir de l'action du narcotique.

— Oui, si c'est un médecin intelligent... et il y en a dans le nombre.

— Alors, il faut faire venir un médicastre sans talent et sans intelligence... un charlatan... un empirique... qui n'y verra que du feu?

— Je ne vous ai pas dit ça!

— Si c'est un homme très savant, qui parvient à définir l'origine du mal dont souffre Gioritto, il parlera...

— Il y a des chances...

— Je ne peux pourtant pas semer les cadavres sur ma route...

— Vous manquez totalement d'imagination.

— Expliquez-vous, prince!

— Voyons, Julio, il y a ici, dans cette prison, un des plus grands savants qui soient au monde...

— Faust!... je le connais, cet homme-là... il ne se prêtera pas à un subterfuge, à une consultation de complaisance.

— Aussi, n'est-il pas question de lui demander quoi que ce soit de pareil. Il y a un homme malade dans cette prison dont vous êtes le gouverneur, et au nom de l'humanité, vous demandez au prisonnier Faust de lui apporter les secours de son art...

— Et si Faust refuse?...

— Faust ne refusera pas!

— Pourquoi?...

— Mon cher, vous ne connaissez pas les femmes... mais vous ignorez les hommes!... Ce Faust a beau être captif, malheureux comme les pierres de sa cellule, la science qui est sa religion suprême a plus d'empire sur lui que toutes les considérations divines ou humaines. N'ayez crainte! il viendra, dès qu'il saura qu'un être humain, tout près de lui, a besoin du secours de son art... à plus forte raison Gioritto !

— Mais Gioritto peut parler à Faust... lui confier des secrets que l'autre ne doit point connaître. Et puis, si le médecin de Strasbourg découvre les origines du mal mystérieux auquel, lentement, succombait le père de Titania, qui nous répond qu'il ne divulguera pas ce secret terrible?...

— Moi! Je vous garantis que le docteur Faust ne sera jamais à même de dévoiler le secret professionnel.

« Il ne sortira de la prison d'État que les pieds devant.

— Vous êtes sévère, maître!

— Je sers vos amours, mon cher gouverneur!... Le vieux père une fois sauvé, et le docteur Faust expédié dans l'empire des morts pour y cueillir les pâles asphodèles et autres plantes funéraires, la belle Titania verra l'oubli effacer les restes d'une vieille passion, et sa reconnaissance engendrera un nouvel amour dont vous serez l'heureux bénéficiaire... Si vous savez vous y prendre, je le répète !

— Par l'enfer! vous êtes Satan en personne!... Méphistophélès... mon maître en satanisme !...

— Cher élève, soyez docile à mes leçons, ou, sans cela, gare!...

XXXVI

JUSTIFICATION

OUR comprendre ce qui va suivre, il faut que nous revenions quelque peu en arrière, au moment où Faust, grâce à ses patientes recherches et à ses calculs savants, découvrait le secret du passage souterrain par lequel son ancêtre avait reconquis sa liberté.

Courbé en deux, le glorieux médecin de Strasbourg s'était engagé dans le boyau étroit et obscur... La voûte était basse, garnie d'aspérités sans nombre, et ce qui compliquait terriblement la situation, le ténébreux passage décrivait des courbes et faisait des circuits à n'en plus finir...

Faust, qui était obligé de marcher les mains tendues en avant, à cause de la topographie capricieuse du souterrain, arriva ainsi jusqu'à un mur de briques qui était tout chaud, sans doute une cheminée.

Des bruits de voix lui étaient parvenus... Alors, collant son oreille à la paroi, il avait reconnu, avec une stupéfaction extraordinaire, que les personnes qui parlaient n'étaient autres que son ancien élève Siébel et Bertha, la jeune fille qu'il avait arrachée à la mort.

A ce moment fatidique où allait sonner pour lui l'heure de la délivrance, Faust s'arrête, ainsi qu'un voyageur surpris par l'apparition inattendue de quelque malfaisant reptile...

Siébel!... Ce nom évoque toujours pour lui le plus pénible des souvenirs... Siébel, son élève préféré... en qui il avait placé toute sa confiance... celui qu'il avait pour ainsi dire adopté et qu'il aimait comme un fils... Siébel n'a été qu'un vil larron. Il a volé cet or que son maître allait rendre au chevalier Méphisto pour libérer son âme du pacte abominable.

Faust écoute... Qu'est-ce que Siébel, le traître, peut bien comploter la nuit, si près des *Carceri grande?*

Au travers de la mince cloison séparant le passage souterrain de la demeure de Tirolo, le secondini, ce n'est pas le secret d'une traîtrise ou d'un vol que Faust surprend.

Pepito, qui venait du dehors, apprenait aux réfugiés de l'hospitalière maison de la via Fragoletto les événements qui marquèrent la fin de la seconde partie de ce récit.

En l'honneur des prochaines épousailles du prince-régent Méphistophélès avec la duchesse Nathalie, pleine et entière amnistie était accordée à tous les révoltés... Gioritto, comblé de prévenances et de marques de distinction par le gouvernement, passait pour avoir trahi...

On ne gardait que le docteur Faust et le lieutenant Roger.

Faust, accusé de se livrer aux ténébreuses pratiques de l'occultisme, serait jugé à Rome par la Sainte-Inquisition.

Le brave Roger ne sortirait que mort.

Et puis... les bruits de voix s'éteignirent, tout rentra dans le silence... Faust écoutait toujours...

C'est quand tout se tait que l'on entend la voix intime des choses... et la pensée qui parle...

Il resta ainsi combien de temps? Lui-même n'aurait pas su le dire!

Le génie a la patience sereine et calme de l'immuable éternité...

. . . .

Siébel, dans la modeste chambre de la via Fragoletto, va et vient, le front appuyé sur sa main...

Le feu s'est éteint dans l'âtre.

L'homme d'action, l'être énergique et courageux, qui est au fond de lui, veille anxieux et pensif... La tâche d'hier est achevée... en attendant que celle de demain commence...

Les hasards de la guerre, les belliqueuses aventures n'ont pas fait perdre de vue à Siébel le but qu'il s'est proposé...

Et, tandis qu'il marche, dans la petite pièce silencieuse et tranquille, sa pensée poursuit le cours jamais interrompu de ce rêve du passé, de ce cauchemar qui l'obsède...

L'obsession est telle, qu'en marchant seul dans la petite chambre de chez les Tirolo, il parle à haute voix comme s'il voulait se justifier... crier son innocence au Maître invisible, drapé dans le silence et le mystère des ténèbres.

Sa voix est fébrile, haletante... comme elle l'est chez ceux que l'insomnie oppresse... Ses yeux se lèvent vers le ciel... il a les mains jointes ainsi qu'en une prière fervente :

— Faust, mon maître vénéré... quelle torture m'accable!... Vous savoir dans cette prison... si près de moi... et ne pouvoir arriver auprès de vous... vous montrer la fatale erreur... l'abominable trahison... dont je fus... avant vous la victime... Oh!... l'or maudit... pour lequel je devins à vos yeux un vil larron!... Faust!... Faust!... que n'êtes-vous là pour entendre la clameur de ma conscience... la révolte indignée de Siébel, votre élève... Ah!... maudit soit cet or!...

Une voix qui sortait de la muraille prononça d'une façon assourdie mais distincte les paroles suivantes :

— Oui... Siébel l'or est un grand tentateur, surtout quand la pauvreté et la jeunesse se font ses complices.

L'on devine aisément quelle fut la stupéfaction de l'élève, quand il entendit ces paroles du maître qu'il savait renfermé dans un étroit cachot de la prison d'État.

Faust est maintenant dans la chambre de Siébel... (Page 1219.)

Comme tous ceux qui ont étudié la nature et ses secrets, Siebel ne croyait pas... ne pouvait pas croire non plus au surnaturel.

Et il souriait de la légende populaire qui faisait de Faust une espèce de magicien ou de sorcier capable d'opérer des prodiges

Siébel, tout de même, était troublé...

Est-ce que la fatigue, le froid et cette veille prolongée ne lui auraient pas occasionné un de ces accès de fièvre, si fréquents en Italie, surtout pour les gens qui ne sont pas acclimatés... la *malaria*?...

On a, dans ce cas-là, des hallucinations de l'ouïe, dans le genre de celle qu'il venait d'éprouver.

Hallucination! C'est bien vite dit!... Est-ce que ces manifestations délirantes ont la clarté, la netteté de ce qu'il venait d'entendre?

La voix reprit :

— Tu avais vingt ans... l'étude est bien morose quand le plaisir et le printemps sont là... qui appellent... Seulement il faut de l'or... et...

— Mais c'est la voix de Faust! — fit le jeune homme qui commençait à ressentir cette sorte d'effroi que les natures les mieux trempées éprouvent devant les phénomènes inexpliqués.

La voix lui répondit :

— Oui... Siébel!

— Quel miracle du ciel ou de l'enfer?...

— Il n'y a pas de miracle, Siébel, — s'écria Faust amèrement, — et personne n'est sorcier, pas même Méphistophélès, car s'il l'était, il aurait su qu'il y avait un conduit souterrain communiquant entre mon cachot et l'endroit où tu es...

Depuis qu'il avait recouvré son calme et son sang-froid, mis à une assez rude épreuve, — il faut en convenir, — par un événement aussi imprévu que celui dont nous venons de faire le récit, Siébel était parvenu à orienter, en quelque sorte, son ouïe...

C'est ainsi qu'il put localiser exactement le point de la muraille d'où venait la voix de son maître. Faust devait se trouver exactement derrière la cheminée. Pour Siébel, cette découverte fut un trait de lumière.

Il s'écria :

— Quelle joie, maître, de vous entendre, en attendant que je puisse vous voir, mais ce n'est que l'affaire de quelques minutes. Nous sommes ici chez de braves gens, les Tirolo... le mari est secondini dans la prison d'État, mais l'abominable métier qu'il fait pour vivre ne lui à pas endurci le cœur! Je descends chez eux prendre une barre de fer, un levier, un outil quelconque, j'aurai vite fait de desceller la plaque de fer, qui garnit le fond de la cheminée... derrière ce n'est qu'une cloison de briques... j'en ferai sauter quelques-unes de quoi vous livrer passage... Vous serez libre... et ce pauvre Siébel que vous avez cru... que vous croyez peut-être encore coupable de ce vol abominable, aura l'ineffable joie d'avoir participé à votre délivrance!

Faust derrière la muraille entendit Siébel qui s'éloignait.

Le savant resté seul avec sa pensée commençait à sentir sa conviction ébranlée... L'accent de sincérité du jeune homme le troublait.

Déjà, une fois, il avait voulu mourir... Il est vrai que c'était quand le vol venait d'être découvert... Alors, cela pouvait être la honte de se voir pris, le remords de son crime...

Peut-être aussi le désespoir!... Qui sait?... quelle cruelle perplexité!

Pourtant il y avait... des preuves... le témoignage de Wagner... l'aveu de Siébel à celui-ci...

Au moment de se jeter à l'eau, l'étudiant avait dit : « Le trésor était dans une grosse bourse de cuir près de moi, au cabaret, on me l'a pris... j'étais ivre... »

Faust pensa :

— Oui... Siébel... est coupable... son désespoir était fait de remords... et aussi du regret qu'éprouve... un voleur... volé !

« Pauvre malheureux Siébel, lui non plus, comme tant d'autres, il n'a pu résister aux entraînements de la jeunesse... à l'attrait de l'or corrupteur... Hélas !... on peut aimer l'étude... et manquer de conscience !... Triste humanité !

Les raisons qui poussent Faust à croire Siébel coupable dominent finalement dans son esprit.

Le dévouement de son élève qui travaille à sa délivrance ne peut avoir raison de la cruelle certitude...

Siébel veut faire oublier le mal qu'il a fait à son maître... Le repentir est facile pour celui qui s'est vu frustrer du produit de son vol...

Oui, Faust pardonnera... mais il ne peut rendre sa confiance, son affection à celui qui a trahi l'une et l'autre...

Une fois libre, il donnera de l'or à Siébel... puisque Siébel aime l'or.

Mais le brave garçon est revenu... il apporte un levier de fer qu'il est allé chercher, sans donner l'éveil, dans une sorte de remise attenante au rez-de-chaussée...

Il travaille avec une ardeur infatigable à desceller les briques de la cloison... Le labeur est long et pénible... enfin, il finit par ouvrir une brèche qui peut donner passage à un homme. Faust est maintenant dans la chambre de Siébel...

Le maître et l'élève sont en présence...

En revoyant la franche et loyale figure du jeune homme, Faust, encore une fois, se sent ébranlé dans sa conviction...

Ah ! s'il n'y avait le témoignage si précis de Wagner !... les aveux du suicidé, il croirait, — avec quel bonheur ! — à l'innocence de celui qui fut son élève favori !...

Il le trouve amaigri... et plus pâle...

— Tu es changé, Siébel, — fait-il, — le remords est pour toi... plus que pour tout autre, sans doute, un poids bien lourd à porter.

— Le remords est pour ceux qui firent le mal ! — répond le jeune Alsacien avec vivacité ; — si je suis blême, si ma santé est chancelante, c'est que... j'ai failli être empoisonné...

« Wagner le traître... le serviteur infidèle... qui vous a volé... m'a versé, sur l'instigation de Méphistophélès, ce poison des Borghès dont vous connaissez les terribles effets.

Et Siébel raconte la criminelle tentative que nous connaissons et à laquelle il n'a échappé que par miracle... Il dévoile à Faust les forfaits du bandit que Méphistophélès, dont il était l'âme damnée, avait mis auprès de lui, pour servir ses secrets desseins.

Ce Wagner que l'Enfer semblait protéger a pu se dérober à la juste expiation de ses crimes.

Mais Siébel le retrouvera... il le forcera à avouer publiquement son infamie... ses trahisons et ses mensonges...

Et lui, lui, il sera réhabilité dans l'esprit de son maître.

Il finit en disant :

— Je n'ai fait le voyage d'Italie que pour vous crier mon innocence et vous dévoiler la trahison de votre domestique Wagner...

— Et ce Wagner, qu'est-il devenu? — demande Faust au jeune homme, qui parlait avec la chaleur d'un innocent obligé de se défendre d'une imputation odieuse.

— Après des aventures diverses, mais toujours, pour de bien traîtreuses besognes... toujours investi de missions de confiance par son vrai maître, Méphistophélès... comme je vous l'ai raconté, il a fini, sous le nom italien de Vagnerio, par être nommé podestat en Toscane, sur les frontières du duché de Ferrare...

Faust ne peut s'empêcher de penser que si le jeune homme dit vrai... et il a tout l'accent de la sincérité... il faut que son ancien valet soit décidément bien en cour, à Florence, pour obtenir un de ces emplois qu'on ne donne qu'aux gens ayant rendu des services au gouvernement!...

Et alors il se demande, si, à Strasbourg, ce laquais prédestiné aux honneurs... en Toscane... n'avait pas été à même déjà de rendre des services au chevalier Méphisto...

Mais Siébel continue à raconter sa vie... depuis qu'il est en Italie... Il dit à Faust que si lui et ses compagnons se trouvent là, dans la petite maison de la via Fragoletto, c'est parce qu'ils ont juré de délivrer les victimes de la tyrannie, Faust et le lieutenant Roger...

Le savant regarde son élève... Non... celui qui a combattu pour la plus belle et la plus noble des causes, celui qui fait preuve de tant d'abnégation et de désintéressement ne peut pas être un voleur...

Il fut le maître de Siébel... Il le guida dans les sentiers ardus de la science... Il le mènera, par le souterrain mystérieux, jusqu'au but de son œuvre libératrice...

Avec lui, il va assurer la délivrance du lieutenant Roger qui occupe la cellule voisine de la sienne...

— Va prévenir tes compagnons, — lui dit-il, — et suis-moi!

Faust a son plan tout tracé... Il va amener les libérateurs jusque dans son cachot... Impossible de s'attaquer aux murailles... elles sont trop épaisses, mais au moyen d'une pince qui a servi à Siébel pour enlever les briques, et en se servant de pics et de pioches, on peut venir à bout de la porte... Une fois dans le couloir, on attaquera, par le même moyen, la porte de la cellule où se trouve le lieutenant... Si un gardien apparaît... eh bien! on saura le mettre dans l'impossibilité de donner l'éveil... Seulement, il faut se hâter, le jour va naître... et ce sont là des œuvres pour lesquelles il faut la complicité de la nuit...

Siébel a prévenu ses camarades... Il leur explique l'intervention vraiment miraculeuse qui va leur permettre de mener à bonne fin l'œuvre à laquelle ils ont voué leur vie...

Valentin, Giacomo, Pepito s'arment à la hâte de tous les outils qui peuvent leur servir pour leur besogne libératrice... Ils n'oublient pas, non plus, leurs dagues et leurs pistolets...

Et sous la conduite de Siébel, ils s'avancent dans le mystérieux souterrain, précédés de loin par Faust qui les entend bien glisser derrière lui, mais ne peut distinguer leurs visages, au milieu de ces ténèbres...

Arrivé à l'extrémité du passage, le savant reconnaît avec ses mains la pierre qui, en se déplaçant, donne accès dans la cellule. Grâce au secret que lui seul possède, il pénètre par l'ouverture... le voici à nouveau dans ce cachot qu'il a quitté tout à l'heure...

Mais son entretien avec Siébel a duré plus longtemps qu'il ne l'aurait cru... Le jour commence à poindre...

Est-ce possible ?... Non !... Il ne se trompe point !... Il entend des bruits de pas dans le couloir...

Si on allait surprendre les conjurés au moment où ils s'apprêtent à faire irruption dans le cachot... c'en serait fait d'eux... le secret du souterrain serait connu des gardes de la prison... et Siébel et ses compagnons, voués d'avance au dernier supplice, seraient pris dans la petite maison de la via Fragoletto comme dans un piège...

Vivement, Faust referma la pierre et resta dans son cachot, ayant l'air de dormir...

— Tout à l'heure, — dit-il, — quand on sera passé... j'irai ouvrir... et je les préviendrai... d'attendre jusqu'à la nuit prochaine.

XXXVII

LES TRIBULATIONS DU GOUVERNEUR

IL n'y avait pas dans toute la Toscane d'homme plus stupéfait, plus épouvanté, plus affolé que Son Excellence Mgr le gouverneur de la prison d'État.

En conformité des ordres reçus de Son Altesse le prince régent, il s'était rendu, accompagné de Tirolo, dans la cellule de Faust pour demander au médecin prisonnier de venir donner ses soins à Gioritto, malade d'avoir fait trop bonne chère... depuis qu'il était comblé d'honneurs par la cour et de prévenances par son futur gendre.

Pour dire la vérité, Julio Marchetti, suivant l'expression de Méphistophélès, avait eu la main lourde en administrant au vieux révolutionnaire certaine drogue trop savante sortie d'un laboratoire princier.

Gioritto ayant eu une crise au milieu de la nuit, le gouverneur de la prison n'avait pas voulu tarder plus longtemps à aller réveiller Faust qui devait dormir dans sa cellule.

Après s'être fait ouvrir la porte du cachot dans lequel le célèbre médecin avait été enfermé, Julio Marchetti appela :

— Faust!... docteur Faust !...

Pas de réponse...

— Comme il dort ! — s'écria-t-il...

Et, prenant la lanterne des mains du guichetier, il en dirigea la lumière vers le fond de la cellule à l'endroit où il supposait que le savant devait être couché.

— Ah çà! — fit-il, — est-ce que je rêve?...

Il promena le rayon lumineux de la lanterne sourde successivement dans tous les coins du cachot, mais celui-ci était absolument vide de son prisonnier.

— Non!... je ne dors pas... je suis bien éveillé... et à moins d'être fou... Enfin, par où ce diable d'homme a-t-il bien pu passer?... Je ne vois pas... à moins que ce ne soit par le chemin mystérieux de l'aïeul... comme dit la légende...

Le gouverneur des *Carceri grande* avait beau se poser cette question... troublante, il n'y trouvait aucune réponse qui fût de nature à le satisfaire, et comme ce n'était pas un esprit d'une bien grande envergure, il en arriva, par une pente assez naturelle, à conclure... presque... que ce que l'on disait était vrai...

— Il faut que ce Faust soit sorcier comme son grand-père.

Toutes les apparences, du reste, justifiaient cette hypothèse superstitieuse.

La lucarne par où le jour provenait était située à une très grande hauteur, et ses barreaux de fer étaient absolument intacts... Pas un trou dans la muraille épaisse que recouvrait la poussière des siècles.

D'autre part, il était encore plus impossible, même avec la connivence d'un gardien, qu'un détenu s'échappât de la prison d'État, où il y avait trop de murs d'enceinte, trop de sentinelles, trop de rondes de garde, sans parler de la vigilance bien connue de Mgr le gouverneur.

Julio Marchetti rentra chez lui, après avoir apposé les scellés sur la porte du cachot, de façon à laisser les choses en l'état où il les avait trouvées... jusqu'au moment où le cas serait soumis à qui de droit...

Mais voilà justement ce qui le tracassait... comment le prince régent prendrait-il la chose ?

Fort mal, suivant toute apparence...

Méphistophélès attachait une grande importance, — et pour cause, — à ce que ce prisonnier ne recouvrât jamais la liberté. Et son évasion ne pouvait manquer d'attirer les pires disgrâces sur la personne de l'infortuné gouverneur.

On comprend que ce dernier fut troublé jusqu'au fond de l'âme par une aussi terrible perspective... Il trembla pour sa tête, et oubliant même sa folle passion pour la belle Titania, il songea à fuir.

Mais il songea que son départ précipité, clandestin, coïncidant avec la mystérieuse évasion de Faust, ne pouvait servir qu'à le faire accuser de complicité ; et, s'il était repris, ce qui était à craindre, avec ce déploiement de forces policières qui caractérisait le gouvernement de Méphisto... c'était la peine capitale.

Un chef de geôliers et de gardes-chiourme n'est jamais un héros ! Notre malheureux gouverneur pensa que mieux valait, plutôt que de courir ce risque, révéler tout crûment au prince régent la vérité... si invraisemblable qu'elle parût.

Il essuierait, immanquablement, un orage terrible, mais il aurait montré au moins qu'il n'était pas complice d'une évasion que rien ne pouvait expliquer, si ce n'est des conjectures ténébreuses et extra-humaines.

Comme bien on pense, Julio Marchetti passa fort mal le reste de la nuit... Le matin aggrava ses tourments ; on vint lui dire que le vieux Gioritto allait de plus en plus mal... Il fallait se hâter de lui donner des soins si on ne voulait pas le voir succomber au narcotique puissant qu'on lui avait donné, et que son grand âge ne lui permettait pas de supporter sans un réel et imminent danger pour sa vie...

Décidément, le gouverneur de la prison d'État jouait de malheur !...

Le prince régent tenait à conserver Faust en son pouvoir, et Faust disparaissait d'une façon mystérieuse... incompréhensible.

Il voulait perdre le vieux Gioritto par le déshonneur, la calomnie, en le faisant passer pour traître à son parti, vendu au pouvoir, et le chef de la révolution allait mourir entre ses mains, bêtement, avec tous les signes les plus manifestes d'un empoisonnement.

Julio Marchetti se rendit donc au palais avec le front soucieux d'un fonctionnaire qui s'attend à recevoir tout autre chose que des compliments.

Méphistophélès, bien entendu, malgré l'heure matinale, reçut de suite Julio Marchetti quand celui-ci eut fait dire, par l'huissier de service, qu'il avait une communication des plus urgentes à faire à Son Altesse le prince régent.

— Eh bien !... qu'y a-t-il ? — demanda de suite ce dernier, dès que le gouverneur des *Carceri grande* fut en sa présence.

—Il y a...— fit Julio Marchetti avec une émotion qu'il parvenait difficilement à maîtriser, — il y a... que le vieux Gioritto... ne va pas... mais là... pas du tout...

Le gouverneur, comme on le voit, débutait dans son entretien avec le prince par la moins grave, la moins impressionnante des nouvelles qu'il venait lui apporter.

Il graduait ses effets, pour amortir le choc inévitable qu'il pressentait. C'est pourquoi il ne commençait que par entretenir le prince de la santé déplorable du vieux révolutionnaire.

La réponse fut celle qu'il prévoyait :

— Je vous ai dit de faire venir Faust auprès de lui. Il le sauvera des fâcheux résultats du narcotique stupéfiant que vous lui avez administré d'une main inhabile... et il n'y a pas de danger que Faust commette une indiscrétion, révèle cet empoisonnement dû à votre imprudence, puisqu'il ne doit jamais sortir de la prison d'État... jamais... que pour aller à la mort... gardienne des secrets politiques...

Le silence embarrassé de Julio Marchetti... son trouble n'échappèrent pas à l'œil aigu, perçant de Méphistophélès...

Il s'avança, ou plutôt il bondit jusqu'à lui, criant :

— Allons !... voyons !... parle !... mais parle donc... brute maudite... je devine à ton silence... triple animal ! qu'il s'est passé dans les *Carceri* quelque méchante affaire que tu n'oses me raconter.

En disant cela, Méphisto avait saisi l'autre par son pourpoint, et il le secouait rudement.

Devant la colère du prince, Julio s'était mis à trembler comme une feuille au souffle violent de l'aquilon...

— Mais parle !... veux-tu parler... misérable !...

Les regards de Méphistophélès lançaient des éclairs...

L'infortuné gouverneur balbutia :

— Faust... a disparu !

Le rugissement du tigre royal auquel on arrache une proie conquise de haute lutte n'est rien en comparaison de la rauque clameur qui sortit de la gorge de Méphisto...

En proie à une indicible fureur, il tira sa dague, dont la pointe s'en vint brusquement érafler la soie du pourpoint de l'infortuné gouverneur.

Mais l'astucieux prince régent se ravisa...

Il savait que la colère est mauvaise conseillère.

— En quoi serai-je plus avancé quand j'aurai poignardé cet imbécile ? — fit-il à part soi. — Belle vengeance, ma foi !... Mieux vaut, par moi-même, voir ce qui s'est passé... afin d'aviser.

Il lâcha Julio Marchetti qui était plus mort que vif.

— Allons !... — lui dit-il, — viens avec moi aux *Carceri grande*. Je tiens à me rendre compte de la façon dont le satané docteur s'est envolé de la cage où je l'avais enfermé... si toutefois on ne lui en a pas ouvert la porte... bénévolement.

En prononçant ces paroles, Méphisto dardait son regard acéré sur le gouverneur de la prison d'État ; mais le chef de gardes-chiourme continuait à exhiber sur son visage les marques d'une désolation trop sincère pour qu'il pût être de connivence avec l'évadé.

— Quel est donc ce mystère ? — pensait notre diabolique personnage en jetant un manteau sur ses épaules.

Titania baissait la tête... et tremblait sous le regard sévère du noble et dur vieillard.
(Page 1232.)

Quelques instants après, suivi seulement de Marchetti, il sortait du palais par une porte basse et se rendait aux *Carceri grande*.

Les deux hommes, qui marchaient très vite, ne tardèrent pas à y arriver. Ils se rendirent de suite au cachot de Faust. Là, le gouverneur fit remarquer au prince les scellés qu'il avait apposés et qui étaient intacts... On trouverait donc de l'autre côté de la porte les choses telles que Julio Marchetti les avait trouvées la nuit précédente.

Méphisto fit sauter les scellés... Il entra. Faust était dans sa cellule.

Le prince régent se retourna vers le gouverneur dont le trouble avait fait place à un air absolument penaud en voyant au fond du cachot, comme d'habitude, sans que rien fût changé dans la cellule froide et sombre, le captif dont il avait signalé l'évasion surnaturelle.

La prudence méfiante... vraie prudence de serpent... dont notre machiavélique personnage s'était fait une règle, lui interdisait de parler devant les prisonniers d'une évasion possible... car cela pouvait leur en suggérer l'idée, s'ils ne l'avaient pas.

— Il ne faut point que les prisonniers puissent s'imaginer qu'on s'évade de la prison d'État ! — pensait Méphisto. — *Lasciate ogni speranza* doit être la devise de ce... moyen de gouvernement.

« Laissez toute espérance ! » c'était bien l'unique... l'obsédante pensée des malheureux comme Faust, comme le lieutenant Roger, que la cupidité infernale du prince régent ou sa politique tortueuse et vindicative avait enseveli vivants dans ce sépulcre de pierre qui s'appelait les *Carceri grande*.

Bien qu'il ne fût pas, comme eux, enfoui dans un cachot, véritable image de la tombe, le vieux Gioritto, était aussi bien que le savant et l'héroïque soldat un exemple lamentable des effets du « moyen de gouvernement » cher à Méphistophélès.

Lui aussi aurait pu lire sur le fronton de l'édifice les mots fatidiques : « Laissez tout espoir ! »...

Il était, en apparence du moins, l'hôte de celui qui s'intitulait son futur gendre, Julio Marchetti, le gouverneur de la prison d'État, qui le traitait avec infiniment d'égards... au point que, par ses soins, deux infirmiers solides, qui ressemblaient à s'y méprendre aux gardiens des cachots, veillaient toujours sur le pauvre vieillard dont la santé était chancelante comme la marche... nous savons pour quel motif.

C'est auprès du vénérable chef de la révolution de Toscane que Méphisto, réveillé de bonne heure par Julio Marchetti, se rend, après avoir vu que Faust, contrairement à ce que lui avait dit le gouverneur, est bien toujours dans sa cellule.

Le prince régent, devant le prisonnier, s'était bien gardé de faire allusion aux motifs qui l'avaient amené à venir ainsi contrôler sa présence.

Et, quand il s'éloigna suivi du gouverneur assez ahuri de la situation passablement ridicule où il se trouvait mis, grâce à cette aventure inexplicable, Méphisto fut sobre de réflexions avec Julio Marchetti. Il se contenta de lui dire :

— Fallait-il, mon pauvre ami, que vous fussiez ivre, la nuit dernière. Avouez que vous aviez la berlue !... Ou bien est-ce l'amour, douce ivresse, tendre folie, qui vous trouble à ce point le cerveau ?...

Le gouverneur des *Carceri grande* ne répondit rien... il baissa la tête comme un écolier pris en faute.

Et pourtant, il était bien sûr de n'être ni fou ni ivre.

C'était aussi l'avis de Méphistophélès...

XXXVIII

LE RÉVEIL DU LION

LE prince régent, dont les pensées ne devaient pas tarder à se traduire par des actes, se rendit auprès de Gioritto qu'il trouva au plus bas. Ici, Julio Marchetti ne l'avait pas trompé, ou plutôt il n'y avait pas, comme pour la cellule de Faust, de différence entre ce qu'il avait vu la nuit et ce qu'on pouvait observer le matin.

Le vieillard se mourait... et le maître satanique qui gouvernait la Toscane voulait pour le chef des patriotes une autre fin... il voulait le déshonneur... l'abjection la plus complète...

Gioritto, malgré certaines calomnies perfidement semées et en dépit d'apparences calculées pour le perdre dans l'esprit de ses partisans, pouvait, s'il venait à mourir, surtout avec les signes d'un empoisonnement, passer encore aux yeux du peuple pour un martyr de la liberté.

Il fallait, pour seconder la noire politique du tyran, que l'ennemi qui l'avait fait trembler succombât sous l'abjection et le mépris dans l'avilissement suprême qu'il méditait.

— Vous allez faire venir Faust auprès du lit de votre beau-père, mon cher gouverneur, mais vous aurez soin que ce sorcier qui sait si bien se rendre invisible ne s'escamote pas, entre vos mains! Moi, je rentre au palais donner des ordres pour les derniers préparatifs de la fête nationale. N'oubliez pas que vous figurez au programme, ainsi que la belle Titania, votre fiancée, et son vénérable père!...

Ceci était dit sur le ton railleur et méchant que prenait toujours Méphistophélès quand il préparait un coup de sa façon.

Au moment de s'en aller, il se retourna et dit à Julio Marchetti :

— A propos, comment s'appelle le guichetier qui vous a accompagné dans votre visite nocturne au cachot du magicien Faust?

— C'est Tirolo qu'il se nomme.

— Bon! vous direz à ce Tirolo qu'à partir d'aujourd'hui, il ne fait plus partie du personnel sous vos ordres.

— Je me conformerai aux instructions de Votre Altesse. Dans une heure, Tirolo sera congédié.

— C'est parfait!

— Quel motif lui donnerai-je pour sa révocation?

— Je n'aime pas donner un poste de confiance à quelqu'un qui est sujet à des hallucinations ! Faust, bien entendu, se trouvait dans sa cellule ; il a suffi que sous l'empire d'un dîner trop copieux et surtout trop arrosé, vous vous soyez imaginé ne plus le voir, pour que ce Tirolo se soit mis à dire comme vous. Il n'est pas bon que vos subordonnés flattent ainsi vos marottes, mon cher gouverneur. Son Excellence Julio Marchetti avait le droit d'être ivre ; ça n'est pas permis à Tirolo, l'aide geôlier.

Le gouverneur de la prison d'État aurait frémi s'il avait pu deviner les secrètes pensées que Méphisto cachait sous ce persiflage.

C'est que le prince régent avait décidé la perte de celui qui s'était fait son âme damnée...

Le jour où il n'aurait plus besoin de son instrument, il le briserait, comme il en avait brisé tant d'autres.

Quittant le ton railleur avec lequel il avait prononcé les dernières paroles que nous venons d'entendre, Méphisto ajouta :

— Vous n'oublierez point, n'est-ce pas, dès que Faust aura donné ses soins à Gioritto, de faire enfermer le médecin dans une autre cellule. Il ne faut jamais qu'un prisonnier reste dans une cellule où il s'est passé quelque chose... ou seulement l'apparence de quelque chose.

— C'est entendu ! Je ferai comme Votre Altesse me le dit. Mais dans quel cachot mettrons-nous le docteur Faust ? Celui qu'il occupe est un des plus sûrs de la prison d'État...

— Hum !... Enfin, oui, je sais... les cachots de sûreté sont les numéros 12 et 13.

— Faust est au 12... et s'il faut l'en faire sortir pour le mettre au 13, que ferons-nous ?..

— Du lieutenant Roger qui occupe cette cellule ? C'est bien simple, vous le mettrez à la place de Faust. Et surtout, jusqu'à nouvel ordre, empêchez-les de communiquer ensemble.

La méfiance du prince régent, en éveil depuis la révélation de Julio Marchetti, révélation qu'il affectait de railler, lui dictait cette mesure de précaution.

Il s'en alla, pensif, rêveur, au fond, sans en avoir l'air...

— Évidemment, il y a quelque chose ! — se disait-il en lui-même ; — quoi ? je n'en sais rien... mais... je le saurai, foi de Méphisto !... Les *Carceri grande* ont une légende... celle de l'évasion de Faust l'aïeul... Il n'est pas bon que ces légendes d'évasion deviennent de l'histoire contemporaine. Ah !... mais non !

. . . .

Faust est donc amené sous bonne escorte auprès du lit de Gioritto, dans la somptueuse demeure de monseigneur le gouverneur de la prison d'État.

Mais le génie est supérieur à la tyrannie, et l'intelligence sublime du grand savant n'est pas captive comme son corps.

Sa force d'âme dépasse encore, si c'est possible, son savoir admirable.

Il exerce, auprès du vieux Gioritto, son ministère, absolument comme jadis à Strasbourg, quand il était libre et respecté, et qu'on l'appelait au chevet d'un malade.

Ces gardes armés qui l'entourent... cet appareil imposant de la Force toujours prête à opprimer le Droit... rien de tout cela ne l'émeut, ne le trouble. S'il est pensif et méditatif, c'est qu'il songe au mal qui terrasse cet homme, ce vieillard qu'il a là, sous les yeux.

Et il veut le sauver... il le veut avec toute l'énergie de sa volonté... grande comme la science qu'il possède.

De suite, il a l'intuition du forfait en train de s'accomplir.

Le malheureux qui végète en une langueur infinie et un assoupissement voisin de la mort... le chef de la révolution... l'héroïque vieillard est victime, — Faust l'a bien deviné, — du plus vil et du plus lâche des attentats.

Au lieu de s'attaquer aux sources de la vie, comme on l'aurait fait, par le moyen d'un poison ordinaire, on a sapé en lui les racines de toutes les primordiales facultés de l'âme... celles qui font vouloir et agir...

— Non! — se dit Faust, — ce n'est pas le poison des Borghès qui a pu faire cela!... Ce n'est point la mort foudroyante, dans les convulsions suprêmes du toxique effroyable... C'est le lent acheminement vers le dernier sommeil, par les narcotiques torpeurs qui bercent doucement le cerveau, que les brumes du néant peu à peu obscurcissent.

Le savant alsacien a reconnu le toxique qu'a administré au glorieux patriote le geôlier peu subtil, Julio Marchetti.

Il ordonne des stimulants énergiques... Ses prescriptions sont exécutées de suite, telles qu'il les a établies; ainsi l'a commandé le prince régent qui, pour la fête qu'il prépare, veut montrer au peuple, non pas le cadavre de Gioritto, — le martyr de la liberté, — mais les funérailles de l'honneur du « traître » Gioritto!...

Le vieillard se réveille... il se redresse à demi sur sa couche... il est très pâle et son grand corps amaigri semble un spectre...

On dirait Lazare ressuscité qui sort du sépulcre. Ses lèvres remuent... et dans le silence, impressionnant et solennel, il prononce ces mots :

— Patrie... Liberté... Mort aux tyrans!...

Julio Marchetti qui vient d'accourir se demande si Faust n'a pas abusé du stimulant énergique, qu'il a ordonné pour servir d'antidote au breuvage venimeux qui endormait le corps et l'âme du vieillard.

Il se dit que Gioritto est un de ces morts qu'il ne faut jamais ressusciter qu'à demi. Mais non... il se rassure... la fiole qui contenait l'élixir sauveur n'est vide qu'à demi.

Le gouverneur de la prison d'État avance alors la main pour prendre ce flacon, se disant en lui-même :

— Bon! je sais maintenant ce qu'il faut en administrer au vieux pour le remettre d'aplomb... c'est assez pour aujourd'hui...

Il ne faut jamais braver le lion qui se réveille... Julio Marchetti s'en aperçut bien vite.

Sous l'empire du stimulant que Faust lui avait fait prendre et qu'il avait calculé pour produire l'effet que l'on a vu, Gioritto avait recouvré toute la lucidité de son intelligence et toute l'énergie de sa volonté. Il allongea le bras, en disant :

— Ma main est sèche et ridée, mais elle est osseuse et assez forte pour pouvoir encore manier une épée ou châtier un courtisan qui s'est fait valet de bourreau, comme toi, Julio Marchetti.

Et l'autorité de son geste était telle que le gouverneur n'avait osé retirer la potion, qui se trouvait à la portée du vieillard.

Gioritto, sans hâte, l'avait saisie et il la gardait dans sa main, continuant à foudroyer du regard celui qu'il appelait, si justement, valet de bourreau.

Et lentement, avec la froideur sereine et calme de l'implacable justice, il cingla Julio Marchetti de ces mots vengeurs :

— Laquais!... ton maître te paye-t-il bien, au moins, tes viles et basses complaisances?...

« La hyène vaut moins que le tigre... les suppôts du tyran moins que le chef auquel ils obéissent lâchement... on doit haïr un Méphisto, mais on ne peut avoir que de mépris pour un Julio Marchetti...

« Tu m'empoisonnais, ruffian... je le vois!... Espérais-tu donc hériter de moi?...

« Sache donc que j'ai pour héritières trois filles qui se nomment Florence, Toscane et Liberté... Et leur patrimoine, tout de gloire et d'honneur, n'est pas pour la valetaille de ta sorte qui porte la livrée infâme d'une diabolique servitude!...

La tyrannie amollit et dégrade les consciences qui acceptent son joug.

Sous les outrages que lui déversait le vieillard, Julio Marchetti n'avait eu ni révolte ni colère.

Tel valet, tel maître, — dit-on. — Le vil personnage savait dissimuler tout comme le satanique prince régent dont il s'était fait l'âme damnée.

De son air le plus hypocrite, il se tourna vers les gardes qui escortaient le docteur Faust, et leur dit :

— Suivez-moi, nous allons conduire le prisonnier dans la nouvelle cellule qui lui est attribuée... et, après cela, qu'on me laisse seul avec le signor Gioritto. C'est là une petite querelle de famille qui n'intéresse que nous deux, mon futur beau-père et moi. Je désire aussi qu'on prévienne la comtesse Titania, sa gracieuse présence ne peut que ramener entre nous la concorde.

Faust n'avait pu réprimer un tressaillement, en entendant le gouverneur de la prison d'État faire allusion à ce changement de cellule... que tout à l'heure, avant de quitter les *Carceri grande*, Méphisto venait d'ordonner... nous savons pour quels motifs.

En effet, resté seul dans son cachot, il avait fait tourner la pierre mystérieuse qui donnait accès au passage souterrain, et là, s'étant mis en rapport avec Siébel, il avait dit à celui-ci de prévenir ses amis qu'il fallait remettre à la nuit leur généreuse, mais téméraire entreprise!

Et voilà qu'on l'enlevait de cette cellule, d'où il pouvait sortir à son gré pour communiquer avec la vaillante équipe, grâce à la miraculeuse découverte qu'il avait faite du secret de son ancêtre!...

Ce secret... on venait donc de le surprendre!...

Alors... c'était bien fini!... Il redevenait le prisonnier sans espérance... l'enseveli vivant...

Et pour la première fois, peut-être, en pénétrant dans ce nouveau cachot... celui où se trouvait précédemment le lieutenant Roger, il murmura le vers immortel du poète de la *Divine Comédie :*

« Laissez toute espérance, vous qui entrez ici!... »

Puis sa dolente pensée, se reprochant sa désespérance en quelque sorte égoïste, s'en alla vers le noble héros qu'il remplaçait entre ces murs rougis de lèpre. Il se disait :

— Satan, dans sa haine de tout ce qui est brave, honnête et loyal, a-t-il donc immolé cette nouvelle victime... dans l'ombre et le silence propices aux crimes d'enfer?...

Faust ignorait que Méphisto avait fait mettre le lieutenant Roger dans la cellule que lui-même occupait avant de se rendre au chevet de Gioritto...

Tandis que le médecin de Strasbourg soignait le vieux chef des patriotes toscans, Julio Marchetti avait fait incarcérer le lieutenant dans le cachot que Faust venait de quitter. Les prisonniers n'avaient pu ni se voir, ni communiquer entre eux.

Ainsi le voulait Son Altesse le prince régent.

Les *Carceri grande* étaient bien réellement l'ENFER TERRESTRE!

XXXIX

ÉTOILE DE SANG

JULIO MARCHETTI était revenu dans la salle où, tout à l'heure, Gioritto lui avait craché son infamie au visage.

Le gouverneur avait dévoré l'affront... L'avilissement, la honte qu'il préparait pour le père de Titania serait sa revanche... Elle ne devait pas tarder.

L'exécuteur des basses œuvres de Méphisto, avant de conduire Faust dans son nouveau cachot, avait donc donné l'ordre d'aller chercher la belle Titania.

Elle arriva, le front penché sous le poids de sa mélancolie, le cœur triste de cet amour sans sourire et sans espoir... pauvre printemps sans hirondelles et sans roses... le pire supplice d'une femme aimante.

— Madame, — fit Julio en s'inclinant galamment devant elle, — si je vous ai fait appeler, c'était pour vous montrer qu'en dépit des mauvaises langues, M. votre père est ici aussi libre que vous-même...

Titania baissait la tête... et tremblait sous le regard sévère du noble et dur vieillard.

Gioritto, qui s'était redressé, superbe et vengeur, lui semblait un juge tout prêt à prononcer les irrévocables sentences.

Elle ne se trompait pas. Le vieillard détourna les yeux de la fille reniée, de l'enfant maudite, et fit d'une voix sombre :

— Julio Marchetti, laquais de cour, valet de bourreau, cesse de m'insulter !

— En quoi, seigneur, ai-je pu... ?

— Qu'y a-t-il de commun entre moi et cette courtisane ?

Courbée sous la malédiction paternelle comme une fleur délicate et frêle qui plie sous l'ouragan, Titania, les mains jointes, avec des sanglots dans la voix, implora :

— Mon père !

— Fille perdue, ne profane pas ce nom !

Julio Marchetti intervint, s'adressant à Titania :

— Vous voyez bien, madame, que votre père est libre... libre de m'insulter et de vous couvrir d'injures !... Il m'est permis de mépriser ses insultes... mais je ne devrais point permettre qu'il vous injurie de la sorte en ma présence... seulement je respecte son âge et j'ai pitié de ses facultés qui baissent...

— N'essaye pas de m'avilir, ruffian ! Qu'il te suffise de m'avoir empoisonné.

— Empoisonné ! — s'écria Titania promenant ses yeux hagards de son père à Julio Marchetti.

Le gouverneur ricana,

— Votre excellent père, madame, succombait à la faiblesse de l'âge, à toutes les fatigues de la vie. J'ai fait appeler auprès de lui un médecin dont les nécessités de la politique ont fait notre hôte... forcé. J'ai nommé le docteur Faust.

Titania avait rougi... puis subitement, elle était devenue très pâle... et elle avait porté sa main à son cœur... Oh ! ce nom... quel trouble exquis et douloureux il lui apportait, grâce à la divine magie de l'amour.

Julio Marchetti poursuivait :

— Le galant docteur Faust, qui, je le vois, madame, a toujours le don de vous émouvoir, est un médecin dont on ferait bien de surveiller les

Elle avait fracassé la tête du misérable. (Page 1236.)

ordonnances... s'il était appelé à en faire d'autres... ailleurs qu'en enfer
où Satan va bientôt recevoir son âme de sorcier...

Titania bondit... de fauves éclairs luisaient dans ses prunelles.

— Bourreau ! — s'écria-t-elle.

Julio fit instinctivement quelques pas en arrière. Gioritto fit mine de
s'en aller.

— Tu viens de dire, geôlier, que je suis libre !... Je m'en vais donc ; ces
querelles de fille et de garde-chiourme finissent par m'écœurer... Je me

sens fort et validé depuis que Faust a combattu le poison sournois que, traîtreusement, tu me servais...

— Assassin !... Toutes les infamies... tous les crimes... tu les commettras donc !... Il ne te suffisait pas d'être bourreau... tu t'es fait empoisonneur... démon !...

La bouche tordue... les mains crispées... l'œil hagard... celle qui avait été la belle Titania ne représentait plus, à ce moment tragique, que le masque effroyable de Némésis, la furie vengeresse...

Julio Marchetti la trouvait encore belle et désirable dans ce rôle et il le lui dit :

— Oui... j'ai fait tout ça... je ferai plus encore... s'il le faut... pour t'avoir... mais... mais...

Gioritto avait gagné la porte... se dirigeant vers le large balcon en forme de terrasse qui, du palais du Gouverneur, dominait la place publique... et Julio voulut l'empêcher de fuir... Il y avait une grande porte en bas de l'escalier d'honneur et pas de sentinelle auprès...

« Titania se précipita sur le gouverneur de la prison, qui brusquement se débarrassa d'elle, la renversant sur le plancher... Alors elle enlaça ses bras autour des genoux de Julio Marchetti, l'empêchant d'avancer

Il lui dit :

— Je vais appeler les gardes !... Et le vieux sera jeté dans un cachot comme Faust...

— Il n'est donc pas libre... comme vous me le disiez ! — fit-elle subitement radoucie à la pensée du danger que son père pouvait courir par sa faute... à elle...

— Libre !... vous êtes folle ! — ricana le gouverneur... — Est-ce qu'on est libre... d'agir contre la volonté du maître ?...

Et, débarrassé d'elle, il se précipita hors de la salle vers la terrasse où Gioritto s'avançait...

Les bruits de la foule montaient jusqu'à eux... une foule animée et rieuse qui s'amusait aux préparatifs de la fête.

C'est que les réjouissances à Florence ne sont pas limitées à un seul jour... Il n'y a pas de fêtes sans lendemains joyeux... mais les jours qui précédent, les nuits aussi, voient le peuple encombrer les rues et les places publiques, rire et boire dans les carrefours...

En cette circonstance, les Florentins n'y manquaient pas... La douceur du crépuscule invitait au plaisir.

Les *carceri grande*, noir et triste séjour, s'entouraient de feux de joie et de chansons bachiques.

Julio Marchetti était partagé entre la crainte de voir Gioritto lui échapper et le désir de se conformer aux instructions du Prince-Régent, qui voulait montrer au peuple le vieux révolutionnaire, en apparence libre et déshonoré...

Il se dressa devant lui, au moment où le vieillard allait franchir la porte donnant accès au grand escalier de son palais.

Le gouverneur remarqua avec plaisir que Gioritto n'avançait que péniblement... La potion stimulante donnée par Faust avait cessé de produire son effet, et, de nouveau, il cédait à l'action du narcotique administré longtemps et à haute dose...

Les efforts qu'il venait de faire l'avaient épuisé... Il chancelait... Une lassitude insurmontable venait alourdir ses paupières... Le malheureux avait conscience de son état... Il voyait son lâche ennemi... son vil bourreau qui s'avançait prêt à le saisir...

La hyène allait triompher du lion...

Titania devina le danger physique et moral que courait son père... Elle vit aussi qu'il tenait dans sa main le merveilleux remède du docteur Faust. Il avait suffi de la moitié à peine pour opérer la résurrection de tout à l'heure...

Si Gioritto absorbait le reste... il serait sauvé... il aurait le temps de descendre l'escalier, de se perdre dans la foule. Il aurait le temps aussi... comme tout à l'heure... de maudire une dernière fois sa fille...

Ah! quel supplice atroce pour Titania, que les paroles dont le noble et pur vieillard la flétrissait... comme il l'eût fait d'un fer rouge!

N'importe!... la honte... pour elle... la malédiction... l'enfer... tout... tout... mais que son père échappât au lâche supplice... à la souillure sans nom... inventés par ces monstres!...

Elle lui cria :

— Buvez, mon père, mais buvez donc l'élixir de Faust!...

Soit que la voix de sa fille n'éveilla en lui que des pensées de réprobation et d'horreur, soit que sa main engourdie, paralysée par suite du narcotique, fût impuissante à porter jusqu'à ses lèvres le remède sauveur, Gioritto n'avait pas obéi au cri impérieux et suppliant à la fois, de Titania...

Julio Marchetti reprit l'avantage... Il vit que le vieillard s'assoupissait de plus en plus, allait devenir un objet passif, inerte, dont il aurait facilement raison.

— Il est temps de t'aller coucher, vieillard stupide !

Et en disant ces mots... en proférant cet immonde blasphème, le vil geôlier s'efforça d'arracher des mains de Gioritto la fiole contenant la potion qui pouvait lui assurer, s'il la prenait, une résurrection nouvelle.

— Misérable!...

Ce cri, c'était celui de Titania qui accourait, blême, les cheveux épars...

Elle se jeta entre Julio et son père, qu'elle défendit avec la fureur d'une lionne... sang généreux qui ne pouvait mentir, malgré la faute, malgré la chute !

Le gouverneur vit bien que l'intervention de Titania l'empêcherait d'arriver à ses fins... de conserver son captif sans l'aide des gardiens.

— Tant pis!... C'est vous qui l'aurez voulu! — fit-il alors.

Et il cria de toute sa force :

— A moi... les gardes!...

Ce fut tout...

Un bruit sourd...

Le corps de Julio Marchetti tombait sur les dalles de marbre, qu'un flot rouge inonda.

Titania avait saisi une hache à l'une des superbes panoplies qui ornaient la muraille, et elle avait fracassé la tête du misérable qui avait pour l'amour d'elle donné à Satan son âme.

Le crâne du gouverneur, avec cette large fente rouge, semblait, sous les pâles clartés de la nuit, une grenade mûre qui s'entr'ouvre.

On entendait des rumeurs dans les salles... les gens accouraient... Il n'y avait pas un instant à perdre.

Titania prit le flacon... Elle en versa le contenu entre les lèvres de son père...

Gioritto se redressa...

Il lui semblait sortir d'un long rêve... Ses yeux contemplèrent un instant le cadavre de cet homme qui baignait dans son sang.

Il comprit... Deux larmes glissant de ses paupières tombèrent sur le pâle visage de Titania agenouillée et qui semblait prier... son père... son Dieu!... Et il ne put dire que ces deux mots :

— Ma fille!...

Dieu l'avait exaucée... La fille maudite, celle dont la faute avait imprimé une tache indélébile sur le nom des siens, venait, dans le sang de l'infamie, de sauver l'honneur du noble et glorieux vieillard.

— Fuyez... mon père!... fuyez!...

Quand les gardes accoururent, Gioritta était loin... Par le perron et les jardins il avait pu gagner sans être vu la voie publique...

Et il s'était perdu dans la foule...

On ne trouva que Titania qui, tranquillement, essuyait ses mains pleines de sang au drapeau des Borghès, flottant sur le balcon du palais où S. Exc. Mgr le gouverneur de la prison d'État venait de rendre son âme au néant.

Presque au même moment, une troupe de comédiens nomades qui se trouvait depuis quelque temps à Florence, cherchant un gîte et un endroit pour donner ses représentations, s'arrêta sur la place avoisinant les *Carceri grande*.

Une femme très blonde, avec de beaux yeux bleus, sortit d'une des roulottes et contempla le ciel constellé d'or...

Elle avait un enfant sur son sein... un jeune faon gambadant à ses côtés.

Son pur et beau regard, fixé sur l'immensité de la voûte céleste, y cherchait une étoile... petit astre perdu dans l'infinie poussière des mondes.

— Ici!... c'est ici!... — fit-elle. — Et nous n'irons pas plus loin désormais... la marche à l'étoile est finie... Je suis arrivée !

Un frisson courut dans le groupe de bohémiens qui entourait la voyante... car en suivant la direction indiquée par le geste de Marguerite, la Gitane blonde, Mahadok, Saâda et les autres avaient vu un drapeau qu'éclaboussait une large tache de sang!...

Christ est ressuscité!

I

L'APOGÉE

A fête bat son plein... au dehors, la foule s'amuse au spectacle des illuminations et des feux d'artifice... une bonne foule, joyeuse, où quelques gais ivrognes circulent, tenant des propos, incohérents peut-être, mais qui n'ont rien de subversif à coup sûr... D'autres préférant au divin Bacchus les charmes de Vénus, lutinent les femmes qui crient, surprises, sans trop se révolter. On crie « vive le vin ! » ou « vive l'amour ! » suivant les tempéraments, ou tous les deux à la fois... Des groupes sous les porches des églises ou sur les perrons des palais, déballent des provisions... les bonnes poulardes cuites d'avance et qu'on mange avec des olives de Sienne... Et puis ce sont les fines saucisses de Lucques ou l'opulente mortadelle de Bologne, et les *fiaschi* de vérre au long col, au ventre rebondi, qui laissent causer le vin d'asté...

Tûdieu, quelles ripailles !... Mais tout le monde n'a pas le moyen de se payer telles victuailles et boissons !... Il y a des truands et des ribaudes qui ne vivent que de rapines et couchent, la nuit, sous les ponts de l'Arno...

Eh bien ! ceux-là, tout de même, trouveront à manger et à boire... La bonté du Prince-Régent s'étend sur toute cette racaille. Des distributions gratuites de vivres leur ont été faites, et des pièces de vin défoncées ont servi à alimenter les fontaines de la place *della signoria*.

Pendant quelques jours et quelques nuits, on a pu dire que c'était, en quelque sorte, Gamache qui régnait sur la Toscane... Gargantua gouverne, Pantagruel est Roi... Et dans les rues de Florence des voix avinées éructent au milieu des hoquets :

— Vive Méphisto !...

Dans le palais ducal, la fête est de meilleur ton... on se croirait à la cour de France, tant est grande l'élégance des manières, la distinction suprême et le bon ton qui y règnent.

Les souverains défilent au milieu des nobles invités... Conformément à l'étiquette, la duchesse Nathalie Borghès, comme princesse souveraine, devrait marcher la première, avec un peu derrière elle, comme au second rang, le prince-régent Méphistophélès. Ce n'est qu'une nuance, mais la hiérarchie, sous la royauté, est faite de ces nuances, destinées à maintenir, aux yeux des sujets, le prestige de la couronne.

Le machiavélique régent tient évidemment à ce prestige, seulement il veut dans cette hiérarchie partager le premier rang avec sa souveraine.

Il n'a eu aucune peine à obtenir de Nathalie cette concession qui est, pour lui, un acheminement vers la réalisation de son rêve... le pouvoir absolu, sans limite, comme sans partage.

Maintenant, il reste à faire consacrer cette sorte d'usurpation par le peuple, et aussi par les cours étrangères...

L'orgie populaire du dehors rassure Méphistophélès sur l'état de l'opinion publique à son égard. Un peuple qui s'amuse, qui danse et s'enivre dans les carrefours, ne songe point à renverser un régime auquel il doit de pareilles aubaines. Méphisto, le bandit parvenu, a pour lui tous les tire-laine et les coupeurs de bourse de la grand'ville ; comment ces gens-là n'aimeraient-ils pas un gouvernement qui fait couler du vin dans les fontaines publiques.

Sans doute, il lui sera plus difficile de s'imposer à la diplomatie, gardienne sévère des hiérarchies, de l'étiquette des protocoles, comme disent les chancelleries fidèles à des usages plusieurs fois séculaires.

Voici justement le nonce du pape, un prélat fin et subtil qui complimente, suivant la coutume, la souveraine régnante, graduant ensuite son salut au Prince-Régent de façon à bien tracer la démarcation qui sépare du trône celui qui gouverne et régente... sans régner.

Nathalie Borghès s'apprête à répondre par les banalités aimables qui ont cours en pareil cas.

Méphisto ne lui en laisse pas le temps.

— Monseigneur, — fait-il, — nous espérons que la Cour de Rome témoignera son bon vouloir envers nous en n'absolvant pas trop à la légère les malfaiteurs accusés de sorcellerie. Il y va du salut de l'Etat... et de l'Eglise. La sainte Inquisition, en se montrant indulgente pour la magie, favorise parfois, sans le savoir, le régicide. Je compté, Monseigneur, que vous transmettrez au Saint Père mes respectueuses remontrances à cet égard...

Il passa, inclinant très légèrement la tête à côté de l'envoyé pontifical, et, à partir de ce moment-là, tout le monde put remarquer que le Prince-Régent marchait un peu en avant de la duchesse Nathalie.

Aussi, est-ce devant lui que l'ambassadeur du duc de Ferrare est obligé de s'incliner tout d'abord, en récitant le compliment diplomatique qu'il avait visiblement préparé pour la souveraine.

— J'accepte avec plaisir, — fait le Prince-Régent, — les souhaits que mon ami et cousin le duc de Ferrare me fait parvenir par votre entremise, Messire. Vous en lui en témoignerez, je vous prie, toute ma gratitude bien amicale, et en même temps vous lui direz que ma satisfaction serait complète si la police était un peu mieux faite sur la partie de sa frontière qui avoisine mes États... Il s'y fait une contrebande effrénée, et tous les maltôtiers de la région s'y donnent rendez-vous en certain terrain neutre qui échappe trop facilement à la juridiction de nos lois. Naguère, un de mes podestats y eut son escorte attaquée, et lui-même disparut mystérieusement, assassiné sans doute.

« Il faudra que nous fassions ensemble une délimitation plus exacte de nos frontières respectives. D'ailleurs, je fais faire des recherches dans nos archives, car il me semble bien que le territoire contesté était jadis un fief des ducs de Toscane, mes augustes prédécesseurs.

La surprise causée par ces mots fut générale, mais pas une protestation ne se fit entendre...

Arrivé par la fourberie et l'astuce, le politicien machiavélique, insinuant, se changeait en dominateur, et sa froide audace assurait le succès de ses machinations savantes, de ses artifices cauteleux... elle forçait les mandataires des puissances à consacrer le triomphe de son usurpation...

Pour être discrets, les commentaires n'en allaient pas moins leur train, au milieu des sorbets de Naples et des vins d'Espagne servis à profusion, tandis que d'invisibles orchestres, dissimulés sous des rideaux de fleurs embaumantes, versaient sur tous ces nobles personnages qui papotaient à voix basse, des flots d'harmonie.

— Nous avons un maître ! — disait l'un.

— Avez-vous remarqué comme il a parlé à l'envoyé de la cour de Rome ?

— Oui... énergiquement... plutôt ! mais... à quoi faisait-il donc allusion... avec ces histoires de sorcellerie ?

— Parbleu ! — interrompit un autre, — c'est assez clair... L'aïeul de Faust le régicide... qui, il y a bien longtemps de cela, se serait évadé... envolé... escamoté... des *Carceri Grandi*...

— On dit que certaine nuit pareille aventure...

— Serait arrivée au Faust actuel !... quelle fable !... Ce pauvre Julio Marchetti n'avait pas la tête bien solide avant que la belle Titania ne brisât, avec sa hache, un vase déjà bien fêlé... Et puis, il buvait, disait-on...

Plus loin, un groupe devisait, d'un autre incident, mais toujours dans le même ordre d'idées...

— Il a appelé le duc de Ferrari son cousin !... Peste, il n'y va pas de main morte...

— Une main de fer !

— Qui commence déjà à enlever son gant de velours !...

— La maison d'Este qui règne à Ferrari, — remarqua un vieux à perruque et à mine de pédant, — remonte à Charlemagne. Azzo deuxième du nom défendit, à Canossa, le pape contre l'Empereur d'Allemagne. Ils sont alliés à la maison de France comme aux familles royales de Hanovre et de Brunswick... Il a bien de l'audace, en vérité, ce Méphistophélès, venu l'on ne sait d'où...

— Ou, plutôt, venu l'on sait trop d'où !

— Il descend... des montagnes, comme ces maltôtiers dont il a parlé qui quittent les Apennins pour venir attaquer les carrosses sur les grand'routes.

— Savez-vous qu'il est superbe quand il parle de ses augustes prédécesseurs !...

— Et de leur fief !... Il paraît que c'est un méchant bout de terre avec une auberge assez mal fréquentée...

— Oui, mais l'hôtelière, à elle seule, vaut le voyage.

— Ah! ah! vous m'en direz tant.

— On l'appelle la Fornarina ; elle fut modèle de peintres, sinon de vertus, à Fiesole, et l'on ne voit qu'elle, ou du moins sa pourtraicture, dans nos églises et nos musées.

— Alors, il s'agit, d'après vous, d'annexer la Fornarina à la Toscane... Un conflit diplomatique qui rappelle la guerre de Troie, à propos de la belle Hélène. Qui donc aurait pensé que ce sombre Méphisto voulait nous ramener au culte de la pure beauté !...

Là-dessus, tous ces grands politiciens se mirent à parler des petites femmes de Fiesole, de Vienne, de Florence et d'ailleurs... Nous ne les suivrons pas dans l'étude comparée de leurs beautés respectives, mais nous resterons auprès du triomphateur, le prince-régent Méphisto, soleil à son zénith dont l'éclat vainqueur finit par éclipser Nathalie Borghès... pauvre astre à son déclin...

Le merveilleux homme d'État qui a su s'affirmer d'une façon si géniale et si éclatante, reçoit en monarque habitué à tous les hommages, la fumée de l'encens que lui prodiguent, à l'envi, tous les représentants de la noblesse et du haut commerce, le monde des arts et des lettres.

Un poète lui dédie un sonnet qu'il récompensera d'un bout de ruban... un ordre de chevalier qu'il vient de créer à propros des fêtes célébrant ce joyeux anniversaire.

Des peintres, des sculpteurs essayent d'avoir la commande d'un portrait, d'une statue...

Méphisto s'arrange de façon à les satisfaire tous... il soigne sa popularité; il veut qu'on dise de lui, dans les ateliers d'artistes, qu'il est un Mécène.

Celui-ci fixera sur la toile sa tête... idéalisée, en vue de la postérité... Cet autre fera sa statue équestre qui le montrera chevauchant un destrier fougueux...

Toujours lui, portant sa grande image, d'un bout de la Toscane à l'autre! Ce n'est plus un prince, c'est presque un Dieu... le Dieu du Mal!

Le page s'inclina en silence et disparut. (Page 1245.)

— Vive Méphisto!

La foule, en délire, ne cesse de pousser ce cri, sur la place, au-dessous du Palais, tandis que le *bouquet* du feu d'artifice, déchirant l'air de ses crépitements, fait pleuvoir sur Florence une pluie de feux multicolores...

— Vive Méphisto! — hurle la populace.

On dirait quelque gigantesque et infernal embrasement salué par des clameurs de démons!... Quelle apothéose pour le machiavélique politicien, le génie du mal... qui est arrivé à ses fins!...

Mais, comme la belle Nathalie Borghès est pâle, ce soir, quand elle rentre dans ses appartements particuliers, ayant hâte de quitter ses parures... les parures d'une victime conduite au sacrifice... et de dépouiller la livrée d'une fête... dont elle n'est plus la reine...

Bah!... pourquoi prendre souci de ces choses!...

Elle est jeune encore... La vie n'a qu'un temps... et le plaisir, qui s'effeuille comme les roses, doit être cueilli dans les jardins fleuris de la souriante volupté!

La messaline toscane, comme l'épouse du César romain, traînera, dans les orgies de la débauche, la pourpre de ses joues fardées...

Étendue sur sa couche moelleuse, elle s'endort dans des rêves enivrants...

— Méphistophélès!... à toi les tracas du pouvoir... à moi les plaisirs sans fin.

Et dans le songe amoureux qui la berce, elle voit un gracieux et bel adolescent qui voltige avec des ailes d'azur, faisant d'un nuage rosé tomber sur elle une pluie de fleurs...

Que ces roses sont belles!... Et quelle folle ivresse leur caressant parfum vient communiquer à la souveraine détrônée... ou presque!...

. . . .

II

UN JUGEMENT

Pour Méphistophélès, il n'y avait pas de fêtes sans lendemains consacrés aux réflexions sérieuses, et cette fois-ci, il n'y faisait pas faute... moins que jamais.

— La victoire n'est réelle, — se disait-il en lui-même, — que quand elle continue... tout le temps, et le triomphe, pour être complet, doit être durable, éternel!

« Celui qui est né sur les marches du trône, celui dont les aïeux ont porté le sceptre... ah! celui-là peut essuyer des revers... ses insuccès, ses défaites ne comptent point... rien ne ternit son prestige... rien ne porte atteinte au caractère sacré dont il est revêtu... Il peut être le plus trompé, le plus berné des hommes, il n'en reste pas moins un personnage auguste... par droit divin...

« Mais l'aventurier heureux... que son génie et son étoile ont hissé sur le pavois... le *parvenu*, ainsi que les autres l'appellent dédaigneusement, — comme si c'était une honte de parvenir, à la force du poignet et par la supériorité du cerveau! — celui-là est condamné au succès... à perpétuité; pour lui, vivre, c'est vaincre... toujours et toujours...

« Andréas Borghès pouvait être battu sur un champ de bataille, sans pour cela cesser d'être le prince...

« Méphistophélès, même vainqueur, n'a pas le droit de s'endormir sur ses lauriers.

« Le duc héréditaire de Toscane, issu d'une noble souche dont l'origine se perd dans la nuit des temps, avait pour épouse une courtisane couronnée, véritable Messaline... ce n'était jamais un de ces maris que les brocards peuvent rendre ridicule.

« Le parvenu, lui, n'a pas le droit d'être ce qu'était Andréas Borghès.

« Ah! hier, dans cette fête, quand je faisais acte de dompteur et de maître, je sentais bien qu'ils me haïssaient tous, et qu'en baisant ma main, ils avaient envie de la mordre!...

« Certes, ils seraient trop heureux, si par hasard mon pied venait à glisser, de se jeter sur moi et de me déchirer, pour se venger de mon élévation et de leur bassesse!...

« Non!... messieurs de Rome, de Ferrare ou d'ailleurs, je ne vous donnerai point ce plaisir!... Là où je suis parvenu, je m'y maintiendrai, envers et contre tous. Je ne serai ni le vaincu sur lequel on s'apitoie, ni l'époux ridicule qu'on bafoue et qu'on berne.

« Nathalie, je ne suis pas Andréas!...

Et tout en marchant dans le somptueux cabinet de travail où il se livrait à ces méditations, le sombre politicien s'était campé, d'un air de défi, devant le cadre doré où trônait, dans sa beauté royale de femme et de princesse, Nathalie Borghès peinte par un des maîtres de l'école florentine.

Il ricana, les dents serrées, le regard torve... presque haineux:

— Nathalie Borghès... femme de plaisir... duchesse de joie... toi aussi, tu ne tarderas pas à savoir que c'est moi qui suis le maître... et si tu as été ma maîtresse, avant d'être ma femme, c'est que, moi l'obscur routier, le vagabond de la montagne, sans famille et sans nom, j'avais besoin d'un escabeau pour me hisser à ce pouvoir où me poussait un implacable démon...

« L'aveugle fatalité... le génie inconscient de ma race... l'énergie accumulée par l'obscur labeur et la morne souffrance des générations dont je suis descendu... que sais-je?... tout cela, ce sont des mots... pour le peuple; des idées... creuses peut-être, pour les penseurs. Moi... ce sont des faits que je veux, et les faits, j'ai su les créer.

« Naguère, tu me disais, Nathalie, que l'autorité effective ne me suffisait pas, que je voulais, en plus du pouvoir, le titre que portait ton époux... oui!... t'ai-je répondu, mais c'est pour toi seule que j'ai cette ambition!...

« Tu m'as cru... ô femme! pauvre alouette sans cervelle qui se fait toujours prendre à l'éternel miroir des propos galants et des mots caresseurs...

« ... Et tu m'as aidé à monter... Maintenant je suis arrivé, et je repousse du pied l'escabeau qui m'a servi.

« Andréas Borghès est mort... Vive Méphisto, roi et empereur!... Nathalie, ton règne est fini... ton existence ne pèse plus lourd dans la balance de la destinée... ah!... ah!... ah!...

Les dernières paroles du noir aventurier s'achevèrent dans un rire sardonique dont l'éclat fit vibrer dans leur châssis de plomb les vitraux de la salle. A ce moment-là, le page de service entra et, se rangeant de côté, suivant l'étiquette des cours, il annonça :

— Son Altesse Souveraine la duchesse de Toscane.

Nathalie était entrée, souriante, toujours belle...

Méphisto rappela le page qui s'apprêtait à sortir.

— Dorénavant, — lui fit-il d'un ton qui n'admettait pas de réplique, — quand vous annoncerez Madame la duchesse, vous voudrez bien vous contenter de dire : Son Altesse... tout court. Vous réserverez pour moi seul, entendez-vous, la qualification d'altesse royale...

Nathalie eut un geste de révolte, bien vite maîtrisé par le regard dur, impérieux, de Méphistophélès qui continuait :

— J'ai préparé, du reste, un décret dans ce sens, qui sera promulgué aujourd'hui même.

Le page s'inclina en silence et disparut, pour aller raconter et commenter l'incident. Méphistophélès, on n'a pas besoin de le dire, comptait bien là-dessus... cela rentrait dans ses vues!.

Dès que le jeune homme fut parti, Nathalie s'écria d'un air aimable, enjoué, comme s'il s'agissait d'une chose plaisante :

— Mais, mon cher ami, on dirait que c'est un coup d'État...

— C'est ce matin que vous vous en apercevez, duchesse?

Elle était femme... et Italienne, donc elle était diplomate... Et puis elle possédait au plus haut point ce don de la dissimulation qui est l'apanage des courtisanes de tous les temps et de tous les pays. Elle feignit de ne pas ressentir l'outrage froid et calculé qui se cachait sous les paroles du Prince-Régent; et ce fut du ton le plus naturel du monde qu'elle répondit :

— Et moi qui venais justement vous entretenir de politique!

— Rien ne s'oppose à ce que nous en causions, chère amie. Vous aurez toujours dans les conseils de la couronne voix délibérante...

— Mais pas prépondérante, c'est cela que vous voulez dire ? Et., vous n'en ferez qu'à votre guise ?

— Peut-être !...

Tout en disant cela, Méphisto avançait un siège à Nathalie Borghès, qui s'assit et lui demanda :

— Que comptez-vous faire de Titania, la meurtrière du gouverneur de la prison d'État ?

— Madame, la justice suivra son cours.

— Oh ! vous dites cela avec un sérieux...

— Avouez, duchesse, que le sujet comporte une certaine gravité.

— Justement, la famille de ce pauvre Julio Marchetti à laquelle je porte quelque intérêt m'a fait demander...

— Des nouvelles de la Comtesse-Rouge ? Vous pouvez rassurer ces braves gens. Elle se porte à ravir...

— Oh ! vos moqueries, Méphisto, je vous assure, me font mal ; songez donc... il y a eu mort d'homme !

— Depuis quand la mort d'un homme touche-t-elle à ce point Son Altesse ?...

— Oui... je sais... Son Altesse... tout court...

— Est-ce qu'en cherchant dans *l'in-pace* qui se trouve sous certain *buen retiro*, on ne trouverait pas certains beaux squelettes d'hommes... témoins muets mais qui peuvent attester jusqu'à quel point, Très Haute et Très Puissante dame Nathalie Borghès recule devant la nécessité de supprimer un homme ?

La Messaline était à ce point insensibilisée par la toute-puissance, la débauche et le crime qu'elle ne tressaillit même pas à l'évocation de ses mystérieux forfaits. Mais elle regarda fixement dans les yeux son digne complice, en lui disant :

— Et vous ?...

Le machiavélique personnage répondit :

— Gouverner, c'est prévoir, madame, et je sais si bien prévoir que j'ai là, sur ma table de travail, tout prêt, l'arrêt que je vais dicter au juge...

— Ah ! Méphisto, je vous reconnais bien là. La mort abominable de ce pauvre Julio va donc être vengée ?

— Madame, d'une façon générale, les morts ont toujours tort. Julio Marchetti en a eu deux... primo, de laisser échapper le vieux Gioritto, trop bien remis sur pied par Faust... secundo, de se laisser tuer par une femme... surtout quand cette femme ne s'appelle pas Nathalie Borghès ! — ajouta-t-il, s'inclinant avec une sorte de galanterie narquoise.

— Enfin, il est mort... de mort violente ! C'est un assassinat qui ne peut rester impuni.

— Je vous l'ai dit, madame, la justice suit son cours. L'arrêt est tout signé, avec ses « Considérants » et ses « Attendu que » ; il n'y a rien de tel que de donner à nos juges leur besogne toute mâchée. Voulez-vous que je vous donne lecture de ce document dont la teneur semble vous intéresser?

— Oh! dites-moi cela *grosso modo*, en laissant de côté tout le fatras juridique...

— Eh bien! voici... Titania sera acquittée!

— Mais c'est une honte... un scandale!... laisser un pareil crime impuni, c'est saper les bases...

— De l'État!... Non, madame... au contraire... et si je fais cela, c'est en connaissance de cause, car, ainsi que je l'ai déjà fait savoir à tous, c'est moi qui incarne l'État, et vous m'accorderez, n'est-ce pas, suffisamment d'intelligence pour ne rien faire qui puisse nuire au prestige et à l'autorité de mon gouvernement?

— Gioritto, votre plus grand ennemi, est en fuite... Sa fille et sa complice assassine un de vos plus fidèles serviteurs...

— Un parfait imbécile dont je cherchais à me défaire! Titania m'a même rendu service... Si je n'étais pas un ingrat, je lui devrais même une récompense à cette chère et tendre Comtesse-Rouge!

— Mais enfin, l'assassinat est flagrant; sur quoi peut-on se baser pour prononcer l'acquittement?

— Titania était, ou passait pour être, — ce qui est la même chose, — la maîtresse du gouverneur de cette prison d'État, où, je vous le rappelle, son père n'était pas le prisonnier, mais bien le commensal de Julio Marchetti...

« Ce dernier était un viveur effréné... un Lovelace, un don Juan... et cette pauvre Titania, qui l'adorait, avait de fort bonnes raisons pour être jalouse...

— C'est faux!... Titania n'aimait pas Julio... Elle est folle de son docteur Faust!

— Eh! parbleu, à qui le dites-vous?... Seulement... voilà, j'ai recruté dans les *Carceri grande*, et aussi *extra muros*, une foule de témoins fort honorables, et tous prêts à déclarer, sous la foi du serment, que Titania a tué dans un accès de jalousie Julio Marchetti qui la trompait...

« Là où je pouvais redouter un procès politique, toujours ennuyeux pour le pouvoir, car l'arrêt, quel qu'il soit, risque de réveiller des passions endormies, je me trouve n'avoir affaire qu'à un crime passionnel...

« Et l'acquittement est prononcé, ce qui ne peut manquer de contenter toutes les âmes sensibles de Florence, petites bourgeoises sentimentales ou très honnestes... galantes.

« Gioritto est en fuite, mais il est mieux et plus sûrement abattu que si je le tenais captif. Songez à l'opinion... fâcheuse, que vont avoir de lui ses rares et derniers partisans, s'il lui en reste encore!

« Le vieux révolutionnaire, cette noble tête de vieillard, s'en allant .. clandestinement, — mais librement, remarquez-le! — de chez Julio... son gendre de la main gauche, avec qui il vivait... en famille.

« Il a fallu, pour rompre cette douce communauté, le geste tragique, mais intempestif de sa fille Titania, dont le bon vieux doit maudire la sotte jalousie...

« Eh! eh!... vous voyez d'ici les variations que la médisance peut broder sur ce thème.

« Un singulier piédestal, n'est-il pas vrai, pour le chef austère, l'indomptable tribun!...

Nathalie Borghès baissait la tête. Rien à dire à ce plan machiavélique où la clémence devenait plus meurtrière que l'échafaud...

Cependant, la duchesse hasarda une objection :

— Mais... Titania est fière... elle est amoureuse de Faust. Elle ne voudra pas, pour sauver sa tête, déguiser son crime sous le manteau d'une fausse passion et d'une jalousie menteuse.

« Ne craignez-vous pas que la fille de Gioritto...

— J'ai tout prévu, madame !

— Le procès sera jugé à huis clos, ce que nous colorerons, pour l'opinion publique, du prétexte... scabreux des fredaines de Julio. Ne vous ai-je pas dit que les morts avaient toujours tort? On ne connaîtra que l'arrêt d'acquittement.

— Décidément, — pensa la duchesse, — cet homme a tout prévu.

Et, en se retirant de ce cabinet de travail où elle n'était plus désormais, elle le sentait bien, qu'une intruse, Nathalie Borghès, déchue comme femme et comme souveraine, se demandait si Méphistophélès, en ce qui la concernait, elle aussi, n'aurait pas trop bien prévu tout.

Mais elle préféra ne rien voir... ne plus penser... respirer le parfum des fleurs que la vie lui offrait encore... cueillir les fruits de volupté qui étaient à portée de sa main...

A quoi bon s'inquiéter de l'avenir quand on peut jouir du présent?

Et elle se dirigea vers son parterre favori, tout resplendissant de roses épanouies...

Misérable et poussiéreux, le voyageur fit son apparition. (Page 1250.)

III

HERCULE ENDORMI

ÉPHISTOPHÉLÈS s'était remis au travail.

Au bout d'un instant, quelqu'un frappa.

— Entrez! — fit-il.

Un huissier du palais, à la chaîne d'argent, parut et, s'inclinant, dit :

— Il y a là un homme qui insiste pour être reçu par Son Altesse

Souveraine. Il s'exprime en mauvais italien, avec un fort accent allemand, mais j'ai cru comprendre qu'il venait de Strasbourg...

— De Strasbourg ! — fit le Prince-Régent en fronçant les sourcils.

La capitale de l'Alsace n'évoquait dans l'esprit de Méphisto que des souvenirs... qu'il essayait toujours d'oublier. Le bandit couronné, le criminel heureux qui voit tout lui réussir et qui se trouve à l'apogée de sa fortune, n'aime point que l'on vienne lui rappeler le louche et ténébreux passé.

Et puis, il avait, en dehors de cela, une rancune... infernale contre les gens de Strasbourg. Il semblait que tous, en effet, se fussent donné rendez-vous en Toscane pour contrecarrer sa politique générale.

— Au diable soit l'Alsace et les Alsaciens ! — s'écria-t-il en faisant mine de se remettre au travail, comme si rien n'était.

Mais il se ravisa, et, rappelant son huissier qui s'éloignait, il demanda :

— Quelle espèce d'homme est-ce que ce Strasbourgeois ?

— Altesse, il est jeune, assez pauvrement vêtu, et d'après l'état poussiéreux de son haut-de-chausse ainsi que de son pourpoint rapiécé, il vient de faire très vraisemblablement une longue route.

— Il n'a pas quelque recommandation, un répondant... car, enfin, sa mauvaise mine, sa poussière, tout cela n'est pas suffisant pour que je lui donne audience. La Toscane attire une foule d'aventuriers disposés à pêcher en eau trouble et, au besoin, à me gratifier d'un coup de couteau ! Le roi de France a trop intérêt à me voir disparaître de la scène du monde pour que je ne me méfie pas de tous ceux qui sont ses sujets.

« Enfin, tout de même, il faudrait voir ! Je ne dois négliger aucun détail, ni mépriser aucune information. Huissier, demandez à ce Strasbourgeois ce qui l'amène ici. Si la chose en vaut la peine, peut-être prendrai-je quelques instants pour le recevoir et l'écouter... sinon, qu'il tremble ! Les *Carceri grande* sont là pour enseigner aux imprudents qu'il ne faut pas jouer avec le feu, ni déranger le prince souverain de Toscane en train de se consacrer aux affaires de l'État.

L'huissier s'inclina et sortit...

Il revint au bout d'un instant et dit au prince :

— L'homme déclare qu'il n'a ni garantie ni recommandation a aucune sorte, mais il ajoute qu'il peut donner à Votre Altesse des nouvelles du podestat Wagnerio qui a si mystérieusement disparu il y a quelque temps. Il a, dit-il, entre les mains tous les fils d'un complot, où les premiers rôles sont joués, justement, par ses compatriotes.

— Ah ! ah !... Voici du nouveau !... Eh bien !... qu'il entre.

Misérable et poussiéreux, le voyageur fit son apparition.

Le Prince-Régent, en l'observant, caressait la poignée de sa dague. Toujours méfiant, il voulait être prêt à parer le coup, pour le cas où le mystérieux inconnu aurait eu des velléités d'attenter à sa personne. D'ailleurs, il avait sur lui sa fine cotte de mailles qu'aucune lame, si bien trempée fût-elle, n'était capable de transpercer.

Mais le soupçonneux politicien ne tarda pas à être tout à fait rassuré...dans la mesure, du moins, où sa méfiance pouvait être endormie.

Il avait la prétention de se connaître en hommes; or, celui qu'il avait devant les yeux n'avait rien d'un apôtre de la révolution...rien d'un tueur de tyran.

Une figure futée... de la ruse... un regard policier, voilà les signes qui frappaient, au premier abord; avec cela, l'individu avait l'air intelligent et instruit... quelque envieux, sans doute, que son infériorité faisait souffrir et qui brûlait d'arriver à la fortune par tous les moyens.

Méphisto, nous n'avons pas besoin de le dire, était encore une fois bon juge.

C'était Karl Brander qui se trouvait en sa présence.

Le prince interrogea l'espion, et ce qu'il en apprenait devait être fort intéressant, car l'interrogatoire bientôt se changea en entretien... qui se poursuivit assez longtemps...

Méphistophélès venait, en effet, de s'apercevoir qu'il avait bien des choses à apprendre.

. . . .

Comment Karl Brander, le mouchard que nous avons laissé, avec Frantz Holbach, quittant l'*albergo* de la belle *Fornarina*, se trouvait-il en ce moment, sans son camarade, dans le cabinet du Prince-Régent de Toscane, devenu, grâce au véritable coup d'État qu'il venait de faire, Son Altesse Souveraine le duc Méphisto?

Ceci demande quelques mots d'explications.

La bonne hôtelière, on se le rappelle, n'avait pas vu partir, sans une secrète appréhension, son doux ami, son *carissimo* Frantz.

En outre de la séparation, toujours si cruelle pour les cœurs aimants, il y avait cet indéfinissable pressentiment, cette seconde vue... si féminine, qui lui faisait dire que c'était là un compagnon dont le cœur était peu sûr.

Et dans sa prière à la sainte Madone, elle avait été jusqu'à dire... ce nouveau Judas!

Hélas! la Fornarina ne s'était pas trompée!...

Tandis que, dans la carriole qui les emportait, tous les deux, vers la capitale de la Toscane, le digne géant songeait aux amis qu'il allait trouver, pour les aider dans leur œuvre libératrice et sacrée, l'espion des étudiants, lui, ne songeait qu'à tirer parti de cet heureux hasard qui le mettait en rapport avec les conjurés.

En réalité, il ne savait que ce que Frantz Holbach avait bien voulu révéler, c'est-à-dire bien peu de chose, la dernière aventure de Wagner, que l'excellent hercule considérait comme une bonne plaisanterie.

Mettre ce goinfre et cet ivrogne au pain sec et à l'eau, après l'avoir fait sauter par la fenêtre, indépendamment de la bonne farce jouée à son escorte, c'était, pour le bon ami de la Fornarina, une simple facétie d'étudiant, une fantaisie de goliard.

Par exemple, il s'était montré plus réservé pour ce qu'il appelait les choses sérieuses, car sa confiance et son abandon vis-à-vis de Karl étaient loin d'être sans limites. Il y avait de trop bonnes raisons pour cela !

Durant le voyage, la réserve de Frantz Holbach n'avait fait que s'accroître, ce qui était loin de faire l'affaire du misérable espion. Aussi, ce dernier ne cherchait-il qu'à fausser compagnie à son camarade.

Il avait son plan. C'était d'aller à Florence ; il avait entendu parler, comme tout le monde, de la faveur spéciale dont Méphisto, le Prince-Régent, entourait les policiers et les espions de toute sorte. Et il aspirait à être, lui aussi, un des soutiens de ce gouvernement dont les vues correspondaient si bien à ses idées et à ses appétits.

Déjà, pour se faire bien venir du tyran, il lui apportait un renseignement qui ne manquait pas d'importance. Grâce à lui, on pourrait retrouver le fameux podestat qui était porté disparu ; si, avec cela, il pouvait, lui livrer un des suppôts de la révolte, c'était plus que suffisant pour se mettre bien en cour.

Une occasion ne devait pas tarder à se présenter qui allait permettre au vil et fourbe individu de commettre le crime de Judas.

La tendre clairvoyance de la Fornarina ne l'avait pas trompée sur le danger que courait son doux géant.

Frantz Holbach était l'homme de toutes les imprudences... On l'a vu se lever trop tôt, après sa blessure, malgré la défense du bon docteur Romalino... A peine guéri, il s'était servi de ses béquilles d'infirme pour traiter de la belle façon les malheureux estafiers du podestat.

Et maintenant il conduisait la carriole d'une façon qui témoignait de son désir d'arriver, plutôt que de sa prudence d'automédon. Ajoutez à cela que le véhicule n'était pas des plus neufs, et que les chemins d'Italie, à cette époque, possédaient les plus belles collections d'ornières qu'il fût possible d'imaginer.

Il advint... ce qui devait arriver. Un essieu se brisa et la voiture se renversa dans un fossé, du côté où elle penchait et qui était, bien entendu, celui qu'occupait le colosse.

Karl Brander n'éprouva qu'une secousse légère, sa chute se trouvant considérablement amortie par le camarade si bien râblé qui était auprès de lui... et qui venait de mesurer aussi le sol d'une façon si intempestive et si douloureuse...

En effet, Frantz venait de tomber du côté de sa jambe blessée. Il ne faut jamais avoir eu le moindre mal pour ne pas savoir quelle douleur, d'une intensité souvent extraordinaire on éprouve au plus faible choc qui vient heurter la partie malade. C'est ce qui arriva à l'ami de la belle hôtelière ; sa douleur fut si forte qu'elle lui arracha un cri :

— Aïe !... encore cette satanée patte !...

Et il resta immobilisé par terre, tandis que Karl, lui, se relevait en s'époussetant, mais complètement indemne.

L'espion était trop adroit pour se dévoiler, en profitant de suite d'un avantage aussi inespéré. Certes, il aurait pu continuer sa route, en prétextant qu'il allait chercher du secours, et ne plus revenir.

Il aida, au contraire, son camarade à se relever, en ayant l'air de s'apitoyer sur sa malchance.

— Nous ne sommes pas bien loin de Florence. Veux-tu qu'après t'avoir mis à l'abri dans cette maison de paysans que j'aperçois là-bas, j'aille prévenir Siébel qui viendra te donner ses soins?...

Frantz Holback s'était relevé et marchait en boitant.

— Ce n'est pas la peine, je te remercie, Karl! — fit-il. — Je vais me traîner tant bien que mal jusqu'à cette chaumière. Un peu de repos et il n'y paraîtra plus!...

Le brave garçon avait réfléchi ; il ne voulait à aucun prix mettre ce louche personnage en rapport avec les autres conjurés.

Karl Brander se mordit les lèvres ; il avait compris... et se contenta d'accompagner son camarade jusqu'au gîte où il espérait prendre un peu de repos avant de continuer sa route. Du reste, il fallait s'occuper du cheval qui était resté là après l'accident, et faire raccommoder l'essieu de la carriole par le charron du village voisin. Tout cela demanderait nécessairement un peu de temps.

Mais Frantz, décidément, jouait de malheur ; la maison où il venait demander asile appartenait à la famille d'un soldat toscan récemment renvoyé dans ses foyers, à la suite de la paix méphistophélique qui régnait, ou plutôt qui pesait sur le pays. Et l'ancien maître de l'artillerie des révolutionnaires n'avait pu s'empêcher de faire la grimace en apercevant cet uniforme abhorré. De son côté, le militaire avait reconnu en lui un étranger, et dame! depuis Campi où il s'était vu contraint de battre en retraite devant certains Alsaciens et Bourguignons, il n'aimait guère tous ces gens-là.

Frantz Holbach, que sa chute faisait souffrir, imposa silence à ses propres scrupules ; il fit taire aussi les répugnances plus ou moins patriotiques du soldat italien en lui disant :

— N'ayez crainte, brave homme, je vous indemniserai du dérangement.

L'effort qu'il avait fait pour venir jusque-là lui causait une douleur cuisante, comme on en éprouve, suivant un phénomène bien connu, quand on n'a rien de cassé, aucun organe de lésé, mais lorsque la contusion a été très brusque et très vive.

Karl Brander s'en était bien rendu compte. Il se disait, en lui-même :

— Dès demain, si je le laisse faire, il pourrait continuer sa route avec moi. Non! J'ai mieux que ça à faire... L'occasion est superbe, profitons-en!...

Frantz était couché, et son énergie naturelle reprenant le dessus, il se railla lui-même de ce qu'il appelait sa pusillanimité :

— Ah çà! est-ce que je deviendrais une poule mouillée?... Mais je n'ai rien du tout. Je me sens encore une fois de force à jongler avec des estafiers!...

Pendant ce temps-là, le compagnon au cœur peu sûr se promenait dans le petit jardin attenant à la maisonnette.

Là, il remarqua de superbes pavots... Il en prit plusieurs têtes qu'il mit dans sa poche... puis il se rendit à la cuisine où le feu était allumé, et il fit une forte infusion des pavots qu'il avait cueillis.

Quand cela fut fait, il entra dans la chambre où Frantz était couché.

L'hercule dormait à poings fermés... un vrai sommeil d'enfant... le sommeil de ceux dont la conscience est au repos.

— Bon! — se dit l'espion...

Et il alla trouver l'hôte qui les avait reçus tout à l'heure d'assez mauvais gré.

— Vous voyez cette tisane? — fit-il en lui montrant l'infusion des pavots...

— Oui, signor !

— Eh bien! tout à l'heure mon compagnon se réveillera... il demandera à boire... vous lui donnerez ça...

— Compris!... Et s'il demande ce que c'est?

— Vous n'aurez qu'à dire la vérité. C'est une tisane calmante; le malheureux souffre énormément de son entorse, et cela lui fera du bien, en attendant le médecin que je vais chercher à Florence...

« A propos, combien y a-t-il d'ici à la ville?

— Deux heures au plus, signor, avec un bon cheval.

— C'est parfait ! J'ai là le cheval de la carriole, qui n'a rien eu, Dieu merci ! Mettons qu'avec lui je mette trois heures; comme je trouverai certainement à Florence une bonne voiture et des chevaux fringants pour ramener le médecin, je serai ici avant la nuit...

Le monstrueux stratagème de Karl Brander ne réussit que trop bien... comme aussi l'abominable délation qu'il était allé faire à Méphistophélès.

Décidément, le vil espion et le sombre politicien étaient deux âmes maudites bien faites pour se comprendre.

Nous avons vu comment l'étudiant policier avait fini, à force d'insistance, par être reçu du prince.

Il lui raconta la genèse des événements qu'il avait suivis de près à Strasbourg, le départ de Valentin, de Siébel et des autres, apprenant ainsi à Méphistophélès une foule de détails sur lesquels ce dernier n'était pas fixé. Le nouveau prince souverain, qui était arrivé, par les moyens que l'on connaît, à réprimer la révolution dans ses États, fut dès lors convaincu que si ses sujets restaient plus ou moins tranquilles, il y avait toujours un noyau de conspirateurs étrangers, des Alsaciens, des Français, par conséquent, qui menaçaient de saper les bases de son pouvoir.

Ils n'étaient peut-être ni bien nombreux ni très redoutables, mais ils pouvaient toujours tenter un coup de main, sûrs, en cas de besoin, d'avoir l'appui tacite du roi de France, assez disposé à faire valoir ses droits éventuels sur le duché de Toscane.

La politique de Méphisto avait une double face ; auprès de ses propres sujets, agir par la ruse, l'astuce, en semant la zizanie, en soufflant la discorde parmi les partisans de la révolution... C'était fait... Gioritto, bien que libre, en était la victime... nous l'avons vu.

Mais vis-à-vis des puissances étrangères, disposées à intervenir dans les affaires de la Toscane, et, en particulier, à l'égard de cette France qu'il haïssait, sa tactique était toute différente.

Les actes d'audace, les coups de force pouvaient seuls entretenir son prestige et lui conserver ce pouvoir conquis... usurpé... mais où il entendait bien se maintenir envers et contre tous.

Il écouta les révélations de Karl Brander, et quand celui-ci eut fini, il s'écria, en se levant de son siège :

— Oui ! je porterai la torche dans ce guêpier... et si la France me demande des comptes... je saurai lui répondre... avec des têtes coupées !

Pour l'instant, il voyait deux choses à faire, après l'entretien qu'il venait d'avoir avec l'espion...

D'abord s'emparer de Frantz Holbach dans la maison où il se trouvait depuis son accident...

Il connaissait les prouesses merveilleuses du jeune Alsacien à Campi et à la Péja... C'était une raison de plus pour qu'il s'assurât, sans délai, de la personne d'un aussi dangereux conspirateur...

Il fit partir une escouade d'hommes sûrs, l'élite de sa garde, munis d'instructions spéciales...

Un autre corps devait se diriger sur la frontière, et faire le siège de l'*Albergo* où le malheureux potestat Wagner était retenu prisonnier. L'hôtellerie célèbre de la *Fornarina* se trouvait hors des limites de la Toscane, en territoire contesté, mais cela importait peu !... Ce coup de main, au contraire, ne pouvait que faciliter cette rectification de frontière dont il avait menacé l'ambassadeur de Ferrare.

Quand les soldats arrivèrent à la maisonnette où Frantz Holbach s'était arrêté, ils trouvèrent le géant qui dormait du plus profond sommeil, grâce à la décoction de pavots que son hôte lui avait fait boire, à l'instigation de Karl Brander.

Les lâches pygmées qui étaient venus entourer sans bruit le géant, pendant son sommeil, l'attachèrent, l'amarrèrent serait plus juste... avec des cordages comme ceux qui servent, sur les quais de l'Arno, à fixer les navires aux anneaux de fer scellés dans la pierre.

C'est en cet attirail qu'on le porta jusqu'à une charrette que les soldats avaient emmenée avec eux.

Le colosse ainsi réduit à l'impuissance, pour le cas où il viendrait à sortir de son pesant sommeil, fut conduit à Florence... on devine où.

Quand il se réveilla, la tête alourdie, il promena autour de lui des regards étonnés... Il se trouvait dans une cellule froide et noire.

— Ah çà ! — fit-il, — est-ce que je rêve ?... Trahison !

IV

FLEURS FUNÉRAIRES

EN quittant Méphistophélès, la duchesse Nathalie s'était dirigée vers son gracieux jardin des roses, qu'elle n'avait pas eu le loisir de visiter depuis longtemps, au milieu de tous les événements qui venaient de se succéder.

Elle était pleine de ces pensées amoureuses, ou plutôt, car il ne faut pas profaner ce mot, son cerveau de Messaline en délire était obsédé par des images passionnées de plaisir et de débauche.

Les roses, emblèmes de volupté, remplaceraient désormais pour elle les jouissances du pouvoir dont l'évinçait le sombre et malfaisant complice qu'elle avait eu l'imprudence d'associer à sa destinée... de hisser au rang suprême, le vil bandit!...

Ce gracieux et ravissant parterre était situé, on se le rappelle, dans la partie la plus reculée du parc, près du fameux *buen-retiro* dont l'exquise architecture et le superbe mobilier, d'un luxe si raffiné et si confortable, cachaient l'horreur de l'*in-pace*... tombeau des secrets... secrets de la politique ou de la débauche de Nathalie Borghès, duchesse, courtisane et vampire.

Son cher jardin des roses... et son cher jardinier aussi, avec quel trouble charmant elle volait vers l'un et vers l'autre, à travers les allées sablonneuses du grand parc, dédaignant les orgueilleux ombrages, les chênes altiers... fuyant la royauté pour se ruer au plaisir...

L'heure y invitait, comme l'atmosphère d'une sérénité idéale... Une brise tiède et molle courait, ainsi qu'un langoureux soupir, dans le crépuscule tiède et doux...

Le ciel, où montait une buée vaporeuse et molle, était ouaté de petits nuages floconneux qui semblaient des pétales de roses effeuillées sur l'azur mourant de la voûte immense, où déjà clignotaient de pâles lueurs.

Splendeurs d'un coucher de soleil en Italie, préludes d'une nuit d'amour...

Mais, soudain, Nathalie s'arrête...

Une stupeur indicible la cloue au sol...

— Est-ce un rêve?... mais non!... là... là... où étaient les roses!...

Ses yeux se dilatent... son regard fixe, contemple, hagard, épouvanté, ce coin de terre qui fut son jardin des roses.

Le macabre invocateur des symboles mortuaires entrainait Nathalie Borghès. (Page 1259.)

— Ciel ! est-ce possible ?... Mais qui donc... a pu faire cela ?...

Un rire sec, tout d'un coup, a vibré derrière elle, et une voix qu'elle connaît bien, lentement, articule :

— Moi, madame !... C'est moi... qui ai pu... c'est moi qui ai voulu faire ça... Je l'ai fait faire, du moins, car je ne suis pas jardinier... ce que je regrette profondément, veuillez bien le croire !...

Et, sur ces derniers mots, Méphistophélès, avec une ironique galanterie, s'incline devant l'Altesse... qui n'est plus souveraine.

Puis il lui prend la main qu'elle n'ose refuser, et il lui dit :

— Si vous le voulez, madame, je vais vous guider à travers ce parterre qui vous semble nouveau et où vous aviez peur de vous égarer, si j'en crois votre hésitation de tout à l'heure.

Il entraîna la duchesse tremblante, non plus devant le mystère, l'inconnu, comme il y a un instant, quand elle était bien près, en son âme superstitieuse d'Italienne, de croire à quelque sortilège, mais épouvantée pour la première fois devant l'arrogance haineuse et froide de cet homme...

Oui... c'était lui... qui avait osé faire cela... et il oserait faire encore... bien autre chose... elle le devinait...

Rien ne l'arrêterait plus... rien désormais ne pourrait mettre obstacle à son ambition effrénée... diabolique.

Le démon qu'elle avait déchaîné ferait d'elle sa proie. Elle le suivait, docile, sans volonté, n'osant retirer sa main de l'emprise qu'il exerçait, moins par la force brutale que par une sorte de fascination qu'il dégageait, ainsi qu'un mystérieux fluide.

Tout en marchant, le satanique personnage lui désignait les plates-bandes et les massifs du parterre, s'arrêtant parfois, pour lui faire remarquer un détail, sur lequel il insistait, d'une façon sarcastique... macabre...

— Comment, madame, vous ne me complimentez pas sur mon horti-culture, vous qui, cependant, devez vous y connaître?

« Vous n'admirez pas le goût qui a présidé au choix des variétés, et l'arrangement savant des plantations!...

« Des roses, toujours des roses, rien que des roses... c'était monotone, à la fin, et fastidieux. L'uniformité engendre l'ennui, et je m'étonne qu'une femme comme vous, toute pleine de fantaisie et portée aux changements que le caprice suggère, vous ne vous soyez pas lassée, à la fin, de toutes ces roses.

« Il a fallu que ce soit moi qui vienne égayer votre petit jardin réservé, par un peu d'imprévu et par une heureuse diversité de floraison !

« Tenez, voici des cinéraires, aux feuilles cendrées, un nom symbolique; le mercredi des Cendres du règne végétal... *Memento quia pulvis es...*

« Et là, ces immortelles ! Elles ne se fanent point, celles-là, comme vos roses !...

« Regardez donc ces pâles asphodèles. Les anciens prétendaient qu'il en poussait sur les bords de l'Achéron et du Styx où les âmes en peine, attendant Caron, le nautonier des morts, cueillaient ces fleurs blêmes, pour en faire des guirlandes...

« J'en passe... dont je ne connais pas les noms, mais que vous pouvez admirer, tout de même. C'est ce que la nature fait de mieux... dans les cimetières... le triomphe de la flore funéraire...

Maintenant les pénombres rêveuses du crépuscule avaient fait place aux ténèbres de la nuit... La lune montait sur l'horizon, versant sur ce parterre funèbre la coulée de sa lumière froide...

Et ses rayons passant entre les feuilles des arbres se découpaient en lames d'argent...

Nathalie Borghès était très pâle...

Pâle comme les asphodèles du royaume des trépassés... pâle comme l'astre des nuits qui éclaire les tombeaux...

Et l'on eût dit que son opulente chevelure était fleurie de cinéraires... les *vergiss mein nicht* de la mort.

Méphistophélès l'entraînait toujours à travers le parterre funéraire, et de ses lèvres tombait toujours le sarcasme sépulcral.

— Vous apprécierez également, comme il le mérite, l'art avec lequel ce joyeux horticulteur a su agencer les plantes ravissantes répandues ici à profusion...

« Là, voyez, il a dessiné une croix... plus loin, une tête de mort... on dirait qu'elle va parler !... Et ces tibias croisés, ne sont-ils pas d'une ressemblance frappante ?...

Mais la promenade funèbre touchait sans doute à sa fin. Le macabre invocateur des symboles mortuaires entraînait Nathalie Borghès vers certain petit pavillon retiré, qui était également, ce soir-là, le but de sa promenade.

— Après avoir vu le jardin, vous tenez, j'en suis sûr, à voir le jardinier ? — fit en ricanant Méphisto, qui savait tout prévoir ou tout deviner.

Il ajouta :

— Car vous étiez venue, avouez-le, aussi bien pour l'un que pour l'autre. Eh bien ! madame, votre double désir va être satisfait.

Sur ces mots, il la poussa dans le fameux *buen retiro* où certains étaient entrés déjà, qui n'en étaient plus sortis... jamais !...

L'idole indienne, au visage terrifiant comme les supplices de l'Asie lointaine et féroce, trônait toujours dans le sanctuaire luxueux de la débauche et du crime...

Une veilleuse qui brûlait lentement dans un globe d'albâtre jetait sur cette scène une lueur spectrale...

Nathalie avait pu dégager sa main de l'étreinte de Méphistophélès, et, cessant de subir l'espèce de magnétisme qu'il exerçait sur elle, l'astucieuse créature commençait à se ressaisir.

Cette reprise de possession d'elle-même se manifesta par un détail qui n'échappa point à la perspicacité, toujours en éveil, du machiavélique politicien.

La duchesse, méfiante, s'était mise en sûreté... S'éloignant du socle de la divinité hindoue, Nathalie Borghès avait eu soin de se placer de façon à éviter une chute fatale, dans le cas où Méphistophélès aurait fait jouer le ressort... complice de la perfide souveraine.

— Ne craignez rien, madame ! — fit-il. — Je ne serai pas assez ingénu pour vous supprimer de la sorte. Vous me connaissez assez pour savoir que je ne laisse rien au hasard, quand il m'arrive de jouer avec la destinée. Je n'ignore pas que vous avez sur vous les clefs de la porte de fer par où l'on peut faire disparaître les cadavres qui ont fini de moisir dans l'*in pace*. Et rien ne vous serait plus facile que d'en sortir vivante... bien vivante comme vous êtes actuellement, Dieu merci !...

« Comme le bon Dieu, — permettez qu'une fois, en passant, je lui ressemble, — je ne désire pas la mort du pécheur... ou de la pécheresse...

« Mais un avertissement salutaire n'est jamais à dédaigner...

« Voyez... madame !...

La trappe s'ouvrit...

Méphistophélès projeta dans les profondeurs sombres du caveau la lumière d'une lanterne sourde qu'il venait d'allumer, et dont l'éclat, rayant les ténèbres de la fosse, mit en fuite une hideuse légion de rongeurs affreux et d'horribles reptiles, que cette clarté soudaine et inattendue venait troubler dans leur épouvantable besogne.

Glacée d'effroi, Nathalie Borghès avait reculé...

Méphisto la prit par la main et la força à s'avancer sur le bord du trou béant...

— Regardez, madame ! — fit-il. — Mais regardez donc. C'est le complément indispensable de votre promenade sentimentale, au clair de la lune, dans les sentiers remplis d'ivresse et bordés de fleurs funéraires...

« Ne vous avais-je pas dit qu'après le jardin je vous ferais voir le jardinier !

« Eh bien !... le jardinier... le voilà !... Mais reconnaissez-le donc !... Dites-moi que c'est lui !... que je ne me suis pas trompé...

La duchesse restait là, sur le bord de l'*in pace*, muette d'horreur... Au-dessous d'elle, un cadavre aux yeux vides, aux lèvres retroussées par un dernier rictus, semblait lui dire de venir goûter dans ses bras les délices de l'éternel sommeil...

La volupté est sœur de la mort... l'abîme attire... et le vertige enivre comme le capiteux parfum des fleurs vénéneuses.

Nathalie Borghès, dans ce corps à demi rongé par les hôtes grouillants de la crypte humide, venait de reconnaître le jardinier des Roses...

Impitoyable comme l'enfer et froid comme la tombe, Méphistophélès poursuivit :

— Vous souvient-il, madame, qu'un jour je revenais des rudes combats que j'avais entrepris pour sauver votre couronne... par l'astuce et la ruse, puisque, hélas !... nous n'étions pas les plus forts ?

« Je ramenais céans, un prisonnier dont la capture avait coûté bien des efforts à mon énergie, bien des ruses à mon cerveau fertile et, aussi, quoique la chose ait moins d'importance, bien du sang aux soldats de l'armée toscane.

« Enfin, j'étais parvenu à m'emparer du champion de la France...
le lieutenant Roger était entre mes mains...

« J'arrive et je vous trouve, vous, entre les bras... de qui... d'un rustre...
d'un être infime... celui qui était pour tout le monde le jardinier des
Roses... et pour vous...

« Ah !... je n'ai pas besoin de le dire, n'est-ce pas ?... Et je n'ai pas
besoin d'ajouter non plus qu'à partir de ce moment-là, son arrêt de mort
était prononcé !...

« Madame !... si vous croyez au ciel... ou à l'enfer... ou au purgatoire
où les âmes des hommes expient leurs passagères faiblesses, dites un *De
Profondis*, s'il vous plaît, pour le repos de l'âme du jardinier des
Roses...

L'obscure dévotion qui chante aux cœurs des folles courtisanes l'éternel cantique qui a bercé leur enfance de petites filles... la superstition ou
la foi agenouillèrent Nathalie Borghès sur le bord de l'effroyable *in pace*.

Et quand elle eut terminé sa prière, la trappe s'était refermée...

On eût dit que c'était un effroyable cauchemar qui venait de prendre
fin... Méphistophélès releva la mélancolique altesse.

— Vous avez pu voir, madame, que le nouveau prince souverain de
Toscane n'était pas homme à jouer les Andréas Borghès !... Je peux vous
être odieux, à vous, et à d'autres, mais je ne veux pas être ridicule !

Nathalie, à présent, regardait son ancien complice, son maître actuel,
avec des regards tout chargés des fauves éclairs de sa sauvage fureur.

La révolte venait, chez la femme qui survivait en elle, à la souveraine dépossédée... Une reine peut être détrônée, une femme conserve
toujours sa couronne... amour ou passion... les sens ou le cœur... qu'importe !... L'éternel féminin restera toujours debout.

— Vous avez bien tardé, — fit-elle, — à me montrer les sauvages effets
de votre lâche et tardive vengeance.

— J'aurais été bien naïf, madame, de venir vous dire : « Je viens
d'enfermer votre jardinier des Roses dans l'*in-pace*, dont vous seule avez
la clef. Allez donc le délivrer, je vous prie, comme vous l'avez fait
naguère, pour ce jeune et... sympathique assassin qui, après avoir poignardé votre auguste époux, a essayé de me faire subir le même sort !...

— Misérable !... vil bandit !... serpent que j'ai réchauffé dans mon
sein !... Méphistophélès, souviens-toi de Pistoïa et de nos premières
amours !

— En vérité, madame, le moment est bien mal choisi et l'occasion
étrangement déplacée pour évoquer ces tendres réminiscences !

— Souviens-toi, Méphisto, que je fus mère... En moi j'ai senti parler
la voix du sang !...

— Je l'étoufferai, cette voix, comme toutes les autres qui oseront
s'élever dans cette Toscane où moi, seul, aurai le droit de parler... et de
commander.

« Car je suis le maître unique !... je le suis !... je veux l'être !...

« Malheur à qui se mettra en travers de mon chemin, fût-il de ma chair, de mon sang... je le briserai comme je brise cette fleur... française...

Un lys dans le parc, très blanc et très droit, dressait sa tige superbe...

Méphistophélès, de son geste saccadé, voulut décapiter la plante orgueilleuse et sans tâche...

La tige, en résistant, lui cingla la main...

Il se mit à saigner...

— Faites attention, monsieur, — fit Nathalie Borghès; — on dit, en France, que ça porte malheur de toucher aux fleurs de lys!...

V

AU FIL DE L'EAU

LE petit Georges, jeune burgrave, mais enfant terrible à tous les points de vue, après ses démêlés avec Karl Brander et sa collision avec dame Marthe Schwerdein, — cet âge est sans pitié! — s'était dirigé vers le Rhin.

Là, il avait sauté dans une barque amarrée au rivage, et, dénouant la corde qui la retenait, il s'était laissé aller au courant.

Si quelqu'un, à ce moment-là, lui avait demandé où il allait, le précoce révolutionnaire eût été bien embarrassé pour répondre, ou plutôt, il eût avoué, sans la moindre difficulté, qu'il ne savait pas où il allait, et d'ailleurs, il n'en avait nul souci.

Comme dans les *Fugitifs*, il était en marche vers n'importe où... pourvu que ce fût autre part que là où il avait connu la servitude scolaire.

Son but, qui était celui de tous les évadés, s'appelait la liberté. Maintenant, il en respirait l'air vivifiant... son esprit se sentait à l'aise dans cet espace sans limites dont aucun pédant de collège ne venait rétrécir pour lui l'horizon limpide.

Le ciel bleu, les verts coteaux, et le grand fleuve majestueux qui coulait l'emportant sur ses flots transparents, c'était là, pour l'instant, tout ce qu'il fallait à Georges!

Non pas que le fils du burgrave fût doué d'une âme poétique et rêveuse, mais son exubérante vitalité le portait à ne pas plus redouter l'avenir qu'à regretter le passé.

Cette barque qui dérivait sur le fleuve finirait bien par atterrir dans quelque endroit, et, dans ce lieu quel qu'il fût, il trouverait à boire et à manger, car il y a des villages échelonnés sur les deux rives dans ce pays d'abondance; l'essentiel était, pour lui, de ne plus tomber entre les pattes d'un nouveau Karl Brander! Aussi, pour éviter pareille catastrophe, était-il bien résolu à ne plus remettre les pieds chez son ci-devant charbonnier de père.

La fortune, qui sourit toujours aux audacieux, vint, de la façon la plus imprévue, favoriser les projets d'indépendance du jeune burgrave en rupture de collège.

— Ohé! du bateau... ohé!...

Ce cri était poussé par des gens qui se trouvaient dans une embarcation venant de la rive du Rhin opposée à celle où s'élève la capitale de l'Alsace.

Georges ne se dérangea pas; il continua à rester couché dans le fond de son esquif, qui s'en allait toujours à la dérive, suivant les caprices du courant.

Cette façon de naviguer ne devait pas avoir le don de plaire aux voyageurs qui se trouvaient dans le bateau venant de la Forêt-Noire, car ils firent à ce sujet force réflexions désobligeantes, accompagnées de cris et d'objurgations qui n'étaient rien moins qu'approbatives.

— Si c'est permis de flotter comme un bouchon...

— Il n'a donc ni rames ni gouvernail...

— Il est ivre-mort....

— Ou bien c'est quelque filou qui aura volé ce bateau pour se sauver plus vite.

— On dirait qu'il le fait exprès pour nous aborder!

— Hé! là-bas, attention, espèce d'animal. Si tu nous cognes nous te cognerons... tu peux t'y attendre.

Le fils de maître Pétrus ne modifia point la marche incohérente de sa nacelle... Comment aurait-il pu le faire? Il n'avait pas eu le temps d'aller emprunter à son propriétaire les accessoires indispensables.

Aussi, la collision que les autres redoutaient finit-elle par se produire; elle ne fut pas bien redoutable, mais les gens du bateau abordé, furieux, sautèrent sur l'embarcation qui venait de les heurter, pour donner au nautonier qui gouvernait si mal, ou plutôt qui ne gouvernait pas du tout, la leçon dont ils l'avaient menacé.

Mais voilà que, soudain, toute cette colère tombe dans de joyeuses exclamations; toutes pleines d'une cordialité exubérante et sincère.

— Tiens!... Georges!...

— Que diable fais-tu là!...

— Il fallait que ça soit toi aussi, satané petit burgrave, pour naviguer sur le Rhin d'une façon aussi indépendante!

Et Georges, littéralement enlevé, passait successivement par les bras de Ludwig Frosch et de son inséparable Heinrich, pour tomber finalement dans le bras unique de Gottfried le Manchot.

Et tandis que les goliards embrassaient à qui mieux mieux le jeune fugitif qu'ils avaient pris dans leur embarcation, le bateau que Georges venait de quitter s'en allait, tout à fait et définitivement cette fois, à la dérive.

— Si son propriétaire le revoit jamais, ce sera dans un rêve ! — fit, en manière d'adieu, — l'incorrigible enfant.

Cependant les autres l'interrogeaient sur les aventures qui l'avaient amené à errer ainsi sur le Rhin, au gré des flots.

Georges n'avait rien à cacher ; il raconta aux amis qu'un heureux hasard lui faisait retrouver, ses démêlés avec Karl Brander.

— Cela ne m'étonne pas ! — fit Ludwig. — Cet individu-là ne m'est jamais revenu ; il était faux comme un dé pipé...

— Jamais je ne l'ai vu regarder quelqu'un en face ! — fit à son tour l'honnête et loyal Gottfried. — Il pouvait, peut-être, avoir tout plein de science, ça, je ne peux rien dire, vu que je ne m'y connais pas, mais j'ai toujours eu dans l'idée qu'il ferait plutôt un bon espion qu'un brave soldat.

— Vous avez raison, Gottfried ! — approuva Ludwig. — Ce Karl était déjà suspect aux camarades, pour une foule de raisons, sans qu'il y eût rien de bien précis, ce qui a toujours empêché qu'il ne fût, comme on dit, exécuté. Quant à la science, j'estime qu'il étudiait toujours bien plus les ordonnances de la police que les doctorales leçons des maîtres.

Et, à l'appui de ce qu'il venait de dire, Ludwig Frosch cita diverses anecdotes qui lui revenaient à la mémoire, et qui n'étaient certes pas à l'honneur du nommé Karl Brander.

— Ce n'était, sans doute, pas pour rien, — fit-il, en manière de conclusion, — que le louche personnage s'était logé tout proche de l'hôtel du lieutenant de police.

— D'autant plus, — ajouta cet enfant terrible de Georges, — que son taudis communiquait avec un escalier dérobé qui donnait accès aux bureaux de la lieutenance !...

— Voyez-vous ça ! — s'écria Ludwig. — Jamais il ne s'en était vanté.

— L'ignoble mouchard ! — fit Gottfried avec sa rude franchise de vieux soldat.

Heinrich, qui n'avait pas parlé jusqu'ici, donna le coup de grâce au coutumace Karl Brander, déjà si sévèrement, mais si justement « exécuté » par Ludwig Frosch.

— Et puis, — déclara-t-il, comme si c'était là, à ses yeux, le pire de tous les griefs, — il ne payait jamais à boire aux camarades. Par contre, il acceptait volontiers de se faire régaler.

— Moi, je l'ai régalé de la belle façon ! — dit le petit Georges. — Tout le monde sait que c'est un filou, un voleur, un espion, un mouchard, un propre à rien...

L'écolier fugitif parlait avec un feu, une animation, qui montraient

Ludwig Frosch se fit charlatan et vendit dans les carrefours de merveilleuses panacées.
(Page 1270.)

bien jusqu'à quel point le personnage en cause était peu dans ses bonnes grâces. Et il ajouta :

— Sans compter que je lui ai pris sa toque. Ça lui apprendra !

Cette dépouille opime, ce trophée de guerre dont le petit Georges tirait honneur et gloire, occasionna chez ses compagnons de route un accès de franche gaîté. La vengeance, pour être enfantine, n'en était que plus drôle, et les goliards rirent de bon cœur à la pensée de Karl, courant après son couvre-chef et essayant de le disputer à son vainqueur, avec toute l'énergie du désespoir.

— *Gaudeamus!* — s'écria Heinrich mis en joie par la farce vindicative de Georges, — tu as bien gagné cette toque, garde-la et fais comme moi...

Et il fit sauter la sienne en l'air, suivant une habitude dont il n'avait jamais pu se défaire. Mais il n'était plus au Gambrinus ou sur le pavé de Strasbourg... Sa coiffure alla retomber sur le Rhin qui l'aurait emportée comme il l'avait fait, tout à l'heure, de la nacelle de Georges, si l'on n'avait stoppé...

Tandis qu'on rattrapait, avec un aviron, la toque de cet incorrigible étourdi, le petit fugitif se mit à froncer le sourcil, et, regardant ses compagnons de route, leur dit, d'un air qui indiquait tout autre chose que de la satisfaction.

— Mais... où me menez-vous?...

— Nous rentrons à Strasbourg! — répondit le manchot, — et, tu sais, ce n'est pas pour notre plaisir...

— Ce n'est pas pour le mien non plus! — fit Georges qui avait réponse à tout...

Et il ajouta :

— Si c'était pour ça, vous auriez bien pu me laisser sur mon bateau. La rivière, elle, me menait bien quelque part, je ne sais plus où, mais, dans tous les cas, ce n'était pas à Strasbourg!...

« Ah! mais non!... je ne veux pas y revenir!... Jamais de la vie!.., Pour retomber entre les griffes de Karl et sous la férule de mes professeurs!... Jamais de la vie!...

— C'est vrai! — fit Ludwig Frosch qui était devenu pensif. — Tu as trop bien gagné ta liberté, mon cher enfant, pour que nous allions de gaîté de cœur te remettre dans cette captivité que tu exècres.

« Seulement, voilà... comment faire?...

« Nous autres, nous étions partis pour essayer de retrouver dans la Forêt-Noire les traces de Marguerite. Nous espérions y réussir, grâce au burgrave ton père, mais cette dernière planche de salut nous a fait défaut, elle aussi, à son tour; on s'est découragé; tout le monde s'est dit que Marguerite, seule, sans appui, sans ressources, avait dû périr au milieu des rigueurs de ce cruel hiver, dans les mystérieuses profondeurs de la Forêt-Noire.

« Les camarades qui nous avaient accompagnés se sont dispersés de côté et d'autre, soit pour rentrer dans leurs familles qui habitent les bords du Rhin, soit pour courir le pays au gré de leur caprice.

« Nous trois, nous ne voulions pas nous séparer, et nous avons pensé que le plus sage était de rentrer à Strasbourg, pour rendre compte à cette pauvre Mme Roger du résultat malheureusement infructueux de nos recherches.

Toujours imperturbable, Georges répondit :

— Si votre résultat a été infructueux, comme vous dites, c'est que vous n'avez pas bien cherché, voilà tout.

« Et puis, sauf le respect que je lui dois, mon père n'est pas précisément l'homme qui pouvait vous donner des renseignements exacts. A tort ou à raison, il veut faire oublier qu'il a été charbonnier avant d'être burgrave; il tient à ce que le peuple croie toujours à un tas de miracles, à la nuit de Noël et au petit Jésus qui vient apporter des louis d'or dans les chaumières où il y a de pauvres enfants bien sages.

« Non !... je ne crois plus à toutes ces balivernes, Dieu merci !... Mais j'ai de bons yeux ; je sais voir... je crois avoir de la jugeotte, et si j'ai encore de petites jambes, je peux vous certifier qu'elles ne craignent pas la marche.

« D'abord, je ne reviens pas à Strasbourg. Ça jamais... vous m'entendez... et pour rien au monde ! Je me jetterais plutôt à la rivière et je gagnerais l'autre bord à la nage !... Si je me noie en route, tant pis pour vous !...

Cette énergie précoce, l'accent de détermination farouche avec lequel il s'exprimait, son air résolu firent réfléchir Ludwig Frosch qui, nous le savons, était déjà assailli par des scrupules à la pensée que, par sa faute, le petit Georges risquait de retomber dans sa captivité scolaire, où pédants et gardes-chiourme lui feraient expier durement sa tentative d'évasion et ses velléités d'indépendance.

Le bateau s'était arrêté... On était juste devant la vieille ville universitaire dont les clochers et les toits pointus semblaient des dents menaçantes prêtes à happer leur proie.

Ludwig s'était dit qu'il ne livrerait pas le fils de l'ancien charbonnier au Minotaure... mais cette solution, — purement négative, — n'en était pas une. D'autre part, il ne pouvait ramener le jeune fugitif à ses parents, car Georges avait déclaré, de la façon la plus péremptoire, qu'il ne voulait pour rien au monde revenir chez son père, parce que le vénérable burgrave le ferait *illico* reconduire au collège, c'est-à-dire en prison.

Il fallait encore moins songer à déposer l'enfant sur un point quelconque du rivage, où il se tirerait d'affaire, tout seul, comme il le pourrait. La situation, comme on le voit, était bien embarrassante.

Ce fut Georges qui décida, toujours volontaire... impératif :

— Moi, j'ai toujours dans l'idée, — fit-il, — que Marguerite vit encore. Je sais l'endroit où elle s'était retirée ; on y était à l'abri du froid. Qui est-ce qui dit qu'une fois les beaux jours arrivés, elle n'aura pas pu sortir de là, tranquillement, pour aller se réfugier, de l'autre côté de la Forêt-Noire, dans des endroits moins sauvages ?

« Le val d'Enfer est à peu près impossible à traverser pendant l'hiver, à cause de la neige qui y est amoncelée par le vent ; mais dans la belle saison, ce n'est plus la même chose. Même à pied, on peut aller dans des villages très peuplés qui se trouvent dans cette partie du Schwartzwald... Et là, elle aura peut-être été recueillie par des braves gens... Enfin, moi, je vais aller la chercher, quand ça ne serait que pour montrer à papa que je ne crois pas... aux revenants de la nuit de Noël.

Gottfried-le-Manchot fut le premier à approuver ces paroles que Georges prononçait avec son ardeur juvénile.

— Au fait, — dit-il, — il n'y a rien d'impossible à ça ! Tous ceux qui habitent sur les bords du val d'Enfer ne tombent pas forcément dedans, comme dans un trou.

« D'ailleurs, j'ai toujours remarqué, à la guerre, que c'étaient ceux qui se trouvaient dans les endroits les plus périlleux qui avaient le moins de chances d'être tués.

« Et puis, comme dit cet autre, la vérité sort de la bouche des enfants. Moi, je vais suivre le petit, pour que personne ne lui fasse de mal en route...

— *Gaudeamus !* — s'écria Heinrich. — Je demande à faire partie de l'escorte. On dit que de l'autre côté du val d'Enfer, c'est un vrai pays de cocagne et que les gens y sont très hospitaliers.

Il allait jeter encore sa toque en l'air, mais son camarade Ludwig l'en empêcha en lui montrant que le Rhin, en cet endroit, avait un courant très violent, à tel point que le bateau, n'étant plus dirigé par ses avirons, avait, comme de lui-même, viré de bord. L'avant regardait maintenant la Forêt-Noire.

VI

LES CENTAURES

LE sort en a décidé ! — s'écria Ludwig Frosch ; — allons essayer, encore une fois, de retrouver les traces de Marguerite, et, maintenant, à la grâce de Dieu !...

Bientôt, ils débarquèrent sur la lisière du ténébreux Schwartzwald.

Georges dirigeait ses compagnons à travers le dédale de la sombre forêt dont tous les détours lui étaient familiers. Il avait tant vagabondé dans le bois, quand il n'était que l'enfant d'un pauvre charbonnier, avant de devenir l'héritier d'un riche châtelain ! C'est ainsi qu'il put mener sans trop de peine les trois goliards jusqu'à la carrière abandonnée, qui pendant le rude hiver avait donné asile à Marguerite.

Le réduit où la pauvre martyre s'était réfugiée portait encore des marques visibles de son passage... des cendres... quelques ustensiles... des débris d'étoffe. Mais ils eurent beau explorer le souterrain, ils ne trouvèrent point son corps : en supposant qu'elle fût morte, elle avait dû périr ailleurs.

Mais où?... Il n'y avait dans cette hypothèse qu'une solution d'admissible... celle de maître Pétrus qui assurait que la folle avait dû tomber dans le précipice par l'ouverture béante qui se trouve tout au bout de la galerie.

Georges était de première force en gymnastique et ses trois compagnons n'étaient pas moins lestes, même Gottfried, bien qu'il fût manchot.

— Ce n'est pas la graisse qui me gêne ! — fit le vieux soldat en se glissant, à son tour, avec une merveilleuse souplesse, par l'issue qui surplombait l'abîme.

Ludwig et Heinrich, ainsi que le petit burgrave, l'avaient précédé par cette voie. Les aspérités du roc, les maigres arbustes qui poussaient dans les fentes de la pierre leur servirent d'échelle. C'est ainsi qu'ils descendirent, au risque de se rompre vingt fois le cou.

Une fois arrivés dans le fond du gouffre, ils explorèrent le sol aux alentours, avec un soin infini. Si un être humain était tombé là, son cadavre devait s'y trouver encore à demi dévoré par les corbeaux et les vautours, car personne ne passait jamais dans ces lieux remplis d'horreur.

L'espoir renaissait dans l'âme de nos goliards... L'inutilité de leurs recherches sur ce point faisait présumer que Marguerite, sur le bord de l'abîme, avait dû être sauvée par quelque intervention inexpliquée, mais certaine.

Au prix de peines infinies, et en courant les plus grands dangers, c'est vrai, ils étaient descendus de la carrière abandonnée jusque dans le val d'Enfer. D'autres avaient pu faire le même chemin en sens inverse et aller dégager Marguerite.

Quels étaient ces miraculeux sauveurs ?... Cela restait un mystère pour eux... un mystère qu'ils ne désespéraient pas d'éclaircir.

Du reste, la pensée ne leur venait pas que ceux qui avaient enlevé la pauvre recluse de la carrière souterraine l'eussent fait dans une intention de malfaisance. Aucun de ceux qui avaient témoigné à l'égard de la malheureuse enfant des sentiments mauvais ne se trouvait dans ces parages.

Le diabolique Méphistophélès exerçait son infernal génie dans les affaires politiques de la lointaine Toscane...

Othon-le-Cruel était mort, expiant les crimes de sa tyrannie sanguinaire sous les coups vengeurs de l'âpre destin...

Marguerite n'avait pu être sauvée que par des êtres de bonté et de dévouement... par conséquent des humbles.

C'était parmi ceux-là qu'il fallait chercher. Et justement, avec la belle saison, les parages où se trouvaient nos goliards avaient pris cette vie, cette animation dont les rigueurs de l'hiver suspendent le cours.

On croisait à chaque instant des routiers de toute sorte, vagabonds plus ou moins en règle avec dame justice, irréconciliables adversaires du fisc, tous les contrebandiers, les déserteurs, les faux-sauniers qui ont élu domicile dans le Schwartzwald, comme les oiseaux de tout plumage au milieu de la verte ramure.

Nos compagnons interrogeaient tous ceux qu'ils rencontraient, et leurs questions n'éveillaient aucune méfiance chez tous ces gueux. Les goliards sont, eux aussi, des chemineaux; entre parias, on ne se trahit point!

Mais l'enquête dirigée par Ludwig Frosch et ses camarades n'aboutissait encore à rien... Marguerite restait toujours introuvable.

Ils poussèrent plus loin, quittèrent les défilés du val d'Enfer, se dirigeant vers les lieux habités. Ce furent, d'abord, quelques pauvres villages où ils ne purent recueillir aucun renseignement utile, puis les bourgades assez importantes qui se trouvent sur la lisière de la Forêt-Noire.

Dans l'une d'elles, un charron donna une indication assez vague. Il avait réparé, au printemps, l'essieu brisé d'un chariot appartenant à une troupe de Bohémiens.

Parmi eux, se trouvait une sorte de nain qu'on appelait le gnome, qui était gourmand comme une couleuvre et bavard comme une pie. Il racontait que, parmi les femmes de la tribu, se trouvait une Bohémienne blonde, de la plus merveilleuse beauté, dont les aventures pourraient remplir un livre. Là se bornait ce que le brave homme savait.

Les compagnons poursuivirent leur route, à la recherche du gnome bavard et de sa troupe. Mais, chemin faisant, il fallait vivre, et leurs maigres ressources s'étaient vite épuisées. Aussi furent-ils contraints d'exercer leur état de goliards qui, nous le savons, n'est pas un métier, à ceci près qu'au besoin il les renferme tous.

Chacun mit en œuvre ses petits talents. Bien qu'il fût le garçon le plus honnête et le plus sérieux de la terre, Ludwig Frosch se fit charlatan et vendit dans les carrefours de merveilleuses panacées contre les maux qui affligent l'humanité, orteils trop sensibles ou cheveux trop enclins à tomber. Mais Heinrich faisait de si joyeux boniments que sa gaîté communicative pouvait bien être, après tout, pour quelque chose dans les guérisons opérées. Du reste, l'eau claire des fontaines n'a jamais fait de mal aux gens chauves ni à ceux qui sont affligés de durillons.

Pendant que les deux étudiants extirpaient ainsi, sans douleur, les écus des bourgeois et manants, ceux-ci étaient loin de se douter que le jeune garçon dont l'adresse au trapèze, l'agilité et aussi l'insolence naturelle les émerveillaient, n'était autre que l'héritier présomptif d'un des burgraves les plus vénérés des bords du Rhin.

Quant à l'honnête Gottfried, il vendait aux gens d'armes de la région un procédé pour fourbir les armes et faire reluire les cuirasses et les baudriers; il avait rapporté cela, disait-il, de ses campagnes d'Italie... campagnes légendaires et contrée fabuleuse pour les imaginations placides de ces braves gens. Pour un petit écu, l'astucieux manchot leur enseignait une botte secrète... secret d'Italie, disait-il... secret de Polichinelle à ce que prétendait l'incorrigible Heinrich...

Ce qu'il y a de certain, c'est que tous ceux qui se servaient de cette botte secrète se faisaient toucher immanquablement par ceux qui, méprisant l'escrime italienne et ses fioritures, frappaient droit devant eux. C'était aussi l'avis de Gottfried-le-Manchot, et s'il laissait propager la légende de la botte secrète, c'est qu'il faut bien vivre !...

Et l'on vivait ainsi, tant bien que mal... plutôt mal, à dire vrai, la plupart du temps.

Aux environs de Fribourg-en-Brisgau, ils eurent la mortification de s'entendre dire :

— Ah ! nous avons eu, de passage ici, des artistes bien plus amusants que vous. D'abord, ils étaient plus nombreux, et ils jouaient des pièces, *Geneviève de Brabant* et d'autres encore, où il y avait de quoi rire et de quoi pleurer, à la fois. Sans compter qu'ils avaient un bouffon qu'ils appelaient le gnome, et des bêtes vivantes, deux ours et un singe, plus un jeune faon qui suivait comme son ombre une personne de la troupe, blonde comme les blés mûrs et belle à en rêver. Il paraît qu'elle s'appelait Marguerite...

Tout le monde fut persuadé que les goliards avaient été vexés d'entendre faire l'éloge des artistes qui les avaient précédés, de longue date, dans le pays. Car, là-dessus, ils étaient partis précipitamment... jalousie de métier, sans doute.

La vérité qu'on devine sans peine, c'est que nos compagnons, entendant prononcer le nom de Marguerite et croyant la reconnaître au portrait qu'on en faisait, s'étaient mis, avec plus d'ardeur que jamais, à sa recherche.

A Donaueschingen, où ils arrivèrent, ils purent, grâce à la sentimentale princesse Héloïse de Furstenberg, vérifier cette identité...

Oui ! c'était bien Marguerite... la recluse de la Forêt-Noire... la pauvre folle qui avait été recueillie avec l'enfant auquel elle venait de donner le jour, par une troupe de Bohémiens nomades qui donnaient des représentations de ville en ville.

A partir de ce moment, les goliards se mirent à dévorer l'espace. Maintenant, ils se trouvaient sur une piste qu'il était facile de suivre.

Ils traversent la Suisse hospitalière... les Bohémiens ne s'y sont pas arrêtés... leur troupe a franchi les montagnes qui séparent l'Italie des libres cantons de l'Helvétie républicaine.

Les Alpes n'opposent pas à notre trio de braves Alsaciens une barrière infranchissable. Quand au petit Georges, il est toujours devant eux, en éclaireur...

Dans les fertiles plaines lombardes, ils retrouvent la trace des fameux comédiens du prince de Furstenberg et le souvenir de leurs succès artistiques. D'une cité à l'autre, on peut les suivre sur cette voie triomphale, le nom de Marguerite est sur toutes les lèvres... Marguerite la Bohémienne aux doux yeux d'azur, aux longues tresses d'or...

Dans cette partie de leur voyage, des détails plus précis leur sont donnés, car, plus qu'ailleurs, ces Bohémiens colporteurs d'idéal ont attiré l'attention publique... On raconte que cette Marguerite si divinement belle était comme la fée exquise, le bienfaisant génie de la troupe. Et, de plus, c'était elle qui la guidait. Quand venait le soir, la pauvre folle, ainsi que les uns l'appelaient; la céleste voyante, suivant les autres, levait vers le firmament étoilé ses regards limpides...

Et là, sur la voûte infinie qu'illuminent les clartés astrales, elle cherchait une petite lueur scintillante, vers le sud. Quand elle l'avait trouvée, son geste doux et lent montrait le point du ciel où brillait le phare d'espérance. Et sa voix pure comme le cristal murmurait :

— Là !... C'est là... qu'il faut aller !...

Dociles, les nomades reprenaient leur marche à l'étoile dans la direction indiquée par la voyante... ou la folle...

Le dernier renseignement obtenu par les goliards fut que Marguerite et la troupe de Bohémiens dont elle faisait partie avaient dû passer en Toscane.

Ludwig Frosch, en apprenant cela, devint soucieux... Il savait sous quelle tyrannie atroce le pays était courbé et le souvenir des infernales machinations ourdies par Méphistophélès contre le lieutenant Roger et sa famille se mit, dès lors, à hanter douloureusement son esprit.

Gottfried-le-Manchot fronça le sourcil et grogna entre ses rudes moustaches :

— La pauvre enfant ! aller se jeter, comme cela, dans la gueule du loup, quel malheur !... Ah ! si seulement nous pouvions arriver à temps pour l'arracher à ce monstre... ce satané Méphistophélès qui a traité son père, mon glorieux chef, comme jamais loyal soldat ne traitera un ennemi vaincu et captif. Ah ! der Teuffel !... Diavolo !... Ventre-saint-gris !...

Et là-dessus le brave débris des guerres d'Italie se mit à égrener les litanies furibondes de ses jurons cosmopolites et de ses imprécations polyglottes.

Ce n'était pas pour rien que l'honnête Alsacien avait servi dans la fameuse légion étrangère, levée par le roi de France pour aller mettre à la raison certains tyranneaux italiens !...

Mais c'était un fait acquis, Marguerite et ses Bohémiens devaient être en Toscane. Les dangers qu'elle y courait en faisaient, plus que jamais, à ses généreux défenseurs un impérieux devoir de la retrouver, pour la protéger.

Seulement, il y avait un point qui restait obscur. Par où les nomades étaient-ils passés dans leur marche étoilée... Il y avait plusieurs passages à travers les Apennins conduisant en Toscane ; quel était celui qu'avait pris la troupe de comédiens ?

Ici, la voie triomphale cessait ; on ne pouvait plus suivre les artistes à la trace de leurs succès. Dans ces régions montagneuses et pauvres à peine peuplées de loin en loin, il ne fallait pas songer à donner des représentations théâtrales... Enfants de Bohême ou libres goliards, on restait

Au bout d'un instant, une fenêtre s'ouvrit au premier étage. (Page 1278.)

logé à la même enseigne. Nos compagnons n'avaient qu'un désir, c'était de pénétrer en Toscane le plus vite possible et par n'importe quel chemin.

Les hasards du voyage, l'incertitude qui, à un moment donné, les avait forcés à s'écarter de leur route venaient de les conduire justement sur ce versant des Apennins qui sert de frontière au duché de Ferrare.

Là, un pâtre qu'ils interrogèrent leur indiqua un sentier qui n'était guère fréquenté que par les muletiers ; pour des gens riches, voyageant en pompeux équipage, c'était une voie peu commode et peu sûre, la région, comme toutes les frontières, étant infestée de bandits maltôtiers et autres coupeurs de bourse.

— *Gaudeamus !* — s'écria Heinrich à cette révélation, — le voleur qui me détrousserait serait joliment volé. Mais je bénirais le brigand qui aurait à son côté une gourde bien garnie et qui m'en offrirait de partager fraternellement le contenu.

Mais, tout de même, nos goliards, malgré la pénurie manifeste de leurs ressources, résolurent de se tenir sur leurs gardes, non point qu'ils craignissent d'être dévalisés, mais l'approche du pays rempli de pièges et d'embûches où régnait le fourbe et astucieux Méphistophélès leur recommandait plus que jamais la prudence.

Suivant l'habitude, Georges, aussi leste qu'infatigable, marchait en éclaireur. Ce jeune burgrave d'avant-garde avait pour consigne, dès qu'il verrait quelque chose de suspect, de se replier sur le centre de la troupe formé par Ludwig Frosch et son inséparable Heinrich. L'arrière-garde était formé par Gottfried qui portait sur l'épaule sa longue épée à deux mains, qu'il ne maniait plus que d'une seule, et pour cause, ayant laissé justement son autre bras en Italie.

A la tombée de la nuit, voilà que Georges se mit à rebrousser chemin vivement en se repliant vers le gros de la troupe qui stoppa.

Ludwig interrogea le petit éclaireur qui répondit :

— Il y a de la cavalerie qui charge, à fond de train, dans notre direction.

Il ne se trompait point ; on entendait le galop des chevaux qui dévalaient de la montagne.

Le manchot avait rallié les compagnons. Il brandit sa grande épée en disant dédaigneusement :

— De la cavalerie... Ce n'est que ça !... On va lui montrer ce que c'est que l'infanterie, la reine des batailles !

Mais voilà que devant eux, à un détour du chemin, apparaît, dans la pénombre du crépuscule, la mystérieuse cavalcade...

— Mais... ce sont des chevaux sans cavaliers... des chevaux sauvages... ou échappés ! — s'écrie Ludwig Frosch non sans quelque étonnement.

Georges, qui joignait à ses autres qualités physiques celle d'avoir de véritables yeux de lynx, remarqua, à son tour :

— Je vois cependant, au-devant de leur poitrail, des têtes d'hommes.

— C'est, ma foi, vrai ! — fit le manchot, — on dirait qu'ils sont moitié hommes, moitié chevaux.

— *Gaudeamus !* — clama Heinrich, — nous allons donc combattre les centaures !... Je croyais qu'il n'y en avait que dans la Fable... et il faudrait être Hercule...

— Ou Frantz Holbach... — fit Ludwig.

— Ah ! messire, vous l'avez dit... c'est bien lui ! — gémit un des prétendus centaures qui était venu s'abattre, blanc d'écume, auprès des goliards stupéfaits.

VII

A CHEVAL !

Les autres s'arrêtaient également et des voix plaintives qui sortaient de toutes ces têtes humaines imploraient :

— De grâce, messseigneurs, délivrez-nous !...

Alors, au milieu des ombres de la nuit qui commençait à se faire épaisse, fondant la montagne et le ciel dans une même teinte sombre, nos voyageurs virent quelque chose qui les fit partir tous d'un éclat de rire.

Cette cavalerie étrange était composée de cavaliers solidement ligottés sur leurs montures. Les têtes de ces malheureux, grimaçantes, congestionnées, pendaient de façon lamentable et burlesque à la fois en avant du poitrail des cheveaux, ce qui fait qu'avec la distance, et l'obscurité aidant, on pouvait les comparer aux fameux centaures de la mythologie, hommes par le haut du corps, et chevaux par la croupe.

Mais si grotesque qu'elle fût, leur situation n'en semblait pas moins lamentable aux deux étudiants qui commencèrent à s'apitoyer sur leur sort. Déjà ils commençaient à défaire ces étranges captifs des liens qui les enserraient, lorsque Gottfried-le-Manchot, qui avait reconnu l'uniforme abhorré des reîtres toscans, dit à ses camarades :

— Vous avez vraiment bien de la bonté de reste !...

— Et pourquoi cela, mon ami ? — demanda Ludwig.

— Ne voyez-vous pas qu'ils portent la livrée de la tyrannie ? Qui vous dit que ces mécréants là n'ont pas, au cours de leur peu honorable carrière, joué quelque vilain tour à un de vos amis, M. Valentin, M. Siébel, ou M. Frantz Holbach ?...

Ce dernier nom, pour la seconde fois, produisit, sur ces étranges centaures, une impression qui devait être des plus pénibles ; en effet, l'un de ces Toscans, qui venait d'être délivré par les étudiants, se jeta aux genoux du brave Gottfried, en lui criant, sur le ton de la supplication :

— Grâce, messire !... Nous vous jurons que vous vous trompez ! Nous n'avons rien fait au seigneur Frantz Holbach !

— Non ! nous ne lui avons rien fait !... Au contraire...

— C'est lui qui nous a arrangé de la sorte...

— Et ficelés sur nos chevaux, comme des saucissons de Bologne!

— *Ber Bacco!* quelle poigne!

— Et quelles béquilles!...

Tous les autres, délivrés à leur tour par Ludwig et Henrich, finissaient par joindre leurs voix à ce concert.

Ludwig, tout gaillard qu'il était, possédait une nature sérieuse et réfléchie... et jamais il n'avait été plus loin de songer à la plaisanterie qu'en cet instant où il s'apprêtait à franchir les frontières de la Toscane pour atteindre enfin le but noble et sacré de cette petite, mais si courageuse expédition.

On venait, justement, de perdre les traces de Marguerite et voilà qu'on retrouvait inopinément celles de Frantz Holbach, grâce à des estafiers de Toscane solidement ligottés sur leurs chevaux.

— Ne parlez pas tous à la fois! — leur dit-il. — Maintenant que vous voilà déficelés, veuillez nous expliquer l'origine de votre cavalcade si...

— Anormale! — ajouta Henrich; — car, enfin, du moment que vous n'êtes pas des centaures...

Gottfried haussa les épaules.

— Ce sont des recrues; et ces hommes-là sont si mauvais cavaliers qu'il a fallu sans doute les attacher. Du reste, ils sont sur les terres du duc de Ferrare auquel on pourrait les livrer. On n'a pas le droit de faire une charge de cavalerie...

Ludwig l'arrêta:

— Mon ami, tu vas faire, toi, je vois ça d'ici, une charge à fond de train contre eux, au nom de la suprématie des fantassins. Mais je te prie de laisser parler ces cavaliers qui m'ont l'air d'imputer leur fâcheuse aventure à notre ami Frantz Holbach.

Chaque fois qu'il était prononcé, décidément ce nom produisait un effet irrésistible sur les cavaliers, objets du mépris hautain de Gottfried. En effet, ces infortunés se remettaient à geindre, parlant des horions qu'ils avaient reçus dans une rencontre sans gloire avec un estropié armé de ses béquilles.

Enfin, en mettant un peu d'ordre dans l'interrogatoire, Ludwig put entendre le récit complet de l'accueil que le podestat Wagner et son escorte avaient eu à l'*Albergo de la Fornarina*.

Sans être au courant des plus récents méfaits de l'ancien serviteur de Faust, nos voyageurs le tenaient pour un vil et traîtreux personnage, digne d'être mis sur le même rang que Karl Brander et dame Marthe Schwerdein; aussi se réjouissaient-ils fort à la pensée que leur ami, le doux Hercule, avait mis de dangereux individus dans l'impossibilité de nuire.

En même temps, la pensée que le courageux et loyal Frantz Holbach était si près d'eux les poussait à se hâter, afin de le rejoindre le plus tôt possible. Du reste, à la suite de cette équipée, le tyran qui gouvernait la Toscane enverrait certainement des troupes, en nombre suffisant pour s'emparer d'un homme capable, à lui tout seul, de mettre en déroute un podestat et sa suite.

Leur devoir était de voler auprès de lui,. pour le défendre ou pour assurer sa sécurité par des mesures de prudence que jamais, ils le savaient bien, le bon géant, si droit de caractère, si peu méfiant, ne prendrait si on ne l'y forçait pas.

Mais le chemin était bien long et montait jusqu'à l'*Albergo*, situé tout à fait au sommet du défilé... avec cela, il faisait nuit et la fatigue les gagnait. Que faire?

Ce fut l'incorrigible Heinrich qui trouva une solution... sans le faire exprès.

— Gaudeamus! — s'écria-t-il. — C'est nous qui allons être la cavalerie, à présent!...

Et, en disant cela, il sauta sur un des chevaux appartenant à l'escorte de Wagner.

— Tiens! mais c'est une idée! — déclara Ludwig, — ces bêtes si fatiguées qu'elles soient, nous porteront jusqu'à l'auberge, et du reste, quand même elles seraient les rosses les plus fourbues de la création, elles nous serviraient encore à économiser nos jambes. Allons! Gottfried, mon pauvre ami, il va falloir permuter.

— Hum! — fit le manchot à qui la perspective ne souriait guère. — Enfin... pourvu que je conserve ma fidèle compagne!

Et il montrait sa bonne et longue épée.

— Je crois bien! — répondit Ludwig. — Elle pourra nous être utile, plus tôt que nous ne pensons peut-être!...

Il sembla que cette prévision allait se réaliser sur l'instant.

Les estafiers de Wagner étaient à peine délivrés, que déjà ils songeaient à s'en prendre à leurs généreux libérateurs, auxquels ils reprochaient de leur enlever leurs destriers fougueux.

— Vous n'êtes que des ingrats! — s'écria Ludwig Frosch en haussant les épaules.

Gottfried-le-Manchot, lui, ne dit rien, mais il fit tournoyer son épée, dont le tranchant, dans ce mouvement de rotation, eut le malheur de rencontrer une ou deux têtes.

— C'est la sœur des béquilles de Frantz Holbach! — lança Heinrich, en manière de consolation aux malchanceux Toscans.

Puis, poussant un vigoureux « Gaudeamus! » il éperonna son cheval.

La cavalerie des goliards se dirigeait à fond de train vers l'*Albergo*. Ils étaient tous dans la joie à la pensée que, bientôt, ils allaient serrer dans leurs bras cet excellent camarade.

.   .   .   .

— Ohé! Frantz!... ohé!...

— Ouvre! c'est nous... Ludwig... Heinrich...

Et, en même temps, les deux étudiants frappaient à coups redoublés sur la porte de chêne de l'*Albergo*.

Au bout d'un instant, une fenêtre s'ouvrit au premier étage, laissant voir une femme qui leur parut d'une beauté ravissante... et opulente!

— Messeigneurs, que désirez-vous ? — fit-elle.

— Noble châtelaine, — répondit Heinrich, en la saluant, — on nous a dit que nous trouverions céans notre ami, le seigneur Frantz Holbach, l'hercule moderne, grand pourfendeur de podestats et autres monstres terribles.

La Fornarina, car c'était elle, n'avait que trop de raisons pour se méfier...

Sans ouvrir encore la porte, elle demanda, soupçonneuse :

— Que lui voulez-vous au seigneur Frantz Holbach?

Ludwig, toujours en selle, répondit :

— Madame, les estafiers de maître Wagner, que nous avons déficelés en route, nous ont dit que nous rencontrerions chez vous notre camarade. Comme il y a longtemps que nous ne l'avons vu, nous voulons l'embrasser; après cela nous le féliciterons, car il fait honneur à l'Alsace. Il n'y a que lui pour lancer ainsi d'une main sûre des cavaliers bien ficelés jusque dans le duché de Ferrare, où, sans nous, ils auraient semé la terreur bien qu'ils fussent les plus terrifiés.... Dame! ça se comprend, depuis qu'ils cavalcadent ainsi malgré eux, par monts et par vaux, sans manger ni boire...

C'était intentionnellement que l'étudiant se livrait à ce verbiage oiseux, tout en élevant la voix à un diapason quelque peu exagéré.

Il devinait la méfiance de la belle hôtelière, et pensait que sa voix à lui, et son accent alsacien parviendraient aux oreilles de Frantz Holbach et le forceraient à se montrer.

Ne le voyant pas apparaître, il eut un pressentiment de tristesse qu'il lui fut impossible de maîtriser.

— Est-ce que... par hasard... il lui serait arrivé... malheur? Vous ne nous ouvrez point... vous semblez inquiète et sombre...

Le ton sincère et anxieux à la fois avec lequel parlait ce voyageur rassura un peu la Fornarina. Mais elle n'ouvrit toujours pas.

— D'abord, messieurs, — fit-elle, — qui êtes-vous?

Chacun, à son tour, se nomma.

— Ludwig Frosch, un ami d'enfance, étudiant à Strasbourg.

— Heinrich, dit *Gaudremus*.

— Gottfried-le-Manchot.

— Georges, dit le petit Burgrave, ou l'enfant du charbonnier.

La gloire de Georges et ses hauts faits n'étaient pas encore parvenus jusqu'à l'*albergo*, mais si l'enfant terrible avait, de la sorte, décliné ses noms et qualités, c'était pour faire comme les autres.

L'excellente hôtesse fut un peu rassurée. Elle avait entendu son doux ami Frantz lui parler de Ludwig et d'Heinrich comme de deux bons et loyaux camarades. Ce n'était pas tous les jours, Dieu merci, que l'on rencontre des compagnons peu sûrs... des visages de traîtres comme cet autre qui sortait d'ici.

Elle descendit et ouvrit la porte. Sur le seuil, elle accueillit les nouveaux venus par ces mots :

— Frantz Holbach, que vous cherchez, n'est plus ici. Il vient de partir... avec un ami...

— Avec un ami ! — ne put s'empêcher de faire Ludwig.

Elle continua :

— Ou soi-disant tel. C'est quelqu'un de votre pays : vous devez le le connaître... Il s'appelle Karl Brander.

— Karl Brander ! — s'écrièrent d'une seule voix les goliards.

Ludwig ajouta :

— Alors, le malheureux, il est perdu !

— Perdu ! — gémit la Fornarina en s'appuyant à la muraille pour ne pas défaillir.

Ses yeux, dilatés par l'épouvante, regardaient, comme hallucinés, Ludwig Frosch et ses compagnons qui tous étaient devenus très pâles.

Ludwig regretta presque d'avoir trop parlé. Il voulut adoucir ce jugement si sévère, plus conforme en somme à ses sinistres pressentiments qu'à la réalité des faits.

— Ah ! sainte Madone ! protégez-le des embûches de Judas. J'avais bien dit que c'était un traître ! — s'écria la bonne hôtesse.

— Il ne faut pas s'alarmer outre mesure ! — fit Ludwig Frosch qui voulait paraître plus rassuré qu'il ne l'était dans son for intérieur. — Nous avons les meilleures raisons pour nous méfier de ce Karl Brander.

— C'est un filou ! — déclara péremptoirement le petit Georges.

Mais Ludwig continuait :

— Il a quitté Strasbourg précipitamment, à la suite de certaines histoires fort louches auxquelles il s'est trouvé mêlé, et nous étions loin de nous douter qu'il venait en Italie... qu'il nous devançait sur la route de Florence. Pourquoi se rend-il dans cette ville ?... C'est un mystère qu'il serait, sans doute, intéressant d'éclaircir. Mais tout cela ne veut pas dire qu'il veuille, de parti pris, sans motif plausible, trahir Frantz Holbach.

Impétueuse, affolée d'une anxiété qui ne faisait que s'accroître depuis le départ de son Frantz, la Fornarina s'écria :

— C'est un traître !... Et je vous dis qu'un malheur arrivera avant qu'ils atteignent Florence. Pour mon tendre ami, qu'ils redoutent, à cause de sa force sans pareille, la Toscane est pleine de pièges et d'embûches... Et ce Judas, pour lui, c'est un danger de plus.

Les goliards n'avaient pas besoin de se concerter pour remplir leur devoir. Et quel devoir plus impérieux que celui de voler au secours de leur ami ?

Certes, Frantz Holbach, — il venait encore de le prouver, — était de taille à se mesurer contre tout un troupeau de ces lâches et vils mercenaires dont s'entourait, faute de mieux, le tyran de la Toscane.

Mais le loyal et honnête garçon pouvait très bien ne pas être suffisamment en garde contre les menées cauteleuses, les manœuvres pleines d'astuce et de perfidie de Karl Brander, dont il ne connaissait pas encore, d'ailleurs, les derniers et plus remarquables exploits.

Eux, au moins, ils pourraient le mettre en méfiance contre le fourbe personnage...

Et Karl n'oserait rien contre leur camarade, tant qu'ils seraient là.

C'est pourquoi, après avoir pris, à l'*albergo*, un repas sommaire et fait manger leurs chevaux qui en avaient bien besoin, les goliards partirent, à fond de train, dans la direction que leur indiqua la Fornarina.

Mais Frantz Holbach et Karl Brander avaient sur eux quelques heures d'avance, et ils approchaient du but de leur voyage sans avoir pu les rejoindre.

VIII

LE DÉSERTEUR

Aux environs de Florence, les routes devenaient plus nombreuses, et les chemins se croisaient, formant un véritable dédale.

De temps en temps, ils s'arrêtaient pour faire souffler leurs chevaux et pour demander aux rouliers qu'ils croisaient, ou aux paysans dans leurs champs, s'ils n'avaient pas vu passer une carriole avec deux hommes dedans, dont ils donnaient un signalement aussi exact que possible.

Mais, comme cela arrive presque toujours, plus on a de renseignements sur ce que l'on cherche, moins on a de chances de trouver.

Aux abords de la capitale, le mouvement des voitures et véhicules de toute sorte allant dans les différentes directions s'était considérablement accru.

Et les passants, interrogés, ne manquaient point de signaler aux goliards deux voyageurs dans une carriole, tantôt à droite, tantôt à gauche, ce qui leur fit suivre un certain nombre de pistes qu'ils reconnurent bientôt être fausses.

— Nous perdons inutilement notre temps, — fit Ludwig Frosch. — Il est à présumer que Frantz est depuis longtemps arrivé à Florence ; c'est là que nous devons aller le retrouver pour le mettre en garde contre le traîtreux compagnon qui l'accompagne.

Heinrich était toujours du même avis que son camarade ; il pensa, comme lui, que le mieux était d'aller tout de suite dans la capitale de la Toscane, où l'on retrouverait non seulement Frantz Holbach, mais les autres.

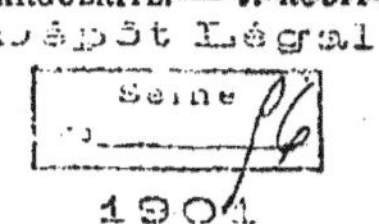

Et porteur d'un drapeau blanc improvisé, il s'avance lui-même pour parlementer. (Page 1288.)

Gottfried-le-Manchot partageait cette manière de voir. Le petit Georges fut le seul à ne pas manifester son opinion, et pour cause : il avait disparu. Ce jeune mais impétueux burgrave était si content d'avoir un cheval entre les jambes, ce qui était le rêve de sa juvénile existence, que, sous prétexte d'aller en éclaireur, il galopait toujours à une lieue en avant des autres.

Lorsque les goliards eurent pris la résolution de marcher droit sur Florence, ils eurent un moment d'embarras bien compréhensible. En effet, comment faire? On était à une bifurcation, il fallait changer de route, et Georges, justement, venait de se lancer à franc étrier sur un chemin qui n'était pas celui qu'ils devaient prendre. D'autre part, il ne fallait pas songer à abandonner cet enfant de la sorte, en pays étranger et ennemi...

Ah! quels superbes jurons lançait le brave Gottfried, et quelles imprécations il formulait, dans toutes les langues de la Chrétienté!...

Tandis que l'héroïque soldat soulageait ainsi son impatience et son inquiétude, un nuage de poussière apparut sur la route en même temps que l'on entendait le bruit d'une galopade effrénée.

Les goliards étaient sur l'alerte; en Toscane et sous le règne de Méphistophélès, ne fallait-il pas s'attendre à tout?

Mais leur méfiance et leur anxiété se changèrent en joie quand ils reconnurent dans ce cavalier l'enfant terrible dont l'absence les empêchait de continuer leur route.

— Gaudeamus! te voilà retrouvé, satané burgrave!... Nous n'allons plus te lâcher. Nous t'attacherons comme les centaures de Wagner!...

Tandis que l'ami Heinrich accueillait par ces paroles le retour du jeune éclaireur, le manchot témoignait sa satisfaction d'une façon plus soldatesque:

— Der Teuffel!... Ventrebleu!... Corpo di Bacco!... Gotferdom!... nous allons donc pouvoir marcher en avant!

— Non, c'est en arrière qu'il faut retourner, et le plus vite possible! — répondit, avec le plus grand sang-froid, l'enfant du charbonnier de la Forêt-Noire.

— Voyons, Georges, explique-toi! — fit Ludwig Frosch étonné.

Alors, toujours sans descendre de cheval, Georges fit son récit.

En galopant furieusement comme il le faisait en avant de ses compagnons de route, il était tombé sur une troupe d'infanterie toscane qui faisait halte sur le bord du chemin.

Il avait ralenti l'allure de son coursier, de crainte que sa chevauchée effrénée n'attirât sur lui l'attention de ces militaires; mais ne voilà-t-il pas qu'en passant auprès d'eux, il entend un de ces hommes s'écrier, dans sa langue natale :

— Tiens! le fils de maître Pétrus Werkmann, le charbonnier du Schwartzwald!

Il s'arrête et regarde l'homme qui vient de le reconnaître d'une façon si inattendue.

Lui aussi, il le reconnaît; c'est un vieux déserteur chevronné qui, entre ses différentes périodes de service militaire, vivait dans la Forêt-Noire où il venait se réfugier, après chacune de ses escapades. Le père de Georges avait employé à plusieurs reprises ce brave garçon, qui n'avait qu'un seul défaut, l'amour exagéré de la désertion. Avec ça, un révolutionnaire enragé; il avait pris part à la fameuse guerre des gueux.

Seulement, quand les révoltés de la Forêt-Noire s'apprêtèrent à donner l'assaut au burg d'Othon-le-Cruel, il était parti précipitamment pour un autre pays, en Angleterre, pensait-on. Des fugues successives l'avaient conduit jusque dans l'armée toscane, où ses connaissances techniques et sa longue expérience du métier l'avaient rapidement poussé au grade de sergent.

Mais il avait la nostalgie de la désertion et, un peu plus, il aurait suivi Georges pour venir s'engager dans les goliards à cheval, car c'est bien plus agréable de déserter quand on est dans la cavalerie : avec sa monture, on va plus vite et plus loin.

Heureusement que le fils de l'ancien charbonnier avait pu tirer de ce bohème militaire des renseignements plus précieux que ceux qui concernaient ses antécédents... stratégiques.

C'est ainsi que Georges apprit que le corps de troupe dont le déserteur faisait partie appartenait à une garnison proche de Florence. On venait de leur donner ordre de se diriger, d'urgence, vers la frontière, du côté du duché de Ferrare.

— Le plus drôle, — ajoutait le bonhomme, — c'est qu'on partait en guerre... contre une auberge dans la montagne.

Voilà comment c'était venu; une espèce d'hercule avait mis à mal cette hôtellerie, un podestat et son escorte, après quoi il s'était dirigé, avec un compagnon, sur Florence, sans doute pour y continuer ses tours de force, au détriment du prince régnant. Mais l'autorité était prévenue, on avait arrêté le géant pendant son sommeil et on l'avait expédié, sous bonne garde, dans la prison d'État. Quant à son compagnon, il avait disparu.

Le gouvernement toscan voulait profiter de l'occasion pour en finir, une bonne fois, avec les troubles qu'occasionnait le territoire contesté sur lequel était située l'auberge en question. Il envoyait des troupes pour s'en emparer, avec ordre de ne pas reculer, s'il le fallait, devant une collision avec les troupes du duc de Ferrare.

La guerre étrangère semblait à Méphistophélès un bon dérivatif aux dissensions intestines et à l'état de mécontentement dont souffrait la Toscane.

On devine avec quelle attention les goliards avaient écouté le récit de Georges.

— Il résulte tout d'abord de ce qu'a dit le déserteur, — fit Ludwig Frosch, — que notre pauvre camarade Frantz Holbach est prisonnier de Méphisto, et nul doute qu'il ait été trahi par Karl Brander, le misérable espion. Hélas! pour l'instant, réduits à nos seules forces, nous ne pouvons pas songer à arracher notre ami à sa captivité.

« Mais il y a autre chose ; un grand danger menace la Fornarina. Or, nous pouvons l'y soustraire. Avertie par nous, elle aura le temps de prendre la fuite et de se mettre en lieu sûr, au delà des frontières.

« Nous avons des chevaux, les soldats toscans ne marchent guère qu'à petites étapes. Georges avait raison, il faut que nous retournions en arrière, le plus rapidement possible!...

« N'est-ce pas ton opinion, Heinrich, et la vôtre aussi, Gottfried?

— Vite, à l'auberge! — s'écria Heinrich en sautant sur son cheval.

Le manchot fit de même, et, pour toute réponse, il proféra un unique juron en patois alsacien. C'était son juron des jours de bataille.

— Est-ce que tu ne viendrais pas avec nous, par hasard, Georges? — demanda Ludwig, étonné de voir que le fils du charbonnier avait tourné la tête de son cheval du côté opposé à celui sur lequel ils se dirigeaient.

— Non! — répondit le jeune burgrave. — J'ai promis à mon vieil ami le déserteur de rester avec lui pour servir de guide à son escouade, une fois dans la montagne...

« J'ai des raisons pour cela! — ajouta-t-il d'un petit air malicieux.

IX

CAPITULATION

LAISSONS les goliards galoper sur la route ensoleillée et poudreuse, en tournant le dos à Florence, et restons avec Georges, ou plutôt avec le détachement de soldats toscans qui vont faire une opération de police sur la frontière et venger l'échec subi par les estafiers du podestat Wagnerio...

Ces troupiers mettaient, dans leur marche stratégique, un zèle des plus modérés: pouvait-il en être autrement ?

En effet, ce n'étaient pas des patriotes, mais de simples mercenaires, bons tout au plus au rôle de policiers, tel qu'il leur avait été dévolu par l'astucieuse politique du chef de l'État, le prince souverain Méphisto.

On peut avoir, du reste, une idée de leur ardeur belliqueuse et de leurs convictions sincères, d'après l'échantillon qu'offrait le sergent chevronné, ce vieux déserteur qui avait connu Georges dans la Forêt-Noire. Et comme il était sergent, grâce à ses mérites et à ses états de service, et qu'il commandait le détachement sur lequel le petit burgrave était tombé à l'improviste, il est facile d'après le chef de s'imaginer ce que devaient être les subordonnés.

Le vieux déserteur pouvait, ainsi qu'il aimait à s'en vanter, connaître à fond le métier militaire ; mais ce qu'il y a de certain, c'est qu'il ignorait complètement la configuration du territoire sur lequel il était chargé d'opérer.

Il aurait pu, pour son ignorance, invoquer plusieurs excuses... le manque de cartes topographiques... la région accidentée qui faisait de la frontière, du côté des Apennins, un véritable labyrinthe ; et puis, enfin, il n'était pas du pays.

Aussi, quand il avait appris que le petit charbonnier de la Forêt-Noire venait justement de traverser le territoire contesté, siège de ses futures opérations de guerre, il s'était empressé de lui demander :

—Georges, voudrais-tu me servir de guide ?

Le fils du burgrave avait hésité ; cela lui semblait mal d'abandonner de la sorte ses compagnons, les goliards, surtout pour servir de guide à des policiers, c'est-à-dire à des ennemis.

Mais on n'a pas impunément passé, au milieu des bois, ses jeunes années, dans le vagabondage et la maraude. Ce petit sauvageon avait, à cette existence-là, acquis une ruse précoce et une malice bien au-dessus de son âge.

Il accepta la proposition du vieux sergent et s'en vint, comme on l'a vu, annoncer à ses compagnons qu'il leur faussait compagnie.

Il avait son idée.

Depuis son enfance, Georges était habitué à s'orienter facilement dans les endroits les plus déserts ; avec cela, il possédait au plus haut degré la mémoire des lieux. Comment arriva-t-il donc qu'après avoir fait faire au détachement de soldats toscans force marches et contremarches. Georges ait conduit ces malheureux troupiers bien au delà de l'*albergo*, dont ils étaient chargés de faire le siège ?

Hélas ! c'est qu'il s'était trompé, et son erreur était d'autant plus désastreuse qu'après avoir contourné le territoire neutre par des chemins de traverse, les soldats de Toscane se trouvaient, au petit jour, sur une grande route en plein duché de Ferrare.

Le vieux déserteur se grattait la tête de l'air d'un homme embarrassé. On lui avait dit que l'auberge de la Fornarina était sur une montagne, et voilà qu'il venait de conduire ses hommes dans une vallée, et que, devant eux, à perte de vue, on ne voyait que la plaine... toujours la plaine, avec des villages, des bourgades, et même, ce qui était plus grave, des forteresses, sur lesquelles on voyait claquer dans l'aurore un drapeau qui n'était pas aux couleurs de Toscane.

Le pauvre sergent comprit qu'il s'était mis dans un mauvais cas. Il avait bien reçu l'ordre de violer la neutralité du territoire contesté et de repousser par la force toute intervention des troupes de Ferrare. Mais on ne lui avait pas dit d'aller porter la guerre jusque dans le duché. Et d'ailleurs; le détachement qu'il commandait, suffisant pour une opération de police, n'était pas en nombre pour effectuer une campagne.

Que faire?... Déserter! il y pensait bien, mais ce n'était pas commode, car ses hommes, qui commençaient à murmurer, ne le perdaient pas de vue.

Dans sa détresse, il s'adressa à son guide et lui dit :

— Mon petit Georges, est-ce que... tu ne te serais pas trompé, par hasard?

— Ma foi, c'est bien possible! — fit, imperturbablement, le jeune burgrave. — Mais il y a un moyen de tout arranger, c'est de revenir sur nos pas.

Les soldats, en maugréant, se remirent en route.

Mais voilà que soudain des fanfares déchirent l'air...

Un nuage de poussière s'élève à un détour du chemin. On entend résonner les sabots des chevaux...

Des casques et des cuirasses brillent au soleil... on voit flotter des étendards.

Le sergent, mettant la main au-dessus de ses yeux pour les abriter de la lumière trop vive, regarde cette troupe qui s'avance.

— Goddam! — s'écrie-t-il tout d'un coup.

C'est un juron dont il a contracté l'habitude quand il était, il n'y a pas si longtemps, au service de *His Gracious Majesty*, le roi d'Angleterre.

Et après avoir ainsi marqué la surprise que lui cause cette apparition, il ajoute :

— Ce sont des soldats du duc de Ferrare. C'est un officier d'un grade élevé qui les commande. Mais pourquoi, diable! sont-ils en grande tenue?

Georges prend un air d'ingénuité qui s'accorde mal avec certain petit sourire malicieux errant sur ses lèvres juvéniles, et d'un ton qu'il s'efforce de rendre naïf, il dit à son vieil ami de la Forêt-Noire :

— Si... nous leur demandions notre chemin... ils pourraient... peut-être... nous dire où se trouve... cette maudite auberge?

Décidément, depuis qu'il a quitté les goliards, le petit burgrave n'a plus un esprit alerte ni de bons yeux. Tout en haut du chemin que les troupes de Ferrare descendent, clairons et musique en tête, dans le rayonnement du soleil, on voit apparaître le coquet *albergo* de la belle Fornarina, avec sa treille joyeuse et la fenêtre encadrée de verdure par laquelle Frantz Holbach fit si prestement voler sa corpulence le podestat Wagnerio.

Quant à demander son chemin au beau régiment qui passe, comme le lui a conseillé naïvement le fils du charbonnier, notre vieux sergent n'y songe même pas.

Et, bientôt, c'est le contraire qui a lieu... L'officier qui chevauche en tête de la colonne commande :

— Halte!

La troupe s'arrête. Les Toscans en font autant.

De part et d'autre, on entend crier :

— Qui vive ?

— Ferrare !

— Toscane !

Ces clameurs sont coupées par le bruit des mousquets qu'on arme. Une collision est imminente... Heureusement l'officier qui commande la colonne envoie au-devant des Toscans un de ses sous-ordres, précédé d'un trompette et d'un cavalier qui porte le drapeau blanc des parlementaires.

Le vieux déserteur est trop au courant des usages de la guerre, pour ne pas faire cesser immédiatement les préparatifs belliqueux de ses hommes. Et, porteur d'un drapeau blanc improvisé, il s'avance lui-même pour parlementer.

Georges profite de la circonstance pour s'en aller, au triple galop, dans la direction de l'auberge.

A mi-chemin, il se retourne sur sa selle, et, d'un air espiègle qui rappelle plutôt le petit charbonnier que le jeune burgrave, il fait un pied de nez aux infortunés soldats de Méphistophélès, mis, grâce à sa juvénile astuce, dans une bien fâcheuse position.

Le sergent, une fois devant l'officier qui porte l'uniforme de Ferrare, rapproche les talons et fait le salut militaire, car, en tout temps et en tout pays, il conserve le souci de la discipline et le respect de la hiérarchie.

L'autre, du haut de son cheval, l'interroge :

— Que faites-vous ici, sur un territoire étranger que vous auriez dû respecter ?

— Je... me suis... trompé de chemin ! — balbutie l'ancien déserteur.

— Décidément, — fait l'officier en fronçant le sourcil, — ces erreurs deviennent si fréquentes qu'elles ont l'air d'être voulues... calculées à plaisir. Tout dernièrement nos hommes ont rencontré de vos camarades qui, prétendaient-ils, avaient été attachés sur leurs chevaux et auraient ainsi franchi la frontière contre leur gré... Aujourd'hui, c'est un détachement tout entier que nous rencontrons, avec armes et bagages. Vous n'allez pas prétendre, je suppose, que vous avez été entraînés jusqu'ici sans le vouloir ?... Vous aviez un but pour votre expédition.

— Oui, nous étions chargés d'occuper l'auberge qui se trouve à égale distance des deux poteaux frontière, en haut de la montagne.

— Ah ! ah ! l'aveu a son importance. C'est une violation de neutralité, presque un *casus belli*. Et, avez-vous l'intention, en rebroussant chemin, de porter les hostilités sur ce territoire contesté ?

— Dame !... — fit le sergent chevronné, de plus en plus perplexe.

— C'est que vous pourriez y rencontrer autre chose que la belle hôtelière et ses valets, mieux qu'une garnison étrangère !... Je viens d'escorter jusqu'à *l'albergo* de la Fornarina une ambassade française se rendant

... un cortège imposant qui s'avançait sur la route... (Page 1291.)

en Toscane. L'ambassadeur doit même y séjourner quelque temps avec
sa suite, pour faire prévenir de son arrivée la cour toscane et recruter
des volontaires afin de se constituer une escorte personnelle respectable...
vu le peu de sécurité qui règne en Toscane.

— On recrute là-haut, à l'auberge, pour le service de la France !...
Ah ! mais j'y cours ! — s'écria Jehan Pem, le vieux déserteur.

Là-dessus, il enleva son couvre-chef, en arracha la cocarde aux couleurs de Toscane, tira de sa poche une cocarde française et l'arbora crânement.

Puis, se retournant du côté de ses hommes qui attendaient ses ordres, l'arme au pied, il leur cria :

— Hé ! là-bas ! vous autres, bas les armes ! rendez-vous !... Capitulation sur toute la ligne !... En vous trouvant sur les terres du duc de Ferrare, vous êtes dans votre tort. Et puis, la résistance est impossible, car vous avez affaire à des forces trop supérieures.

Après avoir prononcé ces paroles qui pouvaient difficilement passer pour empreintes d'un souffle d'héroïsme, le sergent fit le salut militaire et s'éloigna dans la direction de l'*Albergo*, en chantant à tue-tête :

> Vive Henry Quatre !
> Vive ce Roy vaillant !
> Ce diable à quatre
> Eut le triple talent
> De boire et de battre,
> Et d'être un vert galant !

Ses hommes, pendant ce temps-là, se laissaient désarmer sans résistance. Les troupes de Méphistophélès, composées de policiers plutôt que de soldats, étaient loin de constituer une armée nationale !

X

AZUR DE FRANCE

Lorsque Ludwig et Heinrich, accompagnés de Gottfried le Manchot, étaient arrivés devant l'*Albergo* où ils accouraient pour prévenir la Fornarina de l'irruption de soldats toscans dont elle était menacée, leur surprise fut grande de voir le drapeau français arboré au-dessus de la porte de l'hôtellerie.

Ils allèrent, tout de même, expliquer à la bonne amie de leur camarade Frantz le motif de leur retour précipité.

La belle hôtesse remercia les goliards d'être ainsi venus pour la défendre ; ce courage chevaleresque ne l'étonnait pas de la part de ceux qui étaient les amis... les vrais amis du bon et loyal géant si odieusement trahi par son compagnon au cœur faux.

La nouvelle de la capture et de l'emprisonnement de Frantz Holbach la remplit d'indignation et de fureur. Elle jura de délivrer le tendre ami dont la tendresse régnait sur son âme ardente et fière.

Du reste, il lui était venu comme un rayon d'espoir... Le soleil de la

Justice vengeresse semblait se lever de ces montagnes pour luire sur la Toscane, chassant les ténèbres de l'oppression, du mensonge et du crime.

Voici ce qui s'était passé...

Les goliards venaient à peine de quitter l'auberge, avec la précipitation que l'on a vue, pour essayer de rattraper Frantz Holbach, afin de le mettre en garde contre la traîtrise de Karl Brander, que la Fornarina, qui, de sa fenêtre, les repardait s'éloigner, aperçut un cortège imposant qui s'avançait sur la route, du côté opposé.

Bientôt, de superbes équipages escortés par les gardes du duc de Ferrare, en tenue de parade, s'arrêtèrent devant la maison.

Une sorte de majordome se détacha du cortège et vint prévenir l'hôtelière qu'elle aurait à loger, pour quelque temps, l'ambassadeur extraordinaire du roi de France et sa suite.

La Fornarina préférait sa clientèle de contrebandiers à tous les hobereaux toscans et les principicules italiens de passage, qui joignaient à leur morgue insupportable le défaut d'être, comme on dit vulgairement, de « mauvaises payes ».

Mais il n'en allait pas de même en ce qui concernait le nouveau venu. Elle savait que les envoyés du roi de France portent avec eux les manières exquises et la politesse raffinée d'une cour où le souverain lui-même se découvre devant une chambrière... parce que c'est une femme. Et puis, ces grands seigneurs français payent royalement !

D'ailleurs, un secret pressentiment disait à la bonne hôtesse que le diplomate aimable et brillant, qui descendait de ce carrosse aux armes de France, apportait avec lui l'espérance... et la revanche.

Le marquis de La Roche-Beaulieu n'avait pas seulement un grand air et une distinction suprême, il possédait encore cet art d'être aimable sans afféterie, et galant sans familiarité.

Le compliment qu'il tourna à la belle hôtelière était charmant; il n'eût pas parlé d'autre façon à une princesse du sang. Il était de ceux qui pensent que la beauté est une noblesse, et il sut le dire en une jolie phrase, dans le meilleur italien qu'on pût entendre. Depuis Catherine et Marie de Médicis, c'était une tradition à la cour de France de parler la langue de l'Arioste et du Tasse d'une façon aussi pure qu'à Florence et qu'à Ferrare.

La présence du marquis et de sa suite à l'*Albergo* de la Fornarina, loin de faire du tort aux clients habituels de l'hôtellerie montagnarde, marqua, au contraire, pour eux, une ère d'abondance et de prospérité.

Les talents spéciaux des braconniers de la région étaient largement mis à contribution par le diplomate, grand amateur de gibier.

Et, pour se procurer ce dont il avait besoin, lui et ses gens, il ne regardait pas à employer les services des contrebandiers.

— Un ambassadeur n'est pas un gabelou ! — disait-il avec un sourire malicieux de Français qui n'est pas fâché de jouer un bon tour aux douaniers, fussent-ils de son pays.

Comme, avec cela, il payait rubis sur l'ongle et sans marchander, il devint vite très populaire dans la contrée.

On peut se demander pourquoi un personnage de cette importance établissait son quartier général dans ce coin perdu des Apennins entre la Toscane et les États du duc de Ferrare.

Certes, ce n'était pas sans de sérieux motifs que le marquis de La Roche-Beaulieu agissait de la sorte... Il convient d'ajouter que ce n'était pas, non plus, sans avoir reçu à ce sujet des ordres supérieurs.

Les relations diplomatiques étaient ardues, on le sait, depuis longtemps, entre la France et le grand-duché de Toscane. La politique perfide et surtout brouillonne d'Andréas Borghès était la cause de cette rupture remontant, on se le rappelle, aux événements peu connus, presque mystérieux dans leur origine et assez lointains déjà, qui avaient nécessité cette intervention militaire, conduite par le lieutenant Roger, dont il a été question au début de ce récit.

Le machiavélisme du premier ministre d'Andréas eut raison de la bravoure des troupes françaises.

L'héroïque Alsacien qui les commandait tomba victime de la fourberie et de la ruse de Méphistophélès, qui opposait son diabolique génie au courage du loyal soldat. Le lieutenant Roger passa aux yeux de l'opinion publique pour avoir déserté son poste.

Et la France, qui put se croire trahie par un de ses enfants, eut l'air, pendant quelque temps, de se désintéresser des événements dont la Toscane était le théâtre.

Mais au fond, et malgré des éclipses passagères, notre glorieux pays n'oublie jamais qu'il est le champion du droit éternel et de la justice immanente.

La révolution qui avait éclaté en Toscane ne fut pas assez vite ni assez complètement réprimée pour que l'on n'apprît pas en France le rôle qu'y avait joué le lieutenant Roger. L'intègre et courageux fils de l'Alsace française avait, jusque chez le ministre et dans l'entourage même du roi, des amis dévoués, de vieux compagnons d'armes qui lui étaient restés fidèles et ne pouvaient le croire coupable.

Ils ne cessaient de réclamer une enquête sur sa disparition restée inexpliquée. D'autre part l'insuccès des armes françaises se doublait ici d'un échec diplomatique... une bonne raison de plus pour que la claire et droite politique française essayât d'apporter un peu de lumière dans les ténèbres où se remuait l'ambition tortueuse des Borghès. La mort d'Andréas, le commencement d'un nouveau règne, précédé par une régence, parurent au gouvernement français des circonstances favorables pour renouer des relations avec la cour de Toscane, et procéder par la même occasion à une enquête qui était plus que jamais jugée indispensable.

Ce fut un des diplomates les plus remarquables que le roi de France chargea de cette mission.

Le marquis de La Roche-Beaulieu était de tous points digne de la confiance dont l'honorait son souverain.

Nature droite et foncièrement loyale, fin comme l'ambre, brave comme une épée, l'aimable et spirituel gentilhomme, qui était avec cela possesseur d'une immense fortune, ne se laisserait ni intimider ni corrompre.

Notre ambassadeur savait bien, du reste, qu'au besoin, sa mission, toute conciliante qu'elle fût, serait appuyée par des arguments ayant plus de poids que les pourparlers diplomatiques.

La France était assez forte pour se montrer de bonne composition, mais elle saurait, le cas échéant, forcer les tyranneaux ridicules qui l'avaient bravée à faire amende honorable.

Cette digression était nécessaire pour comprendre dans quel but le marquis de La Roche-Beaulieu, après avoir été fêté, sur sa route à Ferrare, s'arrêtait à l'*Albergo* de la Fornarina. Mieux que partout ailleurs, dans ce territoire neutre, il était à même de faire sonder la cour de Florence, avant de pénétrer en Toscane. Et alors, suivant ce que les autres feraient, il irait vers eux portant la paix ou la guerre, dans les plis du drapeau français.

Ludwig Frosch, Heinrich et Gottfried le Manchot, en leur qualité d'Alsaciens, étaient de trop bons Français pour ne pas se réjouir à la pensée que la France pourrait intervenir dans les affaires de ce pays, devenu la proie de fourbes et de traîtres. Comme la douce amie de Frantz Holbach, ils se sentaient renaître à l'espérance; eux aussi voyaient se lever, pour leurs amis captifs, un soleil nouveau de justice et de liberté !

L'écusson de France est d'azur comme le ciel.

Et quand l'ambassadeur reçut, avec sa bonne grâce coutumière, les fidèles Alsaciens, le large cordon bleu et la décoration de l'ordre de Saint-Michel qu'il portait en sautoir évoquèrent dans leur esprit la légendaire vision de l'archange qui terrasserait Satan...

XI

COURRIER DIPLOMATIQUE

L'AUDIENCE que l'ambassadeur de France avait accordée aux goliards par courtoisie de gentilhomme et de Français eut, sur la suite des événements, une influence capitale.

Tout d'abord, Gottfried-le-Manchot avait parlé de son ancien chef, le lieutenant Roger, avec un respect si affectueux, une vénération si absolue, que le marquis de La Roche-Beaulieu ne put s'empêcher de penser :

— Non ! l'homme qui inspire à ses soldats de pareils sentiments n'est pas capable d'abandonner son poste !... Non ! Roger n'est pas un traître !...

De son côté, Ludwig Frosch, esprit sérieux et pondéré, mûri par une expérience précoce, avait raconté à l'envoyé du roi de France tous les malheurs immérités que venait de subir en Alsace la famille du vaillant officier. L'honneur le plus pur, le patriotisme le plus ardent, en dépit de l'infortune, étaient toujours restés les apanages de cette famille d'Alsaciens. Quelle différence avec ce que l'on voyait en Toscane !... Une cour dissolue... la débauche et la perfidie érigées en moyens de gouvernement... les meilleurs citoyens, ceux qui étaient le plus dévoués à l'influence française, emprisonnés ou proscrits... L'exil, le poison, les supplices remplaçant l'équité des lois et l'auguste majesté de la Justice !... C'était plus qu'il n'en fallait pour influencer, dans un sens que l'on devine, cet ambassadeur français appelé, par son mandat, à devenir l'arbitre des destinées de la Toscane !...

En outre, le galant marquis, qui aimait fort à s'entretenir avec la belle hôtelière, lui avait promis de s'intéresser au sort du bon géant qu'elle aimait et dont les exploits faisaient vibrer, dans l'âme du gentilhomme, cet enthousiasme que l'héroïsme fait toujours naître au cœur des Français.

— Tudieu ! madame, — fit-il, — ce sont là de beaux gestes, dignes d'Amadis des Gaules ou du paladin Roland ! Et du reste, le vil guet-apens dont M. Frantz Holbach vient d'être victime m'inspire pour ce Méphistophélès un sentiment de répulsion et de dégoût. Jamais un Français n'eût agi de la sorte ! Autant notre roi se montrerait généreux et clément vis-à-vis d'un ennemi vaincu, autant il témoignera d'inflexible sévérité pour un gouvernement qui ne recule pas devant des procédés aussi lâches et aussi vils. Je commence vraiment à croire que c'est ainsi qu'il en a agi, mais avec plus de mystère encore et plus de duplicité, avec le lieutenant Roger !... Si cela est, je vous donne ma parole de gentilhomme que le nommé Méphisto « ne la portera pas en Paradis », comme disent les bonnes gens de chez nous !...

Quand le petit Georges eut rejoint ses amis à l'*Albergo*, l'ambassadeur voulut avoir de sa bouche même le récit du bon tour qu'il avait joué aux soldats de Toscane. L'espiéglerie du jeune burgrave et la honteuse capitulation qui s'en était suivie pour les mercenaires de Méphisto firent bien rire le gentilhomme français qui adorait la comédie.

— C'est une farce, — dit-il, — digne d'être jouée sur le terre-plein du Pont-Neuf. J'imagine que tous ces soldats de carton feraient bien piètre figure devant nos mousquetaires !...

— Ah ! si la France intervenait !... — fit une voix douce et comme suppliante.

On eût dit l'accent convaincu et plaintif à la fois d'une prière...

C'était la Fornarina qui formulait sa pensée... et son espoir...

Pensée... espoir de tous ceux qu'oppressait la tyrannie.

Mais, pour l'instant, du moins, il n'était pas question d'une intervention armée de la France dans les affaires intérieures de la Toscane.

Il s'agissait, tout d'abord, de faire un peu de lumière sur les événements assez obscurs qui s'y étaient passés autrefois.

La vérité, mieux connue, ouvrirait le chemin de la justice.

Une des raisons, et non la moindre, qui poussait l'ambassadeur de France à ne pas se diriger immédiatement sur Florence, siège du gouvernement toscan, était celle-ci :

La France ne voulait pas... ne pouvait pas reconnaître un gouvernement constitué d'une façon aussi irrégulière que criminelle.

Méphistophélès, qui venait de s'emparer du pouvoir absolu par un véritable coup d'État, n'était qu'un usurpateur sans scrupules doublé d'un aventurier de bas étage. Le roi de France n'aurait jamais avec lui de relations diplomatiques. Il n'en allait pas de même en ce qui concernait Nathalie, issue de souche princière, et dont la régence offrait toutes conditions de la plus parfaite régularité.

Malheureusement, l'ambassadeur, étant donnée la situation, ne pouvait espérer que Méphistophélès le laisserait avoir accès directement auprès de la veuve d'Andréas Borghès ni remplir auprès d'elle la mission dont le roi de France l'avait chargé. Et le marquis de La Roche-Beaulieu se demandait à quel messager adroit et discret il pourrait confier certaine lettre destinée à la duchesse Nathalie, qu'il voulait lui faire remettre en main propre.

Après y avoir mûrement réfléchi, son choix se fixa sur Ludwig Frosch. Avec son ardent patriotisme et sa nature foncièrement droite, l'étudiant alsacien serait un intermédiaire d'une fidélité à toute épreuve.

La joie exubérante de son inséparable camarade Heinrich, loin d'être un obstacle à l'accomplissement de ces fonctions toutes confidentielles, serait au contraire très utile pour écarter les soupçons de la police toscane.

Gottfried-le-Manchot, bien entendu, ne quitterait pas les deux jeunes gens, il avait longtemps fait la guerre dans le pays et serait pour eux un précieux auxiliaire; d'ailleurs, pour rien au monde, il ne se serait séparé de ses anciens compagnons de route.

Ludwig, comme bien on pense, accepta avec empressement les propositions de l'ambassadeur. Il se mit en route pour Florence avec ses amis, le petit Georges faisant toujours partie de la bande. Avant son départ, le marquis de La Roche-Beaulieu lui avait donné un pli scellé aux armes de France qu'il devait remettre dans les mains mêmes de Nathalie Borghès.

Certes, l'étudiant était fier de la mission confiée à sa loyauté et à son patriotisme, mais il ne s'en dissimulait ni les difficultés ni les dangers.

Au moment de partir, à son grand étonnement, une autre ambassade lui fut confiée.

Comme il montait à cheval, la Fornarina s'approcha du jeune Alsacien en lui tendant un pli qui n'était pas fermé, celui-là. Ludwig en lut la suscription qui portait simplement ces mots : « A Son Altesse Méphisto, en son palais à Florence, ou partout où il se trouvera. »

— Diable! — fit-il en souriant, — il paraît que je suis porteur aujourd'hui d'un véritable courrier diplomatique, et, sans être indiscret peut-on vous demander...

— Vous pouvez lire! — répondit la belle hôtelière. — Il n'y a pas de secret là-dedans ni pour vous ni pour personne. Je veux au contraire que toute la Toscane le sache.

Ludwig Frosch fit alors, à haute voix, la lecture de cette missive aussi peu diplomatique que possible.

Voici ce qu'elle contenait :

« Prince,

« Vous avez traîtreusement arrêté et emprisonné Frantz Holbach, le seul ami que mon cœur aime.

« Votre podestat Vagnerio est en mon pouvoir : je le garde comme otage dans une retraite que je suis seule à connaître. Je ne vous le rendrai qu'en échange de M. Frantz.

« La vie de votre podestat répond de celle de mon bien-aimé! A bon entendeur, salut!

« Mais, pour Dieu! prince, n'essayez pas d'enlever cet otage en faisant assiéger l'*Albergo!* Les brigands que vous aviez envoyés dans ce but viennent de capituler; les autres que vous pourriez lancer sur le territoire contesté y verraient flotter le drapeau de la France, et cette seule vue les mettrait, je crois, en déroute.

« Je suis votre humble servante,
« Signé : LA FORNARINA. »

... au milieu de la route, s'avançait un chariot traîné par deux bœufs roux au pas tranquille
et lent. (Page 1299.)

Après avoir pris connaissance de cette sommation envoyée par une
hôtelière presque illettrée au maître souverain de la Toscane, Ludwig
Frosch se sentit une réelle admiration pour cette femme à qui l'amour
inspirait une pareille audace.

— Je ne peux pas avoir moins de courage que vous! — lui dit-il en
serrant la lettre dans son justaucorps.

« Et puis il s'agit de sauver mon ami Frantz! Quoi qu'il arrive,
Méphisto aura votre lettre.

— Merci, monsieur Ludwig! j'étais bien sûre que vous et vos amis vous vous chargeriez de ma commission.

— Mais, — objecta l'étudiant soucieux, — si le tyran refusait de faire l'échange de prisonniers que vous lui proposez?...

Les yeux de la Fornarina lancèrent des éclairs, et, étendant la main dans la direction de cette petite chapelle de la Vierge où elle s'était prosternée pour adresser au ciel sa fervente prière, alors que son Frantz s'éloignait avec Karl Brander, l'ardente Italienne s'écria :

— Oh!... alors... je jure par la sainte Madone que c'est moi... qui marcherai sur Florence et qui irai assiéger, avec tous nos contrebandiers, ce prince d'enfer dans son palais!...

Le souffle de la révolution sortait de cette bouche inspirée, comme jadis les oracles par lesquels en ces mêmes contrées les sibylles décidaient du sort des peuples.

Et les goliards s'éloignèrent de l'*Albergo* au trot de leurs montures; ils étaient plus que jamais remplis de courage et de confiance en l'avenir.

Il leur semblait que sous les traits de la belle Fornarina, au milieu des montagnes sauvages, ils venaient de contempler la sainte liberté!

XII

UNE RÉSURRECTION

A route qui, du pied des Apennins, se dirige presque en droite ligne sur Florence était bien trop fréquentée et surtout trop surveillée pour qu'on pût s'y aventurer impunément, quand on avait tout à redouter de la police, comme c'était le cas pour nos compagnons.

Si cela n'avait été dans ces circonstances graves, au milieu desquelles ils effectuaient leur voyage, on aurait pu dire qu'ils avaient pris vraiment le chemin des écoliers, comme si le petit Burgrave, qui galopait toujours devant eux, eût été leur inspirateur et leur guide.

Cet itinéraire, forcément plus long, leur permettrait d'entrer dans la capitale de la Toscane du côté opposé à cette porte de la ville que Frantz Holbach, leur infortuné camarade, avait franchie endormi et garrotté.

Ils y risqueraient moins de rencontrer des troupes de soldats ou bien ces forces policières que Méphisto avait massées entre sa capitale et la frontière du duché de Ferrare.

Il faut dire aussi que ces parages avaient été, moins que les autres, dévastés par la guerre civile ; aussi nos cavaliers pouvaient-ils voir que le bien-être et l'abondance régnaient dans les campagnes qu'ils traversaient. L'or des moissons couvrait de sa toison blonde les plaines fertiles, et les pampres sur les coteaux montraient déjà les promesses joyeuses des vendanges abondantes.

. Cette dernière perspective avait surtout le don d'inspirer à Heinrich, cet intrépide buveur, des rêveries magnifiques où, bien entendu, le jus de la vigne jouait le principal rôle. Soudain emporté par le lyrisme de ces visions si somptueuses au point de vue viticole, il s'écria :

— Ces collines sont comme des mamelles fécondes où les heureux habitants de ces campagnes suceront le lait merveilleux dont les gouttes ont la splendeur du rubis...

Il s'arrêta, se demandant si, pour tout de bon cette fois, il ne rêvait pas...

Mais non !... C'était bien la réalité, car Ludwig Frosch, qui était l'esprit le plus calme et le plus posé de l'Université de Strasbourg, et avec cela d'une sobriété parfaite, avait vu le même spectacle que son jovial camarade. Et ce fut en souriant qu'il se tourna vers lui pour dire :

— Cela fait bien, n'est-il pas vrai, dans ce paysage de vignes opulentes, le cortège de Bacchus qui s'avance ?

La comparaison mythologique était justifiée de point en point. En effet, au milieu de la route, s'avançait un chariot traîné par deux bœufs roux au pas tranquille et lent. Le milieu de ce véhicule rustique était occupé par un tonneau d'assez belles dimensions sur lequel était assis, à califourchon, un homme fortement débraillé dont la dextre velue était armée... d'un pot de faïence grossière...

Auprès de lui, vêtues d'un léger cotillon et le corsage dégrafé, deux jeunes ribaudes, le visage animé, le poing tendu, se querellaient, échangeant, avec force éclats de voix, les épithètes les plus malsonnantes.

L'une était une blonde aux formes plantureuses, l'autre une brune à la carnation chaude, en somme deux beaux brins de filles, mais chez qui la distinction et le bon ton faisaient complètement défaut.

L'homme, juché sur son tonneau, essayait vainement de calmer les donzelles, mais voyant qu'il ne pouvait parvenir à les faire taire, il se baissait et remplissait son pot à la cannelle de sa barrique... après quoi, il le vidait dans son gosier.

Les deux bœufs, impassibles, continuaient à traîner ce char d'une si étonnante et rustique fantaisie.

Nos cavaliers, qui venaient en sens inverse, ne tardèrent pas à être tout près de l'attelage.

Soudain, voilà qu'Heinrich s'écrie :

— Gaudeamus ! mais... je ne me trompe pas... non ! c'est bien lui !... l'homme qui joue, au naturel, le cortège de Silène avec les bacchantes, répond au beau nom de Schwerdein... le légitime époux de dame Marthe !

Le bachique compagnon des deux ribaudes tourna vers le goliard ses regards allumés par la gaîté du vin, et demanda :

— Qui donc a parlé de ma femme?... qui donc vient de prononcer le nom de ma veuve?... qui es-tu, passant qui viens ici lugubrement invoquer le souvenir plutôt pénible de cette acariâtre créature?... Il faut que tu sois de Strasbourg, mon vieux, pour...

Les paroles de Schwerdein, — car c'était lui, — se perdaient dans la dispute des bacchantes qui arriva à un diapason tel que les cavaliers, témoins impartiaux, n'y pouvaient plus rien comprendre.

La brune, la blonde, tout en continuant à s'invectiver avec la plus grande vivacité, tombaient à bras raccourcis sur le moderne Silène qui parait leurs coups, du mieux qu'il pouvait, avec son pot... vide, bien entendu. Dans l'ardeur du combat, le pot fut brisé, et Schwerdein, qui en contemplait mélancoliquement les débris, se mit à gémir :

— Qui te remplacera, maintenant, fidèle compagnon? Avec quoi puiserai-je à mon tonneau?... Ah! l'Écriture a bien raison de dire que la femme est un être de perdition...

Les deux êtres en question, qui semblaient faire cause commune contre Schwerdein, l'accablaient de reproches et de coups de griffes. Lui, se défendait mollement des uns comme des autres.

— Ah! tu es donc marié! — s'écriait la blonde outrée.

— Et tu ne me le disais pas! — fit la brune furieuse.

— Enjôleur! Satyre cornu!

— Monstre d'horreur!

— Tu m'as promis le mariage!

— Tu m'as juré que tu m'épouserais à Pâques.

— Et moi, à la Trinité prochaine!

Là-dessus, les deux bacchantes échevelées laissèrent leur commune victime pour recommencer leur querelle réciproque.

Ce fut une raison, pour les goliards, d'intervenir ; on les sépara. Quand cela fut fait, Ludwig, courtoisement, leur adressa la parole...

— Mesdames, veuillez m'en croire, cette dispute fait le plus grand tort à votre toilette, vous voici toutes deux dépeignées.

Les ribaudes craignirent d'apparaître à ces beaux cavaliers, sous un jour trop peu favorable ; elles se rajustèrent. Déjà, leurs griefs disparaissaient, faisant place à l'éternelle coquetterie.

Quant aux bœufs placides, ils s'étaient arrêtés et ruminaient tranquillement, comme s'ils avaient compris que, dans l'existence, on arrive toujours trop vite au terme du voyage, même quand on traîne le char triomphal de Bacchus.

Schwerdein, voyant ses deux compagnes enfin calmées, se mit à considérer les étrangers, dont l'intervention miraculeuse avait ramené la paix ou, du moins, occasionné une trêve dans son ménage ambulant.

— Gottfried! — fit-il en quittant sa barrique, pour aller se jeter dans le bras unique de l'invalide.

— Moi-même ! — s'écria le manchot. — Ah ! si jamais j'avais pensé te rencontrer en pareil équipage, je veux que le diable ou le prince Méphisto m'emportent !...

« Mais tu ne reconnais pas ces messieurs ?... Ils sont de Strasbourg, comme nous. C'est vrai qu'il y a si longtemps que tu es parti, et eux, ils étaient si jeunes alors. M. Ludwig Frosch, le camarade Heinrich.

— Ah ! oui... ça me revient... Strasbourg... la cathédrale... l'Université. Soyez les bienvenus, messieurs, sur cette route, et excusez-moi si je n'ai pas reconnu de suite des compatriotes... mais depuis que j'ai quitté le pays, il a coulé tant d'eau.

— Que la cruche à la fin s'est cassée ! — fit Gottfried avec son gros rire de troupier, en montrant les débris du pot de faïence.

« Mais il faut encore que je te présente, — continua-t-il, — le plus jeune mais non le moins intrépide de nos compagnons, Georges dit le petit charbonnier ou le jeune burgrave...

— Savez-vous, — dit à Schwerdein le porteur de ces titres, — que vous n'aviez pas l'air de vous ennuyer sur votre tonneau.

— En effet, — répondit l'époux de dame Marthe, — c'est une façon assez commode de voyager ; on va doucement...

— Mais on va bien !... il n'y a pas à dire, vous alliez très bien ! — remarqua cet enfant terrible de Georges...

— *Chi va piano và sano !* — se contenta de faire le compagnon des deux bacchantes qui venaient de procéder à une toilette sommaire et souriaient aux voyageurs.

C'était justement l'heure du souper. Le soleil venait de descendre à l'horizon derrière les verdoyants coteaux ; on partagea fraternellement les provisions que l'on avait et l'on fit honneur au tonneau de maître Schwerdein.

— Tu sais, je t'avais cru mort, mon pauvre vieux ! — fit le manchot en trinquant avec son ancien compagnon d'armes. — Dans cette bataille où j'ai laissé mon bras, je pensais que toi tu avais laissé la vie.

— Bah ! — dit l'insouciant Schwerdein, — s'il fallait compter les fois que j'ai été porté mort, c'est comme si on s'amusait à supputer le nombre de tonneaux de vin que j'ai bus au cours de cette guerre.

« Oui, j'ai été bien souvent blessé, ou tué ou fait prisonnier, mais il y a vraiment un dieu... pour moi ! Je me suis toujours retrouvé sain et sauf, et libre de boire à ma guise.

— Dame Marthe, votre épouse, maintes fois vous a cru défunt ! — déclara Ludwig Frosch...

— Sa croyance était bonne, juste et salutaire ! — fit le mari, — et j'espère que l'acariâtre personne en a profité pour convoler. Dites-moi qu'elle s'est bien et dûment remariée et, du haut de ce tonneau, ma demeure dernière, je bénirai ma veuve.

— Non ! — répondit Ludwig, — elle est restée inconsolable.

— Elle a bien tort !

— Et l'on dit qu'elle a quitté Strasbourg pour se mettre à la recherche de son trop volage époux.

— Puisse la mal'aria l'expédier dans l'autre monde !

— Gaudeamus ! — s'écria Heinrich, — savez-vous bien, maître Schwerdein, que la maladie n'a aucune prise sur dame Marthe, votre trop fidèle épouse ! Ainsi, à Strasbourg, nous avons eu la peste...

— Et elle n'en est pas morte ?

— Au contraire ! C'est la peste qui a renoncé à enrichir plus longtemps votre épouse !

Les saignées faites au tonneau du joyeux Silène avaient délié toutes les langues. Ce fut, parmi les goliards, à qui donnerait des détails, au mari de dame Marthe, sur les faits et gestes de l'astucieuse garde-malade que ses contemporains avaient surnommée la « Peste de Strasbourg ».

— Je savais bien que la gueuse était capable de tout ! — conclut Schwerdein quand il eut entendu le récit édifiant des vilenies de toute sorte commises par celle qui portait son nom.

Ce qui l'indigna le plus, ce fut de savoir la véritable forfaiture, le vol odieux dont elle s'était rendue coupable au détriment de Mme Roger, et de sa fille Jeannette.

Le vieux soldat se rappelait, en effet, que son lieutenant, au début de la guerre, avait désintéressé son créancier... qui ne s'appelait pas Schwerdein et n'avait rien de commun avec dame Marthe.

Du reste, on se rappelle, à ce sujet, le témoignage concluant d'un autre Alsacien, un soldat lui aussi de la compagnie de Roger, qui n'était autre que Gottfried-le-Manchot.

Ah ! comme les oreilles de dame Marthe durent lui tinter ce jour-là !...

Mais ce fut au tour de maître Schwerdein d'entreprendre le récit de ses aventures.

Blessé à maintes reprises et même laissé pour mort, comme nous l'avons vu, il avait connu toutes les horreurs de la guerre, puisqu'il avait été, en outre, fait prisonnier.

Ce bon vivant n'avait en lui rien de ce qu'il fallait pour faire un martyr. La mort n'avait pas voulu de lui ; ses geôliers semblèrent éprouver à son égard, un sentiment identique. On lui rendit, bien vite, la liberté, ainsi que le modeste pécule qu'il avait amassé au service.

— Une fois libre, — dit-il, — loin de songer à revenir chez moi pour m'abreuver à la coupe d'amertume que ma peste d'épouse préparait à mon intention j'avais acheté un fond de cabaretier sur cette grande route que vous voyez.

« C'était une excellente affaire, car il y passe énormément de rouliers, et ces braves gens boivent autant, en toscane, que dans n'importe quel autre pays de la chrétienté.

« On ne peut pas vivre seul, n'est-ce pas ? c'est pourquoi je pris deux jeunesses à mon service. Vous avez fait leur connaissance, tout à l'heure, messieurs, et, malheureusement, dans des conditions qui ne sont pas à l'avantage de ces deux angéliques personnes...

Là-dessus, comme on parlait d'elles, les ribaudes donnant libre cours à leur intempérance de langage recommencèrent à abreuver Schwerdein de sanglants reproches.

— Ruffian ! — s'écrièrent-elles toutes les deux en même temps, — tu m'avais promis le mariage !

— Et je l'ai tenu !... mes douces colombes ! Ne vous ai-je pas épousées du mieux que j'ai pu ?... Est-ce ma faute si la religion régnante interdit de se présenter devant le prêtre, pour faire bénir une double union, avec deux femmes aux bras... Ah ! que ne suis-je né Turc !

— Mécréant !...

— Païen !...

Ce fut en ces termes désobligeants que les bacchantes répondirent aux aspirations polygames de Schwerdein, qui poursuivait le cours de sa confession, plus ou moins décousue, ainsi qu'il sied à un homme en train de voyager sur un tonneau encore rempli de vin.

— Méchantes ! — disait-il, — et moi qui croyais à votre douceur ; moi qui m'imaginais qu'en votre société j'oublierais les galères conjugales, aux-quelles me condamnait très revêche dame Marthe, ma veuve.

« Car il faut vous dire, messieurs, — ajouta-t-il en se tournant vers les goliards, — qu'en m'établissant cabaretier, si j'ai pris à mon service ces deux donzelles, c'est que j'avais fait un calcul...

« Je me disais, vingt et vingt font quarante... donc, pour remplacer une épouse qui a la quarantaine bien sonnée, il convient de prendre deux compagnes qui, chacune, fleurissent leurs vingt printemps...

— C'est bien calculé, mon vieux ! — fit Gottfried en riant ; — d'après ce principe, quand dame Marthe atteindra la soixantaine, tu prendras trois servantes de vingt ans...

— Hum ! je commence à réfléchir, — répondit Schwerdein, — la jeunesse devient bien acariâtre. Figurez-vous que ces deux princesses ne pouvaient pas se sentir. Dans l'auberge que je tenais, elles passaient leur temps à se disputer, et quand, par hasard, il leur arrivait de tomber d'accord, c'était pour me quereller.

« Alors, naturellement, les affaires se sont mises à marcher tout de travers, et, s'il faut vous avouer la vérité, j'ai mangé mon fonds.

— Dis plutôt que tu l'as bu ! — interrompit le Manchot.

Mais Schwerdein continua, devenant mélancolique :

— Hélas ! tout a été vendu, et tout à l'heure je suis parti avec ce qui me restait... mon dernier tonneau, mon chariot, mes deux bœufs ainsi que mes deux...

La fin de sa phrase se perdit dans le bruit des imprécations lancées par les donzelles.

— Insolent, qui nous met sur le même rang que ses bœufs !

— Le malhonnête, comme il nous traite !

Voyant que les propos des bacchantes menaçaient de tourner à l'aigre, Ludwig Frosch ramena l'entretien à des pensées plus sérieuses.

— Mon brave Schwerdein, — fit-il, — vous savez bien qu'à Strasbourg on vous estimait autant qu'on aimait peu dame Marthe! Tout le monde vous plaignait d'être marié à une pareille mégère. Vous êtes un honnête homme, un loyal soldat qui n'a peut-être qu'un défaut : c'est de trop sacrifier sur les autels de Bacchus... et aussi de Vénus !

« Voyons, mon ami, il y a des moments où cette vie-là doit vous sembler indigne d'un vaillant et fidèle compagnon d'armes du lieutenant Roger?

Le joyeux compère des ribaudes était devenu pensif et sombre. Il s'écria, avec un profond soupir :

— Ah ! oui... vous avez raison ! on a beau aimer le vin, on a beau faire la fête, on se dit, parfois, qu'on aurait mieux fait de ne pas tant boire !...

« Car il arrive, lorsqu'on a bu, que l'on s'endort à son poste... au lieu de veiller...

« Et c'est ce qui est arrivé lorsque ces satanés Italiens se sont emparés de mon chef bien-aimé...

« Oui... plus souvent que vous ne croyez, allez, je me suis reproché cette négligence... Si j'avais été plus sobre, si j'avais eu l'œil aux aguets... comme c'était mon devoir, leur embûche n'aurait pas réussi, sans doute... et ils n'auraient pas pu dire, surtout, que le lieutenant Roger était un traître et un déserteur...

— La vérité a commencé à se faire jour ! — fit, gravement, Ludwig Frosch. — Et l'opinion bien injuste que l'on s'était faite, en France, de l'héroïque et infortuné lieutenant s'est modifiée peu à peu.

« Bientôt même, quand l'ambassadeur que le roi de France a envoyé aura terminé son enquête, Roger sera lavé de tout soupçon, et sa réhabilitation sera complète !...

— Oh ! que ne donnerais-je pas pour voir ce jour béni !... Je crois même que, s'il le fallait, je me passerais de boire...

— Non ! mon brave Schwerdein, on ne vous demande pas tant que ça ; mettez seulement un peu d'eau dans votre vin !...

— J'en mettrai, monsieur Ludwig, je le jure !... Et puis, qu'est-ce qu'il faudra que je fasse, avec cela ?...

— Vous avez entendu parler, sans doute, de l'auberge de la Fornarina, qui se trouve, sur les Apennins, dans le territoire contesté.

— Qui est-ce qui ne connaît pas ça, dans le pays? le rendez-vous des contrebandiers... une hôtelière qui est belle comme Vénus en personne.

— Eh bien ! je vais vous donner un mot pour cette dame. Elle vous fera pénétrer auprès de l'ambassadeur de France qui habite chez elle, et alors vous raconterez au marquis de La Roche-Beaulieu tout ce que vous savez sur les circonstances qui ont accompagné, jadis, l'étrange et soudaine disparition du vaillant chef de la légion alsacienne.

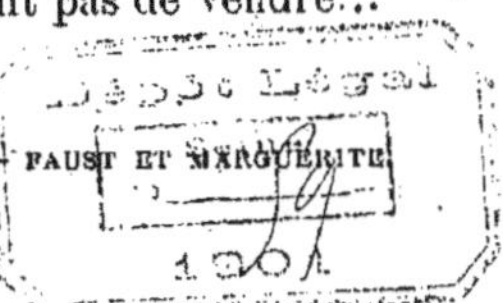

Il y avait un homme qui le suivait comme son ombre. (Page 1311.)

Là-dessus, l'étudiant tira un carnet de sa poche, écrivit quelques lignes sur une des pages qu'il déchira et remit à Schwerdein.

— Oui... mais... qu'est-ce que je deviendrai, une fois que j'aurai raconté ce que je sais à l'ambassadeur du roi ?

Le volage époux de dame Marthe commençait à avoir des inquiétudes pour l'avenir ; il devenait prévoyant.

— C'est que je n'ai plus mon fonds. — ajouta-t-il, — il ne me reste que mes bœufs dont la vente ne sera pas difficile et mes deux... princesses que les lois ne me permettent pas de vendre...

— Ne vous inquiétez pas de votre sort, maître Schwerdein. Le marquis de La Roche-Beaulieu s'occupe, à l'*Albergo*, de recruter une escorte qui sera constituée, autant que possible, de bons Français et en particulier d'Alsaciens.

« Pour le transport des bagages, il aura besoin de bêtes de trait; nul doute qu'il vous achète votre paire de bœufs. Quant à ces dames...

Mais, ayant regardé autour de lui, Ludwig Frosch ne vit plus les compagnes du joyeux Schwerdein.

Déjà, depuis un moment, elles se tenaient à l'écart; cette conversation était trop grave pour leur plaire et puis elles n'osaient plus, devant ces étrangers, donner libre cours à leur vocabulaire d'assez mauvais aloi. Aussi, s'étaient-elles éclipsées.

Cependant l'on aperçut bientôt les deux bacchantes au bout d'un champ où elles étaient allées rejoindre des moissonneurs. La brune avait mis des coquelicots dans sa chevelure, la blonde, des bleuets... des brindilles de pailles s'emmêlaient dans leurs cheveux dénoués...

Le crépuscule se fondait peu à peu dans les ténèbres de la nuit douce et tiède...

Les bœufs avaient fermé leur grand œil rêveur... Les goliards s'enveloppant dans leurs manteaux s'endormirent sur le chariot de Schwerdein...

Ils étaient désormais tranquilles sur le sort des petites femmes !

<h1 style="text-align:center">XIII</h1>

ŒUVRE DE REPTILE

Au petit jour, on se sépara. Ludwig Frosch et ses compagnons montèrent sur leurs chevaux pour continuer ce voyage qui s'annonçait déjà comme devant être fécond en incidents de toutes sortes.

Traîné par ses bœufs à l'indolente allure, Schwerdein prit la route des Apennins, pour aller se mettre aux ordres de l'ambassadeur de France.

. . . .

Une bourgade aisée... presque une ville, située au carrefour des routes carrossables les plus importantes de la contrée.

Le bien-être semble régner dans ce centre mi-campagnard et mi-citadin. La florissante industrie des tissus voisine avec la culture de l'olivier et de la vigne; il y a, sur le chemin, un charroi continuel, de l'huile, du vin, des céréales et du drap que l'on transporte à Florence ou dans le port commercial de Livourne, rivale heureuse de Pise pour le trafic maritime.

C'est dimanche... Devant l'église, au sortir des vêpres, les hommes se livrent aux paisibles jeux de boules... les hommes mariés, s'entend, qui ne peuvent se livrer qu'à des plaisirs graves, et encore sous l'œil de leurs sévères moitiés qui, assises en cercle autour d'eux, terrible aréopage, jugent en dernier ressort la conduite des voisines absentes.

Les jeunes gens des deux sexes dansent au son du violon, sous un orme plusieurs fois séculaire qui ombrage la verte pelouse, servant de jardin public à la petite cité.

Des mariages s'ébauchent et des intrigues galantes se nouent dans ce bal dominical, simples amourettes ou liaisons passionnées qui n'iront pas toutes demander le concours de M. le curé.

« L'homme est de feu, — dit un proverbe toscan, — la femme est d'étoupe et le diable les rapproche!... »

N'oublions pas que, sous le règne de Méphistophélès, les mœurs patriarcales des habitants de ces pays ont beaucoup perdu de leur antique pureté.

Nathalie Borghès n'a-t-elle pas donné, sur le trône même, l'exemple du libertinage le plus éhonté?...

Un homme, un vieillard, à la devanture d'une auberge, achevait son repas frugal en contemplant les ébats et les jeux auxquels se livre la population de la bourgade.

Ce spectacle l'absorbe, sans doute, car il ne voit pas un individu au regard oblique, au visage faux, qui vient d'entrer dans l'auberge, un épais chapeau rabattu sur ses yeux.

Le nouveau venu traverse la grand'salle de l'auberge et, s'approchant du patron, derrière son comptoir, il lui murmure à l'oreille :

— Service du prince.

L'hôtelier enlève son bonnet et s'incline respectueusement :

— Monseigneur, je suis à vos ordres !

— Combien l'homme qui mange en plein air sur le devant de la porte a-t-il fait de dépense?

— Bien peu, Excellence ! Il ne boit que de l'eau. Quelques légumes, du pain, du fromage, voilà tout ce qu'il a mangé! Ah! si l'on n'avait que des clients comme ça, il faudrait fermer boutique tout de suite. Songez donc, pas de vin!... Si c'est permis... et il n'y a que sur le vin que nous pouvons gagner.

— Peu importe, — fit l'intrus visiblement agacé par tout ce verbiage, — à combien se monte sa dépense?...

— Mais... mais... — balbutia l'aubergiste, — est-ce que par hasard... il ne pourrait pas... me payer?... car vous devez savoir ça... vous qui êtes de la police? Ah! le gueux, le misérable, le révolutionnaire!...

Notre homme, on le voit, était imbu de l'idée, qui a cours chez les gens simples et crédules, que la police doit tout savoir, tout connaître,

Le policier, — donnons-lui ce nom qu'il mérite à tous les égards, — s'empressa de rassurer son interlocuteur.

— Non ! — fit-il. — Ce n'est pas de ça qu'il s'agit. Vous serez payé...

— Ah !... — soupira l'autre.

— Dites-moi le prix de son repas.

— Vingt *soldi*, tout juste, Altesse.

— Bon ! les voilà.

Et le ténébreux personnage, avec un geste large, déposa cette somme minuscule sur le comptoir. L'aubergiste s'empressa de l'empocher.

— A propos, — ajouta le généreux donateur, — quand ce vieux, tout à l'heure, vous appellera pour régler le montant de son repas, vous lui direz ceci : « Maître Gioritto, vous êtes mon hôte. Je suis assez payé par l'honneur que vous m'avez fait de venir me demander à dîner ; je n'accepterai rien, gardez votre argent pour le service de la bonne cause. »

Le patron ânonna cette phrase trois ou quatre fois ; quand le policier vit qu'il était capable de la répéter à peu près convenablement, il lui dit :

— Maintenant vous aller me servir...

— Sous la tonnelle, illustrissime seigneur ?

— Non, dans le coin le plus sombre de la salle. Je voyage et je mange... *incognito*.

— Motus ! j'ai compris. Et si Votre Éminence veut faire son menu... Du vin, n'est-ce pas ?...

— Et du meilleur... que vous aurez soin, bien entendu, de me faire payer le moins cher possible... Service du prince !...

Laissons notre sbire se goberger aux frais du gouvernement qui le paye et revenons un instant auprès de Gioritto, dont le mélancolique regard se promène sur cette foule endimanchée qui s'amuse.

— Partout c'est la même chose ! — fait en lui-même le vaillant patriote au cœur plein de tristesse ; — le peuple danse et rit, oublieux de sa liberté perdue !... Et quand je m'avance au milieu d'eux, que je leur parle de fierté républicaine et d'indépendance nationale, ils n'ont pas l'air de comprendre et, parfois même, ils se mettent à sourire...

« Que leurs olives et leurs tissus se vendent, on dirait que cela leur suffit, comme si les libres Toscans de jadis se contentaient d'être, désormais, une nation de trafiquants !...

« Et pourtant ils respectent encore le vieux chef dont les cheveux ont blanchi sous le harnais des batailles pour la sainte liberté du peuple...

« Leur hospitalité se montre généreuse et ne veut rien accepter de moi, mais pourquoi faut-il que cela soit toujours, exclusivement dans les auberges, comme si... les hôteliers étaient seuls à avoir conservé le culte de la patrie...

« C'est étrange... tout de même !... Par moments, il me semble qu'une atmosphère irrespirable de soupçon... de traîtrise... ne cesse de m'entourer... et que je vais mourir empoisonné par le lâche venin de la calomnie !...

Le noble vieillard était en proie à une tristesse infinie qui ployait sur sa poitrine sa tête vénérable et faisait monter des larmes amères à ses yeux, restés clairs et francs.

Infinie tristesse... oui !... Mais aussi, elle n'était pas sans motifs.

Et l'infortuné Gioritto se remémorait ce qu'avait été sa vie, depuis que Faust l'avait sauvé de la chimie terrible des Borghès, et que sa fille Hélène, la courtisane Titania, la honte de son nom, avait essayé de se réhabiliter par un geste vengeur...

Sans trêve et sans repos, tournant le dos à la cité maudite, il avait marché, infatigable chemineau de la Révolution.

Il était allé revoir les lieux célèbres où une armée de héros qu'il commandait avait versé son sang pour la liberté.

Il n'avait plus revu, partout, que des gens en train de jouir de la vie, ou bien occupés soit au labour, soit à la récolte, et ses mâles accents n'avaient réveillé dans leurs âmes aucun écho.

Beaucoup même, à ses discours qui prêchaient la révolte, s'étaient mis à hausser les épaules... quelques-uns lui répondaient par des sarcarmes...

Décidément la politique astucieuse du prince-régent avait rendu cette noble terre désormais inféconde pour la forte semence de l'honneur et du patriotisme.

Gioritto connut encore une souffrance plus âpre. Au cours de ses pérégrinations, il apprit l'issue du procès criminel intenté à sa fille pour le meurtre de Julio Marchetti.

Il y a des condamnations qui réhabilitent; bien souvent l'échafaud devient un piédestal... la charrette du bourreau prend l'aspect glorieux d'un char de triomphe.

Mais aussi il y a des acquittements qui portent en eux une indéniable flétrissure.

Celui de Titania, tel que Méphistophélès l'avait dicté aux juges, laissait à celle qui en bénéficiait, une véritable marque d'infamie. La haine vengeresse de la fille immolant un suppôt de la tyrannie pour venger l'honneur de son père devenait, grâce à cet acquittement machiavélique, un crime passionnel, la jalousie meurtrière d'une femme galante tuant son amant au cours d'une querelle... une de ces affaires banales comme il s'en passe, tous les jours, à Florence... et ailleurs.

Cette honte éclaboussait les cheveux blancs du vieux chef de la Révolution... Les regards se faisaient narquois sur son passage, et, quand il parlait aux bourgeois des villes ou aux travailleurs des champs de la grandeur de la Patrie et de l'austère liberté de la vieille république toscane, on lui disait :

— Taisez-vous donc !... N'avez-vous pas été le commensal de Julio Marchetti ?... Et même vous n'avez quitté sa maison que quand la marmite a été renversée ?...

Gioritto avait un ami, le seul peut-être auquel il pût avoir recours, moralement et matériellement.

Le bon docteur Romalino, un fervent patriote, celui-là, un compagnon sincère et fidèle n'aurait pas manqué de le soutenir de sa bonne affection, au milieu de la crise douloureuse qu'il traversait, de le réconforter et de lui venir en aide au point de vue pécuniaire, car la révolution n'avait pas enrichi Gioritto, et les horreurs de la guerre civile jointes aux exigences du fisc, insatiables pour les révoltés, l'avaient complètement ruiné.

Mais le médecin de Campi, fuyant les représailles de Méphistophélès vainqueur, s'était réfugié sur les terres du duc de Ferrare...

Gioritto, lui, voulait mourir dans sa patrie asservie, et, puisqu'il ne pouvait pas la délivrer, il lui montrerait comment on sait mourir...

Désespérant de soulever la province, il revenait à Florence, un léger bagage sur le dos, ainsi qu'un nomade, et s'appuyant sur un gros bâton ferré.

Il s'arrêtait dans les auberges de la route, et là, à cause de sa sobriété naturelle, comme aussi parce qu'il était pauvre, il se faisait servir un modeste repas.

Mais, depuis qu'il approchait de Florence, il avait remarqué cette chose étrange...

Les hôteliers refusaient tout paiement et, se disant dévoués à la Révolution, l'adjuraient de garder son argent pour le service de la cause.

En tout autre temps, Gioritto eût refusé de pareils témoignages d'abnégation et de désintéressement. Chacun doit vivre de son métier.

Mais, actuellement, il envisageait les choses à un autre point de vue. Ce dévouement qu'il rencontrait chez les patrons d'auberge s'adressait à l'idée dont il était le représentant ; c'était comme une offrande sur l'autel de la Révolution, un don qu'il était chargé de transmettre à l'idéale maîtresse dont il s'était fait le chevalier errant. Et ainsi il pourrait conserver, sans en rien distraire, les faibles ressources qu'il possédait encore, et les utiliser pour la suprême tentative qu'il allait faire à Florence...

Comme nous venons de le voir, ce n'est pas sans un certain étonnement que Gioritto voyait ce généreux patriotisme limité, pour l'instant, à la corporation habituellement rapace des aubergistes.

Cet étonnement lui occasionnait même un malaise inquiet, mais il faut dire que cela n'allait point jusqu'à la méfiance, sans cela son parti eût été vite pris... Il aurait payé et continué sa route vers les destins qui l'attendaient.

Une particularité bien connue du vieux révolutionnaire expliquera d'ailleurs qu'il ait pu croire que les uniques adhérents de l'idée révolutionnaire se trouvaient tous dans un seul corps de métier.

A cette époque comme dans les siècles qui précédèrent, les diverses corporations avaient un rôle important et agité, dans les États turbulents de la péninsule italienne. Les rivalités professionnelles y jouaient un rôle prépondérant, les partis qui se disputaient le pouvoir étaient, bien souvent, des corps de métier jaloux de leurs prérogatives réciproques.

Il faut dire aussi que, plus d'une fois, l'idéale liberté jaillit toute armée du sein d'une corporation.

L'histoire n'avait-elle pas, pour Gioritto, gardé le souvenir des révolutions faites par les pêcheurs de Naples et les drapiers de Florence, au temps jadis...

Sans doute le pèlerin de l'indépendance eût été moins confiant, s'il avait pu voir que depuis quelques jours, — depuis que les aubergistes étaient devenus révolutionnaires et désintéressés, — il y avait un homme qui le suivait comme son ombre.

Cet homme-là, nous l'avons vu entrer tout à l'heure dans l'auberge où Gioritto achevait son repas frugal. Et nous avons vu les paroles étranges qu'il échangeait avec le patron.

Et puis il s'était commandé un bon dîner... aux frais du gouvernement. Le menu avait été spécialement soigné par l'aubergiste, désireux avant toute chose de se mettre bien avec ces messieurs de la police, ce qui n'était pas à dédaigner, sous le règne actuel où les mouchards, espions ou gens du même acabit étaient tout-puissants.

Mais notre fin mouchard, qui était, dans la circonstance, doublé d'un fin gourmet, ne devait pas digérer en paix le succulent dîner qu'il venait de faire.

Le tavernier respectueux et empressé venait d'apporter et de déboucher un flacon du meilleur vin de sa cave, qu'il se permettait d'offrir au « seigneur policier » comme il disait, lorsque celui-ci lui fit signe d'approcher son oreille.

Bien entendu, l'aubergiste se hâta d'obéir, trop heureux d'être le dépositaire des secrets d'État dont son hôte était porteur.

— Que vous a dit le vieux, — fit l'espion, — quand vous avez refusé le prix de son repas?...

— Hum!... A vrai dire, Excellence... il a d'abord froncé le sourcil... Je l'ai entendu qui murmurait : « Quoi! encore... c'est étrange!... » puis il m'a longuement regardé...

— Tu as pris un air de niaiserie candide et convaincue qui l'a rassuré, n'est-ce pas?

— J'ai fait de mon mieux, illustrissime seigneur. Et je dois avoir réussi, car il m'a demandé d'une voix très douce pourquoi je ne voulais pas accepter son argent. Alors, je lui ai répondu :

« — Gardez votre argent, maître Gioritto, pour le service de la bonne cause! »

« C'est bien ça que Votre Altesse m'avait recommandé de lui dire, n'est-ce pas?

— Oui! tu as suivi mes instructions, c'est bon! Il t'a serré la main après ça, en te disant :

« — Merci, au nom de la Révolution. Nous nous reverrons au jour du bon combat... La liberté compte sur toi... »

« Et autres balivernes du même genre, car c'est cela qu'il dit partout où il passe... et où on lui fait la politesse que tu viens de lui faire... aux frais du prince-régnant.

— Pas tout à fait, monseigneur. Gioritto m'a fait : « Merci ! » d'un air triste. Il a soupiré, puis il m'a regardé encore comme s'il cherchait à lire dans mes yeux. Oh ! son regard, je le vois encore... on dirait qu'il se méfie... ou plutôt qu'il a peur... et qu'il éprouve en même temps du dégoût...

...« Tenez... je ne peux pas mieux dire ; il fait l'effet d'un homme qui marche dans un bois où il sait qu'il peut se trouver des serpents.

— Est-ce que j'ai l'air d'un reptile, moi ? — fit le policier.

— Oh ! Excellence, croyez bien... que... ce n'était pas ma pensée.

— Je suis un philanthrope !... Je paye partout les dépenses que fait maître Gioritto... je veille sur lui... Le prince tient tant à ce qu'il ne lui arrive pas de mal... à ce cher et excellent révolutionnaire...

— Comment... le prince daigne...

— Mais oui !... on ne connaît pas l'incommensurable bonté de Méphistophélès et l'intérêt qu'il porte au vénérable patriote... et à tous ceux qui lui touchent de près...

« Ainsi... l'acquittement de la belle Titania... tu as dû en entendre parler ?

— Pour sûr, Excellence ! Ça a fait du bruit... même qu'on a dit par ici que... oh ! je n'oserai pas le répéter, du moment que notre prince protège cette famille...

— Dis toujours ! Le prince aime bien savoir le mal qu'on dit de ses amis... Il est si libéral et si généreux, notre grand Méphistophélès !...

— Eh bien ! on disait, seigneur policier, que c'était un étrange ménage que celui où vivait Gioritto entre sa fille et son... gendre de la main gauche... un ménage à n'y rien comprendre... un vrai casse-tête... eh !... eh !... surtout pour ce pauvre Julio Marchetti... ah !... ah !

Et l'aubergiste partit d'un rire niais.

— Tiens ! — fit l'espion, — on a de l'esprit dans votre pays ! Mais une dernière recommandation, mon cher ! Si nous voulons laisser croire à ce pauvre Gioritto, à cause de sa marotte, que nous l'hébergeons pour l'amour de la révolution, nous n'avons pas la pensée que l'opinion publique partagera cette erreur...

— Ah !... et... qu'est-ce qu'il est permis de croire, illustrissime seigneur ?

— C'est bien de demander à l'autorité ce qu'il faut croire ou ne pas croire, et l'on t'en saura gré en haut lieu... Mais, pour en revenir à ce que nous disions, tu n'as qu'à répéter à tout le monde l'exacte et l'impartiale vérité. C'est le prince qui défraye partout, sur sa route, l'infortuné Gioritto...

— Alors, Votre Excellence ne me demande pas le secret ?

— Imbécile ! Tout au contraire !... Comment ! le prince répand ses bienfaits sur une des vieilles gloires du pays, et tu voudrais le cacher ?...

Obséquieux, le patron était accouru... (Page 1314.)

Tu n'es donc pas un sujet loyal?... Tous tes confrères, dans les autres localités, crient ça sur les toits; tu n'as qu'à faire comme eux.

La vile et basse calomnie poursuivait son œuvre, enserrant dans ses mailles fangeuses, pires que les lourdes chaînes de fer, le vieillard sans reproche dont les purs cheveux blancs ombrageaient le front plein de hautes et nobles pensées.

XIV

LA REVANCHE DE KARL

E galop d'un cheval avait retenti sur la route; puis il s'était ralenti pour s'arrêter finalement devant l'auberge.

Obséquieux, le patron était accouru, mais il rengaina de suite sa politesse, car le cavalier n'avait ni l'âge ni la taille d'un voyageur sérieux qui ne regarde pas à la dépense.

— Mauvaise journée!... — fit-il; — Gioritto qui ne boit que de l'eau... le seigneur policier qui boit du vin, mais un peu à mes frais, et ce galopin qui tombe on ne sait d'où!...

Il n'eut pas le temps de méditer plus longtemps sur sa malchance. Le galopin, puisque c'est ainsi qu'il qualifiait le voyageur, venait d'une main leste de faire sauter son bonnet que l'hôtelier, sans plus de façon, avait remis sur son crâne dénudé.

Et puis une voix juvénile, mais qui n'admettait pas la réplique, commanda :

— Vite! des litières pour les chevaux... vos meilleures chambres pour les cavaliers!... Tout votre monde aux fourneaux... qu'on prépare un dîner succulent et les vins les meilleurs... on est des connaisseurs.

— Est-ce qu'on est... des payeurs? — demanda l'aubergiste à qui, décidément, les manières de l'intrus ne plaisaient pas du tout.

La réponse fut brève... mais énergique... Un coup de tête dans le ventre et le tavernier s'étala sur la partie opposée de son individu.

— Ça, c'est trop fort! — fit-il en se relevant péniblement; — me traiter comme ça, chez moi, dans ma maison qui a ue justement l'honneur d'abriter un éminent policier...

— Un policier! Où donc, que je lui coure dessus?

— Parfaitement, galvaudeux, et il te va mettre en prison. Il est là, dans un coin de la grande salle, en train de boire la bouteille que j'ai eu l'honneur...

Mais le maître tavernier parlait dans le désert. Le galvaudeux était entré dans la salle... Il marchait vers le « seigneur policier ». Soudain, voilà qu'il s'arrête, ébahi, et regarde.

Mais cela ne dure qu'une seconde... et voilà le galvaudeux qui prend son élan...

L'espion, aussitôt qu'il avait entendu quelqu'un pénétrer dans l'auberge, s'était mis à considérer gravement le fond de son verre, tout en rabattant son large chapeau sur ses yeux louches.

C'est qu'il ne tenait pas du tout à être reconnu... et surpris dans l'exercice de ses fonctions peu honorables. Il n'était chargé que de la surveillance de Gioritto, et les autres voyageurs qu'il pouvait rencontrer au cours de ses pérégrinations n'avaient aucune espèce d'intérêt pour lui...

Peut-être la réciproque n'était-elle pas rigoureusement exacte en ce sens que, parmi les voyageurs en question, il s'en trouvait qui s'intéressaient à lui. Toujours est-il que sa digestion fut subitement troublée, — elle l'eût été à moins, — par un solide coup de pied qu'il reçut dans le creux de l'estomac. Le pied était chaussé d'un gros soulier ferré, ce qui rendait le coup encore plus indigeste.

En même temps, une voix jeune poussait ce cri :

— A bas les voleurs !...

L'hôtelier était accouru et, voyant ce qui se passait, il s'écriait en levant les bras au ciel :

— Bonté divine ! Dans mon auberge... est-ce possible ? traiter de la sorte un illustrissime seigneur de la police !... Attends un peu, méchant gamin, je vais aller chercher les soldats du prince !

Le méchant gamin se campa au beau milieu de la salle, et, les deux poings sur les hanches, il lança ces mots d'un air de défi :

— Tavernier de tous les diables, va-t'en les chercher, tes soldats du prince. Tu leur diras qu'à moi tout seul j'ai forcé leurs camarades à capituler dans le duché de Ferrare. Et s'ils te demandent mon nom, dis-leur que je m'appelle Georges, le petit bûcheron de la Forêt-Noire, autrement dit le terrible burgrave... Tu ajouteras que je suis l'avant-garde des invincibles goliards de Strasbourg. Tiens ! entends-tu le galop de leurs fougueux coursiers...

Il y avait beaucoup de jactance et de vantardise dans les paroles proférées par Georges ; mais depuis qu'il avait pénétré en Italie avec les camarades, il s'était mis à apprendre avec ardeur la langue du pays, en écoutant parler les charlatans, bateleurs et marchands d'orviétan qui abondaient sur les routes. Et il s'était assimilé, plus qu'il ne convient, leur langage outré et pompeux.

L'aubergiste était quelque peu abasourdi par la véhémente sortie du jeune garçon, mais comme il ne tenait pas, — et pour cause, — à entrer derechef en collision avec lui, il se contenta de faire :

— Tout ça n'est pas une raison pour traiter de voleur l'honorable...

— L'abjecte canaille qui s'appelle Karl Brander !

La galopade des cavaliers sur la route se rapprochait, tandis que Georges, bon enfant et n'ayant aucune rancune contre l'hôtelier, lui narrait comment le mouchard, à Strasbourg, subtilisait l'argent que ses nobles parents lui envoyaient.

Il conclut :

— Si je n'ai pas le droit, après cela, de le traiter de voleur... Tenez! vous-même, j'en suis sûr!...

Le jeune burgrave se retourna... l'aubergiste aussi.. Karl Brander avait mis à profit le temps qu'ils étaient restés le dos tourné... Prestement et sans faire de bruit, il venait de sauter par la fenêtre...

Il courait à travers champs... Quand Ludwig Frosch arriva avec son inséparable Heinrich et Gottfried-le-Manchot et que Georges leur eut expliqué ce qui venait de se passer, le fugitif avait disparu.

— Nous le retrouverons un jour ou l'autre sur notre chemin... malheureusement! — s'écria Ludwig.

L'hôtelier se lamentait :

— Mon Dieu!... dire qu'il est parti sans me payer son repas... et il y en a bien pour une pistole. Un voleur... pour sûr! un gibier de bagne!... Quand on pense qu'il se faisait passer pour être de la police... le misérable imposteur!

Ludwig Frosch rassura, — à sa façon, — cet homme si désolé :

— Non! ce n'est pas un imposteur, soyez-en sûr!... Il est bien de la police.

— Ce qui ne l'empêche pas d'être un gibier de bagne, et même de potence! — affirma le Manchot.

— *Gaudeamus !* — s'écria l'incorrigible Heinrich. — Dans tous les pays, je vois bien que c'est la même chose, on recrute les malhonnêtes gens pour en faire des policiers!...

Depuis que nos goliards remplissaient en quelque sorte les fonctions d'émissaires officieux, — sinon officiels, — de l'ambassadeur de France, ils avaient le gousset assez bien garni. L'aubergiste s'en était bien vite aperçu, c'est pourquoi il s'empressait de mettre leur couvert et de prendre leurs ordres, oubliant les vivacités de Georges, le jeune et zélé fourrier de la troupe. Ces espiègleries, si excusables chez un garçon de son âge, touchaient bien moins le pauvre tavernier que le départ précipité de Karl Brander, négligeant de solder sa dépense.

C'était un coup bien rude à recevoir pour un homme qui avait une confiance inébranlable dans la police et un respect inné, doublé d'une admiration sans bornes, pour cette institution.

Tout en servant les cavaliers descendus chez lui, il ne pouvait s'empêcher de pester contre Karl Brander.

— Quelle indélicatesse! — gémissait-il ; — mais aussi, peut-on s'imaginer une pareille rouerie?... Figurez-vous, messeigneurs, que ce coupeur de bourses, pour me jeter de la poudre aux yeux, n'avait imaginé rien de mieux que de me payer la maigre dépense faite par ce pauvre Gioritto...

— Gioritto? — demanda Ludwig ; — c'est bien le nom de l'ancien chef de la révolution, celui qui combattait avec le lieutenant Roger les troupes d'Andréas Borghès ?...

— Lui-même en personne, seigneur ! — répondit l'aubergiste. — C'est ce vieillard qui est encore assis tout seul à une table, sur le devant de l'auberge. L'escroc qui vient de s'enfuir m'avait pris à part, tout à l'heure, en me disant qu'il était chargé par le prince Méphistophélès de subvenir discrè tement aux besoins du vieux Gioritto. Mais, pour sûr, c'est un mensonge !...

Ludwig Frosch secoua la tête, et, pensif, il dit à haute voix à ses camarades, en patois d'Alsace :

— Vraiment, tout ceci est fort étrange ! Dans les villages et les bourgades que nous venons de traverser, il se trouvait que Gioritto venait de passer avant nous, et, dans les auberges où nous nous arrêtions, on parlait beaucoup de lui, du procès de sa fille et des bontés du prince qui défrayait de tout cet ancien révolutionnaire devenu son ami.

« Et, n'est-ce pas, vous vous rappelez ce que nous nous disions?... Est-il possible que ce personnage aux accointances suspectes ait été l'ami et le compagnon d'armes de notre glorieux lieutenant Roger ?...

— Je peux vous assurer, moi, — interrompit Gottfried, — que mon lieutenant avait maître Gioritto en grande estime et... mon lieutenant, c'était, pour tout ce qui touche à l'honneur, la pureté inattaquable du diamant.

— Or, il se trouve, — poursuivit Ludwig, — que le policier qui sert d'intermédiaire pour les largesses de Méphisto n'est autre que notre vieille connaissance Karl Brander, l'espion, le traître...

— Le voleur ! — s'écria Georges avec sa coutumière impétuosité.

Ludwig Frosch continua :

— Qui se ressemble s'assemble. Karl est évidemment entré au service du tyran auquel il a donné, pour son début, un gage sérieux, la capture, par trahison, de Frantz Holbach.

« Méphisto, qui est capable d'empoisonner les gens qui le gênent, est homme à se débarrasser tout aussi bien d'un ennemi par la calomnie, un poison moral... Et, de même qu'il employait Wagner... il emploie Karl auquel il a confié le soin d'empoisonner Gioritto par une lente et savante calomnie...

« Wagner a été mis hors d'état de nuire... Eh bien !... en attendant que nous puissions en agir de même à l'égard de Brander, nous devons empêcher que son œuvre de malfaisance suive son cours désastreux...

« En attendant d'arrêter l'empoisonneur, courons au plus pressé ; donnons un contre-poison !

Ces paroles de Ludwig obtinrent l'assentiment unanime de ses compagnons ; alors l'étudiant, appelant l'aubergiste, lui dit, en italien cette fois :

— Écoutez ! Le policier qui vient de s'enfuir d'ici, à notre approche, sans vous payer, vous devait...

— Une pistole, Votre Altesse !... et encore, c'est donné... un prix spécial... parce qu'il était de la police et que notre intérêt, dans le métier que nous faisons, est de nous mettre en bons termes avec la police.

— Eh bien ! votre pistole, la voilà !...

L'aubergiste était tout à fait déconcerté... Un policier, un défenseur de l'ordre et de la propriété, un pilier de l'État, qui ne payait pas son dû...

Et, d'autre part, des vagabonds, des goliards, des gens de sac et de corde qui lui remboursaient ce que l'espion lui devait...

Décidément, cela bouleversait toutes ses notions de morale et de politique, et comme les esprits simplistes sont souvent portés à voir des choses compliquées là où il n'y a rien que de tout naturel, notre tavernier était bien près de croire que les goliards étaient en réalité des sbires déguisés poursuivant un dangereux malfaiteur, ce Karl Brander qui se faisait indûment passer pour un mouchard.

Mais, en attendant, heureux de toucher une pistole qu'il croyait bien à tout jamais perdue, il se confondait en manifestations de la gratitude la plus hyperbolique.

Ludwig Frosch y coupa court en lui signifiant les conditions qu'il mettait à ce remboursement... inespéré pour l'avare hôtelier.

— Vous allez venir avec moi, — dit-il, — et vous répéterez à maître Gioritto ce que l'espion vous a dit !...

Le noble et vaillant champion de l'indépendance toscane, son frugal repas achevé, contemplait mélancoliquement, comme nous l'avons vu, le spectacle des réjouissances populaires sur la grand'place de la bourgade.

L'arrivée de Ludwig et de ses compagnons, que l'aubergiste escortait, arracha le vieux révolutionnaire à ses méditations.

— Messire, — fit le chef des goliards en s'inclinant respectueusement devant lui, — nous sommes des enfants de l'Alsace, des amis du lieutenant Roger et les camarades de son fils Valentin ; nous avons su qui vous étiez, votre nom est venu jusque dans nos froides contrées du Nord, porté sur l'aile de la renommée ; c'est pourquoi, nous arrêtant sous le même toit que vous, nous sommes venus saluer le héros de la révolution.

Le vieillard leva vers eux son regard clair et droit ; les figures franches, loyales, des nouveaux venus inspiraient sympathie et confiance.

Et puis, il venait de reconnaître parmi eux le mâle visage, tout balafré de glorieuses cicatrices, de Gottfried, et il se souvenait d'avoir vu le vieux soldat dans l'entourage du lieutenant Roger.

Il se trouvait donc en un milieu ami où il n'aurait à redouter ni les basses traîtrises ni les sarcasmes amers qui lui faisaient escorte depuis qu'il était libre, sur ces routes changées pour lui en véritables calvaires.

— Messieurs, — dit-il, — dans ma solitude et mon abandon, c'est une joie pour moi de voir les fils nobles et généreux de l'Alsace, terre de gloire et d'héroïsme... Soyez les bienvenus dans ma chère et pauvre Toscane, où, hélas ! la moisson de gloire est fauchée, où le saint héroïsme ne poussera plus sur l'arbre de la Liberté !...

— De nouveaux rameaux pousseront bientôt sur la vieille souche des lauriers. Et puis, quand même, ne faut-il pas lutter pour arracher ceux qu'on aime au joug odieux d'un tyran? Notre maître vénéré, le docteur Faust, est dans les fers ; Roger, le vaillant soldat, est captif...

— Et moi, — fit le vieillard avec un sourire doux et triste, — moi qui n'ai jamais eu qu'une passion, le culte de la patrie, je serais désho-noré... si Gioritto n'avait mis son honneur plus haut que ne peuvent atteindre les calomnies de Méphisto et de ses vils séides !

— Nous combattrons avec vous, seigneur!... — s'écria Gottfried. — Et, vive Dieu! ça sera comme au bon temps ; nous délivrerons Roger, et sur le corps du tyran nous proclamerons l'indépendance de ce peuple!

— Voyez-les... ils dansent et boivent ! — fit simplement Gioritto, en montrant les jeux sur la grand'place ; — et si j'allais leur dire qu'ils sont les esclaves d'une odieuse tyrannie, ils feraient ce qu'ils ont déjà fait ; ils me riraient au nez et me diraient que je ferais mieux de me taire, moi le commensal d'un chef de garde-chiourme et l'obligé du prince, ce philanthrope de Méphistophélès!...

— Je sais à quoi vous faites allusion, seigneur Gioritto! — déclara, d'un air grave, Ludwig Frosch; — mais le hasard a voulu qu'ici même nous dépistions le funeste semeur de calomnies...

— Que voulez-vous dire? — s'écria, anxieux, le vieillard.

Ludwig se tourna vers l'aubergiste et lui dit :

— Allons, veux-tu parler et répéter à haute voix ce que tu sais?...

L'hôtelier tenait sa pistole, et maintenant il se souciait peu de dire la vérité. Tout ce qu'il venait d'entendre l'effrayait... Ces gens-là ne parlaient de rien moins que de renverser l'état de choses établi... peut-être serait-il compromis pour avoir simplement entendu leurs paroles subversives...

— Je... je ne... peux rien dire... — fit-il d'une voix tremblante ; — je ne... sais... rien...

— Ah! gredin!... menteur!...

Leste comme un jeune chat, George venait de sauter à la gorge du piteux aubergiste et il essayait, tout bonnement, de l'étrangler. Selon toute probabilité, il y aurait finalement réussi, car il était plein de per-sévérance, mais Ludwig Frosch lui arracha sa victime peu intéressante, en disant à cette dernière :

— Croyez-moi, mon brave homme, il vaut encore mieux dire la vérité que de se laisser étrangler...

— Je... je vais... tout... dire!... — gémit l'hôtelier en se remettant à respirer...

Et il fit à Gioritto le récit que nous connaissons, lui révélant les pro-cédés policiers du mouchard qui l'accompagnait de ville en ville et d'au-berge en auberge, essayant partout de le salir avec sa bave de reptile.

Hélas! nous savons qu'il y réussissait jusqu'à un certain point, car les hommes sont toujours disposés à croire au mal.

Grâce au nouveau geste du petit Georges, la foule s'était amassée devant l'auberge... Les uns prenaient parti pour le patron, les autres pour son agresseur, car l'hôtelier était regardé comme un individu rapace et peu scrupuleux dans son commerce.

De fait, les réjouissances publiques se trouvaient interrompues, et puis, une rixe, une bataille, un incident quelconque, cela fait toujours un intermède qui vient rompre la monotonie forcée des réjouissances provinciales.

La présence de Gioritto, que l'on venait de reconnaître, ajoutait un intérêt de plus au spectacle.

Le vieux patriote, si résigné naguère encore et si calme au milieu de son malheur immérité, ne put maîtriser sa légitime indignation quand il connut les manœuvres reptiliennes dirigées contre lui dans l'ombre et dans le mystère.

Et son cœur l'exhala avec toute la véhémence de la loyauté outragée...

Il cria au peuple sa haine irréconciliable contre un tyran sans honneur, un lâche et perfide usurpateur qui ne reculait pas devant les plus infâmes mensonges, les plus abominables inventions... Il flétrit les turpitudes de ce régime qui s'appuyait sur les délateurs et les espions, et essaya de faire vibrer à nouveau, dans l'âme de ce peuple rassemblé pour l'écouter, les nobles et pures idées qui jadis avaient fait l'honneur et la gloire du pays...

La semence mauvaise lancée par les mouchards à la solde de Méphistophélès n'avait, malheureusement, que trop bien germé.

Ce peuple n'avait plus la foi... Les grands mots de Patrie et de Liberté ne réveillaient plus, dans son cœur, l'enthousiasme sublime qui poussa une armée d'ouvriers et de paysans jusqu'aux portes de Florence.

Il n'avait que le doute infécond, le scepticisme qui tue toute énergie, et l'indifférence par laquelle les nations s'endorment dans une sécurité trompeuse, mortelle.

La voix du vieux révolutionnaire ne trouva pas d'écho dans la foule...

Et le nom de Titania, la courtisane méprisée... l'héroïne méconnue... vola dans l'air, comme une flétrissure, au milieu des quolibets.

Cependant, des femmes, dans la masse, plus sensibles, à cause de leur droiture naturelle, aux procédés tortueux et louches dont l'hôtelier se voyait contraint de dévoiler le secret... les femmes, plus intuitives, plus perspicaces et moins grossières que les hommes, firent entendre des protestations...

La femme, par instinct, devine l'espion, déteste le policier... Elle a horreur du serpent qui rampe, visqueux et gluant, distillant son venin.

Si Karl Brander était survenu, à ce moment-là, elles lui auraient fait, très certainement, un mauvais parti. Au contraire, ces jeunes gens, le brave invalide qui les accompagnait excitaient les sympathies féminines par leurs physionomies ouvertes et franches, leur vie de courage et leur bonne humeur.

Et, servilement, il s'empressait auprès du commandant de la troupe, auquel il décernait les titres les plus flatteurs. (Page 1323.)

Georges, lui-même, était bien aussi pour quelque chose dans cette bonne opinion qu'elles avaient des goliards; plus d'une mère se disait qu'elle serait heureuse d'avoir un garçon aussi vif, aussi déluré que le petit burgrave.

Pour la première fois depuis longtemps, Gioritto vit cesser cette indifférence dédaigneuse, presque hostile, qui l'accompagnait partout... On discutait autour de lui, et la calomnie n'était plus acceptée comme une parole infaillible.

Il sentait que c'était à ces Alsaciens, rencontrés par hasard dans une auberge, qu'il devait ce revirement inespéré, et leur présence auprès de lui rendait à son cœur de patriote, si douloureusement meurtri, l'espérance qui soutient et ranime.

— Oui! — leur dit-il, — vous viendrez avec moi à Florence... Nous soulèverons le peuple... et nous délivrerons les captifs des *Carceri grande!*

A ce moment-là, il y eut un grand vacarme sur la place... Des soldats à cheval chargeaient la foule, surprise par cette irruption inattendue,

En un clin d'œil l'auberge fut cernée... Un éclair de joie parut dans les yeux de Gioritto... Sans doute on venait l'arrêter par ordre du tyran... on le jetterait en prison... il mourrait sur l'échafaud... et le peuple verrait alors si lui, le vieux révolutionnaire, était le commensal d'un geôlier... le faux patriote dont Méphistophélès, par ses sbires, faisait payer les notes d'auberge!...

Les spectateurs avaient été refoulés... un cordon de troupes les tenait à distance. Il ne restait dans l'auberge que Gioritto et les goliards, avec le patron.

Ce dernier s'arrachait littéralement les cheveux.

— Quelle malchance! — disait-il en poussant des gémissements à fendre l'âme, — ma maison habituellement si tranquille!... Ah! pour sûr, je vais être mal noté maintenant par les autorités!... Dire que tout ça m'est arrivé parce que j'ai reçu chez moi ce révolutionnaire de malheur...

Et, servilement, il s'empressait auprès du commandant de la troupe, auquel il décernait les titres les plus flatteurs et offrait de son vin le plus généreux, dans l'espoir qu'il empêcherait ses hommes d'entrer dans son auberge et de le voler.

D'un coup de plat de sabre, l'officier l'écarta et lui dit :

— Vous avez donné asile à une bande de maltôtiers venus de l'étranger, qui se donnent la qualification de goliards et ne vivent que de vols et de rapines.

Oubliant la pistole payée par Ludovic Frosch pour le compte de Karl Brander, le tavernier leva les bras au ciel, s'écriant :

— Si j'avais su!... les misérables!... les bandits!... les assassins!... Pour sûr, ils ne vont pas payer non plus la dépense qu'ils ont faite!... Je suis volé!... dépouillé!... dévalisé!...

— Détrompez-vous, brave homme ! — fit Ludovic en s'avançant d'un air digne ; — vous allez être payé, car nous ne sommes pas des policiers... ni des voleurs, ce qui est tout comme.

Et il jeta au tavernier deux beaux louis de France, ce qui était bien supérieur au montant de ce que les goliards et leurs montures avaient consommé.

Mais l'aubergiste fit sonner les pièces, craignant que ce ne fût de la fausse monnaie, et il profita de la circonstance, — à quelque chose malheur est bon ! — pour ne rien rendre du tout sur l'argent qu'il venait d'encaisser.

— Vous êtes bien riches ! — fit ironiquement l'officier, — et il reste à savoir si, pour avoir tant d'argent, vous n'êtes pas des voleurs.

— Monsieur ! — protesta Ludovic. — La force prime le droit ; vous pouvez nous arrêter puisque vous êtes en force, mais vous n'avez pas le droit de nous insulter !

— Vous avez cependant volé des chevaux appartenant à l'armée du prince.

— Plaignez-vous ! — dit Gottfried-le-Manchot, intervenant dans la discussion. — Vos hommes étaient ficelés sur leurs chevaux comme des saucissons de Bologne ; nous les avons délivrés, les pauvres ! Ah ! ils n'en menaient pas large, je vous assure !

— Bon ! bon ! — grogna l'officier, — il ne s'agit pas de cela. J'ai ordre de vous arrêter pour complot contre la sûreté de l'État.

— Pour avoir démasqué un espion ! — s'écria Heinrich.

— A bas le voleur ! A bas le mouchard !

C'était Georges qui témoignait encore son animosité de vieille date contre Karl Brander.

Ludovic comprenait bien d'où venait le coup. C'était la revanche de Karl, démasqué tout à l'heure par le petit burgrave.

Mais c'eût été fou de tenter une résistance fatalement destinée à échouer. Il s'efforça de calmer Heinrich et surtout le brave Gottfried qu'un uniforme de soldat toscan mettait en fureur... Il ne leur pardonnait pas le bras qu'il avait perdu sur un champ de bataille, dans leur satané pays.

Cette arrestation imprévue dérangeait assurément les projets de Ludwig Frosch et de ses compagnons ; mais le chef des goliards avait, malgré cela, confiance dans l'avenir.

Il était intimement convaincu que la tyrannie qui pesait sur la Toscane touchait à sa fin. L'ambassadeur de France ne manquerait pas d'apprendre ce qui venait d'arriver à son émissaire secret, et tout cela ne pourrait que contribuer à précipiter les événements.

L'essentiel était de ne pas laisser intercepter certain message.

Tout en s'apprêtant à suivre les soldats qui étaient venus l'arrêter, Ludwig put, sans être vu, prendre Georges à part.

— Tu es petit, tu es leste, on ne fait guère attention à toi. Tu vas t'échapper ! — lui dit-il.

— C'est ce que je comptais faire, — répondit l'enfant; — seulement ça m'ennuyait de vous laisser dans l'embarras.

— Au contraire, en te sauvant, tu me rends service. Voici deux plis, — fit-il en les tirant de sa poche et en les remettant au petit Georges. — L'un est pour Méphisto, l'autre pour Nathalie Borghès. Cache-les bien sur toi, et n'oublie pas qu'ils ne doivent être remis l'un et l'autre qu'en main propre.

— Entendu!

— Et maintenant, va-t'en!... A la grâce de Dieu!...

Ludwig embrassa Georges qui, à la faveur de l'obscurité naissante, se glissa entre les jambes des chevaux, puis gagna la campagne sans être vu.

— Nous sommes à vos ordres, monsieur! — fit Ludwig Frosch en se constituant prisonnier avec Gottfried et Heinrich.

— Je porte malheur, décidément, à ceux qui m'aiment! — fit tristement Gioritto qui les suivit jusque dans les rangs où l'officier encadrait la capture importante qu'il venait de faire.

Mais le commandant de la troupe écarta le vieux révolutionnaire, et, le saluant avec la plus grande courtoisie, il lui dit :

— Seigneur Gioritto, je vous souhaite le bonsoir! Aurons-nous bientôt le plaisir de vous voir dans la capitale? Vous savez qu'on y prépare de nouvelles fêtes, et vous êtes toujours le bienvenu dans les cercles de la cour!...

Et il s'éloigna avec ses hommes et les prisonniers...

Des murmures éclatèrent dans les groupes... Sous les huées et les quolibets, Gioritto s'enfonça au milieu de la nuit, moins sombre que sa tristesse... pauvre lion dévoré peu à peu par une vermine infâme!

XV

RAYONS D'AMOUR

DANS les bourgs et dans les cités, les Bohémiens nomades ont, de tout temps, campé au milieu des terrains vagues.

Il emsble que leur destinée ou leur tradition soit d'accord en cela avec la méfiance des gens stables, pour parquer ces éternels vagabonds en des endroits qui n'appartiennent à personne.

Les comédiens fameux dont la marche à l'étoile venait de se terminer sur la place de la prison d'État obéissaient à la loi commune des gens de leur race.

Auprès des fossés de la Bastille toscane, du côté opposé à la rue Fragoletto, il y avait un champ d'une certaine étendue, si, toutefois, l'on peut donner le nom de champ à un endroit couvert de détritus plus encore que d'herbes. Ici la végétation se bornait à quelques maigres pousses sortant du sol entre des cailloux et des débris de verre et de faïence... végétation misérable et qui avait comme un air étonné d'avoir pu germer dans un pareil milieu.

Cet endroit triste et dénudé, qui ressemblait à tous les terrains vagues, passés et à venir, portait, bien malgré lui, sans doute, le nom prétentieux de *Campo-di-Marte*...

On l'appelait ainsi, le Champ-de-Mars, parce que c'était là que les recrues venaient s'exercer au maniement des armes... On y voyait aussi quelquefois, le dimanche, des joueurs de boule, et, de temps à autre, il s'y tenait des foires, rendez-vous de tous les saltimbanques, montreurs de bêtes dressées et marchands d'orviétan.

Si l'on y joint les éclopés vrais ou faux, les mendiants et les coupeurs de bourse qui avaient établi, dans un coin de ce terrain vague, une sorte de cour des miracles, on aura l'idée de ce que pouvait être le Champ-de-Mars, dans la bonne ville de Florence, au moment où les Bohémiens de Mahadok et de Saâda, guidés par Marguerite, vinrent s'arrêter devant les *carceri grande*.

Tout contribuait à ce que leur arrivée passât inaperçue. On était au milieu des fêtes par lesquelles Méphisto voulait remplacer la liberté abolie, un système dont les pires tyrans se sont servis avec avantage.

En même temps s'achevait la tragédie dont Titania était la sanglante héroïne.

Et tandis que l'étoile sur laquelle Marguerite avait toujours les yeux fixés semblait se perdre et disparaître dans l'infini des cieux, le drapeau des Borghès apparaissait, sinistre, éclaboussé de sang. Mahadok, qui connaissait bien la capitale de la Toscane, savait que le Champ-de-Mars, auprès duquel on se trouvait, formait un merveilleux asile.

— Dans cette cité du soupçon, — dit-il à Saâda, — dans cette ville de l'espionnage et de la délation, les seules gens qui ne soient pas suspects, ceux qu'on n'épie jamais, ce sont les louches habitués de ce grand terrain vague. Les charlatans et les tire-laine sont toujours les amis du pouvoir. C'est près d'eux que nous allons camper, en prenant des précautions, bien entendu, ainsi qu'il convient quand on a des voisins de cet acabit.

A ces paroles, on reconnaissait la sagesse et la prudence coutumières du vieux Bohémien. Du reste, Mahadok se montrait plus soucieux et plus préoccupé que jamais, depuis qu'on avait franchi l'enceinte de cette ville maudite...

Souvenirs lointains et mal effacés de sa mémoire... pressentiments irraisonnés... qui sait?

Cet homme qui savait tant de choses... qui avait tant appris, tant vu, au cours de sa longue carrière nomade, croyait-il aux forces aveugles du destin?...

Ce sage, dont la pensée était empreinte d'une philosophie douce et sereine, craignait-il donc que cette merveilleuse flamme de l'amour qui avait fait de Marguerite une voyante ne l'eût conduite jusqu'ici que pour la rendre victime d'une injuste et mystérieuse fatalité?

Chi lo sa? — comme disent les Italiens sceptiques. Et ce dicton peut seul, en ce moment, représenter l'énigme que Mahadok cache en son esprit...

Car, de ce qui fait l'objet de son pesant souci, il n'a rien dit à personne, pas même à la brune reine de Bohême, sa petite confidente, d'habitude.

Et quand les comédiens, désireux de se mettre en évidence, parlent de représentations à donner, Mahadok semble à plaisir reculer le moment où ils se produiront en public.

Il tergiverse et cherche toujours de nouveaux prétextes... Le moment est mal choisi... les réjouissances populaires gratuites dont le nouveau règne a été le signal, feront le plus grand tort à la comédie... Florence est la capitale des arts... on aura un public de connaisseurs, par conséquent très difficile... il faut soigner ses rôles... faire de nouveaux décors, et puis, les costumes les plus importants ne sont pas encore prêts... Il y a toujours des retards, et, comme on dit vulgairement, des anicroches. On dirait, vraiment, que c'est fait exprès!...

Saàda est triste... sa mélancolie présente est comme assombrie par un amoncellement de douleurs passées... oh!... si lointaines qu'il semble à la jolie reine aux cheveux bruns avoir souffert longtemps avant de naître.

Près de la lourde prison, vrai sépulcre de pierres blanchies, dans le champ vague qu'emplissent les pierres nues et les maigres herbes, la tristesse pèse sur l'âme de la tribu nomade comme une chape de plomb.

Même les deux ours, Augias et Gunther, accroupis parmi les tessons et les cailloux du Champ-de-Mars, avaient des grognements qui n'étaient guère joyeux... et Brahma le singe faisait des grimaces presque moroses.

A l'instigation de Mahadok, qui avait conservé sur les siens toute son autorité, ou plutôt sa paternelle influence d'ancêtre vénéré, les Bohémiens, pour la première fois, mirent leur campement en état de défense. Tout autour, ils établirent une sorte de palissade, faite avec de vieux morceaux de bois et que des pavés ou de grosses pierres renforçaient de loin en loin. Les hommes de la tribu veillaient, à tour de rôle... et il voulut qu'ils fussent armés, quoique d'une façon peu apparente.

— Voilà-t-il pas maintenant, — fit un de ces défenseurs improvisés, — que nous autres les Bohèmes, nous songeons à nous protéger contre les malandrins!

— Ce n'était pas comme ça dans la Forêt-Noire! — dit un autre. — Nous avions tous les maltôtiers avec nous.

Mahadok entendait et ne disait rien, songeant à l'avenir comme un navigateur qui interroge le ciel sur lequel il voit monter, devers l'horizon, la nuée au flanc noir qui recèle peut-être, dans ses flancs, l'orage destructeur.

Marguerite, seule, vivait, pour ainsi dire, en dehors de la tristesse ambiante.

Comme si elle était fascinée par cette vue, elle restait des heures immobile, contemplant le sombre édifice au-dessus duquel la petite étoile d'or avait lui, pour la dernière fois, un soir, éclipsée par une tache de sang.

— Là!... c'est là!... — disait-elle comme un rêve.

Et son beau bras nu, son bras d'albâtre, montrait la prison d'État à Saâda debout auprès d'elle.

La reine aux beaux yeux noirs passait sa main dans les blonds cheveux épars de la douce et tendre voyante, et ses lèvres au sourire charmant répétaient, une fois de plus, l'affectueuse litanie dont elle se servait pour calmer la pauvre folle qu'elle aimait tant.

— Sœurette adorée... ma sœur mignonne... petite sœur aux doux yeux de pervenche... sœur gentille... dis-moi, Marguerite, pourquoi ton beau regard d'azur se porte sur ce hideux amas de pierre?

Et Marguerite, toujours abîmée dans son étrange contemplation, lui répondait :

— Il m'a appelé sa gente demoiselle... et il m'a dit que je serais sa femme... devant Dieu... puis il m'a passé un bel anneau d'or au doigt...

La pauvrette alors regardait son doigt délicat et diaphane où brillait un cercle d'or qui reflétait les pourpres glorieuses du couchant.

— Là!... c'est là!... — répétait-elle après. — J'entends sa voix qui m'appelle... et mon cœur tressaille... mon cœur fidèle qui est venu vers lui du fond de la grande forêt ténébreuse... guidé par l'astre radieux d'amour.

« C'est là... Saâda... je te dis que c'est là !... Le brillant météore qui éclairait mon âme dans la nuit douloureuse perce de ses rayons divins les épaisses murailles... Je le vois qui m'attend... je l'entends qui m'appelle... Vous êtes, m'a-t-il dit, ma gente demoiselle!... Là !... c'est là !...

Et toujours son bras tendu montrait l'horrible geôle.

— Ma sœurette mignonne, — fit Saâda dont le sourire s'était perdu, — je ne sais pas si ton âme délicieuse aperçoit des clartés divines que ma pauvre raison n'a pas reçues en partage, mais... ta pauvre Saâda ne voit rien que des pierres affreuses comme celles du tombeau...

Éternel contraste des peines et des joies !... Tandis que sa tristesse se lisait sur le visage de Saâda prise de noirs pressentiments à la vue du sinistre édifice, les traits idéalement beaux de Marguerite reflétaient un bonheur immense et pur, comme si la splendeur rayonnante de l'amour plus fort que la mort avait, pour elle, démoli ces murailles.

Saâda l'avait compris sans doute, car son esprit se portait vers les

Pour une portion de ragoût, il dansait la pavane. (Page 1330)

régions chimériques où la volupté d'aimer assouvit sa soif d'idéal éternel... l'*Impossible amour*, comme l'avait baptisée Mahadok auprès de la
source bleue du Danube, dans le décor superbe du parc de Donaueschingen,
sous le clignotement des étoiles...

A présent le soleil se couchait derrière la lugubre Bastille et ses
feux mourants teignaient la muraille d'une couleur de sang...

Et Saâda sentit alors ses yeux qui, malgré elle, se mouillaient de
larmes, comme si la blonde sœur qu'elle aimait allait lui être ravie par

cette immense et lugubre prison d'État qui avait dévoré tant d'existences, englouti tant de pauvres cœurs qui ne demandaient qu'à sourire et qu'à aimer, libres et heureux, sous le clair soleil...

XVI

SOUVENIR DE LA FORÊT-NOIRE

IL y avait dans la troupe de nos Bohémiens transformés en acteurs un personnage qui n'éprouvait aucune tendance à la mélancolie.

L'être falot, burlesque et contrefait qu'on appelait le Gnome, loin de cultiver la rêverie, s'adonnait comme toujours à la paresse et à la goinfrerie.

Toute sa philosophie consistait à prétendre que l'homme avait été créé et mis au monde pour manger, avec accompagnement de liquides généreux, bien entendu, et pour ne rien faire entre ses repas.

Ce système, qui en vaut peut-être un autre, après tout, mais que nous nous garderons bien de discuter, le Gnome avait soin de le mettre en pratique, supérieur en cela à bien des philosophes qui ne mettent pas d'accord leurs doctrines et leur conduite.

Il travaillait bien, de temps en temps, il est vrai, quand la troupe dont il faisait partie jouait une pièce où il y avait un rôle... à sa taille, gnome, farfadet, diablotin des féeries, mais ce labeur lui laissait des loisirs qu'il utilisait en flâneries à la recherche de quelque cuisine où on l'accueillerait, au bas bout de la table des domestiques, en échange de ses facéties, contorsions et calembredaines de toutes sortes.

Les maîtres ont bien leurs parasites et leurs bouffons, pourquoi les serviteurs n'en auraient-ils pas?

Notre bouffon, laid à faire peur et grotesque à faire rire, allait aussi, à l'heure des repas, dans les auberges et les tavernes où se réunissent les artisans de Florence...

Pour une portion de ragoût, il dansait la pavane et payait d'un menuet le gobelet de vin dont on le régalait; parodies des menuets et des pavanes qu'on dansait à la cour, ce qui réjouissait le peuple toujours porté à faire la satire des grands.

Sa physionomie mobile au plus haut degré excellait à rendre, — en caricature, — les traits connus des gens notoires de la ville. Il avait le talent de l'imitation et de la déformation, et, pourtant, au milieu de ses déhanchements de pantin vivant, il conservait quelque chose de farouche et de tragique.

C'était bien là toujours le fou qui, dans le burg saccagé par les gueux de la Forêt-Noire, avait, avec sa marotte, crevé les yeux d'Othon-le-Cruel !...

Un jour qu'il allait, le nez au vent, cherchant à découvrir, avec son flair habituel, d'où venait la meilleure odeur de cuisine, il resta soudain en arrêt devant une apparition qui eut l'air de le surprendre.

En effet, il lança un juron énergique en patois des bords du Rhin, après quoi il s'écria :

— Un des enfants de Pétrus Werkmann, le maître charbonnier du Schwartzwald !...

Georges, — car c'était bien lui, — se campa fièrement, suivant son habitude, en redressant sa petite taille, et répondit :

— Moi-même ! Georges, charbonnier de naissance, burgrave... pour affaires de famille... et goliard par occasion...

— Alors, ton père, cet excellent Pétrus...

— Parle avec respect, s'il te plaît, de Son Excellence mon ci-devant charbonnier de père, actuellement comte palatin et noble à je ne sais combien de quartiers. Tu sais, ce n'est plus de la petite bière, papa !...

— Ça a toujours été un très brave homme...

— Il l'est encore, de temps en temps, seulement je le trouve trop à l'étiquette depuis qu'il a pris la suite des affaires d'Othon-le-Cruel...

— Ah ! c'est lui qui a racheté le burg ?...

— Un peu !

— Ce qui fait que te voilà en passe de devenir, à ton tour, toi aussi, burgrave...

— Si je veux ! Seulement je te préviens que je ne me laisserai pas faire, ah ! mais non !

En disant cela, le jeune garçon se mettait dans une posture nettement défensive.

— Je ne comprends pas, — fit le Gnome, — pourquoi tu as l'air de te méfier de moi.

— Je n'en ai pas que l'air.

— Diable ! je te fais peur ?

— Jamais de la vie ! Mais, par exemple, j'aurai beau être burgrave, je ne me laisserai pas mettre ta marotte dans les yeux comme tu l'as fait au prédécesseur de mon père.

— Rassure-toi ! je n'en ai nullement l'intention, et puis... les temps héroïques sont passés ! C'est l'heure du déjeuner et je mangerais bien... As-tu de l'argent ?

— Pourquoi cette question ?

— Parce qu'à Florence... comme ailleurs... il faut de l'argent pour manger et pour boire... Moi, je m'en tire tant bien que mal en allant servir de bouffon à la racaille qui me nourrit et m'abreuve, à peu près ; mais toi, si tu as de l'argent, tu vas m'offrir à déjeuner et nous causerons du pays. Ce n'est pas tous les jours qu'on rencontre des compatriotes.

— Eh bien ! oui, c'est cela, nous allons déjeuner ensemble, j'ai encore de l'argent que m'a donné Ludwig quand il m'a expédié, au moment de son arrestation...

— Qui est-ce, ce Ludwig ?

— Un étudiant de Strasbourg, Ludwig Frosch, le chef des goliards dont je fais partie... et qu'on a arrêté avec ses compagnons, Heinrich dit *Gaudeamus* et Gottfried-le-Manchot.

— On arrête tout le monde, en ce moment, surtout les étrangers.

— Il n'y a que moi de la bande qui ai pu me sauver... heureusement, car je suis ambassadeur.

Le Gnome fut pris d'un fou rire :

— Charbonnier, burgrave, goliard, ambassadeur... toute la lyre ! Et ambassadeur de quoi, s'il vous plaît, jeune indigène de la Forêt-Noire ?

Georges se rengorgea pour répondre :

— Ambassadeur de la Fornarina et du roi de France...

— Deux puissances !... La beauté et la justice, la rose des Apennins et la fleur de lys...

Tout en devisant de la sorte, le Gnome et son jeune amphitryon étaient arrivés devant la porte d'une taverne...

Dès que le bouffon, qui s'était effacé respectueusement pour laisser passer Georges, eut franchi le seuil de cet établissement culinaire, il fut accueilli par les lazzi des habitués et les offres de portions à manger et de verres à boire que les clients étaient accoutumés de lui faire, en échange de quelque parade burlesque.

Il imposa silence de la main à ces clameurs et fit, de son air le plus digne :

— Messeigneurs ! je ne viens pas ici aujourd'hui pour vous amuser. Le déjeuner peu frugal que je vais prendre dans cette noble enceinte sera payé en bonnes espèces sonnantes et trébuchantes. Je suis céans l'invité de ce jeune diplomate.

Et il indiquait Georges dont la fierté un peu sauvage s'accommodait assez mal d'une présentation ainsi faite avec un langage qui semblait emprunté au répertoire des tréteaux comiques.

Pour fuir la popularité légèrement encombrante dont jouissait le Gnome, et pour éviter l'ovation grotesque dont il était lui-même menacé de la part des clients de l'hôtellerie, il demanda à être servi, avec son compatriote, dans une salle à part.

On sait, d'après ce qui précède, que le bouffon ne pouvait être considéré comme une bonne paye ; d'autre part, Georges, tout poussiéreux, avec ses habits en mauvais état, — il y avait si longtemps qu'une main féminine n'en avait pris soin ! — pouvait difficilement inspirer confiance à un tavernier soucieux de ses intérêts, comme ils le sont tous.

Le digne homme n'y alla pas par quatre chemins.

— Je veux d'abord savoir, — fit-il, — si vous avez de quoi régler votre dépense. Il y a tant de griveleurs et d'escrocs par le temps qui court !.

Outré de ces injurieux soupçons, le pétulant burgrave se disposait à rappeler le patron au respect, mais le Gnome ne lui en laissa pas le temps.

— Montre-lui donc que tu peux payer ! — dit-il à son compagnon ; — ça l'ennuiera plus que tout le reste.

Nous savons que le bouffon était un philosophe à sa manière... Georges, en même temps, se rappela qu'il était devenu diplomate, ce qui lui interdisait certains exercices corporels permis à un simple charbonnier, voire même à un burgrave.

Il tira de sa poche une bourse que Ludwig lui avait remise en cachette, au moment où on allait l'emmener prisonnier, et il en exhiba victorieusement le contenu sur la table, disant au méfiant tavernier :

— Saluez l'effigie du roi de France !

Involontairement l'autre salua, car tandis qu'il se baissait pour voir si c'étaient là de bonnes pièces, Georges, d'un revers de main, envoyait voler son bonnet à l'autre bout de la salle.

L'hôtelier le ramassa sans rien dire, car il était rassuré sur le payement. Et il prit les ordres de ce nouveau client si jeune, mais si peu commode...

Tout en mangeant, les souvenirs du pays allaient leur train.

Le Gnome, avant les événements qui avaient marqué la prise du burg, était dans toute la forêt connu comme le loup blanc.

Sa laideur qui tenait du prodige faisait de lui une sorte de croquemitaine. Les mères en menaçaient les enfants quand ils n'étaient pas sages, et la digne épouse de maître Pétrus Werkmann se servait, elle aussi, du Gnome comme d'un épouvantail pour toute sa nichée.

Mais, comme le bouffon rappelait à Georges cette particularité, le dernier des goliards se mit à hocher la tête de l'air de quelqu'un d'entendu et qui sait à quoi s'en tenir.

— Tu sais, moi, tu ne m'as jamais fait peur !... — déclara le sceptique précoce. — Je n'ai jamais cru au vilain diable qui emporte les enfants méchants, pas plus qu'au bon génie qui les récompense quand ils sont sages !

« Ainsi, je me doutais bien, va, que tu étais un homme comme tous les autres ; seulement tu étais beaucoup plus laid et mal bâti, voilà tout !

« C'est comme ce qu'on avait voulu nous faire accroire à propos du petit Jésus, qui la nuit de Noël était venu nous apporter de prétendus jouets...

— Eh bien !... ce petit Jésus, tu ne dirais pas pourtant que c'était moi ?

— Bien sûr, non ! tu es trop vilain pour ça ! Cet envoyé du paradis, comme prétendaient mes parents, avait la beauté d'un ange, des cheveux d'or et des yeux de pervenche...

— Avec des ailes dans le dos, des ailes couleur de ciel.

— Non ! les ailes, ça n'existe pas ! Je n'y crois pas...

— Tu es bien incrédule !

— Je te dis que je ne crois qu'à ce que je vois ! Et j'ai cru voir le messager céleste... c'était bel et bien une personne en chair et en os... que nous avions eue chez nous.... et nous l'aimions bien, car c'était la bonté même, et la douceur... la grâce... S'il y avait des anges, c'est comme cela qu'ils seraient.

— Mais alors, tu la connaissais cette personne si belle, si gracieuse que tu la compares aux hypothétiques habitants du céleste séjour... tu savais son nom... Dans la Forêt-Noire, je ne vois pas qui cela pouvait être...

— Elle n'était pas du pays, mes parents l'avaient recueillie à la suite des malheurs qu'elle avait eus... Mais des gens qui lui en voulaient, à ce qu'il paraît, ont forcé mon père et ma mère à la renvoyer de chez nous ! Oh ! nous l'avons bien regrettée !...

« Alors, elle est allée vivre dans une caverne près du Val d'Enfer, là elle a eu un enfant... et il y avait toujours une biche et son petit auprès d'elle, qui ne la quittaient pas.

« Mes parents lui apportaient à manger en secret, mais un jour on ne l'a plus retrouvée dans la vieille carrière souterraine, et la biche était morte dévorée par les loups dont on voyait encore les traces dans le souterrain...

« On a pensé que la pauvre malheureuse était morte avec son enfant... mais je ne sais pas pourquoi, je m'imaginais toujours que Marguerite vivait...

« Et quand je me suis trouvée libre, je suis parti avec les Goliards de Strasbourg qui allaient à sa recherche...

« Nous avons retrouvé sa trace, à peu près, en Allemagne, puis en Italie... Elle serait, à ce qu'il paraît, dans une troupe de Bohémiens...

Georges continuait, racontant à son compagnon de table le récit du voyage entrepris par lui avec les Goliards partis à la recherche de Marguerite...

Le gnome écoutait tout cela avec le plus vif intérêt. Ses yeux vifs avaient des regards malicieux et quelque peu sournois.

Quand le petit burgrave lui signala ce qu'il avait entendu dire, en cours de route, de certain bouffon, très laid, très paresseux, très gourmand qui se trouvait avec les Bohémiens ayant recueilli Marguerite, le nain protesta :

— Ce n'est pas mon signalement. Je suis sobre comme un chameau, je travaille comme un nègre, et, quant à ma beauté, elle est d'un genre un peu spécial, voilà tout.

XVII

CELUI QUI REGARDE ET CELLE QUI VOIT

MALGRÉ cette affirmation aussi catégorique que peu conforme à la stricte vérité, Georges avait dans l'idée que le gnome ressemblait comme un frère au bouffon de la troupe dans laquelle Marguerite voyageait.

Du reste, les clignements d'yeux du burlesque petit personnage avaient fini par attirer son attention.

— Tu sais quelque chose ! — fit-il en payant la dépense. — Allons, ne mens pas ; ça te ferait un défaut de plus, et tu en as bien assez, sans cela.

Le gnome qui semblait prendre plaisir à attiser l'impatience du jeune garçon, lui dit, tout à coup :

— Viens avec moi et, par un coup de ma baguette magique, je te ferai voir celle que toi et vos compagnons vous avez si longtemps cherché en vain. Et, après cela, nous verrons bien si tu oses soutenir que je ne suis pas un être surnaturel... le gnome du Schwartzwald !

Et, suivi de Georges, le bouffon quitta la taverne sous les huées des clients attablés, furieux de voir qu'il n'avait pas daigné, ce jour-là, les amuser.

Les deux anciens habitants de la Forêt-Noire se dirigeaient vers le Champ-de-Mars.

Pour effectuer ce trajet, ils étaient obligés de traverser une bonne partie de la ville.

Dans une ruelle étroite, proche le palais du prince, un homme était à la fenêtre, en train de fumer une de ces longues pipes de faïence qui caractérisent les étudiants des bords du Rhin.

En apercevant les deux promeneurs, l'homme à la pipe se retira de la fenêtre, comme s'il ne voulait pas se laisser voir.

Puis, s'enveloppant dans les plis d'une grande cape de couleur sombre, et son large chapeau de feutre soigneusement rabattu sur ses yeux, il sortit, suivant de loin Georges et le gnome qu'il avait bien soin de ne pas perdre de vue.

Il les vit contourner la prison d'État et se diriger vers ces terrains vagues où avait élu domicile toute une population hétéroclite.

Là ils entrèrent dans une sorte de campement entouré de planches où étaient réunis les chariots d'une bande de nomades.

A travers les fentes de la palissade, le mystérieux personnage risqua un regard dans la cité des Bohémiens.

Ce qu'il aperçut devait lui occasionner une vive surprise.

A peine Georges avait-il été introduit dans le camp par le singulier compagnon de route qui le guidait, que celui-ci le mena devant un vieillard à barbe blanche assis sur une grosse pierre au centre du groupement des roulottes.

Auprès de ce vieux qui semblait avoir la plus grande autorité sur tous les membres de la tribu se tenait une belle jeune fille aux yeux noirs comme le jais, à la chevelure brune, en train de raccommoder des hardes...

Mahadok, — car c'était lui, — avait froncé les sourcils en voyant l'étranger que le gnome lui amenait... un enfant, ce qui était plus grave encore, car il courait toujours de mauvais bruits sur les Bohémiens qu'on accusait d'enlever les enfants pour les dresser et en faire des bateleurs et des acrobates...

Le vieillard interpella le gnome, d'un ton sévère.

— Nous t'avons passé bien des choses jusqu'à présent, — fit-il, — mais nous ne saurions tolérer que tu risques de susciter contre nos frères l'animosité des foules ignorantes. Tu vas ramener de suite ce jeune garçon à ses parents.

Georges s'esclaffa, disant :

— Il aurait bien du mal à le faire, le pauvre ! C'est qu'il y a quelques bonnes lieues d'ici à la Forêt-Noire.

Mahadok avait parlé au bouffon dans l'idiome de l'Alsace et Georges venait d'employer le même langage.

— Vous êtes de la Forêt-Noire ? — demanda Mahadok un peu rassuré à cette pensée.

Mais ce fut le bouffon qui répondit, comme s'il tenait à cœur de se justifier, mais il le fit d'une façon burlesque, à son habitude, disant :

— Oui... je vole dans les rues de Florence des enfants de la Forêt-Noire. Ah ! si ça venait aux oreilles de la police, quelle terrible histoire cela ferait.

Saâda s'était approchée, intéressée par la physionomie de ce jeune garçon qui respirait tant de franchise et d'énergie juvénile.

Et elle demanda à Georges :

— Vous n'avez pas, tout seul, quitté la Forêt-Noire ?

— Non ! je faisais partie des Goliards de Strasbourg, mes amis Ludwig Frosch, le joyeux Heinrich et Gottfried-le-Manchot. Et je serais encore avec eux si, tout près de Florence, nous n'avions été trahis par un vil espion, Karl Brander. Ah ! celui-là, si jamais je le retrouve... gare à lui !...

L'homme qui se trouvait de l'autre côté de la palissade n'avait perdu aucune des paroles prononcées par le jeune garçon ; seulement, les derniers mots eurent pour effet de lui faire enfoncer davantage son chapeau

Georges poussa ce cri : — Marguerite !... (Page 1338.)

sur ses yeux, tandis qu'il se serrait plus étroitement dans les plis de sa
cape sombre.

Mahadok se sentait mieux disposé en faveur du jeune ami que le
gnome venait d'amener au campement. Il dit à Georges :

— Les Goliards et les bohèmes sont faits pour s'entendre. Vous êtes,
comme les enfants de la tribu errante, des nomades courant sur toutes les
routes du monde sans autre but que leur libre fantaisie...

Le petit burgrave crut devoir protester :

— Ah! mais... si fait!... nous avions un but !...

A ce moment, le gnome frappa doucement sur l'épaule de Georges qui se retourna... Et le nain montra à son jeune compagnon la porte d'une roulotte qui venait de s'ouvrir...

Une femme en descendait, portant dans ses bras un ravissant petit être qu'elle allaitait... Un jeune faon la suivait, avec, en guise de collier, un ruban bleu autour de son cou...

Georges poussa ce cri :

— Marguerite !...

Et, d'un bond, il fut auprès de la céleste voyante, qu'il embrassa avec effusion...

— Marguerite... Ma bonne demoiselle Marguerite... vous ne me reconnaissez pas... Georges... le fils de Maître Pétrus... le charbonnier de la Forêt-Noire!

Mahadok et Saàda n'en revenaient pas de leur surprise... une surprise qui n'était pas sans quelques appréhensions.

Qui pouvait répondre que ce jeune étranger qui était survenu si inopinément n'était pas adressé par ces ennemis puissants dont la pauvre Marguerite avait été victime, ainsi que, d'après certains indices, on le soupçonnait...

Le secret de la folle, douce et tendre martyre d'amour, ni le vieux Bohémien, ni sa petite-fille ne le connaissaient entièrement, mais la sagesse de Mahadok avait, en toutes circonstances, dicté au vieillard une prudence extrême...

Et c'était bien pour écarter d'elle des dangers dont il avait le mystérieux pressentiment, qu'il faisait mettre des palissades autour du campement et y établissait, pour la nuit, des sentinelles.

Guidée par la divine et magique lueur de l'amour, Marguerite la voyante était venue tout droit au pied de la sombre Bastille.

Mahadok l'avait compris... c'était là que se réaliserait la destinée de Marguerite...

C'est pourquoi, plus que jamais, il fallait veiller... sur la fille adoptive de la tribu.

Donc ce n'était pas sans raison que le doux et bon vieillard avait vu d'un assez mauvais œil l'intrusion de ce jeune Goliard qui connaissait Marguerite. C'était en effet la première fois que chose pareille arrivait depuis que la Bohémienne blonde avait été recueillie par la tribu nomade, sur la grande route poudreuse, aux portes de Strasbourg.

Mais ce qu'il vit ne devait pas tarder à calmer les légitimes appréhensions de Mahadok.

La voyante, il le savait, possédait cette merveilleuse intuition qui lui permettait de lire, en quelque sorte, dans l'âme des autres.

Son visage qu'illuminaient les visions intérieures se fermait ainsi qu'un temple à l'approche d'un ennemi sacrilège, quand elle se trouvait en présence d'un être hostile, nuisible...

Le don de seconde vue qu'elle possédait ainsi se reflétait dans ses yeux, dans son sourire... et l'on pouvait reconnaître ceux qui avaient le cœur droit, l'âme noble et haute, à l'accueil que leur faisait Marguerite...

Quels souvenirs latents la brusque apparition de Georges vint-elle réveiller dans l'âme de la folle?

Comment sa raison envolée dans l'infini des cieux fut-elle amenée à redescendre aux réalités terrestres?... Mystérieuses et éternelles énigmes de l'âme humaine... Sphinx muet qui ne livre point son secret.

Sans doute, cet amour des enfants qui rendait Marguerite si bonne, si maternelle, pour tous les petits, y était-il pour beaucoup.

Mahadok et Saâda la voyaient qui caressait doucement les cheveux frisés et la figure espiègle du petit charbonnier de la Forêt-Noire.

Et ils l'entendirent qui répétait :

— L'enfant qui rêve... fait des rêves d'or!... Sous les grands arbres couverts de neige, souffle le vent du nord!... Et les loups hurlent!... Minuit!... Il est né l'enfant divin!... Et pour les petits qui sont couchés, l'ange aux ailes bleues qui descend du ciel apporte les joyeux présents de Noël!... L'enfant qui rêve... fait des rêves d'or!...

La petite reine de Bohème s'était rapprochée ainsi que l'aïeul...

— Georges, — fit Saâda, — Marguerite vous parle comme si elle vous connaissait... et vous aimait...

— Et moi aussi, je l'aime bien, allez! — s'écria le fils de maître Pétrus avec son impétuosité ordinaire.

— Comprenez-vous ce qu'elle vient de dire? — demanda Mahadok. — Les paroles de notre chère voyante ont parfois un sens caché et mystique que l'on est réduit à interpréter, tant bien que mal...

Le petit Burgrave partit d'un éclat de rire :

— C'est tout simple! Marguerite me parle de quelque chose que nous sommes tous les deux seuls à connaître... C'est un conte de Noël.

Assis sur les marches de la roulotte, Georges, avec sa verve juvénile, raconta l'histoire de son enfance, et comment Marguerite y avait été mêlée.

Puis il parla du séjour à Strasbourg de Mme Roger, de sa fille Jeannette, des malheurs qu'elles avaient subis et dont le plus cruel était, sans contredit, d'ignorer ce qu'était devenue la pauvre Marguerite...

Et il finit en narrant l'épopée des Goliards, chevaliers errants, partis à la recherche de la disparue.

Son dernier mot fut une menace et une malédiction à l'adresse du traître qui avait lâchement fait arrêter ses camarades, le soir, dans une auberge de Toscane...

— Ah! ce Karl... je lui garde un chien de ma chienne!...

Telle fut la conclusion bien vulgaire à coup sûr, mais aussi sincère qu'énergique par laquelle le fils du charbonnier de la Forêt-Noire acheva, pour les Bohémiens, le récit de ses aventures...

Quand il eut fini, Marguerite, qui était restée silencieuse, parla, tout d'un coup ; ce fut pour dire de sa voix pure et claire comme le ciel d'où elle semblait tomber :

— Les loups sont partis... ils se sont dispersés quand midi radieux a, sur la cime des grands arbres, verts lancé ses flèches d'or... Mais le chacal rôde autour du camp que le crépuscule couvre de son ombre croissante... le hideux chacal qui se glisse entre les pierres et les ronces, devançant le tigre pour lequel il chasse la proie innocente... et qui le récompensera avec un os à ronger...

Elle s'était levée... et droite, comme en la fascination hallucinée d'un rêve, elle marchait vers un point de l'enceinte où des planches mal jointes formaient une palissade...

Le petit Henry qu'elle portait dans ses bras s'était mis à pleurer, et le jeune faon hérissait son poil, pris de peur, comme l'hiver, dans la grotte que les fauves affamés venaient d'envahir...

— Là... là... — répétait Marguerite, la main tendue, — le chacal... qui marche devant le tigre... pour lui préparer sa sanglante besogne.

Mahadok était devenu soucieux... Ces paroles étranges mais dont il pénétrait le secret, habitué qu'il était au langage symbolique de la voyante, lui faisaient redouter quelque péril caché.

Depuis que l'on campait dans le Champ-de-Mars, il ne cessait d'être assailli par les plus noirs pressentiments.

Il dit à Saâda de rester auprès de Marguerite ; quant à lui, il sortit de l'enceinte où étaient rassemblées les roulottes de la tribu...

Dehors, il aperçut un homme qui fuyait de toute la vitesse de ses jambes.

XVIII

LE TIGRE ET LE CHACAL

KARL BRANDER, — car c'était lui le chacal deviné, pressenti par Marguerite, — venait d'éprouver un de ces étonnements qui comptent dans l'existence.

Quand il avait fait arrêter les goliards, ses anciens camarades, ce ne fut pas sans un vif regret qu'il apprit la fuite du petit Georges.

L'espion, en effet, tenait à rentrer en possession de sa toque d'étudiant où il y avait, soigneusement cousu dans la coiffe, certain document qui n'était pas totalement dépourvu d'intérêt, même pécuniaire, pour la Schwerdein et pour lui.

Et s'il avait suivi le fils du burgrave de la Forêt-Noire, après l'avoir vu, inopinément, passer sous sa fenêtre en compagnie de ce bouffon, c'était pour essayer de rentrer en possession de son bien... ou plutôt du bien d'autrui, car le document accusateur était un titre qui représentait la fortune de Mme Roger et de Jeannette... la veuve et l'orpheline!

Et nous savons quelles espérances plus ou moins avouables, et quelque peu lointaines aussi, le misérable espion fondait sur cette dernière... la toute mignonne sœurette de Marguerite la disparue.

Mais les préoccupations du policier en ce qui concerne le document dont Georges est porteur à son insu ne tardent pas à s'effacer devant une découverte singulièrement imprévue...

Marguerite, dont on n'a plus eu de nouvelles depuis qu'elle a quitté Strasbourg sous la malédiction de sa mère; Marguerite, que l'on a si longtemps crue morte, est là... sous ses yeux.

Tandis qu'il regarde, à travers la palissade, ce que Georges peut bien faire dans l'enceinte du campement de Bohémiens, il voit Marguerite qui sort de la roulotte en portant un enfant dans ses bras... l'enfant de Faust!...

Et elle est sous les murs mêmes de cette Bastille où le savant Alsacien est enfermé... et d'où il ne sortira que pour mourir sur l'échafaud... de la mort des régicides!...

Karl Brander, qui ne croit guère à la Providence, ne croit pas, non plus, au hasard...

Il se demande alors ce que Marguerite vient faire, si près de la prison d'État, avec ces Bohémiens qui ont l'air de se cacher.

Et le louche policier, qui ne voit partout que des complots et des machinations ténébreuses, se promet de surveiller ce foyer d'agitation, comme il l'appelle.

Ah! comme il se félicite, à présent, d'avoir fait arrêter ses anciens amis les goliards, et Frantz Holbach aussi; car tous ces généreux défenseurs de Marguerite, ces partisans dévoués de Faust sont, pour lui, de bien dangereux conspirateurs qui mettent en péril la sûreté de l'État!...

La sûreté de l'État! Ce mot si vague, mais qui répond à tout, qui justifie tous les crimes de l'arbitraire, tous les attentats contre la sainte liberté des peuples, en quoi pouvait-il intéresser Karl Brander, un étranger tout nouvellement arrivé dans la Toscane?...

« Qui se ressemble s'assemble! » dit un proverbe qui est toujours vrai. Un homme comme Méphistophélès devait, en quelque sorte, entraîner dans son centre d'attraction un individu tel que le mouchard des étudiants de Strasbourg... Seulement, il y avait entre eux la distance qui sépare le maître glorieux d'un humble disciple, le tigre royal, sanguinaire et carnassier, du vil chacal rongeur d'os, la bête immonde et basse qui doit se contenter des reliefs que lui abandonne le fauve superbe...

Marguerite, la voyante, la douce et céleste illuminée, les avait bien stigmatisés, l'un et l'autre, du nom qui leur convenait!... Méphistophélès... le tigre cruel assoiffé de sang... Karl Brander, le chacal qui lâchement se glisse dans l'ombre...

Au premier, le pouvoir et ses jouissances, la tyrannie et son ivresse... au second, les basses besognes et les voluptés faciles.

Nous avons vu dans quelles circonstances ils s'étaient connus et comment, par une trahison qui lui servit de début, Karl était entré au service de Méphisto...

Le policier était de ceux qui pensent que « la patrie est là où l'on est bien »... et s'il avait été sincère avec lui-même, il aurait pu ajouter : « ... Et là, aussi, où l'on trouve à utiliser ses talents spéciaux, ainsi qu'à satisfaire ses instincts particuliers. »

Pour Méphisto, c'était un collaborateur précieux que cet étudiant, véritable fruit sec de l'Université de Strasbourg.

D'abord, il était totalement dépourvu de scrupules, rien ne répugnait à sa nature qui ne connaissait ni les dégoûts ni les révoltes de la conscience. Il ne reculait devant aucune infamie, pourvu qu'elle lui permît de vivre sans travailler.

Ensuite, il n'était pas du pays ; n'ayant aucune attache en Toscane, il n'était jamais retenu dans l'accomplissement de sa tâche de délateur par des considérations de personnes, des influences plus ou moins directes.

C'est pourquoi le sinistre prince régnant avait confié à cet aide nouveau une mission tout à fait particulière.

Nous avons vu les sentiments que Méphisto nourrissait à l'égard de la duchesse Nathalie, une complice à laquelle il devait son élévation, mais dont il voulait se défaire, maintenant qu'il était arrivé au but si longtemps caressé par son insatiable ambition.

Celle qu'on appelait la Messaline toscane gênait et troublait Méphisto dans ses rêves de pouvoir absolu... Elle était sa faiblesse... sa tare... comme la *paille* dans l'acier bien trempé d'une lame.

L'infernal aventurier, qui ne pouvait se maintenir sur le trône usurpé, que par une constante énergie, une politique adroite et vigilante, la force unie à la ruse, ne saurait devenir un autre Andréas Borghès.

Il ne cessait de le penser... et de le dire, même à sa complice d'hier, sa victime de demain, Nathalie, la courtisane couronnée.

Depuis que les fleurs funéraires avaient remplacé les roses voluptueuses près du funèbre *in pace* où le galant jardinier, supprimé par Méphisto, dormait son dernier sommeil, Nathalie Borghès, ivre de rage concentrée, s'était follement rejetée dans le tourbillon des plaisirs.

Ce n'étaient plus les caprices d'antan qu'une hypocrisie savante cachait aux yeux de la cour, assez enclins d'ailleurs à se fermer sur les fantaisies des princes.

Le dépit de la femme froissée dans ses sentiments ou ses passions, l'amertume de la souveraine dépossédée poussèrent la veuve d'Andréas Borghès à chercher l'oubli dans la débauche avilissante qui, comme la crapuleuse ivrognerie, sa sœur, dégrade l'âme et le corps de ceux qui s'y livrent.

Elle ne fit point comme ces malheureuses que l'horrible misère ou les fatalités de la naissance et du milieu social font peu à peu descendre aux fanges du ruisseau.

Non ! la princesse déchue, au lieu de descendre un à un les degrés du vice, se laissa aller sur la pente glissante au bas de laquelle il n'y a plus que la boue hideuse dont les souillures ne s'effacent plus.

On eût dit, vraiment, qu'elle voulait ressusciter le souvenir de Messaline, la trop galante impératrice romaine. Copiant ce modèle antique jusque dans ses moindres détails, elle sortait, le soir, du palais, fardée ainsi que les filles de bas étage, et la tête couverte d'une mantille noire retenue par une épingle d'or au milieu de ses cheveux... que des artifices de chimie gardaient toujours jeunes... sa chevelure, son orgueil, le seul qu'elle n'eût pas abdiqué...

Et ce fut ainsi, dans les temps dont nous retraçons le récit fidèle, que Nathalie Borghès courait, pendant des nuits entières, les bouges et les cabarets de sa capitale, rapportant jusque sur le trône la lassitude et les relents de l'orgie.

Méphisto, après l'affaire du jardin des roses, avait bien observé sa princière compagne. Il était convaincu que la fougueuse Italienne chercherait à se venger, — et il était, pour cela, sur ses gardes, — ou bien à oublier, au sein des aventures nouvelles, l'issue tragique d'un caprice passé.

Il ne se trompait pas. Se venger !... Nathalie, certes, n'aurait rien tant désiré qu'une vengeance patiente, sournoise et terrible... œil pour œil... dent pour dent... et même pire... le mal rendu au centuple, suivant les principes de Machiavel et la politique traditionnelle des Borghès. Mais... le pouvait-elle ?...

Hélas! elle s'était donné un maître! Sous la volonté supérieure de Méphisto qui la dominait tout entière, son énergie presque virile s'était ployée, assouplie, domptée. Quelle étrange... quelle diabolique fascination exerçait donc sur elle cet être, contre lequel l'altière duchesse n'osait rien entreprendre, et dont il était désormais impossible pour elle de secouer le joug devenu odieux?

C'est pourquoi, des deux hypothèses que faisait le nouveau prince régnant, c'était la seconde qui se réalisait. A défaut de l'impossible vengeance, Nathalie Borghès cherchait l'oubli.

Seulement, ce que Méphisto n'aurait pu deviner, c'était dans quels milieux, dans quels repaires de la débauche sordide elle allait chercher l'oubli, comme d'autres vont le trouver dans les boissons frelatées qui brûlent le corps et anéantissent la conscience.

Quittant le palais par une porte secrète dont elle seule avait la clef et qui s'ouvrait sur une ruelle obscure, la Messaline toscane aurait pu dissimuler longtemps le honteux mystère de ses fugues nocturnes.

Le secret en fut surpris par Karl Brander, noctambule par inclination et grand amateur d'espionnage, même quand on ne lui a pas commandé de pratiquer ce genre de travail. Mais, habitué à être le mouchard de ses camarades à Strasbourg, il avait cela dans le sang, comme on dit vulgairement. C'est pourquoi il aimait les ténèbres de la nuit, les rues sombres, les passants attardés et pressés qui courent, sans doute, à quelque rendez-vous en cachant leurs traits.

Depuis qu'il était à Florence, Karl Brander s'était mis, avec son instinct de policier et l'on eût dit pour l'amour de l'art, à flâner ainsi, par la ville mal éclairée, quand les gens du guet eux-mêmes goûtent les douceurs du sommeil. Cela lui avait permis de surprendre quelques intrigues dont il comptait bien vendre le secret au plus offrant, à moins que les intéressés ne consentissent à acheter son silence.

— Je ferai fortune à Florence! — se disait le répugnant personnage en se frottant les mains. — C'est bien décidément la ville qu'il me fallait!...

Donc, son flair particulier lui fit dépister la duchesse Nathalie, malgré les précautions dont elle entourait ses escapades.

Il alla faire part de sa découverte à Méphisto, qui l'employait déjà, comme nous l'avons vu, pour quelques besognes se rattachant de plus ou moins loin aux affaires de l'État.

Du coup, notre policier monta en grade; le prince régnant avait vu tout le parti que l'on pouvait tirer de ses capacités précieuses. Il fut chargé de la surveillance spéciale de Nathalie Borghès.

Les criminels s'entendent à demi-mot. Sous les paroles prudentes et les recommandations adroites de Méphisto qui enjoignait au policer de bien veiller sur l'infortunée princesse, afin que la triste aberration dont elle était atteinte n'eût pas de suites fâcheuses pour elle, Karl Brander avait compris tout le désir que l'usurpateur avait d'être débarrassé de son ancienne complice.

Comme il saurait gré à celui qui parviendrait à l'en défaire, sans bruit, sans esclandre, et sans que nul au monde put voir d'où le coup partait...

Ici encore, l'espion fut admirablement servi par sa qualité d'étranger, nouveau venu dans un pays où il ne connaît personne et où toutes les affaires locales ne peuvent guère l'intéresser.

Karl Brander prit un logement des plus simples, mais aussi des plus décents, dans une rue attenante au palais, là où nous l'avons vu, de sa fenêtre, regardant passer Georges et le Gnome. Il le remplit principalement de livres, car, pour tout le monde, il devait être un étudiant venu d'Allemagne pour compléter ses études et perfectionner ses connaisaances dans la savante université de Florence.

Pour cela, on le voyait, dans la journée, suivre assidument les cours, et, à partir du soir, non moins assidûment fréquenter les tavernes, principalement celles de bas étage, ce qui ne devait pas paraître anormal aux yeux du public, car dans tous les pays les étudiants aiment assez les

Il n'acheva pas, mais son geste et son regard en disaient long. (Page 1347.)

franches lippées et les beuveries prolongées... Du reste, sa présence dans
les bouges les plus infects s'expliquait assez par son désir de faire des
études... de mœurs, chose que justifiait sa double qualité d'étranger et
d'étudiant.

Telles étaient les occupations publiques et secrètes de l'ancien « ver
rongeur » de dame Marthe, au moment où il fit la singulière découverte
que nous connaissons, dans les terrains vagues du Champ-de-Mars.

Il alla en faire part à Méphisto.

Qu'est-ce que le tout-puissant prince régnant de Toscane pouvait avoir à craindre d'une pauvre fille vivant avec ces humbles Bohémiens nomades... une mendiante presque... une folle à coup sûr, car l'espion avait surpris son regard vague, son geste saccadé, ses paroles mystiques, compréhensibles pour ceux-là seuls qui vivaient avec elle et l'aimaient?...

Assurément, en supposant qu'elle fût une ennemie pour lui, Marguerite Roger n'était pas une ennemie bien redoutable...

Sa douce et mélancolique beauté, l'or pur de ses cheveux tombant jusqu'à terre, ses beaux yeux de pervenche, et son cœur angélique qu'illuminait la flamme d'un radieux amour, voilà toutes les armes dont elle disposait !...

Mais les ténèbres haïssent tout ce qui est clarté... la nuit hait l'aurore et Satan hait les anges...

Méphisto devait haïr Marguerite...

Et puis, est-ce qu'il n'y avait pas la fameuse raison d'État, pour colorer d'une teinte hypocrite et trompeuse les sentiments qui jaillissent du tréfonds de cette âme noire?

Le sombre politicien, que son génie néfaste avait fait maître des destinées de la Toscane, attendait l'heure propice pour frapper un grand coup.

Il s'agissait d'obtenir contre Faust une condamnation pour régicide qui ferait tomber dans les coffres de l'État la fortune confisquée jadis à l'aïeul et dont la cour de Rome ordonnait la restitution.

Si Méphisto avait tardé jusqu'ici à accomplir ce dernier crime... un meurtre et un vol... par lequel il serait définitivement riche et puissant, c'est qu'il ne se sentait pas encore assez fort pour l'oser...

Il fallait déplacer des juges dont la fidélité au nouveau pouvoir était douteuse... Parmi eux, il y en avait qui tenaient d'assez près à l'ancienne famille régnante... Oui!... Nathalie devait disparaître, pour lui faciliter sa tâche d'or et de sang...

Et puis, il lui fallait achever de se concilier le peuple, par de nouvelles largesses, par des fêtes... flatter les bas instincts de la tourbe amoureuse de désordre et de pillage, car nous savons qu'à Florence ce n'était pas comme dans la Forêt-Noire, où les gueux montaient à l'assaut des burgs féodaux. Ici, les maltôtiers étaient les plus fermes soutiens du pouvoir.

C'est pourquoi Méphisto voyait d'un fort mauvais œil des gens venus de Strasbourg et qui semblaient tous avoir les *Carceri grande* pour objectif.

Après avoir entendu le rapport de Karl Brander, Méphisto se promenait de long en large dans son cabinet de travail, silencieux, devant l'espion qui attendait ses ordres.

Tout à coup, il s'arrêta, et campé en face de lui, il demanda :

— Ce petit Georges qui est avec les Bohémiens, est-ce que quelqu'un ne pourrait pas le réclamer?

— Moi! — fit le policier imperturbablement. — J'avais été chargé par ses parents de veiller sur lui.

— Voudra-t-il vous suivre de son plein gré ?...

— C'est douteux !

— Bon ! tant mieux !... Comme il est mineur, vous pourrez dire que ces gens-là l'ont détourné... Vous ameuterez le monde... j'entends les gens de sac et de corde qui gîtent à la belle étoile, parmi les gravats du Champ-de-Mars. J'aurai soin, pour chauffer leur zèle, de leur faire distribuer quelques ducats. Après cette petite aventure, ils n'auront pas envie, je gage, de venir camper devant la prison !

« Quant à cette Marguerite...

Il n'acheva pas, mais son geste et son regard en disaient long.

XIX

LE SERMENT DE L'ALSACE

E l'autre côté de la prison d'État, dans la petite maison de la rue Fragoletto, la vie est dure aussi, pour ceux qui vivent sous le toit du vieux Tirolo. Tout le monde cherche, dans un labeur précaire, à assurer l'existence de tous les jours.

Jiacomo, l'ancien douanier, bien qu'il n'ait jamais fréquenté les écoles et n'ait que ses bras pour gagner son pain quotidien, est encore celui qui gagne les meilleures journées. Il a trouvé de l'ouvrage sur les quais de l'Arno où il aide à charger et à décharger les bateaux.

Bertha, sa fiancée, aide la mère Tirolo dans les travaux de ménage, et le reste du temps, adroite comme une fée, elle brode au petit point ou fabrique de ces fines dentelles qui sont légères comme la toile que tisse l'araignée.

Pépito se charge de les vendre ; il s'est fait marchand ambulant et va proposer aux belles dames, à l'heure de la promenade, les ouvrages exquis créés par les mains de la gracieuse Bertha.

Mais souvent il arrive que les aristocratiques promeneuses s'arrêtent, et, après avoir fait déballer au jeune colporteur toute sa jolie marchandise, s'éloignent sans acheter. Et cela augmente la rage que le précoce révolutionnaire a dans le cœur contre les tyrans et les nobles, contre tous ceux qui font travailler le peuple et le laissent mourir de faim.

Alors il continue sa marche à la recherche de nouvelles clientes. Il y a dans certains quartiers où elles sont parquées comme un véritable bétail, des filles de joie qui sont moins regardantes que les grandes dames, et qui payent comptant, sans trop marchander, quand un article leur plaît.

Pépito sort même de Florence, et, sous le couvert de son métier ambulant, il est l'intermédiaire des proscrits ; il porte les lettres qu'échangent en cachette les derniers partisans de cette liberté que Méphisto a enchaînée et bâillonnée, dans cette Toscane, où nul ne peut parler, où il est même défendu de penser sans la permission du maître tout-puissant.

Siébel était le moins heureux ; la science ne nourrit guère son homme, surtout quand on en prodigue les trésors pour soulager les malheureux.

Il soignait de vieux clients de Tirolo, d'anciens pensionnaires de la prison d'État qui avaient conservé d'excellents rapports avec le ci-devant geôlier, si serviable et si compatissant pour les prisonniers. Mais ces victimes de la tyrannie n'étaient pas riches et témoignaient plus de reconnaissance à l'excellent Siébel qu'elles ne lui payaient d'honoraires. C'était à peu près la même chose en ce qui concernait les camarades de Jiacomo, portefaix et bateliers de l'Arno, que Siébel soignait, la plupart du temps, *gratis pro Deo*, comme on disait alors.

Valentin, le dernier venu dans la maison de Tirolo, continuait à vivre auprès d'eux. C'était le meilleur des fils, le plus dévoué, le plus affectueux des amis... Une force invincible le retenait dans ce modeste asile, au pied de l'immense et froide bastille où son père, le héros, était enseveli vivant.

Lui aussi s'était vu contraint par les dures nécessités du temps d'exercer un métier. C'était un cavalier consommé qui domptait les coursiers les plus rebelles, et il travaillait au dressage des chevaux, un des grands luxes de Florence, où les Toscans raffinés estimaient un cheval de race à l'égal d'une œuvre d'art.

Le soir réunissait tous les proscrits et l'on s'entretenait des souvenirs du passé, des espérances de l'avenir.

Hélas! si les souvenirs... les regrets plutôt étaient tous pleins d'une pesante mélancolie, combien l'espoir se montrait incertain et fragile!...

De loin en loin, par les indiscrétions de ses anciens collègues, Tirolo était tenu au courant de ce qui se passait dans les *Carceri grande*.

Il ne s'y passait rien de bon... Faust était gardé pour le tribunal suprême chargé de le juger comme régicide... Le lieutenant Roger était réservé pour le cimetière, comme l'avait dit Pépito quand il avait apporté à Siébel les premiers renseignements...

Le temps avait beau s'écouler, aucun changement n'était survenu dans l'état des deux prisonniers, sinon que Faust avait été transféré dans le cachot de Roger qui l'avait remplacé dans le sien... Nous savons pourquoi.

Les hôtes de Tirolo ne cessaient de contempler ces murailles nues et rongées de lèpre, spectacle horrible et sinistre, pire que celui de l'échafaud, où, au moins, l'on meurt d'un coup, tandis que dans la sombre geôle inventée par la férocité des Borghès et perfectionnée dans le mal par la cruauté diabolique de Méphisto, c'était un lent et continuel supplice.

Et semblable à l'enfer qui ne lâche pas sa proie, la hideuse Bastille ne rendait jamais ses prisonniers à la liberté et à la vie!...

Elle ne s'ouvrait que pour recevoir d'autres victimes. Après la sanglante tragédie qui avait eu pour dénouement la mort de Julio Marchetti, Siébel et ses compagnons d'infortune avaient frissonné. Il leur semblait que la main sanglante de Titania, imprimée sur le drapeau qui claquait au fronton du noir édifice, allait être le signal de nouveaux événements douloureux et terribles. Ils ne se trompaient guère...

On sait que, par des gens sûrs, des émissaires de confiance, le bon docteur Romalino correspondait, du fond de son exil, avec les proscrits réfugiés chez Tirolo. C'est ainsi qu'ils avaient appris le départ de Frantz Holbach avec ce compagnon dont le cœur était peu sûr, comme disait la Fornarina.

Dans la petite maison de la rue Fragoletto, on se réjouissait à la pensée de revoir le doux géant, enfin guéri de la blessure reçue à la grotte de la Péjà. Sa force herculéenne leur serait d'un grand secours en vue d'une tentative qu'ils projetaient de faire contre la prison d'État, à la faveur d'un mouvement populaire.

Leur déception fut grande de ne pas voir arriver cet ami qu'ils aimaient tant, pour sa franchise, sa loyauté et sa belle humeur... dont rien ne pouvait venir à bout, pas même la douleur physique.

Mais aussi, quelle colère s'alluma dans leurs cœurs généreux lorsqu'ils apprirent le misérable guet-apens dont il avait été victime!

Leur tristesse s'accroissait maintenant, à la pénible pensée que Frantz Holbach était là, lui aussi, derrière ces murailles noires.

Décidément, tout ce qui était bon, honnête et courageux, était enfermé, à présent, dans la prison d'État...

L'avenir leur ménageait encore d'autres surprises.

Une nuit, on frappa trois coups, suivis quelques secondes après d'un autre coup, à la porte de la rue.

A pareille heure, qui pouvait venir chez les réfugiés? Mais cette façon de frapper, un signal convenu dans le parti de la révolution, signal connu des chefs seulement, indiquait que ce devait être une visite amie...

Bertha quitta son ouvrage et alla ouvrir.

— Mon père! c'est vous! — fit-elle au comble de la surprise.

— Oui, ma fille!... Je te fais peur, n'est-ce pas, comme un revenant; mais je ne viens pas de la mort, j'y vais...

Jetant sur un siège son manteau et son couvre-chef, le visiteur montra ses traits vénérables. C'était le vieux Gioritto.

Tout le monde s'était levé et saluait avec respect le vétéran si calomnié des luttes patriotiques...

— Asseyez-vous, mes enfants, — fit-il avec bonhomie; — et merci de m'avoir salué, comme on salue un mort!...

« Vous, au moins, vous ne ricanez pas devant le vieux Gioritto... vous ne jetez pas le sarcasme sur sa tête blanche... vous ne l'accusez point d'être un traître, un vendu... d'avoir pactisé avec la tyrannie.

Siébel intervint.

— Nous avons tous ici pour vous, seigneur Gioritto, un respect sans bornes. Tous tant que nous sommes, nous vous vénérons comme le plus grand patriote que ce pays ait possédé, comme le chef... mieux que le chef... l'inspirateur désintéressé de la plus noble, de la plus juste des révolutions. Soyez le bienvenu parmi nous, maître!...

Avec un sourire triste et doux, Gioritto tendit la main à Siébel et lui dit ce simple mot, dans lequel il mettait toute son âme :

— Merci!

Puis il serra les autres mains tendues vers lui, avec la même effusion de gratitude.

— Merci, Valentin, vous êtes le digne fils de votre père, et vous vous connaissez en honneur et en droiture ; oui, le vieux Gioritto vous rend grâce de n'avoir point douté de lui. Merci, mon brave Tirolo, et toi, cher Pépito, cadet de la révolution dont je suis l'ancêtre! Merci, mon bon Jiacomo, et toi, ma douce Bertha, fille adoptive de mon cœur dont la tendresse fidèle m'a consolé de...

Bertha ne le laissa pas finir, devinant sans doute les amertumes qui allaient sortir de ses lèvres, où la plus cruelle des douleurs morales avait mis un pli qui ne s'effacerait jamais.

— Mon père! — fit-elle. — Il faut lui pardonner.

— J'ai pardonné, — continua le vieillard, — car au seuil du tombeau l'on pardonne ; et puis son geste fut grand et noble quand, avec sa hache vengeresse, elle lava l'affront fait aux cheveux blancs de son père!... Oui... le pardon est venu... mais l'oubli est plus difficile !

« Surtout quand je pense... La malheureuse! son acte de sang ne l'a pas sortie de l'opprobre, et n'a pas sauvé son père de la honte!...

« Est-ce que partout l'on ne dit pas qu'elle a tué ce Julio Marchetti par jalousie... Un crime passionnel dans lequel moi, son père, je suis sottement mêlé! Vois-tu, Bertha, c'est une fatalité que l'inconduite; le vice, la débauche traînent toujours après eux leur funeste récompense!

— Seigneur Gioritto, — fit Siébel, — ce prétendu crime passionnel est une invention machiavélique, et nous savons à quoi nous en tenir.

— Oui, vous! — riposta le vieillard. — Mais les autres? Cette fable absurde me suivait partout comme mon ombre, avec les autres calomnies, et c'est pour cela que j'ai préféré venir ici afin d'en finir...

« Mais... qu'est-elle devenue... la malheureuse?

Tirolo répondit :

— La comtesse Titania... je veux dire la pauvre Hélène, après son acquittement, vêtue comme une mendiante, est revenue à la prison... elle est entrée au service des geôliers... Aucun travail, si humble, si répugnant soit-il, ne la rebute... Méphisto le sait, paraît-il, et laisse faire... Sans doute qu'il a son idée, à lui, comme toujours...

— Ce ne peut être qu'une pensée malfaisante! — fit Gioritto; — quelque invention maudite, comme celle dont il m'enveloppait naguère, à mon insu, partout où j'allais...

« Ne faisait-il pas payer mes dépenses par un espion qui me suivait sans cesse? Ce qui fait que, pour tout le monde, j'étais l'obligé du prince-régent, et, pour un peu, son salarié!...

« La plaisanterie était un peu forte, convenez-en, et bien digne de notre Méphisto, et moi je l'aurais ignorée toujours, si je ne m'étais trouvé un soir dans une auberge avec de braves jeunes gens qui connaissaient mon espion et m'ont mis en garde contre lui, en me prévenant du procédé qu'il employait.

« Hélas! il semble que ma destinée soit de porter malheur aux autres. Sur les indications de ce vil mouchard, on a arrêté ces infortunés, alors que, devant la foule, pour comble d'infamie, l'officier qui les emmenait m'a salué, moi, comme un ami du pouvoir, un habitué des fêtes de la cour!... Ah! comme ils ont dû mépriser le soi-disant patriote, le révolutionnaire irréconciliable, ces fils hardis et loyaux de la libérale Alsace!...

Siébel tressaillit au nom béni que venait de prononcer le vieux chef des révoltés.

— Vous avez dit, seigneur Gioritto, — fit-il, — que c'étaient des Alsaciens?...

— Oui, — répondit le vieillard, — et je me rappelle leurs noms... Ludwig Frosch et son ami Heinrich, ainsi qu'un jeune garçon du nom de Georges qui les accompagne, et qui, seul, paraît-il, a pu s'enfuir... Ils avaient encore avec eux un ancien soldat de votre père, Valentin : ce brave Gottfried qui avait été renvoyé dans ses foyers après avoir perdu un bras à la bataille, dans les combats que nous avons soutenus en Toscane pour la liberté...

Siébel avait laissé tomber sa tête entre ses mains... Il était littéralement atterré...

— Eh quoi! — fit-il, se parlant comme dans un rêve, — cette bastille maudite va donc engloutir toutes les forces vives de l'Alsace... les gloires de son passé... sa jeunesse... la science de ses écoles... sa joie et son énergie... Faust et Roger... Frantz Holbach... Ludwig, Heinrich... et jusqu'à Gottfried le vieux soldat mutilé... Ah!... tant de crimes ne vont-ils pas faire éclater, à la fin, la vengeance céleste?...

Valentin lui prit la main et, la serrant avec énergie, s'écria :

— Mon cher Siébel! nous le détruirons, cet antre de la haine et de la trahison... et il n'en restera pas pierre sur pierre...

Gioritto les écoutait parler, et son regard soudain s'anima; puis, lentement, d'une voix qui semblait sortir des mystérieuses profondeurs de l'au-delà, il dit :

— Mes yeux, dans l'ombre du tombeau, s'ouvriront alors pour contempler votre œuvre, généreux enfants de l'Alsace... vaillants soldats de la liberté et je vous bénirai!

XX

LE TESTAMENT DE GIORITTO

MON père... mon père... vous ne parlez que de votre mort!... — s'écria Bertha en se précipitant dans les bras de son père adoptif.

— Je parle des choses possibles et prochaines! — fit le vieillard en déposant un baiser sur le front pur de la jeune fille.

— Est-ce que vous seriez malade, mon père?... Alors M. Siébel vous soignerait!... Il fait des miracles chez les amis du bon Tirolo et chez les camarades de Jiacomo. Confiez-lui votre mal et vous serez guéri.

— Je rends justice à la science de M. Siébel, ma chère Bertha. Notre fidèle et dévoué partisan, le docteur Romalino, que j'ai rencontré au cours de mes tristes pérégrinations, m'a dit que, depuis l'emprisonnement de Faust, son élève Siebel était le plus grand médecin de Florence. Une autre personne, qui tient de bien près au médecin de Campi, m'a confirmé ces éloges... oh! il fallait entendre avec quelle chaleur!...

Et le vieux Gioritto regardait en souriant l'excellent Siébel qui venait de rougir.

— Oh! ne vous en défendez pas, monsieur Siébel, — poursuivit le vétéran de la révolution, — Mlle Adriana vous aime, et vous l'aimerez! La fille de mon vieil ami Romalino est en tout point digne de vous... par ses études, par son caractère sérieux, elle a tout ce qu'il faut pour devenir la femme d'un grand médecin comme vous le serez un jour.

— Monsieur Gioritto!... — protesta Siébel, dont la modestie était égale au talent.

— On a dit, — continua le vieux patriote, — que les mourants avaient parfois le don de prophétie!... Eh bien!... à cette heure, où s'annonce pour moi le déclin final de la vie, je veux tracer, une dernière fois, non pas mes volontés, mais les désirs bien doux qui tiennent à mon cœur...

« Vous, monsieur Siébel, vous épouserez Mlle Adriana, et vous ferez souche de savants et d'honnêtes gens... Mais la réalisation de cet

Il n'avait pas remarqué un homme qui, depuis quelque temps, le suivait comme
son ombre. (Page 1356.)

hymen... le couronnement de cet amour, si légitime et si droit, devra
encore attendre... Votre tâche n'est pas finie et elle sera rude! Vous
vous marierez quand la hideuse bastille qui se dresse en face de nous
aura rendu sa proie... quand, sur son fronton maudit, à la place de cette
loque tachée de sang, on verra flotter la liberté dans les plis du drapeau
français, planté par les fils de la vieille Alsace.

— Hélas! — fit Valentin, — quand viendra ce jour béni?... quand
verrons-nous se lever cette aurore radieuse?

— Plus tôt que vous ne pensez, peut-être ! — fit le vieillard. — Je viens des frontières et je sais qu'un ambassadeur de France s'apprête à entrer en Toscane, apportant au tyran qui nous gouverne la paix ou la guerre, suivant ce que seront les résultats d'une enquête, à laquelle se livre en ce moment cet envoyé du roi de France... J'ai appris également que la république de Gênes, alliée de ce puissant monarque, arme en ce moment ses navires de guerre et les met en état de transporter des troupes.

— De Gênes à Pise, la distance n'est pas bien longue ! — observa le fils du lieutenant Roger.

— Et la mer offre moins d'obstacles que les Alpes ! — poursuivit Gioritto.

— Tremblez, tyrans! la France se met en marche contre vous!... Et l'heure va sonner de régler vos comptes avec l'immanente Justice!...

C'était l'enthousiasme juvénile de Pépito qui venait de lancer cet anathème aux cruels oppresseurs du peuple.

La scène était solennelle et vraiment impressionnante. D'un côté ce vieillard, blanchi dans les luttes qu'il avait soutenues pour l'honneur et l'indépendance de son pays, et, de l'autre, ce jeune homme, presque un enfant, mais si plein d'énergie et de vaillance, qui semblait prêt à prendre, des mains tremblantes du vieux lutteur, le flambeau sacré de la liberté!...

— Oui, mon cher Pépito, — fit le vieillard, — je crois que la Révolution est comme la femme, elle préfère le jeune amant sans barbe à celui dont le front est couvert par la neige des ans...

« Ma foi!... je crois bien qu'elle a raison!.. Je représente le passé... toi, tu es l'avenir...

« Le peuple, sourd à ma voix, écoutera tes accents... Tu finiras l'œuvre que mes mains débiles ont laissée inachevée...

« Mais il en est une autre, bien douce à mon cœur, dont je veux voir, avant de mourir, l'accomplissement rêvé...

Se tournant alors vers sa fille adoptive, il continua :

— C'est de toi qu'il s'agit, Bertha, c'est de ton avenir, c'est de ton bonheur!...

« Bertha, veux-tu être la femme de Jiacomo?... Jiacomo, veux-tu être l'époux de mon enfant bien-aimée.... de celle dont la douce et consolante affection aurait cicatrisé les plaies de mon cœur... si mon cœur avait pu guérir?...

— Mon père!....

— Monsieur Gioritto !...

Bertha, rougissante, émue; Jiacomo, débordant d'une joie immense, s'étaient jetés dans les bras du vieillard, qui leur dit :

— Vous n'avez pas, pour attendre la consécration d'un hymen qui vous est cher, les mêmes raisons que M. Siébel... Je veux que vous soyez unis de suite, et que vous quittiez Florence...

— Nous ne vous abandonnerons pas, mon père, — fit Bertha avec force.

— Non, monsieur Gioritto, nous resterons avec vous! — s'écria Jiacomo, — ou bien vous nous accompagnerez au pays.

Le vieux patriote secoua la tête et déclara :

— C'est impossible!... Il faut que moi, je reste à Florence; je le dois, je le veux!...

Sa voix avait un caractère si impérieux, une volonté si énergique se dégageait de ses paroles, que Bertha et Jiacomo s'inclinèrent, n'osant désobéir aux ordres du chef vénéré de la révolte, malgré tout le désir qu'ils avaient de rester auprès de lui pour continuer à l'entourer de leur tendre et vigilante affection...

Mais la rudesse du commandement fit bientôt place à la douceur et à la bonté coutumières du vieillard qui expliquait aux deux futurs époux les dispositions qu'il avait prises pour régler le paisible et honnête bonheur dont il s'apprêtait à leur laisser l'héritage.

— Les biens qui me restent... ceux du moins sur lesquels le fisc n'a pu étendre ses mains rapaces sont peu de chose, mes enfants! Tout compte fait, il y a une maisonnette avec un jardin, quelques pieds de vignes et un sac d'écus assez maigre... La Révolution est un métier qui n'enrichit pas son homme!

« Par un notaire du pays qui se trouve être un de nos bons patriotes, j'ai fait dresser un contrat en bonne et due forme... le voici!...

« Avec ces épaves de ce qui fut jadis la fortune du vieux Gioritto, vous ne vivrez pas, mon cher Jiacomo, et toi, ma bonne Berthe, comme des bourgeois indolents et oisifs... vous travaillerez!...

« Toi, ma fille, tu t'occuperas de la maison, en bonne femme de ménage... vous, mon gendre, vous cultiverez la terre et vous conserverez au cœur avec le souvenir du père qui vous a aimés, le culte sacré de la patrie toscane...

— Nous le jurons! — firent en même temps les deux fiancés au milieu de la mélancolie silencieuse des assistants...

On sentait que c'était là le passé qui s'effaçait pour faire place à l'avenir...

Un passé de luttes, de gloires, de défaites aussi et de déceptions cruelles...

Et, maintenant, que serait l'avenir?... C'était là le secret du Destin!

XXI

LE SURNATUREL

ORSQUE le vieux patriote était entré, au milieu des ténèbres et du mystère de la nuit, dans la petite maison de la rue Fragoletto, il n'avait pas remarqué un homme qui, depuis quelque temps, le suivait comme son ombre.

Cet individu, qui s'enveloppait ou plutôt se dissimulait dans les plis épais d'un large manteau de couleur sombre, voyant Gioritto frapper d'une façon toute particulière à la porte de Tirolo, fut sur le point de pénétrer, lui aussi, dans la maisonnette de l'ancien geôlier, en se servant du signe de reconnaissance qu'il venait de surprendre.

Mais après avoir réfléchi, il y renonça. Cette façon de heurter à l'huis servait de ralliement, c'était sûr, à des hommes qu'une pensée commune réunissait sous ce toit. La précaution qu'ils prenaient ainsi pour empêcher qu'un intrus ne se glissât parmi eux suffisait seule à indiquer qu'une œuvre ténébreuse et cachée devait se poursuivre entre ces murs.

L'arrivée du vieux Gioritto levait tous les doutes... Il s'agissait là d'une conspiration contre le régime actuel.

— Si j'y entre en me servant de leur signe de ralliement, — pensa l'homme, — ils s'apercevront, à un moment donné, que je ne suis pas des leurs, et... il pourra m'en cuire !

« Or, je tiens à l'existence !... Ce qui pourrait arriver de moins grave pour moi, ce serait que, mis en défiance par mon irruption, ils se dispersent tout simplement, d'une façon muette, et alors je n'apprendrai rien du tout.

« Cela serait éminemment fâcheux, car je suis convaincu qu'il doit se dire des choses intéressantes, là-dedans, à huis clos.

« Que diable ! les gens ne se réunissent pas dans cette bicoque pour vider leurs verres en fumant leurs pipes, ainsi que nous le faisions jadis à la Taverne de Gambrinus, dans la bonne ville de Strasbourg.

« Donc j'ai tout intérêt à voir ce qui se passe céans, et même à l'écouter, si faire se peut...

« Mais... comment y arriver ?

« Ah !... cette treille couverte de pampres... voilà mon affaire ! Une fameuse idée... renouvelée des Romains et même des Grecs, que celle qui consiste à faire grimper des ceps de vigne tout le long de la façade des maisons!...

« Les ceps sont solides... de vrais câbles... et noueux à plaisir, comme pour faciliter l'escalade... On dirait, ma parole, que les treilles ont été inventées, non seulement pour les disciples de Bacchus, mais encore pour les amoureux, les voleurs et... les espions.

Tout en parlant de la sorte en lui-même, l'espion, — car il appartenait bien à cette catégorie, — se mettait en devoir de grimper le long de la treille qui tapissait la façade de l'humble maisonnette, lui faisant une ornementation naturelle, pleine de goût, et gracieusement décorative.

C'est sans doute pour cela que, dans l'Italie d'autrefois, les masures fleuries et verdoyantes et couvertes de grappes en automne ne déparaient point, par leur voisinage, les palais aux superbes frontons. La nature et l'art ne sont-ils pas faits pour s'accorder, comme frère et sœur?

L'Italie, grâce à son climat, grâce surtout à la tiédeur de ses nuits parfumées, est le pays des fenêtres ouvertes.

Quelqu'un qui ne devait pas s'en plaindre, c'était Karl Brander qui, juché comme un oiseau, — un bien vilain oiseau, — en plein milieu de la treille, pouvait voir tout ce qui se faisait et entendre tout ce qui se disait dans la seule pièce de la maison de Tirolo qui fût éclairée à cette heure-là.

— Décidément, je ne regrette pas d'être venu! — pensa le mouchard. — L'ami Siébel... ce cher Valentin... Ah çà! décidément, tout Strasbourg s'est donné pour objectif la prison d'État!

« Valentin... Siébel... vous pourriez bien finir comme les camarades par être logés gratuitement... aux frais... de la princesse... je veux dire du prince-régnant... dans les *carceri grande*, et il n'y aurait pas pour vous de grands frais de transport... vous en êtes si près...

« Tiens! une jolie fille!... Ces Italiennes sont délicieuses!

« Quand je serai plus riche, je crois que je pourrai m'offrir de divines extases aux pieds d'une de ces exquises Florentines que je croise tous les jours dans les rues, mais qui ne m'honorent même pas d'un regard.

« Ah! si j'avais la force de Frantz ou seulement la gaieté de Heinrich!... Mais bah!... ici tout s'achète... comme ailleurs... même l'amour... et bientôt je serai riche... très riche... surtout si j'apporte au seigneur Méphisto beaucoup de renseignements comme celui que je vais lui fournir en m'en allant d'ici!...

« Mais... le diable m'emporte! Voilà qu'il est question d'un mariage!... le vieux tient à célébrer les noces de cette jeune beauté. La politique ne nuit pas aux amours dans ce beau pays de Toscane. Quels yeux tendres la charmante fiancée fait à l'adresse de son futur...

« Voilà qu'on parle de moi, aussi !... Ces gens-là n'ont pas l'air de m'aimer... les camarades de Strasbourg moins que les autres...

« C'est bon!... c'est bon!... on se reverra, les amis!... Et puis rira bien qui rira le dernier!...

Karl Brander descendit de son poste d'observation. Il n'avait plus rien à voir, ni rien à entendre...

Dans la pièce dont la fenêtre était ouverte, la lampe, maintenant, était éteinte... les habitants de la maisonnette étaient couchés...

. . . .

Si Méphisto aimait assez volontiers à laisser s'accréditer la légende qui faisait de lui une sorte d'incarnation diabolique, par contre, il ne croyait pas le moins du monde au surnaturel...

Il pensait qu'on gouverne les peuples par la peur de l'enfer tout comme par la crainte... terrestre des cachots et des supplices. La croyance populaire à la sorcellerie rentrait encore dans ses vues... politiques puisqu'elle lui permettrait de se débarrasser d'un homme comme Faust, en l'accusant de magie.

Mais lui, croire que Faust... l'ancêtre de Faust, avec la légende de son évasion surnaturelle,... fussent des magiciens et des sorciers... non ! il était bien trop intelligent pour cela !...

Doué d'une grande vigueur d'esprit, hypocrite raffiné autant qu'habile politique, capable de tout entreprendre et de tout dissimuler, tel était au moral Méphisto, l'usurpateur, qui se faisait appeler prince-régnant de Toscane.

Il n'était donc pas homme à s'imaginer, comme feu Julio Marchetti, que Faust avait pu disparaître quelques instants de sa cellule sur les ailes du diable son complice, pour y revenir après... avec le même moyen de locomotion surnaturelle.

— Le surnaturel, — pensait-il, — c'est tout ce que l'on ne s'explique pas, mais quand une fois on en a l'explication, qu'on est étonné de trouver toute simple, tout ordinaire, alors cela devient... naturel.

Et, partant de ce principe, il avait longtemps cherché à la disparition momentanée de Faust des explications naturelles.

Nous savons qu'il n'en avait pas trouvé... La cellule où le savant était enfermé ne présentait aucune trace d'effraction... impossible de découvrir dans le sol ou dans les parois de la muraille une trappe, une ouverture, un passage quelconque. Il ne s'était pas arrêté, bien entendu, à l'hypothèse d'une hallucination occasionnée par la folie ou par l'ivresse de Julio Marchetti ; s'il avait eu l'air d'y croire, c'était pour pouvoir morigéner Son Excellence le gouverneur qui devait si tristement finir quelque temps après... et pour se défaire aussi de ce Tirolo qui avait pu constater, tout comme son chef, l'éclipse momentanée du prisonnier d'État...

Méphisto en était là de ses réflexions quand son serviteur de confiance, le seul qui eût le droit de l'approcher à toute heure du jour et de la nuit, vint l'avertir que Karl Brander désirait lui parler.

— Que me veut-il encore ? — se dit en lui-même l'usurpateur, — sans doute me mettre au courant de quelque nouvelle frasque de Nathalie Borghès, cette...

Et il acheva mentalement, par une injure grossière à l'adresse de son ancienne complice, tandis que le valet de chambre attendait toujours, immobile et silencieux, les ordres de son maître.

— Faites-le entrer ! — s'écria le prince.

Le serviteur s'inclina et sortit, tandis que Méphisto pensait :

— Je vais voir !... cet être de ruse et de fourberie va peut-être me donner un bon conseil.

Karl Brander fit son apparition. Avant qu'il ait pu ouvrir la bouche, Méphisto lui demanda à brûle-pourpoint :

— Croyez-vous au surnaturel ?

— Cela dépend !

— Oh ! oh !... Vous êtes né, m'avez-vous dit, sur les bords du Rhin ?

— Oui, Altesse !

— Eh bien ! mon ami, vous venez de me faire là une vraie réponse de Normand.

— Comment cela, monseigneur ?

— Je vous demande si vous croyez à la magie, à la sorcellerie, au satanisme, bref à toutes les manifestations de l'« au-delà », du surnaturel, et vous me répondez un peu à la façon du paysan à qui l'on demande s'il y a eu beaucoup de pommes, cette année...

— Peut-être qu'en y réfléchissant bien, Monseigneur, on trouverait que la réponse du Normand est aussi sage qu'exacte.

« Tout est relatif, et la vérité, en toutes choses, dépend du point de vue auquel on se place. Tel fait peut sembler à bon droit surnaturel pour un simple batelier de l'Arno qui sera, pour Votre Altesse, on ne peut plus naturelle. Le miracle n'existe pas pour celui qui le fait, mais il n'en est pas moins prodigieux pour celui qui le voit et ne le comprend pas.

— Voilà qui est bien répondu !... Alors je vais livrer à votre sagacité un problème qui se rapporte justement à un de ces prodiges qui paraissent surnaturels... mais qui ne le sont pas pour celui qui les fait...

« Un homme est enfermé dans une cellule bien close où, tout d'un coup, l'on constate son absence. Puis on l'y retrouve à nouveau sans qu'on puisse voir par où il est sorti... et rentré.

— Moi, je dirais pour tout le monde que c'est un sorcier... surtout si j'avais intérêt à le... supprimer...

« Seulement, pour ma gouverne, je chercherais à connaître cette sortie si... discrète... qui existe à coup sûr.

— On a exploré soigneusement les murailles... toutes les pierres sont en bon état... la paroi ne sonne même pas le creux...

— Et... le prisonnier n'a plus fait de petite excursion miraculeuse ?

— Non ! on l'a mis dans une autre cellule où il s'est trouvé... que le docteur Faust n'était plus sorcier !

A ce nom que Méphisto venait de prononcer avec le sourire machiavélique qu'il avait quand il parlait de son ennemi, Karl Brander ne put s'empêcher de tressaillir...

Et l'espion entrevit de suite la corrélation entre ce que le prince lui disait et la découverte imprévue qu'il avait faite dans la petite maison de la rue Fragoletto.

Il se recueillit un instant pour ne rien laisser au hasard de ce qu'il allait répondre, puis il fit, du ton le plus naturel du monde :

— Votre Altesse me fait l'honneur de me demander mon avis... eh bien! je crois qu'il y a, connue de Faust seul, une communication secrète entre la cellule qu'il occupait et un endroit quelconque aux alentours de la prison d'État.

— D'un côté, il y a le Champ de Mars. Un passage secret ne peut pas déboucher dans ces terrains vagues, au milieu des pierres et des tessons de bouteille...

« De l'autre côté se trouvait un tas de vieilles masures qui sont adossées aux *carceri grande ;* il y a là des bouges, des cabarets...

— Et la maison de Tirolo, l'ancien guichetier... où, par un hasard... providentiel, se trouvent réunis, Siébel, l'élève préféré de Faust... Valentin, le fils du lieutenant Roger...

Méphisto avait trop de finesse, il était trop bon politique, pour manifester devant un subalterne, un espion à ses gages, comme Karl Brander, quelque chose qui pouvait ressembler à de la surprise... ou à de la colère...

— Laissons-le parler! — se disait-il. — Cette tête carrée d'Allemand m'a l'air de loger quelques bonnes idées dont je pourrai, peut-être, faire mon profit. — Continuez! — fit-il à haute voix. — Et vous croyez que le passage secret communique avec la maison de ce Tirolo?

— Rien ne me le prouve! — répondit l'espion, — et si j'ai pu surprendre un entretien entre les... réfugiés qui se trouvent dans cette bicoque, et le vieux Gioritto qui est venu les rejoindre, je dois déclarer qu'il n'a pas été question, entre eux, de cette mystérieuse issue.

La principale pièce de la maisonnette est transformée en chapelle... (Page 1366.)

XXII

NOCES MÉLANCOLIQUES

TANDIS que Karl Brander parlait, Méphisto faisait, intentionnellement, la moue. Quand l'espion eut fini, il lui dit, d'un air dégagé :

— La découverte que vous avez faite n'en est pas une pour moi. Mais, pour la solution de l'énigme surnaturelle, je vois que vous n'apportez aucun élément nouveau à mon enquête. Je ne peux pas, que diable ! faire fouiller de fond en comble toutes ces vieilles masures, d'autant plus que je risquerais de faire buisson creux... et c'est là une chose que je n'aime point, car j'estime que tout ce qui n'est pas utile est franchement nuisible.

— Votre Altesse a raison, — fit hypocritement Karl Brander, — et dans ce fouillis de bicoques où très certainement doit aboutir le passage qui a servi au magicien, on a des chances pour passer à côté sans le voir, et les recherches donneraient l'éveil. Or il n'est pas bon que le peuple sache que la prison d'État est pourvue d'issues... miraculeuses.

« Ah ! si tout ce quartier miséreux et sordide se trouvait détruit, soudain, comme par enchantement, quel bonheur ce serait pour un prince ami des arts de faire construire là des maisons toutes neuves, bien alignées, avec de superbes façades !...

« Et puis dans les démolitions, forcément, l'on trouverait... ce qu'on cherche vainement au milieu de ce qui est construit.

— J'y ai souvent pensé, — répliqua le prince régnant, — on ferait là, à deux pas du Champ de Mars, un nouveau quartier qui serait un des plus beaux de la ville.

« Mais je ne puis acheter toutes ces maisons-là. C'est au-dessus des moyens du Trésor, sans compter que les gens, sachant que c'est le prince qui est l'acheteur, ne manqueraient pas d'émettre des prétentions vraiment exorbitantes.

— Si le feu prenait dans ce pâté de maisons, par accident... quel bel incendie cela ferait !

Méphisto regarda l'espion avec un œil scrutateur, cherchant à deviner la pensée diabolique ou banale qui germait dans cette tête carrée d'Allemand, comme il disait. Mais il se contenta de faire, d'un ton plaisant :

— Euh ! ça ne vaudra jamais les beaux feux d'artifice que nous fournit, pour les réjouissances publiques, l'artificier breveté de la cour.

— Assurément non! mais cet incendie, s'il venait à éclater, serait joliment plus instructif que toute la pyrotechnie savante de vos fournisseurs de fusées et de chandelles romaines, bien que les Florentins, je le reconnais, soient passés maîtres dans cet art.

— Plus instructif!... que voulez-vous dire par là?

— Mon Dieu! quelque chose de bien simple! Quand la fumée d'un foyer trouve un conduit, elle s'engage dedans et, arrivée au bout, comme elle ne peut pas se condenser indéfiniment, elle s'échappe par les moindres fissures...

« Supposez, Monseigneur, qu'au bout de ce tuyau, de ce passage, si vous voulez, il y ait une pierre qui ne soit pas cimentée... une pierre qui joue librement sans avoir aucune solidarité avec les pierres avoisinantes, eh bien! par les interstices, là où le ciment fait défaut, la fumée passera...

Le prince se sentait intéressé par cette explication si naturelle à laquelle il se reprochait de n'avoir pas songé.

En effet, rien de plus simple. A l'examen le plus attentif, les murs de la cellule pouvaient très bien n'avoir rien décelé... La poussière éparse, le salpêtre incrusté là comme une lèpre empêchaient de remarquer l'absence du ciment. Il n'en serait plus de même quand une fumée épaisse viendrait s'infiltrer tout autour de la pierre qui n'était pas cimentée...

Ainsi, grâce à un vulgaire incendie, il percerait à jour le secret de la mystérieuse absence de Faust, son départ et son retour facilités par le Diable, ainsi que le peuple continuerait à le croire.

L'ingénieuse et abominable idée de Karl Brander présentait d'ailleurs pour Méphisto un autre avantage... politique.

C'était le lieutenant Roger qui avait remplacé le savant de Strasbourg dans la cellule en question. Or le tyran de Florence savait fort bien que la France s'occupait d'élucider le cas du lieutenant, sa réhabilitation pouvait être prononcée d'un moment à l'autre... il faudrait le rendre à son pays qui le réclamait.

Cet incendie et ses conséquences, voilà qui simplifiait admirablement l'affaire du lieutenant. On trouverait ce pauvre Roger asphyxié dans sa cellule, et sa mort ne serait que le résultat d'un accident qu'on ne pourrait imputer au prince-régnant de Toscane...

Karl Brander resta, ce jour-là, plus longtemps que de coutume, enfermé dans le cabinet de travail de Méphisto. Quand il en sortit, ses doigts palpaient amoureusement une bourse gonflée d'or que l'usurpateur lui avait donnée en récompense de son idée géniale.

L'espion faisait les plus beaux rêves... A présent, il allait connaître l'amour des belles Florentines dont les têtes idéales servent de modèles pour les madones, les Vénus, les nymphes et les Grâces dont l'École italienne se montrait alors si prodigue...

Mais s'il avait pu lire dans la sombre pensée de son maître, peut-être eût-il renoncé à ses voluptueuses visions. Et il eût quitté les rives ensoleillées de l'Arno pour revenir dans ses brumes germaniques, dût-il se contenter de la possession d'une grosse et commune Gretschen, servante dans quelque brasserie allemande...

C'est que Méphisto commençait à trouver que son espion était décidément un garçon très fort...

Malheur à lui si, quelque jour, le machiavélique prince-régnant finissait par le trouver... trop fort, car il n'hésiterait pas à se défaire d'un instrument dangereux.

. . . .

Tandis que, sous les lambris dorés du palais ducal de Florence, cet entretien ténébreux s'échangeait entre ces deux hommes si bien faits pour s'entendre, bien qu'ils fussent placés aux deux extrémités de l'échelle sociale, pas bien loin de là, sous l'humble toit de Tirolo, quel spectacle différent !

Ici tout respirait le dévouement absolu et l'austère devoir !... C'était le travail et la vertu, la foi patriotique et le généreux courage. Modeste et paisible milieu où il eût semblé que régnait le bonheur, si la pesante mélancolie n'eût, sur tous les réfugiés, jeté son voile sombre..

Tout le temps qu'il ne consacrait pas à visiter ses malades, Siébel le passait dans sa petite chambre à étudier et à penser. Car, bien souvent, malgré lui, ses yeux se levant de dessus le livre qu'il lisait se portaient vers l'âtre derrière lequel, une nuit, il avait entendu la voix de Faust.

Et c'était là que le maître lui était apparu... C'était là que le savant avait écouté les protestations de son élève, s'efforçant de se justifier par là clameur de sa conscience...

Puis à nouveau Faust s'était retiré, revenant dans sa prison effroyable, toujours bon, toujours indulgent... mais... croyait-il à l'innocence de son disciple ?...

O doute cruel qui écrasait de son fardeau l'âme noble et droite de Siébel !...

Hélas ! Faust n'était plus revenu ; on l'avait changé de cellule, et l'incertitude où l'on était sur son sort était aggravée par la pensée de cette haine tenace dont le poursuivait cet odieux tyran.

Sortirait-il jamais de la sombre Bastille... si ce n'est pour marcher au dernier supplice... pour périr de la mort infamante des régicides ?

Voilà à quoi pensait Siébel en regardant son foyer éteint où, tant bien que mal, il avait arrangé les briques du fond, afin qu'un intrus, s'il s'en présentait jamais, ne pût soupçonner le secret du mystérieux passage.

Et Valentin, l'on devine son angoisse filiale, à savoir son père si près et ne pouvoir le secourir, l'enlever de cette geôle abominable où le pur et noble héros se mine, rongé par l'inaction et la pensée que ses vieux et fidèles compagnons d'armes le croient peut-être capable d'avoir déserté son drapeau !...

Gioritto est là aussi... Depuis son arrivée il ne s'est point montré, ne voulant pas que sa présence soit connue jusqu'au jour qu'il a fixé pour l'acte sublime qui sera sa justification et son apothéose...

Personne ne l'a vu entrer la nuit chez Tirolo... Personne ne sait qu'il est réfugié dans cette pauvre, mais hospitalière demeure...

Personne ?... il le croit !... Pouvait-il se douter que l'espion l'avait suivi et qu'il avait pu même surprendre ce doux et tendre secret auquel son cœur endolori allait bientôt devoir sa dernière joie ?...

Les préparatifs du mariage de Bertha et de Jiacomo occupent le vieux révolutionnaire... c'est une trêve dans la lutte inégale et incessante qu'il a entreprise contre la tyrannie... une oasis fraîche et reposante au milieu du désert brûlant.

Mais c'est une fête voilée de deuil qui se prépare. Comment pourrait-il en être autrement, dans les conditions où l'on se trouve, sous le toit de cette humble maisonnette que la morne Bastille écrase, avec son enceinte massive qui renferme les douleurs, le désespoir de tant d'êtres chers...

Faust... le lieutenant Roger... et jusqu'à cette pauvre Hélène... qui s'est faite servante dans cet infernal séjour... autant de douloureux fantômes qui vont planer sur les noces mélancoliques de Bertha et de Jiacomo...

Enfin le jour du mariage est arrivé... Dans ces temps lointains où n'existaient pas les actes de l'état civil, la bénédiction d'un prêtre suffisait à consacrer l'union des nouveaux époux.

C'est un vieux prêtre patriote, un ami sûr, blessé jadis aux côtés de Gioritto dans les luttes pour l'indépendance du pays, qui vient du fond de ses montagnes, pour bénir le mariage de sa fille d'adoption.

Il a frappé à la porte de la façon convenue et l'honnête Tirolo est allé lui ouvrir.

D'un sac qu'il porte avec lui, il tire ses habits sacerdotaux et les revêt...

La principale pièce de la maisonnette est transformée en chapelle avec une profusion de fleurs... lis virginaux, roses pâles et bleus hortensias que dominent des branches d'oranger toutes fleuries... et puis ce sont des lilas et des myrtes, toute la splendeur d'un éternel printemps, toute la richesse d'un été sans fin...

Florence est bien, vraiment, par excellence, la Cité des fleurs ! Toute de blanc vêtue, la fiancée s'avance au bras de Gioritto, son père adoptif...

Siébel et Valentin lui servent de témoins... Pépito et le vieux Tirolo sont ceux du marié...

Le prêtre monte à l'autel improvisé et, tandis que les mains étendues sur eux, il les bénit, les époux échangent l'anneau symbolique...

Mais la cérémonie très courte est terminée. Bertha, rougissante, au bras de son mari, passe dans la pièce voisine où un repas est servi plus copieux qu'à l'ordinaire... Gioritto a voulu qu'à l'entrée de leur vie de ménage, les nouveaux mariés, pendant quelques heures au moins, pussent oublier la rude pauvreté d'hier, et ne pas songer aux dures nécessités de demain.

Oh ! c'est tout de même un repas bien modeste, que la mère Tirolo a préparé, avec plus de soin et d'apprêts que de coutume, il est vrai, aidée par la charmante fiancée... à présent la jeune épouse.

Seulement les desserts sont plus nombreux... ce sont des fruits superbes, comme il n'en vient que sur les fertiles collines qu'arrose l'Arno, des gâteaux confectionnés par Bertha et la femme de l'ancien geôlier. Quelques bouteilles de vieux vin arrosent l'humble mais cordial repas de noces, d'où la gaieté se trouve hélas bannie !...

Au dessert Gioritto se dresse et levant son verre, s'écrie :

— A la Patrie, d'abord... et à la Liberté !...

— A la Toscane libre ! — font Valentin et Siébel en choquant leurs verres avec celui de Gioritto.

— Et maintenant, — fait le vieux révolutionnaire en se tournant du côté où la prison d'État projetait l'ombre de sa muraille sinistre, — à ceux qui souffrent près de nous pour la cause sacrée de la Justice... aux captifs !...

A ce moment une fumée opaque envahit la salle du modeste festin.

XXIII

DANS LA FOURNAISE

Les convives se regardent étonnés...

Mais la fumée devient plus épaisse... Tout près d'eux, d'inquiétantes lueurs, qui semblent surgir des maisons avoisinantes, éclairent le vitrail des fenêtres... on entend des crépitements sinistres...

— Le feu !... C'est le feu !... Vite, sauvez-vous !...

C'est la femme de Tirolo qui pousse ce cri d'alarme en accourant de la cuisine où elle se trouvait, dans le va-et-vient affairé du service.

— Une imprudence que tu auras faite ! — lui dit son mari. — Quelque lampe par mégarde renversée, ou de la graisse dans une poêle qui se sera mise à brûler... Tu vas nous enfumer ici...

Il se lève pour voir... Mais déjà tout le monde est debout...

Pépito, le plus alerte, a déjà couru du côté d'où vient la fumée... au fond d'une petite cour derrière la cuisine...

— Le feu a pris dans le hangar du menuisier ! — crie le jeune homme. — Il y a du bois entassé et des tas de copeaux. C'est un aliment pour l'incendie !...

Mais il a été obligé de battre en retraite...

Devant le foyer déjà incandescent, la place n'est plus tenable...

Le feu gagne... dévorant tout sur son passage...

Ces vieilles masures sont pour le fléau dévastateur une proie facile...

Les convives se précipitent vers la porte.

Horreur! l'escalier brûle!... La retraite leur est coupée de ce côté-là.

Sur les toits voisins apparaissent des gens affolés...

On dirait un océan de feu sur lequel surnagent, accrochés à des épaves, quelques malheureux naufragés.

Des femmes à demi nues, agenouillées, lèvent vers le ciel leurs mains suppliantes...

D'autres pressent sur leurs seins leurs petits enfants qui pleurent...

On entend des prières... et des blasphèmes...

La maison du vieux Tirolo forme le centre d'une espèce d'îlot accroché sur le flanc des *carceri grande*...

Elle se trouve encerclée par les flammes qui rongent les constructions d'alentour... et montent... comme une marée ardente. Les vagues de feu viennent lécher les murs de la salle du festin...

On n'y voit rien .. les lumières se sont éteintes...

Une fumée opaque, asphyxiante, remplit la pièce où l'on n'entend plus que le craquement des boiseries et... de loin en loin... quelques râles...

Cela s'est fait en un clin d'œil... le temps que Pépito a mis pour revenir...

Puis un bruit plus fort que les autres... comme un coup de canon dominant la fusillade d'une bataille...

Le plancher s'est effondré...

Bertha et Jiacomo vont donc avoir ce bûcher pour lit de noces?...

Au moment où tout le monde voyait que la fuite était impossible par la porte donnant sur l'escalier en feu, la jeune épouse s'était serrée contre la mâle poitrine de son époux, et, dans un premier et dernier baiser de ses chastes lèvres, elle lui avait murmuré cet aveu suprême :

— Mon Jiacomo, je t'aime, nous allons mourir ensemble. Dans tes bras la mort me sera douce!... Adieu... mon adoré... pour l'éternité... Adieu, Jiacomo!...

Et elle s'était évanouie...

Lui n'avait pas perdu son sang-froid.

Prenant dans ses bras la pauvre Bertha dont la robe de mariée commençait déjà à prendre feu, il tourna le dos à la porte, courut d'un bond à une fenêtre donnant sur une impasse voisine, l'ouvrit et enjamba le rebord comme s'il s'apprêtait à descendre...

Descendre, il n'y fallait pas songer... c'eût été plonger dans le brasier ardent...

Jiacomo, rapide comme l'éclair, attacha autour de son cou la jupe de Bertha par deux bouts qu'il déchira dans ce but. De la sorte, il pouvait porter sa femme, tout en ayant les mains libres...

Jiacomo avait pu enlever sa jeune épousée à demi asphyxiée. (Page 1373.)

L'ancien douanier était d'une incomparable adresse à tous les exercices du corps... D'ailleurs, les nécessités du métier voulaient cela.

Par un tuyau qui servait aux eaux de pluie, il se hissa jusqu'au toit que le feu n'atteignait pas encore...

Là, au risque de glisser sur les tuiles et de retomber dans les flammes qui semblaient monter à l'assaut de la toiture, il courut avec son précieux fardeau du côté où il lui semblait que les flammes étaient moins vives, la fumée moins intense.

L'inspiration était bonne...

Au bout d'un instant, il entendit des voix qui criaient :

— Par ici... par ici... il y a une échelle!

Comme il ne voyait personne, ces clameurs provenaient sans doute de gens qui se trouvaient en bas, sur une petite place au bout de l'îlot incendié...

Il ne se trompait pas...

Arrivé à l'extrémité de ce chemin aérien, il trouva une échelle, et bientôt, portant toujours sa chère Bertha, il tombait exténué de fatigue entre les bras de Pépito et d'un autre jeune homme qu'il ne connaissait pas.

Comment le bâtard de Nathalie Borghès, que nous avons laissé chez Tirolo avec les autres convives du repas de noces, se trouvait-il là, avec une échelle et un compagnon à peu près de son âge?...

Rien de plus simple.

Après la découverte qu'il venait de faire du foyer où avait éclaté l'incendie, Pépito avait battu en retraite jusque dans la salle où le modeste festin allait finir de si tragique façon.

Et puis, leste comme un écureuil, le petit chevrier de Pistoïa avait sauté par une fenêtre, dans la rue Fragoletto.

Nous savons que c'était là une des rues les plus étroites et les plus mal pavées de Florence; mais au moment où Pépito y mettait le pied, d'une façon aussi alerte, elle présentait un inconvénient autrement grave... Les maisons du côté opposé étaient presque toutes en bois et l'incendie qui les gagnait trouvait par là un aliment qui contribuait à établir un foyer nouveau, d'autant plus dangereux que, d'un côté à l'autre de la rue Fragoletto, on pouvait presque se donner la main.

Pépito marchait pour ainsi dire dans les flammes; derrière lui, les masures s'écroulaient, obstruant la voie étroite... Et pourtant, plus d'une fois, il fut sur le point de revenir sur ses pas.

Il se reprochait d'être parti ainsi, tout seul, alors que les autres réfugiés de la maison Tirolo étaient restés dans la fournaise...

En sautant ainsi par la fenêtre, il avait obéi à un mouvement instinctif, machinal; mais la réflexion, à présent, venait et lui montrait qu'il devait revenir avec eux, au lieu de se sauver tout seul.

Revenir... oui... mais comment?... Derrière lui, la route était barrée... il marchait entre deux haies de flammes... la fumée l'étouffait tandis qu'il regardait la maison du pauvre vieux qu'il venait de quitter et qui était transformée, maintenant, en un effroyable brasier...

Il restait là, plongé dans ses réflexions, les pieds fixés au sol, prêt à se ruer dans le feu... un héroïsme inutile, lorsqu'une voix au timbre juvénile retentit à ses oreilles :

— Hé! l'ami! si vous restez planté comme ça au milieu de l'incendie, vous allez être brûlé vif... Allons, venez vite... avec nous.

Et à demi suffoqué, il sentit une main très douce qui l'entraînait...

— Là... vous allez nous aider maintenant à sauver les autres. Il y a de pauvres gens sur le toit qui essayent de s'enfuir... nous avons mis une échelle pour leur porter secours.

Cette voix avait un timbre si charmant... si féminin, que Pépito crut réellement qu'une femme lui adressait la parole.

Il dévisagea son interlocuteur... Un teint mat, d'une pâleur saine, des cheveux bruns, bouclés, et des yeux noirs comme le jais : le tout constituait un ensemble délicat et gracieux, en même temps que robuste...

Malgré son joli visage, ses attaches très fines et son air de douceur exquise, le nouveau compagnon de Pépito se multipliait, toujours au premier rang de ceux qui étaient venus porter secours et dont un certain nombre semblaient lui obéir comme à un chef.

Mais le petit chevrier de Pistoïa était trop courageux pour rester inactif à examiner le jeune sauveteur... Il songeait à ses amis restés dans la fournaise... à tous les malheureux qui allaient, sous ses yeux, périr dans les flammes.

On fut obligé de retenir Pépito qui allait se rejeter au sein de ce brasier dont il avait eu tant de peine à sortir...

C'est alors, pendant qu'il organisait le sauvetage avec ce compagnon inconnu, mais si sympathique, que le hasard venait de lui donner, qu'ils reçurent tous les deux dans leurs bras Jiacomo, en proie à un commencement d'asphyxie, mais qui portait toujours Bertha évanouie... la pauvre Bertha dont la blanche robe d'épousée avait subi les atteintes du feu.

— Vite, qu'on les porte au camp, pour que grand-père leur donne des soins !...

A cet ordre donné par le beau jeune homme aux cheveux bruns bouclés, aux yeux de jais, les autres s'empressèrent d'obéir. Ils se mirent en devoir de transporter les nouveaux mariés.

Pépito eut l'air surpris... Pourquoi l'autre disait-il de les porter au camp? Ce commandement lui parut mystérieux... comme l'étrange beauté de celui qui le donnait, comme le visage et l'allure de ceux qui obéissaient.

Les tragiques aventures dans lesquelles il avait joué un rôle avaient donné au jeune révolutionnaire une maturité précoce et une méfiance prudente. La vie ne lui apparaissait que trop semée de pièges et d'embûches, pour qu'il ne fût pas toujours sur ses gardes.

Sait-on jamais d'où vient le danger, et par où l'ennemi vous attaquera?...

L'étonnement de Pépito n'échappa point à son compagnon.

Avec un bon et franc sourire qui accompagnait un regard clair et droit, empreint de franchise, il dit :

— Oh! ne craignez rien, nous sommes d'honnêtes gens... Vos amis ne courent aucun danger dans la tribu de Bohémiens, qui campe près d'ici, au Champ-de-Mars, et dont je suis la reine!

Pepito sursauta.

— La reine? — fit-il.

— Oui! cela vous étonne? — dit l'autre. — Je suis Sa Petite Majesté Saâda, la reine des Bohèmes, acteurs nomades, petite-fille de Mahadok, philosophe et médecin, et par cumul imprésario de la troupe. Mais, croyez-le bien, nous valons mieux que notre réputation... Nous ne volons même pas les enfants...

Pépito tout d'un coup était devenu rouge, et, sans s'expliquer pourquoi, il se sentait infiniment heureux de savoir que son joli compagnon était une femme.

Du reste, la présence de Saâda et de ses bohémiens sur les lieux du sinistre s'expliquait toute seule. De leur campement, les nomades avaient aperçu les premières lueurs de l'incendie, et tandis que Mahadok restait auprès de Marguerite avec quelques hommes pour garder les roulottes, Saâda, qui, pour plus de commodité, avait revêtu son ancienne défroque de Jack-le-Bûcheron, accourait sur le théâtre de l'incendie avec le reste de ses Bohémiens et s'occupait d'organiser les secours.

Le bâtard de la duchesse et de Méphisto y apportait une activité fiévreuse... Plus de vingt fois il se jeta dans la fournaise et en retira des malheureux que le fléau terrible assaillait de toutes parts et qui se tordaient dans les affres d'une cruelle agonie...

Hélas! le sinistre bûcher avait son œuvre... Plusieurs de ces infortunés moururent au sortir des flammes; une lugubre rangée de cadavres à demi carbonisés s'alignait sur le sol, près des blessés étendus dont les gémissements remplissaient l'air...

Mais Pépito revenait toujours avec frénésie vers l'ardent foyer...

Sa voix, à travers les flammes, au milieu de l'épaisse fumée, ne cessait de clamer des noms qui lui étaient chers :

— Gioritto... Valentin... Siébel... Tirolo!...

Le crépitement du brasier... les poutres enflammées qui tombaient avec fracas répondaient seuls à la voix de l'héroïque sauveteur...

XXIV

L'ŒIL DE SATAN

Nous avons vu que l'incendie, au moment où Pépito parvenait à se sauver, prenait immédiatement une très grande intensité dans la maison de Tirolo.

Une fumée épaisse, suffocante, avait envahi la salle du modeste festin et c'est au prix d'efforts surhumains dont nous avons été les témoins que Jiacomo avait pu enlever sa jeune épousée à demi asphyxiée.

Quel sort effroyable était donc réservé aux autres convives demeurés dans cette pièce, dont le plancher ne tardait pas à s'effondrer sous l'action du feu?...

Siébel et Valentin, ces deux hommes de courage et de sang-froid, avaient-ils donc été à ce point surpris par l'irruption soudaine du fléau qu'ils n'avaient pu se sauver ni sauver les autres?...

Non!... Le jeune soldat et le jeune médecin avaient, l'un et l'autre, vu la mort de trop près, pour ne pas l'affronter une fois de plus et essayer de la vaincre!...

Mais, ici, ce n'était plus la mort qui lentement courbe les êtres humains vers l'inévitable tombeau, la mort qu'amènent les maladies, avec l'illusoire cortège des fioles, des tisanes, des remèdes de toute sorte.

Ce n'était pas non plus le trépas rapide et glorieux qui frappe les combattants dans l'enivrement des batailles au son des trompettes guer-rières, au bruit de la « poudre qui parle »...

C'est la mort atroce... cruelle, du martyr sur son bûcher... les flammes qui lèchent et mordent, dragons monstrueux, avant de dévorer leur victime... C'est l'être humain pensant et souffrant... transformé en tison ardent et qui hurle...

Sinistre vision!... Le feu, c'est l'enfer!... Un supplice de démon... la torture des damnés... la mort qui attendait tout un quartier de Florence sous le régime de Méphistophélès!...

De suite après l'irruption de la fumée, il y avait eu des râles... puis ils avaient cessé...

C'était le vieux prêtre qui venait de bénir l'union de Bertha et de Jiacomo, et qui s'écroulait, terrassé, dans les bras de Siébel.

L'élève de Faust savait que la mort par le feu survient parfois, avant toute brûlure, d'une façon subite, par arrêt du cœur et de la respiration. Heureux les suppliciés dont le bûcher est fait de bois vert ou mouillé, car l'asphyxiante fumée qui s'en dégage leur épargne la cruelle torture du feu.

Tel était le cas de cette première victime, un homme âgé, infirme, dont Siébel commençait à envier le sort, ne sachant pas si lui et ses compagnons n'allaient pas lentement mourir dans le terrible enlacement des flammes...

Mais il n'y avait pas de temps à perdre... On n'était plus que trois... Gioritto et les deux jeunes gens.

Siébel comprit qu'il ne fallait pas songer à descendre... l'escalier étant complètement embrasé.

Passer par la fenêtre, comme l'avait fait Jiacomo, n'était possible que pour un gars robuste... et puis déjà les fenêtres craquaient, léchées par les flammes qui dévoraient les maisons voisines. Impossible d'ailleurs de faire passer par cette voie périlleuse un homme de l'âge de Gioritto, dont les membres n'avaient plus la souplesse et l'élasticité de la jeunesse.

Aidé de Valentin, il entraîna le vieillard dans la chambre qu'il occupait et où déjà ses livres préférés et les instruments de son art étaient la proie de l'incendie.

Il ne s'attarda point en des regrets stériles ou de vaines tentatives pour sauver quoi que ce soit du sinistre.

Au-dessus de la chambre, il y avait un grenier auquel on avait accès par une sorte de soupente. Tirolo avait remisé là une foule d'objets disparates, d'ustensiles dont il ne se servait que rarement. Quand il lui arrivait d'en avoir besoin, il employait, pour aller les chercher au grenier, une échelle qui se trouvait au rez-de-chaussée.

Il ne fallait pas, bien entendu, songer à aller la prendre. Les fugitifs furent donc obligés de se hisser au grenier par leurs propres moyens.

Valentin, qui était, sans contredit, le plus robuste des deux jeunes gens, hissa son camarade Siébel jusqu'à la soupente; puis, à eux deux, ils firent suivre le même chemin au vieux révolutionnaire que Siébel tirait à lui, tandis que Valentin le poussait... tout cela au milieu d'une fumée aveuglante et d'une chaleur qui augmentait d'instant en instant.

Le fils du lieutenant Roger put enfin, avec l'aide de ses compagnons de détresse, arriver au grenier. Il n'était que temps; le feu, au-dessous d'eux, avait complètement envahi la chambre de Siébel.

Mais les malheureux n'étaient pas encore sauvés, tant s'en faut! Le grenier aurait été le pire des endroits pour y chercher un refuge contre le sinistre.

Formé par les poutres et les solives du toit, encombré d'un tas de vieilleries éminemment inflammables, les trois hommes y auraient été enfumés comme des renards dans un piège, ou brûlés vifs... et cela avant peu.

Siébel l'avait bien compris... comme il avait eu l'intuition du danger qu'il aurait fait courir à ses amis en leur permettant de s'engager dans le souterrain mystérieux qui, passant derrière la cheminée de sa chambre, conduisait à l'ancienne cellule de Faust dans la prison d'État.

La fumée et les flammes de l'immense foyer ne manqueraient pas d'être poussées dans ce conduit au bout duquel les infortunés fugitifs ne trouveraient qu'une pierre massive qui, pour eux, serait celle du tombeau. Que faire?... Il fallait monter... toujours... essayer de gagner les toits... avant le feu.

Une lucarne étroite... à peine le passage d'un homme. Valentin et Siébel, qui sont minces et sveltes, parviennent à se glisser par cette ouverture.

C'est plus difficile en ce qui concerne Gioritto, qui ne peut y parvenir qu'au prix des plus grands efforts et avec l'assistance opiniâtre de ses deux jeunes compagnons. Encore est-il obligé de sacrifier son pourpoint...

Le reste de ses vêtements est en lambeaux, mais il est avec Valentin et Siébel sur la toiture... En sûreté?... Non! pas encore... Des gerbes de flammes entourent la maison de Tirolo... ou ce qui en reste...

Sur cette mer de feu, ils erraient à l'aventure... Leurs yeux cherchent une issue... en vain... L'élément terrible, sur ce point de l'espace, est maître absolu... un maître dont rien ne peut apaiser l'ardent courroux.

Ils marchent... guidés par la fatalité aveugle... le destin... bon... ou mauvais... c'est peut-être vers le salut qu'ils vont !... peut-être aussi est-ce leur agonie qui se prolonge...

Sur la route qu'ils suivent, au milieu de ce dédale de toits et qui est tout à l'opposé du chemin pris par Giacomo, voilà qu'un pénible spectacle les arrête, malgré la hâte qn'ils ont de fuir....

Un homme... un vieillard... éploré se penche au-dessus d'une femme, étendue près des débris fumants que la force de l'incendie projette jusque sur les toitures....

Cet homme, c'est Tirolo... Ils le reconnaissent... et échangent avec lui quelques paroles...

Le pauvre vieux s'était sauvé avec son épouse, par un pignon qui surmontait la cuisine d'où, — on se le rappelle, — la mère Tirolo avait, la première, donné l'alarme, au début du sinistre...

Ils fuyaient tous les deux, quand soudain la vieille était tombée, suffoquée par la chaleur effroyable du brasier...

Et maintenant l'infortuné mari ne voulait plus s'en aller de là... Il s'acharnait à rester dans ce tourbillon tantôt rouge et tantôt noir, dans cette trombe de flammes et de fumée...

Il gémissait :

— L'époux et l'épouse ne se quitteront jamais... Le mari accompagnera sa femme... ils resteront ensemble... Telle est la loi... qui les unit pour toujours !...

— Pauvre homme ! — fit Siébel, — nous ne pouvons le laisser là... Il faut l'emmener avec nous... essayer de le sauver ! La mère Tirolo est morte... bien morte... tuée par la congestion !... Puissions-nous n'en être pas réduits bientôt à envier son sort !...

Les trois hommes eurent le plus grand mal à éloigner l'ancien guichetier du corps de celle qui avait été la fidèle compagne de toute sa vie !...

A peine se fut-il éloigné avec Gioritto, Valentin et Siébel, que l'étroit pignon où le vieux couple avait cherché un refuge précaire s'effondrait, et Tirolo put voir le cadavre de sa femme, hideux, grimaçant, tortiller et crépiter comme un sarment sec, dans le gouffre de feu...

Ses compagnons, terrifiés, l'entendirent pousser un ricanement affreux puis il se mit à courir devant eux, dansant et chantant :

> Trois Cordeliers sont sortis de l'Enfer
> Par la fenêtre.
> De les empêcher, dit-on, Lucifer
> Point ne fût maître !
> Car il avait fini par s'endormir
> Sur un grimoire.
> Il se réveilla pour les voir partir
> En Purgatoire !

— Le malheureux !... il est fou ! — dit Siébel.

— Il ne voit plus le danger qui nous entoure et nous menace ! — reprit Siébel. — Il est heureux !...

— Puisse sa raison perdue, — ajouta Gioritto, — avoir emporté... pour lui le sentiment de la souffrance. La destinée aura été plus clémente pour lui que pour nous... A côté... derrière... partout... les flammes, et là, en face de nous, l'épaisse muraille de cette Bastille qui émerge du feu, impassible et muette...

— On dirait aussi, — fit Valentin, — qu'elle se fait moqueuse, pour insulter à notre supplice...

« Amis, voyez, là, au milieu des pierres lépreuses, cette lucarne... sinistre et noire qui s'éclaire par instants des rougeurs de l'incendie...

« Ne dirait-on pas quelque œil infernal qui s'apprête à contempler notre mort ?...

Siébel chercha un instant à s'orienter... Ce n'était guère facile, car il faisait nuit et le fléau qui sévissait avait considérablement modifié l'aspect de ce quartier ; mais il finit cependant par s'y reconnaître et dit :

— Valentin... cette lucarne qui semble, comme vous dites, un œil ouvert sur notre agonie, c'est par là que prend jour la cellule où était Faust...

— Mais... alors... — fit le jeune soldat tremblant d'émotion — c'est... là... maintenant... s'il faut en croire... ce que disent les gens de la prison... c'est derrière cette lucarne... que se trouve mon père !...

Il se mit à crier de toute la force de ses poumons :

— Mon père !... mon père !... Adieu... ton fils va mourir !...

A ce moment, il sembla aux fugitifs qu'une tête apparaissait derrière les épais barreaux de fer...

L'incendie faisait rage !

Des panaches de fumée poussés par le vent, tout autour des *carceri grande*, donnaient à l'insolente prison d'État l'aspect d'une montagne qui dresse sa cime orgueilleuse au-dessus des nuées...

Valentin, en avant de ses compagnons, le regard fixé sur la lucarne noire, immobile, fasciné par cet œil mystérieux, parlait à ce père qui était là et devant lequel il allait mourir... de la plus atroce des morts...

Oh ! quel supplice pour le lieutenant Roger, d'assister ainsi, captif, impuissant, à l'agonie de ce fils bien-aimé !...

— Père... père... — disait l'enfant, — ma dernière pensée est pour toi... pour ma mère et Jeannette qui pleurent et prient... là-bas à Strasbourg... en nous attendant...

« Quand tu sortiras du cachot où un félon t'a jeté contre tout droit et tout honneur, tu iras... à Strasbourg et tu diras à mère... et à Jeannette que je les aime jusqu'à la mort... et tu leur porteras mes derniers baisers... Adieu ! père !... adieu...

Une main sur son cœur, l'autre posée sur ses lèvres, Valentin allait confier à l'espace, à la nuit, ce doux legs de tendresse filiale et de frater-

Valentin tombe sanglant dans les bras de Siébel. (Page 1378.)

nel amour, quand, soudain, une voix sortit de l'ombre et, passant entre les barreaux de l'étroite fenêtre, elle jeta à celui qui allait périr ces mots effroyables :

— Le lieutenant Roger ne sortira d'ici que mort et nul ne saura où repose sa dépouille...

Valentin crut qu'il était le jouet de quelque épouvantable hallucination...

On aurait dit la voix de Méphisto...

Mais non !... Il ne s'était pas trompé.

Les autres avaient entendu, comme lui, cette sentence de mort qui sortait de la geôle et semblait, avec les flammes, voler sur l'aile de la nuit...

Et, comme lui, ils avaient reconnu la voix du monstre qui régnait sur la Toscane...

Instinctivement, ils s'étaient réunis autour du jeune soldat pour qui les tortures d'une mort imminente s'aggravaient de ce nouveau supplice... la pensée que son père ne reverrait plus la lumière du jour, ne respirerait plus l'air de la liberté... qu'il mourrait... comme un maudit, au fond de ce cachot...

Mais voilà que soudain un coup de feu retentit...

L'éclair est sorti de cette lucarne...

L'œil de Satan a lancé la foudre...

Tirolo, le pauvre fou, qui chante et danse au milieu des flammes, vient de s'abattre comme une masse...

Il tournoie un instant et va s'engloutir dans l'ardente fournaise...

Les époux vieux et fidèles ne seront pas séparés !

Les fugitifs se regardent interdits...

Méphisto trouve donc que, pour eux, la mort est bien lente à venir...

Pourquoi veut-il devancer l'œuvre irrémédiable du feu dévorateur ?...

Un second éclair vient noyer l'ombre de la lucarne... le coup part...

Et Valentin tombe sanglant dans les bras de Siébel et de Gioritto en s'écriant :

— C'était bien pour moi, amis !... Cette fois il a rectifié son tir !...

XXV

L'INCENDIAIRE

PAR ici !... Par ici !... Enjambez le sommet de la toiture... de ce côté-ci, nous pouvons vous faire descendre !...

Ainsi parlent des gens qui se trouvent sur la corniche, du côté opposé, près de la petite place où tout à l'heure nous avons vu Jiacomo effectuer sa descente avec Bertha dans ses bras...

Gioritto et Siébel, qui portent le corps de Valentin, sont parvenus au même endroit, seulement sur le bord opposé. ce qui augmente singulièrement les difficultés du sauvetage.

En effet, tandis que les corniches du toit, de chaque côté, restent à peu près indemnes, formant comme un étroit sentier de tuiles, les maîtresses poutres qui constituent le faîte de la construction sont embrasées.

Une barrière de feu sépare les infortunés de ceux qui pourraient les secourir... Ils pourraient encore à la rigueur les franchir ; un saut à travers les flammes ne présenterait pas des difficultés insurmontables, d'autant plus que l'embrasement des solives ne fait que commencer.

Mais le vieux patriote et le jeune médecin sont chargés d'un fardeau qu'ils ne veulent pas abandonner...

Tout à l'heure, à cause de la distance, les sauveteurs ne pouvaient s'en rendre compte, mais maintenant comme ils se sont rapprochés, et que les lueurs plus vives de l'incendie éclairent la scène, on peut voir de là-bas Gioritto et Siébel portant le corps de leur ami.

— Ciel !... eux !... c'est eux !...

C'est Pépito qui a poussé ce cri...

Il les a vus marcher lentement par ce sentier de terreur et de mort... un faux pas peut les faire glisser dans le gouffre ardent... et, de l'autre côté, ce rideau de flammes qui monte... qui monte toujours... mettant ses rougeurs sinistres sur le ciel noir...

Mais voilà qu'un cri d'horreur monte de la foule... Rongée par le feu, la corniche s'est écroulée... un pan seul reste debout, piédestal sinistre sur lequel se dressent, immobiles et comme pétrifiés, les deux hommes avec leur fardeau...

On dirait des naufragés réfugiés sur un rocher que le flot vient battre...

Le petit chevrier de Pistoïa n'a fait qu'un bond.

— A la grâce de Dieu ! — s'écrie-t-il.

— Ah ! mon pauvre enfant !

C'est un cri de femme qui s'est perdu dans les clameurs du peuple tassé sur la place et que cet héroïsme remplit d'enthousiasme et d'épouvante...

Comme une salamandre, on peut le voir qui s'agite au milieu des flammes...

Mais il n'est pas seul... Saâda l'a suivi... La hache de Jack le Bûcheron tournoie... abattant les poutres branlantes transformées en tisons, sapant les boiseries qui achèvent de se consumer...

Par le chemin qu'a frayé la courageuse enfant, les Bohémiens qu'elle commande, d'autres sauveteurs également accourent ; on apporte des cordes, des échelles.

Sur leur rocher battu par la vague embrasée, Siébel et Gioritto voient enfin arriver le salut...

Ils n'y comptaient plus... résignés à leur sort... faisant face à la mort, comme à l'ennemi...

Pépito, le premier, est auprès d'eux, suivi de près par Saâda ; puis les autres accourent... Ils sont saisis, enlevés, entraînés ainsi que le corps blême, exsangue de Valentin...

Maisil n'était que temps; le fragment de corniche sur lequel ils étaient restés, — quelques secondes... des siècles! — face à face avec le trépas, s'écroulait miné par les flammes.

Le premier mouvement de Siébel, en touchant le sol, est de s'approcher du corps de Valentin que les sauveteurs ont descendu avec des précautions infinies.

Il met sa main sur la poitrine du jeune soldat.

— Le cœur bat encore! — fait-il.

Ses déclarations se bornent à ces quelques mots... Il n'ose en dire plus long, de crainte d'inspirer aux autres un espoir qui risquerait d'être trop vite déçu...

Et puis, dans les conditions où l'on se trouve, impossible de se livrer à un examen approfondi de la blessure...

Il faudrait transporter Valentin dans un endroit calme et paisible, loin du tumulte de la foule, le mettre dans un bon lit...

Mais où aller, dans ce moment suprême où la vie du blessé ne tient pour ainsi dire qu'à un fil... où elle dépend d'une opération opportune, d'un pansement méthodique, toutes choses qu'on ne peut songer à faire, sur le théâtre même du sinistre?...

Valentin, comme Siébel, comme Pépito, n'avait pour domicile que la maison hospitalière du bon Tirolo...

Hélas! le malheureux et sa vieille épouse ont péri dans les flammes!... leur humble demeure, si douce aux proscrits, n'est plus qu'un monceau de ruines fumantes!...

Et maintenant à qui se confier dans la grande cité qu'un prince machiavélique a peuplée d'espions et de délateurs?

Siébel, angoissé, se demande si, en conduisant son cher blessé dans une hôtellerie... ou ailleurs il ne risque pas de le livrer à la trahison... à l'assassinat... à toutes les œuvres d'infamie et de haine qui enserrent Florence dans leurs monstrueux replis, *Mephisto regnante!*...

Il était plongé dans ces pensées torturantes, lorsqu'une main se posa sur son épaule...

Se retournant, il aperçut le jeune sauveteur de tout à l'heure, celui qui maniait la cognée avec tant de dextérité et de vigueur au milieu des poutres enflammées.

Et en même temps, une voix au timbre frais et juvénile lui disait

— J'ai donné ordre de transporter le blessé dans nos roulottes qui sont ce soir transformées en ambulance. Il y a déjà là un jeune marié et son épouse, que nous avons eu le bonheur, avec M. Pépito, de tirer de l'incendie.

— Jiacomo et Bertha! — s'écria Siébel. — Ils sont sauvés!... ah! merci... merci... monsieur!...

Et il serra avec effusion la main de Saâda...

Pépito, qui était auprès d'elle, sourit doucement, et s'adressant au jeune médecin, lui dit :

— Vous vous trompez, comme cela m'est arrivé tout à l'heure, monsieur Siébel ! Vos remerciements doivent s'adresser à la *signorina* Saâda, reine des Bohémiens, qui ici sauvent les incendiés, et là-bas, dans leur campement les soignent.

« M. Valentin ne pourrait être nulle part mieux que dans l'ambulance dont mademoiselle vous a parlé, et où vous trouverez un confrère pour vous aider dans vos opérations et vos pansements.

— Oui, — fit Saâda, — Mahadok, mon bon aïeul, est médecin ! Mais que n'est-il pas ?... Ce n'est pas comme moi... je ne suis bonne qu'à faire le coup de hache !

— Et puis, — fit tout bas Pépito à l'oreille du jeune docteur, quand Saâda se fut éloignée, — vous pouvez être certain que, dans le camp des Bohémiens, M. Valentin sera parfaitement en sûreté.

Siébel, conquis par le charme de Saâda et par son aspect de franchise et de droiture, répondit :

— Une reine qui montre tant de sang-froid et de courage ne peut avoir que des sujets honnêtes et loyaux.

Puis l'élève de Faust s'éloigna pour accompagner Valentin que deux robustes nomades portaient au Champ-de-Mars sur une civière improvisée.

Pépito ainsi que le vieux révolutionnaire restaient auprès de Saâda sur le lieu du sinistre...

L'incendie commençait à diminuer d'intensité, faute d'aliment.

Ces pauvres masures avaient été pour le fléau une proie trop facile pour que le feu n'en eût pas bien vite raison...

Après quoi il ne pouvait plus se propager... d'un côté l'Arno, de l'autre l'immense prison d'Etat avec ses murailles de pierre massive, plus loin les terrains vagues du Champ-de-Mars l'empêchaient de s'étendre au reste de la ville.

Il avait fait assez de victimes !..

Les morts étaient nombreux... plus nombreux encore les blessés...

Et que de pauvres gens, sans asile, ayant perdu tout ce qu'ils possédaient, réduits à coucher en plein air et à tendre la main.

Une seule chose pouvait inspirer à ces malheureuses victimes cette résignation forcée qu'on éprouve toujours devant les coups les plus terribles de la fatalité, c'était la pensée qu'un pareil désastre ne pouvait être attribué qu'au hasard...

Tel était du moins le thème des conversations sur la petite place où Saâda, avec ses Bohémiens, aidés de quelques courageux citoyens, venait si héroïquement de diriger le sauvetage...

Personne ne songeait à incriminer la malveillance. Tout ce quartier était fort mal bâti... un ramassis de bicoques, pour la plupart en bois, et entassées les unes sur les autres... tout cela devait forcément brûler, quelque jour.

Il faut dire, cependant, que Pépito ne partageait pas cette manière de voir...

L'attentat dont Tirolo d'abord et puis Valentin ensuite avaient été victimes, alors qu'ils essayaient de se sauver, lui démontrait clairement que l'incendie n'avait pas une cause fortuite.

Le monstre qui s'était déjà souillé de tant de crimes n'avait pas reculé devant un nouveau forfait, le plus exécrable peut-être de tous ceux dont il avait jusqu'ici chargé son âme diabolique...

Sans doute, par ses espions, il avait découvert le modeste asile où vivaient les réfugiés, et avec une perfidie savante, une ruse infernale, au lieu de se défaire d'eux ouvertement, il avait résolu de les supprimer mystérieusement.

Les proscrits frappés en plein jour, à la face du peuple, risquaient de faire des prosélytes... Le sang des martyrs fait jaillir du sol les vengeurs implacables... Une répression brutale risque toujours de réveiller les vieux ferments de révolte qui sommeillent dans la conscience des peuples opprimés...

Non! il les ferait disparaître sans que le plus méfiant de ses ennemis politiques puisse l'incriminer en quoi que ce soit...

L'assassin agirait sous le manteau de la fatalité... Il prendrait le masque du cataclysme...

Tant pis si d'autres qu'eux étaient englobés dans le désastre qui les visait!...

Ainsi pensait l'ancien chevrier de Pistoia dont l'intelligence précoce et subtile, en vertu peut-être des lois inéluctables de l'hérédité, savait si bien lire dans l'âme noire de... son père!...

Il ne se trompait pas... Au milieu de la foule, à présent plus calme et qui commentait les événements de cette nuit tragique, il se produit soudain un grand remous...

C'est un enfant, un jeune garçon, tête nue, qu'accompagne un être bizarre, contrefait, rouge de cheveux et de barbe, comme si sa tête étrange taillée à coups de serpe dans un morceau de bois sec, avait été roussie par le feu...

Il essayait, mais en vain, d'imposer silence à son petit compagnon.

— Allons! voyons! Georges... calme-toi, mon ami!...

— Non! non! — criait l'impétueux héritier du Burgrave, — rien ne m'empêchera de le crier...

— Qu'est-ce qu'il y a, Georges? —demanda Saâda, intervenant, quand elle eut reconnu le petit pensionnaire assez indiscipliné que le gnome avait recruté naguère dans un cabaret de la ville.

— Il y a... il y a... — fit Georges qui avait de la peine à parler, tant il était essoufflé, — il y a que... ce voleur... ce bandit... ce sale mouchard de Karl Brander m'a pris ma toque... et... elle était bien à moi... puisque je la lui avais enlevée de force, à Strasbourg, pour le punir de m'avoir enfermé, martyrisé... de m'avoir volé l'argent que mes parents m'envoyaient.

—Mon pauvre Georges, —dit en souriant la petite reine de Bohême, —tu

ne feras croire à personne que tu es pour tout de bon un enfant martyr... Non! décidément... tu sais... tu n'as pas le physique de l'emploi...

— Ma toque!... ma toque!... — hurlait l'incorrigible enfant terrible.

— Tu sais bien, — reprit Saâda, — que ta toque n'a plus la même
valeur... depuis... qu'on connaît certain secret qu'elle renfermait.

Cette considération, — sur laquelle nous ne tarderons pas à revenir,
— ne parvenait pas à calmer l'ancien petit charbonnier de la Forêt-Noire,
car il cria plus fort que jamais :

— Et puis... ce n'est pas tout ! Karl Brander n'est pas seulement un
voleur, un mouchard, c'est un incendiaire...

— Un incendiaire ! — s'écrièrent les témoins de cette scène dont le
début avait été plutôt burlesque.

— Oui !... un incendiaire ! — reprit Georges avec force, — je l'ai
vu !... je vous dis que je l'ai vu ! C'est lui qui a mis le feu à la vieille ville !...,

XXIV

RIBAUDE

ES dernières paroles de Georges occasionnèrent, chez tous ceux qui
les entendirent, une émotion facile à comprendre.

Devant ces ruines qui fumaient encore, devant le spectacle
d'un pareil désastre, devant tant de misères accumulées, la pensée qu'un
être humain en pût être l'auteur, il y avait bien de quoi provoquer une
immense et légitime colère !

Mais les propos parfois inconsidérés d'un enfant sont bien sujets à
caution. Le jeune ennemi de Karl Brander fut interrogé par les gens
qui se trouvaient le plus rapprochés de lui. Il se montra très affirmatif
dans ses déclarations, que d'ailleurs son étrange compagnon corroborait
avec force.

Le petit Burgrave avait conservé à Florence le même esprit d'indépendance qu'il manifestait naguère à Strasbourg et, précédemment, dans
la Forêt-Noire.

Il était incapable de rester sédentaire, aussi bien dans le camp des
Bohémiens qu'au collège en Alsace ou dans le burg féodal du charbonnier son père.

Pendant des journées entières, y compris les soirées, du reste, il parcourait les rues de Florence en compagnie de son ami le gnome qui continuait à faire le tour des cabarets, hotelleries, tavernes et autres lieux

de plaisir pour exhiber ses talents de bouffon plus ou moins acrobate et débiter ses facéties rendues plus burlesques encore par son physique spécial.

Cette vie de Bohême, qui assurait au gnome quelques franches lippées et de loin en loin des pièces blanches, plaisait énormément à l'ancien petit vagabond de la Forêt-Noire.

Donc, ce soir-là, en compagnie du nain contrefait et grotesque, l'héritier du Burgrave explorait, suivant son habitude, les bas-fonds de Florence...

Force cabarets louches avaient reçu leur visite, lorsque, soudain, en longeant le quartier pauvre qui avoisinait la prison, ils aperçurent de la lueur au fond d'une petite impasse absolument déserte à cette heure.

— Tiens ! un cabaret que nous ne connaissons pas ! — s'écria Georges, — si on y allait, dis, gnome !...

Le gnome secoua la tête et répondit, en plaisantant, comme il en avait l'habitude, surtout quand il causait avec son jeune compatriote du Schwartzwald :

— Cher et noble Burgrave, vous faites erreur. Je me flatte de connaître jusqu'aux plus infimes tavernes de cette bonne ville ; je sais sur le bout des doigts le compte de tous les cabarets bien ou mal famés, ceux où vont les honnêtes drapiers dont l'escarcelle est bien garnie, comme ceux que fréquentent les pauvres bateliers de l'Arno, sans compter les endroits où se réunissent pour boire et partager leur butin les membres de la corporation des voleurs... Eh bien ! je dis qu'il n'y a pas dans ce cul-de-sac le moindre cabaret.

— Oui, tu pourrais bien avoir raison, gnome ! La lueur est trop vive pour être celle de la devanture d'un cabaret. On dirait plutôt la gueule d'un four qu'on vient d'allumer. Du reste, je vais voir, j'en aurai le cœur net !...

Et Georges, laissant là son compagnon, courut jusqu'au fond de l'impasse...

Il se croisa avec un homme qui courait également, mais en sens inverse...

L'individu, qui venait de l'endroit où apparaissait la lueur qui avait si fort intrigué Georges, jeta dans le ruisseau, en passant près de lui, une torche qu'il portait dans sa main...

Et vivement il s'empara de la toque crânement posée sur la tête du jeune garçon...

— Misérable canaille !... voleur !... mouchard !... A bas Karl Brander !...

Tandis que Georges qui, à la clarté croissante du foyer tout proche, venait de reconnaître son agresseur, manifestait ainsi sa vieille animosité, Karl Brander fuyait de toute la vitesse de ses jambes.

Il passa de la sorte près du gnome qui ne songea même pas à l'arrêter, ignorant de quoi il s'agissait...

A ce gibet improvisé, quelques cadavres grimaçants se balancent... (Page 1388.)

— Qu'est-ce qui t'arrive, Georges ? — demanda le bouffon, — tu as l'air furieux après ce quidam.

— Je crois bien, ce vilain oiseau de nuit, c'est Karl Brander. Il m'a reconnu le premier et lâchement en a profité...

— Oui... je vois... il t'a décoiffé...

L'entretien des deux compagnons s'arrêta là... Une gerbe de flammes avait jailli du bâtiment qui se touvait au fond de l'impasse...

Nous savons que c'était l'atelier d'un menuisier qui, de l'autre côté, donnait sur une petite cour attenante à la cuisine de la mère Tirolo...

Et l'incendie, qu'un misérable venait d'allumer, éclatait avec la violence dont on a été témoin ; les réfugiés étaient chassés de leur asile par la torche de Karl Brander...

Georges et le gnome avaient alors repris le chemin du Champ-de-Mars pour aller raconter à Mahadok et à Saâda, la découverte qu'ils venaient de faire du plus monstrueux et du plus lâche des crimes.

Mais, bientôt, il leur fut impossible de continuer leur chemin. Le fléau prenait des proportions terribles ; ils se heurtaient à des gens qui fuyaient de chez eux en emportant leurs objets les plus précieux.

D'autres couraient en sens inverse dans le but de porter secours aux sinistrés ou bien, simplement, poussés par cette curiosité malsaine qui fait qu'on aime être témoin des fléaux qui désolent le reste de l'humanité.

Et puis, il faut dire aussi que dans le nombre des spectateurs, voire même des sauveteurs, il se trouvait des gens dont la conscience n'était pas bien nette et les intentions aussi peu philanthropiques que possible.

C'était, mêlée à la foule compacte qui se pressait sur le lieu du sinistre, la tourbe des individus sans aveu, capables de tout sauf d'une bonne action, les coupeurs de bourse et les pilleurs d'épaves, ceux qui détroussent les cadavres au soir des batailles, ceux qui vont écumer le rivage de la mer après la tempête pour profiter du butin fourni par les naufrages, ceux également qui dans les ruines calcinées cherchent des trésors que le feu a pu épargner...

Toute cette tumultueuse cohue avait retardé la marche de Georges et du gnome, et, comme nous venons de le voir, l'incendie touchait à sa fin lorsqu'ils rencontrèrent Saâda et ses Bohémiens sur la place où se trouvaient également, auprès de la reine des nomades, Pépito et le vieux chef de la Révolution...

L'émoi fut considérable... Les révélations de Georges, passant de bouche en bouche, accrues et amplifiées furent bientôt transmises d'un bout à l'autre de la cité...

Qu'un espion à la solde du prince-régent eût été surpris mettant le feu à un amas de matières inflammables, en plein dans le centre du quartier qui venait d'être la proie des flammes, la chose en soi était déjà d'une gravité extraordinaire.

Mais, comme il arrive toujours en pareil cas, la foule, surexcitée, ne se contenta point d'une explication aussi simple. Pour l'âme impressionnable des peuples, la réalité des faits cède toujours la place aux conceptions les plus chimériques.

La légende enrichit l'histoire !... Ici l'histoire n'était que trop effroyable pour qu'il ne fût pas besoin de dénaturer la vérité. L'horreur tragique de ce crime infernal aurait dû suffire à l'imagination populaire.

On amplifia, avons-nous dit, la découverte du petit Georges...

Pour la foule des légions d'incendiaires avaient été lâchés sur la ville par quelque puissance occulte.

C'était un véritable miracle que Florence tout entière n'eût pas été détruite par ces démons échappés des enfers.

Car les gens affolés se refusaient à croire qu'un seul homme ait pu concevoir cette œuvre de destruction... qu'une seule main ait pu l'exécuter.

Il était plus facile et il semblait plus logique d'attribuer l'exécrable forfait à toute une collectivité... d'en rendre responsable une secte... ou une race.

Hélas ! c'est ainsi que transmises, déformées, les révélations de Georges devaient avoir un effet tout différent de celui qu'en attendaient tous ceux qui se trouvaient auprès de lui, au moment où il racontait ce qu'il avait vu.

Gioritto était du nombre. Son enthousiasme toujours jeune, son indignation toujours véhémente s'étaient soulevés à ce récit.

Oui ! pour le vieux patriote, pour l'ardent révolutionnaire, c'était bien Méphisto, c'était le tyran exécré qui avait été l'instigateur d'un attentat sans pareil dans les fastes de l'histoire.

De sa voix habituée à dominer le tumulte des batailles, le vaillant tribun s'écria :

— Néron a brûlé Rome... Méphisto vient d'incendier Florence... Les deux monstres se valent... après le fer et le poison, c'est le feu qu'il choisit pour nous exterminer !... Jusques à quand, ô peuple noble et magnanime, laisseras-tu le diabolique aventurier maître de tes destinées et de ta vie ?...

« Toscans, secouez vos chaînes, et que la torche incendiaire illumine enfin vos âmes aveuglées...

« Que les lueurs de ce brasier allumé par des mains criminelles éclairent l'avènement de la liberté !...

La foule, en réponse aux paroles enflammées du tribun prêchant la révolte, ne répondit que par ces cris :

— A mort les incendiaires !...

Pas une clameur de haine contre le tyran... Pas un mouvement qui indiquât que le peuple, soulevé par le dernier forfait de son prince, fût prêt à courir aux armes, à se ruer contre le palais, pour châtier l'amas monstrueux des crimes commis par Méphisto.

La voix de Gioritto est restée sans écho...

— Ce peuple, — pense-t-il avec tristesse, — est sourd aux appels de la liberté !... Que faudra-t-il donc pour secouer sa torpeur ?...

Mais voilà qu'à quelque distance la masse s'agite... des cris s'élèvent...

— Mort aux voleurs !...

Des individus ont été surpris, profitant de l'encombrement, pour couper quelques bourses... C'est une bande de tire-laine qui ont une femme avec eux.

Des milliers de mains s'abattent sur les bandits... leur triste compagne est entraînée avec eux.

Là foule fait sa police elle-même et elle s'apprête à rendre les arrêts... sans appel... de sa justice sommaire.

C'est en vain que les voleurs se débattent... en vain qu'ils essayent de se dégager...

Les coups pleuvent sur eux.

Ils ont beau demander grâce, la pitié ne s'arrêtera pas un instant sur leurs têtes. Ce peuple, qui vient d'assister à une catastrophe épouvantable et qui sait que des mains criminelles ont allumé cet incendie, veut assouvir sa fureur... il lui faut des victimes expiatoires.

— A mort!... à mort!...

Ces cris ne cessent de retentir, mêlés aux injures...

Des témoins affirment avoir vu ces gueux, avant de subtiliser les bourses dans la cohue, en train de se livrer au pillage, à travers les décombres.

Dépouiller les morts, voler des malheureux incendiés, ce sont des crimes tellement vils, tellement lâches, qu'à aucune époque ils n'ont semblé dignes de mériter la clémence des juges...

A plus forte raison, quand ce sont des juges populaires et que les pilleurs sont pris en flagrant délit, effectuant leur immonde besogne...

Ah! le verdict de la foule est bien vite rendu...

Et les exécuteurs ne manqueront pas!...

Il y a là, sur des pans de murs que l'incendie a laissés debout, des poutres qui sont restées... comme à plaisir... pour faire de belles et solides potences...

Quant aux cordes, elles ont été bien vite trouvées... Au bout de quelques instants, à ce gibet improvisé, quelques cadavres grimaçants se balancent...

Que va-t-on faire de la femme qui accompagnait les maltôtiers?...

Lui fera-t-on subir le même sort?...

Cette exécution ne serait peut-être pas très juste. Certes ce n'est pas une créature bien intéressante que cette ribaude qui était avec les bandits. Mais il semble bien que si elle était la compagne de leurs crapuleuses débauches, elle n'était point la complice de leurs vols...

La malheureuse cache son visage; elle semble, pour qui l'observerait de tout près, avoir plus de honte que de terreur... Et puis on dirait qu'elle craint, surtout, d'être reconnue...

Que risque-t-elle donc à cela?... N'est-elle point la fille anonyme que le premier passant venu peut cueillir, fleur de ruisseau tout à l'heure rejetée à l'égout... enfant de la misère et du vice, sinistre couple, pourvoyeur de geôles sombres et d'échafauds sanglants?...

Non!... la ribaude surprise avec les truands que l'on vient de pendre, deux hommes la reconnaissent à la lueur des torches qui éclairent cette scène lugubre.

Il a suffi qu'un instant elle montrât son visage fardé de courtisane, ce

visage aux lignes jadis belles, mais que la basse et hideuse débauche a
marqué de ses stigmates ineffaçables.

— Nathalie Borghès! — ont fait, à voix basse, et presque en même
temps, Gioritto et Pépito.

XXVII

LA DETTE DE PÉPITO

C'EST qu'ils la reconnaissent bien, tous les deux, et pour des raisons
bien différentes!...

Après une vie passée à combattre cette odieuse dynastie des
Borghès, le vieux révolutionnaire avait l'image des tyrans gravée dans
son âme en caractères de sang et de feu...

Oh! cette famille maudite, il en reconnaîtrait les membres toujours
et partout...

Quand bien même il vivrait des siècles et des siècles, leurs traits
abhorrés seraient éternellement présents à sa mémoire vengeresse.

Gioritto se disait qu'il démasquerait un Borghès quel que fût le déguisement qu'il eût pris...

Le stigmate de la tyrannie et de la cruauté, il le lirait encore sur le
squelette décharné d'un de ces bourreaux du peuple, quand, au jour du
jugement, les trompettes des anges iraient réveiller les morts dans leurs
tombeaux...

Dies iræ, dies illa... jour de colère que ce jour-là... où sans doute la
justice des peuples devancerait la justice du ciel trop lente à venir?...

Pépito, lui aussi, haïssait les tyrans, mais son âme jeune n'avait pas
reçu l'empreinte profonde et lente des haines immortelles.

A cet âge, on garde plutôt l'impression vive et subite de certaines
visions tragiques qui ne s'effaceront plus...

C'était le cas du petit chevrier de Pistoïa...

L'assassin d'Andréas Borghès qui croyait être le vengeur de la
Toscane, mais dont le geste libérateur n'avait servi qu'à faire passer la
couronne sur la tête de Méphisto, venait d'être enseveli vivant dans l'*in-
pace*...

La sensibilité des souvenirs d'enfance l'étreignait à la gorge... il pleurait sa jeunesse... sa montagne natale et les chèvres qu'il menait paître
dans les sentiers rocailleux...

Il revoyait avec cette acuité de sa mémoire que procure parfois l'approché de la mort, cette petite ferme des Vampa où il avait passé son enfance auprès de ses vieux parents d'adoption, si bons pour lui, pauvre enfant trouvé !...

Alors, tandis qu'il invoquait le trépas trop lent à venir dans cette oubliette où l'on ne doit mourir que peu à peu, il avait entendu le grincement d'une serrure... un faible rayon de lumière lui était apparu éclairant un fantôme.

Ce spectre c'était la vie... le salut et la liberté... sous les traits de Nathalie Borghès...

Borghès !... Liberté... ces deux noms jurent en se trouvant ainsi accolés...

Et cependant... c'était vrai !... Grâce à cette femme exécrée, Pépito était sauvé... il était libre !...

Mais pourquoi pleurait-elle... et lui disait-elle des paroles si douces, cette femme au cœur si dur ?...

Car elle avait appelé l'emmuré « mon enfant »; pour le petit plébéien coupable de régicide, la tigresse féroce avait eu des paroles de mère...

Telle était la vision... étrange... déconcertante qui venait de repasser devant les yeux de Pépito, tandis que la foule, à la lueur des torches, pendait les voleurs sur les ruines fumantes, et que des groupes menaçants entouraient la ribaude, leur honteuse compagnonne.

— Non ! — se disait le jeune homme angoissé, — je ne peux laisser périr de la sorte cette femme à qui je dois la vie !...

Nathalie Borghès... à qui il devait la vie... deux fois ! ô fatalité tragique... inexplicable !... La destinée mettait de nouveau en présence le fils et la mère... Et c'était encore dans des circonstances terribles !...

Mais Pépito ignorait les liens qui l'unissaient à cette femme, vivant emblème de la perfidie sanguinaire et de la débauche éhontée...

Le petit chevrier de Pistoïa ne savait pas quel sang coulait dans ses veines.

Il ne se rappelait qu'une chose, c'était que Nathalie Borghès... la Ribaude l'avait sauvé d'une mort lente... atroce...

Il ne pouvait la laisser mourir sous les coups et les insultes de la foule...

En la sauvant dans cette nuit d'horreur, il acquitterait la dette contractée pendant une autre nuit également horrible...

Bien qu'elle eût cherché en se cachant le visage dans ses mains à dissimuler ses traits et qu'elle y eût réussi, sauf en ce qui concernait Gioritto et Pépito, la grande-duchesse n'en promenait pas moins autour d'elle à la dérobée ses regards dilatés par la terreur.

Et elle avait reconnu de suite Gioritto, l'implacable ennemi des Borghès et de Méphisto.

Ah ! quelle âpre volupté il devait éprouver, à cette heure, le vieux révolutionnaire en voyant la souveraine qu'il abhorrait, sous les vêtements d'une fille de bas étage, en proie aux injures et aux coups d'une populace irritée !...

Nathalie était trop corrompue... dominée par ses instincts de courtisane, elle avait trop volontairement descendu, un à un, les échelons du vice... depuis le trône jusqu'au ruisseau... elle était trop aveuglée par la double folie du pouvoir et des passions, pour regretter un seul instant l'ignominieuse déchéance où elle en était arrivée, sciemment...

Mais aussi il faut lui rendre cette justice, elle était trop fière, trop orgueilleuse jusque dans son abjection pour songer à implorer son salut de cet homme... adversaire irréductible de la tyrannie...

Elle mourrait s'il le fallait, sous la livrée honteuse de la débauche... elle périrait, entraînant dans la fange les splendeurs d'un nom jadis glorieux.

Mais elle ne demanderait pas grâce... Elle saurait périr debout... narguant, toujours altière, l'ennemi du pouvoir... et cette plèbe déchaînée...

Sous la ribaude, l'orgueilleuse princesse apparaîtrait encore une fois... et ce serait pour mourir !...

Mourir !... Et cet enfant qu'elle voyait là... il assisterait donc... impassible... et peut-être haineux à son supplice...

Peut-être avec les autres ramasserait-il des pierres pour les lui jeter... avec ce peuple en furie, il lapiderait sa mère !...

Sa mère... un doux nom qu'il ignorerait... toujours !... car, lui... est-ce qu'il savait...

Il lui avait bien raconté dans cette nuit tragique au sortir de l'*in-pace* qu'il était un enfant trouvé, que de braves gens avaient élevé à Pistoïa... Et tandis que son instinct maternel, — car les louves elles-mêmes sont des mères ! — lui disait qu'elle ne se trompait pas, que c'était bien là le fruit de ses amours avec Méphisto, des paroles vengeresses et justes sortaient des lèvres... de son fils.

— Je n'ai pas de parents ! — s'écriait-il, — ils m'ont abandonné et je n'ai plus pour eux rien d'humain...

Après quoi, il lui était sauté brusquement à la gorge, essayant de l'étrangler...

Contre cette brusque attaque, elle ne s'était défendue que par ses larmes...

Ah ! l'expiation commençait pour Nathalie Borghès, la courtisane princière... la ribaude couronnée !...

Tout à l'heure, alors que l'incendie faisait rage, elle avait vu, aux rouges clartés du sinistre, l'héroïque jeune homme qui courait au milieu des flammes pour arracher au fléau ses victimes...

— Mon enfant !...

Ce cri qu'on a entendu sortir de la foule en proie à une indicible émotion, c'est l'altière duchesse, c'est la triste ribaude qui l'a poussé... ou plutôt, c'est la mère qui voit le terrible danger que court son enfant.

Et maintenant elle est devant lui, les vêtements lacérés, brutalisée par cette foule qui vient d'exécuter sommairement les pilleurs en compagnie desquels, par suite d'une aberration de sa conscience dépravée, elle se trouvait, ce soir-là !...

Alors, pour la première fois, elle rougit sous son fard et son âme corrompue commence à connaître l'amertume des remords...

Pépito n'a pour elle, nous l'avons vu, ni tendresse, ni pitié... quand bien même il saurait qu'elle est sa mère, il n'aurait pour elle « rien d'humain » ainsi qu'il le disait au sortir de l'*in-pace*.

Mais pour la nature loyale et droite du petit chevrier de Pistoïa, une dette, c'est sacré...

Nathalie Borghès, un jour, l'a sauvé... Il la sauvera, maintenant, à son tour...

L'on sera quitte, après cela, et lui, il aura le droit de la haïr... comme on hait les tyrans !

Alors Pépito se mit à parler au peuple.

Ses paroles furent habiles... Il commença par maudire les misérables qui avaient lâchement abusé des circonstances effroyables où l'on se trouvait pour piller les maisons des pauvres gens ruinés par l'incendie. Certes, leur culpabilité était trop manifeste pour qu'on pût pardonner à de pareils bandits.

Quant à cette femme qui avait été surprise avec eux, rien ne prouvait qu'elle fût leur complice. On l'avait fouillée et l'on n'avait rien trouvé de suspect sur elle, aucun objet provenant du pillage.

Mais, en supposant qu'elle fût tout de même coupable, ce qui était bien possible en somme, car elle appartenait à une catégorie de créatures particulièrement sujette à caution, il valait mieux qu'elle pût expliquer aux magistrats qui l'interrogeraient la part qu'elle avait prise aux attentats de cette nuit.

C'est qu'il n'y avait pas seulement ces affaires de pillages et de vols dont les auteurs avaient été pris en flagrant délit.

Le bruit courait que la catastrophe était due à des mains criminelles. Peut-être cette femme ramassée avec les voleurs pourrait-elle renseigner la Justice à ce sujet; il n'était pas impossible, en effet, qu'il y eût des ramifications plus ou moins occultes entre les incendiaires et les malfaiteurs que la ribaude accompagnait.

La foule approuva ce discours... Il fut convenu que la femme qui continuait à cacher sa tête dans ses mains comme si elle pleurait, serait conduite, sous la garde d'un certain nombre de citoyens, au poste de police le plus proche. Pépito faisait partie de cette escorte.

Il le fallait bien ! La grande-duchesse, en effet, n'était pas encore hors de danger entièrement... Elle pouvait être reconnue... injuriée... maltraitée... Et puis, une fois au milieu des agents de la force publique, son identité finirait bien par être établie.

Certes, la pensée du scandale qui résulterait de cette reconnaissance n'était pas faite pour émouvoir le petit chevrier de Pistoïa qui détestait la tyrannie, et exécrait les tyrans... il l'avait bien prouvé !

Une porte dérobée se présenta bientôt devant les deux nocturnes promeneurs. (Page 1399.)

Mais il lui aurait semblé qu'alors sa dette n'eût pas été payée... intégralement. Il voulait sauver cette malheureuse, la sauver d'une façon absolue... et chevaleresque. Il ne suffisait pas à Pépito que Nathalie Borghès eût la vie sauve; il fallait encore qu'aucune trace ne restât de son aventure ignominieuse et tragique...

Ni le rouge du sang... ni le rouge de la honte!... Comment faire pour la ramener au palais sans trahir ce lamentable *incognito* ?...

Par le courage qu'il avait déployé dans l'incendie, grâce aussi aux paroles adroites par lesquelles il avait arrêté la fureur du peuple, prêt à massacrer la ribaude, Pépito avait gagné un réel ascendant sur ses compagnons.

Il s'en rendait bien compte... Il ne lui restait plus qu'à en profiter.

Un des hommes de l'escorte improvisée était un gros marchand, qui au bout de quelques pas se trouva tout essoufflé.

Pépito, qui faisait exprès d'aller très vite, dit à ce brave homme :

— Mon ami, vous êtes très fatigué ; cela ne m'étonne pas après les efforts que vous avez déployés pour éteindre l'incendie et porter secours aux victimes. Maintenant, le danger est passé, et vous devriez aller prendre un repos que, Dieu merci, vous avez bien gagné. Nous conduirons bien cette femme au poste de police sans vous.

L'honnête commerçant, qui, comme beaucoup d'autres, n'avait fait que la mouche du coche, fut excessivement flatté des éloges que renfermaient ces mots. Dans la bouche de Pépito, le sauveteur dont tout le monde vantait les exploits, cela équivalait à un véritable certificat de courage civique.

Il protesta contre de pareilles louanges, avec une modestie... simulée, et il profita du conseil que lui donnait le jeune homme. Il alla se coucher ; un autre l'imita, donnant pour prétexte à sa désertion qu'il restait du même côté, ajoutant :

— Par le temps qui court, les rues ne sont guère sûres, et il vaut mieux être deux à circuler ensemble.

Celui-ci, on le voit, n'affichait aucune prétention à l'héroïsme...

Pépito continua sa marche, en ayant soin d'éviter les endroits où se se trouvaient les postes de police... Comme en général tous les conspirateurs, il connaissait les emplacements de ces différents corps de garde, et il profitait de sa science topographique pour faire de longs crochets afin de ne pas passer devant ces messieurs du guet.

L'on eût bien étonné naguère le jeune assassin du grand-duc Andréas si on lui avait dit qu'un jour il chercherait à dépister la police de Florence, pour sauver Nathalie Borghès.

Mais il s'agissait d'éloigner le fâcheux compagnon qui, avec lui, conduisait la ribaude pour la mettre entre les mains de l'autorité...

Pépito s'était arrêté, promenant ses regards autour de lui, comme s'il cherchait quelque chose...

Le camarade, — un homme du peuple, — s'en aperçut et demanda :

— Qu'est-ce que vous regardez ?

— Je crois, — fit d'un air gêné le chevrier de Pistoïa, — que je me suis trompé de chemin. Nous n'avons pas trouvé, sur notre route, un seul poste de police.

— C'est vrai ! tous les gens du guet devaient être sur le théâtre de l'incendie... C'est pourquoi nous n'avons pas trouvé une seule patrouille. »

— Mais il doit y avoir certainement des agents du guet au poste central. Malheureusement, je ne suis pas d'ici et je ne sais pas très bien où ça se trouve.

— Moi, je le sais... je vous conduirai...

— Savez-vous ce qu'il faudrait faire?

— Non !

— Eh bien! voilà.... Comme à nous deux, en traînant cette femme, nous ne pouvons aller bien vite, il vaudrait mieux qu'un de nous se dévouât et allât jusqu'au corps de garde... dont vous me parlez, prévenir les hommes du guet... pour qu'ils viennent ici... et nous remettrons cette créature entre leurs mains. Je commence à en avoir assez de la promener ainsi par toute la ville.

— C'est une idée! Comme je connais le chemin mieux que vous, je vais aller là-bas en un saut.

— Bien! c'est entendu! Pendant ce temps-là, je garde la prisonnière.

— Gardez-la bien, surtout, qu'elle ne s'échappe pas. Elle irait prévenir les gens de sa bande, et l'on ne saurait jamais la vérité sur l'histoire des incendiaires.

— Oh! n'ayez pas peur! je la tiens !...

— Je suis ici avec le guet, dans dix minutes au plus.

Et l'homme s'en alla en courant.

Il venait à peine de disparaître au premier tournant de la rue que Pépito qui, jusqu'ici, n'avait pas adressé la parole à Nathalie Borghès se tourna vers elle et lui dit simplement ce mot :

— Venez!

... Quand Gioritto avait vu le jeune chevrier de Pistoïa s'éloigner avec la ribaude qu'il venait d'arracher à la fureur populaire, il s'était écrié :

— Ah! si Pépito savait quelle est la femme qu'il vient de sauver... il eût laissé la justice du peuple suivre son cours... et... à présent... tu aurais expié tes forfaits... tous ceux que tu as commis... ou laissé commettre... Nathalie Borghès !...

Car le vieillard ignore que Pépito a reconnu la grande-duchesse... Comme lui, Pépito a prononcé ce nom à voix basse... et le tumulte de la foule, grondant autour des noirs gibets, a empêché le vieux révolutionnaire de l'entendre...

Maintenant, autour de Gioritto, il n'y a plus personne... et ses paroles ne réveillent pas les échos de la nuit... Encore une fois, il aura parlé dans le désert, l'ardent patriote que nul n'écoute plus...

Si... pourtant... il y avait quelqu'un... C'est un jeune garçon... presque un enfant... mais un enfant bien terrible... Georges de la Forêt-Noire.

— Nathalie Borghès... Bon! c'est ça!...

Et après cette déclaration vive et rapide faite en lui-même, Georges s'élance avec la rapidité d'un jeune cerf, dans la direction suivie par la ribaude et son escorte.

Il détale... il court... à travers les rues et les places, se trompant, revenant sur ses pas... s'engageant dans une nouvelle voie, tournant... faisant les mêmes circuits que ceux imposés au cortège par Pépito, pour les raisons que nous savons.

Comme il est guidé uniquement par les pas des autres, il lui arrive de se tromper, de prendre une rue pour une autre... il en est quitte pour courir plus fort.

Mais quant à s'égarer, jamais!... Il en a vu bien d'autres dans le Schwartswald quand, accompagné de ses frères et de ses sœurs, il jouait le rôle du Petit Poucet, perdu au milieu de la forêt et qui arrive tout de même à retrouver son chemin...

Bah! c'est bien le diable s'il ne rattrape pas cette ribaude qui s'appelle Nathalie Borghès...

Grande-duchesse... fille des rues... cette double et bizarre incarnation n'a même pas le don d'étonner le petit Georges. Car Georges ne s'étonne de rien, ni de cela ni d'autre chose...

Est-ce que son père, un charbonnier, n'est pas devenu burgrave? Et lui, n'a-t-il pas été goliard pour devenir Bohémien et finalement courir les cabarets avec le gnome d'Othon le Cruel?...

Et n'a-t-il pas retrouvé, au Champ-de-Mars de Florence, Marguerite, qu'on croyait morte dans le gouffre du val d'Enfer?

Est-ce qu'il n'a pas surpris tout à l'heure son ennemi, son voleur, qu'il avait quitté à Strasbourg, en train de mettre le feu à la capitale de la Toscane?

— Tout arrive en ce monde!

C'est la pensée philosophique de Georges, alors qu'il court de toute la vitesse de ses jambes pour rattraper Nathalie Borghès... la ribaude que l'on mène au poste de police...

Pépito, depuis qu'il a éloigné le dernier compagnon qui l'empêchait de mettre son projet à exécution, conduit la grande-duchesse au palais...

Là... elle lui indiquera sans doute quelque porte dérobée par laquelle elle a l'habitude de rentrer après chacune de ses fugues nocturnes... ou bien... s'il le faut... il l'aidera à escalader le mur ou à se glisser par quelque grille entr'ouverte, dans le parc, ainsi qu'il l'a fait lui-même, après que la grande-duchesse l'eut fait sortir de son funèbre *in pace*.

Mais quel est ce bruit de pas qu'on entend résonner sur les pavés?... on dirait que quelqu'un court après eux!...

Si près de réussir, Pépito va-t-il donc échouer dans son entreprise?

XXVIII

LE MESSAGER ROYAL

MAIS c'est un enfant qui accourt... tête nue... essoufflé...

Il s'arrête devant la ribaude, et du ton le plus naturel du monde, il lui demande :

— Pardon, madame. Est-ce vous qui êtes Son Altesse Nathalie Borghès, grande-duchesse de Toscane ?

La triste princesse avait tressailli...

Quelle nouvelle infortune le sort lui réservait-il, dans cette nuit terrible au cours de laquelle une inexorable fatalité semblait prendre plaisir à s'acharner sur elle ?...

Superstitieuse comme toutes les femmes de son temps et de sa race, Nathalie croyait aux maléfices et aux sortilèges... elle s'imagina que quelque puissance infernale et mauvaise avait juré sa perte...

Et devant l'échéance tragique, il faut lui rendre cette justice qu'elle ne recula pas...

Nul ne peut arrêter le destin en marche...

Le fléau destructeur qui venait la surprendre... la chasser de la tanière infâme de ses basses débauches... la colère du peuple qui s'apprêtait à lui faire subir la mort infamante des tire-laine et des coupeurs de bourses, compagnons de ses turpitudes... tout cela n'était pas assez !...

Il lui avait encore fallu apparaître dans toute sa honte devant cet enfant fier et pur, dont la vue, naguère, avait réveillé en elle, pour la première fois, les sentiments doux et tendres d'une mère !...

Oh ! comme elle avait rougi, la triste créature, devant ce jeune homme qui ignorait les liens du sang le rattachant à la ribaude, et qui l'exécrait... mais essayait de la sauver !...

Châtiée dans son orgueil et dans ses vices, comme dans sa maternelle tendresse, elle pensait maintenant que la mesure était comble...

Autant en finir, et, puisqu'elle était reconnue, se livrer de suite à la fureur vengeresse de ses sujets...

Elle aurait alors, en mourant, l'âpre volupté, la joie farouche de penser que le trône de Toscane s'écroulerait dans la boue et dans le sang, entraînant dans sa chute l'infernal aventurier qu'elle avait hissé au pouvoir.

Altière et superbe comme jadis, quand elle recevait les ambassadeurs et les grands vassaux de la couronne, empressés à lui présenter leurs hommages, l'humble et vile ribaude s'était redressée, et toisant cet enfant du peuple qui lui apportait peut-être un message de mort et d'insultes, elle répondit au petit Georges :

— Oui ! je suis bien la grande-duchesse Nathalie de Toscane. Que me veux-tu ?

— Vous remettre cette lettre, tiens !

Et en disant ces mots, le fils de l'ancien charbonnier de la Forêt-Noire tira de dessous ses vêtements un pli scellé qu'il tendit à Nathalie Borghès.

— De qui vient ce message ? — demanda la princesse, après s'être assurée qu'il portait bien son nom et ses titres, et que, par conséquent, il lui était réellement destiné.

— De Sa Majesté le roi de France ! — fit le jeune burgrave en tournant les talons.

La ribaude regarda le large cachet de cire.

Il portait, en effet, l'empreinte du sceau royal de France, « d'azur aux trois fleurs de lys d'or »...

Mystérieuse énigme ! Comment un message du plus puissant roi de l'Europe lui parvenait-il par l'entremise d'un gamin des rues ?...

Mais l'exercice du pouvoir, le machiavélisme de la politique italienne et les intrigues de cour avaient depuis longtemps aiguisé l'intelligence vive et ardente de Nathalie Borghès.

La malheureuse ne se faisait aucune illusion ; elle s'était donné un maître dans la personne de Méphisto, son amant d'abord, puis son complice hier... demain son bourreau.

Ce n'était un secret pour personne, en Toscane, comme au dehors des frontières, que l'usurpateur la retenait dans une sorte de séquestration morale...

Méphisto ne laissait parvenir jusqu'à elle que ce qu'il voulait bien...

Les missives, les documents de toute sorte adressés à la veuve d'Andréas Borghès étaient interceptés avec un soin jaloux par le nouveau prince régnant, surtout lorsqu'il soupçonnait qu'un intérêt politique s'y trouvait renfermé.

Il n'était pas impossible, dès lors, que le gouvernement français, ayant à faire une communication importante et confidentielle à la grande-duchesse... *personnellement*... eût pris un moyen détourné pour que le message lui parvînt sûrement et en main propre...

Mais, craignant de n'être pas encore au terme des aventures que cette nuit sinistre lui prodiguait, Nathalie Borghès dissimula soigneusement sous son corsage le pli scellé que le jeune garçon lui avait remis ; elle se réservait de l'ouvrir quand elle serait rentrée au palais, dans ses appartements particuliers, loin des regards inquisiteurs de Méphisto ou de ses familiers.

Toujours accompagnée de Pépito, elle était arrivée dans une étroite ruelle qui longeait le mur entourant le grand parc ducal...

Une porte dérobée se présenta bientôt devant les deux nocturnes promeneurs.

La ribaude tira une clef de sa poche et l'introduisit dans la serrure... Sans bruit, la porte s'était ouverte.

Nathalie s'arrêta sur le seuil..

Dans une sorte d'admiration muette, elle contempla son sauveur...

Les yeux de l'infâme et malheureuse créature s'étaient voilés de larmes.

Qu'il était beau... qu'il lui semblait noble et fier, cet enfant à qui elle ne pouvait donner que la silencieuse tendresse de ses larmes.

Aimer... un être issu de son sang et de sa chair... et sentir que lui, en retour, n'éprouve que de la haine et du mépris pour vous...

Tel est le supplice qu'endure Nathalie Borghès... tel est le châtiment par lequel la tigresse assoiffée de luxure et de carnage expie sa cruauté et ses débauches.

Ah! si les révoltés enthousiastes... si les héroïques patriotes qu'elle a proscrits ou fait périr sur l'échafaud pouvaient la voir en cet instant suprême, ils crieraient, du fond de leurs cachots ou de leurs sépulcres : « Nous sommes bien vengés! »

Sur les champs de bataille de Campi, la tyrannie odieuse des Borghès avait reçu un coup moins rude que là... dans cette ruelle ensevelie sous l'ombre des grands arbres... au milieu des ténèbres de la nuit...

La ribaude tendait ses mains suppliantes pour serrer celles de son sauveur... son fils... une étreinte qui remplacerait les baisers... impossibles...

Et elle balbutiait, d'une voix qui n'avait su jusqu'ici que commander à des sujets et à des serviteurs, ou proférer les paroles endiablées de l'orgie :

— Merci!... Oh!... merci!... mon... enfant!...

Pépito, d'un geste brusque, où l'exécration se mêlait au dégoût, repoussa ces mains tendues... ces pauvres mains princières et maternelles... qui tremblaient...

— Non! — fit-il, — vous n'avez pas à me remercier... madame!... La grande-duchesse m'a sauvé... dans la nuit de l'*in pace*... quand la justice de la Couronne allait faire périr lentement le régicide... J'ai sauvé la ribaude dans la nuit rouge... quand la justice du peuple pendait les voleurs et s'apprêtait à exécuter leur compagne... Mais nous n'avions rien de commun, n'est-ce pas?... et nous sommes quittes à présent... Adieu donc, madame!...

Pépito disparut, s'enfonçant dans les ténèbres...

Un long sanglot retentit sous les ombrages séculaires du parc morne et silencieux...

Nathalie Borghès revenait au palais ducal, noir repaire du crime!...

.   .   .   .

XXIX

SPECTATEUR

Ce n'était pas fortuitement, on l'a vu, que le feu avait pris, cette nuit-là, au quartier pauvre qui avoisine les *Carceri grande*.

Nous avons du reste assisté à la genèse de cet attentat monstrueux, qui dépassait, en horreur, tout ce qu'avaient pu imaginer jusqu'ici la sombre tyrannie des Borghès ou le génie satanique de Méphisto...

Karl Brander, qui en avait conçu le plan criminel, se haussait au niveau de son maître... le chacal finissait par égaler le tigre.

— Si le feu, — avait-il dit, — prenait dans ce pâté de maisons par accident, quel bel incendie cela ferait!...

L'idée avait souri au prince régent... On se déferait ainsi des réfugiés de la maison Tirolo... Le secret du passage souterrain dont Faust s'était servi serait percé à jour, grâce à la fumée... qui, peut-être, asphyxierait le lieutenant Roger, un prisonnier gênant...

Et puis... il y avait encore autre chose.

L'espion de Méphisto, qui s'était attaché à suivre la grande-duchesse comme son ombre, avait remarqué que depuis quelque temps Nathalie Borghès fréquentait, vêtue à la façon d'une ribaude de bas étage, les cabarets borgnes du quartier des *Carceri*, en compagnie d'hommes de la pire espèce.

Dans ces antres de la plus crapuleuse débauche, toute la nuit, l'orgie et l'ivresse battaient leur plein...

Ce n'était qu'au petit jour que la Messaline toscane rentrait au palais par une porte dérobée...

Méphisto était décidé à supprimer cette femme... le dernier et faible obstacle qui le séparait encore du pouvoir absolu... tel qu'il le rêvait... sans le moindre partage... sans contrôle d'aucune sorte...

Mais il était trop adroit politique pour se charger d'un meurtre dont l'opinion publique aurait pu s'émouvoir, même au delà des frontières...

Quant au poison, Nathalie Borghès avait su se prémunir contre ce danger. N'était-elle pas d'une famille où l'on possédait, au plus haut degré, les connaissances toxicologiques et la science des antidotes?

Tandis qu'une catastrophe qui la surprendrait en pleine orgie, avec les truands et les ribauds, ses compagnons ordinaires, voilà qui servirait

A la porte, il se fit reconnaître du gichetier-chef qui lui ouvrit. (Page 1404.)

à merveille les secrets desseins et les ambitions cachées de Méphisto, son ancien complice.

Ah! Karl Brander avait su comprendre son maître... et celui-ci commençait à le trouver très fort... trop fort même.

Il avait réussi, dans les préparatifs de son crime, au delà de toute espérance. Tout semblait favoriser ses noirs desseins.

L'ancien ver rongeur de dame Marthe finit par savoir, en faisant causer adroitement les gens du quartier, qu'on allait célébrer dans la maison de Tirolo le mariage de Giacomo et de Bertha : si le feu prenait, au milieu de ces vieilles masures en bois, pendant que tous les hôtes de l'ancien guichetier seraient rassemblés au premier étage, pour le modeste banquet nuptial, il était à peu près certain qu'aucun d'eux ne pourrait échapper...

Continuant ses criminelles investigations, le sinistre mouchard avait fait une découverte des plus intéressantes...

Un menuisier avait son établi dans une petite cour étroite et déserte, tout contre la cuisine de la mère Tirolo. Le soir, une fois son travail achevé, l'honnête artisan s'en retournait chez lui, dans un faubourg de l'autre côté de l'Arno...

Karl Brander prit l'empreinte de la serrure... Pour avoir une clef qui s'y adaptât, il n'eut même pas besoin d'aller chez un serrurier où sa commande eût pu faire naître des soupçons.

Méphisto, à côté de son laboratoire de chimie, avait une sorte de musée secret où l'on voyait des clefs de toutes les formes et de toutes les dimensions. Il semblait qu'on eût affaire à un de ces collectionneurs émérites dont le dilettantisme un peu spécial frise parfois la manie.

L'usurpateur n'avait point de ces faiblesses plus ou moins artistiques; s'il collectionnait les clefs... ou les substances toxiques, c'est qu'il y a des choses dont on peut toujours avoir besoin... pour gouverner.

Notre espion trouva ce qu'il lui fallait, dans la collection du maître si prévoyant, au service duquel il était venu mettre ses talents de policier...

A la tombée de la nuit, tandis que les habitants de la maison Tirolo célébraient l'union de Bertha et de Giacomo, pendant que, tout près de là, Nathalie la Ribaude, en compagnie d'individus sans aveu, se livrait à de honteuses débauches... Karl Brander, sans bruit, avait ouvert l'atelier de menuiserie... et, parmi les copeaux inflammables, il promenait la torche incendiaire.

Le misérable n'eut que tout juste le temps de se retirer pour ne pas être la première victime du fléau qu'il venait de déchaîner.

On connaît le reste...

Méphisto, auquel Karl Brander avait promis que ce serait pour ce soir-là, s'était rendu dans une sorte d'observatoire, situé au-dessus de son cabinet de travail, et d'où la vue s'étendait, à vol d'oiseau, sur un très large espace.

Il fut surpris par la rapidité avec laquelle l'incendie se propageait, et l'intensité formidable qu'il avait prise de suite...

Le machiavélique personnage n'aurait jamais espéré pouvoir être aussi bien servi... Malheureusement, de son poste d'observation, il ne pouvait contempler ce spectacle dans tous ses détails. Il en avait une vue d'ensemble, mais il était impuissant à s'assurer d'une chose qui l'intéressait, à savoir si les victimes qu'il avait désignées étaient bien la proie des flammes allumées à leur intention.

Pour cela, il fallait se rapprocher du théâtre de l'incendie. Voir sans être vu... jouir, avec une infernale volupté, de cette scène d'horreur... c'était son rêve.

Rien de plus facile que de le réaliser...

La prison d'État semblait faite à souhait, pour contenter son abominable désir.

Comme un rocher inébranlable, elle se dressait au milieu de cet océan de feu...

Œil borgne de quelque cyclope gigantesque, la lucarne d'un des cachots paraissait contempler l'effroyable tableau...

Seul, enveloppé dans les plis sombres d'un large manteau, un masque noir cachant ses traits, le prince régnant se rendit par des rues détournées aux *Carceri grande*.

A la porte, il se fit reconnaître du guichetier-chef qui lui ouvrit.

— Ah! — fit cet homme. — Votre Altesse vient bien à propos... Nous avons eu une alerte...

— Le feu cependant, — remarqua Méphisto, — n'a pu se propager jusqu'ici!... Les murailles sont épaisses, elles défient l'incendie...

— Sauf en un point, Altesse...

— Ah!...

— Le mur doit être lézardé... ou bien...

— Ou bien... quoi?... Achève!

— Ou bien, il y avait quelque conduit souterrain, quelque passage secret ignoré de nous et de ceux qui nous ont précédés ici. Ce qu'il y a de certain, c'est que, presque au début, quand le feu a commencé à gagner la rue Fragoletto, la fumée a pénétré en s'infiltrant à travers les pierres dans une de nos cellules.

— Laquelle? — demanda le prince feignant l'ignorance.

— Celle où se trouvait jadis le docteur Faust et qui, depuis quelque temps, a pour hôte, conformément aux ordres de Votre Altesse, le lieutenant Roger.

— Et... il y est... toujours? — interrogea Méphisto avec une anxiété dont on devine la cause.

Pour savoir ce qui s'était passé, n'attendons pas la réponse du geôlier... car elle pourrait être sujette à caution, et revenons un peu en arrière...

Il y avait assez récemment, enfermés dans la Bastille de Florence, deux prisonniers français originaires de l'Alsace, au sujet desquels on était sans ordres... Étudiants vagabonds et qui n'avaient pas l'air de conspirateurs bien dangereux, ils s'étaient vus arrêter à l'instigation d'un espion allemand aux ordres du prince... son *familier*, comme on disait alors.

Un de ces jeunes gens, qui, d'une bourgade de la province, avaient été transférés là, faisait la joie des guichetiers, geôliers et autres employés de la prison d'État.

C'était Heinrich, dit *Gaudeamus*, le plus joyeux des goliards... le moins morose des captifs...

De mémoire de garde-chiourme on n'avait vu de prisonnier aussi gai... Du matin au soir, il chantait, comme un oiseau dans sa cage... et ses chansons étaient si drôles que les gardiens ne pouvaient s'empêcher de rire...

La vie n'est pas bien gaie, dans une prison, même pour des geôliers.

Afin de mieux entendre ses chansons bachiques et... gauloises, nos hommes avaient pris l'habitude, en dehors de leurs heures de service, d'aller dans la cage de l'oiseau.

Dans leur esprit, cette contravention au règlement n'avait rien de grave, car le prisonnier joyeux n'était pas de ces captifs importants dont la sûreté de l'État exige l'isolement complet... tels Faust ou Roger, par exemple...

Ils étaient donc en train de deviser gaiement avec Heinrich, qui leur racontait quelques anecdotes de ses voyages de goliard, lorsqu'une fumée épaisse leur apparut, passant sous la porte de la cellule voisine.

— *Per Bacco!* — fit l'un d'eux. — On dirait, ma parole, que le lieutenant Roger est parvenu à mettre le feu à la paille sur laquelle il couche.

— Cela ne m'étonnerait pas outre mesure, — riposta un autre; — cet homme-là est l'image du désespoir. Il n'ignore pas le sort qui l'attend...

— Quel est ce sort? — demanda Heinrich, d'un air grave qui contrastait singulièrement avec les gais refrains et les joyeuses histoires de tout à l'heure...

— Comment?... ne savez-vous pas? — dit le premier qui avait parlé. — Roger est de ces prisonniers qui ne doivent quitter les *Carceri* que... les pieds devant...

— Et alors... il aura voulu devancer l'appel de la Camarde! — fit son compagnon avec un rire hideux.

La fumée augmentait dans le couloir... on entendit un cri... ou un râle... étouffé, provenant de la cellule occupée par le malheureux lieutenant français...

Sans savoir la cause de ce phénomène imprévu, Heinrich comprit que l'asphyxie terrassait le héros alsacien... son compatriote...

Il aurait voulu lui porter secours, mais comment faire?...

Lui-même était prisonnier... Il n'y avait d'aide et d'assistance à attendre d'aucun côté!...

Mais les honnêtes gens se révèlent, parfois, plus ingénieux que les coquins... les gardes-chiourme ont moins d'esprit que leurs prisonniers.

D'un air dégagé, Heinrich demanda à l'auditoire de geôliers qu'il avait charmé par ses chansons grivoises et ses contes rabelaisiens :

— Vous lui aviez donc laissé son briquet?...

— Ah! mais non! c'est bien défendu! — fit un des gardiens.

— Eh bien! — continua le goliard, — il a pu s'en procurer un, malgré votre surveillance! Qu'est-ce que vous allez attraper pour votre négligence, mes pauvres camarades, quand votre cher et vénéré prince va savoir ça?... Il est défendu de fumer, n'est-ce pas?...

— Pour sûr! — s'écria le plus élevé en grade des porte-clefs. — Il faudrait voir que quelqu'un s'avisât d'une chose pareille!...

— Je vous parie une bouteille de vin mousseux d'Asti... pour quand je sortirai d'ici, que maître Roger, en bon Alsacien, se sera endormi, sa pipe de faïence aux lèvres, et cela à votre nez et à votre barbe...

Cette insinuation du facétieux Heinrich eut le don d'inspirer aux gardiens, responsables, en somme, de la consigne qu'on leur avait donnée, une terreur... salutaire.

Du moins fut-elle salutaire pour l'infortuné lieutenant Roger, qui s'était évanoui dans sa cellule, aux trois quarts suffoqué par l'épaisse fumée qui passait entre les pierres disjointes... certaines pierres, du moins... là où le ciment faisait défaut depuis les jours lointains où l'aïeul de Faust avait découvert... et indiqué en signes cabalistiques la voie mystérieuse de l'évasion...

Les geôliers savaient l'importance que le prince régent attachait à la possession de ce prisonnier d'État, et comme ils n'avaient reçu aucun ordre particulier pour le faire mourir ou pour... faciliter son trépas, ils furent on ne peut plus contrariés en voyant la tournure que prenaient les choses à leur insu.

Aussi n'eurent-ils rien de plus pressé que de transporter le captif, qui ne donnait plus signe de vie, dans une cellule large et aérée, loin du théâtre de l'incendie.

Là, ils lui firent prodiguer des soins par Ludovic Frosch et Heinrich, aidés de Titania... domestique attachée au service de la prison. Bien entendu, ils n'avaient pas osé, en cette circonstance, avoir recours aux lumières du docteur Faust qu'ils considéraient bien plus comme un magicien et un sorcier que comme un véritable médecin.

Du reste, Faust, accusé de régicide, de sortilège et autres œuvres maléfiques, réservé comme tel à la Sainte-Inquisition, devait être tenu au secret le plus rigoureux.

— Ce diable d'homme... ou cet homme du diable, — disaient-ils, — serait capable de glisser entre nos mains comme un serpent... ou de s'envoler... comme une chauve-souris.

Ils le laissèrent donc, par prudence, autant que par obéissance aux ordres qu'ils avaient reçus, dans la cellule qu'il occupait et où la fumée provenant de l'incendie de la rue Fragoletto ne pouvait pas arriver.

Laissant Roger entre les mains de ceux qui essayaient de le rappeler à la vie, ils s'occupaient de boucher avec du ciment les interstices de la pierre dans le cachot où l'infortuné lieutenant avait subi un commencement d'asphyxie...

Ils s'imaginaient que leur zèle recevrait les éloges du prince... mais il n'en fut rien. En apprenant ce sauvetage qui contrecarrait ses plans, du moins en partie, Méphisto esquissa une grimace qui ne disait rien de bon.

Et il murmura en lui-même :

— Satanés imbéciles ! Ils s'imaginent encore avoir fait là quelque chose d'agréable pour moi !... Décidément l'enfer est toujours pavé de bonnes intentions !... En voilà une, dans tous les cas, dont je me serais bien passé.

Mais avec cette force de dissimulation qui le caractérisait, il parvint à cacher les sentiments qui agitaient son âme, et, comme si rien n'était, il se fit conduire à la cellule où Roger avait manqué mourir, grâce à Karl Brander.

Là, il vit les traces du travail que venaient d'effectuer les gens de la prison et n'eut aucune peine à reconnaître la pierre qui devait dissimuler l'entrée du souterrain par lequel, longtemps après son aïeul légendaire, le docteur Faust avait pu sortir des *Carceri* de Florence.

A la lueur de l'incendie qui éclairait le cachot, à travers l'étroite lucarne donnant sur la rue Fragoletto, il put suivre sur le mur la déduction en quelque sorte géométrique des caractères mystérieux qui avaient indiqué au docteur Faust la voie de l'évasion...

La *cryptographie*, ou la science qui permet de déchiffrer les écritures secrètes, les signes conventionnels et cachés, faisait partie, pour ce machiavélique politicien, de l'art de gouverner...

Il déchiffra l'inscription fatidique que les flammes éclairaient d'une lumière fulgurante...

Un sourire infernal plissa ses lèvres, tandis qu'avec sa dague il grattait la muraille de façon à effacer l'écriture gravée dans la pierre...

— L'ouverture est scellée avec du ciment... toute trace de l'inscription a disparu !... Personne ne se sauvera plus par ce chemin...

« Mais nul être humain et vivant ne connaîtra ma découverte... et pour le peuple, toujours si facile à duper, Faust sera sorti de ce cachot et y sera rentré avec l'aide du diable à qui il a vendu son âme.

« Karl Brander a raison... Le surnaturel existe... sous un certain rapport... Le tout est de savoir en jouer !...

« Très fort cet Allemand à la tête carrée !... Il a des idées presque géniales dans son genre !... Il faudra que je voie à m'en défaire... quand j'aurai tiré de lui tout ce que j'en peux tirer... comme on jette un citron dont on a exprimé le jus !...

Méphisto, qui s'était élevé jusqu'à la hauteur de la lucarne donnant sur la rue Fragoletto, n'avait pas lieu d'être mécontent de l'œuvre de son digne familier.

Nous savons qu'au moment où le tyran de Florence s'était mis à regarder par « l'œil de Satan », le feu était dans toute sa grandiose et terrifiante intensité...

Après avoir un instant cherché à s'orienter dans ce dédale de toitures dont les poutres se tordaient, sous l'action des flammes, pour s'écrouler avec un craquement sinistre dans l'ardent brasier, il finit par reconnaître, tout près, en plein centre du foyer, la maison de Tirolo, l'asile des proscrits...

Une vraie fournaise !... Comme c'était là que le feu avait commencé à prendre... c'était là que les premières victimes avaient dû trouver la mort...

— Le hasard fait bien les choses ! — pensa le machiavélique personnage. — Surtout quand il est dirigé par une providence astucieuse dans le genre de Karl... un homme précieux pour moi... aujourd'hui... et dangereux demain... Mais je saurai y pourvoir...

« Voyons !... Récapitulons !... L'incendie de la maison Tirolo me débarrasse de Gioritto, de Valentin Roger... de Siébel... Le vieux révolutionnaire veut sauver la Toscane au nom des grands principes de Justice et de Liberté... des mots !... Valentin veut délivrer son père, et Siébel arracher son maître Faust de mes griffes... Valentin et Siébel sont donc plus à craindre pour moi que ce Gioritto, qui ne s'occupe que d'idées abstraites et que j'ai suffisamment déshonoré avec le crime passionnel de sa fille pour qu'il ne soit plus guère à craindre... Mais n'importe... sa disparition dans cet incendie, en compagnie des deux autres, ne me laissera aucun regret...

Méphisto en était là de ses criminelles méditations, quand soudain, sur le toit de Tirolo, il aperçoit un groupe d'hommes qui se débat au milieu des flammes.

Les malheureux, auxquels ne s'ouvre plus aucune voie de salut, se dirigent vers le mur des *Carceri grande*, comme des naufragés qui nageraient dans la direction des récifs aux pieds desquels vient mourir la vague furieuse...

Le prince régnant a reconnu justement les victimes qu'il a vouées à une mort fatale... Pour se défaire d'eux, il a fait incendier tout un quartier de la ville... Il a risqué la malédiction de tout un peuple et l'exécration de l'histoire qui le clouera à son pilori à côté de Néron qui brûla Rome... si jamais la vérité se découvre !...

Et tout cela serait pour rien...

Oui !... On va les sauver !... Des gens accourent, avec des échelles, des appareils de sauvetage... On va arracher les malheureux aux flammes... A Méphisto, on va enlever sa proie !... Est-ce bien possible ?

— Non !... par l'enfer... cela ne sera pas !...

A sa ceinture, l'odieux tyran a pris un pistolet... il fait feu...

C'est le vieux Tirolo qui reçoit le coup et s'effondre dans le brasier **incandescent**...

L'espion, bas et rampant, coupable de toutes les vilenies et de toutes les trahisons...
(Page 1410.)

Les sauveteurs approchent...

Méphisto se dit qu'il doit choisir une victime, et la bien viser, pour ne pas la manquer...

Valentin, plus qu'aucun autre, est l'objet de sa haine... depuis Strasbourg.

Le court part...

Valentin est frappé en pleine poitrine... il tombe !

.   .   .   .

XXX

LES DÉCEPTIONS DE KARL

KARL BRANDER avait, comme on l'a vu, admirablement réussi dans la perpétration du plan criminel conçu par son cerveau néfaste...

Il avait pu, sans être vu, incendier l'établi du menuisier, voisin de la maison Tirolo...

Sans être vu !... Non !... Au fond de l'impasse étroite où il accomplissait son œuvre abominable, un enfant, le petit Georges, s'était soudain dressé devant lui...

L'espion, bas et rampant, coupable de toutes les vilenies et de toutes les trahisons, n'était pas homme à donner un coup d'épée... ou même de poignard, à moins d'y être absolument contraint.

Et puis, il connaissait assez son ancienne victime, le fils du charbonnier de la Forêt-Noire, pour savoir que ce dernier ne se laisserait pas faire facilement...

Georges était leste... et malin comme un singe.

Et puis, notre mouchard était fasciné par certaines questions d'intérêt qu'on n'a pas oubliées...

Il avait vu sur la tête juvénile du petit Burgrave la toque que celui-ci lui avait enlevée... et qui renfermait, cousue dans sa doublure, certain document accusateur, précieux contre dame Marthe...

C'est pourquoi, profitant du premier moment de surprise où se trouvait Georges en l'apercevant, il lui enleva, vivement, son couvre-chef.

Et puis, tandis que cet enfant terrible poussait des clameurs aussi injurieuses que véridiques, il se perdit dans le dédale des ruelles avoisinantes, et bientôt se retrouva chez lui, à l'abri des regards indiscrets... et des cris hostiles.

Là, après avoir soigneusement fermé sa porte, il prit une paire de ciseaux et se mit à découdre le fond de cette coiffure qui présentait tant d'intérêt pour lui...

Tout en se livrant à cette occupation, il bâtissait de superbes châteaux en Espagne...

Non ! il ne serait plus assez conciliant pour traiter avec cette vieille peste de Strasbourg... la Schwerdein.

Ça serait une sottise... puisque au lieu d'une portion plus ou moins maigre, il pouvait absorber la proie tout entière...

Depuis qu'il était à l'école du machiavélique prince de Toscane, son esprit s'était ouvert à de plus hautes et de plus larges conceptions de la politique et des affaires en général.

Il menacerait dame Marthe de la livrer à la Justice et, au besoin, il l'arrêterait... arbitrairement, d'une façon préventive. Une fois qu'elle serait entre ses mains, il forcerait la vieille procureuse à lui faire une vente de tous les biens, meubles et immeubles, ayant appartenu à la famille Roger.

Et il la payerait avec le document en question... qui serait détruit en présence de la dame.

Si elle s'avisait de discuter le prix et les conditions de la vente... eh bien!... le grand prévôt de Strasbourg recevrait en mains propres la preuve indéniable d'un vol compliqué d'effraction, d'abus de confiance... bref, tout ce qu'il fallait pour envoyer la Schwerdein aux galères.

Et ce ne serait que justice...

Mais sa déception fut grande... le document en question ne se trouvait pas dans la coiffe qu'il venait de découdre...

Rien!... Absolument rien!... Il fut bien obligé d'en prendre son parti...

— Ma foi, tant pis!... — se dit-il, — c'était le dernier lien qui me rattachait à Strasbourg... Je ne retournerai plus là-bas, voilà tout... La Toscane, d'ailleurs, offre un champ assez vaste à mon activité et à mes talents... particuliers! Je suis en bonne voie pour faire fortune, car Méphisto est bien forcé d'avoir pour moi une certaine considération... et de me fournir des subsides sérieux... après ce que je viens de faire pour lui.

Et là-dessus, comme la nuit était fort avancée, il s'endormit en faisant des rêves d'or consolateurs...

Le lendemain matin, à la première heure, il s'en irait comme d'habitude, rapporter à son maître les événements de la soirée... Il recevrait, en même temps que ses éloges, dont il ne doutait pas, des preuves plus palpables de sa satisfaction.

Laissons-le dans cette espérance ou dans cette illusion, et voyons à quelles circonstances, que l'espion n'avait pas prévues, il devait sa déception de tout à l'heure.

Bien souvent ce sont les petites causes qui amènent les grands effets.

Après ses voyages et ses aventures de goliards, et surtout avec l'existence passablement vagabonde qu'il menait dans Florence, en compagnie du gnome, son inséparable compagnon, Georges aurait fini par être tout à fait dépenaillé... si quelqu'un n'avait pris soin de ses effets, dans le campement des Bohémiens où il vivait, au milieu des terrains vagues du Champ-de-Mars.

C'était Marguerite,

La folie douce... tendrement idéale... qui faisait d'elle l'exquise voyante dont le sage Mahadok écoutait la voix inspirée... n'avait pas tout à fait ravi à la pauvre mère, à la pauvre créature aimante et bonne, le sens des réalités...

Elle n'avait pas cessé d'allaiter son cher petit Henry, le fruit béni de ses amours... céleste maternité, espoir et gage de la Rédemption!...

Et quand Georges, à la suite des circonstances que l'on se rappelle, était venu habiter dans les roulottes de la tribu nomade, toute une floraison de souvenirs heureux et calmes comme les *vergiss mein nicht* et les *Edelweis*, les violettes et les roses sauvages de la Forêt-Noire, étaient venues embaumer l'âme affectueuse de Marguerite...

Sa pensée lointaine revoyait les jours heureux passés dans l'humble chaumière du charbonnier auprès de sa nichée d'enfants qu'elle dorlotait... déjà mère par la tendresse et les soins, avant la venue de ce cher petit être à qui maintenant elle donnait le sein...

Le fils turbulent de maître Pétrus avait eu en elle une sorte de sœur aînée, prévoyante et soigneuse...

Un jour, qu'occupée à ses travaux de couture, elle faisait à la fameuse toque d'étudiant, des réparations indispensables, ses jolis doigts de fée, en maniant l'étoffe, sentirent dans la doublure quelque chose de moins souple... de plus résistant...

Elle en tira un papier plié qu'elle jeta négligemment. Saâda qui était auprès d'elle eut la curiosité de voir ce que c'était...

— Une lettre!... — fit-elle. — Est-ce à toi, Georges?

— Je n'ai jamais mis de lettre là-dedans! — répondit le jeune Burgrave; — s'il y a quelque chose, ce doit être à cette canaille de Karl Brander à qui j'ai pris sa toque... pour lui apprendre à me respecter.

Notre enfant terrible ne négligeait, on le sait, aucune occasion de se vanter du glorieux trophée conquis sur son ennemi, sa bête noire, le mouchard dont il avait tant à se plaindre...

La petite reine de Bohême s'était mis à examiner le papier... Cette pièce, en tout autre temps, lui aurait paru tout à fait insignifiante, comme le sont habituellement les questions d'intérêt entre gens auxquels on ne s'intéresse point.

Mais la venue de Georges au milieu de la tribu leur avait appris des choses jusqu'ici ignorées...

On savait, maintenant qui était Marguerite... le drame qui avait occasionné sa fuite... son exquis et douloureux roman... tout cela n'était plus un secret pour la brune Saâda ni pour Mahadok le penseur.

Ils n'ignoraient point les malheurs immérités qui avaient fondu sur la mère infortunée de Marguerite et de sa gentille sœurette...

Georges avait enfin raconté toutes ces choses qui furent l'origine du voyage des goliards... mais voilà que la ruine subite, imprévue, de Mᵐᵉ Roger se trouvait éclairée d'un jour nouveau...

Le lieutenant s'était acquitté de cette dette pour laquelle en son absence sa femme, sa fille, chassées de chez elles, voyaient vendre leurs biens au profit d'un créancier qui avait cependant été désintéressé.

— Ce n'est point le moment, — déclara Mahadok, — de chercher quels sont les coupables dans ce vol, qui est bien le plus odieux qu'on puisse

commettre, puisqu'il est fait au détriment d'une veuve et d'une orpheline... car, hélas! on peut bien donner ces noms à la mère et à la sœur
de Marguerite. La prison d'État n'est-elle point un tombeau dans lequel
le malheureux lieutenant se trouve enseveli... tout vivant?

« Mais c'est là un document à conserver précieusement car il
permettra un jour, j'en suis persuadé, à une malheureuse famille, frustrée
dans ses droits les plus sacrés, de rentrer en possession de tous ses biens.

... Dès son réveil, Karl Brander se rendit donc au Palais.

Il n'avait pas beaucoup de chemin à faire pour y aller et il fut bien
vite arrivé.

Méphisto était de retour de son expédition nocturne, et lui qui
n'avait pas les mêmes raisons que l'espion pour construire des châteaux
en Espagne et faire des rêves dorés, il n'avait guère dormi.

Et il se promenait de long en large d'un air maussade, dans son
cabinet de travail.

— Ah! c'est vous! — fit-il sur un ton rogue, en apercevant son
familier.

— Oui, Altesse, et, sans me vanter, je crois avoir bien travaillé.

— Ah!... c'est vous qui le dites, heureusement!...

— Les faits sont là pour le prouver... maître!

— Voyons!...

— J'ai eu la chance, vraiment inespérée, de parvenir au fond d'une
impasse déserte et de mettre le feu à un amas de copeaux, dans l'établi
d'un menuisier qui avait quitté son travail. Cet atelier était attenant à la
cuisine de Tirolo qui a été surpris par le feu, ainsi que tous ceux qui
étaient réfugiés chez lui, et qui, à cet instant même, se trouvaient en
train de fêter le mariage...

— Oui! connu!... J'en sais peut-être plus long que vous sur cette
histoire...

— Vraiment, Votre Altesse m'étonne!

— J'étais, comme on dit, aux premières loges... derrière la lucarne de
la meilleure cellule des *Carceri*.

— Alors, Monseigneur, vous avez pu voir Tirolo, Valentin, Siébel, le
vieux Gioritto...

— Parfaitement, je les ai vus.

— ... Périr!

— Non!... se sauver!...

— Se sauver... de la fournaise? — interrogea Karl Brander qui n'en
pouvait croire ses oreilles.

Méphisto continuait à marcher nerveusement en tordant sa barbiche
et en lançant à la dérobée des regards qui ne promettaient rien de bon
pour son complice, instrument de ses criminels desseins...

— Ah ça!... — fit-il tout d'un coup d'une voix rageuse en se campant
devant lui, — espèce de tête carrée d'Allemand, est-ce que vous vous ima-
ginez par hasard que je vais vous faire des compliments?...

— Mais... en vérité... Altesse... je ne comprends pas ! — balbutia le policier qui reculait instinctivement.

Le tyran, furieux, s'écria :

— Tu ne comprends pas... sot personnage... que ton maître risque de payer fort cher ta conception fantaisiste et absurde?...

« Eh bien! je vais essayer de faire entrer cela dans ta cervelle obtuse!...

« Sache donc que les réfugiés de chez Tirolo se sont échappés sous mes yeux. De l'endroit où j'étais à l'affût, par deux fois j'ai fait feu sur eux, afin de corriger, s'il y avait moyen... ce contre-temps fâcheux...

« J'ai abattu Tirolo, ce qui est, tu m'avoueras, pour un chasseur de ma sorte, un assez piètre gibier... et puis, Valentin à son tour est tombé... mais sans doute il n'était pas mort... En effet, ses amis l'emportaient avec des soins infinis, aidés par un certain nombre de sauveteurs dans lesquels j'ai reconnu des Bohémiens...

A ce dernier mot, Karl Brander qui, devant cette algarade de son maître, semblait avoir perdu contenance, se ranima un peu.

— Les Bohémiens! — fit-il. — Je crois qu'il nous sera facile d'en venir à bout !...

« Ce sont des étrangers et des nomades ; avec cela ils passent pour hérétiques et parpaillots. Autant de titres qu'ils ont à l'exécration populaire...

« Ils appartiennent à une race détestée qui n'a de racines nulle part... en aucun pays chrétien, du moins; rien ne sera plus aisé que de prendre leur clan vagabond pour le bouc émissaire chargé de tous les méfaits anonymes... dont nous sommes les seuls, Votre Altesse et moi, à connaître les auteurs...

Le tyran s'était subitement radouci... Il ne pouvait, en somme, imputer uniquement à Karl Brander l'échec partiel de sa tentative...

C'eût été trop beau si l'incendie avait fait, d'emblée, les victimes souhaitées! La catastrophe ne venait-elle pas de produire des résultats inappréciables en décelant le passage mystérieux dont Faust, — après son légendaire aïeul, — avait pu se servir pour sortir de la prison d'État... et y rentrer?...

— J'ai tout lieu de croire, — fit Méphisto, — que les survivants de la maison Tirolo ont été recueillis dans leur campement par les Bohémiens qui les ont sauvés... sauf Gioritto, qui, à ce qu'il paraît, essaye d'ameuter le peuple, en disant que c'est moi, le Prince, qui ai fait mettre le feu à Florence...

— Gioritto est tout à fait déconsidéré depuis que Votre Altesse a suscité... l'incident romanesque de la belle comtesse Titania. Ce n'est pas lui qui soulèvera les masses. Quant aux Bohémiens, je m'en charge, pour peu que Votre Altesse me donne les pouvoirs nécessaires...

— La violence me répugne... quand je ne suis pas sûr d'être le plus fort. Comme a dit Machiavel, il faut tondre le mouton sans le faire crier...

et le masque de la loi est encore ce qu'il y a de mieux..., pour qui veut faire de l'arbitraire...

Karl Brander eut un sourire de contentement et d'espoir, et il se fit plus insinuant que jamais pour laisser tomber ces paroles dans l'oreille du maître :

— Je ne demande à Votre Altesse que l'aide et l'assistance des moyens légaux dont elle dispose.

« Parmi les crimes que la crédulité populaire impute le plus volontiers aux Bohémiens, il en est deux qui se rapportent à la situation présente...

— Lesquels ?...

— On dit que ces nomades, pour favoriser les vols dont ils seraient coutumiers, mettraient souvent le feu aux maisons dans les localités qu'ils traversent...

« Alors, n'est-ce pas, on pourrait laisser croire que ce sont eux qui, dans un but de pillage, ont mis le feu au quartier des *Carceri?*... La chose est possible ; le peuple murmure, et s'il n'écoute pas la voix de Gioritto qui cherche à semer l'insurrection, il est assez disposé à écouter une accusation qui préciserait les coupables, contre lesquels il doit exercer ce qu'il croit sa vengeance et sa justice...

— Mais ce serait là une action populaire plus ou moins spontanée, dont moi, Prince, je n'ai aucunement le droit de me mêler, si je veux rester dans la légalité... et je veux en conserver tout au moins les apparences.

— Votre Altesse n'a pas à intervenir dans une affaire qui n'a pour base que la clameur populaire. Mais la justice doit connaître de certains délits, comme de celui de rapt et enlèvement d'enfant mineur.

— Je crois, en effet, que vous m'avez parlé d'un pupille qui vous aurait été confié par ses parents et qui, à la suite de certaines aventures, se trouverait actuellement parmi les bohémiens du Champ-de-Mars...

— Oui !... monseigneur, et il suffirait d'un mandat judiciaire donné à l'un de vos magistrats, pour que l'on puisse faire une perquisition chez ces nomades, et voir si réellement ils ont donné asile aux proscrits qui étaient chez Tirolo, avant l'incendie... les seuls survivants du désastre, parmi... les personnes dont la perte avait été décidée par Votre Altesse ; car je sais que le peuple a exécuté sommairement certains ribauds, truands et maltôtiers en compagnie desquels se trouvait... la femme que vous m'aviez chargé de surveiller, monseigneur, et qui a disparu dans la catastrophe.

A ce moment, une lourde tenture en tapisserie des Flandres se souleva et un page apparut qui, s'inclinant respectueusement, annonça :

— Son Altesse Madame la grande-duchesse Nathalie...

XXXI

COMMENT ON MEURT

DE sourds grondements, manifestation du feu souterrain, annoncent à l'avance les éruptions volcaniques...

Méphisto ne s'était pas trompé... des murmures vagues couraient dans la masse du peuple qu'agitait une colère latente...

Le volcan était en travail... L'émeute allait-elle donc éclater?

Pas encore... ce qui lui manquait, c'était un chef...

Gioritto avait l'expérience des mouvements populaires : manieur de foules, il sentait que jamais une heure plus propice ne se présenterait pour soulever, contre une tyrannie odieuse, Florence d'abord et la Toscane ensuite.

L'incendie du quartier des *Carceri* avait occasionné, dans toute la ville, une émotion considérable, qui s'était bientôt changée en une indignation violente...

Est-ce que le bruit ne courait pas que le feu avait été allumé par des mains criminelles?...

A l'instigation de qui?... Voilà ce que l'on ne disait pas encore; mais, aussi bien que le vieux révolutionnaire, le prince savait que, dans ce cas, c'est toujours le gouvernement qu'on accuse, surtout quand ce gouvernement ne jouit pas de l'affection de ses sujets.

Aussi, pour parer à toute éventualité, Méphisto, avant même d'avoir avec Karl Brander l'entrevue à laquelle nous venons d'assister, s'était-il empressé d'expédier sur les différents points de la ville de forts contingents de troupes et de police, avec les ordres les plus stricts...

Gouverner c'est prévoir!... dit Machiavel, et nous savons que c'est sur cet homme d'État que le successeur d'Andréas Borghès avait pris modèle.

Méphisto se montrait donc prévoyant... ce en quoi il n'avait pas tout à fait tort. Tout annonçait une émeute, et, avec le tempérament ardent des Toscans, une émeute se change si facilement en révolution!...

C'est ce que se disait aussi Gioritto qui était resté sur le théâtre du sinistre, alors que Pépito, après avoir accompagné jusqu'au Palais la grande-duchesse Nathalie, se rendait au camp des Bohémiens pour y voir ses amis, recueillis et secourus par Saâda et ses gens.

Gioritto, percé de balles, s'écroula sur les pavés. (Page 1422.)

Le vieux patriote parcourait les groupes où d'une façon vive, comme bien on pense, les gens discutaient les événements de la nuit avec force commentaires...

Oui!... le volcan grondait, mais jusqu'ici, il était impossible de dire par où se ferait l'imminente éruption...

Avec la voix inspirée et les gestes enthousiastes d'un apôtre, Gioritto haranguait la foule, comme tout à l'heure, après l'étonnante révélation de Georges qui avait vu Karl Brander, le *familier* du tyran, promenant une torche incendiaire au milieu des matières inflammables...

Il évoquait toujours le souvenir de Néron brûlant Rome, et avec les accents d'une indignation généreuse et superbe, il faisait honte à ce peuple si noble et si fier, qui avait donné au monde les chefs-d'œuvre de la poésie et des arts, de se laisser dominer par un infâme aventurier, sorti d'on ne sait où, un tyran qui n'avait pas une goutte de sang toscan dans les veines...

— C'est à la qualité de ses maîtres, — disait-il, — qu'un esclave mesure les degrés de sa servitude ! C'est une chute ignominieuse que celle qui a fait tomber Florence et la Toscane d'Andréas Borghès en Méphisto... d'une dynastie qui avait au moins pour elle le prestige de son passé et la gloire de ses aïeux, dans une dictature sans victoires ni splendeurs d'aucune sorte, ténébreux pouvoir appuyé sur la ruse et la perfidie !... Non ! citoyens de Florence, vous ne supporterez pas plus longtemps ce joug odieux !... Méphisto n'est pas seulement un usurpateur et un tyran, c'est encore un incendiaire !..

— Mort aux incendiaires ! — grondait enfin la foule.

Le discours véhément de Gioritto ne manquait pas, comme on vient de le voir, de cette habileté indispensable chez tous ceux qui aspirent à diriger un mouvement populaire.

En effet, les paroles qu'il prononçait étaient faites pour rallier les partisans de la Maison de Borghès, qui étaient encore assez nombreux, et n'acceptaient qu'en murmurant la présence au pouvoir d'un usurpateur. Pour eux, Méphisto occupait le trône au mépris de tous les droits légitimes de l'hérédité princière... tous les moyens leur seraient bons pour chasser cet intrus, et ils iraient grossir les rangs du peuple soulevé contre lui !...

— Quel est donc cet homme qui parle si bien ?...

Telle était la question qui courait dans les groupes où venait de passer comme un souffle d'héroïsme la harangue vibrante de Gioritto...

Il ne faut point s'étonner que le vaillant patriote n'ait pas été reconnu de suite et par tout le monde, dans cette nuit terrible où les colères d'un peuple grondaient... menaçantes..., prêtes à suivre, peut-être, le hardi tribun qui saurait les conduire à l'assaut du pouvoir.

C'est que voilà quelque temps déjà que Gioritto avait quitté les bords de l'Arno, et là, comme ailleurs, la foule est oublieuse.

D'ailleurs, les derniers jours qu'il avait passés dans Florence... de longs et tristes jours... s'étaient écoulés dans l'hospitalité infâme et forcée de Julio Marchetti, le gouverneur de la prison d'État...

Et quand, après le coup de hache libérateur de la belle Titania, Gioritto s'était enfui, personne ne l'avait vu... Il devenait un peu comme un personnage de légende... douloureuse légende faite d'insinuations abominables et d'horribles calomnies...

Maintenant il revenait, au milieu d'un désastre nouveau qui s'était abattu sur ce peuple qu'il aimait comme si c'eût été son fils... ce peuple qu'il aurait voulu voir libre, glorieux, et qu'il trouvait toujours asservi...

Pâle, amaigri, après l'atroce calvaire dont il avait suivi la voie dolente, toute parsemée d'épines, Gioritto avait bien l'air d'un spectre...

Il était le fantôme de la vieille liberté toscane!...

Nul n'allait donc le reconnaître dans la fière cité pour laquelle il avait versé son sang généreux?...

Si!... pourtant!... on le reconnut; et après le souffle ardent de ses paroles, ce fut, dans la foule, comme un vent glacé qui éteint l'enthousiasme...

Quelqu'un murmura :

— Tiens!... mais c'est Gioritto!...

— Qui ça?... l'ancien révolutionnaire!... — fit un autre.

Et des paroles se croisèrent, volant dans l'aurore endeuillée de ce lendemain de catastrophe... des lambeaux de phrases pires que des flèches empoisonnées...

— L'ancien révolutionnaire, dites-vous?... Il serait plus juste de dire le prétendu révolutionnaire, le faux patriote...

— L'ami du pouvoir...

— Et le père complaisant qui, pour l'amour du bien-être et de la bonne chère, vécut avec l'amant de sa fille...

— Jusqu'à ce que le ménage se trouva désorganisé... la marmite renversée... par l'intempestive jalousie de la donzelle qui tua son amant...

— Oui!... une affaire sensationnelle... que celle qui s'est terminée par l'acquittement de la belle Titania...

— Un crime passionnel *di primo cartello!*...

La colère de la foule, en présence des ruines fumantes du quartier des *Carceri*, se transformait à présent en lazzis qui criblaient Gioritto debout sur cette borne où, tout à l'heure, il s'était hissé pour haranguer le peuple...

On eût dit un de ces malheureux que la cruauté ingénieuse de certains sauvages attache à un poteau de supplice où ils meurent d'un lent martyr, leur chair percée... lardée, pourrait-on dire... d'une infinité de coups minuscules, avec des raffinements de cruauté inouïs...

— C'est-il, — lui criait un de ses bourreaux, — le deuil de Julio Marchetti, ton gendre de la main gauche, qui te trouble l'esprit, pauvre vieux?

— Penses-tu que nous allons écouter tes billevesées? Il est bien fâcheux, n'est-ce pas, que ta fille n'ait pas trouvé un autre galant, riche et généreux, car tu n'en serais point réduit, pauvre hère, à courir les rues avec une barbe inculte et un manteau troué?...

— Dis donc, combien es-tu payé pour faire ce que tu fais là?

— Crois-tu que nous ne comprenions pas ton système? Tu essayes d'ameuter le monde afin que nous tombions niaisement entre les mains de la police...

— Oui, justement; et comme par hasard, on garde toutes les rues avoisinantes! Non, vraiment, il faut que tu sois tombé en enfance pour t'imaginer que nous allons donner tête baissée dans le piège que tu nous tends si maladroitement !...

Sur le piédestal douloureux où son peuple le flagellait, Gioritto promenait autour de lui son regard triste et mourant de lion crucifié.

Ces gens disaient vrai...

Averties par les agents secrets qui se mêlaient toujours à la foule, les forces policières étaient accourues. Les espions avaient surpris quelques bribes du discours ds Gioritto, et ils étaient allés prévenir leurs chefs de ces propos factieux qui risquaient fort de trouver trop facilement de l'écho dans les masses où le terrible sinistre avait déjà créé une émotion... de mauvais augure.

Il n'en fallait pas davantage pour faire *donner* tous les soldats de la garde et les archers du guet, qui ne s'étaient guère dérangés, tout à l'heure, pour éteindre l'incendie et porter secours aux victimes de la catastrophe.

Même, s'il n'y avait eu que ces messieurs pour maintenir l'ordre, les voleurs auraient pu continuer en paix le cours de leurs criminels exploits...

Mais, nous l'avons vu, le peuple s'était chargé de faire sa police... il l'avait faite... et bien faite, car les truands sinistres se balançaient à des cordes solides dont le gouvernement n'avait pas eu à faire les frais...

Par exemple, les courageux défenseurs de l'ordre et du pouvoir établi accouraient au pas de charge, sur le simple avis que des paroles séditieuses étaient prononcées par un vieillard, monté sur une borne au coin d'un carrefour...

Les plus prudents, parmi les auditeurs de Gioritto, s'étaient dispersés, en voyant ce déploiement de forces...

Il ne restait, auprès du malheureux père de Titania, que ceux qui étaient le moins disposés à le suivre, car ils étaient les plus acharnés à le cribler de leurs sarcasmes...

Gioritto était descendu de sa tribune improvisée...

— Il a aperçu les policiers, — fit un de ses impitoyables bourreaux, — et il s'empresse d'aller rejoindre ses camarades.

La direction prise par le vieillard semblait justifier cette insinuation...

Il marchait vers le gros des troupes massées dans la principale artère qui venait aboutir au carrefour incendié...

L'officier qui commandait ces soldats venait de faire disperser de la façon la plus violente les groupes qui se trouvaient dans cette rue, et qui, refoulés dans les rues adjacentes, se heurtaient à d'autres forces policières...

Des coups de crosse, des coups de plat de sabre pleuvaient sur les citoyens inoffensifs... Quelques-uns, exaspérés par ces brutalités, jetèrent des pierres aux gens du guet qui ripostèrent en sabrant la foule...

Gioritto, pour aller plus vite, avait rejeté son manteau... Son chapeau était tombé et il marchait tête nue, ses cheveux et sa barbe d'une blancheur de neige, tout auréolés par les rougeurs du soleil levant qui semblait un nouvel incendie éclatant là-bas, dans ce palais infâme, tout rempli de débauches et de crimes.

— Liberté ! Je salue ton aurore sanglante ! — cria l'apôtre de la Révolution, se dirigeant tout droit vers ces prétoriens ivres, impatients d'égorger le peuple...

Mais non !... Il était écrit au livre immuable des destins que le jour qui se levait dans des clartés de pourpre ne verrait pas l'indépendance du peuple toscan.

Surpris par la brusque attaque des troupes de Méphisto, sans chef pour les commander, ayant peut-être perdu la foi dans la liberté sainte, et privés de cet idéal de gloire et d'héroïsme qui donne la victoire, les citoyens de Florence s'enfuyaient en emportant leurs blessés...

— Aux armes ! Peuple opprimé, soulève-toi ! Le moment est venu de courir sus à l'ennemi qui t'oppresse et te déshonore !... Mort à Méphisto !... Mort au tyran !...

Des gens qui passaient, en fuyant, s'arrêtèrent pour narguer le vieillard qu'ils avaient reconnu...

— Méphisto n'a-t-il pas été aussi l'amant de ta fille, la belle Titania... Mais alors, mon cher Gioritto, tu rêves donc toujours de meurtres passionnels...

— Quelle hécatombe s'il fallait sacrifier tous ceux qui ont obtenu les faveurs de la Comtesse-Rouge !...

— Et puis tes clameurs de haine et tes cris de mort détonnent singulièrement pour qui connaît la vérité. Tu fus le commensal de Julio Marchetti, mais tu restes l'obligé de Méphisto...

— Oui, quand ton humeur vagabonde se faisait promener à travers toute la Toscane, c'était le prince qui, dans toutes les auberges, soldait discrètement ta dépense.

— Eh ! eh ! ça fait une somme à la longue, un ducat et demi tous les jours.

— Un ducat et demi... à peu près cinq livres et dix sols en monnaie de France !... Gioritto, sais-tu qu'on vit avec ça !...

— Et l'on en meurt ! — répondit le vieillard.

Il continua son chemin, faisant face aux soldats qui s'avançaient, et ceux qui le tournaient en dérision l'entendirent qui criait :

— Vous allez voir comment on meurt pour un ducat et demi !...

Puis, sur des amas de décombres provenant de l'incendie, il se hissa pour proclamer, une dernière fois, devant la mort, son amour et sa haine :

— Vive la liberté !... mort au tyran !... mort à Méphistophélès !...

Les soldats avaient des ordres sévères... Personne ne leur avait dit d'épargner Gioritto qu'ils ne connaissaient point, et puis ils étaient rendus furieux par le semblant de résistance qu'ils avaient rencontré tout à l'heure.

— Feu !... — commanda l'officier qui était à leur tête et qui espérait ainsi mériter de son prince.

Une décharge retentit...

Gioritto, percé de balles, s'écroula sur les pavés qu'il teignit de son sang généreux...

Les séides de la tyrannie venaient d'immoler la liberté toscane!...

XXXII

LA SOUVERAINE

Nous avons laissé Méphisto au moment où Nathalie Borghès se faisait annoncer chez lui.

Karl Brander s'était retiré... Les déceptions qui lui avaient été causées par l'incendie du quartier des *Carceri* lui donnaient à réfléchir... Il fallait décidément qu'il prît sur la mauvaise fortune une revanche éclatante.

Le prince, lui, avait froncé le sourcil.

Tout était à recommencer!... La veuve d'Andréas Borghès survivait au désastre, sans même une tache de boue sur son front altier. Cet obstacle qu'il voulait détruire par le feu, qu'il rêvait de voir s'écrouler dans la fange et dans le sang, subsistait plus fort que jamais... Il le comprenait bien, car Nathalie s'avançait parée de ses plus beaux atours, avec un port de reine, chargée de tous les diamants de la couronne.

Après la ribaude qu'on a vue, c'était la souveraine, dans toute sa splendeur et l'orgueil de sa race.

— Elle a vraiment grand air ainsi! — ne put s'empêcher de penser le machiavélique personnage.

Mais il ajouta, toujours *in-petto* :

— Raison de plus pour qu'elle disparaisse! Sa maison princière a encore de nombreux partisans; ils sont puissants, riches et remuants... Tous ces gens-là ne seraient pas fâchés, j'imagine, de lui voir exercer le pouvoir effectif, ou la régence, pour préparer l'avènement d'un nouveau Borghès légitime ou bâtard!...

Ce diable d'homme, — ou cet homme du diable, comme on disait à Florence, — semblait réellement avoir le don de seconde vue et le mystérieux pouvoir qui permet, à ceux qui en sont doués, de lire dans la pensée des autres...

Mais, sans doute, aussi, ne cachait-il pas assez la sienne... car Nathalie, l'abordant avec le sarcastique sourire des Borghès, lui dit :

— Prince, vous avez l'air étonné de me voir!... Est-ce que je vous fais l'effet de quelque chimérique apparition... spectre sorti du tombeau... ou salamandre qui vit dans les flammes?...

Il répondit :

— Madame, je m'étonne seulement que les malheurs de mon peuple qui, aussi, est un peu le vôtre, vous touchent si peu!...

— Pourquoi me dites-vous cela, vous?

— Dieu me pardonne! vous voilà parée comme une châsse, toute vêtue de brocart et d'or... et Florence, — l'ignorez-vous? — est en deuil. Une catastrophe sans exemple dans notre histoire a accumulé les ruines... Tout un quartier de la ville est en cendres...

— Bah! qu'est-ce que cela peut bien nous faire, à nous qui sommes les maîtres? Ces désastres, prince, s'élèvent à peine à la hauteur de notre royale indifférence... Quelques masures habitées par des gueux... des taudis que le feu, qui purifie tout, aura assainis... Comme victimes, des artisans qui avaient grandement tort de ne pas habiter comme nous des palais de pierre et de marbre... et puis quelques truands pendus pour avoir volé des guenilles... ne voilà-t-il pas une belle affaire, en vérité, et bien digne de nous émouvoir, *nous?*

Cette ironie froide agaçait Méphisto qui voyait, pour la première fois, Nathalie employer contre lui une arme dans laquelle il était passé maître.

Il lui dit en ricanant :

— Je vois, madame, que vous êtes bien renseignée sur les événements de cette nuit !

— N'est-ce pas mon devoir, comme ce serait aussi le vôtre, de veiller au maintien de l'ordre?...

— J'y ai pourvu... sans attendre vos avis, madame! La troupe et la police s'occupent de réprimer les tentatives séditieuses qui menacent toujours de se manifester au lendemain d'une affaire comme celle d'hier.

— Votre police, qui est si bien faite, aurait pu, dans ce cas, arrêter les voleurs sans laisser à la foule le soin de les juger et de les pendre ! Il n'est pas bon, prince, que le peuple s'habitue à des jugements et à des exécutions également sommaires.

« Mais laissons cela de côté! Je suis venue vous entretenir d'un objet plus important que toutes ces billevesées...

Ce fut au tour de Méphisto de se montrer ironique :

— Je doute, madame, qu'une affaire puisse être plus intéressante pour vous que la mort de ces infortunés maltôtiers. Vous plairait-il que je fasse ouvrir une action judiciaire pour rechercher et châtier, comme ils le méritent, ceux qui les ont si méchamment mis à mort?...

— O prince, je trouve que c'est faire à ces pendus beaucoup d'honneur que d'en parler autant!... Faites dire des messes, si bon vous semble, pour le repos de leurs âmes, et puis causons d'autre chose ! Je venais vous entretenir d'une affaire d'État...

— Tout ce qui intéresse la sûreté de l'État et ses relations extérieures, je me le suis réservé, heureux de décharger ma souveraine d'un aussi lourd fardeau...

— J'ai cependant quelque chose à vous apprendre.

— Permettez-moi de n'en rien croire, madame Nathalie.

— Je viens de recevoir un message du roi de France.

Malgré la force de dissimulation dont il était doué, Méphisto sursauta... Son regard, d'une acuité extraordinaire, semblait vouloir fouiller jusque dans le fond de l'âme de Nathalie.

— Du roi de France! — fit-il, impuissant à cacher sa stupeur, comme si ces mots magiques étaient le coup de foudre qui éclate dans le ciel serein...

Son crime triomphant était donc enfin troublé...

Cependant l'aventurier se ressaisit... Il fit, en haussant les épaules :

— Le roi de France! Non... c'est impossible! On vous aura abusé au moyen d'un faux!

— Voyez-vous-même, chère Altesse! C'est bien là le sceau royal, n'est-ce pas?

Et Nathalie tendit à son ancien complice l'auguste message dont il fut bien obligé de reconnaître l'authenticité.

Il s'était levé et marchait à grands pas, en tordant sa barbiche d'un geste nerveux...

— Je m'étonne, princesse, — déclara-t-il au bout d'un instant, — que cette missive ait pu parvenir jusqu'à vous...

— Avec les précautions que vous avez prises, n'est-ce pas, pour que rien ne passât ignoré de vous? Cependant, vous le voyez, cette lettre m'est arrivée, si bien faite que soit votre police!

— Qui vous l'a remise?

— Un enfant! Je vous assure que j'étais loin de m'y attendre.

— Je m'aperçois que je ne suis ni assez méfiant ni assez vigilant, mais le trop débonnaire et le trop confiant Méphisto va changer; et malheur à qui osera méconnaître son pouvoir absolu et son autorité légitime!

— Prince, que votre pouvoir soit absolu, je suis la première à dire comme vous, et tout le monde là-dessus pense comme moi; oui, c'est vous qui êtes ici le maître suprême, et je ne suis moi-même que votre première sujette... puisque je l'ai bien voulu... en vous élevant à ce rang dont vous n'avez guère tardé à m'évincer...

« Mais laissons là ces récriminations stériles!...

« Vous avez parlé de votre autorité légitime, et c'est là, prince, que je vous arrête!...

— Eh! que m'importe, à moi, qu'elle soit contestée par une femme!

— Lisez cette lettre, prince, et vous verrez que le roi de France la conteste aussi!...

. . . .

On se rappelle le « courrier diplomatique » dont le marquis de la Roche-Beaulieu, ambassadeur de France, qui résidait dans l'hôtellerie de

Le diabolique personnage laissa éclater sa fureur. (Page 1427.)

la Fornarina, avait chargé les goliards... courrier que Georges avait pu
sauver lorsque ses camarades avait été arrêtés sur la dénonciation de
l'infâme Karl Brander...

Le caractère particulier de ce message n'était certes pas fait pour plaire
à Méphisto.

D'abord la France se refusait à reconnaître son gouvernement basé
sur une usurpation.

Jamais elle ne traiterait avec lui.

Il n'en était pas de même en ce qui concernait Nathalie Borghès, veuve du souverain légitime et issue elle-même de souche princière...

Qu'elle se déclarât régente pendant que la vacance du trône ou que la couronne fût régulièrement transmise à un héritier naturel de la dynastie, et le roi de France reprendrait avec le grand-duché de Toscane des relations diplomatiques depuis longtemps suspendues.

Toute la Toscane aurait été heureuse de renouer avec la France de vieux liens d'amitié. Le commerce et les arts y étaient intéressés autant que la politique.

Mais le puissant monarque dont M. de la Roche-Beaulieu était l'ambassadeur avait trop le sentiment de ses droits, — si injurieusement méconnus par le gouvernement de Florence, — pour offrir la paix sans condition... cette paix dont la Toscane avait tant besoin, écrasée qu'elle était par le poids des impôts et l'accablant fardeau de ses dissensions intestines.

Si le grand-duché de Toscane voulait sincèrement la paix de la France, il fallait en finir avec cette politique brouillonne et tracassière, ce machiavélisme sombre, cette diplomatie tortueuse, incompatibles avec le clair génie gaulois fait de franchise et de loyauté...

L'épée de la France, c'est le miroir de la vérité et de la Justice. Alors, si le gouvernement toscan, rompant avec la tradition néfaste d'Andréas Borghès... et les procédés tyranniques de Méphisto... voulait sincèrement la paix, il devait donner des gages sérieux de son bon vouloir...

Un arbitrage impartial terminerait, une bonne fois pour toutes, le litige ancien, aux origines obscures, qui avait occasionné jadis l'intervention française.

Le lieutenant Roger, détenu arbitrairement, serait jugé par ses pairs... Des soldats sans reproche dont le verdict serait au-dessus de tout soupçon, se prononceraient sur le cas de ce soldat jadis respecté comme un preux...

D'autres Français étaient prisonniers, au mépris du droit des gens. Ils seraient mis en liberté et indemnisés pour le tort qu'ils auraient subi dans leur personne ou dans leurs biens.

Pour la plupart, ils étaient originaires d'Alsace, — cette terre de liberté, cette pépinière de héros, — et parmi eux, notamment, se trouvait le fameux docteur Faust de Strasbourg, accusé de régicide et dont le procès n'était toujours pas instruit, ce qui donnait à penser que l'accusation n'était pas sans doute des mieux fondées.

Enfin, le roi de France, toujours juste et généreux, demandait qu'une amnistie pleine et entière fut accordée aux citoyens qui s'étaient trouvés mêlés aux derniers événements politiques dont le grand-duché avait été le théâtre...

Voilà ce que contenait le message pour lequel Georges, le petit burgrave avait d'une façon si bizarre, et avec tant d'à-propos, servi d'intermédiaire auprès de Son Altesse Princière Nathalie Borghès, la ribaude...

Comme on l'a vu, c'était la paix rêvée et l'apaisement idéal...

Méphisto n'en voulait point, car c'était aussi l'écroulement de son ambitieuse folie... la ruine de sa fortune...

— Abandonner le pouvoir absolu... lâcher Faust!... la ruine pour moi... jamais!... J'aime mieux vivre... et régner... dussé-je marquer chaque heure de mon règne, chaque jour de ma vie par la suppression brutale ou sournoise d'un de mes ennemis!...

Cette sortie véhémente n'avait causé à la souveraine aucune surprise... Elle n'éprouvait plus la moindre émotion... car elle en était arrivée à ce point où les êtres les plus résignés se révoltent...

Ironique, méprisante, elle dit à son ancien amant, à son vieux complice :

— Je crois, mon cher, que vous n'avez pas lu... le... comment dirai-je? *in cauda venenum!*... le dernier argument... comminatoire de ce message officiel!...

« Savez-vous bien qu'à la rigueur cela pourrait passer pour une déclaration de guerre... en règle?...

« Le roi de France s'est assuré la neutralité bienveillante... pour ne pas dire plus... de notre voisin le duc de Ferrare, qui s'empressera d'accorder libre passage sur ses terres aux troupes du puissant monarque, arbitre des destinées de l'Europe...

« Du côté de la mer, nous ne sommes pas plus heureux. La république de Gênes, qui ne nous aime guère, arme ses galères pour aider au transport des régiments français.

« Ne vous ai-je pas dit, un jour, dans mon jardin dont vous vous plaisiez à saccager les massifs, que vous aviez tort de vous attaquer aux fleurs de lis...

« Cela vous portera malheur !...

Le diabolique personnage laissa éclater sa fureur,

Sans ménagements aucuns, il s'écria :

— L'amitié du roi de France portera malheur à d'autres!...

« Je résisterai jusqu'au bout, madame, et dussé-je m'ensevelir avec tous les truands et les ribaudes... comme j'en connais... dans les ruines de Florence, je vous réponds que l'allié de Gênes et de Ferrare n'aura pas, vivants, les Français que je tiens dans mes griffes...

« Tenez! voilà le cas que je fais de cette royale épître... moi!

Il froissa la lettre et la rejeta au loin avec colère...

Puis il ajouta :

— Et si jamais encore un messager s'avise de vous remettre des missives de ce genre, je l'enverrai méditer dans un cachot de la prison d'État, sur le pouvoir absolu que j'entends garder...

« Mon autorité n'est point légitime, avez-vous dit.

« Je saurai la légitimer par la force ou la ruse...

« Malheur à qui viendra se mettre en travers de mes desseins !... Quel qu'il soit je le briserai, comme je brise cet infime morceau de Saxe!

Et, en disant ces mots, il prenait sur une étagère un délicieux et frêle bibelot qu'il broyait sur le plancher.

XXXIII

LES DEUX ROULOTTES

PRÈS avoir dirigé le sauvetage avec Saâda, Pépito s'était rendu au camp des Bohémiens pour y voir ses amis recueillis par la tribu hospitalière.

Bertha, la jeune mariée, dont les noces avaient eu un cadre si tragique, n'avait éprouvé, en réalité, qu'un simple évanouissement; elle devait à cette circonstance de n'avoir pas respiré la fumée étouffante qui se dégageait du foyer de l'incendie. Les soins qui lui furent prodigués la ramenèrent bien vite à elle.

Ce qui contribua à lui rendre la santé et les forces, ce fut de voir son époux bien-aimé, son tendre Giacomo auprès d'elle, sans blessures, malgré les terribles dangers qu'il avait courus en l'arrachant aux flammes. Et ce gage d'amour, doublé d'une preuve d'héroïsme, augmenterait encore, si possible, l'amour ardent, la passion chaste et fidèle qu'elle portait à son jeune mari.

Mais si l'ancien chevrier de Pistoïa fut rassuré bien vite sur la santé du jeune couple, il n'en allait pas de même en ce qui concernait Valentin.

Le fils du lieutenant Roger avait reçu une terrible blessure, et malgré les efforts et la science combinés de Mahadok et de Siébel, la balle n'avait pu encore être extraite.

D'un commun accord, les deux médecins avaient remis à plus tard l'exploration nécessaire à la recherche du projectile, car, dans l'état de faiblesse et de fièvre où se trouvait le blessé, toujours menacé d'une hémorragie mortelle, la chose n'était pas sans danger.

Le jeune savant alsacien et le vieux guérisseur nomade avaient, de suite, ressenti l'un pour l'autre cette sympathie vive et profonde qui naît, instinctivement, entre les âmes droites et loyales.

Mahadok, avec sa grande expérience des hommes, avait reconnu dans l'élève préféré de Faust une de ces natures franches, honnêtes, qui poussent le dévouement jusqu'à l'abnégation la plus absolue, et qui, à l'inverse de ces pédants dont la vanité cache mal l'ignorance, cherchent toujours à dissimuler leur savoir sous une modestie exquise.

De son côté, Siébel admirait dans ce vieillard la science acquise par la longue pratique, l'observation patiente; il l'écoutait comme un maître, convaincu qu'il trouverait encore à s'instruire à l'école du vieux Bohémien qui avait puisé ses connaissances dans le livre grand ouvert de la nature et de la vie. Et Mahadok y avait déchiffré bien des secrets intéressants qui ne se trouvent pas dans les pesants *in-folio* des bibliothèques.

Certes, Valentin ne pouvait être en de meilleures mains, et les deux chercheurs qui se penchaient anxieusement sur son chevet, dans la pauvre roulotte où il venait d'être recueilli, le sauveraient, s'il pouvait encore être arraché à la mort qui planait au-dessus de sa tête.

Maintenant le délire s'était emparé de lui... Dans ses visions d'agonie, le malheureux luttait contre Satan acharné à le perdre, lui et les siens... L'être diabolique en qui s'incarnait le mal avait semé la ruine et la mort... les larmes, la honte lui faisaient cortège... Avec quelles armes combattre ce démon que Valentin, en son rêve de fièvre, voyait surgir des flammes, tenant en main la foudre meurtrière ?...

Puis, après ces hallucinations terrifiantes, le blessé avait d'autres visions... lointaines... douces... mélancoliques aussi.

Il revoyait la maison où il était né... la modeste et simple demeure où les cigognes faisaient leurs nids sur les toits.

Son père, le vaillant soldat, le preux sans reproche s'en allait guerroyer pour la France sur la terre étrangère...

Et c'était la pauvre mère qui restait, veuve avant l'heure, avec ses enfants qu'elle élevait dans l'honneur, pour que plus tard le père, quand il reviendrait, n'eût pas à rougir d'une faute qui, sur son nom sans tache, mettrait une souillure d'opprobre...

Hélas! l'opprobre était venu!... Et Valentin, convulsé devant la vision lamentable, de ses pauvres mains exsangues semblait encore repousser l'apparition de cette souillure...

Car, il y avait une tache sur le nom... Marguerite avait commis une faute dont pleurait la triste mère et Jeannette, la douce innocente, qui ne pouvait savoir... mais la mignonne pleurait parce que sa pauvre maman avait toujours ses yeux gonflés de larmes...

Et le poids de l'ignominie pesait plus lourd sur l'âme du père, que la porte massive du cachot où le noble et pur héros était enfermé captif...

Alors Valentin, dans l'hallucination de son délire, voyait un monstrueux dragon qui gardait la porte de ce cachot... De sa gueule sanglante sortaient des flammes...

Lui... il s'avançait pour terrasser la bête infernale... et retombait sur son lit, baigné d'une sueur froide...

Sentinelles vigilantes, Mahadok et Siébel s'efforçaient d'écarter la mort qui étendait sur la victime de Méphisto sa main décharnée...

Marguerite!... Ce nom qui revenait sans cesse sur les lèvres blêmes de Valentin, on devine quelle émotion poignante il occasionnait au vieux Bohémien et au jeune médecin de Strasbourg !...

La pauvre folle... la douce voyante était dans une roulotte voisine de celle où son frère se mourait... Tranquillement, près du berceau dans lequel dormait le tendre fruit de sa faute et de son amour, la sœur de Valentin, comme d'habitude, vaquait aux soins du ménage en chantant, de sa voix d'or, une plaintive romance de son beau pays d'Alsace...

Siébel l'avait vue... il l'avait reconnue lorsque, avec les Bohémiens dévoués, il apportait au camp le fils du lieutenant Roger, mortellement blessé...

En toute autre circonstance, l'élève du docteur Faust aurait béni le destin propice qui le mettait en présence de Marguerite, la pauvre disparue qu'on croyait ensevelie à jamais dans la paix du tombeau...

Elle vivait... avec sa raison envolée, ainsi qu'une colombe qui a quitté le doux nid pour se perdre dans l'azur sans limites...

Mahadok avait mis rapidement Siébel au courant des événements qui avaient amené dans leur tribu celle que tous appelaient la Bohémienne blonde ; mais quand il sut que le blessé était le propre frère de la pauvre enfant, il dit au jeune médecin :

— Pour lui... comme pour elle... il faut éviter qu'ils ne se voient. L'émotion pourrait être fatale à M. Valentin, car son délire a des intervalles lucides qui lui permettraient de reconnaître sa sœur et d'avoir l'âme brisée au spectacle de sa faute...

« Et Marguerite, dont je ne désespère pas de voir la folie doucement évoluer vers la guérison, recevrait un coup qui ferait tomber son âme dans une démence sans remède et sans espoir. Il faut laisser la nature poursuivre son œuvre salutaire ! Hélas ! puissent-ils, l'un et l'autre, ne pas souffrir encore plus qu'ils n'ont souffert.

Siébel était absolument de l'avis du vieux philosophe... Il refoula dans son cœur tous les sentiments émus que faisait naître en lui cette rencontre étrange... miraculeuse... dans un concours de circonstances si effroyablement tragiques ; et, avec l'aide de Mahadok, il se contenta, comme nous l'avons vu, de disputer à la mort le pauvre Valentin, tandis que la bonne Saâda mettait tous ses soins à empêcher Marguerite, quand elle quittait sa roulotte, de pénétrer dans celle où Valentin, en proie au délire, l'appelait, maudissant sa faute, ayant tout de même des paroles de tendresse, comme ceux qui vont mourir... et qui pardonnent...

Pépito, qui avait assisté au douloureux spectacle de cette agonie, se rappela qu'un des survivants de la maison Tirolo n'avait pas été recueilli dans le camp...

C'était Gioritto. Que pouvait-il être devenu ?

Georges, qui était rentré au camp longtemps après avoir remis à Nathalie Borghès le message que nous connaissons, lui raconta ce qu'il savait. Tandis que Pépito reconduisait au palais la ribaude... sa mère... le petit burgrave s'était mis à arpenter les rues voisines tout en narguant la police, dont les forces accouraient sur le théâtre de l'incendie... après le sinistre.

Il avait vu le vieux révolutionnaire qui haranguait le peuple, essayant de le soulever. Mais Georges remarqua que ses véhéments discours ne soulevaient que l'ironie et les sarcasmes de la foule.

Pépito comprit que le noble vieillard courait un danger.

Il connaissait son courage et ses rancœurs et le savait capable de quelque acte sublime de désespoir héroïque.

— Je vais me mettre à sa recherche, — dit-il, — et je l'amènerai ici. Les Bohémiens de Sa Majesté Saâda sauront le cacher...

— Et, au besoin, le défendre ! — ajouta la brune reine, d'un ton ému. — Allez, monsieur Pépito, et dites au vaillant patriote que, proscrit, il ne peut trouver d'asile plus sûr que chez nous, les éternels proscrits.

Et sa main, en disant cela, serrait d'une étreinte énergique et loyale la main du jeune chevrier de Pistoïa.

— Oui, je le sais, mademoiselle ; vous et les vôtres, vous êtes la bonté et la droiture même. Fasse le ciel que j'arrive à temps pour sauver le noble et infortuné Gioritto... car... je redoute... hélas ! un nouveau malheur !

Comme à regret, sa main quitta celle de la petite reine de Bohême... ses yeux ardents se baissaient... un trouble inconnu s'était emparé de lui... trouble délicieux qui avait pris Saâda, aussi... car son regard s'inclinait... elle avait rougi... et d'instinct, elle porta la main à son cœur pour en comprimer les battements plus tumultueux que d'habitude.

Au milieu des circonstances si terribles qu'ils traversaient tous, un sentiment idéal et suave, d'une tendresse exquise, venait de naître entre ces deux enfants si jeunes et si beaux, issus, tous les deux, d'une source mystérieuse et cachée...

L'on eût dit de ces fleurs ravissantes et sauvages qui poussaient là, au milieu des pierres du Champ-de-Mars, vestiges de ruines séculaires, d'antiques splendeurs.

Pépito courut où le devoir l'appelait, accompagné par Georges qui, le dernier, avait vu Gioritto, essayant, mais en vain, de soulever le peuple.

Saâda revint prendre sa faction devant la roulotte où Valentin mourait, afin d'empêcher Marguerite de pénétrer dans cette pauvre chambre d'agonie.

Et longtemps, elle suivit des yeux Pépito, l'âme pleine de sensations indéfinissables... qu'elle n'avait jamais éprouvées.

L'amour, divin maître de la nature, roi de tous les êtres vivants, peut-il donc étendre son empire lumineux jusqu'aux ténébreuses frontières de la Mort immense et de la Désolation sans bornes ?

. . . .

XXXIV

CLAMEURS DE VÉRITÉ

E ciel affole ceux qu'il a résolu de perdre..

Ce qui se passait, au lendemain de l'incendie du quartier misérable des *Carceri*, fut bien près de justifier la vérité de cet antique adage.

La fusillade qui avait abattu Gioritto sur le pavé sanglant menaçait de faire une autre victime, et cette victime était sur le trône de Toscane...

Vivant, nul n'écoutait plus la voix mâle et généreuse du doyen de la Révolution...

Mort, il venait augmenter le martyrologe de la nation ! De sourds grondements de colère coururent dans le peuple, quand on apprit ce meurtre stupide et lâche, commis par de vils policiers, au milieu des ruines fumantes d'une partie de la ville...

La découverte du petit Georges, à présent, courait de bouche en bouche. On disait qu'un des familiers du prince avait été surpris par un enfant, en train de mettre le feu dans l'établi d'un menuisier, au fond d'une cour attenante à la rue Fragoletto... car les détails se précisaient.

Mais, chose plus effroyable encore, ne racontait-on pas que d'une des lucarnes de la prison d'État, des coups de feu avaient été tirés sur des malheureux qui essayaient de fuir leurs demeures en flammes ?...

Le corps de Gioritto avait été ramassé par des ouvriers qui se trouvaient auprès de lui quand il était tombé... C'étaient ceux-là même, qui, un instant auparavant, l'accablaient encore de leurs sarcasmes.

Une réaction s'était opérée dans l'esprit de ces braves gens. En effet, ce n'est jamais impunément qu'on assiste à une pareille tragédie... Malgré soi, on se sent gagné par l'émotion ; à la pitié pour la victime, se joint la haine pour les bourreaux.

Et ces sentiments sont portés à leur plus haut degré, quand on voit succomber, comme un martyr, comme un héros, celui que naguère on accusait d'être un vendu et un traître !...

Ah ! certes, la police de Méphisto avait bien travaillé... pour la révolution...

En massacrant froidement, avec la lâcheté qu'on a vue, le vieux lutteur qui depuis la défaite de son parti était accablé sous le poids des

Une marée humaine a envahi la place... le flot populaire monte, avec de sourds grondements.
(Page 1440.)

plus monstrueuses calomnies, elle lui rendait toute l'auréole de la popularité la plus éclatante.

S'il avait été prévenu exactement de ce qui se passait au dehors, Méphisto n'aurait jamais laissé périr ainsi son irréconciliable ennemi... Du moins, il ne l'aurait pas fait tuer... ouvertement... et d'une façon aussi... théâtrale, si l'on peut employer ce mot pour peindre un pareil assassinat.

Non! la mort tragique de Gioritto n'était pas imputable au machiavélique personnage qui régnait sur la Toscane ; elle allait trop à l'encontre de ses desseins politiques.

L'officier qui commandait le peloton comprit le danger qu'il courait lui-même en ayant l'air d'outrepasser les volontés de son maître... L'excès de zèle est ce qui se pardonne le moins.

Dès qu'il eut appris par les clameurs populaires le nom de l'homme qui venait de tomber sous ce feu de salve, il s'empressa de ramener sa troupe dans ses cantonnements, afin d'y attendre de nouveaux ordres.

Pendant ce temps-là, les artisans qui avaient assisté à la mort de Gioritto déposaient son cadavre sur un brancard improvisé, qu'ils façonnèrent à la hâte avec des débris de bois ramassé sur le théâtre de l'incendie...

Rien ue plus sinistre que ces planches à demi-calcinées sur lesquelles, goutte à goutte, s'écoulait le sang de Gioritto dont tout le monde pouvait voir la poitrine percée de trous.

Ce cœur généreux et, parfois, sublime, qui jusqu'au dernier moment avait battu d'un ardent amour pour sa patrie, devenait maintenant l'étendard de la révolte...

Les rudes ouvriers de Florence portant ce mort glorieux se mirent en marche vers la liberté...

De partout des cris partaient :

— Sus au tyran !...

— A bas l'usurpateur !...

— Mort à l'assassin et à l'incendiaire !...

Pépito, qu'accompagnait toujours le petit burgrave, arriva sur ces entrefaites.

Il se précipita sur le brancard et, prenant la main froide du martyr, il s'écria :

— Père... père... car je peux te donner ce nom... c'est toi qui m'as enseigné la justice, qui m'as élevé dans l'amour de la sainte patrie et de la liberté chérie... Père... ils t'ont tué... les bandits... mais tu seras vengé, je le jure !...

« Le sang des tyrans exécrés rougira à son tour le sol de Florence... pour venger le sang pur qui a coulé aujourd'hui.

« Moi... Pépito.. chevrier de Pistoïa... je le jure !...

« Mon bras ne faiblira pas... N'est-ce point ce bras de plébéien obscur qui déjà a su frapper à mort, au milieu de sa splendeur et de sa toute-puissance... Andréas Borghès... un tyran moins vil et moins haïssable pourtant... que Méphisto... l'aventurier cruel et perfide... venu l'on ne sait d'où pour le malheur de la Toscane ?...

La foule qui écoutait parut frappée de stupeur...

Que signifiaient les paroles étranges de ce jeune homme, presque un enfant, qui semblait comme à plaisir s'accuser d'un régicide... le plus grand de tous les crimes... celui qu'on punissait des plus cruels supplices, à l'époque encore barbare où se passe notre récit...

— Mais... — fit quelqu'un, — n'est-ce point le docteur Faust, ce
médecin... ou ce sorcier venu d'Alsace... qui a tué le feu grand-duc
Andréas?

— C'est moi! — cria Pépito. — Je vous dis que c'est moi!...

— Pourtant, — remarqua un citoyen, — Faust est bien enfermé dans
la prison d'État, sous l'inculpation de régidice!

— Qu'est-ce que cela prouve? — déclara le jeune chevrier de Pistoïa.
— Est-ce que nos maîtres ont souci de la vérité et de la justice?... Faust
est prisonnier aux *Carceri grande*... et il est accusé d'avoir tué le prince...
On s'arrangera de façon à le condamner... parce que c'est un moyen commode de se défaire de quelqu'un... tout en observant les formes légales.

« On a intérêt à le faire disparaître... voilà tout... comme moi on a eu
intérêt... à me sauver.

« J'avais poignardé Andréas Borghès... et, bien qu'il ne fût pas mort
sur le coup, il était frappé grièvement... Mais il paraît qu'on ne tenait
guère à me faire mon procès, car, au lieu de m'arrêter et de me traduire
en justice... on me fit tomber dans une oubliette...

— Les monstres! — s'écria une femme du peuple; — c'est donc vrai
ce que l'on dit... et ce que je n'osais croire?... Et c'est pour cela proba-
blement que des gens ont disparu, tout d'un coup, dans Florence, sans
que plus jamais on ait entendu parler d'eux!...

Un bourgeois intervint, se donnant un air d'importance, comme
quelqu'un qui a de nombreuses relations et fréquente des gens haut
placés :

— J'ai connu, — fit-il, — un certain Luiggi, qui exerçait à la cour
toscane les fonctions importantes de courrier. C'était lui qu'on chargeait
des missions les plus sérieuses et en même temps les plus confidentielles.

« Or, un beau jour il est parti de Rome, pour revenir ici, porteur, à
ce qu'il paraît, d'un document de la plus haute importance... Mais jamais
il n'est arrivé... On a prétendu que dans une forêt, sur la route, des
bandits l'avaient tué... Mais pourtant Luiggi ne portait pas d'argent...
Il n'avait rien qui pût tenter les voleurs... Et puis, des gens dignes de
foi, à l'époque ont affirmé l'avoir aperçu, sain et sauf, aux portes de la
ville qu'il franchissait à franc étrier, comme quelqu'un qui a hâte d'aller
rendre compte de sa mission.

— Il se passe d'étranges choses à Florence, depuis quelque temps!...
fit un marchand qui se trouvait là. — On dirait que le gourvernement
soutient les voleurs. On arrête les honnêtes gens, on met en prison
ceux qui déplaisent à Méphisto, mais les truands semblent jouir d'une
protection spéciale. Il a fallu que ce soit nous qui les pendions, sans cela...

On fit taire le brave homme... Tout le monde voulait entendre Pépito
dont la voix mâle, aux accents vengeurs, révélait une partie de cette
terrifiante vérité qui allait bientôt soulever Florence, la Toscane entière,
contre son cruel et féroce oppresseur.

Il racontait le secret de l'*in-pace*... comment il y était tombé après l'acte de libérateur et de justicier qu'il avait accompli en frappant Andréas Borghès.

Au fond de ce tombeau qui étouffe les mystères de la politique dans le suaire humide et froid d'une mort silencieuse, au milieu des affres de la faim et des tortures de l'épouvante... il avait rencontré un autre cadavre... qui vivait encore...

Et ce squelette aux membres décharnés, aux lèvres bleuies, aux yeux caves avait glissé à son oreille ces mots qui expliquaient le crime impardonnable qu'il avait commis... ce malheureux... et le châtiment par lequel il expiait...

« Fortune... Faust... cour de Rome... secret mortel... »

Cet homme, — si l'on peut appeler du nom d'homme ces os que recouvraient quelques chairs à demi rongées par les rats, et même, ô horreur ! par les dents affamées du moribond, ce cadavre... avait sur lui des lambeaux de vêtements dans lesquels on pouvait reconnaître l'uniforme des courriers du palais.

Un vieillard, qui s'était rapproché pour mieux entendre, déclara à haute voix :

— Je me rappelle avoir entendu dire à mon aïeul, qui le tenait lui-même de son père, que dans le temps où vivait le père ou le grand-père de ce dernier, il y avait en ces pays un certain Faust, originaire des bords du Rhin, qui fut accusé de sortilège, magie, sorcellerie ou sacrilège, je ne sais plus au juste... mais enfin c'était toujours d'un de ces crimes que la cour de Rome est appelée à juger, car, ainsi que vous le savez, les tribunaux ordinaires n'ont pas le droit d'en connaître, comme disent les hommes de loi.

« Mais si la justice est boiteuse pour le commun des mortels, il paraît que celle de Rome est plus lente encore à rendre ses arrêts quand il s'agit des crimes de sorcellerie ou autres.

« Faust, qui était en prison, n'eut pas, à ce que m'ont raconté mes anciens, la patience d'attendre le résultat de son procès.

« Il brûla la politesse à ses geôliers, et revint mourir dans son pays, laissant sa fortune entre les mains du gouvernement toscan...

— Elle était là en de bonnes mains ! — fit un marchand d'un air ironique. — Ça n'est pas un placement bien sûr pour aller y déposer ses fonds.

Le bourgeois bien informé qui avait parlé tout à l'heure prit la parole, pour faire d'un ton sentencieux :

— Un trésorier de la couronne, avec qui j'étais fort lié, m'a raconté jadis qu'il y avait dans les coffres de l'État une très grosse somme dont le sequestre avait été prononcé, il y a bien longtemps de ça. Je crois bien, en effet, que cela se rapportait à quelque procès, vieux comme Hérode, et qui était toujours pendant en cour de Rome. Mon ami ajoutait que si le jugement l'ordonnait, le trésor de Toscane devait rembourser cette somme aux ayants-droit, en y ajoutant les intérêts comme de juste...

— Alors, — fit un artisan, — Luiggi devait rapporter le jugement...
et il en est mort !

— Ses dernières paroles sont claires ! — s'écria le marchand. — Et
si l'on a enfermé Faust, le médecin alsacien, dans les *Carceri grande*,
c'est encore une façon pour le gouvernement de n'avoir pas de comptes à
lui rendre ni d'argent à lui verser.

— La fortune des citoyens n'est pas en sûreté, sous ce Méphisto de
malheur et cette basse courtisane qui a nom Nathalie...

— Ni leur honneur...

— Ni même leur existence...

— C'est un escroc qui nous gouverne...

— Un voleur accoquiné à une ribaude !

— Vous verrez qu'on viendra nous enlever notre argenterie chez nous,
au nom du prince !

— Et l'on fouillera nos poches, pour nous prendre nos bourses...

— Vous verrez que nous finirons par regretter Andreas Borghès !

Ces réflexions, qui jaillissaient spontanément du sein de la foule, avaient
un caractère de sincérité sur lequel il était difficile de se méprendre...

L'homme est ainsi fait qu'il supporte encore plus facilement les
attentats à la liberté que les mesures politiques ou autres qui viennent
léser ses intérêts.

La plupart des insurrections et des émeutes, au temps jadis, ont été
occasionnées par des impôts vexatoires et exagérés.

La révélation de Pépito, les commentaires du gros bourgeois, du
marchand aisé, tout cela donnait à réfléchir aux auditeurs.

Tandis que la mort de Gioritto créait un soulèvement populaire qui
risquait de s'éteindre sans amener de résultats durables, — car l'enthousiasme n'est pas éternel, — la pensée qu'une fortune pouvait être confisquée au détriment de son légitime possesseur faisait naître une émotion
qui n'était pas près de finir.

Tous ceux qui possédaient quelque avoir se sentaient lésés par un
procédé pareil, car demain on pouvait l'employer à leur égard.

C'est ce qui explique ces cris qui, des boutiques de commerçants, des
maisons de bourgeois, saluaient le cortège de Gioritto en marche vers le
palais...

Tout un peuple en armes, guidé par le petit chevrier de Pistoïa, allait
chercher dans l'*in-pace* les restes de Luiggi pour faire à cette autre victime de la tyrannie des funérailles nationales.

XXXV

LA MÈRE

Depuis la répression de la dernière révolte, les Toscans et, en particulier, les habitants de Florence avaient fini par se résigner au nouvel état de choses.

Mais, cependant, il régnait en certains milieux un mécontentement latent qui n'attendait, pour éclater, qu'une occasion favorable...

L'assassinat de Gioritto, les révélations du fils illégitime de la Grande-Duchesse et de Méphisto avaient fini par mettre le feu aux poudres.

Au peuple qui s'était levé pour demander sa liberté s'étaient joints les bourgeois et les gens de négoce, menacés dans la paisible jouissance de leurs biens ou l'exercice de leur commerce...

La noblesse elle-même voyait ce mouvement d'un œil favorable. Méphisto, jaloux de son pouvoir absolu et qui rêvait d'unifier la Toscane... voire même l'Italie tout entière sous son sceptre, avait sapé le pouvoir des seigneurs et abattu leurs bastilles personnelles... Il ne voulait comme moyen de gouvernement que son unique prison d'État, les *carceri grande*.

Enfin les anciens partisans des Borghès, qui espéraient gouverner sous le nom de la faible et voluptueuse Nathalie, souhaitaient la chute d'un usurpateur auquel ils devaient l'anéantissement de leurs espérances.

Parmi eux, il y en avait qui étaient restés fidèles à la mémoire d'Andréas.

Ceux-là s'indignaient de voir qu'on n'eût pas encore jugé publiquement l'assassin du Grand-Duc, et ils se demandaient, en présence du retard apporté dans le procès du régicide, si vraiment Faust était le coupable, comme le voulait Méphisto.

Le récit de Pépito, colporté partout, les précipita dans les bras de la révolution...

Puisque le chevrier de Pistoïa avouait avoir frappé à mort le feu prince souverain, il fallait que Nathalie Borghès fût en proie à une monstrueuse aberration, ou qu'elle eût à cela un intérêt plus monstrueux encore, pour faire ainsi évader elle-même le meurtrier de son époux.

De tous les partis politiques, c'était celui qui avait le plus d'adeptes dans l'armée; parmi les officiers on regrettait Andréas, plus qu'on n'aimait son successeur.

C'est pourquoi, prétextant l'absence d'ordres formels, la plupart des chefs laissèrent les troupes dans leurs cantonnements, d'où les soldats suivaient d'un œil impassible le long défilé de l'émeute conduite par Pépito, que le petit Georges, cet enfant terrible, n'avait toujours pas quitté...

Tandis que la Révolution est en marche, une personne contre qui elle est en partie dirigée rêve, au fond de ses appartements...

C'est Nathalie Borghès...

Mais la méditation dans laquelle elle est plongée n'a plus le caractère altier de ces plans politiques par lesquels, la veille encore, elle osait tenir tête à Méphisto, le maître tout-puissant.

Non! Son rêve, à cette heure fatidique, quand la révolte gronde, et que le trône est sapé, n'est plus le songe d'une souveraine qui sait trouver les fiers accents d'autrefois pour faire prévaloir sa volonté dans les conseils de l'État...

Ce n'est pas, non plus, la pensée lasse et voluptueuse d'une courtisane entre deux nuits de débauche...

En cet instant solennel, Nathalie Borghès n'est plus la grande-duchesse de Toscane ni l'abjecte ribaude dont Karl Brander espionnait les honteuses amours...

Ce n'était plus qu'une mère, dont toutes les pensées, tous les rêves et aussi toutes les tendresses allaient à son fils!

Son fils!... quel doux nom... et comme Nathalie se plaisait à le répéter, toute enveloppée par la sensation suave, indéfinissable de sa maternité...

La nature a des droits imprescriptibles dont nul ne s'écarte en vain, si puissant qu'il soit.

Oubliant ses instincts sanguinaires, la bête féroce se rappelle qu'elle est mère... et le museau rouge encore de sa curée, elle revient auprès de son petit qu'elle caresse avec une infinie douceur...

La fille perdue que de vénales amours ont rendue mère retrouve une âme chaste et tendre, et des larmes de repentir, auprès du pauvre berceau où s'endort un cher petit être... le rachat de sa perdition...

Sois bénie, sainte maternité, céleste mystère... éternelle rédemption de la femme, toi qui la fais si grande et si noble que tout s'efface devant son œuvre sublime, les souillures de la honte... le sang des meurtres... tout!...

Donc, il ne restait plus qu'une mère, aimante, anxieuse, au fond du somptueux palais que l'insurrection d'un peuple s'apprêtait à assiéger...

Depuis que ses pressentiments s'étaient changés en certitude, depuis qu'elle savait, à n'en pouvoir douter, que Pépito était son fils, Nathalie avait ainsi des éclairs de tendresse pour cet enfant de sa jeunesse... et de ses illusions amoureuses.

Ces éclairs venaient illuminer les ténèbres de son âme... Et si elle s'était jetée avec la frénésie qu'on a vue, dans des plaisirs indignes de son rang et de son sexe, on peut bien dire sans crainte de se tromper que c'était là pour elle une façon de chercher, dans l'ivresse des sens, un oubli passager...

Que n'aurait-elle pas donné pour retrouver ce fils rencontré dans les circonstances les plus tragiques et qui avait disparu, avec des paroles de haine et des gestes de fureur... comme s'il voulait la tuer?...

Tuer sa mère!... le plus affreux des crimes... quelque chose qui fait frémir la nature!...

Et pourtant la malheureuse, dans les obscurs replis de son cœur, était bien obligée de s'avouer que la haine de son fils était juste... elle était vengeresse...

L'expiation commençait... jusqu'où irait-elle?

L'abandon... l'oubli... au mépris des droits les plus sacrés de la nature... Voilà quel était son crime à elle...

Pourquoi l'avait-elle commis?... c'était le secret de sa conscience... le secret aussi de ce Méphisto qui avait été pour elle bien moins un amant qu'un maître diabolique et pervers!...

Et puis soudain, voilà qu'elle le retrouvait, ce fils... qui la haïssait tant.

Il lui sauvait la vie... et l'honneur... mais sans tendresse filiale, sans dévoûment affectueux... Il faisait cela comme on s'acquitte d'une dette... avec la hâte d'en finir... de ne plus rien devoir!...

Comment ferait-elle, maintenant, pour acquitter sa dette maternelle, celle qu'elle avait contractée en lui donnant le jour, en lui transmettant, avec son sang et sa chair, le droit à la vie, à l'amour et aux caresses d'une mère?...

... Oh! elle allait réparer ses torts, maintenant, d'une façon royale...

Cette missive qu'un jeune garçon lui avait remise, de la part de l'ambassadeur de France, allait fournir à Nathalie Borghès le moyen d'effacer le mal qu'elle avait commis... et laissé commettre par Méphisto, son machiavélique amant...

La France ne voulait pas reconnaître le gouvernement d'un usurpateur, mais elle reconnaîtrait tout légitime successeur de la dynastie des Borghès...

Le grand-duc Andréas était mort sans enfants... pas même un de ces bâtards que jadis les rois légitimaient et qui parfois finissaient par monter sur le trône...

Un enfant naturel, quand il est reconnu, n'a-t-il pas les mêmes droits qu'un enfant légitime?...

Ce bâtard, où donc le trouver?...

. . . .

Nathalie Borghès s'est approchée de la fenêtre...

Elle a la tête brûlante... comme si la force de la pensée... l'intensité de son rêve de mère lui donnaient la fièvre...

Elle ouvre, afin de respirer l'air qui vient du dehors...

Une marée humaine a envahi la place... le flot populaire monte, avec de sourds grondements...

Tous les éléments sont représentés dans cette masse tempétueuse... (Page 1443.)

Tous les éléments sont représentés dans cette masse tempétueuse... on dirait ces tourbillons où s'agitent, dans l'écume de la mer, des épaves de toute sorte...

Il y a là des artisans avec leurs tabliers de cuir, portant sur leurs épaules de lourds marteaux, ou des haches. Puis ce sont des bourgeois armés d'arquebuses, même des nobles avec l'épée, et des soldats passés à l'insurrection avec armes et bagages...

La mère de Pépito ne s'y est pas trompée... c'est l'émeute... Et sa couronne est menacée...

On promène un cadavre... Oh! elle le reconnaît bien, ce mort plus à redouter pour le pouvoir princier que n'importe quel vivant.

C'est Gioritto, le vieux révolutionnaire qui ébranla le trône d'Andréas Borghès, et qui s'en vient, porté par de robustes hommes du peuple, comme le Palladium sacré de l'insurrection, conduire les Florentins à la victoire!...

Nathalie voit tout cela... mais que lui importe?... Elle ne pense qu'à son fils... cet enfant qu'elle aime à présent et qu'elle voudrait avoir auprès d'elle pour en faire un prince... et lui donner cette couronne, — ô splendeur du rêve maternel! — qui siérait si bien à son beau front si énergique et si mâle...

— Mon fils!... mon fils! — s'écrie la veuve d'Andréas Borghès, — où donc es-tu?... N'entends-tu pas ta mère qui t'appelle pour te faire grand-duc de Toscane?...

Elle avait à peine achevé ce vœu de tendresse et d'ambition maternelles qu'elle aperçoit Pépito à la tête des émeutiers...

Le petit chevrier de Pistoïa semble incarner, dans la fougue si belle de son ardente jeunesse, tout l'enthousiasme et la colère d'un peuple avide de secouer ses chaînes...

Nathalie, chez qui la mère a tué la souveraine, le trouve superbe dans ce rôle... C'est un vrai meneur d'hommes.

— Qu'il serait beau, — pense-t-elle, — dans un riche uniforme, avec une cuirasse étincelante et un panache blanc sur ses cheveux bouclés, monté sur un destrier fougueux, conduisant son armée à la bataille!...

Mais le fils adoptif des Vampa ne semble guère songer pour l'instant à cette vaine gloriole...

Il a retroussé ses manches, et, aidé par quelques rudes compagnons de son espèce, il fait mouvoir un lourd madrier enlevé des décombres de l'incendie et dont on se sert pour défoncer la porte du palais.

Des cris sinistres accompagnent les coups sourds et cadencés du bélier...

— Mort aux tyrans!...

— Sus au voleur et à l'incendiaire!...

— A bas Méphisto! à bas l'usurpateur!...

La porte, battue sans relâche par la poutre pesante qu'actionnent cent bras vigoureux, va céder...

Et la Révolution sera maîtresse du repaire de la tyrannie...

Soudain, voilà que les démolisseurs s'arrêtent dans leur œuvre libératrice...

Les regards levés, ils contemplent, surpris, un spectacle auquel, sans doute, ils étaient loin de s'attendre.

Sous le flot montant de l'émeute, les tyrans ont dû s'enfuir... sans doute !

Ils ont dû chercher un refuge au loin, grâce à ces mystérieux souterrains qu'ils ont dû ménager sous leur palais afin de se réserver une retraite prudente en cas d'effervescence populaire, quittes à revenir plus tard, avec l'appui de leur garde prétorienne, pour faire expier à leurs sujets ces velléités d'indépendance...

Voilà ce que croyait la foule...

Aussi l'étonnement général, en voyant ce qui se passe, là-haut, à une fenêtre du palais, est-il cause que les travaux d'attaque sont arrêtés...

XXXVI

CONFESSION PUBLIQUE

Au grand balcon ajouré du palais, parmi les ciselures de la pierre, une apparition superbe, étincelante, s'est montrée à la foule.

Parée de ses plus magnifiques joyaux, un manteau d'hermine sur les épaules, la couronne en tête, Nathalie Borghès est là, belle encore et toujours majestueuse.

Chez ce peuple artiste, si épris des formes, l'ascendant de la beauté est tel qu'il en oublie un instant ses colères pour contempler la femme qu'idéalise encore une parure sans rivale.

Et ce qu'il y a de théâtral dans cette façon d'apparaître enchante cette foule amoureuse de spectacles... On ne voit plus la femme exécrée qui poussa Andréas Borghès aux actes les plus tyranniques... on cesse de songer à la complice de Méphisto, l'aventurier diabolique...

Nathalie incarne, à cet instant suprême, la femme avec sa beauté souveraine, l'ensorcellement de sa parure, la magie de ses charmes.

Tout est beau, en elle, tout, jusqu'à l'apprêt de son visage et les artifices de toilette, par lesquels elle parvient à dissimuler les ravages du temps et les stigmates de l'inconduite.

Les diamants de la couronne, qui ne sont tirés de leurs écrins que pour les grandes circonstances, les solennités historiques, font, en quelque sorte, partie du patrimoine de Florence.

Et Florence, tout entière, heureuse de pouvoir les admirer ainsi, à l'improviste, fait trêve à la révolution...

Face à face, Nathalie Borghès et Florence la Belle, ce sont deux femmes qui se regardent, deux rivales, sans doute, mais qui, en se jalousant, en se haïssant à mort, rendent tout de même hommage à la beauté splendide dont elles sont revêtues l'une et l'autre.

La princesse profite de cette accalmie dans l'orage, de cette halte dans la destruction.

Elle fait signe qu'elle veut parler. Un grand silence règne alors... un silence absolu et profond, mais sur lequel on sent glisser, comme un zéphir ridant la surface d'une eau tranquille, un souffle d'admiration d'où n'est pas exclue la haine...

La souveraine dont on déteste l'exécrable tyrannie... la femme dont on apprécie la majestueuse et royale beauté parle à cette foule qu'un moment ses charmes ont domptée...

— Citoyens de Florence, — dit-elle, — vous n'allez pas, je suppose, détruire ce palais et tous les trésors de l'art qu'il renferme. C'est l'œuvre de vos artistes, l'impérissable fortune de votre cité... non... on ne pourra pas dire, qu'en un instant de folie, les Florentins auront détruit les merveilles entassées par les siècles!...

« Si c'était vrai, si tel était votre vandalisme, j'irais toute seule audevant de vos coups meurtriers, afin que ma couronne et mes joyaux qui font partie des trésors de Florence périssent avec moi dans le désastre accompli par des mains barbares!...

De la place, des clameurs montèrent.

— Nous respectons Florence, nous haïssons les tyrans.

— Le peuple ne songe point à détruire ce palais, et les chefs-d'œuvre qu'il renferme, mais il réclame la liberté...

— Vive Florence! A bas Méphisto!...

— Mort aux voleurs et aux incendiaires !

— Nous demandons la suppression de l'*in pace*.

— Et nous voulons qu'on nous livre les restes de Luiggi, le courrier du prince...

— Oui! pour les ensevelir avec le corps de Gioritto, dans un monument qui rappellera les crimes de la tyrannie!...

— Que l'usurpateur abdique, et nous accepterons n'importe quelle autre forme de gouvernement...

Un imperceptible sourire plissa, sous son fard, les lèvres de la souveraine...

Le triomphe serait-il plus rapide et plus décisif qu'elle ne l'avait rêvé...

— Vive Nathalie, notre seule souveraine !

A ce cri, poussé au pied du balcon par quelques-uns de ses rares partisans, la veuve d'Andréas Borghès répondit en hochant la tête :

— Non ! — fit-elle, d'un ton décidé à la fois et mélancolique. — Je sais les responsabilités que j'ai encourues, et je ne veux pas les éluder. Je dois renoncer au pouvoir... ce pouvoir auquel j'ai eu l'imprudence d'associer un ministre sans scrupules, doué d'une ambition effrénée. Nathalie Borghès doit suivre Méphisto dans son abdication volontaire ou forcée...

Il y eut, cette fois, des cris de : « Vive Nathalie! » qui n'étaient plus poussés exclusivement par ses partisans noyés dans le flot de l'émeute...

Ces acclamations sincères allaient à la femme qui réparait les torts, qu'en sa funeste passion pour un indigne amant elle avait eus envers son peuple...

Et l'on peut dire qu'à ce moment-là Nathalie Borghès fut populaire, dans Florence, comme elle ne l'avait jamais été...

Elle continua, en ces termes, sa confession publique :

— L'heure est venue de régler les comptes, je le sais!... Aussi, je parlerai sans faiblesse, et je veux que ma voix trouve un écho dans vos âmes.

« Donc, je vais descendre du pouvoir, Méphisto également. Mais la Toscane ne peut rester en jachère, comme un champ que son maître abandonne. Jamais le gouvernement du pays n'a eu plus besoin de paix et de stabilité. Il faut panser les blessures de la guerre civile; est-ce dans de nouvelles batailles que vous trouverez le remède à tous ces maux?...

« Le désordre risque d'amener notre décadence! Les États voisins qui nous jalousent sont prêts à intervenir pour se partager nos dépouilles. Nous avons d'importants litiges en suspens, avec la cour de Rome, avec la France, qui a toujours refusé de reconnaître Méphisto comme prince légitime de Toscane... et la Toscane ne peut rien, si elle a la France contre elle!...

De nouveaux cris partirent de la foule massée auprès du palais :

— A bas Méphisto!...

— A bas l'usurpateur!...

— Mort à l'incendiaire!...

— Vive la liberté!...

On acclamait encore la souveraine qui savait si bien peindre les malheurs du pays, et qui cherchait à y remédier, non point en appelant dans les conseils de la couronne des ministres plus ou moins sincères et désintéressés, mais en consultant directement le peuple, rude conseiller, certes, mais franc, loyal et généreux!...

— Pour l'apaisement rêvé, — poursuivait la grande-duchesse, — pour couper court à toutes les compétitions entre les partis rivaux, pour imposer à l'étranger le respect et la confiance, il faudrait que le pouvoir un instant usurpé par Méphisto fût régulièrement transmis à un légitime successeur d'Andréas Borghès... ou, à défaut, comme le roi de France nous en a suggéré la pensée, à un successeur naturel... légitimé...

« Cet héritier existe... il est parmi vous... c'est, par l'adoption, un enfant du peuple... par le sang, un fils de vos princes... Il est né pendant la vie d'Andréas Borghès, son père... C'est lui qui, obéissant à un instinct héréditaire, vous menait, tout à l'heure, à l'assaut de ce palais, pour en chasser l'usurpateur...

« Cette Altesse souveraine que je viens, moi, sa mère, de légitimer par un acte en forme authentique, ce successeur d'Andréas, le voilà!...

Et de sa main elle montrait, au premier rang des révoltés, Pépito en haillons, car le courageux enfant n'avait pas encore quitté les habits qu'il portait pendant l'incendie, alors qu'il opérait les sauvetages héroïques auxquels nous avons assisté...

Cette déclaration de Nathalie fut accueillie par une véritable stupeur...

— Moi! moi!... — s'écria Pépito en montrant le poing à la princesse. — Non! ce n'est pas vrai!... vous mentez!... je ne suis point votre fils!... ah!... je sens que je vous hais trop!...

La malheureuse mère avait pâli... elle sentait un froid terrible lui monter au cœur...

Quoi... ce fils qu'elle aimait jusqu'à lui sacrifier tout... son trône... sa vie même s'il le fallait... ce fils avait pour elle ce mépris et cette haine éternels... comme lorsqu'elle le faisait évader de l'*in-pace*... et que lui... pour payer sa dette, l'arrachait au sort funeste qui attendait la ribaude, compagne ou complice des ribauds pris en flagrant délit de vol et de pillage.

Mais Nathalie comprima les battements de son cœur, elle imposa silence aux suprêmes pudeurs de la femme, pour achever devant la foule, qui devenait houleuse, sa confession de souveraine, dans un mensonge maternel.

— Vous avez dû être étonnés, citoyens de Florence, de m'entendre dire que moi, Nathalie Borghès, je légitimais un fils naturel du grand-duc Andréas, mon époux... c'est que ce fils est aussi le mien!...

« Ceci demande une explication...

« Andréas Borghès, — dont Dieu ait l'âme! — n'était pas un modèle de fidélité conjugale. Quels qu'aient pu être, plus tard, mes écarts de conduite, j'aimais follement mon époux à cette époque-là et je lui étais bien tendrement attachée. C'est pourquoi je souffrais beaucoup de ces infidélités... que je soupçonnais sans en avoir aucune preuve certaine.

« Un jour pourtant que j'avais fait suivre le grand-duc qui voyageait *incognito*, par un agent secret de la police, j'acquis la certitude qu'Andréas Borghès aimait une autre femme qu'il avait rencontrée au cours de ses tournées en province. Après l'avoir longtemps courtisée en vain, il avait fini par obtenir d'elle un rendez-vous, et il courait la rejoindre dans l'endroit où elle habitait, du côté de Pistoïa.

« Je pris les devants... j'avais de meilleurs chevaux que le duc... des relais mieux préparés... De quoi une femme jalouse n'est-elle pas capable? Bref, j'arrivai là-bas avant mon époux et j'allai trouver celle qui était sur le point de devenir sa maîtresse.

« C'était une belle et robuste fille de la campagne, mais je ne tardai pas à me convaincre que seul, l'intérêt et non l'amour, la poussait dans les bras d'Andréas Borghès...

« Je lui offris une récompense royale... qu'elle accepta, et quand le soir mon époux, masqué suivant son habitude, et quelque peu ivre, aussi, entra dans la chambre, il vit, dans la ruelle sombre, une femme couchée...

« C'était moi!... Au petit jour, je regagnai Florence, le laissant endormi...

« Qu'ai-je besoin, maintenant, de vous dire le reste?

« A quelque temps de là, je m'aperçus que j'allais devenir mère... Les infidélités de mon époux ne pouvaient plus se compter, et j'avais renoncé à l'espoir de le retenir, fût-ce en lui dévoilant cette maternité due à un amoureux stratagème. Je résolus donc de la cacher et j'allai à Pistoïa chez la campagnarde dont je m'étais fait une complice, mettre au monde, clandestinement, un fils...

« Et ce fils, je le répète, ce successeur légitime des Borghès, le voici...

Sa main continuait à montrer Pépito qui ne disait rien, et qui restait là, blême, tragique, écrasé sous la honte...

Quoi !... lui... le fier plébéien... il était l'enfant de cette femme... une reine... et une ribaude!...

Il aurait voulu mourir, comme Gioritto, foudroyé par les balles...

Ou lentement, comme Luiggi, dans l'*in pace*...

. . . .

XXXVII

SON ALTESSE PÉPITO

LA foule, il faut le dire, n'envisageait pas cette étonnante aventure dans le même esprit que le jeune chevrier de Pistoïa.

D'abord, la mensongère histoire que Nathalie avait forgée pour les besoins de sa cause maternelle offrait un côté romanesque bien fait pour plaire à l'âme sentimentale des Florentins.

Quelques-uns se la rappelaient, telle qu'elle avait été bien des années auparavant, à l'époque où elle donnait le jour à ce prince qui était en même temps un enfant du peuple, comme elle le disait, si adroitement, et alors ceux-là, dans leurs souvenirs de jeunesse, la revoyaient divinement belle... L'éclat de sa splendeur princière, les grâces de sa beauté juvénile ajoutaient un charme exquis à ce curieux roman d'amour conjugal.

Nathalie Borghès devenait une princesse de légende, une reine de

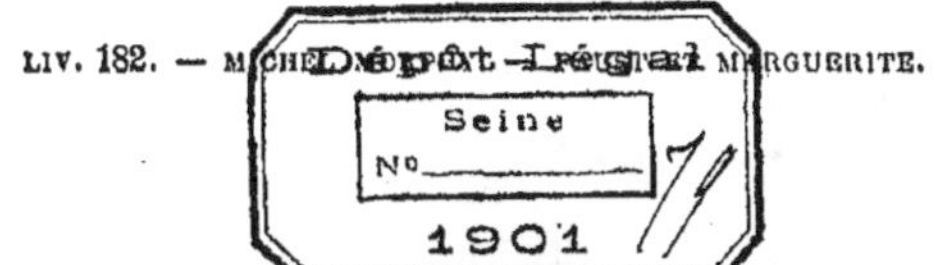

Son Altesse Pépito pénétra en tenue de gala dans la salle du trône. (Page 1451.)

féerie, une créature idéale en quelque sorte qui régnait sur un royaume chimérique, entourée d'une cour d'amour...

Et Florence était tout à fait la cité des fleurs épanouies sur un ciel d'azur.

Triomphe éternel de la Femme, sur la laideur, sur les ténèbres, sur l'Enfer !...

Méphisto était vaincu par Nathalie Borghès...

La main blanche et fine d'une femme, en l'espace de quelques instants, avait défait l'œuvre immense et sombre conçue par le noir génie du diabolique aventurier.

Nathalie avait conscience qu'en agissant ainsi elle réparait le mal qu'elle avait commis... et, surtout, laissé commettre par Méphisto.

C'est pourquoi un rayonnement de joie s'ajoutait à l'éclat de la couronne dont les diamants et les pierres précieuses étincelaient sous l'ardent soleil...

C'est un beau jour pour elle !

Mais... aura-t-il un lendemain ?

L'horreur qu'éprouvait Pépito, nul, ou à peu près, ne la partageait, dans cette immense cohue d'hommes de tous les rangs et de tous les âges, qui, tout à l'heure, se ruaient à l'assaut de la tyrannie, et qui s'étaient arrêtés, soudain, parce qu'ils voyaient devant eux une femme belle et parée...

Si l'ancien chevrier de Pistoïa avait voulu rappeler à ces insurgés pourquoi ils étaient venus là, sa voix, sans doute, n'aurait trouvé aucun écho.

Il le comprit aux regards jetés sur lui... le peuple voulait un maître...

Florence était une ribaude qui aspirait à prendre un autre amant, plus jeune et plus beau que l'autre...

Andréas Borghèse, vieillard avant l'âge, usé par la débauche... Méphisto le ténébreux personnage... avaient lassé le caprice de la cité joyeuse... Ce qu'il fallait à la ville des voluptés, de l'art et des fleurs, c'était l'amour juvénile et frais de ce pâtre des montagnes...

Comme une victime qui se sent vouée au sacrifice, Pépito baissait la tête...

Il acceptait sa destinée... se résignant à ceindre la couronne...

Et puis il y avait une autre raison. Une pensée plus haute et plus belle que la résignation passive avait germé dans son cerveau...

Il se disait, le noble et généreux enfant, qu'en devenant, à son tour, le maître, il pourrait faire tout le bien que les autres n'avaient pas fait...

Il réparerait le mal qu'ils avaient commis... Nathalie... sa mère, abdiquerait... elle l'avait promis... bien !...

Dans un exil doré, loin de Florence, elle se ferait oublier... Cela suffirait...

Un fils ne peut pas châtier sa mère...

Mais... l'autre... le satanique inspirateur de cette politique néfaste... inhumaine... celui-là n'était pas son père ! — du moins il le croyait.

Ah !... quelle expiation serait à la hauteur de ses forfaits ?

Pépito rêvait, sur la prison d'État démolie, un immense échafaud qu'on pourrait voir de partout dans Florence... ou bien un gibet, comme pour les voleurs et les assassins...

Et le sinistre aventurier finirait là sa mauvaise aventure...

La foule, respectueusement, s'était écartée...

Les officiers de la maison de Nathalie Borghès, les chambellans, les gardes-nobles, les majordomes, sortant du palais, s'inclinèrent devant l'héritier... puis ils l'invitèrent à pénétrer dans ses appartements particuliers, où on lui fit revêtir des habits en rapport avec sa nouvelle dignité sociale.

Georges n'avait pas voulu se séparer de lui et Pépito, en pénétrant dans ce palais qui lui semblait si plein de tristes visions, insista pour garder ce compagnon si gai, si hardi...

Effronté comme un page, dit un proverbe. Si le petit charbonnier de la Forêt-Noire avait une qualité ou un défaut, c'était bien l'effronterie en question. Rien ne lui manquait donc pour faire un page, pas même ses quartiers de noblesse! Son père le Burgrave n'était-il pas noble de la façon la plus authentique et la plus légitime, puisqu'il avait payé son titre à beaux deniers comptants.

— Voilà au moins, — disait Georges, — une noblesse qui ne doit rien à personne!

Il avait raison...

Et quand Son Altesse Pépito pénétra en tenue de gala dans la salle du trône où l'attendait sa mère avec les grands-officiers de la couronne, c'était Georges qui portait gravement la queue de son manteau d'hermine.

Le chancelier lut alors, en présence de la nouvelle Altesse, l'acte solennel par lequel Nathalie Borghès légitimait son fils clandestin...

Un nouvel acte portait l'abdication de la souveraine qui, ôtant sa couronne, la mit alors sur la tête de son fils en s'inclinant avec respect devant lui. Elle n'était plus dorénavant que la première de ses sujettes...

A ce moment-là, tandis que Pépito montait les degrés du trône, au milieu des génuflexions des courtisans, les cloches de toutes les églises de Florence sonnèrent à la volée, le canon tonna...

Cependant l'on put remarquer que la prison d'État restait muette... ses canons étaient silencieux.

Elle se dressait sur la ville comme une épouvante... devant le palais comme une menace...

Et derrière l'œil de Satan, au-dessus des décombres du quartier des *Carceri*, les puissants crurent entendre un ricanement étrange...

Mais Pépito reçoit les hommages empressés des grands seigneurs de la cour... *sa cour!* Qui aurait dit cela... naguère... quand il n'était qu'un pauvre chevrier... un plébéien épris de liberté et qu'il plantait son couteau dans le corps d'Andréas Borghès... son père!... Oh!... ce souvenir hante à présent le cerveau du jeune homme et torture son âme...

Andréas Borghès avait beau être un tyran exécré... C'est un parricide qu'il a commis, lui, en le frappant!...

Le parricide, cela porte malheur... Cependant il essaye de calmer sa conscience au souvenir des antiques exploits que Gioritto, son éducateur lui a narrés...

Brutus était le fils adoptif de César... et, pourtant, il l'a tué... au nom de la liberté.

Mais il y a un homme, un tyran pire que tous les Borghès, un monstre que l'Enfer semble avoir créé à son image...

C'est Méphisto...

Le nouveau souverain, au milieu du silence respectueux de tous les grands dignitaires, s'est levé, et impassible, dans l'exercice de son pouvoir absolu, sans contrôle, il prononce ces mots :

— Je veux que le premier acte de mon règne soit un acte de justice...

« Le garde des sceaux va préparer un décret que je signerai de suite et qui sera promulgué séance tenante, pour mettre en accusation le chevalier Méphisto, accusé de malversations, abus de pouvoir, meurtre et incendie... On recherchera en même temps un de ses familiers, certain policier allemand du nom de Karl Brander qui a été vu mettant le feu à une maison de la rue Fragoletto.

Au milieu du silence solennel qui suivit ces paroles, une voix juvénile, sans respect pour l'auguste assistance, se mit à crier :

— Oui... Karl est un filou... un voleur... un mouchard !...

C'était Georges, le page de Son Altesse, qui se permettait ainsi d'intervenir, avec son impétuosité coutumière, dans les affaires de l'État...

Pépito, cependant, faisait établir un nouveau décret aux termes duquel toutes les maisons incendiées seraient reconstruites aux frais de l'État, et leurs habitants indemnisés par le trésor.

Les biens de Méphisto, si l'on parvenait à les confisquer, serviraient à combler le vide que cette mesure allait faire dans les finances du grand-duché de Toscane.

Désireux de faire leur cour au nouveau maître, un certain nombre d'officiers de la couronne s'étaient mis à la recherche de l'usurpateur pour le traîner devant le souverain légitime ou qu'ils considéraient comme tel...

Mais ils revinrent en déclarant que le chevalier Méphisto était introuvable dans toute l'enceinte du palais... Et cependant les sentinelles placées aux portes ne l'avaient pas vu sortir.

Et cela confirma l'opinion que l'aventurier avait dû être aidé, dans sa fuite, par les puissances infernales qui obéissaient à ses ordres.

Tant que Méphisto vivrait, le pouvoir du nouveau prince serait bien précaire, car le sombre aventurier avait un génie fertile en ressources... et une absence de scrupules qui faisaient de lui un ennemi d'autant plus redoutable qu'il allait agir dans l'ombre et le mystère...

Il ne restait à Pépito que sa popularité, mais était-elle bien solide et bien durable ?

Le coup de théâtre qui avait élevé au trône de Toscane le petit chevrier de Pistoïa avait ému le sentiment populaire, toujours prêt à s'enthousiasmer pour une idée généreuse comme pour un beau spectacle, seulement les revendications des partis, les griefs de la nation, les dissensions intestines, tous ces ferments de révolution, un moment calmés par le geste maternel et le mensonger discours de Nathalie, risquaient de se réveiller, et la tempête briserait alors le sceptre fragile de ce prince né d'un caprice et qu'un caprice avait couronné...

Et puis Pépito, c'était toujours un Borghès, — ou prétendu tel, — et les Borghès avaient semé trop de haine pour que Pépito pût compter sur l'amour d'un peuple où cette famille ne comptait que de rares partisans.

Ah! s'il avait pu entendre les propos qui s'échangeaient dans la foule après qu'il eut franchi les grilles du palais pour venir recevoir la couronne des mains de sa mère, peut-être le pauvre enfant eût-il perdu les illusions généreuses qu'il apportait sur le trône!...

— Tout ça, — disait un artisan, — c'était préparé d'avance. La Nathalie voulait se débarrasser du Méphisto et elle a envoyé son bâtard nous pousser à l'émeute pour préparer les voies... et tenir en respect son ancien ministre, qui n'aime guère se trouver en face de la Révolution. Je ne sais pas comment tout cela finira, mais ce changement de gouvernement ne me dit rien qui vaille... Borghès ou Méphisto, c'est tout comme... et le peuple n'en payera pas moins d'impôts!...

Le gros bourgeois et le commerçant aisé que nous avons vus, tout à l'heure, suivre le flot populaire jusqu'aux portes du palais, s'en retournaient chez eux, charmés d'avoir assisté à un spectacle rare, mais, au fond, passablement sceptiques.

Hélas! il faut bien le reconnaître, toutes les apparences donnaient raison aux ironiques paroles par lesquelles ces gens raisonnables accueillaient l'avènement de ce nouveau Borghès.

— Est-ce seulement un Borghès? — faisait le bourgeois en hochant la tête.

— Dans tous les cas, — répondait son compère, — Andréas n'est pas là pour répudier cette paternité... tardive.

— Oui... on a eu bien soin de le faire disparaître en temps opportun, de façon à ce qu'il ne pût rien contredire.

— Et c'est son prétendu fils qui s'est chargé de le... supprimer. Il nous l'a avoué, lui-même.

— On n'est jamais mieux servi que par soi-même!

— Tenez, voulez-vous que je vous dise? Eh bien! c'est justement cet assassinat... ou ce parricide qui me ferait croire que le jeune homme a bien du sang des Borghès dans les veines.

— Vous voulez dire sur les mains!

— Cette façon de procéder, vous ne trouvez pas que ça sent le Borghès...

— Ou le Méphisto!... Eh! eh!... savez-vous bien que ce serait drôle si ce jeune homme...

— Était le fils de Méphisto!... Ma foi, Nathalie en serait bien capable...

Et les deux voisins, tout en retournant chez eux, échangeaient force propos grivois et anecdotes galantes dont Nathalie Borghès était le sujet et l'héroïne...

On attribuait, nous le savons, beaucoup d'aventures amoureuses à la grande-duchesse de Toscane, mais... on ne prête qu'aux riches, et Nathalie Borghès s'était trop bien chargée d'alimenter la chronique scandaleuse pour avoir droit au respect de ses sujets.

Une partie de ce mépris retombait sur Pépito...

Le courageux enfant s'en doutait... mais il était résolu à tout supporter, stoïque, jusqu'à ce qu'il ait pu faire fleurir la liberté radieuse sur le fumier de cette dynastie corrompue...

Et puis, il descendrait du trône, avec la sérénité paisible du travailleur, qui s'en va, la besogne de sa journée accomplie... et il retournerait dans ses paisibles montagnes avec ses chèvres...

Ici, une exquise vision traversait le rêve du petit chevrier de Pistoïa...

C'était une figure de jeune fille... presque une enfant, comme lui... elle avait de grands yeux noirs et des boucles brunes... un sourire mélancolique et doux passait comme un éclair fugitif sur ses lèvres roses... Sa beauté svelte avait quelque chose de frêle à la fois et quelque chose de fort, comme ces lianes souples des forêts tropicales.

— Saâda !...

Et le premier soir de son règne étrange, féerique, sous les lambris dorés de son palais, le petit souverain de Toscane s'endormit, en prononçant le nom de celle qu'il aimait... la petite reine des Bohémiens nomades... qui avait toujours vécu, pieds nus sur les grandes routes, comme lui, quand il gardait ses chèvres, dans la montagne...

« Printemps, jeunesse de l'année... Jeunesse, printemps de la vie... »

Ce rêve de vingt ans n'est-il pas plus beau pour toi, Pépito, que la couronne de Toscane?...

XXXVIII

LE ROI DES CACHOTS

POUR la première fois, peut-être, Méphisto n'avait pas mis en pratique cet axiome de Machiavel que nous connaissons et dont il avait fait sa règle de conduite...

Il n'avait pas su prévoir... le gouvernement lui échappait !

Et c'était par le fait d'une femme... à laquelle il était, comme intelligence et comme ruse, bien supérieur en somme.

Le mouvement populaire qui venait de suivre la mort... intempestive pour lui de Gioritto, le prenait à l'improviste... mais peut-être en serait-il venu à bout, par un de ces moyens qui lui étaient familiers si, au moment où il s'y attendait le moins, la rouerie de Nathalie Borghès, — c'est ainsi qu'il appelait l'acte politique et maternel qu'elle venait de faire, — n'avait eu pour résultat d'allier, momentanément, le peuple et la dynastie.

— Le divorce ne tardera pas à venir! — ricana l'aventurier, quand ses espions affolés lui eurent rendu compte de la tournure que prenaient les événements.

« Au fait, ce qui est arrivé me sert de leçon. J'ai eu tort de croire que cette ribaude n'était plus à craindre... je me suis endormi dans une sécurité trompeuse...

« Mais... on se relève du ruisseau... on ne sort point de la tombe.

« Si bas qu'il soit, un ennemi est toujours à craindre tant qu'il n'est pas mort...

« L'avènement de ce bâtard, si je sais m'y prendre, servira mes projets... j'aurai tout le loisir de méditer sur ma conduite dans l'avenir... je pourrai préparer ma revanche...

« Le règne de Pépito ne sera qu'un intermède... comique... qui sait?... tragique... peut-être!...

« Dans tous les cas, ce sera le dernier des Borghès... il emportera avec lui l'exécration populaire... et moi je serai le libérateur avant de redevenir le maître...

Il ne serait pas tout à fait exact de dire que Méphisto s'était montré imprévoyant à tous les points de vue...

La pensée, plus d'une fois, lui était venue qu'il pourrait être assiégé dans le palais par l'émeute. La défection des troupes trop inféodées à l'ancienne dynastie était encore dans l'ordre des choses possibles.

Alors, que faire, en ayant la retraite coupée et sans moyen de résister à une attaque?

C'est là un problème que bien des tyrans s'étaient posé avant lui.

Méphisto l'avait résolu, dès son arrivée au pouvoir. Dans le fond de son cabinet de travail, il y avait une pièce sombre fermée par une épaisse et lourde tapisserie...

Une trappe fut ouverte dans le plancher, qui donna accès à un souterrain creusé sous le palais et les quartiers avoisinants...

Cette espèce de tunnel, à l'autre extrémité, débouchait dans un réduit obscur, situé en un coin de la prison d'État...

Le travail avait été fait par des ouvriers étrangers qui, logés et nourris sur place, n'avaient eu au cours de leur labeur aucune communication avec le dehors.

Quand ils eurent achevé de creuser le souterrain, on les embarqua nuitamment sur un navire qui descendait l'Arno, sous prétexte de leur donner du travail aux digues que l'on construisait à l'embouchure de ce fleuve...

Le navire alla un peu plus loin... Une fois au large, il s'ouvrit tout à coup par le fond... et le secret de Méphisto fut enseveli dans le mouvant abîme des flots...

... Dès que le peuple fut aux grilles du palais, l'usurpateur, qui entendait les cris de mort proférés à son adresse, pensa que le moment approchait où il lui faudrait mettre à profit ce souterrain ignoré de tous...

Quand Nathalie, au milieu des applaudissements de la foule, eut transmis la couronne au bâtard de Pistoïa, Méphisto n'hésita plus...

Il disparut derrière la tenture, appuya sur un ressort... la trappe s'ouvrit...

Comme Satan qui redescend aux enfers, le diabolique aventurier avait l'air de rentrer dans son ténébreux royaume...

La trappe se referma sans bruit... Il n'était que temps... Empressés à servir leur nouveau maître, les gens de la cour arrivaient, l'épée nue à la main, pour s'emparer, mort ou vif, de l'usurpateur qu'ils adulaient bassement la veille...

Ils se rattrapèrent sur quelques-uns de ses familiers qui rôdaient aux alentours, et les transpercèrent de coups.

Tandis que les corps pantelants de ces misérables étaient traînés à l'égout, Méphisto arrivait au terme de son voyage souterrain.

A tâtons, il palpa la muraille suintante d'humidité... Il finit par heurter de ses doigts la serrure d'une porte hermétiquement fermée...

— Bien ! — fit-il, — j'y suis.

Il tira de sa poche une petite clef, l'introduisit dans la serrure et il se trouva dans un des couloirs de la prison d'Etat.

De chaque côté des cellules... mais pas un gardien.

Il fronça le sourcil et dit en lui-même :

— Ah çà ! on dirait que les gens d'ici s'apprêtent, comme ceux du palais, à reconnaître le bâtard pour leur seigneur et prince !...

« Eh bien ! je saurai leur montrer que je suis le maître, céans !...

« Si j'ai cessé, pour un moment, d'être le souverain de la Toscane, je reste toujours le roi des Cachots !

.   .   .   .

Ce relâchement dans la surveillance exercée par les geôliers de la prison d'Etat s'expliquait facilement.

Déjà mis en éveil par l'incendie qui avait dévoré tout le quartier des *Carceri*, le personnel de l'immense et sombre Bastille était resté sur le « qui vive »...

Gardiens et guichetiers de tout grade avaient ainsi assisté au soulèvement populaire qui avait suivi la mort tragique de Gioritto.

Ils n'étaient pas, eux, comme leurs prisonniers, absolument séparés du reste des vivants.

Dans la ville, beaucoup avaient leur famille, ou tout au moins y possédaient quelques parents ou des amis.

Les portes n'avaient pas été fermées, — il n'y avait pas d'ordres pour

Le guichetier est cloué sur la porte d'une cellule... (Page 1459.)

cela ; c'est ce qui avait permis aux gens du dehors de venir apporter des nouvelles.

Et ces nouvelles n'étaient pas précisément bonnes pour l'ordre de choses qu'incarnaient messieurs les geôliers...

L'émeute était triomphante... son chef, un jeune homme, venait d'être couronné prince de Toscane par la grande-duchesse Nathalie, elle-même.

.... Méphisto était décrété d'accusation... on massacrait ses familiers jusque dans le palais... tandis que lui était en fuite...

Tout cela n'était guère rassurant pour des hommes qui se savaient l'objet de l'exécration générale...

Sans doute, l'insurrection, maîtresse du palais, se porterait sur la prison d'État pour la détruire après en avoir fait sortir les prisonniers politiques qui s'y trouvaient.

Le sang des geôliers arroserait les cellules vides de leurs hôtes...

Ah! cette pensée donnait à réfléchir aux plus impopulaires des séides de la tyrannie.

Abandonnés aux fureurs de la foule par ce maître qui les faisait vivre pourquoi se montreraient-ils plus courageux que lui qui venait de disparaître si... prudemment?

On peut être héroïque lorsqu'on défend une idée... mais quand on garde une prison et qu'on a cessé de se sentir le plus fort, la couardise devient facilement le mot d'ordre.

Les gens des *Carceri*, devant l'imminence du danger qui les menaçait, avaient tenu conseil...

Et après une courte délibération, talonnés qu'ils étaient par la peur, ils avaient trouvé ceci.., La meilleure mesure pour se concilier la clémence des révoltés triomphants, c'était de mettre en liberté, séance tenante, les captifs dont ils avaient la garde...

Délivrés par eux,, Faust, Roger et les autres intercéderaient en leur faveur quand les révolutionnaires pénétreraient dans la froide et lugubre Bastille...

Ils auraient ainsi la vie sauve, et puis... qui sait?... Tous les régimes, quels qu'ils soient, ont des adversaires à emprisonner. Le nouveau prince était, paraît-il, un Borghès... et il n'était guère possible de concevoir un Borghès sans *aqua tofana* et sans *carceri grande*, ces deux moyens de gouvernement grâce auxquels la dynastie s'était si longtemps maintenue...

Et alors on leur conserverait leurs places et ils se montreraient impitoyables pour leurs nouveaux prisonniers, les partisans de Méphisto... et Méphisto lui-même si on parvenait à rattraper l'astucieux personnage.

Lorsque cette décision eut été prise dans le conseil des garde-chiourme, affolés par le danger qui était suspendu sur leurs têtes, le guichetier en chef, portant dans un anneau de fer les clefs de toutes les cellules, s'en alla pour ouvrir aux prisonniers les portes de leurs cachots.

« Ah! comme il saurait se montrer vil et bas, et rampant!... comme il saluerait respectueusement tous ceux que, hier encore, il traitait avec une dureté insolente!... comme il implorerait leur pitié!... comme il ferait appel à leur commisération en faveur d'un pauvre père de famille qui laissera derrière lui une veuve éplorée et des orphelins misérables, si la Révolution ne montre pas cette clémence qui sied aux nobles causes!...

Et les prisonniers apprendraient, s'ils ne le savaient déjà... jusqu'où peut aller la lâcheté d'un gardien de prison...

Notre guichetier était en proie à cette mélancolique préoccupation quand, dans l'obscur couloir qui menait aux cachots des détenus politiques, il aperçut soudain devant lui une ombre qui le fit reculer...

Fantasmagorie?... hallucination?... folle chimère?...

On dirait... Méphisto... en personne... Pourtant... il a disparu de Florence... Les sentinelles de la prison d'État n'ont point signalé son entrée... mais... il n'y a pas à dire... c'est lui... c'est bien lui!...

Alors... ce serait donc vrai... ce que l'on raconte... que Méphisto a des liens ténébreux avec l'enfer... que c'est une incarnation du malin Esprit...

La superstition s'allie assez bien avec la lâcheté...

Le geôlier poltron esquisse un signe de croix comme devant une apparition diabolique... son trousseau de clefs lui échappe... Méphisto le ramasse et lui demande :

— Où allais-tu, comme cela?...

L'homme se mit à trembler de tous ses membres, ainsi qu'une feuille, à l'automne, quand l'âpre vent du nord commence à secouer les arbres...

— Allons! veux-tu parler, triple buse?...

— Monseigneur... je... je...

— Tu as peur... donc... tu t'apprêtais à faire... quelque chose que tu ne devais pas faire...

— Pardon!... grâce!...

Et le garde-chiourme se jette aux genoux du maître qu'il s'apprêtait à trahir...

Les yeux de Méphisto lancent des éclairs dont la lueur fascine le misérable, affolé par la terreur...

Ainsi, dans les déserts torrides, le serpent darde ses regards de feu sur la victime qu'il s'apprête à dévorer...

— Je vais te dire, moi, ce que tu allais faire! — rugit Méphisto, — tu allais donner la liberté aux prisonniers que tu étais chargé de garder!... Est-ce vrai... et oseras-tu bien me démentir?...

L'homme balbutie des syllabes entrecoupées qui témoignent de son effroi... mais il n'ose opposer une dénégation précise, formelle, à ce maître terrible qui sait tout deviner et qui lit au fond de la pensée avec une acuité extra-humaine...

Méphisto ricane :

— J'ai touché juste, n'est-ce pas? Mais ta couardise ne te sauvera pas!... Traître!... recommande ton âme à Dieu... si tu as une âme, ce dont je doute; car je vais te tuer, entends-tu bien... comme un lâche... comme un chien qui a mordu la main du maître qui le nourrit!...

— Grâce!... Seigneur, pitié!...

Méphisto s'est reculé un peu... il a tiré son épée du fourreau... et il fonce, la pointe en avant sur l'homme qui vient de se relever...

Le guichetier est cloué sur la porte d'une cellule... mort... frappé en pleine poitrine...

Les subordonnés qui ont entendu le bruit des voix accourent, tremblants, émus... Sont-ce les prisonniers qui se sont révoltés au lieu de remercier leur geôlier libérateur, ou bien, pénétrant par quelque mystérieuse entrée, l'émeute serait-elle déjà maîtresse de la prison d'État?...

Mais ils s'arrêtent, frappés de stupeur et d'épouvante devant cet horrible spectacle...

Tous, ils ont reconnu Méphisto...

L'aventurier détrôné essuie tranquillement le sang qui couvre son épée ; et puis il remet l'arme dans son fourreau...

Certes, l'acte qu'il vient de commettre semble, à première vue, une inutile et répugnante boucherie.

Le geôlier qu'il a tué était bien trop couard et trop lâche pour tenter de désobéir au maître qui revenait inopinément devant lui.

Avec l'obéissance la plus passive, ce piteux personnage aurait exécuté tous les ordres qu'il lui aurait donnés.

En quoi sa mort pouvait-elle servir les intérêts de Méphisto, ou ses secrets desseins?...

Pourtant, le machiavélique politicien avait jugé, froidement, que cette exécution était nécessaire pour assurer sa sécurité, d'abord, et ensuite le reste de pouvoir qu'il gardait encore.

En fuyant la révolution, en venant se mettre à l'abri derrière les épaisses murailles de la prison d'État, Méphisto n'ignorait pas qu'il était à la merci du personnel de cette bastille.

Il connaissait trop l'humanité pour entretenir la moindre illusion sur le courage et le dévouement d'une pareille engeance... Mais comme ces belluaires qui se font craindre et obéir de leurs bêtes, en les fouaillant, il savait de quelle façon il faut dompter les hommes, par la ruse et l'astuce, suivant les circonstances, ou bien par la violence...

Maître absolu et incontesté, il préférait naguère venir à bout des plus grandes difficultés, par ces moyens subtils et perfides dont il avait le secret, se servant de la calomnie pour détruire l'influence de Gioritto, semant la zizanie parmi les révoltés, bref, mettant en œuvre les ressources malfaisantes de son génie tortueux...

Mais, ici, il n'en allait plus de même... Il était seul, dépouillé du prestige qui accompagne le pouvoir absolu... Devant l'abandon et la trahison toujours possibles... probables même... il se trouvait le plus faible...

Et comme le dompteur, qui entre dans la cage où des dents voraces l'entourent, il n'avait qu'une chance de salut, c'était de fouailler les bêtes...

Il s'avança vers la hideuse cohorte des geôliers effarés... et, les bras croisés sur la poitrine, le regard méprisant, il leur dit :

— Ah! c'est comme cela, mes amis, que vous vous apprêtiez tous à me trahir!...

« Vous vous imaginiez, sans doute, qu'en donnant la clef des champs aux prisonniers que vous étiez chargés de garder, vous sauviez vos précieuses existences.

« Quelle sottise!... comme si votre destinée n'était pas liée à la mienne!...

« Moi, je l'avais si bien compris que, vous le voyez, j'étais venu ici... par quel chemin?... cela ne regarde que moi!... J'étais venu, dis-je, parmi vous... pour empêcher que vous ne tendiez bêtement le couteau aux égorgeurs, comme des moutons à l'abattoir... car le peuple ne vous ferait pas grâce, sachez-le bien! Vous êtes, de tous mes serviteurs, les plus détestés... ce qui ne doit pas vous étonner, d'ailleurs!...

Montrant du doigt le cadavre du geôlier en chef, il ajouta :

— Vous voyez, comment Méphisto apparaît, quand on le croit bien loin, pour châtier la trahison... Et que ceci vous serve de leçon!...

« Mais si je sais punir, je sais aussi protéger ceux qui m'ont bien servi...

« Je vous apporte la seule chance de salut en laquelle vous puissiez espérer...

« Si un compétiteur, momentanément plus heureux que moi, est maître du palais, moi je tiens les *Carceri* qui constituent une citadelle imprenable... Ici, je serai mieux et plus sûrement le maître de Florence que ne l'est le roitelet de là-bas!...

« Il n'y a qu'à organiser la résistance et à montrer au peuple que nous n'avons pas peur d'une femme... et d'un enfant!

« Allons! qu'on emporte ce cadavre... et que chacun, dorénavant, fasse son devoir!

Tandis que les garde-chiourme, dominés par ce mâle langage, s'empressaient de faire disparaître le corps de leur chef, Méphisto s'approcha d'une large fenêtre cintrée, véritable ouverture béante qui donnait sur la cour intérieure de la prison d'État.

En bas s'agitait la petite garnison de la place, indécise, attendant des ordres...

D'une voix de stentor, l'aventurier commanda :

— Haussez le pont-levis!... Abaissez la herse!... les sentinelles à leur poste! les canonniers à leurs pièces!...

« Ah! ah! nous allons leur donner du fil à retordre, à cette ribaude et à son bâtard!...

« Et malheur aux traîtres!... mort aux lâches!

XXXIX

RÈGNE ÉPHÉMÈRE

MÉPHISTO avait raison...

Dans la sombre Bastille où il était venu chercher un refuge, après sa déchéance, il allait être plus maître de Florence que ne l'était Pépito, dans le fond de ce palais où le pauvre petit chevrier de Pistoïa se sentait si étrangement dépaysé...

Tout d'abord, quand on sut que l'usurpateur détrôné organisait la résistance à l'intérieur des *Carceri grande,* il y eut, parmi les partisans du nouveau régime, un certain désarroi.

Nous savons que la cohésion manquait aux émeutiers qui étaient venus des camps politiques les plus différents.

La nouvelle que Méphisto vivait et s'apprêtait à reprendre le pouvoir par la force des armes ne fit qu'augmenter le désordre...

Par contre, ceux qui, pour une raison ou pour une autre, étaient restés dévoués à l'état de choses qu'incarnait l'astucieux personnage, ceux-là sentaient renaître leur audace. Ils n'avaient rien à attendre du nouveau maître, rien à espérer des révolutionnaires qui massacraient tous les séides de la tyrannie.

Ils allèrent donc, peu à peu, augmenter le petit noyau de combattants que Méphisto avait rassemblés autour de lui.

Au fur et à mesure qu'ils se présentaient, le « Roi des Cachots » faisait abaisser le pont-levis pour les recevoir, et il ne les admettait dans sa citadelle qu'après les avoir bien reconnus, afin d'éviter une surprise ou un guet-apens de ses ennemis.

Il arriva ainsi à avoir une garnison assez respectable et dont il pouvait être sûr...

Les insurgés avaient commis une faute... c'était de ne pas marcher tout droit, dès le début, sur la prison d'Etat, au lieu de se diriger vers le Palais.

Il est vrai qu'alors Pépito n'aurait pas été roi... mais, l'aurait-il regretté, le pauvre enfant pour qui cette couronne, qu'il n'avait pas ambitionnée, menaçait de devenir une couronne d'épines... celle que porte sur son front qui saigne la victime expiatoire, jusqu'au bout de son calvaire ?...

Dès le début, Méphisto resta dans l'expectative... Il n'avait qu'à laisser se dérouler les événements... et à en profiter.

Et, le moment venu, il pourrait cueillir les fruits poussés sur l'arbre du Destin.

De certaine fenêtre percée aux flancs lépreux de la noire Bastille, — cet... œil de Satan... que nous connaissons, — il avait pu suivre du regard un double et imposant cortège...

Le peuple faisait à Gioritto de solennelles funérailles auxquelles, par une pensée de sainte pitié pour l'enseveli vivant de l'*in-pace*, — à présent comblé, — on avait associé le souvenir de Luiggi, l'infortuné courrier, coupable d'avoir rapporté de Rome un jugement contraire aux intérêts de Nathalie et de Méphisto...

Mais notre machiavélique personnage, en contemplant ces obsèques nationales, se frottait les mains, car il avait pu voir que la discorde s'était mise au camp de ses ennemis...

Les partisans des Borghès ne voyaient pas, sans un secret courroux, rendre tant d'honneurs posthumes à Gioritto, un homme qui avait été l'ennemi irréconciliable du feu grand-duc Andréas.

Et, de son côté, le peuple reprochait amèrement aux soutiens de la dynastie d'avoir, seuls, profité de l'insurrection triomphante.

Florence ne s'était donc soulevée que pour remettre sur le trône un Borghès ?... Et même pas un légitime descendant de l'antique lignée, mais un bâtard... le fils reconnu d'une ribaude... un enfant dont Nathalie, peut-être, eût été bien embarrassée pour nommer le père...

Aux funérailles, il y eut des altercations, et, sur le parcours, on en vint presque aux mains.

Gioritto, qui avait vieilli au milieu de la guerre civile, s'en allait dormir de son dernier sommeil, escorté par la discorde...

Et Méphisto riait dans l'ombre, derrière l'épaisse et froide muraille où l'œil de Satan semblait narguer la ville que de nouvelles catastrophes menaçaient...

Il riait d'autant plus volontiers que Pépito, avec tous les attributs de la souveraineté, avait tenu à suivre le cortège funèbre, à accompagner à leur dernière demeure le vieux patriote qu'il avait tant aimé... le malheureux courrier dont il avait été, un instant, le compagnon de sépulcre au fond de l'oubliette sinistre, et dont il avait reçu les suprêmes paroles dans le souffle de sa vie expirante...

Oui !... Méphisto pouvait bien se réjouir, car ce pauvre et frêle roitelet, comme il l'appelait, entendait les sarcasmes dont l'ironie populaire saluait, au passage, sa légitimité douteuse et sa majesté bâtarde.

Le sceptre lui parut un plus lourd fardeau encore, quand, au retour des obsèques, il dut aller présider le Conseil des ministres, que sa mère lui avait tout spécialement choisis, parmi ses favoris... des hommes, il le vit bien, qui ne songeaient qu'à voler le prince et à gruger ses sujets...

Oh !... cette femme... sa mère... comme il aurait voulu la savoir loin...

si loin que plus jamais il ne l'aurait revue, car il sentait bien qu'elle allait être son mauvais génie...

Il pouvait, en vertu d'une lettre de cachet, l'exiler, lui défendre de revenir à Florence, de rentrer même jamais en Toscane...

Mais il n'osait pas... Hanté par le remords du parricide qu'il croyait avoir commis, il pensait qu'il aggraverait son crime, maintenant, s'il agissait contre sa mère...

La fureur du destin... tous les châtiments de la fatalité feraient de lui leur proie... et il ne pourrait pas accomplir le bien qu'il rêvait...

Ah ! le pauvre petit chevrier de Pistoïa... S'il avait encore une illusion, elle dut être de courte durée !...

Le ministre de la Justice lui expliqua qu'il était impossible de donner une sanction au décret de prise de corps rendu contre Méphisto. En effet, à la tête d'une force respectable, l'usurpateur s'était solidement retranché dans la prison d'Etat, où il pouvait résister pendant longtemps, car cette redoutable citadelle était amplement pourvue de vivres et de munitions. La même raison empêchait de donner suite à l'édit par lequel il rendait la liberté à tous les détenus politiques.

Son Altesse tristement soupira... Il songeait, le malheureux Pépito, que le lieutenant Roger, le docteur Faust, les étudiants alsaciens, camarades de son ami Siébel, étaient tous là, dans les *Carceri grande*, plus que jamais exposés à la froide cruauté d'un tyran capable de se venger sur eux de la défaite qu'il venait de subir.

Le délégué aux finances se montrait plus satisfait que son collègue de la Justice...

On commençait à exécuter les travaux nécessités par la reconstruction, aux frais de l'Etat, des quartiers incendiés...

Mais le trésor était vide... Pour subvenir à cette dépense, il fallait établir de nouvelles taxes dont on lui présenta le décret à signer.

Tous les membres du Conseil avaient des mesures du même genre à proposer... des impôts... des droits qu'il s'agissait d'établir sur les objets les plus nécessaires, les matières les plus indispensables...

Pour eux, pour leurs parents et amis, ils réclamaient des privilèges, des monopoles...

C'était la curée cynique, avec la hâte de s'enrichir tant que le régime durerait, quittes à prendre la fuite au moment voulu, comme les vils rongeurs qui s'empressent de quitter le navire prêt à sombrer...

Resté seul, Pépito comprit que, sur le trône, il serait obligé de faire comme les autres, d'écraser le peuple sous le poids des impôts, de vivre dans le luxe et la débauche, d'être inutile ou malfaisant...

Un roi fainéant... ou un tyran !...

Et toujours, d'une façon comme d'une autre, ce serait au détriment de la liberté des peuples.

Alors, devant le néant de tous ses généreux espoirs, le noble enfant pleura...

Sous l'usurpateur... comme sous le successeur plus ou moins légitime d'Andréas, c'était
toujours la terreur qui régnait... (Page 1468.)

... Mais un sourire passa, éclairant les ténèbres de l'heure mélancolique dans laquelle se déroulait son rêve... Une tête brune, au front
pur et grave, lui apparaissait... Cette vision incarnait la jeunesse et
l'amour...

La petite reine de Bohême, toute de haillons vêtue, semblait appeler
à elle, du fond de sa roulotte miséreuse, ce pauvre petit prince écrasé sous
la splendeur d'une couronne trop lourde...

Vers la divine apparition, Pepito tendit les bras et s'endormit rêvant de pauvreté heureuse et libre.... sous le grand ciel clair.... sur les routes poudreuses... auprès de l'aimée....

Nathalie Borghès veillait... Les rêves de plaisir et de débauche avaient fui loin de sa couche princière..

La maternité même, en la libérant de la tutelle odieuse de Méphisto, réveillait la souveraine énergique, intelligente qu'elle avait été jadis quand son caractère viril et fort suppléait à l'apathie et à la mollesse d'Andréas, dans les conseils de l'État et jusque sur les champs de bataille...

Oh! maintenant, si elle assumait à nouveau ce rôle de régente, ce n'était plus par ambition personnelle... encore moins pour pousser au premier rang l'aventurier dont elle avait fait son amant, avant de le créer ministre et de l'associer au pouvoir!

Non... C'était fini.... bien fini! l'ère de Méphisto était close... du moins elle le croyait.

Et elle travaillait pour son fils.... elle voulait assurer la tranquillité et la splendeur de son règne...

Même elle pensait — déjà? — à perpétuer sa race... La descendance des Borghès devait se continuer au moyen d'une alliance avec la plus noble lignée d'Italie...

Une princesse de Ferrare était en âge de se marier...

Nathalie donna audience à l'ambassadeur de cet État afin de jeter les bases d'une union princière destinée à amener une paix durable entre deux puissants voisins.

Les ducs de Ferrare étaient les alliés de la France... Ce mariage était très désirable... au point de vue politique.

L'ambassadeur avait accueilli ces propositions avec joie....

Mais lui, aussi bien que Nathalie Borghès, n'avait oublié qu'une chose : c'était de consulter les augustes fiancés.

A quoi bon d'ailleurs?... Dans ce monde-là, ce ne sont pas des cœurs que l'on unit, mais des intérêts dynastiques.

Et après cela, si le jeune prince de Toscane et la jeune princesse de Ferrare ne peuvent pas s'aimer, s'ils éprouvent l'un pour l'autre la plus insurmontable antipathie, eh bien!... l'auguste époux n'aura-t-il pas le royal privilège de choisir dans sa cour — et même en dehors — les favorites dont la tendresse plus ou moins sincère devra satisfaire son caprice?

Tandis que, de son côté, la princesse délaissée n'aura que le choix des amants... un ministre ambitieux... ou des truands robustes. Et ainsi les amoureuses traditions de Nathalie Borghès se perpétueront à Florence...

Bah! le roi s'amuse... la reine aussi! Ce sont plaisirs de souverains.

... Pépito à son réveil, l'âme encore pleine de l'image radieuse de Saâda, reçut la visite de sa mère qui vint l'entretenir de ses projets de mariage...

Le front de la jeune altesse se rembrunit et il répondit à la marieuse princière, d'un ton maussade :

— Non!... ma... mère !

Oh ! comme ce nom si doux, d'habitude, lui coûtait à prononcer.

Comme l'altière Nathalie revenait assez vivement à l'attaque, il ajouta avec force :

— N'insistez pas!... Je n'épouserai que la femme que j'aime... fût-elle d'une humble origine !

— Mon fils, — dit en s'éloignant l'ambitieuse princesse, — nous ne sommes plus au temps où les rois épousaient des bergères.

« Les sentiments que vous exprimez sont très jolis dans les contes des fées, mais un prince doit plier ses sentiments aux convenances de la politique et se marier... pour le plus grand bien de l'État...

« Et si vous avez quelque amourette avec une fille d'humble condition, comme vous le dites... eh bien!... elle sera trop heureuse d'être la maîtresse d'un prince...

... Pépito regarda partir sa mère avec des yeux de haine...

Il lui semblait que la ribaude immonde venait de souiller son idole... la belle et pure Saâda...

La journée réservait d'ailleurs à l'âme droite et bonne du petit chevrier couronné d'autres amertumes, d'autres tristesses... et un surcroît de dégoûts...

Au conseil des ministres, un des nobles seigneurs investis de la confiance de Nathalie Borghès annonça, le sourire sur les lèvres, qu'il avait fait procéder à quelques exécutions sommaires.

Certains partisans avérés de Méphisto, qui n'avaient pas eu le temps de se mettre en sûreté, avaient été appréhendés, puis passés par les armes, ou bien pendus, sans autre forme de procès.

Pépito s'irrita... Lui qui avait voulu commencer son règne par la clémence, il voyait partout donner la mort en son nom.

Et puis, en dehors de sa naturelle bonté, il avait bien l'esprit trop clairvoyant pour ne pas comprendre que ces mesures de représailles étaient souverainement impolitiques.

Au lieu de se soumettre au nouvel ordre de choses, tous ceux qui avaient conservé quelques attaches avec l'ancien gouvernement iraient grossir le nombre des soldats de Méphisto dans la bastille imprenable où l'aventurier déchu préparait sa revanche et mûrissait sa vengeance.

Georges, le page effronté avait été dans ce palais, aussi lugubre pour lui que les *Carceri grande*, la seule diversion que Pépito pouvait trouver à son pesant ennui...

Mais le fils vagabond de l'ancien charbonnier de la Forêt-Noire n'avait pu se plier à la captivité dorée et à l'étiquette assujétissante de cette cour.

— C'est pis que chez mon père le burgrave ! — avait-il déclaré.

Et il s'était empressé d'aller prendre l'air, de courir les cabarets en compagnie de son vieil ami le gnome, dont la conversation lui rappelait les jours heureux passés jadis à dénicher les oiseaux dans la liberté sans limites du Schwartzwald...

Cela ne l'empêchait pas de revenir au palais retrouver Pepito, pour lequel il avait conçu une véritable affection...

N'étaient-ils pas faits pour s'entendre et s'aimer, ces deux enfants de la libre nature, le chevrier de Pistoïa... le petit charbonnier de la Forêt-Noire?

La rude franchise de Georges était cause qu'il rapportait à Pepito ce qu'il entendait dire sur son compte, dans les milieux populaires que lui et le gnome fréquentaient.

La loyauté et la droiture du jeune burgrave faisaient ainsi de lui, sans qu'il le voulût, le meilleur des policiers.

Et par lui, Son Altesse Pepito eut un écho sincère de l'opinion publique...

Ce qu'il apprit, hélas! il ne s'en doutait que trop. Après cette espèce d'enthousiasme sentimental et passager créé par la romanesque confession de Nathalie, le peuple s'était ressaisi.

On discutait sa légitimité... on regrettait que l'émeute qui s'apprêtait à emporter dans son souffle de tempête tous les vestiges d'un passé abhorré n'eût servi qu'à rétablir une dynastie... bâtarde.

Si peu aimés que fussent les partisans de Méphisto, leur massacre faisait voir que la tyrannie n'avait fait que changer de nom...

Le sang coulait... que ce fût sur l'ordre de Méphisto ou à l'instigation de Pepito, peu importait!... Sous l'usurpateur... comme sous le successeur plus ou moins légitime d'Andréas, c'était toujours la terreur qui régnait... et puis on avait lourdement augmenté les impôts afin de satisfaire de nouveaux appétits...

— Pauvre peuple! — s'écria le jeune et infortuné souverain. — C'est donc toi qui seras l'éternelle victime!

Puis, se tournant vers son page, il lui dit:

— Écoute, Georges, nous allons fuir!... nous en aller, loin d'ici... là où je pourrai vivre sans être malfaisant... sans que les hommes apprennent à maudire mon nom.

Et le prince, en secret, prépara son évasion, comme le ferait un captif enfermé dans un triste cachot...

Mais il ne disait pas la vérité quand il déclarait qu'il voulait s'en aller bien loin...

Le Champ-de-Mars où se trouve le campement des Bohémiens nomades n'est pas éloigné du Palais!...

.   .   .   .

IX

FAMILIER DU PALAIS

NATHALIE Borghès semblait avoir emprunté son génie politique à Méphisto.

Il ne lui manquait plus que d'avoir, pour elle, les anciens auxiliaires du machiavélique homme d'État...

Ils n'étaient pas tous massacrés ou réfugiés à l'ombre des *Carceri grande* avec leur maître...

Certain soir, tandis que la mère de Pépito travaillait dans ses appartements particuliers, pour préparer certains édits qu'elle comptait soumettre à la signature de son auguste fils, le chambellan qui était de service vint la prévenir qu'un malheureux vieillard, tout voûté, tout cassé, insistait pour obtenir une audience.

— Quelque fou ! — dit-elle, — c'est merveilleux comme tous les grands événements politiques suscitent des cas de folie...

— Ce vieux n'a pas l'air atteint de démence, — fit le chambellan, — il s'exprime d'une façon très nette.

— Un mendiant !... qu'on le chasse !...

Et Nathalie reprit le cours de ses austères travaux.

Mais le fonctionnaire qu'elle avait chargé d'éloigner le quémandeur revint au bout d'un instant.

L'homme à la barbe vénérable n'était ni un aliéné ni un solliciteur importun. Mais il demandait à être reçu sans tarder par la Grande-Duchesse à qui il avait à faire une communication très importante relative à la sûreté de l'Etat...

Nathalie était de l'école de Machiavel... et des Borghès... et Méphisto, sous ce rapport, avait merveilleusement complété son éducation.

La sûreté de l'État... cela justifiait tout... Elle donna ordre d'introduire le vieillard et de le laisser seul à seul avec elle... après l'avoir soigneusement fouillé, par exemple, pour voir s'il ne portait pas sur lui des armes cachées...

Le chambellan s'empressa de faire exécuter ses ordres souverains...

Et, au bout d'un instant, un petit vieux tout ratatiné, avec une barbe longue et blanche, s'avança devant elle en boitant.

— Que me voulez-vous ? — demanda Nathalie en relevant la tête pour contempler cette apparition falote.

— Je viens vous offrir mes services !... — répondit le pauvre vieux d'une voix chevrotante.

— En quoi vos services peuvent-ils se rattacher aux affaires de l'État ?

— Ils s'y rattachent... dans l'ombre, le mystère, la solitude et la nuit... Je sais être à la fois invisible et présent ! Je vois tout... j'entends tout... mais je ne répète qu'à ceux...

— Qui vous payent !... c'est bien cela, que vous voulez dire, n'est-ce pas ?

De sa tête branlante, le vieillard fit signe que oui.

Nathalie se mit à rire...

— Vous avez l'allure et le langage de ces vilains croque-mitaine qu'on voit dans les livres d'images, un croque-mitaine qui extorquerait de l'argent au lieu d'enlever les enfants... Mais je ne suis plus une petite fille. Mon âge a d'autres frayeurs que celle de croque-mitaine... comme devant Nathalie il a d'autres plaisirs...

La voix du vieillard se fit stridente... comme le sifflement du reptile, et il dit à la princesse frappée de stupeur :

— Oui... d'autres plaisirs !... la société des truands et la fréquentation de leurs coupe-gorge...

Il cita des noms d'hommes... pendus depuis... mais dont Nathalie avait fait sa société... et aussi des enseignes de cabarets... détruits lors du dernier incendie, mais où certaine ribaude se livrait à des ébats peu aristocratiques.

D'une voix tout à fait jeune, il conclut, en s'inclinant respectueusement devant Nathalie Borghès :

— Votre Altesse a pu s'assurer, par ce que je viens de dire, que je ne me parais pas d'un crédit imaginaire... Et par ce que j'ai fait dans le passé, elle pourra voir ce que je suis capable de faire dans l'avenir.

— Alors, c'est vous qui m'espionniez ?

— Oui, madame la princesse.

— Et pour le compte de Méphisto, n'est-ce pas ?

— Justement.

— Mais c'est étrange ; je ne vous ai jamais remarqué dans nos alentours, et cependant vous avez un aspect...

— Qui me fait remarquer !...

— Evidemment.

— Mais je ferai observer à Votre Altesse que j'en ai plusieurs, de ces aspects qu'elle juge remarquables.

Là-dessus le faux vieillard rejeta son manteau, redressa sa taille, enleva sa barbe postiche et parut sous les traits et le costume d'un de ces moines quêteurs qui parcourent la campagne.

Nathalie était édifiée sur le compte du personnage, mais aussi elle comprenait qu'il ne fallait pas faire fi d'un auxiliaire d'autant plus précieux qu'il avait été initié par Méphisto aux arcanes de la politique florentine.

Elle lui demanda :

— Comment vous appelez-vous?

— J'en ai plusieurs, — répondit le pseudo-capucin, — car il en est de cela comme des costumes que je change, suivant les nécessités du moment.

« Mais mon vrai nom est Karl Brander.

— De quel pays êtes-vous?

— Allemand...

— Le pays de l'espionnage et des mauvaises querelles. Je comprends que Méphisto ait apprécié vos services...

— Comme Votre Altesse, à son tour, les appréciera...

— En les payant...

— Comme de juste!

— Et pourquoi n'avez-vous pas suivi votre maître?

— J'ai horreur de la prison, et Méphisto a beau s'intituler le roi des cachots, il n'en est pas moins vrai que son royaume est une geôle.... et moi, j'aime le grand air, les cabarets et les filles faciles.

— Vous avez espéré que je vous prendrais à mon service?

— Non, je n'en avais pas l'espoir.... j'en avais la certitude. Je vous ai trop bien espionnée, pour que vous ne me fassiez pas espionner les autres.

— Quels autres? Méphisto, derrière les murs de la prison d'État, est à l'abri des regards indiscrets...

— Mais tout reste à surveiller... sous ce nouveau régime comme sous l'ancien...

— Et qui donc, s'il vous plaît?

Karl Brander, sans se départir de sa tenue respectueuse, mais avec une nuance d'ironie, énuméra :

— Il y a... l'armée qui s'apprête à vous lâcher... le clergé qui veut excommunier un prince convaincu de parricide... le peuple qui murmure contre les impôts nouveaux... les bourgeois et les marchands qui font chorus avec la plèbe...

— C'est tout? — demanda Nathalie d'un air narquois.

— Altesse, j'allais m'arrêter devant la frontière de la vie privée; mais, comme vous m'invitez à poursuivre, je vais la franchir.

— Je n'ai aucun faible pour la chronique scandaleuse. Les dames de ma cour peuvent avoir autant de galants que bon leur semble, je n'irai pas leur chercher noise... Je saurais même que mon auguste fils les honore de ses faveurs...

— Je conçois la maternelle indulgence de Votre Altesse... Mais si le prince, malgré sa jeunesse, n'éparpillait pas son cœur, comme des feuilles de roses, au doux vent de la volupté, alors, madame la grande-duchesse pourrait craindre que son rejeton princier n'ait au cœur quelque amour indigne de son rang... Le prince Pépito n'a pas été élevé, soit dit sans vouloir lui manquer de respect, sur les marches du trône... Il peut aimer dans le peuple... se marier... secrètement, avec une fille du peuple...

Nathalie Borghès avait froncé le sourcil... Karl Brander venait de mettre le doigt sur la plaie que naguère avait faite à son orgueil l'étonnant refus de Pépito, quand elle parlait de le marier...

Elle toisa le mouchard, et lui demanda :

— Alors... vous prétendez... espionner le prince pour mon compte, à moi sa mère? ..

— Pourquoi pas?... Méphisto... votre époux, vous faisait bien surveiller... par moi...

Si le cynisme de l'Allemand faisait monter le dégoût aux lèvres de Nathalie, sa logique lui semblait, par contre, irréfutable...

Oui... Karl Brauder avait raison...

Dans la vieille demeure des Borghès, il fallait toujours des espions, des mouchards, comme il y fallait des assassins masqués et des alchimistes blafards qui, penchés sur leurs alambics de mort, distillaient de subtils poisons...

La mère de Pépito avait accepté d'une façon tacite les offres de services de l'immonde et répugnant personnage...

Hélas! la raison d'État, qui inspire tant de crimes et tant de vilenies, allait enserrer le petit chevrier de Pistoïa dans les mailles d'un espionnage incessant.

Les princes, comme les malfaiteurs, sont toujours sous la surveillance de la police...

. . . .

Maintenant, Karl Brander était redevenu, comme jadis, un familier du palais...

Familier de Nathalie... au lieu de l'être de Méphisto!... Mais, pour qui trahit, qu'importe la main qui paye!...

L'ancien ver rongeur de Dame Marthe se félicitait d'ailleurs de sa finesse et de sa ruse... Qui sait s'il ne parviendrait pas à recevoir de l'argent des deux côtés, à livrer au roi des cachots les secrets de son successeur, à beaux deniers comptants, quitte à trahir Méphisto en faveur des Borghès, contre espèces sonnantes?

Toujours sous les traits et l'accoutrement du vieillard boiteux que nous avons vu tout à l'heure introduit par un chambellan auprès de la grande-duchesse, Karl Brander venait faire son rapport à Nathalie...

Il n'avait encore rien découvert, et pour cause, au sujet des amours de Pépito... Le pauvre prince était dans son palais comme dans une prison!...

Mais il rapportait les échos du dehors... Un nouveau soulèvement était à craindre, et, cette fois-ci, certainement Méphisto en profiterait, car les mécontents se rangent toujours derrière celui qui attaque le pouvoir... actuel.

Il n'y avait, selon lui, qu'un moyen de faire diversion... c'était d'en

— Il ne vous suffisait pas d'être une ribaude ! — s'écria-t-il en proie à une légitime colère.
(Page 1476.)

finir avec le procès de Faust, le régicide. Le retard qu'on mettait à le
juger était bien fait pour justifier les rumeurs populaires qui faisaient
d'Andréas Borghès la victime d'une conspiration ténébreuse, dans laquelle
Nathalie et son bâtard avaient joué les principaux rôles...

— Mais Faust est entre les mains de Méphisto, qui n'a aucun intérêt
à s'en dessaisir...

A cette objection de la princesse, l'Allemand répondit:

— Je suis sûr que le roi des Cachots ne livrera pas à la justice régulière ce régicide dont l'exécution affermirait le trône de votre auguste fils. Mais justement... en refusant de le livrer, il aura l'air de le protéger et, aux yeux de bien des gens, il passera pour son complice... Il n'y a qu'à commencer le procès de Faust et à le juger par contumace

La combinaison plut à Nathalie. Elle pensa :

— Cet Allemand est bien digne d'être Italien !

Et elle prépara un décret convoquant la cour souveraine pour juger le docteur Faust, coupable de régicide...

Ce décret, elle connaissait trop bien les idées de son fils, étrangement déplacées, selon elle, chez un prince... pour supposer qu'il le contresignerait.

Et alors, cette femme qui ne reculait devant rien, imita, au bas des parchemins, la signature du nouveau prince...

A la pensée que Faust serait condamné pour régicide, un sourire qui ressemblait à celui de Méphisto erra sur ses lèvres...

Elle se souvenait du pacte infernal que son ancien amant et complice avait fait signer à l'infortuné docteur... elle songeait à la fortune de cet aïeul de Faust, dont la cour de Rome avait réhabilité la mémoire par ce jugement que rapportait certain courrier qu'on avait enseveli avec son secret...

Il importait que le médecin de Strasbourg mourût sur l'échafaud et que ses biens, comme régicide, fussent confisqués par la couronne...

Chez Nathalie... chez Méphisto... c'était toujours la même pensée... criminelle et cupide !...

On avait beau faire à Luiggi des funérailles nationales, l'assassinat et le vol régnaient encore à la cour de Florence !...

LXI

LE FANTOME

GEORGES, le page indiscipliné, rentrait un soir assez tard, au palais, après avoir fait l'école buissonnière avec son ami le Gnome, lorsqu'il fut heurté, devant la porte, par un vieux d'aspect maussade qui lui lança quelques paroles malsonnantes.

Était-ce le manque inné de respect qui faisait le fond de son caractère, ou bien quelque secret pressentiment?... Peut-être, si contrefaite qu'elle fût, la voix du vieillard lui rappelait quelque malencontreux souvenir des bords du Rhin?...

Toujours est-il que le jeune et impétueux burgrave témoigna au malencontreux vieillard sa vénération... à rebours, en lui sautant au visage que l'autre avait couvert d'une barbe blanche bien fournie...

Malheureusement, dans ce geste irrespectueux, il arriva un accident fâcheux à la barbe. Elle demeura, — nouveau trophée de victoire, — entre les mains de Georges...

Et le fils du charbonnier de la Forêt-Noire reconnut son éternel ennemi... Karl Brander.

— Voleur!... mouchard!... incendiaire!...

Tandis que le page de Pépito saluait l'espion par ces qualificatifs énergiques et bien mérités, l'autre se sauvait sans entamer une discussion qu'il jugeait oiseuse.

Des officiers de la garde étaient accourus, attirés par le bruit, et quand ils surent de quoi il s'agissait, ils n'hésitèrent pas à donner tort au page, car l'homme à la fausse barbe était connu comme un des familiers du palais, où il avait d'autant plus d'influence et de prestige qu'il continuait au profit du nouveau régime les fonctions dont il avait été revêtu sous le précédent gouvernement.

— A bas les tyrans! — s'écria Georges en manière de conclusion.

Et après avoir ainsi manifesté ses sentiments de révolutionnaire précoce, il alla reprendre son peu pénible service auprès du jeune prince.

L'ancien petit va-nu-pieds du Schwartzwald, était le seul, dans cette cour corrompue, qui parlât au chevrier couronné un langage dépouillé de tout mensonge et de toute flatterie.

Georges raconta à Pépito ce qu'il avait vu...

L'homme qui avait mis le feu au quartier des *Carceri grande* jouissait donc de la confiance de sa mère... Et sans doute, comme l'autre, le diabolique aventurier, elle se servirait de cet Allemand immonde et lâche pour commettre de nouveaux crimes, au nom de la raison d'État...

Le lendemain, au conseil des ministres, Pépito eut une explication avec sa mère, lui reprochant avec des paroles d'amertume d'employer de pareils auxiliaires... car il en était arrivé à cette période où l'indignation elle-même s'émousse, et où l'on n'a plus que lassitude et dégoût...

Et puis, l'instinct généreux de sa nature ayant repris le dessus, il montra ce qu'il ferait, traçant le tableau idéal d'une forme de gouvernement meilleure, avec une plus juste répartition des charges et des responsabilités... C'était une politique sage et prudente qu'il rêvait, basée sur la franchise et la loyauté, d'où l'espionnage serait exclu, ainsi que la corruption...

Mais cet enfant du peuple, bâtard d'une princesse et d'un aventurier, avait mieux que des vues théoriques... irréalisables. Ce qu'il proposait n'était pas une utopie... Bien peu de chose, un effort... parti de haut... et la réforme entrait dans le domaine pratique...

Nathalie Borghès ne put s'empêcher d'admirer la maturité précoce de cet esprit dans lequel son orgueil voyait poindre déjà l'espoir superbe d'un génie politique destiné à marquer son empreinte dans l'histoire.

— Je n'aurai qu'à le façonner à ma guise, — pensa-t-elle, — et... il jettera sur le nom des Borghès un lustre nouveau.

Puis elle ajouta, à haute voix :

— Mon fils, croyez-le bien, personne n'approuve plus que moi vos plans de gouvernement ; la Toscane sera belle, avec le vêtement que vous avez résolu de lui donner. Mais cette étoffe splendide, laissez-moi d'abord la découper.   vous vous occuperez ensuite de la coudre, à votre gré...

Pépito n'était point convaincu... Le mensonge et la violence lui semblaient toujours haïssables, quel que soit le but à atteindre...

D'ailleurs, un abîme se creusait entre la mère et le fils... et cet abîme était infranchissable...

Le destin que rien n'arrête allait suivre son cours... comme la pierre qui, détachée du sommet, roule jusqu'au fond du gouffre...

Pépito apprit la mise en accusation de Faust et la constitution d'une haute cour de justice destinée à juger, par coutumace, le médecin de Strasbourg.

Le petit chevrier de Pistoïa, qui vécut dans l'intimité du bon et savant Siébel, l'élève préféré du maître, professait comme lui une réelle vénération pour le sublime docteur alsacien.

Dévoué aux humbles, secourable aux pauvres, toujours prêt à secourir de sa science les faibles, les petits, comme il était prêt à prendre la défense des opprimés, Faust réalisait pour Pépito l'idéale incarnation du génie bienfaisant qu'il ne pouvait s'empêcher d'opposer à Méphisto, l'esprit du mal...

Et puis n'avait-il pas de bonnes raisons pour savoir que Faust était innocent du régicide dont on l'accusait ?

Ces raisons, il les jeta à la figure de sa mère, obligée d'avouer le faux qu'elle avait commis, en imitant sa signature au bas de ce décret maudit.

— Il ne vous suffisait pas d'être une ribaude ! — s'écria-t-il en proie à une légitime colère. — Il faut encore que vous vous fassiez faussaire !

... C'était la goutte qui faisait déborder le vase d'amertume...

Pépito allait jeter aux orties de la route le manteau de pourpre et d'hermine qu'un maternel et tardif caprice de Nathalie Borghès avait mis sur ses épaules...

Et en haillons, pieds nus, il reprendrait le chemin de sa montagne, vers la sainte liberté !...

En rentrant dans ses appartements, il y trouva son page et lui fit part de son projet d'évasion, définitif, pour cette nuit...

Georges l'approuva sans réserve... Il s'ennuyait encore plus... royalement, dans ce palais, qu'au sein du burg où son père, le ci-devant charbonnier, exerçait une autorité en somme assez débonnaire.

Il n'était pas fâché de reprendre l'existence vagabonde qui convenait à son tempérament, ennemi de l'étiquette et amoureux de l'indépend"nce.

— C'est bien... je te ramènerai au camp ! — fit notre page effronté, tutoyant son prince sans façon...

— Au camp?... — demanda **Pepito** étonné...

— Mais... bien sûr !... chez les Bohémiens qui ont accueilli tous les amis, après l'incendie !

« Mme Bertha, qui était tout à fait guérie, a pu repartir pour le pays, avec Jiacomo son mari. Qu'est-ce qu'elle aurait fait à Florence, la pauvre femme, à présent que M. Gioritto, son père adoptif, est mort?... Ah! il paraît qu'elle a eu un chagrin terrible; on a cru un moment qu'elle allait mourir... Mais le bon Mahadok a dit que l'air de son pays lui rendrait la santé...

— Oh! je le souhaite de tout mon cœur... Elle est si bonne, notre chère Bertha, et Jiacomo, son époux, est si brave, si dévoué...

— Il ne reste plus, là-bas, à soigner que M. Valentin. Ah! celui-là, c'est plus grave... Une balle qui a fait tant de ravages que M. Siébel, si bon chirurgien qu'il soit, n'y comprenait plus rien...

« Seulement Mahadok, qui connaît bien des secrets que les médecins eux-mêmes ignorent, a fini par déclarer, je l'ai su aujourd'hui en y allant, que la balle était empoisonnée... Et il s'occupe à découvrir la nature du poison; quand il l'aura trouvée, il fera un contre-poison...

« Et il réussira, tous les Bohémiens me l'ont dit, car ils savent qu'il n'y a rien d'impossible pour le grand-père de Saâda...

Pépito rougit... troublé, jusqu'au fond de son cœur ardent et noble, par la pensée de la petite reine de Bohême... la nomade aux boucles brunes et aux grands yeux noirs... dont il rêvait dans ce palais semblable pour lui à une prison...

Avec la timidité d'un amoureux, il demanda à son page :

— Et... Mlle Saâda... tu l'as vue... tu lui as parlé... Que t'a-t-elle dit?...

— Notre petite reine a connu la tristesse... elle qui était toujours si gaie... auparavant.

« Tout le temps, elle est en faction devant la porte de la roulotte où Mahadok et M. Siébel soignent M. Valentin; c'est pour empêcher Marguerite d'entrer.

« Mais, pendant qu'elle reste là, ses yeux s'en vont dans la direction du palais, comme si quelque chose la fascinait, et son regard devient fixe... et des larmes perlent au bout de ses longs cils noirs...

— Ah!... elle est triste... elle pleure... et elle regarde ce palais...

Pépito répétait ces mots comme en un rêve... Saâda avait donc son regard obstinément tourné vers la demeure somptueuse où il vivait... plus en mélancolique reclus qu'en prince heureux...

Alors... c'est qu'elle pensait à lui... Et ses yeux étaient pleins de larmes... parce qu'elle croyait qu'elle ne le reverrait plus...

O tristesse exquise!... O suave douleur!... Pépito voyait enfin la preuve d'une tendresse plus précieuse à son cœur que tous les joyaux de la couronne de Toscane...

Il était aimé...

Son œil s'illumina du divin reflet des plus célestes joies...

Tout disparaissait devant le radieux bonheur que cette certitude apportait à son âme extasiée...

Sans regret, il quitterait le pouvoir... il fuirait cette mère indigne...

La dynastie qu'il représentait pouvait s'écrouler dans les plus terribles désastres... La Toscane pouvait être en proie aux horreurs de la guerre civile... que lui importait!...

La terre aurait pu s'écrouler, anéantie par la main formidable d'un dieu...

Il lui restait le ciel!... N'était-il pas aimé?

— Oui... Georges, — fit-il, — nous allons fuir... et... tu me conduiras au camp des Bohémiens...

« Mais je n'emporterai rien de ce palais maudit... j'en sortirai... comme j'y suis entré, avec mes vêtements de pauvre, troués et roussis par le feu!...

En disant ces mots, il alla à un coffret qui se trouvait au fond de la pièce et l'ouvrit avec une petite clef d'or...

C'est là qu'il avait conservé, — précieuse relique! — les habits qu'il portait le jour de l'incendie de la rue Fragoletto... et le lendemain quand il haranguait le peuple et le poussait à la révolte, devant le cadavre de Gioritto...

Ah!... en se remémorant ses paroles et en les comparant à ses actes... depuis... comme ils devaient le traiter de mauvais histrion... ceux qui l'avaient cru... au point de le suivre jusqu'aux grilles dorées qu'il devait franchir non plus comme chef de l'émeute... mais comme prince régnant!...

A ce souvenir d'hier, le rouge de la honte monta au front de Pépito...

Il avait hâte de quitter ses vêtements royaux qui lui semblaient la livrée du mensonge et de l'infamie...

Le voilà dans ses haillons, prêt à fuir... Mais Georges s'arrête et met un doigt sur les lèvres...

C'est que le page effronté sait, au besoin, se montrer prudent, avisé... La Forêt-Noire ne lui a pas seulement fait faire l'apprentissage de la vie vagabonde... elle lui a enseigné les précautions qu'il faut prendre pour dénicher les oiseaux, pour se glisser dans l'ombre, sans se laisser voir, sans se faire entendre.

— Chut! — fait-il à son prince, — c'est l'heure où l'on relève la garde pour la nuit... Nous serions aperçus, certainement... tandis que plus tard, une heure avant la relève du matin, la vigilance des sentinelles s'endort... je le sais... puisque souvent je suis rentré, grâce à cela, sans que personne s'en soit aperçu...

Un tic tac monotone rappelle à Pépito qu'il y a là une horloge... Il lève les yeux vers son cadran... et constate qu'il y a encore plusieurs heures avant le moment où l'on viendra relever les gardes qui auront veillé toute la nuit aux portes du palais.

— Si nous nous reposions en attendant ! — insinue Georges. — Nous aurons pas mal de gymnastique à faire, tout à l'heure... Il faudra grimper des murs, sauter des fossés... et puis... prendre ses jambes à son cou, comme des malfaiteurs...

Cette idée de courir de toute la vitesse de ses jambes, de détaler devant une patrouille du guet, ainsi que des gens qui viennent de faire un mauvais coup, met Georges en gaîté... Pour un peu, l'enfant espiègle rirait aux éclats...

Pépito a un sourire qui dit l'amertume que son cœur a gardée du règne éphémère qui va finir.

Il murmure :

— Un malfaiteur !... oui... voilà ce que j'aurai été !... Et pourtant, j'avais rêvé de faire le bien !

Mais la pensée lumineuse de Saàda dissipe les ténèbres où son âme allait se perdre...

Et la clarté de l'amour, divin soleil, lui montre le chemin du bonheur...

Il s'allonge, en ses haillons sordides, au milieu des coussins de soie, sur un divan magnifique...

Bientôt sa respiration régulière et paisible montre qu'il s'est endormi... plus heureux qu'un roi... du beau sommeil doré des amoureux...

Georges s'est accroupi par terre aux pieds de Pépito, qu'il a regardé s'assoupir...

Mais il sent, à son tour, que ses yeux papillotent... Il s'accoude au divan... met sa tête mutine sur son bras... et bientôt il ferme les paupières... Le sommeil, à présent, ne sera pas bien long à venir... Les enfants s'endorment si vite !

... Dans la pièce voisine un frôlement léger... quelque chose d'à peine perceptible, comme si une lame de parquet avait craqué...

Un nouveau craquement...

Georges se dresse sur ses pieds, sans éveiller Pépito... Il sera assez temps de le faire si quelque danger menace le fils de Nathalie Borghès...

Nous savons que la pusillanimité n'est pas le défaut du petit burgrave.

Sur la pointe du pied, il se dirige vers la pièce voisine qui sert de cabinet de travail...

Dans le fond, une tenture s'écarte...

Un homme apparaît avec une lanterne sourde à la main...

Qui est-il et comment a-t-il pu arriver jusque-là sans être aperçu par les gardes et par les serviteurs du palais ?...

Voilà ce que Georges se demande... tout en suivant les mouvements du personnage... car s'il y a un danger, il l'affrontera seul ou avec Pépito, mais il n'appellera pas... On verrait le prince couché sur le divan, en guenilles, et c'en serait fait de leurs projets d'évasion.

L'homme marche vers la muraille opposée, en étouffant le bruit de ses pas, au lieu de se diriger vers la pièce où dort Pépito...

En palpant la tapisserie avec ses doigts tandis qu'il s'éclaire de sa lanterne, il finit sans doute par trouver ce qu'il cherche... car il s'arrête dans ses investigations.

Il appuie avec un doigt... un panneau de la muraille s'entr'ouvre...

L'homme a glissé sa main dans l'ouverture et il en retire un parchemin...

Georges a bien envie de crier « au voleur ! » comme toutes les fois qu'il rencontre Karl Brander, sa « bête noire »...

Mais il s'abstient de le faire... nous savons pourquoi...

Brusquement, l'homme se retourne... La lumière de sa lanterne tombe en plein sur les yeux de l'enfant qu'elle aveugle de sa clarté...

Cet éblouissement passager fut fatal au pauvre enfant indompté de la Forêt-Noire...

Méphisto lui avait plongé sa dague en plein cœur...

LXII

DOUX CAPTIF

Nous savons comment Méphisto avait pénétré jusque dans le palais des Borghès, où il avait souillé sa conscience diabolique d'un nouveau et plus exécrable forfait.

Pourquoi y était-il venu, par ce mystérieux passage qui lui avait servi à s'enfuir, quand l'émeute triomphante s'achevait dans le couronnement de son bâtard ?

C'est que, comme nous l'avons vu, aussi bien chez lui que chez Nathalie, la même pensée criminelle et cupide dominait tous les actes d'une politique astucieuse...

Il fallait que Faust mourût... afin que les biens du prétendu régicide fissent retour à la couronne... La couronne, Méphisto comptait bien la conquérir à nouveau, car la frêle royauté de ce Borghès illégitime n'était pas un obstacle bien difficile à surmonter...

Seulement, l'usurpateur se rappela que, dans sa précipitation à gagner la bastille imprenable d'où il allait narguer ses ennemis, il avait oublié certain document de la plus haute importance...

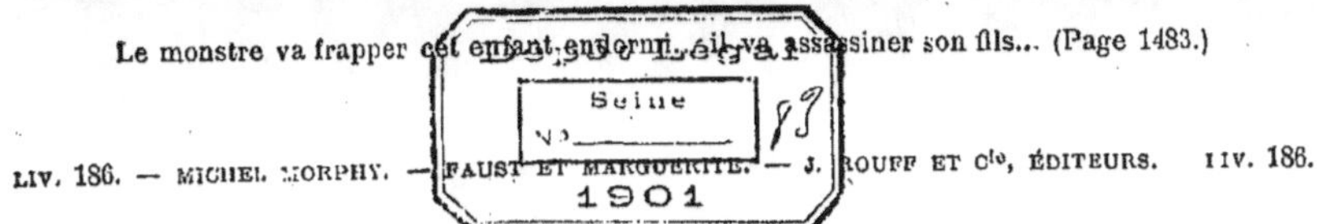

Le monstre va frapper cet enfant endormi... il va assassiner son fils... (Page 1483.)

C'était le pacte signé par Faust à Strasbourg...

Pour que ce précieux papier ne lui fût pas enlevé par violence ou par ruse, Méphisto, quand il était au pouvoir, ne s'était pas fié à ses coffrets les plus solides ni aux serrures de ses tiroirs, mais il l'avait enfermé dans une cachette mystérieuse, dissimulée derrière un panneau de la muraille et dont il était le seul à connaître le secret.

C'est là qu'il était venu le reprendre... Nous avons vu comment la diabolique apparition du tyran avait été fatale au pauvre enfant de la Forêt-Noire...

Le petit Georges était tombé sans un cri... L'épais tapis avait, même, amorti le bruit de sa chute...

— Bon! — fit l'assassin. — Les gens qu'on tue doivent mourir ainsi... sans donner l'éveil!...

« Pourtant... la présence de ce page... en un pareil endroit...

« Ou je me trompe fort... ou il devait se trouver dans le voisinage de son maître...

« Alors... Pépito ne doit pas être loin d'ici... Comment se fait-il que je n'entende pas le moindre mouvement?...

A pas de loup, il se dirigea vers la pièce voisine... Il écarta les tentures qui servaient de porte... et promena tout autour de lui la clarté sournoise de sa lanterne...

Mais voilà qu'il s'arrête...

Un rayon de lumière est tombé sur la tête du petit chevrier de Pistoïa, posée au milieu des beaux coussins de soie qui garnissent le divan...

D'un geste automatique, le dormeur se frotte les yeux que la lueur vient troubler sous leurs paupières closes.

Il va se réveiller...

Méphisto dirige la protection lumineuse vers un point où elle ne risque plus de gêner le sommeil du bâtard...

Et Pépito se rendort...

— Son sommeil est profond! — fait l'odieux personnage en s'approchant de lui, — mais il sera plus profond tout à l'heure... profond comme la mort où je vais envoyer ce prince rejoindre son page...

Il approche alors de cette poitrine, que soulève une respiration égale... paisible... la pointe de sa dague toute rouge encore du sang de Georges.

Le monstre va frapper cet enfant endormi... il va assassiner son fils...

Mais non!... Il laisse retomber son bras...

Lentement, il remet l'arme en son fourreau... Est-ce que le remords est entré dans l'âme satanique de Méphisto?... Ce serait un miracle... et, comme le disait Karl Brander, son âme damnée, il n'y a pas de miracle en ce monde, où les plus merveilleux prodiges peuvent s'expliquer de la façon la plus naturelle...

A la clarté diffuse que projette sa lanterne sourde, le roi des Cachots a vu que ce prince est vêtu de haillons...

S'il couche ainsi, tout habillé, dans les vêtements qu'il portait la nuit de l'incendie et le jour de l'émeute, c'est que... l'acteur est las de son rôle...

Il en a assez, de jouer au souverain, sous la tutelle de Nathalie Borghès...

Et il s'apprête à revenir au milieu de ce peuple qu'il aime et dont il s'est cru sorti, quand il ignorait ses illustres origines... Il va reprendre son rang parmi les humbles... les pauvres... auxquels il prêchait naguère la haine de cette femme astucieuse et perfide qui devait l'élever au trône !...

La perspicacité de Méphisto lui montre donc que le fils de Nathalie s'apprête à fuir...

Et son esprit subtil lui fait voir, de suite, tout le parti qu'il peut tirer de cette évasion princière...

Pépito, en dehors du palais, rendu en son ancien milieu, sera, qu'il le veuille ou non, un auxiliaire précieux pour l'homme d'État machiavélique qui aspire à reprendre le pouvoir...

En effet, si l'ancien chevrier de Pistoïa redevient l'ardent tribun qu'il était au moment de la mort de Gioritto, ce sera pour le régime qu'incarne Nathalie Borghès un redoutable adversaire...

Obligée de se défendre contre un mouvement populaire, la veuve d'Andréas sera à la merci de la petite armée si solide, si décidée, qui occupe l'imprenable bastille de la prison d'État...

Si, au contraire, Pépito devait connaître l'amertume de cette impopularité qui a tué Gioritto avant que le plomb meurtrier ne lui eût enlevé le reste de vie qui, en lui, subsistait encore... eh bien !... ce sera encore un bonheur pour Méphisto.

Un trône rendu vacant et un chef de la révolution devenu impopulaire... il ne pouvait rêver de circonstances plus favorables !

Non ! ce serait une faute que de tuer Pépito au moment où il allait lui rendre tant de services...

Et il laissa le jeune prince en haillons achever son paisible et tranquille sommeil...

L'enfant qui dormait faisait des rêves d'or...

Rêves d'amour... beaux rêves de vingt ans... durerez-vous toujours?...

Hélas!... comme le réveil est cruel quand la réalité terrible est assise au chevet du dormeur...

Dors, pauvre Pépito, bercé par la douce image de la petite reine aimée...

Dors, triste bâtard, sous le radieux sourire de Saàda qui passe dans tes songes heureux...

Assez tôt tu te réveilleras pour voir l'œuvre du crime... et le sang qui a rougi ton seuil !...

...Pour revenir auprès de la trappe qui donnait accès à son mystérieux souterrain, Méphisto fut obligé d'enjamber le petit cadavre de Georges.

L'assassin vit un papier qui sortait des vêtements du page, déchiré par le furieux coup de dague qui lui avait ouvert la poitrine...

C'était une lettre cachetée... Méphisto pensa que par elle, peut-être, il apprendrait quelque chose d'intéressant sur les affaires du palais... Pour le machiavélique politicien, toute lettre est bonne à intercepter... et à lire. Mais quelle ne fut pas sa surprise quand, en dirigeant sur cette missive la lumière sourde de sa lanterne, il s'aperçoit qu'elle porte son adresse...

— Voilà qui est au moins étrange ! — fait-il ; — mais je la lirai une fois là-bas... Il ne fait pas bon pour moi de m'attarder ici... Le jour va naître... on va venir relever les gardes qui ont veillé toute la nuit... je pourrais avoir affaire à quelque ronde... Vite ! rentrons au bercail...

Une fois à l'abri derrière les murs des *Carceri grande*, le premier soin de Méphisto fut de mettre en lieu sûr le document qu'il était allé reprendre dans le palais des Borghès...

Puis il décacheta la lettre prise sur le corps sanglant du page de Pépito...

Et, de suite, il alla à la signature.

— *La Fornarina!* — fit-il, — ce nom ou plutôt ce sobriquet ne m'est pas inconnu...

« Autant qu'il m'en souvient, il était porté, voilà quelques années de ça, par une fort belle femme qui servait de modèle aux peintres et aux sculpteurs de Florence et de Fiesole.

« Diable !... en poignardant cet enfant indiscret... aurais-je tué un messager d'amour... Dans ce cas, cela me porterait malheur, comme quand on tue une hirondelle, à ce qu'assurent les bonnes gens...

« Mais... où ai-je la tête ?... Ce n'est pas un billet doux... Cette Fornarina... j'y suis maintenant !... depuis qu'elle s'est retirée de la société des artistes et a renoncé à l'art... tient une auberge dans le territoire contesté... C'est même là que le marquis de Laroche-Beaulieu, l'ambassadeur de France, est descendu, pour entamer des négociations diplomatiques avec Son Altesse la ribaude...

« Est-ce que, par hasard, la cour de France, toujours aimable et galante, à défaut de ce diplomate aurait chargé la belle hôtelière de négocier la paix avec moi... Voyons donc !

Mais il fut bien vite détrompé, car la lettre commençait ainsi :

« Prince, vous avez traîtreusement arrêté et emprisonné Frantz Holbach, le seul ami que mon cœur aime. Votre podestat Vagnerio est en mon pouvoir : je le garde comme otage dans une retraite que je suis seule à connaître. Je ne vous le rendrai qu'en échange de M. Frantz. La vie de votre podestat répond de celle de mon bien-aimé. A bon entendeur, salut !... »

— Peste ! — fit-il en arrêtant là sa lecture, — mais c'est une déclaration de guerre en règle qu'elle m'envoie là !...

« Ah ça ! est-ce que je vais avoir contre moi toutes les femmes de

Toscane, depuis la veuve d'Andréas jusqu'aux hôtelières des Apennins !

« Nathalie... passe encore !... car je l'ai quelque peu épousée... pour arriver à mes fins... Seulement je ne m'attendais pas à ce qu'elle me trouvât un pareil compétiteur. C'est de bonne guerre !... comme c'était de bonne guerre quand j'essayais de la faire disparaître.

« Mais... les autres... toutes les autres femmes... non ! surtout les jolies femmes... car elles trouveront des partisans...

« Et puis... je me sens de bonne humeur ce matin... il me semble que l'avenir désormais me sourit...

« Je veux être grand et magnanime, et faire la paix avec la belle Fornarina...

« Si elle croit, par exemple, m'intimider en me menaçant de faire passer le goût du vin à ce bandit de Wagner, elle se trompe. Je n'en ai guère souci, du podestat qu'elle garde en otage... et je lui rendrai son Frantz Holbach... sans conditions !...

« Il ne m'a rien fait, après tout, cet Alsacien, et s'il est ici, c'est parce que Karl Brander avait l'air de le tenir pour un homme dangereux...

« Une fois rendu à sa Fornarina, il ne le sera plus guère... elle encore moins... et elle célébrera ma clémence...

« Mais, par exemple, comme mesure de prudence, je lui interdirai le territoire toscan... Ces Alsaciens sont si batailleurs quand ils s'y mettent !

Là-dessus, il appela le chef de ses guichetiers.

— A quel régime se trouve le nommé Frantz Holbach ?

— Au régime de la double chaîne, monseigneur, et à la portion congrue comme alimentation. Il était trop fort, cet homme-là, un véritable hercule ! Si nous ne l'avions pas bouclé pendant son sommeil, jamais nous n'en serions venus à bout !

— Il doit rugir comme un lion enchaîné ?

— Non, monseigneur, pas le moins du monde ! Il chante toute la journée des romances sentimentales dans le patois de son pays, un vrai rossignol plutôt qu'une bête féroce... comme nous nous y attendions d'après ce que l'on nous avait raconté de lui...

— Enfin, ce lion est doux comme un mouton, et on peut le mettre en liberté sans danger ? Il ne pousse pas des cris... séditieux... ne profère pas de menaces contre le pouvoir ?

— Rien de semblable ! Par exemple, je dois dire à Votre Altesse qu'avec un clou qu'il a trouvé dans la poussière de son cachot, il s'est mis à graver sur les murs les mots que voici : « Misérable Karl, tu ne mourras que de ma main !... » Comme il est très doux avec nous, je lui ai demandé ce que cette inscription voulait dire. Il m'a répondu qu'il en voulait à un certain Karl Brander et que dès qu'il serait libre...

Le geôlier acheva sa pensée par un geste expressif qui fit sourire le sombre roi des Cachots...

— Alors, — fit ce dernier, — tu ne voudrais pas être à la place de Karl Brander et te trouver avec Frantz Holbach libre... de ses mouvements ?

— J'avouerai franchement à Votre Altesse que, dans ce cas, je n'aurais plus qu'à recommander mon âme à Dieu... car ce Frantz Holbach a une poigné.. et un biceps... Pourtant, ça a bien diminué, avec rien que du pain et de l'eau comme alimentation, et le régime de la double chaîne par-dessus le marché!...

Méphisto avait réfléchi... Il ne voulait plus mettre Frantz Holbach en liberté... du moins pour le moment.

Un prisonnier de cette douceur... vigoureuse et de cette rancune... opiniâtre lui rendrait service... avant de quitter les *Carceri*.

Il donna des ordres en conséquence, au guichetier en chef :

— Vous allez de suite enlever la double chaîne au nommé Frantz Holbach.

— Bien, monseigneur !

— Vous le nourrirez... copieusement, et, quant au reste, vous ne lui refuserez rien...

— Pas même ce qu'il réclame avec tant d'instance?

— Qu'est-ce que c'est?

— Voilà! Je vais le dire à Votre Altesse, parce que c'est... si peu commun dans les prisons... Il voudrait faire de la gymnastique, pour entretenir ses forces, dit-il !

— Mais... comment donc! Il faudra lui fournir des haltères, un trapèze, des anneaux, et cætera. Bref, un gymnase complet... Que diable! on ne doit pas laisser dépérir un hercule de cette force-là...

— Oh! monseigneur, ça nous fait bien plaisir ce que vous dites là!... Nous l'aimons tant, ce prisonnier, la douceur même!... Il ne ferait pas de mal à une mouche...

— Ni à un geôlier!... Ils sont tous aussi lâches!... — murmura Méphisto en rentrant dans ses appartements particuliers.

LXII

AU LARGE !

LA-BAS, dans l'odieux palais de sa mère, Pépito s'éveille...

Au-dessus de lui, la grande horloge au monotone tic tac vient de sonner l'heure de la fuite...

Il se lève...

— Georges... Georges... — fait-il à mi-voix, — réveille-toi, mon enfant... Nous allons partir...

Pas de réponse... aucun mouvement... nul bruit dans la grande pièce qu'emplissent les ténèbres.

— Comme il dort ! — pense en souriant le bâtard.

Et il a presque des scrupules... Cela lui semble si dur d'arracher l'enfant à son sommeil... Georges doit s'être endormi... harassé de fatigue... Et c'est si bon le repos, quand des songes heureux l'accompagnent...

Le petit charbonnier de la Forêt-Noire, — Pépito n'en doute point, — doit être bercé par les rêves charmants qui font au sommeil de l'enfance un oreiller si doux.

Bien sûr, sur l'aile de la chimère joyeuse, chevauchant l'espace et le temps, il est revenu là-bas auprès de son père le charbonnier et de sa bonne maman qui fait la soupe, avec des choux et du lard...

Avec toute la nichée des frères et des sœurs, des sauvageons à la santé robuste, il vagabonde sous la frondaison verte, faisant la chasse aux nids, l'enfant espiègle.

Et c'est vraiment dommage de le réveiller pour le remettre, face à face avec les réalités mélancoliques du présent, le pauvre petit burgrave qui dort comme une marmotte !...

Pourtant l'heure s'avance... Bientôt va chanter le coq qui claironne l'imminente arrivée du jour.

Il faut fuir !... Et Pépito ne peut laisser derrière lui cet enfant auquel il s'est attaché, car il lui a reconnu l'âme sincère et le cœur droit... ce qui ne se voit guère dans les cours princières...

Et il renouvelle son appel, plus pressant, élevant la voix, au risque d'être entendu... si par hasard quelque espion est aux écoutes dans les galeries solitaires du palais.

— Georges !... voyons !... Georges !... Il est temps que nous nous en allions !...

Le bruit de sa propre voix qui, seul, a rompu le morne silence, tinte aux oreilles du fugitif d'une façon étrange... douloureuse...

Son page serait-il donc parti ?... ou bien... Mais non ! c'est impossible... L'enfant du Schwartzwald est incapable d'une trahison... ou d'un abandon...

Dans la grande pièce froide... solitaire et muette... Pépito, qui marche à tâtons, vient heurter du pied un obstacle...

Il s'arrête... se baisse... et palpe... un corps !...

— Mais... c'est Georges !... — fait-il, tout bas, d'une voix angoissée...

— Oh !

Un cri lui échappe... une rauque clameur d'épouvante...

Georges est froid comme le marbre... autour de lui une nappe gluante... visqueuse...

Le sang commence à se coaguler...

Au risque de donner l'éveil, le fugitif a battu le briquet...

Tout, dans la nature qui s'éveillait, chantait l'hymne triomphale de l'amour... (Page 1495.)

Il allume un flambeau..., et tout en le tenant d'une main, il se penche sur ce pauvre petit corps glacé qui semble le regarder de ses yeux vitreux...

Georges a été frappé en pleine poitrine... Il est mort en défendant son maître contre un ennemi mystérieux...

Lequel?... voilà l'énigme que Pépito ne peut résoudre... Toutes les portes sont fermées à clef... en dedans... Les fenêtres n'ont pas été ouvertes...

Personne n'a pu s'introduire dans l'appartement où ils dormaient tous deux...

— Pourtant, — ne cesse de répéter le fils de Nathalie, — Georges est mort... on l'a tué !...

Plus il y réfléchit, plus le mystère devient impénétrable pour lui... Les ténèbres s'épaississent.

Quel enfer est-ce donc que ce sombre palais où le crime semble filtrer à travers les murailles ?... et où les démons tuent un page sans toucher à son maître endormi à côté ?

Affolant problème dont rien ne vient donner la solution à l'âme du fugitif qu'un trouble douloureux envahit...

Pépito s'est agenouillé devant le cadavre du pauvre enfant, victime de la ténébreuse et sanguinaire politique de cette cour où règne l'Esprit du mal, entouré par le meurtre lâche, l'incendie, le poison sournois... horrible repaire que hante toujours, on le dirait, l'ombre diabolique de Méphisto...

— Georges... pauvre enfant.... triste victime de la plus monstrueuse des tyrannies... tu seras vengé, je le jure... Pardonne-moi si je laisse ta chère et innocente dépouille sous ces lambris dorés qui suent le vice et le crime... mais, plus que jamais, il faut que je fuie ce palais de sang et de boue... Et je reviendrai à la tête du peuple... nous chasserons les tyrans... ton assassin, quel qu'il soit, expiera le vil guet-apens où tu as trouvé la mort et nous te ferons de belles funérailles... comme au malheureux Luiggi... comme au noble Gioritto !... adieu... Georges... adieu !...

Pépito se releva, essuyant ses larmes...

La haine généreuse qu'il avait au cœur contre les assassins d'un pauvre enfant, le farouche désir de la vengeance, étaient pour son amère douleur un merveilleux calmant.

Oui ! ce nouveau, cet exécrable forfait, il saurait en châtier l'auteur.

Mais cela ne suffisait pas...

Qu'importe l'instrument obéissant et passif qui a fait le coup ?...

C'est à la tête... qu'il faut frapper... la tête qui a conçu le forfait... et qui l'a ordonné.

Eh bien ! tant pis !... cette tête, il saurait l'atteindre...

Et un long frisson le prit, car il ne doutait pas que l'instigatrice de ce crime ne fût Nathalie Borghès... sa mère !...

L'horrible fatalité du parricide le poursuivait donc sans cesse...

Et le prince en haillons s'enfuit, à travers les grandes salles désertes et le parc immense noyés dans l'ombre, sans jamais se retourner...

On eût dit que le remords était avec lui et qu'il craignait de voir un spectre marcher sur ses pas... comme si c'était lui l'assassin....

Dans la campagne voisine, un coq chanta... le jour allait venir.

.   .   .   .

Un homme, dans la grisaille indécise de la nuit qui s'achève, a été vu, rôdant aux alentours du campement...

Les sentinelles lui ont crié :

— Au large !...

C'est que Mahadok a fait redoubler de vigilance...

Dans les temps troublés où l'on vit, nul n'est sûr de ne pas être, demain, l'ennemi auquel on court sus... ou la victime expiatoire des colères sociales...

Qui peut dire ce qui s'élabore sous les flots tumultueux d'une révolution?

L'ancêtre, penseur doux et profond, a vu le mal; il devine le danger sans cesse menaçant.

Marguerite, la divine voyante, les yeux fixés sur l'étoile d'amour qui luit, pour elle, dans le ciel bleu de l'espérance, a conduit les nomades jusqu'au pied de l'affreuse Bastille.

Sa destinée doit s'accomplir ici... dans la joie ou dans le malheur...

Mais les autres... leur sort n'est point attaché aux pierres lépreuses qui se dressent comme un blasphème dans l'air pur et libre...

Les Bohémiens ne sont là que pour accompagner Marguerite... et la défendre.

Vagabonds éternels, venus de partout et n'allant nulle part, ce sombre édifice n'était point leur but.

Et pourtant, ils sont restés là... devant ce mur qui barre la route de leur marche éternelle, dans la liberté du monde sans limites...

Ils demeurent... étrangers, parmi un peuple hostile...

Les chemineaux qui passent, histrions, bateleurs et montreurs d'ours amusent les curieux assemblés dans les villes, mais on aime bien les voir partir...

Ils sont d'une autre race... leur incertaine patrie dont ils sont les éternels exilés ne peut inspirer le respect issu de la crainte...

Cette vague bohème n'a point d'armées ni de flottes pour venger ses nationaux... Et c'est pourquoi, devant la haine sournoise des contrées qu'ils traversent, les Bohémiens sont d'éternels fugitifs...

Pourquoi se sont-ils attardés dans ce champ de Mars ?...

Hélas ! C'est que la destinée de Marguerite tardait à s'accomplir... et pourtant la retenait au pied de ces tours obscures, où languit l'époux de son cœur aimant.

Et Saâda n'a point voulu abandonner sa sœurette chérie, celle qu'on appelle la blonde Gitana.

Moins que jamais on a pu songer au départ quand l'incendie d'un quartier de Florence et une tentative infâme de meurtre ont jeté là, dans une des roulottes, Valentin Roger, le frère de la pauvre folle qui allaite, à côté, son petit Henry...

Siébel a raconté la triste et douloureuse histoire... Alors l'âme exquise de Saâda entrevoit une tâche plus grande de dévouement et de tendresse. De sa douce main compatissante, elle conduira sa sœur d'adoption jusqu'au terme de ses épreuves...

Elle veut la voir heureuse... entre son époux et son fils... près de tous les siens qui auront pardonné...

Et le pardon est facile... car si Marguerite a aimé... aimé jusqu'au complet abandon d'elle-même, elle n'est point coupable...

La destinée seule fut cruelle... et des êtres méchants se firent ses hideux complices...

Que Valentin revienne à la vie... qu'il puisse, sans danger, écouter l'aveu mélancolique et tendre, et alors ce sera le commencement de l'œuvre de réhabilitation et de justice que rêve la petite reine aux grands yeux noirs...

Mais son rêve ne s'arrête point là... La pensée du bonheur qui attend Marguerite fait irradier, dans son âme les divines aspirations d'un idéal nouveau...

C'est l'amour qui se lève sur son cœur comme un astre aux vivifiants rayons...

Et là-bas... à l'horizon... le jour commence à poindre!...

Saâda, qui est éveillée, a entendu le cri que la sentinelle répète :

— Passez au large!...

Elle se lève pour aller voir...

Malgré la défense, l'homme veut passer...

Le Bohémien monte la garde avec une pique... car il a bien fallu, dans ce pays d'embûches et de traîtrise, que Mahadok armât des gens.

Et il croise son arme devant la poitrine de l'étranger... qui s'obstine à vouloir passer outre.

Un cri part du milieu du camp.

Saâda a vu la scène... et elle accourt. Ce loqueteux, cet être en guenilles qui vient rejoindre au milieu de leurs pauvres chariots les compagnons de la misère, les éternels proscrits... c'est le prince de Toscane!...

D'un geste impérieux, elle abaisse la pique du Bohémien... et s'inclinant devant Pépito, avec un sourire gracieux et noble, elle dit :

— Que Votre Altesse soit la bienvenue.

— Reine de Bohême, c'est un fugitif, un évadé qui vient chercher un refuge auprès de vos loyaux sujets... de grâce, accordez-lui l'hospitalité!...

— Le camp des Bohémiens est, suivant nos lois, un asile inviolable, prince!...

Elle remarque le trouble du jeune homme... sa pâleur...

— Vous n'êtes pas blessé? — lui demande-t-elle.

— Non!... Mais si vous saviez... ah!...

Sa parole est brève... saccadée... ses gestes sont fébriles... ses regards ont un éclat maladif... il est haletant, comme quelqu'un qui a couru à perdre haleine.

La petite reine s'inquiète...

— Vous êtes seul, monsieur Pépito?... — fait-elle, surprise qu'il ait pu venir sans être assisté depuis le palais, dans l'état où il se trouve.

Il répète, comme halluciné :

— Seul!... seul!... oui... je suis seul!...

— Je croyais que vous aviez, avec vous, le petit Georges, votre page!...

D'une voix blanche et froide... comme un suaire... regardant Saâda avec des yeux éteints... le bâtard fugitif répond :

— Georges est mort!... Ils l'ont tué!...

Et il se laisse tomber sur une grosse pierre qui lui sert de siège, et il pleure, la tête dans ses mains...

Le ciel pâlit... c'est l'aube naissante dans la fraîcheur des rosées... sur les fleurs des coteaux voisins.

Des larmes mouillent les grands beaux yeux noirs de Saâda...

Rêves d'amour... ô joies fugitives... pourquoi faut-il que la réalité douloureuse surgisse, au milieu de vous... beaux songes fleuris?...

Saâda s'était assise sur la pierre, à côté de Pépito... d'un geste instinctif, spontané, ils s'étaient pris les mains... et cette étreinte muette dans la communauté de leur infinie tristesse disait l'aveu muet et suprême de leur amour...

LXIV

LE LÉTHÉ

L'AMOUR est plus fort que la mort...

Sur le douloureux passé il jette le voile de l'oubli... Il colore de ses radieuses et claires nuances le sombre avenir... et le présent mélancolique s'efface, lui-même, devant sa puissance victorieuse...

Ah! Pépito ne songeait plus à son royaume perdu.... ce sceptre qu'il avait rejeté avec dégoût ne lui faisait plus, à présent, que l'effet d'un songe mauvais qui s'était évanoui avec l'aurore...

L'aurore de l'amour!... quelle chose exquise et suave! quelle extase ravissante!...

Au lieu de rentrer directement dans le camp, la petite reine de Bohême, qui tenait toujours les mains de son ami enlacées dans les siennes, contourna la palissade que gardaient les sentinelles vigilantes...

Ensemble, ils traversèrent le Champ-de-Mars, laissèrent derrière eux les *Carceri grande*...

C'étaient, à présent, des faubourgs populeux... des artisans se rendaient à leur travail, on entendait déjà la respiration bruyante des forges... tous les bruits de la vie à son réveil...

Le bourdonnement d'une ruche succédait au repos de la nuit calme...

Pépito et son amie traversaient, silencieux, tous ces groupes d'ouvriers qui ne se doutaient pas que leur prince de la veille passait au milieu d'eux.

Les guenilles sordides du pauvre vagabond avaient remplacé l'or et la pourpre et la soie...

Mais, sous cette livrée de misère un cœur battait, plus heureux que tous les cœurs des rois de la terre...

C'est qu'une joie lui était venue... une joie divine que la couronne et la richesse ne sauraient donner...

Pépito aimait... il adorait, de toutes les forces de son cœur, sa charmante et délicieuse Saâda...

Et dans la pureté adorable de son cœur chaste et loyal, la petite reine de Bohême aimait le petit gardeur de chèvres...

Ils étaient maintenant dans la campagne solitaire, tout humide encore des baisers de l'aube blanche, virginale amante des bois et des prés que sa rosée féconde...

L'aubépine embaumait les haies... Comme une neige odorante, voletaient dans l'air les fleurs du seringa.

Et la brise matinale, soupirant sous la fraîcheur des grands citronniers, allait, toute parfumée, de Florence à Fiesole...

C'est sur la route de cette dernière ville que les amoureux s'étaient engagés...

Ils allaient, oublieux du passé, insoucieux de l'avenir, et chassant les tristesses de l'heure présente, absorbés, tous les deux, dans l'extase muette de leur amour...

Pourquoi s'étaient-ils aimés, et quelle force aveugle les jetait ainsi soudain l'un vers l'autre, avec, au front, et dans le cœur, la marque des prédestinés?...

L'énigme est immense... les bornes de l'amoureux problème sont reculées jusque dans l'infini... Profondeur du ciel bleu... insondable abîme de l'Océan, qui donc peut vous scruter?

Au sphinx doux et terrible qui s'appelle l'amour, ce serait faire une réponse indigne et mesquine que d'expliquer pourquoi deux êtres s'aiment...

La raison humaine s'y montrerait impuissante, et les philosophes y perdraient tout leur temps...

Ils s'aimaient... voilà tout ce qu'on peut dire... ces deux enfants si jeunes et si beaux... et l'amour était venu allumer leur ardente et jeune passion, soudain comme l'éclair, inexorable et fatal comme le tonnerre qui foudroie...

Et c'est pourquoi, après les pleurs donnés au drame qui était venu assombrir leur idylle radieuse, ils marchaient, oublieux de tout, dans le rêve étoilé de l'amour naissant...

Non! l'incendie n'avait pas dévoré un quartier de la ville, et fait d'innombrables victimes...

Une révolution sanglante, — qu'allait suivre une réaction plus impitoyable encore, — n'avait pas chassé du palais l'odieux tyran de Florence pour le remplacer par un obscur chevrier des montagnes...

Et la tache de sang que la fin tragique de Georges avait mise sur l'histoire obscure des Borghès s'effaçait dans les brumes du passé...

Ainsi, dit la mythologie, le fleuve du Léthé versait l'éternel oubli à ceux qui buvaient de ses eaux bienfaisantes.

Maintenant, dans l'idéale fraîcheur du matin, sous le soleil qui montait lentement, sur leurs têtes, les deux beaux enfants s'étaient assis à l'ombre d'un grand arbre...

Silencieux, ils contemplaient, à leurs pieds, la grande ville à son réveil, et l'Arno majestueux qui coulait entre deux rangées de fleurs...

Des papillons aux chatoyantes couleurs décrivaient leurs capricieux zigzags dans l'azur du ciel tiède...

Tout, dans la nature qui s'éveillait, chantait l'hymne triomphale de l'amour...

Leurs âmes étaient pénétrées par la douceur majestueuse du spectacle et l'harmonie céleste qui s'épandait sur toutes choses...

Ils se turent... peut-être!... Peut-être aussi, ils parlèrent!... Mais qu'importe? L'éloquence n'était pas sur leurs lèvres... elle était dans leurs cœurs...

Un chemin qu'ombrageaient des arbustes touffus s'enfonçait dans un ravin profond...

Enlacés, ils pénétrèrent dans le sentier fleuri, le long duquel passait un clair ruisseau qui murmurait sur les cailloux, entre deux rives couvertes de mousse...

« Ils juraient de s'aimer, tant que l'eau coulerait, tant que les arbrisseaux, à chaque printemps, se couvriraient de verdures nouvelles... tant que les oiseaux feraient leurs nids dans l'épaisse frondaison qui fermait au-dessus d'eux ses ogives de ramures et de feuilles...

Longtemps, ils allèrent, tournant le dos à la cité bruyante...

Mais Florence n'existait pas pour eux... les querelles des nids dans les branches remplaçaient les factions déchaînées dans la ville... L'ombre des arbres cachait à leurs yeux, éblouis par les visions heureuses de la tendresse, et la sombre Bastille où Méphisto préparait sa sanglante revanche et le somptueux palais où Nathalie Borghès écoutait de perfides conseils...

. . . .

... Au camp, depuis l'alerte occasionnée par l'arrivée de Pépito, tout est calme. La surveillance même se relâche un peu, comme si les nomades avaient honte de se montrer si méfiants... eux qui n'ont rien à perdre... eux qui ne cachent rien... qu'un pauvre blessé recueilli par Mahadok et Saâda après l'incendie qui détruisit le quartier des Carceri.

« Ce qui accroît la sécurité des Bohémiens, c'est que l'homme auquel ils voulaient interdire si brutalement l'entrée des camps était un guenilleux et que leur petite reine dont il semble être l'ami a pris sa défense.

Qu'est-ce que des vagabonds comme eux ont à craindre des malheureux en haillons, leurs frères de misère ?...

Et puis... une fois... au cours de leur vie errante, ils se sont battus... une seule fois. Les enfants de Bohême sont intervenus dans les luttes entre gens de cette terre qui n'est point la leur. c'était dans la guerre des gueux, quand il a fallu, pour abattre la tyrannie, prendre d'assaut le Burg d'Othon le Cruel...

Nul ne s'est inquiété de l'absence de Saâda, car, si tant de souverains sont esclaves, la petite reine est libre, elle, au moins... libre de courir, les pieds nus, sur les routes poudreuses. Elle est plus heureuse que ces princesses vêtues de brocart et d'or, qu'une étiquette inexorable contraint à la morne captivité d'une cage dorée... pauvres oiseaux qui s'étiolent et meurent, souvent, sans air... et sans amour !

... Siébel avait passé la nuit au chevet du pauvre Valentin, et, maintenant, il se reposait...

En général, quand le jeune médecin strasbourgeois quittait son blessé, il était remplacé auprès de lui par Mahadok, mais cette fois, le vieux guérisseur n'avait pas jugé sa présence indispensable.

Par une observation patiente des phénomènes que présentait la victime de Méphisto, le vieillard avait fini par découvrir la nature du poison dont la balle était imprégnée...

Georges, on se le rappelle, avait raconté à Pépito le détail de la balle empoisonnée, mais ce qu'il n'avait pas pu lui dire, car à sa dernière visite au camp, cette découverte n'avait pas encore été faite, c'est que Mahadok avait trouvé l'antidote.

Valentin, qui mourait bien plutôt de la substance toxique que des désordres occasionnés par le projectile, maintenant qu'il n'était plus sous l'influence du poison, renaissait à la vie.

Et, comme il arrive presque toujours en pareil cas, ce n'était pas une amélioration lente et graduelle, mais en quelque sorte une résurrection soudaine, avec ce sentiment délicieux et troublant d'une vie nouvelle qui commence, sans rapports avec la vie d'autrefois, qui n'apparaît plus, à travers les brumes du passé évanoui, que comme un songe qui s'efface...

Il semble au malade dont tout le sang s'est renouvelé, qu'il n'a plus rien de commun avec un être dont il a une vague souvenance et qui lui ressemblait... comme un frère mort ressemble à un frère plein de santé et de force...

C'est ainsi que les eaux bienfaisantes de l'oubli viennent participer à cette crise salutaire que Valentin traversait, grâce à Mahadok...

Tandis que Siébel reposait et que le vieux Bohémien était allé dans la campagne cueillir des simples dont il avait besoin pour continuer le traitement de son blessé, celui-ci, appuyé sur ses oreillers, dans son lit, poursuivait le rêve indécis et charmant de l'âme jeune qui revoit les clartés de la vie qu'une nuit funèbre éclipsa...

Marguerite, portant dans ses bras le doux fruit de sa faute, est entrée dans la roulotte
où son frère est couché depuis de longs jours... (Page 1500.)

Des hauteurs du ciel bleu, des femmes... ou peut-être des anges...
jetaient des fleurs dont le doux parfum guérissait toutes blessures.

Et ces fleurs qui volaient semblaient animées... les coquelicots, c'était
l'incarnat des joues pudiques... les pervenches, des regards tendres et
chastes... les roses purpurines étaient des lèvres...

Les poètes ont dit vrai... les fleurs sont des femmes, et leur langage
enchanteur possède une harmonie que comprennent ceux dont le pas,
un instant, a foulé les noirs sentiers de la mort où rien ne fleurit...

Que ces bleuets sont bleus!... quelle éblouissante blancheur ont ces lis!... comme ces pensées sont veloutées sur leurs pétales mauves!... Qu'elle est belle, la douce marguerite, qui résout en s'effeuillant l'énigme des amours inquiètes... être aimé... ne pas l'être... tout est là!...

Marguerite... fleurette jolie... pourquoi répète-t-il à mi-voix ton nom charmant, le mort qui vient de ressusciter, et qui de sa vie antérieure n'a conservé aucune souvenance?...

— Marguerite!... Marguerite!... — murmure le blessé dont la conscience vogue dans le chimérique azur des rêves.

Et voilà que, soudain, la mélodie, sœur du parfum des fleurettes embaumées, monte dans l'air tiède du matin...

Une voix d'or chante, tout près du ressuscité, une vieille chanson du Rhin :

> Autrefois vivait un roi de Thulé
> Qui demeura constant toute sa vie,
> Sa femme lui fit don, dans l'agonie,
> D'une coupe en or ciselé.

Valentin a senti un étrange frisson courir dans tous ses membres...

Voix de l'Alsace qui venez parler à l'oreille de ce fils vaillant de la patrie lointaine, pourquoi réveillez-vous ses souvenirs endormis?...

Écho du Rhin natal, allez-vous rendre à celui qui a bu les eaux du Léthé la mémoire qui ravive les douleurs?...

Pourquoi ressusciter la peine dans ce cœur qui avait oublié?...

Triste et dolente humanité, tu ne peux donc être arrachée à ton rêve idéal que pour tremper tes lèvres dans la coupe amère des souffrances?

Deux larmes perlent aux yeux de l'Alsacien héroïque, tandis que la voix d'or continue :

> Durant les festins toujours il l'avait,
> Évoquant toujours de trop lointains charmes,
> Et toujours ses yeux s'emplissaient de larmes
> Quand dans cette coupe il buvait.

Valentin pleure... La légende du Rhin, comme ces merveilleux enchanteurs des temps héroïques et fabuleux, fait revivre et défiler le passé, heureux tantôt et tantôt mélancolique, avec des figures très douces qui sourient, comme de vieux portraits dans leurs cadres, sous le toit familial... Il revoit sa bonne mère en cheveux blancs qui tourne son rouet près de la fenêtre... Les cigognes passent dans l'air pur... et les vieilles ogives du temple vénéré servent de nid aux oiseaux du ciel.

Les stances légendaires déroulent leur harmonieux cortège :

> Puis, quand l'aube du dernier jour eut lui,
> Il donne à son fils ses châteaux, ses terres,
> Ses villes, ses bois et ses monastères;
> Il garde la coupe pour lui.

Le blessé s'agite sur sa couche. Il murmure d'une voix faible, comme un petit enfant :

— Maman!... mère adorée et chérie!... ton fils est loin de toi... il t'aime... mais il souffre... Maman... maman... tu es donc morte que tu n'es pas auprès de lui... pour le bercer... comme autrefois et le faire dormir... Maman!...

D'un effort violent, Valentin s'est soulevé sur son lit, mais ses forces le trahissent, et il retombe, épuisé, ne pouvant plus rien faire que pleurer, tandis que tout près de lui une voix au timbre frais et jeune chante toujours la *Coupe du roi de Thulé*, hymne symbolique des éternelles amours qui survivent même à la mort.

> Au banquet royal, tout bardé de fer,
> Il vint prendre place entre ses fidèles,
> Dans la grande salle où l'on voit des ailes
> Passer au-dessus de la mer.

Les souvenirs du passé évoqué reviennent en foule tumultueuse s'asseoir au chevet de Valentin...

Il revoit Strasbourg et son antique cathédrale, et son fleuve majestueux, et l'humble maison où il a vu le jour...

Sa mère est là qui se penche sur son lit de convalescent... et lui, il tend les bras pour l'embrasser.

Une mignonne enfant accompagne Mme Roger... et Valentin a reconnu sa petite sœur, l'innocente et exquise Jeannette.

Puis une ombre derrière elles se dresse... une ombre mélancolique dont les grands yeux bleus sont levés au ciel qu'ils semblent refléter...

— Marguerite!...

Le blessé a crié ce nom dans un sanglot... Ce n'est plus la douleur qui gémit... ce n'est plus la tristesse de l'exil lointain... c'est quelque chose de plus poignant... de plus atroce... la plus cruelle torture pour l'âme fière d'un loyal soldat, c'est le sentiment de l'opprobre, c'est la pensée du déshonneur...

Et le doux nom de la fleurette, symbole de l'amour qui interroge et veut savoir l'énigme de la destinée... Marguerite... ce mot n'évoque à son cerveau, que la fièvre reprend, qu'un souvenir... celui de la faute...

Il gémit encore, au milieu des sanglots :

— Marguerite... Marguerite... hélas!...

Mais la mémoire se précise... Cette légende du Rhin... à présent, il se la rappelle... c'était elle qui la chantait... elle... elle...

Il est accablé par une torpeur molle comme avant sa miraculeuse résurrection, et il souffre cruellement...

Pauvre, pauvre humanité qui ne peut retrouver le souvenir que pour revenir à la source de ses peines, comme si l'oubli devait être la joie suprême!...

L'image de sa mère que la petite Jeanne accompagne se présente encore devant ses regards qu'un étrange délire a hallucinés... Et le pauvre blessé implore :

— Maman!... maman!... oh! ton fils souffre... dis-lui où est la consolation... le remède...

— C'est l'oubli... mon fils... le pardon!... oublier... pardonner... c'est aimer!...

Valentin s'est dressé sur son lit, et, obéissant à l'étrange suggestion, c'est lui qui chante... c'est lui qui achève la vieille chanson des bords du Rhin... On se rappelle ces stances mélancoliques :

> Il se lève, soudain, mourant et las;
> Vers la coupe d'or chérie il s'avance;
> Encore une fois, il boit et la lance
> Dans l'onde qui gémit en bas.

> Il la voit plonger, triste, las, fourbu,
> Plonger pour toujours dans l'onde morose...
> Son cœur ne bat plus, sa paupière est close :
> Depuis, il n'a plus jamais bu!

... Dans la roulotte voisine, Marguerite, qui berçait le petit Henry en chantant la *Coupe du roi de Thulé*... s'arrête, étonnée...

Cette voix mâle et qui tremble un peu, cependant, réveille sa raison assoupie...

Elle songe... et elle se rappelle...

Et comme naguère l'étoile d'or qui guidait sa marche, la voix de Valentin qui continue la chanson qu'elle avait commencée guide la voyante...

Saâda n'est plus là pour lui barrer le chemin... Mahadok est allé cueillir des plantes... et Siébel repose...

Marguerite, portant dans ses bras le doux fruit de sa faute, — tendre espoir de sa rédemption, — est entrée dans la roulotte où son frère est couché depuis de longs jours déjà...

— Valentin... mon frère!...

— Marguerite...

Le blessé a vu passer l'image de sa mère dont le céleste et doux sourire lui répétait ces mots divins... oubli... pardon..

Il a retrouvé la mémoire du passé... mais le ciel n'a pas voulu que ce fût pour maudire...

Dans le long et fraternel baiser de Valentin, Marguerite a vu revenir sa raison envolée ainsi qu'une colombe...

L'âme a réintégré le corps...

Christ est ressuscité!...

Le frère et la sœur se rappellent les mystiques et triomphales paroles qui servaient à célébrer Pâques fleurie... Pâques joyeuse... là-bas dans l'antique et vénérable sanctuaire à l'ombre duquel ils sont nés...

Résurrection glorieuse de la fraternelle tendresse, sois bénie!...

Bonheur, est-ce donc ton aurore qui se lève enfin après la sombre nuit dont les ténèbres épaisses ont obscurci la destinée de Marguerite, cette frêle et pure victime?

Hélas ! on voudrait l'espérer, mais c'est impossible encore...

L'enfer ne lâche pas si aisément sa proie !... Au bruit qui se fait dans la roulotte, Siébel, inquiet, est accouru...

En voyant Marguerite et son enfant auprès de Valentin, il tremble...

Il redoute pour son cher blessé les effets de cette rencontre imprévue...

Mais il se rassure, en voyant l'affectueuse étreinte et le tendre sourire qui ont marqué cette reconnaissance du frère et de la sœur.

Valentin serre la main de son fidèle compagnon, de celui dont les soins ont tant contribué à lui rendre la vie...

— Siébel... mon bon Siébel! — fait-il, — nous resterons unis... tous... pour délivrer mon père... et tous les camarades de Strasbourg... et puis...

— Nous délivrerons Faust... mon maître.

— Oui... tu as raison, Siébel... nous délivrerons... ce... Faust... auquel je demanderai raison...

— Valentin, la violence est mauvaise conseillère... Mon maître est un homme juste et droit, mais il a pu être trompé par des apparences mensongères... pour Marguerite comme pour moi... qui ai paru à ses yeux coupable d'un vol bas et vil... Je me justifierai... Faust me rendra sa confiance, car il aime la vérité et la justice... Marguerite triomphera de l'abominable fatalité qui s'est abattue sur sa tête innocente...

— Je serai sa femme devant les hommes comme je le suis devant Dieu... Il me l'a juré et j'ai foi en sa parole! — dit avec une sereine et immuable confiance la tendre martyre.

Elle contemplait, extasiée, l'anneau d'or brillant à son doigt... gage d'amour, astre d'espérance qui avait remplacé la petite étoile, perdue un soir dans les profondeurs du ciel sombre derrière la lugubre prison d'État...

Mahadok rentra, avec sa provision de plantes médicinales, et devant le spectacle qui s'offrait à ses yeux, il remercia la destinée qui enfin se montrait clémente pour la pauvre Marguerite... pour le lamentable blessé qu'on lui avait ramené le soir de l'incendie, la poitrine ouverte...

Cette crise qu'il redoutait pour Valentin lui avait été favorable...

Marguerite, dont l'état s'était considérablement amélioré, on l'a vu, depuis la fin de la marche à l'Étoile, recouvrait enfin la santé de son âme, dans l'ardente et fraternelle tendresse de Valentin.

Il sembla alors au vieux penseur qu'approchait le triomphe de la vérité...

La justice immanente serait enfin victorieuse... Le mal cesserait d'être vainqueur... et ceux qui avaient souffert de son règne odieux trouveraient le repos et le bonheur dans les régions sereines où la rage des tyrans s'arrête impuissante...

Lui, le vieux guérisseur qui possédait tant de secrets inconnus des pédants patentés de son époque, il avait été en rapports, nous l'avons vu, avec le père et l'aïeul de Faust. Ces vrais savants n'avaient pas craint de s'instruire auprès du Bohémien nomade qui les initia à certains détails peu connus sur le principe actif des plantes.

Mahadok savait que cette glorieuse dynastie de médecins strasbourgeois était une lignée d'honneur et de droiture.

Jamais un Faust n'avait manqué à sa parole...

Voilà ce que dit le vieillard dont l'assurance prophétique concordait avec la vision radieuse de Marguerite, la céleste voyante...

Oui... elle serait l'épouse de Faust... comme Faust le lui avait juré...

Il faisait nuit quand Mahadok eut fini de parler...

A ce moment-là, soudain, Saäda et Pépito se précipitèrent dans la roulotte...

Ils portaient un cadavre...

C'était celui du petit Georges qu'ils avaient trouvé, presque à l'entrée du camp, en revenant de leur promenade idyllique...

. . . .

LXV

LA DERNIÈRE PENSÉE DE KARL

REVENONS, pour quelques instants, au palais ducal, dans les heures qui suivirent l'évasion de Pépito.

Les serviteurs, en pénétrant, le matin, dans les appartements du jeune prince, avaient été surpris d'étrange façon, comme bien l'on pense, de n'y point trouver Son Altesse.

Mais là où leur surprise se changea en un sentiment d'indicible horreur, c'est quand ils découvrirent, au milieu d'une flaque de sang qui commençait à sécher, le cadavre de son page.

La première pensée qui vint à leur esprit, c'est que le prince avait été assassiné...

Ces lambris dorés en avaient déjà tant vu, de ces drames mystérieux, qu'une pareille hypothèse semblait absolument plausible...

Son Altesse était la victime d'un ténébreux guet-apens... et les meurtriers avaient tué le page, pour se défaire d'un témoin gênant.

Il y avait pourtant, dans tout cela, quelque chose d'inexplicable... c'est que, malgré toutes les recherches, il fut impossible de découvrir le cadavre de Pépito.

Comment les assassins avaient-ils pu le faire disparaître?... Telle était. l'énigme d'autant plus insoluble qu'on ne voyait, dans les appartements du prince, aucune trace de lutte... pas le moindre désordre... Les fenêtres, closes comme la veille au soir, ne montraient aucun indice d'effraction et d'escalade, et personne dans la nuit n'avait rien entendu.

Alors les serviteurs de Pépito s'en allèrent informer la princesse, sa mère, de l'étrange découverte qu'il venaient de faire...

Nathalie Borghès, en apprenant la mystérieuse disparition de son bâtard et la mort violente du petit page qui se trouvait auprès de lui, sentit tout son sang refluer vers son cœur qui se mit à battre tumultueusement, tandis que son visage devenait blême...

Et, au milieu de l'horreur tragique qui l'envahissait tout entière, sa pensée... on la devine !

— Oui ! — fit-elle, en elle-même, — je reconnais bien là, une fois encore, la main de Méphisto !...

« Ah ! qui donc me débarrassera de cet homme néfaste ?...

Mais l'heure n'était pas aux vaines lamentations ! Si Nathalie connaissait bien l'homme qui avait été son complice avant de devenir son ennemi ; si l'amour maternel, en ce moment terrible, remplissait son âme d'une douleur sans bornes, d'autre part aussi, c'était une nature énergique, un caractère fortement trempé...

Refoulant ses sanglots et ses larmes, remettant à plus tard le soin de sa vengeance implacable, elle se consacra à la solution de cette énigme sanglante dont les ombres de la nuit avaient gardé l'impénétrable secret.

Avec la menace des pires châtiments, elle imposa le silence aux rares serviteurs qui venaient de pénétrer dans les appatements du prince, et et elle fit mander auprès d'elle son policier de confiance, le trop célèbre Karl Brander.

Celui-ci, discrètement, interrogea les gardes qui se trouvaient de faction aux portes du palais.

Naturellement, ces sentinelles n'avaient rien vu, rien entendu...

Sur le sable des allées du parc, le familier du palais remarqua des traces vagues, mais qui devenaient plus précises, mieux marquées dans les massifs, près de l'enceinte.

Ici, la terre, légèrement détrempée par la rosée matinale, avait gardé l'empreinte des pas d'un homme qui était passé par là, évidemment, un peu avant l'aurore...

Un seul homme... donc ce n'étaient pas des assassins faisant disparaître le corps de leur victime... car, pour transporter le cadavre de Pépito, il fallait qu'ils fussent au moins deux.

Karl Brander amena devant ces empreintes toutes fraîches Nathalie Borghès...

— Votre Altesse peut voir par là que son auguste fils n'a pas été assassiné, — fit-il en lui montrant ces pas marqués sur la terre humide et molle.

— C'est... lui... qui est... passé ici ! — haleta la princesse dont la douleur faisait place à un sentiment nouveau mélangé d'émoi cruel et de déception poignante...

Comment ! son fils, cet enfant qu'elle avait tiré de son humble condition pour en faire l'égal des rois... ce bâtard qu'elle légitimait, à la face du peuple, par un mensonge sacrilège... Pépito fuyait, comme un malfaiteur ; il s'évadait, ainsi qu'un captif, de ce palais superbe où elle l'avait installé en maître !...

Et non seulement il ruinait tous les maternels espoirs qu'elle fondait sur lui, mais il donnait encore le dernier coup à son ambition de souveraine... La dynastie qu'elle avait rêvé de fonder s'écroulait lamentablement dans cette suprême aventure...

Un monarque qui s'enfuit perd plus sûrement la royauté qu'un souverain qui succombe sous le fer des régicides ou sous la hache justicière d'un peuple révolté...

L'œil sec et la rage dans le cœur, Nathalie Borghès contemplait la trace de cette fuite maudite ; car elle ne s'y trompait point, c'était bien l'empreinte des pas de son bâtard !

Son ambition déçue plus encore que sa maternelle tristesse avait vu juste...

Et elle regretta que Pépito ne fût pas mort, réellement, comme le petit Georges, tué par cette main qui était sorti des ténèbres pour accomplir elle ne savait quelle œuvre mystérieuse et diabolique...

Car elle ne pensait pas, un seul instant, que Pépito eût pu assassiner son jeune page avant de prendre la fuite, et elle connaissait trop bien Méphisto pour ne pas lui attribuer ce crime.

C'était aussi l'avis de Karl Brander, qui, d'un autre côté, il faut bien le dire, ne s'attendrissait pas outre mesure sur la fin tragique de son précoce et implacable ennemi.

Mais le crime n'en était pas moins flagrant, et dans les circonstances présentes, coïncidant avec la fuite clandestine de Pépito, il était bien difficile que l'opinion publique ne l'attribuât pas au prince...

Celui-ci, soupçonné déjà de parricide, responsable des lourds impôts dont ses ministres avaient accablé la Toscane, n'était déjà pas si populaire pour que l'assassinat du page ne risquât point de déchaîner une émeute dans les rues de Florence.

Et Nathalie le comprenait bien ; Méphisto, solidement retranché avec ses partisans dans la prison d'État, ne manquerait pas de profiter du soulèvement, grâce à une intervention adroite, sous prétexte de rétablir l'ordre. Il fallait, avant tout, parer à ce danger.

Ce fut ici que Karl Brander déploya les ressources de son esprit astucieux et fourbe, fertile en ruses et en trahisons de toute sorte...

— Si Votre Altesse daignait suivre mes conseils, on pourrait, peut-être, détourner l'orage ! — fit le vil mouchard d'un ton insinuant et doucereux.

Ils portaient soigneusement enveloppé le corps du page... (Page 1507.)

— Comment cela? — interrogea Nathalie.

— Quand j'étais aux ordres de l'usurpateur, — reprit l'espion, — je me suis déjà occupé des... intérêts de ce pauvre enfant si méchamment assassiné la nuit dernière.

— Où voulez-vous en venir?

— Voilà. C'est un fils d'excellente famille que son père, un digne burgrave des bords du Rhin, m'avait confié pour que je surveille ses études.

« Mais il fut détourné du droit chemin par certains étudiants paresseux et indisciplinés, et, en leur compagnie, il se mit à courir le monde.

« Après diverses aventures indignes d'un jeune garçon de sa condition, il finit par échouer dans une bande de Bohémiens nomades que je surveillais pour le compte de Méphisto, car, parmi eux, se trouvait... certaine personne qui s'intéresse au régicide Faust...

— Et... cette personne, c'est...

— Marguerite Roger, la propre fille du lieutenant Roger de Strasbourg, qui est enfermé aux *Carceri*...

— Méphisto voulait... la faire disparaître?

— Oui... Altesse!... Et sans qu'on pût le soupçonner d'être quoi que ce soit dans cet éloignement ou cette... suppression...

— Mais quel rapport cela avait-il avec Georges, le page?...

— Voilà !... Comme j'avais été chargé par ses parents de veiller sur lui, je le faisais rechercher par la police...

« Bien entendu, celle-ci, — incarnée en ma personne, — finissait par découvrir sa retraite chez les Bohémiens campés au Champ-de-Mars.

« Je le réclamais... officiellement. Mais je le connais assez pour savoir qu'il refuserait de me suivre de son plein gré. Alors, comme il est mineur, j'accusai les nomades d'avoir commis un détournement. J'ameutais la tourbe ignorante qui accuse volontiers les Bohémiens de commettre des rapts d'enfants dans les contrées qu'ils traversent. Et le fanatisme populaire finissait ainsi par servir, inconsciemment, les secrets desseins de Méphisto.

— Ce n'était pas mal imaginé. Je reconnais bien là son machiavélisme et votre esprit ingénieux.

— Votre Altesse me flatte, vraiment! — fit en s'inclinant d'un air hypocrite le maître fourbe.

— Mais... le petit Georges est mort... et... je ne vois pas...

— Justement! Le stratagème est encore plus sûr de réussir que du temps où il vivait...

« A la tombée de la nuit, avec des hommes sûrs, je vais déposer le cadavre près de l'endroit où bivouaquent ces vagabonds...

« Dès lors... ce sont eux qui l'ont assassiné... Ce crime soulève l'indignation générale contre des étrangers, des gens d'une autre race, contre laquelle couve toujours, dans l'âme populaire, une étincelle de haine héréditaire.

« Et, comme je le disais tout à l'heure, en commençant, à Votre Altesse, nous détournons sur eux l'orage qui s'apprête à gronder sur ce palais.

« Et Méphisto, qui du fond des *Carceri grande* s'apprête sans doute à intervenir, devra se résigner à attendre une autre occasion.

— Que je ne lui fournirai pas!... En effet, que mon fils soit retrouvé et revienne ici, ou que je reste seule à défendre mes droits et ma dynastie, le pouvoir absolu ne me sera arraché qu'avec la vie, je le jure!

... A la nuit, quand vint l'heure trouble des larrons et des mouchards, Karl Brander sortit du palais, accompagné des deux serviteurs de confiance qui étaient dans le secret du drame.

Ils portaient, soigneusement enveloppé, le corps du page...

L'espion éclairait leur marche avec une lanterne...

La funèbre mission est achevée...

Georges, l'enfant terrible, vagabond même après sa mort, est couché près de l'entrée du camp où vivent ceux qui l'ont accueilli, ces Bohémiens hospitaliers et bons à qui l'on fera expier un crime qu'ils n'ont point commis... pauvre nomades innocents... éternelles victimes!

Au moment où Karl se retire avec ses deux sinistres complices, il aperçoit des ombres qui marchent dans la direction du camp...

Vite, pour ne pas être aperçus, les trois hommes se dissimulent derrière un amas de pavés déposés depuis un temps immémorial dans ce coin du Champ-de-Mars...

Mais, tout en restant caché, le policier observe les nouveaux venus.

C'est un homme et une femme... tous les deux également jeunes...

Ils se sont penchés sur le cadavre jeté en travers de leur route...

Puis, après s'être concertés, ils ramassent le pauvre petit corps glacé et le portent à l'intérieur du camp.

La lune, qui éclaire cette scène d'horreur, a permis à Karl Brander de reconnaître le jeune homme...

C'est Pépito, vêtu de haillons, et qu'accompagne une petite Bohémienne aux pieds nus...

— Décidément, — fait en lui-même l'astucieux Allemand, — j'ai été bien inspiré de faire ce que j'ai fait. Je débarrasse Nathalie d'un cadavre gênant et je découvre le secret de la fugue du bâtard couronné... Une équipée amoureuse... eh! eh!... c'est de son âge!... Mais la Borghès n'est pas une femme des temps légendaires où les rois épousaient des bergères... Bah! bon chien chasse de race! Elle s'encanaille bien avec les truands, pourquoi M. son fils n'en ferait-il pas de même avec une petite coureuse de grands chemins... une va-nu-pieds?...

Voilà en quels termes ce reptile immonde osait parler de ce qu'il y avait de plus pur et de plus saint sur la terre... l'amour idéal et chaste de deux beaux enfants dont le cœur s'ouvrait aux effusions ardentes et pures de l'infinie tendresse.

Mais Karl Brander n'avait pas plus de scrupules qu'il n'éprouvait de remords, et ce fut le cœur joyeux, — il faut bien le dire, — qu'il revint au palais.

— Le bâtard de Nathalie, — pensait-il, — ne se doute pas du service qu'il vient de me rendre, avec sa dulcinée!... Ils se sont chargés eux-mêmes de rentrer dans leur campement la preuve du crime... Demain on l'y trouvera et... c'est moi qui aurai sauvé de l'effervescence populaire la dynastie des Borghès!...

LXVI

L'AVEU ARRACHÉ

NATHALIE fut au comble de la fureur, en apprenant ce qu'elle appelait les indignes amours de son fils.

Ah ! c'était bien à elle de parler ainsi, la honteuse ribaude dont les débauches avaient éclaboussé l'hermine du manteau royal !...

Mais, en ce moment, quelle haine féroce, irraisonnée elle ressentait pour cette fille qu'elle ne connaissait pas... cette fille de rien... cette vagabonde qui, en prenant le cœur de son fils, ruinait toutes ses ambitions dynastiques.

Il s'en fallut de peu qu'elle ne décrétât l'arrestation en masse de tous ces Bohémiens complices de ce qu'elle regardait comme un véritable crime de lèse-majesté...

Mais elle se rappela que la colère est mauvaise conseillère...

Et d'ailleurs Karl, le policier allemand, était en train de travailler au mieux de ses intérêts.

Muni de certains papiers qu'il avait conservés avec une astucieuse prévoyance, notre espion était en mesure de prouver que le petit Georges avait été mis sous sa tutelle, par le burgrave son père.

Il demanda à la police de faire rechercher le petit vagabond, insinuant qu'il pouvait bien, peut-être, avoir été enlevé par les Bohémiens.

La police n'avait rien à refuser, — et pour cause, — au subtil familier du palais, bien connu pour son dévouement à deux régimes politiques successifs... en attendant le troisième.

Bien entendu, Karl se garda de dire que le petit Georges avait été page du jeune prince, car la police l'ignorait, ce qui était excusable, attendu que Georges avait été en fonctions pendant si peu de temps, et d'une façon si... fantaisiste. Il ne venait guère au palais que pour dormir, nous l'avons vu, et s'il était connu de ces messieurs du guet, c'était surtout pour le tapage nocturne auquel il se livrait en compagnie du gnome bouffon et bohème, vrai pilier de cabaret

— Avec ce signalement et ces antécédents, — déclara le chef des sbires, — c'est là où gîte le gnome qu'on doit retrouver le petit fugitif.

Et en effet, dès le matin, la police se présentait au camp des Bohémiens.

Ceux-ci ne firent aucune difficulté pour déclarer qu'ils avaient trouvé le jeune garçon mort, la veille au soir, à l'entrée du camp.

— Trouvé !... c'est bien facile à dire ! — fit l'exempt qui était venu opérer cette descente de justice.

Et il ajouta avec une finesse toute... policière :

— Vous feriez mieux d'avouer tout de suite que vous l'avez tué... le tribunal pourrait vous tenir compte de cet aveu.

Mahadoc intervint, et d'une façon très douce, sans colère comme sans humilité, il répondit :

— Nous n'avons pas à nous justifier d'un crime que nous n'avons pas commis.

— Alors, c'est... peut-être.... moi ! — riposta narquoisement le policier.

— Pourquoi pas ? On sait bien de quoi vous êtes capables, puisque c'est un des vôtres qui a incendié le quartier des *Carceri !*...

L'exempt s'était retourné furieux, pour voir qui proférait ces paroles subversives.

Elle sortaient de la bouche d'une espèce de nain grotesque, à la chelure et à la barbe d'un rouge de feu.

— Ah ! c'est vous qui êtes surnommé le gnome ?

— Vous êtes un malin ; je suis en effet le gnome, en personne, cher maître ! — fit le bouffon en s'inclinant avec une politesse ironique.

— Dans ce cas-là, — poursuivit l'officier de justice, — on pourrait bien vous demander, mauvais drôle, si ce n'est pas vous...

— Alors, vous pensez que c'est moi... moi... qui ai assassiné Georges ! — s'écria le nain qui se révoltait devant l'insinuation de l'exempt.

Celui-ci reprit, froidement :

— D'abord, je ne pense pas !... Apprenez que, dans mon métier, on ne pense jamais...

— Parce que si l'on pensait... on ne le ferait plus, ce vil métier.

Mais sans s'arrêter à cette réflexion judicieuse du gnome, l'exempt poursuivit :

— Ce ne peut être que vous qui avez assassiné ce pauvre garçon.

— Et pourquoi ?

— Parce que... vous étiez son ami...

— Il faut croire alors que, dans votre métier, quand on est l'ami des gens... c'est pour les tuer.

Dans la situation où était le nain burlesque et contrefait, il exposait sa tête, en narguant de la sorte la police toscane.

Peut-être aussi le malheureux, plein de rancœur et d'amertume contre la destinée, voulait-il, de propos délibéré, jouer cette tête qui avait fait de lui un objet de dérision, jusqu'au jour ou il avait rencontré la tribu nomade du bon Mahadok...

Sur l'ordre de leur chef, les sbires l'arrêtèrent.

— Maudit bossu, — fit l'exempt, — on saura bien te faire parler !

Puis, se tournant vers les Bohémiens rassemblés, il ajouta, avec des gestes de menace :

— Quant à vous autres, vous payerez cher, je vous en réponds, la part
que vous avez prise à ce crime en essayant d'en faire disparaître les
traces.

Quelqu'un fit dans le groupe des nomades :

— Je n'ai fait que recueillir le cadavre apporté ici par des mains
mystérieuses et toutes-puissantes. Mais si vous voulez savoir comment le
petit Georges est mort, demandez-le, ce secret criminel, aux ombres qui
errent la nuit, dans le palais des Borghès ; interrogez Nathalie la ribaude...

L'exempt, qui avait été plutôt narquois et même enjoué tant qu'il
s'était agi d'un simple assassinat, — dans le métier, on est blasé là-dessus,
— devint tout à coup grave et solennel quand il entendit prononcer ces
paroles sacrilèges.

— Qui donc ose ici, devant moi, officier de la couronne, se rendre
coupable de lèse-majesté ?

— Moi ! — fit en sortant des rangs un jeune vagabond, tout couvert
de guenilles.

— Qui êtes-vous ?

— Le prince régnant de Toscane !...

L'exempt fut au moment d'arrêter cet audacieux personnage.

C'était d'une audace incroyable, ce que le jeune Bohémien venait de
dire... et le chef des sbires en était à tel point stupéfait qu'il jugea prudent de prendre l'avis de ses supérieurs avant de procéder à l'arrestation
d'un pareil malfaiteur.

Mais ce dernier ne perdrait rien pour attendre... Les sacrilèges
avaient la langue percée avec un fer rougi ; on tranchait le poignet aux
gens coupables de lèse-majesté...

L'homme qui osait insinuer que Georges avait été assassiné dans le
palais pourrait être inculpé des deux délits politiques en question, et il
serait alors soumis au double châtiment que nous venons d'esquisser.

En attendant, les sbires emmenaient le pauvre nain qui, pour eux,
devait avoir tué Georges parce que c'était son ami....

Comme disait leur chef, on saurait le faire parler, le malheureux !...

A cette époque où les ténèbres du moyen âge n'avaient pas encore
été dissipées par le beau soleil de la liberté, la justice avait un procédé
infaillible pour forcer aux aveux les accusés récalcitrants.

On les mettait à la question... La torture arrachait lentement la vie,
et cette barbarie savante avait parfois l'art de faire avouer, aux infortunés
qui y étaient soumis, des forfaits dont ils n'étaient point coupables...

Aux juges tortionnaires, les innocents préféraient le bourreau...

Le gibet ou la hache, c'était le trépas immédiat... et libérateur.

Mais malgré les raffinements de cruauté que comportait la question...
ordinaire... ou extraordinaire... il y avait des accusés d'une âme forte et
bien trempée auxquels ni les *brodequins*, ni l'*estrapade*, ni la *roue* ne
parvenaient à arracher des aveux...

Ceux-là, on les achevait, dans le sinistre huis clos de la chambre des tortures... et les juges, poursuivant leur proie jusqu'au delà du tombeau, relataient de prétendus aveux, dans un procès-verbal mensonger.

D'ordinaire, c'était aux *Carceri grande* que l'on pratiquait la torture judiciaire; mais, comme il n'y fallait pas songer, dans l'état actuel des affaires, Nathalie Borghès ordonna qu'on mît à la question, dans l'intérieur même du palais, le malheureux nain que les sbires avaient arrêté au Champ-de-Mars.

Et la courtisane couronnée, chez qui venaient de renaître, sous l'empire de sa fureur, les cruels instincts de jadis, voulut présider en personne au sanglant interrogatoire...

Détournons nos yeux de cet abominable spectacle : à quoi bon décrire la mystérieuse horreur d'une chambre de torture ?... L'œuvre qui s'y accomplit n'est pas seulement atroce, effroyable, elle est vile et répugnante, car ceux qui l'accomplissent se cachent dans l'ombre, comme des malfaiteurs sinistres, comme de lugubres oiseaux de nuit...

Une cagoule leur couvre le visage... deux trous percés dans l'étoffe sombre permettent aux monstrueux tortionnaires de darder sur leur victime, impuissante à les reconnaître, des regards féroces...

Sur ses traits que la colère crispait, Nathalie avait mis un masque épais de velours noir...

Quand il pénétra, enchaîné, dans la crypte humide où il allait subir la question, le bouffon, que son ironie n'abandonnait jamais, s'écria en apercevant le chevalet de torture :

— Ah !... ah !... je vois, on veut, céans, me faire rentrer ma bosse; ce sera plus facile que de faire sortir mes paroles !...

Ses bourreaux s'acharnèrent... Ce fut en pure perte... Il cria son innocence...

— Georges... a été tué... ici... dans le palais... des Borghès... C'est Pépito... lui-même... qui me l'a dit...

Sur un signe brusque de Nathalie Borghès, le tortionnaire passa un garrot autour de son cou... et serra.

Le pauvre gnome était mort...

Immédiatement, la ribaude souveraine fit publier à son de trompe, dans tout Florence, que l'assassin de l'enfant tué au Champ-de-Mars, un Bohémien, avait avoué son crime avant de mourir.

Comme elle rentrait dans ses appartements particuliers, Karl Brander fit son apparition.

— C'est pour ce soir ! — dit-il à voix basse.

— Bon ! et... l'on sera en nombre ?...

— Votre Altesse peut s'en reposer sur moi.

— C'est que... le peuple... j'en sais quelque chose, s'entend mieux, parfois, à crier qu'à agir. On déclame contre les Bohémiens, on les charge de tous les forfaits imaginaires, mais de là à se porter au Champ-de-Mars, pour attaquer leur bivouac...

— J'ai prévu cette... abstention ! Au moyen de quelques ducats habilement distribués, je me suis assuré le concours de quelques truands et maltôtiers des bas quartiers, quelques rôdeurs des quais et autres gens capables de tout. Ils seront, à la tombée de la nuit, au rendez-vous que je leur ai indiqué...

« Il n'y a encore rien de tel que le travail qu'on paye !... Quatre des plus solides gaillards de la troupe sont chargés de se jeter sur Pépito et de l'amener, pieds et poings liés, à l'endroit convenu ; quant à la donzelle...

— Ah ! celle-là... qu'on ne la manque pas ! — s'écria Nathalie avec une rage dissimulée.

Puis, plus froidement, et d'une voix si basse que Karl Brander put à peine l'entendre, elle ajouta :

— Du reste... je m'en charge !...

LXVII

L'ATTAQUE DES ROULOTTES

UNE morne consternation régnait au camp des Bohémiens. L'arrestation du malheureux nain, coupable d'avoir été l'ami du petit Georges, les avait tout d'abord vivement affligés.

Mais plusieurs d'entre eux s'illusionnaient encore...

— Le gnome n'aura pas de peine, — disaient-ils, — à démontrer son innocence...

Ils croyaient encore à la justice...

La justice, en Toscane, sous les Borghès, quelle dérision ! Quand on sut que le pauvre être faible et contrefait venait de trouver la mort dans les tortures, on fut atterré.

Ses prétendus aveux ajoutaient à l'horreur de la situation...

Mahadok ne s'y trompait pas.

On allait rendre toute la tribu responsable du crime faussement attribué à un de ses membres.

L'hostilité latente qu'on avait partout contre les nomades se manifesterait par un éclat sauvage...

Dans d'autres circonstances, il aurait conseillé de fuir, mais on ne le pouvait guère, en ce moment.

Comme un monstre fascinateur, l'immense prison d'État semblait les retenir de force, dans son ombre redoutable.

Par Marguerite, la douce voyante que l'étoile d'amour avait guidée

D'un bond, il est auprès de son aimée... (Page 1518.)

jusqu'au pied de la noire bastille, par Valentin, l'héroïque blessé, ils
étaient rivés à la destinée des *Carceri grande!...*

On eût dit que les pauvres nomades étaient les soldats de la Providence, veillant d'en bas sur les chers captifs, les martyrs de la
tyrannie...

Les soldats ne doivent point fuir, mais se battre. Et Mahadok, bien
qu'il répugnât à toute violence et détestât la guerre, mit ses Bohémiens
en état de repousser une attaque, si elle venait à se produire.

Tout indiquait, malheureusement, qu'il fallait s'y attendre. Des groupes, discutant avec animation, se montraient dans les alentours du camp... Les regards étaient chargés de haine, et les poings se tendaient, hostiles, vers les nomades qui ne répondaient pas à ces provocations, tout en continuant leurs préparatifs de défense.

L'aïeul de Saâda avait pris des mesures dictées par le souci d'exposer ses gens le moins possible, tout en leur permettant de tenir tête efficacement aux agresseurs.

Par prudence, les sentinelles postées au dehors s'étaient repliées dans l'intérieur du bivouac. Nous savons que ce dernier était entouré, partiellement, par une palissade qui avait servi à abriter autrefois certains travaux de voirie. Là où elle faisait défaut, Mahadok fit placer les chariots massifs servant au transport du matériel. Ils formeraient un abri pour les tireurs.

Les femmes et les enfants se trouvaient dans les roulottes situées à l'intérieur de cette ligne de défense, sous la sauvegarde des hommes les plus robustes de la tribu, tous solidement armés de haches et de piques.

Enfin, tout à fait au centre de ce dernier retranchement, il y avait la roulotte où Valentin, faible encore, était assoupi, veillé par Marguerite qui donnait le sein à son cher petit Henry.

Tous ces préparatifs avaient été faits à l'insu du blessé auquel on voulait cacher le danger, de peur qu'emporté par son ardeur généreuse et son courage de soldat, il ne voulût se mêler au combat qui s'annonçait inévitable...

Siébel et Mahadok avaient jugé que le fils de l'héroïque lieutenant Roger était trop épuisé par sa blessure et par les complications qui en étaient résultées pour qu'on lui permît de se lever.

— Fasse le ciel, — s'écria le jeune élève de Faust, — que le bruit de la lutte, si nous sommes obligés de nous défendre, n'arrive pas jusqu'aux oreilles de Valentin !... Sans cela, mon cher Mahadok, ce ne sont pas nos conseils de médecin qui l'empêcheront d'accourir aux premiers rangs des combattants, dût-il succomber à l'épuisement et à la fièvre avant que les balles ennemies aient fait de lui un cadavre.

— Oui; le lion blessé bondit sur ceux qui l'attaquent. Votre compatriote est de la race de ces lions d'Alsace dont rien... que la mort... ne peut arrêter l'héroïque élan !

« Mais Valentin dort, son sommeil est profond ; et, grâce aux dispositions que j'ai prises, la roulotte où il est couché se trouve éloignée de la palissade, de l'endroit où nous serons attaqués, sans doute, car c'est de ce côté-là que je vois les groupes les plus nombreux et les plus animés.

En effet, des hommes du peuple, parmi lesquels on voyait quelques femmes, avançaient dans la direction indiquée par Mahadok. ...

De ce côté-là, aussi, de sinistres clameurs retentissaient dans la nuit.

— A bas les étrangers nomades !

— Mort aux tueurs et aux voleurs d'enfants !

— Sus aux Bohémiens !

La foule qui s'excitait par ses propres cris, prise soudain d'un élan furieux, se rua dans la direction de la palissade.

C'était Pépito qui commandait, de ce côté, les défenseurs du camp ; il avait voulu... exigé ce poste de confiance, car c'était celui qui semblait devoir être le plus exposé.

En voyant venir l'attaque, il fut sur le point de commander le feu à ses hommes, embusqués derrière l'abri en planches.

Tous étaient d'excellents tireurs, et les agresseurs ne pouvaient manquer de recevoir une leçon qui leur ôterait l'envie d'aller plus loin.

Mais, sur un signe de Mahadok, Pépito retint l'ordre prêt à sortir de ses lèvres.

Le vieux Bohémien avait vu que la foule, après son premier élan, s'était arrêtée, hésitante...

Elle continuait à vociférer, mais elle n'avançait plus...

— Je vais leur parler, — fit-il en s'adressant à Pépito ; — peut-être ces braves gens que le fanatisme aveugle finiront-ils par se rendre à la voix de la raison, et nous aurons, de la sorte, évité une inutile effusion de sang. Du reste, vous le remarquerez, ils n'ont pas d'armes, si ce n'est des bâtons, et quelques pierres qu'ils essayent de nous jeter... de loin.

Là-dessus, le bon vieillard se hissa sur un fût de colonne brisé qui se trouvait presque à l'entrée du camp. Un des Bohémiens se tenait auprès de lui, porteur d'une torche allumée.

Son apparition fut saluée par de nouveaux cris de mort, et des pierres furent lancées dans sa direction, heureusement sans l'atteindre.

Il parla, et sa voix douce eut cette force de dominer un instant le tumulte de ces flots populaires.

— Citoyens de Florence, — disait-il, — je vois parmi vous des femmes, des mères dont la présence s'explique, et dont, pour moi, je comprends l'émotion et la fureur.

« Un enfant a été tué !... Ce crime lâche et sans excuse révolte vos généreux sentiments... Ah ! que l'assassin soit à jamais maudit par les mères, par toutes celles qui ont vu croître leurs beaux enfants sous la tiédeur de leurs saintes caresses, et qui frémissent à la pensée qu'un être diabolique peut plonger le fer dans ce pauvre petit cœur.

« O mères et vous tous, généreux Toscans, écoutez les paroles d'un vieillard qui s'achemine vers la tombe et dont les lèvres n'ont jamais été souillées par un mensonge.

« Georges était en quelque sorte notre enfant d'adoption et nous l'aimions comme vous aimez, tous, les têtes blondes ou brunes dont le sourire éclaire vos demeures d'artisans. Pourquoi l'aurions-nous tué ?

« Non ! citoyens de Florence, ce n'est pas ici qu'il faut chercher l'assassin, c'est là-bas, dans ce palais de débauches et de crimes... ou bien derrière les murs épais de cette sombre bastille... dans ces deux repaires où veillent deux pouvoirs ennemis, mais qui sont, l'un comme l'autre, les bourreaux de votre honneur et de votre liberté !...

A ce moment-là, des cris sauvages retentirent du côté opposé à celui où Mahadok luttait, avec toute la persuasive éloquence de son âme pure, contre la colère et l'ignorance de la masse...

Une bande de forcenés, véritables démons, attaquaient avec une *furia* infernale les chariots qui, dans cette partie de l'enceinte, suppléaient à la palissade.

Là, les défenseurs étaient commandés par Saâda. Mais depuis que l'amour était entré dans son cœur virginal et chaste, la petite reine de Bohême, par une exquise pudeur, avait renoncé au costume masculin de Jack-le-Bûcheron.

Mais, de tout cet appareil viril, elle avait conservé la solide cognée avec laquelle, jadis, au burg d'Othon-le-Cruel, on l'avait vue frapper de si rudes coups...

Les pieds nus, comme toujours, et vêtue de sa pauvre petite robe de Bohémienne, on la voyait au premier rang des combattants...

Sa hache tournoya dans l'air et s'abattit... rouge de sang...

Le sang n'a pas seulement la rouge couleur du vin... il en a aussi les meurtrières vapeurs qui obscurcissent la conscience, troublent l'âme et l'enfièvrent d'une ivresse cruelle...

Dans la foule qui s'était arrêtée et que la voix de Mahadok avait semblé un instant convaincre, il se produisit, à la vue de ce qui se passait de l'autre côté, un nouvel éclat de fureur vengeresse...

Des cris de mort furent poussés, et une grêle de pierres s'abattit sur le camp.

Puis les hommes se ruèrent, les artisans avec leurs outils, les autres avec des massues, des leviers, des barres de fer, des engins de toute sorte, et essayèrent de démolir la palissade.

— Feu !...

A ce commandement de Pépito, la fusillade déchire les ombres de la nuit par ses éclairs sinistres...

Des cris de rage et de douleur retentissent... Les assaillants, en voyant tomber morts ou blessés un certain nombre d'entre eux, redoublent de fureur.

Les Bohémiens sont mieux armés, mais leurs ennemis sont plus nombreux... et il en accourt d'autres... toujours. Pour un qui tombe, il y a en dix qui prennent sa place...

Ils finissent par ouvrir une brèche dans la palissade...

L'assaut est rude... Les nomades succombent sous le nombre. Plusieurs gisent à leur porte, le crâne fracassé...

Pépito se bat comme un tigre...

Mais, soudain, le voilà qui s'enfuit...

Quelle lâcheté s'est donc emparée de son âme fière et valeureuse ?

Non ! Pépito n'a pas cédé à une panique folle, irraisonnée, comme celle qui parfois s'empare des meilleurs des soldats, des guerriers les plus braves et les mieux trempés...

S'il quitte la brèche où se livre une grande mêlée, c'est qu'il a vu tomber sa bien-aimée... c'est qu'il a entendu son cri de détresse, et il accourt pour la sauver, ou pour mourir avec elle !

Que s'était-il donc passé du côté des chariots défendus par Saâda et ses hommes ?

Nous avons vu qu'ici l'attaque avait été plus subite, plus endiablée, pourrait-on dire, que du côté où se trouvait Pépito. Il y avait à cela une raison...

Karl Brander, qui n'avait pas une confiance suffisante dans l'élan que pouvait montrer le peuple, s'était chargé, on le sait, de recruter, dans les bouges de Florence, toute une équipe de maltôtiers, de truands et de malandrins, capables de ne reculer devant rien, pourvu qu'on les payât...

Il le fit... généreusement, d'autant plus que l'argent ne sortait pas de sa bourse et, avant de les conduire à la besogne, il leur paya à boire largement.

— Aux frais de la princesse ! — se disait-il en ricanant, — d'autant plus que je n'y perds pas, loin de là !...

Mais là se borna sa coopération à l'attaque qu'il avait savamment préparée ; il n'était pas homme à hasarder sa précieuse existence et les bénéfices... matériels que lui rapportait l'affaire.

LXVIII

EXPIATION

LES stipendiés de Karl Brander étaient, en somme, d'honnêtes coquins, consciencieux à leur manière...

Tandis que, de loin, il suivait leurs opérations guerrières, dissimulé derrière cet amas de vieux pavés d'où nous l'avons vu épier les Bohémiens, la criminelle épique, ivre de vin et de carnage, essayait d'emporter de vive force la petite citadelle que formaient les chariots...

C'est alors que le peuple, indécis, se mit à suivre l'exemple de ces malfaiteurs payés...

Et le camp des Bohémiens se trouva ainsi attaqué de deux côtés à la fois.

Mais si Karl Brander se tenait prudemment à distance des coups, il n'en était pas de même d'une femme qui s'était glissée dans les rangs des bandits embauchés par l'espion...

Cette créature abjecte, à la voix rauque, au visage fardé, aux vêtements sordides, devait, à n'en pas douter, venir d'un de ces cabarets suspects qui se trouvent aux alentours des casernes. Pire que cela, peut-être était-elle une de ces rôdeuses qui attirent, du côté des remparts, le débauché honteux à la recherche d'une conquête facile... hideuse compagnonne et trop souvent complice des tireurs de laine et des coupe-jarrets.

Non!... Elle vient du palais même!...

On l'a reconnue... C'est Nathalie Borghès, la ribaude couronnée!

La mère de Pépito a tenu à s'assurer par elle-même que ses ordres étaient ponctuellement exécutés.

Et puis sa haine ne sera satisfaite que lorsqu'elle aura fait mourir de ses propres mains cette Bohémienne, cette fille de rien qui a pris le cœur de son fils et anéanti d'un seul coup toutes ses ambitions dynastiques.

Les hommes que commandait Saâda étaient sur leurs gardes, et, bien armés, bien abrités derrière leurs chariots, ils repoussèrent la première attaque des truands...

Ceux-ci revinrent à l'assaut plus acharnés que jamais, ayant au milieu d'eux la sinistre ribaude qui soufflait dans leurs âmes sauvages la diabolique fureur qui l'animait...

Ils parviennent à escalader les chariots, et la mort commence à éclaircir les rangs des nomades.

Saâda, la hache à la main, résiste toujours, superbe d'indomptable courage..

Mais l'aveugle fortune des combats a cessé de seconder la vaillance de la pauvre petite reine...

Son pied nu a glissé dans le sang... elle tombe. La hache échappe de ses mains.

Avec un rugissement de hyène, Nathalie la ribaude se précipite sur sa victime.

Elle tire un poignard de sa ceinture et s'apprête à le plonger dans le cœur de la jeune Bohémienne.

Mais Pépito a vu le mouvement...

D'un bond, il est auprès de son aimée... il a ramasssé la cognée que Jack-le-Bûcheron avait jadis enfoncée dans l'arbre orgueilleux de la tyrannie...

Le fer justicier s'abat...

Et la ribaude tombe, le crâne ouvert, montrant au ciel noir... moins noir que son âme... et aux yeux terrifiés de Pépito... le visage de Nathalie Borghès...

Sa mère!... il a tué sa mère!

Quelle fatalité épouvantable s'acharne donc après lui, le pauvre petit chevrier de Pistoïa?...

Quelle horreur tragique le poursuit ?...

Il a frappé le duc Andréas, son père... Et maintenant, celle qui l'a conçu... celle qui l'a porté dans son sein... sa mère... cette femme, cette souveraine qui l'aime avec toute l'ardeur de sa maternelle folie... et qu'il exècre... lui... il vient de lui infliger une mort horrible !...

La haine qu'il lui porte n'empêche pas que c'est sa mère...

Et le meurtre qu'il vient de commettre est pire que le crime de Caïn...

Car le ciel qui peut absoudre Caïn poursuivra sans repos, sans trêve, le parricide !...

Assassin de sa mère !... oh !... quelle chose monstrueuse, abominable !

Il semble que, du fond des ténèbres, tous les démons de l'enfer surgissent pour lui crier son crime...

Est-ce une hallucination !... Non, la fantastique vision n'est qu'une réalité terrifiante... L'équipe criminelle de Karl Brander, en voyant tomber la ribaude, leur sinistre compagne, est revenue à l'assaut, plus que jamais ivre de sang.

Les truands qui brandissaient leurs coutelas entourent le groupe lamentable que forment Saâda désarmée, et Pépito, frémissant d'horreur, auprès du corps blême et raidi de Nathalie Borghès...

Quel nouveau carnage s'apprête... qui va unir dans la mort la pauvre petite reine de Bohême avec son amoureux et la toute-puissante souveraine de Toscane !...

Deux coups de feu retentissent... et voilà que deux malandrins vont mordre la poussière...

Les autres reculent... interdits... ne sachant à quelle intervention inattendue attribuer leur échec...

Alors, un étrange spectacle apparut aux regards de Saâda et de Pépito.

Pâle, défait, Valentin est là, tout entouré, le pauvre blessé, de ses linges blancs qui semblent un suaire.

Tout à l'heure, dans son lourd sommeil de malade, malgré les précautions de Mahadok, le bruit du combat est venu jusqu'à lui...

Il se réveille...

— On se bat !... — fait-il en prêtant l'oreille. — J'entends des clameurs de bataille...

Marguerite essaye en vain de le détromper...

C'est la fièvre... c'est le délire... qui donnent au blessé ces sensations étranges...

Mais non !... Valentin est un soldat... Et le souffle de la guerre qui passe fait vibrer l'héroïsme de son âme alsacienne et française...

Un cri de femme, celui qu'a poussé Saâda en tombant, lui révèle le danger... Il y court, malgré sa sœur tremblante qui s'efforce en vain de le retenir ; sans prendre la peine de se vêtir, il saisit deux pistolets chargés qui sont pendus au-dessus de son lit...

D'un bond, il est auprès des chariots, là où l'on se bat, là d'où est parti tout à l'heure cet appel de suprême détresse.

Il décharge ses deux pistolets sur la tourbe hideuse des assassins stipendiés... chaque coup a bien porté... La blessure, la maladie n'ont rien enlevé à la sûreté de sa main et de son coup d'œil.

Mais l'effort l'a épuisé. Une faiblesse mortelle l'envahit... Sa pâleur augmente... Il laisse tomber ses pistolets et s'évanouit dans les bras de Siébel et de Mahadok, accourus.

— Donnez vos soins à notre cher malade, — fit le vieux Bohémien en s'adressant à l'élève de Faust, — je vais m'occuper de cette pauvre blessée que je vois là, étendue.

Et il s'approcha de Nathalie que Pépito, blême, atterré, contemplait de ses yeux mornes et secs.

— Rien à faire ! — dit-il en secouant la tête ; — le coup qui l'a frappé a mis à nu le cerveau... cette malheureuse va mourir...

L'amoureux de Saâda était hagard... Il avait l'aspect d'un fou... ou d'un damné...

— C'est ma mère ! — fit-il d'une voix blanche qui semblait venir du sépulcre ; — oui... ma mère... et je l'ai tuée !...

Contemplant à la lueur rouge d'une torche ce visage de femme qu'une atroce blessure défigurait, Mahadok, en proie à une indicible émotion, s'écria :

— En effet !... c'est elle !... la grande-duchesse de Toscane ! Pépito, pauvre enfant... qu'avez-vous fait ?...

La mourante remua les lèvres :

— Que le ciel... te pardonne... mon fils... comme moi... je te pardonne...

« Mon sort... je l'ai mérité... Je reçois ici le juste châtiment de mes actes coupables...

« Au moment de comparaître... devant Dieu... s'il y en a un au ciel... il faut que je m'accuse !...

« Pépito... et vous... vénérable vieillard... qui essayez d'étancher le sang de ma plaie... il faut que je vous le dise... au moment de mourir, qui donc oserait mentir ? C'est moi... qui ai préparé l'attaque dont vous avez été victimes...

« Je voulais... mon fils... te ramener auprès de moi... car j'étais ambitieuse... Je voulais faire de toi... mon enfant chéri... un des plus puissants princes de l'Italie... presque l'égal d'un roi...

« Ton amour... dont j'ai surpris le secret... était un obstacle à mon ambition... au bonheur que je rêvais pour toi...

« Hélas !... Triste folle... comme si le bonheur n'était pas d'aimer... et d'être aimé... sans plus...

« Pouvais-je le comprendre... alors... moi qui n'ai connu que la débauche honteuse... caricature sinistre de l'amour... le vice qui est le démon, quand l'amour, c'est Dieu !...

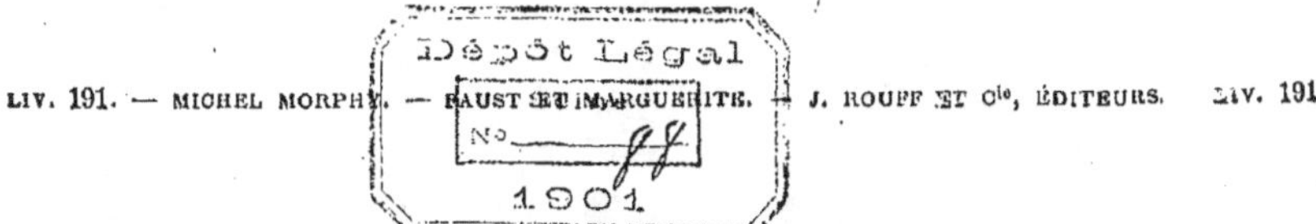

Le triste désespéré n'esquisse pas même un simulacre de résistance... (Page 1524.)

La souffrance que lui causait son atroce blessure arracha un cri à la pauvre femme...

Et Mahadok, qui pansait sa plaie avec un soin infini, — car il ne voyait en elle que la créature douloureuse et non l'ennemie, — crut qu'elle allait mourir.

Elle eut, cependant, la force de parler encore, mais ses mots étaient hachés de plaintes... de suffocations :

— Le sang m'étouffe... le sang que j'ai versé... Et le ciel me punit... par la main de mon fils.

« Tu as bien fait... Pépito !... J'étais venue ici pour tuer celle que tu aimes...

« Et c'est moi qui suis tuée !... La peine du talion... ah !... ah !... ah !...

Un rictus de mort plissa ses lèvres violacées, montrant ses dents... Un vrai rire de squelette !...

Elle continua sa confession entrecoupée de râles :

— Je sens le souffle... de la mort !...

« Pépito, écoute... plus près... approche ton oreille de ma bouche... car je n'ai plus de force pour parler et je ne sais pas si je pourrai aller jusqu'au bout...

« J'ai menti... Un mensonge de plus... qu'importe !... Nathalie la ribaude n'était-elle pas coutumière du mensonge ?...

« Mais... celui-là, je ne peux pas l'emporter dans la tombe... il faut que tu saches...

« Je t'ai menti... Pépito... et j'ai menti au peuple... quand j'ai dit que tu étais le fils d'Andréas Borghès, mon époux...

« Non !... Andréas n'était pas ton père...

« Ton père... c'était...

Le petit chevrier de Pistoïa s'était penché sur sa mère, mourante, anxieux, éperdu...

Quel était donc ce nouveau secret d'infamie et d'horreur qu'elle hésitait encore à lui révéler, même aux portes du tombeau ?...

Elle murmura d'une voix si faible qu'on l'entendait à peine :

— Ton père... c'est Méphistophélès !... Mon fils... pardon !...

Mahadock laissa tomber doucement le poignet qu'il avait pris, pour sentir son pouls qui déclinait d'instant en instant, et avait fini par s'arrêter, avec son dernier souffle et sa dernière parole...

Puis l'aïeul de Saâda, avec une solennelle gravité, déclara :

— Elle n'est plus !... Le sang a dû causer sa mort en l'étouffant. Nathalie Borghès a expié ses forfaits. Paix à sa mémoire !...

Et pieusement, le vieux Bohémien fermait les yeux de cette princesse cruelle qui venait de faire massacrer sa tribu nomade...

Pépito s'enfuyait du camp, comme un fou... Il disparut dans l'obscurité du Champ-de-Mars, en s'écriant :

— Son fils !... Je suis son fils !... Malédiction !...

LXIX

LE SALAIRE

C'EST lui!... c'est bien lui!...

— Il est seul! Voilà qui est jouer de bonheur, par exemple! L'affaire sera plus facile qu'on ne pensait.

— Et nous aurons ainsi, sans trop de peine, gagné notre argent.

Ces réflexions, assez peu catholiques, s'échangeaient entre quatre malandrins, qui glissaient dans l'ombre du Champ de-Mars, du côté justement où fuyait Pépito, en proie à la rage et au désespoir...

Le bâtard de Méphisto se dirigeait vers le fleuve... comme s'il voulait, dans l'onde reflétant le ciel noir, ensevelir à jamais la fatalité tragique qui s'acharnait après lui...

Un saut dans l'Arno... ce serait le néant...

L'enfant de la ribaude et du démon à face humaine n'aurait plus, sur son âme généreuse et droite, la double et horrible infamie de son origine...

Son corps, roulé dans les eaux du fleuve, se laverait de cette souillure...

Et, mort, il n'aurait plus à haïr ceux qui lui avaient fait le funeste présent de la vie!...

Plongé dans ses pensées funèbres, il n'avait pas fait attention au quatuor sinistre qui manœuvrait de façon à l'entourer complètement...

Les bandits se rapprochèrent de plus en plus...

Enfin, sur un signal de celui qui sans doute était leur chef, voilà qu'ils se précipitent sur Pépito...

Le triste désespéré n'esquisse pas même un simulacre de résistance... A quoi bon? quand on est décidé à périr, peu importe la main qui vous donne le trépas!

Mais non! les farouches sicaires ne l'ont pas assassiné, comme il s'y attendait. De suite, ils l'ont bâillonné, et après avoir solidement ligotté ses membres, voilà qu'ils l'emportent dans la direction du palais.

...Au camp des Bohémiens, c'est le calme et le silence de la mort...

L'équipe embauchée par Karl Brander, — ce qu'il en reste plutôt, car la défense a été opiniâtre, — avait fui en voyant Valentin, ce spectre, venir à la rescousse... et la ribaude en furie tomber...

Du côté de la brèche ouverte dans la palissade, la populace fanatique a battu en retraite.

Elle a cédé à une de ces épouvantes mystérieuses qui, parfois, s'emparaient des cohues armées...

De ce côté-là, les défenseurs, déconcertés par la brusque disparition de Pépito qui venait de se porter au secours de Saâda, avaient eu le dessous...

Le plus grand nombre gisaient à terre, blessés ou morts...

Et la foule, dans l'ivresse de sa rage meurtrière, allait saccager les pauvres roulottes et massacrer, sans doute, les femmes et les enfants qui s'y étaient réfugiés.

Mais voilà tout à coup que devant les assaillants surgissent deux formes monstrueuses couvertes d'une épaisse fourrure, d'où l'on entend sortir des grognements furieux...

Celui des Bohémiens qui gardait les ours a lâché ses bêtes...

Dans la clarté indécise des torches qui s'éteignent, Augias et Gunther apparaissent aux regards superstitieux des fanatiques Toscans comme des animaux fabuleux sortis des antiques légendes...

— Oui ! — disent-ils, — c'est bien vrai, décidément ! Les Bohémiens sont de noirs sorciers qui évoquent les hôtes mystérieux de l'enfer... Satan envoie à ses fidèles adorateurs ses secours diaboliques...

Le fait est que Gunther et son camarade Augias prennent un aspect surnaturel, dans la pénombre où ils agitent leurs pattes velues, en ouvrant leur gueule rouge ornée de crocs redoutables...

Et comme le temps est à l'orage, les fauves sont de méchante humeur...

Les premiers assiégeants qui eurent affaire à eux reçurent des coups de griffes et de dents pires que des coups d'épée...

Mais les deux bêtes sauvages avaient sauvé les derniers nomades de la tribu sur laquelle régnait Saâda, la petite reine au cœur dolent, qui venait de voir disparaître son bien-aimé...

... Karl Brander était toujours resté le chacal rampant et vil, qui accourt après le combat, pour chercher un facile butin.

Dès que la bataille avait cessé, il quitta l'amas de pavés qui lui servait de poste d'observation, et il vint rôder aux alentours des chariots, là où s'était porté l'effort des truands qu'il avait embauchés...

Tapi dans l'ombre, il assista à l'agonie de Nathalie Borghès, et entendit sa dernière confession. Puis il se retira, prudemment, ne se souciant pas d'être rencontré par Siébel qui parcourait, dans tous les sens, le champ de carnage, donnant à tous les blessés, sans distinction de parti, les secours de son art.

L'espion se frottait les mains, se disant en lui-même :

— Ah ! ah ! Nathalie Borghès a rendu sa belle âme à Vénus, déesse des ribaudes. Et je peux dire que je ne suis pas étranger à cet événement... Je suis un heureux gaillard... Demain, à l'aurore, je serai le second personnage de la Toscane... car l'homme à qui je viens de rendre le pouvoir ne saurait rien me refuser... Je puis aspirer à tout !... Premier m.nistre... et plus tard... qui sait?... Karl Brander pourra régner à Florence, sous le nom de Méphisto II...

« Mais, dans tout cela, qu'est-ce qu'est devenu Pépito?... Car enfin, s'il lui prenait fantaisie de faire valoir, demain, des droits, dont il semblait faire si bon marché hier, cela pourrait bien gêner un peu nos plans d'avenir... Il ne m'aime guère, ce jeune prince... ou chevrier, et partage, à mon endroit, les préventions du petit Georges, son ci-devant page. Ce n'est jamais Pépito, assurément, qui ferait pour moi ce que fera sûrement l'autre... le roi des Cachots !

Le cynique personnage en était là de ses réflexions et de ses beaux projets d'avenir, lorsqu'il aperçut quatre individus qui en entouraient un autre, le saisissaient et l'emportaient.

Il avait reconnu Pépito dans l'homme assailli par le quatuor de malandrins.

— De mieux en mieux ! — pensa l'espion, — ce sont les gens apostés pour enlever Pépito et le ramener au palais, dans les bras de son auguste mère... Ils exécutent leur consigne comme si Nathalie était encore de ce monde... On voit bien qu'ils n'ont pas risqué un œil, comme moi, du côté des chariots !... Sans ça... Mais... laissons-les faire, et courons au plus pressé !...

Et il alla heurter à la grande porte massive des *Carceri grande.*

Comme on tardait à lui ouvrir, il s'écria, emporté par une sorte d'enthousiasme prophétique :

— Ouvrez !... ouvrez !... J'apporte la couronne de Toscane dans les plis de mon manteau.

Quelques instants s'écoulèrent. Sans doute le portier était allé prendre des ordres du roi des Cachots.

Méphistophélès n'avait pas dormi cette nuit-là... et pour cause.

Le machiavélique personnage, qui était toujours à l'affût des événements, afin d'en tirer profit, s'il y avait moyen, s'était rendu compte qu'il se passait quelque chose d'anormal du côté du Champ-de-Mars.

Mais, dans ces ténèbres épaisses, il lui était impossible de discerner la nature exacte de ce tumulte.

Posté derrière les créneaux du donjon, celui qui s'intitulait le roi des Cachots avait bien vu qu'on se battait, dans ces terrains vagues, entre l'Arno et la prison d'État...

Quant à connaître la cause de cette lutte et les péripéties d'une bataille qui devait être acharnée, à en juger par les cris des combattants et les coups de feu qui s'échangeaient, il n'y fallait point songer, et Méphisto enrageait, cela se conçoit...

Il était dans ces dispositions d'esprit, quand on vint lui dire que Karl Brander, — que le portier des *Carceri* avait bien reconnu, — insistait pour pénétrer auprès de lui.

Le roi des Cachots en marqua quelques surprise. Comment !... son espion favori, qui l'avait trahi de suite après sa chute, pour devenir le

familier du nouveau régime... osait venir affronter son juste ressentiment !...

Mais, en y réfléchissant, Méphisto se dit :

— Pour que Karl Brauder revienne se mettre entre mes mains, après
m'avoir... lâché... pour qu'il ait prononcé ces énigmatiques paroles... il
faut, en effet, qu'il y ait quelque chose de changé en Toscane...

Et il donna ordre d'introduire l'intrigant familier de Nathalie.

Quand l'Allemand fut en sa présence, Méphisto lui dit d'un ton
sarcastique...

— Je croyais, mon brave, que vous étiez au service du bâtard couronné !
Comment se fait-il donc...

Karl Brander l'interrompit :

— Monseigneur, le bâtard en question, lié et bâillonné, va être remis
entre les mains de Votre Altesse, à la porte dérobée du parc attenant au
palais...

— Dis-tu vrai ? — fit le tyran qui ne put dissimuler un sourire de
joie et de triomphe.

— Votre Altesse n'a qu'à me suivre, avec une poignée d'hommes, et
je lui livrerai celui qui a usurpé son trône.

Méphisto ricana :

— Drôle, c'est un piège que tu me tends ! Nathalie, pourtant, doit
me connaître... et je m'étonne qu'elle puisse me croire capable d'aller
donner, tête baissée, dans un guet-apens aussi grossièrement machiné...

— Nathalie Borghès est morte... assassinée par son bâtard...

— Que dis-tu là ?

— Monseigneur, la stricte vérité !... Je le jure !...

— Pendant que je restais ici dans une inaction forcée, l'Enfer s'est
donc complu à travailler pour moi ?...

— Ce n'est pas l'Enfer, Altesse, c'est votre serviteur Karl Brander...

« Quand vous avez momentanément quitté le pouvoir, devant l'émeute
triomphante, j'aurais pu, comme tant d'autres, suivre mon maître, dans
sa réclusion volontaire ; j'ai préféré, sans rien dire, sans souffler mot à
personne, pas même à Votre Altesse, de mes mystérieux projets, rester
au service de Nathalie Borghès et de son bâtard.

« Je ne tardai pas à avoir toute la confiance de la princesse, et alors,
semant la discorde entre elle et ce Pépito, je finis par amener ce meurtre
qui vous rend la couronne...

Et il raconta, en détail, à Méphisto, la fuite du bâtard, et le siège du
camp des Bohémiens, entrepris, à son instigation, par Nathalie Borghès...
qui devait y trouver la mort des mains de son propre fils...

— Maintenant, — fit-il pour conclure, — il ne reste plus à Votre
Altesse qu'à se rendre à l'endroit que je lui ai indiqué, pour que le bâtard
lui soit livré, pieds et poings liés.

Le roi des Cachots était partagé entre la méfiance qui lui faisait
soupçonner partout et toujours la trahison, et son ambition qui le pous-

sait à profiter de la seule chance qui lui restât peut-être de recouvrer le pouvoir...

Après avoir médité un instant sur ce qu'il ferait, il dit tout à coup :

— Je vais sortir, aller jusqu'au palais, avec une escorte respectable, je verrai si ce que tu me dis est vrai, Karl Brander !...

« Pendant ce temps-là, toi tu resteras ici, sous la surveillance de mes gens ! Simple précaution d'usage...

— Oui, monseigneur !...

— Si tu m'as trahi, si le récit que tu viens de me faire cachait un piège... alors, malheur à toi. Ta mort expiera ton forfait...

— J'y consens !... Mais si j'ai dit vrai... si, grâce à moi ; si, grâce à mes efforts et à mon dévouement, Votre Altesse recouvre le pouvoir... alors, je compte bien que... vous saurez le reconnaître aussi, monseigneur.

Humble et servile, tout en prononçant ces mots, l'odieux Allemand avait dans le regard des éclairs de convoitise...

Son insatiable cupidité voyait déjà luire tous les monceaux d'or dont le prince ne pouvait manquer de payer le service qu'il venait de lui rendre.

— Oui, Karl Brander, — répondit Méphisto avec un étrange sourire, — ton dévouement recevra sa récompense, cela... je te le promets !...

... L'escorte était prête... Méphisto se dirigea vers le palais.

L'aube blanchissait les toits... Tout était calme, dans la ville, et le roi des Cachots ne rencontra même pas une patrouille sur sa route.

— On voit bien, — fit-il en lui-même, — que la discipline se relâche depuis que je ne suis plus là !...

« La quenouille d'une femme... la houlette d'un jeune pâtre... sont de piètres instruments pour gouverner.

« Il est temps qu'on sente à nouveau une main de fer !...

En passant près du parc, le long de ce mur où s'ouvrait la porte dérobée qui servait aux fugues de Nathalie, et dont il s'était fait faire une fausse clef, Méphisto aperçut quatre malandrins qui jouaient aux cartes, près d'un homme bâillonné et garrotté, étendu dans la poussière du chemin...

Il reconnut Pépito.

Karl Brander ne l'avait donc pas trompé...

S'adressant aux joueurs, il leur dit :

— Holà, mes maîtres, vous avez l'air d'attendre quelqu'un, céans ?

— Oui ! — fit l'un d'eux, — nous attendons... une femme à qui nous devons livrer vivant le jeune homme que voici, et recevoir la récompense promise...

— Nous trouvons même que la particulière se fait attendre ! — reprit un de ses compagnons. — Le travail a été bien fait... c'est un bel ouvrage, notre captif n'a même pas reçu une égratignure. Mais nous voudrions bien être payés et nous en aller.

— Écoutez, — fit astucieusement Méphisto. — La personne qui vous

Jeunesse... amour... printemps... aurore... tout cela s'écroula sous la hache du bourreau!
(Page 1535.)

a chargés de faire cette capture pour son compte ne peut pas venir, mais elle m'a envoyé à sa place pour prendre livraison du prisonnier.

— Ce n'est pas tout, cela! — fit méfiant un des malandrins; — est-ce que vous nous payerez?

— Mais, comment donc, pouvez-vous en douter? — demanda, à son tour, le machiavélique homme d'État. — Entrez donc, je vous prie, mes maîtres, vous ne refuserez pas de trinquer avec moi à la santé de la belle dame pour laquelle vous venez de travailler si consciencieusement.

— Ce n'est pas de refus, — répondit le chef de l'équipe, — on a passé la nuit et rien ne donne soif comme cela !...

Méphisto tira une clef de sa poche, ouvrit la porte dérobée, et laissant Pépito sous la garde de son escorte, il pénétra seul, avec les quatre truands, dans le parc du palais.

C'était là, en un coin désert et mystérieux du parc immense, que se trouvait le fameux laboratoire où Méphisto avait continué et perfectionné la chimie traditionnelle des Borghès... C'était là, notamment, qu'il avait préparé certain breuvage au goût exquis, fait avec le vin le meilleur des caves ducales additionné du plus subtil des toxiques.

La révolution n'avait pas touché au laboratoire secret, ou, du moins, à la partie la plus importante, le cellier où vieillissait ce jus de la treille, ce nectar de la mort.

Méphisto en remonta au bout d'un instant avec quatre superbes bouteilles soigneusement cachetées et entourées d'une poussière vénérable.

— C'est du vieux et du bon ! — fit-il en tendant les précieux flacons au sinistre quatuor. — Il vient de derrière les fagots... Seulement, vous m'excuserez : je n'ai pas trouvé de verres, ni de tire-bouchon.

— Qu'à cela ne tienne ! — s'écria un des truands ; — on a toujours un tire-bouchon sur soi. Et, quant aux verres, rien n'empêche de boire à la régalade !...

Aussitôt dit, aussitôt fait !... Les misérables s'emparèrent des bouteilles et se mirent à absorber, avec une satisfaction évidente, le liquide tentateur.

Ils en avaient à peine absorbé quelques gorgées, qu'ils s'écroulaient dans l'herbe, en proie à d'horribles convulsions...

Quelques instants après, ils étaient roides morts !...

— Bon ! — fit Méphisto, en s'en allant, — voilà un quadruple empoisonnement que l'opinion publique ne manquera pas d'attribuer au gouvernement du bâtard... Et c'est moi qui bénéficierai encore de cela !...

« Maintenant, aux *Carceri* !... Karl Brander a bien travaillé pour moi, il est temps que j'aille lui décerner la récompense promise.

Et, joyeux, suivi de son escorte qui emportait le bâtard toujours solidement garrotté, il revint à la prison d'État.

Là, il fit enfermer Pépito dans un des plus sombres cachots de cette noire bastille, puis, faisant appeler le chef des guichetiers, il lui demanda à brûle-pourpoint :

— Comment va notre doux captif, cet étudiant alsacien qui faisait revivre la légende mythologique d'Hercule et les traditions bibliques de Samson ?

— Monseigneur, — fit le garde-chiourme en s'inclinant, — je me suis conformé aux ordres de Votre Altesse et j'ai modifié en conséquence le régime du prisonnier.

— Parfait !... Un régime... fortifiant, n'est-ce pas ?

— Le *nec plus ultra!* C'est à craindre qu'il ne défonce la porte de son cachot...

— A ce point?

— Dame! Ce Frantz Holbach est d'une force peu commune, d'autant plus que Votre Altesse m'a autorisé à lui fournir les appareils de gymnastique qu'il ne cessait de réclamer...

— Je te l'ai même ordonné...

— Mais si vous pouviez voir, monseigneur!... Quel désastre!...

— Comment cela?...

— Les barres fixes n'y ont pas résisté... Brisées comme des fétus de paille!... Quant aux haltères, il nous les a presque jetées à la tête...

— Heureusement que ce mouvement, il l'a tout juste esquissé!

— Ce n'est pas des haltères, monseigneur, qu'il lui faut, à cet homme-là! Il jonglerait avec les canons de la citadelle!...

— Et, à part cela, toujours aussi doux?...

— Comme un mouton!... Par exemple, il ne cesse de proférer des menaces contre le camarade félon qui l'a trahi.

— Il n'est pas bon d'abandonner à lui-même un prisonnier pareil. M. Karl Brander m'attend dans mon cabinet de travail. Tu lui diras que je désire lui parler, et, chemin faisant, sans rien dire, tu le feras entrer dans la cellule de Frantz Holbach...

— Bien, monseigneur!

— Au besoin, fais-toi aider par quelques solides gardiens, dans le cas où Karl Brander ne voudrait pas y entrer de son plein gré...

Et, là-dessus, le guichetier en chef se retira pour aller exécuter l'ordre machiavélique du roi des Cachots.

Karl Brander rêvait d'or... Le songe de Judas eut un réveil terrifiant

Tandis qu'il se rendait auprès de Méphisto, pour recevoir sa récompense... le prix du sang, voilà que, soudain, la porte d'un cachot s'était ouverte sur son chemin...

De suite après, le grincement sinistre d'une lourde serrure lui apprenait ce qu'était la gratitude d'un prince...

Mais, au bout d'un instant, ses yeux qui commencent à s'habituer à l'obscurité aperçoivent, dans l'ombre du cachot, une forme indécise...

C'est un homme qui dormait... et que son intrusion, — bien involontaire, — vient de réveiller.

Quel est donc ce compagnon de cellule avec lequel ses geôliers viennent de l'accoupler?...

Il recule... la terreur dilate ses yeux...

Ce géant qui sort de l'ombre et marche vers lui, les bras tendus, il le reconnaît...

C'est Frantz Holbach!...

C'est l'ami qu'il a trahi... C'est le camarade bon et confiant qu'il a vendu... pour quelques ducats... sa première affaire, qui lui a permis de devenir le familier de Méphisto.

Ah!... si c'était à recommencer!...

Remords tardifs et, partant, inutiles!...

Karl a reculé tant qu'il a pu... jusqu'à la porte massive qui est hermétiquement close derrière lui...

Cependant l'espion... le traître... reprend confiance.

Frantz Holbach, qui s'approche de plus en plus, a, sur son visage, ce sourire doux et bon qu'il lui a toujours connu.

Et Karl Brander se dit que les hommes doués de cette force herculéenne sont, en général, simples et crédules... Peut-être l'athlète alsacien se laissera-t-il convaincre par les mielleuses paroles qu'il s'apprête à lui dire...

Et le fourbe prépare un récit trompeur destiné à calmer la rancune du doux hercule... en supposant que Frantz ait conservé quelque ressentiment de sa mésaventure, ce qui n'est guère probable, car il continue à sourire tout en tendant les bras à son camarade d'études... et de cachot.

— Ce cher Karl! — s'écrie le bon géant; — ah! c'est gentil à toi de venir me retrouver dans ma villégiature forcée! Cet excellent Brander!...

— Oui... oui... — balbutie l'autre... — je suis... prisonnier... moi... aussi!... Ah!... les temps sont durs!...

Le colosse sourit toujours, et toujours tend les bras, souhaitant la bienvenue.

— Ce brave ami!... ce bon camarade!... dans mes bras!

Karl Brander ne craint pas d'aller embrasser... comme Judas... celui qu'il a vendu...

Les bras de Frantz se resserrent, tandis que l'athlète fait, avec une cordialité ironique et terrible :

— Cet excellent mouchard!... ce sympathique espion!... ce brave traître!...

Un cri étouffé sort des lèvres de l'abominable gredin...

Frantz le serre toujours sur son sein, plus robuste qu'un chêne...

Il serre... la musculature de ses bras est un étau formidable..

Les lèvres bleuies, les yeux sortant de l'orbite, Karl ne peut plus proférer un cri, il suffoque, la poitrine écrasée dans cette étreinte effroyable et vengeresse...

Les bras de Frantz, se resserrant de plus en plus, brisent comme du bois mort les côtes du misérable...

Un râle, un jet de sang...

Et le géant laisse tomber sur le sol de son cachot une loque sordide... tout ce qui reste du traître dont il a fait justice...

Et Méphisto, qui est aux écoutes derrière la porte, entend alors l'étudiant chanter une romance alsacienne qui célèbre le bleu *vergiss mein nicht* pareil aux yeux de l'aimée, et le fauve houblon qui a la couleur de son opulente chevelure.

— Le doux géant n'a point de rancune. Il n'est pas comme moi! — s'écrie le roi des Cachots, en manière de conclusion...

LXX

DEUX VEUVES

L'ORDRE règne à Florence où Méphisto a repris les rênes du pouvoir dans sa main de fer.

Il envoie à l'échafaud, au bagne ou dans l'exil les partisans du bâtard...

L'audacieux coup d'État par lequel il a pris possession du palais, au moment où nul ne s'attendait à le voir sortir des *Carceri*, le sang-froid qu'il a mis dans une entreprise qui semblait destinée à avorter, et surtout le succès, qui justifie tout, ont rendu au machiavélique politicien tout le prestige d'antan.

L'armée lui prête serment de fidélité, au milieu d'un enthousiasme indescriptible.

Le peuple l'acclame, car il a promis d'abolir les impôts vexatoires établis par les ministres de Pépito.

Il est vrai que, avec Méphisto, promettre et tenir sont deux ; mais peu importe !... on gouverne au moyen de mensonges, on règne par des serments violés !...

Et puis le peuple n'aura-t-il pas, pour se distraire, des préoccupations plus graves, l'attrait sans cesse renouvelé des spectacles et des fêtes ?...

C'est une scène funéraire, d'abord, qui a été organisée par le génial aventurier, avec une maëstria incomparable.

Au lendemain de la tragédie du Champ-de-Mars, le bon et honnête Mahadok, respectueux de la mort devant laquelle tout ressentiment s'efface, a ramené au palais le cadavre de Nathalie Borghès.

Méphisto peut voir que son ancienne complice, devenue son ennemie, est morte... bien morte.

Comme il n'a plus rien à redouter d'elle ni de son bâtard, — qu'il tient en sa puissance et qu'il ne lâchera pas, — l'astucieux homme d'État a décidé de faire rendre à la souveraine assassinée les plus grands honneurs posthumes.

Ses funérailles solennelles seront celles d'une reine.

... Les obsèques de Nathalie Borghès, la dernière de sa race, ont lieu dans un déploiement de pompe incroyable.

Méphisto, tout habillé de noir, marche derrière le cercueil sur lequel sont posés le sceptre, la couronne et le manteau de pourpre doublé d'hermine, symboles du pouvoir suprême.

Le fourbe tient constamment son mouchoir devant les yeux, et cette attitude hypocrite dont la foule est dupe lui concilie les sympathies de tout le monde.

Mais si l'on pouvait lire ce qui se passe dans son âme, derrière ce masque trompeur, il y aurait de quoi frémir !

Le hideux triomphe que la fatalité vient de lui procurer remplit cet être infernal d'une joie féroce...

Sur le chemin de son rêve ambitieux, il ne se dresse plus aucun obstacle... Rien ne vient limiter les horizons étincelants de sa fortune politique...

Il est le maître absolu... le prince souverain... La Toscane est à lui !...

La Toscane... seulement?... Non !... dans cet instant où tout lui sourit, derrière ce cercueil qui est comme un char de victoire, Méphisto a des visées plus hautes... des projets plus grandioses...

Il songe que l'Italie, morcelée entre des républiques rivales, des principicules toujours en lutte plus ou moins ouverte, les uns contre les autres, offre un champ propice à son ambition démesurée...

Cet élève... ce continuateur de Machiavel, rêve d'assembler en un faisceau unique toutes ces forces éparses... Il voudrait constituer un grand pays, avec ces petits états disparates.

L'Italie unifiée, avec Méphisto pour roi... quelle vision superbe pour l'aventurier qui, hier encore, ne commandait qu'à quelques gardes-chiourme, entre les quatre murs d'une prison !...

... Après la fête funéraire, un spectacle de sang est donné au peuple de Florence.

L'astucieux successeur des Borghès, qui a simulé une douleur si vive de la mort de Nathalie, veut que cette mort soit vengée sans délai.

Un tribunal composé de ses créatures est appelé à juger le meurtrier.

Pépito ne se défend même pas. L'inexorable destinée qui a fait du pauvre enfant l'assassin de sa mère n'est rien, pour lui, en comparaison de l'âpre désespoir qu'il éprouve à la pensée que Méphisto est son père... Méphisto, le tyran exécré, dont il verserait le sang avec une joie farouche, s'il était libre...

Oui !... que la mort arrive et délivre le petit chevrier de Pistoïa de l'obsession meurtrière qui le pousse à un double parricide !

Les juges n'ont point de pitié... Le prince au règne éphémère est condamné à avoir la tête tranchée.

La foule approuve cet arrêt... L'aveu qu'il a fait d'être l'assassin d'Andréas éloigne du condamné tout sentiment d'indulgence ou de commisération, car on croit toujours, d'après les révélations de Nathalie, que le Borghès fut son père

Avec sa perfidie coutumière, Méphisto évoque à nouveau devant le tribunal la fin tragique du grand-duc Andréas.

On devine pourquoi... C'est sa pensée constante... le plan infernal qu'il ne cesse de poursuivre... impliquer Faust dans ce crime de régicide afin de pouvoir confisquer, au profit de l'État, c'est-à-dire au sien, l'immense fortune de l'ancêtre avec les intérêts accumulés, dont la cour de Rome a ordonné la restitution.

Et alors, comme Nathalie l'avait fait pour le pauvre gnome faussement accusé d'avoir tué le petit Georges, Méphisto fait consigner par les juges, dans l'arrêt qui condamne Pépito, que celui-ci reconnaît avoir eu Faust pour complice, dans l'assassinat d'Andréas Borghès.

L'exécution du bâtard eut lieu sur la place du palais.

De l'échafaud, le malheureux put voir la somptueuse et criminelle demeure où quelque temps il fut le maître...

Et, les yeux fixés une dernière fois sur cette façade de marbre, d'où Méphisto... son père, debout au balcon, assistait à son supplice, le petit chevrier pensa que les jours qu'il avait passés là étaient les plus effroyables, les plus noirs de sa vie...

Il revit, dans une dernière vision, ses chères montagnes, son paisible troupeau... puis le dernier élan de son cœur alla vers la petite reine de Bohême, la brune enfant aux grands yeux de jais, qu'il avait aimée... et qui vivrait dans ses larmes de veuve, sans être l'épousée...

Jeunesse... amour... printemps... aurore... tout cela s'écroula sous la hache du bourreau !

.   .   .   .

Dans la tribu nomade, bien décimée, hélas ! règne une morne tristesse...

En compagnie du bon Siébel, Marguerite, qui allaite le petit Henry, veille au chevet de Valentin.

Depuis que, dans la nuit fatale, il s'est levé pour prendre part au combat, le vaillant soldat a vu son ancienne blessure se rouvrir... et, de nouveau, la fièvre le mine, l'épuisement le gagne...

Il faudrait fuir ces lieux maudits, faire respirer au malade l'air pur et vivifiant de la campagne. Mais la prison maudite, comme une pieuvre immense, qui, avec ses tentacules, saisit sa proie et l'attire à elle, la bastille sombre et fatale retient dans ce Champ-de-Mars, devenu un cimetière, les survivants de la tribu...

La petite étoile d'or qui brillait au ciel, doux symbole d'amour et d'espoir, a conduit Marguerite, la voyante, jusqu'aux pieds des *Carceri grande*...

Maintenant sa raison est revenue... la froide et saine raison qui dissipe les chimères et apporte les clartés du jour dans les crépusculaires visions d'une âme un instant troublée et dolente...

Mais il reste l'amour, roi des êtres, guide infaillible des cœurs... l'amour vainqueur de la mort... l'amour qui résiste au choc de la folie...

Et l'amour, même quand l'étoile radieuse s'est éteinte, a rivé le cœur de Marguerite aux pierres lépreuses du cachot où son Faust gémit...

Elle croit en lui, comme au bon Dieu que lui enseignait sa mère; elle a foi dans la parole de l'aimé... Elle sera sa femme comme il le lui a promis...

Saâda, comme Marguerite, sa sœur d'adoption, a, elle aussi, son cœur attaché à ces murs affreux, car c'est derrière eux qu'est enseveli, attendant son jugement, celui qu'elle aime, non point le beau prince de Toscane, le bâtard au règne éphémère et mélancolique, mais l'humbre pâtre des montagnes, un enfant, comme elle, de la nature...

Elle aime... elle espère, tout comme la Bohémienne blonde, la douce Marguerite, à qui elle confie le délicieux secret de son âme aimante...

Non !... Ce n'est pas possible !... Ils ne condamneront pas son Pépito !...

Est-ce que l'on condamne la jeunesse?... Est-ce que l'on condamne l'amour?...

Mais le jour fatal est venu... Mahadok, qui est allé en ville, a appris l'impitoyable verdict de ces juges infâmes.

Saâda pleure... Ses grands beaux yeux énergiques et virils ne sont plus, en ce triste moment, que de pauvres yeux d'enfant tout inondés de larmes.

Larmes amères !... larmes qui brûlent et rougissent les paupières, car leur source jaillit dans le morne désert de l'infinie désespérance...

Tout est consommé !...

La tête de l'aimé a roulé sous la hache tranchante...

Saâda se couvre alors de longs vêtements noirs, et, droite, le regard fixe et sec comme une hallucinée, elle marche dans le camp, à la recherche de Mahadok...

Quand elle se trouve devant l'ancêtre vénéré, elle tombe à ses pieds, et gémit :

— Pardon !...

Le doux vieillard essaye de relever sa petite-fille, car il ne comprend rien à cette attitude... et à cette parole, l'une et l'autre inaccoutumées chez la fière petite reine.

Ceux qui restent, les Bohémiens, se sont groupés autour de l'aïeul, surpris et émus, tous, de cette désolation qui a jeté Saâda éplorée et suppliante, les genoux au sol, le visage caché dans les mains, comme une coupable...

Elle a répété, d'une voix brisée par l'effort pénible de son aveu :

— Pardon !... car ma faute... est irréparable !...

Mahadok a tressailli... Ses sourcils toujours calmes se froncent, comme sous l'empire de la colère... ses regards si purs semblent se charger d'éclairs.

Au-dessus de sa petite-fille, effondrée dans le désespoir, il lève sa main pour maudire...

... Deux hommes... deux bandits à la face patibulaire... deux brutes à la carrure bestiale
circulent, au milieu de la nuit... (Page 1544.)

Mais son bras retombe, et ses yeux humides ne laissent plus apparaître que l'infinie tristesse dont son âme est remplie.

D'une voix très douce, il murmure :

— Toi... coupable... mon enfant! Est-ce possible? Et quelle est donc
la faute dont ainsi tu t'accuses devant ton aïeul et tes frères?

Toujours agenouillée, la petite reine confesse sa faute... dont rien...
rien... ne peut plus, désormais, effacer la souillure.

— Grand-père, et vous, mes frères, Saâda est désormais indigne d'être
appelée votre petite-fille ou votre reine!...

« Le patrimoine de l'honneur que notre tribu, comme un dépôt sacré, conservait toujours, dans sa pauvreté fière... cet héritage transmis intact par les générations errantes... Saâda ne peut plus le revendiquer !...

Il y eut, dans le groupe des Bohémiens qui venaient d'entendre ces paroles, un mouvement de répulsion... presque d'horreur...

Un indéfinissable mélange de douleur et d'opprobre convulsait les traits de Mahadok, dont le visage avait perdu son ancienne et immuable sérénité...

Dans son attitude de pénitente, Saâda achevait sa pénible confession.

— Oui !... vous tous... vous avez raison de détourner vos yeux de celle qui est coupable... d'autant plus coupable que vos libres suffrages, — le seul droit que reconnaisse la race indépendante à laquelle nous appartenons, — avaient fait de moi votre reine !...

« Votre reine, Bohémiens, a commis une faute ; elle a forfait à l'honneur... et rien ne peut plus réparer la forfaiture !

« J'ai aimé un homme... vous savez qui... c'est Pépito qui vient de mourir sur l'échafaud...

« Et dans l'abandon de mon corps... mais dans la pleine liberté de mon amour loyal... j'ai été sa femme... devant la Nature, notre dieu immuable... devant les fleurs qui embaument les sentiers, devant les oiseaux qui chantent dans le bocage.

« Conformément à nos lois, — plus vieilles que les lois écrites des peuples que nous traversons, — le mariage doit être consacré par l'ancêtre... celui qui, dans la tribu, sert de juge et d'arbitre...

« Or, Pépito et moi, nous revenions, la main dans la main, des bois ombreux où le cantique des sèves, l'hymne bruissante des zéphyrs dans le feuillage avaient célébré notre épithalame...

« Nous revenions faire bénir par l'aïeul vénéré le plus saint, le plus pur des hymens, quand nous avons trouvé devant la porte du camp le cadavre de Georges...

« Et nous avons... peut-être... redouté le présage funeste... nous n'avons pas voulu... qui sait ?... mêler à ce deuil les joies des épousailles... Je ne peux pas vous dire en ce moment, tant mes souvenirs sont ennuagés de funèbres visions, quelle fut notre pensée... notre pudeur... ou notre crainte...

« Nous n'avons pas parlé... Mais nous avons pleuré... puis les durs combats sont venus... vous savez le reste !...

« Voilà pourquoi la noce de votre reine... indigne ne se peut plus célébrer, suivant le rite ancestral...

« Et voilà pourquoi la faute est irréparable...

« A la face de la tribu, Saâda, coupable, s'accuse...

« Dites, grand-père, et vous, mes frères, à quel châtiment condamnez-vous la reine de Bohême ?...

Tous étaient émus... Ils aimaient Saâda, ils l'avaient vue naître... On admirait son viril courage, sa sévère droiture...

Nul n'osait se prononcer...

Les survivants de la tribu si cruellement décimée tournaient leurs regards vers Mahadok, cherchant à lire dans l'âme du vieillard, à conformer leur verdict à son jugement.

Le cœur du vieux Bohémien était soumis à une rude épreuve...

L'honneur de toute une race, ce dépôt sacré, comme disait Saâda, se trouvait en cause.

Mais, d'un autre côté, si rien ne pouvait légitimer la faute, que de circonstances tragiques, fatales, l'excusaient... l'atténuaient...

— Mon enfant, — fit-il avec douceur, en la relevant, — tu es coupable; mais la fatalité cruelle fut plus coupable que toi... Ton aïeul t'a pardonnée... tes frères, j'en suis sûr, vont t'absoudre...

— Oui!... oui!... — s'écrièrent tous les Bohémiens.

Saâda, toute droite à présent, dans son deuil de veuve, secoua la tête...

Une décision irrévocable se lisait dans ses traits qui étaient devenus durs, impérieux.

D'un air altier, elle déclara, comme un juge impitoyable :

— Eh bien!... moi, je n'absous pas la coupable... et ma voix est prépondérante, vous le savez, puisque je suis la reine...

« Celle qui a commis la faute que rien ne peut plus réparer doit être chassée de la tribu!

Et puis, elle redevint humble et triste... Ses yeux s'emplirent de larmes... Elle murmura :

— Grand-père, adieu!... Adieu, vous tous, mes frères... ne cherchez plus à savoir ce qu'est devenue votre petite-fille... votre reine... qui est allée cacher sa faute, dans un lointain, dans un éternel exil... Adieu... adieu!

Elle s'éloigna...

La tribu tout entière était consternée...

Mais on ne cherchait pas à la retenir... on savait sa volonté inflexible.

— Saâda!... Saâda!... où vas-tu, ma sœur aimée?

C'était Marguerite qui accourait, informée par les femmes de la tribu du jugement impitoyable que la petite reine venait de porter contre elle-même.

Embrassant sa brune sœur d'adoption, la Bohémienne blonde essaya de la retenir.

Et ce fut un touchant spectacle que cette étreinte si douce et si ardente d'affection tendre...

— Où vas-tu donc... Saâda?... — répétait Marguerite émue par ce départ tragique.

Saâda s'était dégagée de son étreinte avec un geste d'immense tristesse, et mettant un long baiser sur les mains fluettes de sa sœur, elle lui dit :

— Marguerite... adieu! ce qui fut ta faute... sera... bientôt ta rédemption...

« Ma faute à moi demande une expiation... Après les dures épreuves, c'est le bonheur qui t'attend... Des joies pures rayonnaient dans ton ciel, moins bleu que tes beaux yeux...

« Désormais la souffrance et les larmes sont mon lot...

« Adieu, Marguerite... adieu !...

D'un pas ferme et délibéré, la petite reine s'éloigna du camp...

Elle ne jeta pas un seul regard en arrière, car elle avait cette pudeur de ne point vouloir qu'on la vît pleurer...

Hélas !... il y avait aussi des larmes dans tous les yeux...

Au soir, un homme de la tribu, qui s'était hasardé jusque dans le quartier voisinant les casernes, rapporta les terrifiantes rumeurs qui circulaient.

Les troupes de Ferrare et de Gênes, qu'on prétendait soutenues en secret par la France, avaient envahi, sur deux points, les frontières de la Toscane. Méphisto, à la tête de l'armée, partait de Florence pour aller repousser les envahisseurs.

Tous les étrangers incarcérés dans la prison d'État avaient été reconnus coupables d'entretenir des intelligences avec l'ennemi... et une cour martiale venait d'ordonner leur exécution sommaire.

Quant à Faust, — que Pépito, son complice, avait, avant de mourir, dénoncé comme régicide, — il s'était fait justice.

On l'avait trouvé pendu dans sa cellule...

Mahadok et Siébel, avec d'infinis ménagements, annoncèrent à Marguerite la fatale nouvelle.

Naguère le mystérieux instinct ou la céleste inspiration, — quel que soit le nom qu'on lui donne, — qui éclairait de ses lueurs... la folle ou la voyante eût peut-être retenu encore la douce amante auprès de ces pierres sépulcrales.

Et peut-être, sous ces lumières inaccessibles à la raison, se fût-elle encore écriée :

— Non !... il est toujours là !... mon cœur le voit... et mon âme conserve la foi divine qui fait espérer... car je serai sa femme... il l'a promis et ne peut manquer à son serment.

Mais elle avait recouvré sa raison, et trop de sombres tragédies depuis quelque temps s'étaient déroulées dans ces lieux maudits pour qu'elle n'ajoutât pas foi à ce drame nouveau... digne couronnement des forfaits de Méphisto.

Car, bien entendu, Marguerite ne croyait pas un seul instant au suicide de Faust...

Faust... se tuer !... Il aurait fallu, pour cela, qu'il fût coupable..

Mais, par exemple, le sinistre aventurier qui régnait sur la Toscane, avait assez d'infernale traîtrise, dans son néfaste génie, pour se débarrasser d'un ennemi gênant au moyen d'un suicide simulé...

Et alors la pauvre victime d'une fatalité implacable, devant cette faute qui ne pouvait plus se réparer, voulait, comme Saâda, se condamner à l'éternelle expiation dans les larmes...

Elle voulut fuir, loin... bien loin... avec le cher innocent, le doux fruit de son amour...

Elle irait cacher dans une solitude ignorée de tous sa honte ineffaçable... sa chute sans rédemption possible...

Un soupir pesant et las tira Marguerite de sa douloureuse rêverie...

— Mon père!... mon père!... tête d'armée... La France... Strasbourg...

C'était Valentin qui avait le délire dans son lit, où la fièvre le terrassait...

Marguerite oublia sa souffrance et le long deuil de veuve qu'elle venait de revêtir, pour ne plus songer qu'à lui... son frère... qui allait peut-être mourir... appelant en vain, dans ses rêves d'agonie, ce père qu'il ne verrait plus... ce héros mort pour la France, fusillé obscurément sans doute, avec tant d'autres, le long d'un chemin de ronde, dans cette noire bastille.

Attaché à son chevet par l'austère et fraternel devoir, Marguerite resta là... ou plutôt elle suivit dans leur exode lamentable les derniers survivants de la tribu nomade, dont Mahadok avait pris le commandement.

Le doux vieillard ne voulait pas laisser plus longtemps ceux qu'il appelait toujours ses enfants exposés aux fureurs de la populace et de la soldatesque dans cette belle et malheureuse cité qu'une odieuse tyrannie amenait peu à peu à la décadence irrémédiable.

Seulement, pour éviter les bandes plus ou moins bien disciplinées que Méphisto commandait et qui toutes se dirigeaient vers le nord de la Toscane, ce fut à l'extrême sud qu'il conduisit sa caravane de Bohémiens.

Ils s'embarquèrent tous, ainsi que Marguerite, Siébel et Valentin, avec leurs chariots et leurs bêtes, sur un grand navire français qui faisait voile pour Saint-Tropez en Provence.

Au large, ils virent une flotte imposante qui cinglait dans la direction de la côte toscane.

Le capitaine, avec un sourire entendu, dit à Siébel qui l'interrogeait :

— Ce sont des vaisseaux que le roi de France a fait partir de Toulon, pour une destination inconnue avec des ordres cachetés que l'amiral ne devait ouvrir qu'en pleine mer.

« Maintenant je vois bien où ils vont... et je devine ce que portent ces ordres secrets.

« Il s'agit, sans doute, de mettre à la raison ce « failli chien » qui gouverne la Toscane...

Le bon marin français avait le langage imagé des rudes gars de nos côtes... le mot leste... le geste brusque et aussi la conscience droite.

On pouvait prévoir déjà que le « chien » aurait beau mordre... ses dents n'entameraient point l'épée solide et bien trempée que la France venait de tirer du fourreau, pour la délivrance des opprimés, pour la sainte liberté des peuples...

. . . .

LXXI

MARTYRE D'AMOUR

RANCHISSONS encore une fois le seuil des *Carceri grande*, revenons dans la sombre prison d'État où vivent, — si l'on peut appeler cela vivre! — les victimes de la tyrannie toscane.

Les lâches et farouches geôliers, dont le roi des Cachots a stimulé le zèle infâme par sa présence au milieu d'eux, sont plus que jamais durs et cruels.

Et la vie, pour les captifs, s'écoule triste et monotone... .

Roger, dans sa cellule, rêve à la France lointaine, à l'Alsace aimée... Dans ses songes, flotte le drapeau pour lequel il a si vaillamment combattu... et dont les plis glorieux se déroulent, sur le haut du clocher de Strasbourg, au milieu du vol des cigognes...

L'honneur, la gloire, l'héroïsme... voilà tout ce qui emplit l'âme du sublime captif dont l'odieux Méphisto a essayé de ternir la réputation avant de l'ensevelir, vivant, dans ce sépulcre de pierres...

Et si le lieutenant Roger rêve de liberté, c'est qu'il veut se justifier devant ses frères d'armes...

Lui, un déserteur, lui, un traître, allons donc!... Il faut l'infernale perfidie d'un Méphisto, pour insinuer des choses pareilles!... Mais la Justice immanente approche...

La blancheur de l'hermine et l'honneur du soldat éclateront au soleil...

L'empire des ténèbres sera refoulé... Patience... noble et pure victime!...

Hélas! dans le cœur du vaillant Alsacien, une plaie saigne... plus cruelle encore, peut-être, et plus difficile à guérir...

Comme ces mystérieux poisons qui aggravent les blessures, la pensée de sa fille Marguerite vient troubler la conscience pure et l'âme sereine du vieux soldat...

Dans les insomnies du cachot, il gémit :

— Cette faute, rien ne pourra en effacer la souillure, ni le jugement de mes pairs, ni ma réhabilitation prononcée par le roi de France... rien... rien... si ce n'est... .

Mais il n'achève point...

L'homme qui pourrait tout réparer est là... près de lui...

Par un diabolique raffinement inventé par Méphisto, de temps en temps les geôliers mettaient en présence le médecin de Strasbourg et le lieutenant Roger, dans le préau où les captifs se promènent, sous l'œil de leurs gardiens...

Le temps, qui porte remède à bien de maux, n'avait certes pas atténué chez ce père infortuné le sentiment de l'opprobre que rien ne pouvait effacer, mais la vue du séducteur n'excitait plus son ardente colère...

Et l'on peut dire qu'à ce sujet-là, tout un travail s'était fait dans l'esprit de Roger.

Faust était un de ces hommes que leur génie et les merveilleux dons de leur âme rendent supérieurs à l'humanité...

Son inaltérable douceur, ses sentiments élevés, la loyauté et la droiture de son caractère avaient fini par éclater aux yeux de Roger, si prévenu que fût ce dernier contre lui...

Et ce qui contribua le plus, peut-être, à calmer l'animosité tenace du lieutenant, ce fut de constater que Faust souffrait... qu'il était, comme lui, malheureux par Marguerite.

Ce qu'il avait pris, jadis, pour la lâcheté d'un vil suborneur, c'était quelque chose de douloureux et de sincère qui ressemblait à la torture d'un amour confiant et trahi...

Mais alors... Marguerite était coupable... coupable envers Faust... comme elle le fut envers son père...

Perfide contre l'amour... et contre l'honneur traîtresse... quelle énigme... ou quel abîme cachent donc les femmes sous les fleurs du sourire, mensonges parfumés?...

Si tel était l'état d'âme du vaillant soldat d'Alsace et du savant Strasbourgeois, leurs compagnons de captivité, il faut le dire, n'étaient pas angoissés par de pareils problèmes.

Le brave Frantz Holbach continuait à faire des exercices de gymnastique, entrecoupés de petites romances sentimentales...

Quand les gardes-chiourme étaient venus enlever le cadavre de Karl Brander, ils avaient voulu retirer au prisonnier ses haltères, mais le bon colosse avait, d'un mot, arrêté net leurs tentatives :

— Je les ai, — dit-il, — et je les garde!... Tant pis pour celui qui essaiera de venir me les prendre!

Là-dessus, il s'était mis à jongler avec ses poids formidables, tout en pensant à sa chère Fornarina.

Les gardiens de la prison jugèrent plus prudent de ne pas insister. C'est ce qu'ils avaient de mieux à faire.

Ludwig Frosch, Gottfried le Manchot et Heinrich ne cessaient de songer à leur patrie lointaine et de soupirer après le clocher natal...

Ils avaient vainement réclamé des juges, on ne leur en avait pas donné!... A quoi bon faire juger des hommes qu'on sait innocents?... Il est bien plus simple de les laisser pourrir au fond d'un cachot... sans autre forme de procès...

Comme bien on pense, le régime de la prison avait considérablement diminué, pour ne pas dire totalement éteint, le joyeux naturel du brave Heinrich. Il ne faisait pas retentir les échos des *Carceri grande* de ses éternels *Gaudeamus*.

Plus de franche lippée, partant plus de joie!... Dans ce noir séjour tout est sombre et fatal comme l'âme du roi des Cachots qui, avant de partir pour la frontière, a donné des ordres sinistres...

¿Ont-ils été exécutés, comme il le croit et comme le bruit s'en est répandu?...

... Deux hommes... deux bandits à la face patibulaire... deux brutes à la carrure bestiale circulent, au milieu de la nuit, en cherchant à étouffer le bruit de leurs pas, dans les couloirs de cette lugubre bastille...

Le premier porte une lanterne sourde... l'autre tient dans sa main un cordon de soie tressée...

— Tu n'as pas oublié la consigne, n'est-ce pas? — fait l'homme à la lanterne.

Et son compagnon de répondre :

— Non!... je m'approcherai du lit... A cette heure il doit être plongé dans le plus profond sommeil...

« Alors, je lui passerai autour du cou cette cordelette qui forme un nœud coulant...

— Nous serrons tous les deux, et quand notre homme a trépassé...

— Nous coupons ses draps en lanières, nous en faisons une sorte de corde dont nous attachons l'extrémité aux barreaux de la lucarne...

— Et demain matin on trouve Faust qui s'est pendu... Un beau suicide, ma foi!

— On n'est jamais mieux et plus sûrement suicidé que par les autres!...

— Mais si notre suicidé se montrait récalcitrant?

— Eh bien! on emploiera la force au besoin... c'est la consigne!.. Mais je ne crois pas que cela soit nécessaire... Faust sera endormi et nous ne risquons même pas de le réveiller en ouvrant la porte de sa cellule, car cette porte, qui donne sur le préau fermé où on fait promener le prisonnier à certaines heures, a été laissée ouverte intentionnellement, cette nuit...

— Ah! quel homme prévoyant que ce Méphisto!...

— Oui! on a du plaisir à servir un maître comme celui-là!

— Demain ce sera un grand jour, pour la Toscane! Faust... suicidé... les autres Français qui sont ici, fusillés.

— Et Méphisto qui ne peut manquer de remporter une éclatante victoire sur les troupes de Gênes et de Ferrare... car c'est un bien grand capitaine que Méphisto...

— Certes... et il n'y aurait qu'une chose qui pourrait le faire reculer, ce serait si le roi de France lui déclarait la guerre...

— Le roi de France n'osera pas!...

Cette conversation n'indiquait pas une intelligence bien développée chez ceux qui la tenaient, mais il est juste de dire que le maître ne leur

— Rien à faire! — s'écria-t-il en laissant retomber ses bras d'un geste désespéré.
— Pauvre Titania!... (Page 1551.)

demandait pas d'avoir des capacités intellectuelles, mais une certaine force corporelle et aussi une absence complète de scrupules.

Et puis, ils avaient peut-être fait de copieuses libations, pour se donner, avant leur horrible besogne, comme on dit vulgairement, « du cœur au ventre ».

Faust avait été quelque peu étonné de voir le gardien, qui venait de lui apporter son repas du soir, laisser ouverte la porte de son cachot...

Mais il n'y avait, dans sa surprise, aucune joie, nul espoir...

Cette porte, il le savait bien, ne s'ouvrait pas sur la liberté...

C'était le préau fermé qui se trouvait là... et en supposant même qu'il pût en franchir la clôture, il y avait encore après d'autres portes closes, d'autres enceintes murées...

Lasciate ogni speranza!... Laisser tout espoir... au seuil des *Carceri grande* comme au seuil de l'enfer...

Mais si ce n'était pas la liberté, c'était toujours un peu plus d'air pour les poumons du prisonnier... Il résolut d'en profiter.

Si l'affreux séjour de la prison d'État n'avait pu avoir raison de sa force d'âme, par contre elle avait exercé sur sa santé une influence délétère...

La prison, avec son atmosphère confinée, ses émanations pestilentielles, et la visqueuse humidité de ses murailles, constitue pour les malheureux qui vivent dans ce milieu mortel un empoisonnement lent, mais sûr...

Faust s'engagea dans le préau... Tout au bout, par une fenêtre aux lourds barreaux de fer, on voyait un coin du ciel noir, avec les clous d'or qui semblaient retenir au firmament le voile azuré de la nuit...

Il s'arrêta... soudain... une forme imprécise venait d'apparaître, lu cachant la pâle clarté des astres infinis...

Cette apparition d'abord vague, s'approchant de lui, ne tarda pas à lui montrer le corps et les traits de Titania...

A cette vue une immense pitié envahit le cœur de Faust...

Celle qui avait été la Comtesse Rouge... celle que l'on appelait la Belle Titania... n'était plus que l'ombre d'elle-même...

La mort tragique de son père; le malheureux, le fatal amour qu'elle ressentait pour le grand savant alsacien... les amers regrets du passé honteux et triste... le remords peut-être... et la conscience que sa passion était sans espoir avaient torturé son âme et miné son corps.

Elle était restée dans cette prison, où elle errait nuit et jour comme un spectre, vêtue comme une mendiante, objet de pitié plus encore que de risée pour les geôliers qui l'employaient à ces travaux indispensables nécessitant la main d'une femme.

Mais si humble que fût cette existence... cette captivité plutôt... elle était, pour cette martyre de l'amour, la plus pure, la plus sublime de toutes les joies!...

Elle pouvait voit Faust... rassasier ses yeux et son cœur de la vue de celui qu'elle adorait comme un Dieu...

— Titania, vous souffrez!... — dit Faust avec douceur.

— Non, je suis heureuse, je vous vois... je vous entends... et je voudrais que ce bonheur durât toujours...

— Pauvre enfant!...

En lui prenant la main, il s'aperçut que son pouls était faible et très fréquent... un mauvais signe.

— Allez vous reposer, Titania! — lui dit-il, — vous avez la fièvre.

Elle s'était rapprochée de lui, il la sentait frissonner bien qu'il fît très chaud...

Il craignit de la voir tomber, car elle ne marchait qu'avec peine, prise de faiblesse et de vertiges...

Alors il la prit dans ses bras... Elle avait passé les siens autour du cou de Faust qui la porta jusque dans sa cellule...

La dolente créature s'était endormie d'un étrange sommeil...

Avec une infinie délicatesse, comme une mère l'eût fait pour son enfant, il la coucha sur son misérable grabat de prisonnier, l'entoura soigneusement de sa maigre couverture...

Puis il sortit sur la pointe des pieds, pour ne pas la réveiller.

— Elle passera la nuit là, — fait-il en lui-même. — Moi, je peux bien rester dans le préau... à rêver... en regardant les étoiles entre les barreaux de la fenêtre...

« Pauvre petite!... que tes songes soient heureux... puisque la destinée pour toi fut si inclémente... Adieu, Titania!... dors, enfant, dors!.

Ses pas se perdirent dans la longueur du préau...

... Les misérables sicaires étaient arrivés au seuil de la cellule, et là, ils tenaient un dernier conciliabule.

— C'est bien ici...

— Oui... la porte est restée ouverte, comme on nous l'avait dit...

— Tiens, on voit le lit, dans le fond...

— Et il y est couché... il dort...

— On entend sa respiration d'ici...

— Tout de même, ça me fait quelque chose...

— Bah! qu'est-ce qu'on risque, puisqu'il est endormi!...

— Justement... quelqu'un qui dort... qui ne peut pas se défendre... Je ne sais pas pourquoi, mais j'ai dans l'idée que ça nous portera malheur...

— Tu veux dire que ça lui portera malheur... puisqu'il ne se réveillera plus...

— Qui sait?... Enfin, j'aimerais mieux l'attendre dans un carrefour obscur... et lui sauter à la gorge en lui plongeant ma dague dans le cœur... comme un honnête et loyal spadassin que j'étais... avant de connaître ce Méphisto du diable...

— Triple buse! Méphisto te paye aussi bien que s'il s'agissait d'attaquer ton homme la nuit sous un pont ou au tournant d'une ruelle mal famée... et c'est plus facile...

— J'ai entendu dire qu'au temps jadis, dans un royaume du Nord, un Méphisto de ce pays avait tué le roi pendant son sommeil, pour prendre sa place. Et alors, il perdit à tout jamais le sommeil...

— Si tu crains l'insomnie, il faut prendre de la décoction de pavots dans du tilleul, le soir avant de te coucher... Moi, comme tisane, je vais absorber une bonne lampée d'eau-de-vie... ça réchauffe le sang et ça chasse l'humidité qui est malsaine.

— De l'eau-de-vie! Tu en as donc apporté...

— A preuve... Et si le cœur t'en dit...

— Ce n'est pas de refus...

Et l'homme à la lanterne, qui venait de boire à même la bouteille, tendit le cordial au porteur du cordon de soie qui en absorba gorgée sur gorgée...

Les deux misérables entrèrent dans la cellule de Faust en titubant un peu...

Titania avait le sommeil léger des malades qu'un rien éveille...

Elle entr'ouvrit les yeux et vit ces deux faces patibulaires... Quel affreux cauchemar!...

Mais ce n'est qu'un cauchemar, et dans la torpeur molle qui l'envahit, elle se retourne du côté du mur...

Ce faible mouvement effraie les assassins qui croient que c'est Faust qui se réveille et va se redresser, prêt à opposer une résistance énergique.

On dit qu'il est d'une certaine force physique, ce médecin alsacien, et, avec cela, il passe pour sorcier.

On a beau être un spadassin de profession, on n'en est pas moins superstitieux pour cela!...

Alors l'essentiel est d'agir vite...

Le nœud coulant est passé autour du cou de Titania qui se réveille alors tout à fait...

L'instinct lui fera pousser un cri... la clameur de suprême détresse de l'être qu'on tue...

Ce cri, elle ne l'a point poussé...

Dans son âme où déborde une passion immense, absolue, un éclair fulgurant vient de briller, éclairant de ses vives lueurs les voies sublimes de l'abnégation... du sacrifice...

Ces hommes à faces de démons sont venus pour tuer Faust qu'ils croient endormi dans sa cellule.

Si elle crie... ils s'apercevront de leur erreur... Faust accourra... ils le massacreront sans pitié...

Tandis que si elle se laisse faire... sans rien dire... il est sauvé... lui... l'adoré... pour lequel elle est trop heureuse de donner sa vie..

Le sacrifice est consommé...

Titania est morte!...

Anges de l'amour, prenez cette âme en peine...

LXXII

COUP DE TONNERRE

APRÈS avoir accompli leur exécrable forfait, les deux exécuteurs des basses œuvres de Méphisto, se mirent en devoir d'effectuer la pendaison simulée et soi-disant volontaire de leur victime.

— Maintenant, — fit l'homme à la lanterne, — il est permis d'y voir clair...

Et il dirigea sur le cadavre un rayon de lumière...

— Horreur ! — s'écria son compagnon qui recula épouvanté. — Nous avons tué une femme !... Je te disais bien que ce Faust était sorcier et qu'il nous jetterait un sort !...

— Je... n'y comprends rien...

— Que faire ?...

— Ma foi... C'était une assez belle femme... Mais comment diable...

— Tu l'as dit, c'est le diable... avec qui Faust a fait un pacte signé de son sang. Tout le monde le sait.

— On a bien raconté déjà que ce Faust avait pu passer à travers les murs de sa prison... et y revenir, porté par Belzébuth...

— Méphisto aurait bien dû nous donner quelque honnête chrétien à assassiner... de ces bonnes victimes qui n'emploient pas de maléfices... et se laissent tuer... eux-mêmes, sans substitution de personnes.

— Tout ça va nous faire des histoires... avec Méphisto... avec les geôliers... nous ne connaissons pas cette femme, c'était une parente à eux, peut-être, qui sait ?...

— Ou bien nous nous serons trompés de porte.

— Ça ne m'étonne pas, tu étais saoul comme une grive de vendanges.

— Parlons-en, et toi, tu étais sobre comme le quadrupède qui traverse le désert et reste quarante jours sans boire...

Les deux sinistres personnages étaient bien près d'en venir aux mains, devant le cadavre à peine refroidi de leur victime...

Comme on peut le voir, par leurs actes et leurs discours, l'imputation d'ivresse qu'ils se jetaient réciproquement à la tête était justifiée, d'un côté comme de l'autre...

Mais l'état d'ébriété dans lequel ils se trouvaient n'aurait pas été suffisant pour les empêcher de reconnaître Titania s'ils l'avaient déjà connue avant...

Ils étaient étrangers à la prison d'État et même à la ville de Florence... c'étaient deux bandits des Abruzzes avec lesquels Méphisto s'était trouvé en rapport, dans d'autres circonstances, au cours de sa vie aventureuse, et qu'il avait tirés du bagne, pour leur confier la délicate mission que l'on sait...

Un bruit sourd et lointain se fait entendre, répercuté par l'écho sépulcral de la morne Bastille...

Un nouveau grondement lui succède... puis un autre... un autre encore...

On dirait le roulement continu du tonnerre.

— Bon ! voilà de l'orage ! — fait l'un des sicaires ivres.

— Le temps était lourd, — répond sentencieusement son compagnon, — et ça devait arriver.

— Nous serons mouillés en sortant ! Moi j'ai horreur de l'eau... si nous partions !...

— C'est mon avis !... Nous n'avons plus rien à faire céans.

— On s'est trompé. Tout est à recommencer...

— Sur nouveaux frais ! Il faudra qu'il paye deux fois, le patron...

— Bien sûr ! Erreur ne fait pas compte...

— Il y a eu maldonne...

— Et puis ce n'est pas notre faute.

— Ah ! mais non ! Une autre fois, il faudra qu'on nous indique un peu mieux l'endroit exact où nous devons travailler...

— Tu entends, le tonnerre gronde toujours... Il se rapproche... allons-nous-en !

— Donne-moi donc à boire, veux-tu ?

— Le coup de l'étrier ! avec plaisir !...

Et l'homme, en disant cela, tendit la bouteille d'eau-de-vie à son camarade qui la lui rendit après en avoir avalé une forte lampée.

L'autre fit de même, après avoir repris possession du précieux flacon, à peu près vide, maintenant...

Les deux spadassins étaient abominablement ivres. Et l'on conçoit dès lors quelle impression bizarre dut produire sur leurs cerveaux obscurcis par les fumées de l'ivresse un bruit sec, formidable, qui éclata tout près d'eux.

— La foudre vient de tomber sur les *Carceri !*...

— Je t'avais bien dit que ça nous porterait malheur...

Mais, chose étrange, le bruit qui était proche continuait... et le grondement lointain, aussi... comme si deux tonnerres allaient au-devant l'un de l'autre...

Le hideux couple de sicaires ne tarda pas, du reste, à avoir l'explication du nouveau phénomène qui leur causait tant de surprise...

En effet, sous des coups répétés qui étaient frappés en dedans, la porte d'un cachot, tout près d'eux, vola en éclats, et, par cette ouverture, un homme, un géant plutôt, bondit sur les misérables en leur criant :

— Vite, les clefs !... donnez-moi vos clefs, ou sans cela...

Et le colosse, tout en proférant ces paroles comminatoires, faisait volter d'énormes haltères qui semblaient être, pour ses mains formidables, légères comme des plumes.

Les assassins stipendiés par Méphisto ne se souciaient guère d'entamer une discussion avec un hercule de cette force-là...

— Nous n'avons pas de clefs, messire ! — fit l'homme à la lanterne. — Nous ne sommes point des geôliers.

— Ah çà ! — s'écria Frantz Holbach, — si vous n'êtes pas des geôliers, qu'est-ce que vous faites donc ici ?...

Cette question parut embarrasser nos deux personnages.

Mais le bon géant, contrairement à ses habitudes, n'était pas, en ce moment, enclin à la douceur.

Il s'aperçut que la porte de la cellule de Faust était ouverte... Il pensa que peut-être les deux intrus venaient de là...

Alors un funeste pressentiment s'empara de lui.

Il se dirigea de ce côté...

Les bandits firent mine de s'en aller...

— Non ! venez avec moi ! — leur intima le colosse.

Et, pour qu'ils ne fussent pas tentés de lui désobéir, il les appréhenda au collet, lâchant ses haltères.

Puis les traînant ainsi, l'un d'une main, l'autre de l'autre, il pénétra avec eux dans le cachot de Faust.

Là, une scène étrange et dramatique l'attendait...

Le célèbre médecin de Strasbourg, debout près de son humble lit de captif, essayait de ranimer une femme jeune et belle qui y était étendue...

Mais ses soins étaient impuissants... sa science devait s'avouer vaincue.

— Rien à faire ! — s'écria-t-il en laissant retomber ses bras d'un geste désespéré. — Pauvre Titania !... Le crime qui te met au tombeau ne visait pas ta frêle et mélancolique existence... C'est un autre qu'on voulait atteindre... un autre que l'on voulait rayer du nombre des vivants... Triste et dolente martyre ! Sois bénie !... Adieu, pauvre enfant qui fus la victime du plus infernal des êtres, le jouet du plus cruel destin !... Adieu... Titania... adieu !...

En disant ces derniers mots, il s'était agenouillé et baisait le front de Titania, pur et froid comme le marbre. Puis, s'adressant à l'étudiant alsacien qui se trouvait auprès de lui :

— Vous ici ! Frantz Holbach !... et libre ?... comment se fait-il ?...

— Je me suis délivré moi-même, en ouvrant une brèche dans ma porte, avec des haltères qu'on m'avait données pour exercer mes forces. Une singulière idée, entre nous soit dit, car, vous voyez que le premier usage que je fais de mes biceps, c'est pour détériorer le matériel et le personnel.

Tout en continuant à tenir les deux misérables dans les étaux respectables de ses mains, il poursuivit :

— Maître, entendez-vous?... c'est le canon... là-bas, sur la route de Pise...

— Oui... toute la nuit... je l'ai entendu et j'ai même vu les lueurs de l'artillerie qui tonne... J'étais au bout du préau... à une fenêtre où je respirais l'air plus frais qui vient des campagnes et de la côte... J'ai eu bien tort, parce que... pendant ce temps-là, les bourreaux se trompaient, et faisaient mourir à ma place cette pauvre innocente victime.

— Grâce!... Grâce!... — s'écrièrent les deux bandits.

— Vous demandez grâce! — fit le colosse, — c'est donc vous qui avez fait le coup?

— On nous l'a commandé! — fit l'homme à la lanterne, — c'est Méphisto qui nous avait chargés d'étrangler le docteur Faust pendant son sommeil.

— J'ai même dit que cela nous porterait malheur! — gémit son compagnon.

— En effet, bandits, vous n'échapperez pas au châtiment qui vous attend, et que je vous infligerai de ma main... et vous saurez si elle est solide! — s'écria Frantz Holbach.

— Grâce, mon doux seigneur!...

— Pitié! nous sommes moins coupables que Méphisto!...

— Votre maître, — fit le géant d'un ton solennel, — ne va pas tarder à payer ses forfaits... L'expiation approche... c'est la France qui s'en charge...

« Par la voix du canon qui tonne... là-bas, sur la route de Pise, la Justice en marche prévient le tyran que son heure a sonné...

« Quant à vous, bandits, sinistres et vils exécuteurs de ses œuvres sanguinaires, vous allez mourir!... Recommandez à Dieu votre âme, si vous en avez une!

Deux cris rauques... Des bras qui battaient l'air...

Les deux assassins ivres s'effondraient sur le sol, étranglés, — la peine du Talion, — par les mains formidables du géant.

— Maintenant, maître, nous voilà libres! Il ne nous reste plus qu'à délivrer nos compagnons de captivité, et à tenir bon, ici, jusqu'à l'arrivée des troupes françaises!...

« Le bruit du canon se rapproche... le jour se lève... l'ère de Méphisto touche à sa fin!...

Un geôlier s'approchait, faisant sa ronde matinale.

Avant qu'il ait pu se mettre sur ses gardes, Frantz Holbach lui avait arraché son trousseau de clefs.

Puis, courant à travers les sombres galeries de la prison d'État, le bon géant ouvrit, une à une, les portes des cachots, en criant:

— Liberté! la France arrive!... Le canon tonne aux portes de la ville. Debout!... Lieutenant Roger... Gottfried... Ludwig... Heinrich... Réunissons-nous dans un dernier effort... pour vivre libres ou mourir en combattant!...

Méphisto, entouré d'un brillant état-major, chevauchait au milieu de ses soldats. (Page 1554.)

Sous les voûtes sinistres des *Carceri grande*, voilà que des pas cadencés résonnent...

Un peloton de soldats apparaît, commandé par un officier...

Non! ce ne sont pas les Français... encore.

Ils portent l'uniforme abhorré dont Méphisto revêt ses mercenaires.

C'est le peloton d'exécution...

Les malheureux captifs ne verront pas luire le soleil de la liberté...

Ainsi en a décidé le monstre, dont ce sera, apparemment, le dernier forfait!...

LXXIII

L'EAU ET LE VIN

Nous avons laissé Méphisto au moment où il sortait de Florence, à la tête de ses troupes, après avoir donné des ordres barbares dont nous venons de voir l'exécution... assez peu fidèle en ce qui concerne Faust, au moins, puisque les sicaires ivres avaient, à sa place, assassiné la pauvre Titania.

Mais le tyran ne doutait pas qu'on ne lui eût obéi, de point en point... pas plus qu'il ne doutait, d'ailleurs, du succès final de la campagne militaire qu'il venait d'entreprendre.

Tambours et clairons en tête, au son des musiques guerrières, toute l'armée toscane cheminait, en route vers le nord.

Méphisto, entouré d'un brillant état-major, chevauchait au milieu de ses soldats, monté sur un destrier fougueux.

Un sourire de joie et de triomphe éclairait son dur visage...

Il venait de se défaire des ennemis de l'intérieur... ceux du dehors allaient recevoir une leçon qui, pour longtemps, assurerait la tranquillité des frontières...

En effet, une seule route, dans ces parages, conduit à Florence... et les envahisseurs sont forcés de la prendre, qu'ils viennent du duché de Ferrare, ou de la république de Gênes.

Les premiers sont les plus rapprochés, par conséquent ils ont dû, avant leurs alliés, s'engager sur ce chemin, où tout à l'heure Méphisto va les rencontrer et leur infliger une sanglante déroute, car ses troupes sont supérieures en nombre à celles de Ferrare...

Puis, poursuivant son élan, il irait tomber sur les Génois, avant que ceux-ci, au sortir des défilés de la frontière, aient pu se rassembler...

Après cette double victoire, il reviendrait à Florence où il serait acclamé comme le sauveur de la patrie...

L'indemnité de guerre qu'il imposera aux ennemis vaincus servira à alléger les Toscans des lourds impôts qui pèsent sur eux, depuis les luttes intestines et les révolutions continuelles dont ce malheureux pays a été le théâtre...

Alors Méphisto sera à son apogée... plus qu'il ne l'a jamais été...

Poursuivant le cours de ses victoires, l'aventurier, dont le succès légitimera l'usurpation, pourra réaliser le rêve génial de son ambition sans bornes.

Des Alpes à l'Adriatique, l'Italie sera unifiée sous son sceptre... Il ceindra, à Rome, la couronne des Césars, et alors, à la tête d'une formidable coalition de peuples, il pourra déclarer la guerre à la France, son éternelle ennemie... la France qu'il hait, comme le reptile hait le talon qui l'écrase, comme les ténèbres horribles haïssent la radieuse lumière!...

... Mais voilà que, soudain, des cavaliers qui avaient été envoyés en éclaireurs se replient, à bride abattue, sur le gros de l'armée.

Ils rapportent qu'ils ont aperçu, occupant les hauteurs qui bordent la route, des forces importantes... les deux étendards de Gênes et de Ferrare flottent au-dessus des bataillons épais.

A cette nouvelle, Méphisto a froncé le sourcil. Son plan se trouve contrarié, — avant même que le premier coup de feu n'ait été tiré.

Au galop de son cheval, il va se mettre en observation, au milieu d'un bouquet d'arbres, sur le sommet d'un monticule.

De là, avec une longue-vue, il fouille l'horizon... Plus de doute!... les forces ennemies ont opéré leur jonction.

Il ne pourra plus battre en détail Ferrare et Gênes, mais il peut encore barrer aux alliés la route de sa capitale.

C'est ce qu'il s'apprête à faire...

Et toute l'armée toscane s'établit sur la défensive, solidement retranchée, en face des envahisseurs.

.. Laissons là, pour quelque temps, Méphisto, en train de prendre les dispositions stratégiques qui lui sont dictées par la nécessité, et rendons-nous au milieu des troupes alliées qui, par le nord, viennent d'envahir la Toscane.

Nous y retrouverons plusieurs figures de connaissance. Voici d'abord l'ambassadeur de France, qui attendait en terrain neutre, entre le duché de Ferrare et la Toscane, l'occasion favorable pour agir d'une façon diplomatique... ou autrement.

Quand il a vu que Nathalie Borghès reprenait en mains le pouvoir, il a pensé qu'il pourrait se présenter devant la souveraine légitime, en conciliateur, au nom du roi de France désireux de rétablir la paix à Florence.

Mais le marquis de Laroche-Beaulieu ne devait pas conserver longtemps cette illusion...

La proclamation du bâtard comme grand-duc de Toscane, le règne éphémère de Pépito, les troubles sanglants qui marquèrent son avènement et sa chute, ne laissèrent pas au diplomate le temps d'accomplir sa mission pacificatrice...

Elle se transforma en expédition guerrière, quand l'odieux aventurier dont la France ne voulait pas reconnaître l'usurpation fut sorti de la prison d'État, pour ceindre à nouveau une couronne à laquelle il n'avait aucun droit.

Le roi de France était à bout de patience. Il résolut d'intervenir, pour rétablir l'ordre et faire valoir ses droits méconnus.

Des troupes de Gênes et de Ferrare devaient envahir la Toscane par le nord. Dès qu'elles auraient opéré leur jonction, l'ambassadeur en prendrait le commandement.

Mais ce n'était là qu'une diversion.

Une expédition française avait été préparée dans le plus grand secret. Un corps de débarquement, jeté par une escadre sur les côtes toscanes, marcherait sur Florence...

Le marquis de Laroche-Beaulieu n'est pas seulement un diplomate habile, c'est encore un tacticien émérite.

Il ne se hâte pas d'avancer, sur la route de la capitale; son plan est d'attirer Méphisto et son armée loin de Florence, afin que la ville dégarnie de ses troupes ne puisse offrir de résistance sérieuse aux vrais assaillants, ceux qui sont débarqués de l'escadre française.

C'est ainsi qu'il a réussi à amener Méphisto presque jusqu'aux pieds des Apennins.

Dans le camp des alliés va et vient la belle Fornarina, l'hôtelière de la montagne qui a demandé à accompagner l'armée... Elle voudrait être la première à pénétrer dans les *Carceri grande* pour rendre la liberté au doux ami que son cœur n'a cessé de chérir... à son cher Frantz Holbach, le bon géant.

En attendant, son rôle est tout tracé : elle soignera les blessés, sous la direction du bon docteur Romalino, médecin en chef de l'expédition, qui a toujours auprès de lui sa fille Adriana.

La jeune et charmante Italienne n'a pas reculé devant les fatigues et les dangers de cette campagne... N'a-t-elle pas déjà accompagné son père au cours de cette guerre civile qui fut si longue et si rude?

Et puis, les élans de son cœur, à elle aussi, l'entraînaient vers la cité fatale où Siébel a couru de si grands dangers.

Qu'est-il devenu, le cher fiancé de son âme, au milieu des tragédies qui ont ensanglanté Florence?...

Les nouvelles sont devenues rares, et puis elles ont cessé...

Cruelle incertitude qui fait que l'esprit d'Adriana vole sur la grande route, devançant les armées de Ferrare et de Gênes, dont la marche est trop lente à son gré...

Mais elle a une amie dévouée, une confidente sûre dans la personne de la Fornarina... Une sympathie naturelle rapproche la belle hôtelière et la fille du médecin. Ceux qu'elles aiment sont deux amis, presque des frères, pourquoi ne seraient-elles pas des sœurs, malgré la différence qu'il y a eu, jusqu'à ce jour, entre leurs deux existences?...

Car l'ancien modèle des artistes de Fiesole et de Florence, depuis qu'elle aime son Frantz, a des pudeurs de vierge, et il n'y a rien dans son langage et dans ses sentiments qui puisse froisser la pureté fière de la chaste Adriana.

Une vieille connaissance, que nous chercherions en vain dans le camp des alliés, c'est Jehan Pehm, le vieux soldat chevronné, l'incorrigible déserteur de la Forêt-Noire.

Tant qu'il ne s'est agi que d'exercer les recrues, de leur enseigner les principes de l'art militaire dans lequel il est passé maître, Jehan Pehm a fait merveilles. Mais sitôt qu'il a fallu entrer en campagne, passer de la théorie à la pratique, le brave homme n'a plus montré d'enthousiasme que pour une fuite précipitée.

Sans tambours ni trompettes, il a émigré, une belle nuit, vers d'autres climats... le Schwartzwald... ou ailleurs.

Par exemple, maître Schwerdein, le peu fidèle époux de dame Marthe, est toujours à son poste.

Sa déposition a été d'un très grand poids dans l'enquête menée par l'ambassadeur de France au sujet du lieutenant Roger.

Le décret de réhabilitation est signé par le roi; on n'attend plus, pour le promulguer, que l'entrée des troupes françaises dans Florence... où elles iront délivrer Roger dans la prison d'État...

Puissent-elles arriver assez tôt pour trouver, encore en vie, le vaillant héros et ses compagnons de captivité, tous Alsaciens comme lui!...

Tel est le vœu du brave Schwerdein qui a pour son chef un respect et un dévouement sans bornes.

Mais cela ne l'empêche pas de se livrer, de temps en temps, à son penchant favori... Qui a bu, boira!...

Et il y a si longtemps qu'il a commencé à boire, le digne Alsacien... et dans ce satané pays il y a tant de vin, que la tentation, vraiment, est trop forte!

Aussi, il s'en donne à cœur joie, en attendant la bataille, et sans négliger, pour cela, la surveillance de son prisonnier.

Quel est donc le captif dont la garde a été confiée à Schwerdein?

C'est Wagner, ou, pour lui donner le titre qu'il tient de la munificence de Méphisto, le podestat Wagnerio... l'otage de la Fornarina.

La bonne hôtesse, en quittant l'Albergo pour accompagner les troupes qui vont délivrer son bon ami, a obtenu d'emmener son prisonnier, et Schwerdein est chargé de veiller sur lui. Il doit surtout l'empêcher de boire... autre chose que de l'eau, car on sait que le malheureux podestat a été mis à ce régime, dès le premier jour de sa réclusion.

La sobriété n'a guère réussi au signor Wagnerio... tout le monde le constate... et tout le monde aussi est d'accord pour faire continuer son supplice.

D'abord c'est Schwerdein qui ne vide jamais un verre de vin, — et il en absorbe quelques-uns dans la journée, — sans le lever jusqu'au nez assez proéminent de Wagner, en lui disant:

— A la tienne, mon vieux!...

Les soldats sont de grands enfants dont on peut dire : « Cet âge est sans pitié »...

Tous, tant qu'ils étaient, dans les armées alliées, c'était à qui trinquerait à la santé de l'infortuné podestat qu'on voyait traîner, dans le camp, la mine déconfite.

Car le teint florissant de Wagner avait disparu... son embonpoint s'était évanoui... Il n'était plus que l'ombre de lui-même.

Ses jambes, d'une extrême maigreur, refusaient de le porter, et alors, il oscillait comme un homme ivre... amère dérision, lui qui, par force, depuis si longtemps, ne buvait que de l'eau...

Tenant son gobelet vide, il circulait au milieu des rangs, entre les tentes, à l'heure des repas, et sa voix lamentable implorait :

— Un verre de vin, mes bons seigneurs, par charité!

Ses impitoyables bourreaux faisaient le simulacre de lui en verser, tout en chantant :

> Vive le vin,
> Vive ce jus divin!

et autres couplets bachiques, mais ils ne lui versaient que de l'eau...

Wagner portait le fatal breuvage à ses lèvres et le rejetait avec dégoût, avec terreur, tandis qu'un tremblement agitait ses mains...

Le docteur Romalino, témoin de ce pénible spectacle, déclara au marquis de Laroche-Beaulieu :

— Cette sobriété forcée tuera le malheureux plus sûrement que tous les excès de boisson.

— Docteur, — fit le gentilhomme en souriant, — je ne vous reconnais plus! Voudriez-vous prêcher l'intempérance à mes hommes, et leur vanter les bienfaits de l'ivrognerie?

— A Dieu ne plaise, monseigneur! Mais il faut bien qu'on sache une chose, c'est que, chez les individus intoxiqués par un long abus de la boisson, on risque, en supprimant tout à fait leur liquide favori, de provoquer une intoxication... inverse, mais dont les effets sont les mêmes...

« Voyez ce qui se passe chez ce malheureux!... Depuis longtemps, il ne boit que de l'eau... Eh bien! il a le teint plombé, l'œil morne, et jusqu'au tremblement particulier qui caractérise le dernier degré de l'ivresse.

— C'est juste! Il a reçu le pire des châtiments qu'un ivrogne puisse se voir infliger. Ressentir tous les maux que procure l'excès de la boisson, sans en avoir éprouvé les jouissances!...

« Il a suffisamment expié ses péchés... dont le plus grave fut d'avoir manqué de respect à une dame! Nous autres, Français, nous sommes très sévères sur ce chapitre-là, et nous estimons que, seule, la dame offensée peut punir ou pardonner.

« Je vais auprès de la belle Fornarina demander la grâce du podestat!

L'aimable et galant gentilhomme ne se contenta pas d'intercéder en faveur de Wagner, car il aurait peut-être fait un mauvais avocat, mais c'était un diplomate plein de finesse et il avait d'autres raisons à faire valoir auprès de la belle hôtesse, pour la décider à renoncer à son triste captif...

D'abord, il était inutile de garder un otage, car Méphisto, qui avant peu serait au pouvoir de la France, se verrait contraint de rendre ses prisonniers sans conditions et sans échange.

Et puis le marquis avait besoin de Wagner... pour une mission qu'il confierait au podestat, sans que celui-ci s'en doute.

La Fornarina, bien entendu, asquiesça à la demande de l'ambassadeur, qui, en allant présider le conseil de guerre, donna au brave Schwerdein des ordres très clairs, très simples, mais dont l'époux de dame Marthe ne comprit tout d'abord pas la raison.

Le commandant en chef des armées alliées désirait que Wagner fût placé près de la tente où se tenait le conseil, de façon à ne rien perdre des paroles qui s'y prononceraient.

Après quoi Schwerdein se relâcherait de sa surveillance de façon à faciliter la fuite du podestat... ou même à la provoquer.

Mais ce n'était pas nécessaire... Wagner venait de voir l'armée de Méphisto campée à quelque distance, et il se disait que là, au moins, on ne lui refuserait pas à boire...

Tous les officiers supérieurs des troupes de Ferrare et de Gênes sont rassemblés sous la tente où le noble marquis français vient présider le conseil de guerre... le plus important de tous depuis le commencement de la campagne, puisque pour la première fois on se trouve en présence de l'ennemi.

— Messieurs, — commence le généralissime, — j'ai une heureuse nouvelle à vous annoncer, c'est un courrier de la côte qui me l'apporte à l'instant. L'armée française vient d'effectuer son débarquement ; elle marche sur Florence en balayant sur son chemin les faibles garnisons placées par le tyran, qui bientôt se trouvera pris entre deux feux...

. . . .

LXXIV

ÉCHEC ET MAT

Qui va là ?...

Ce cri est poussé par l'une des sentinelles avancées du camp de Méphisto.

Une voix lamentable répond :

— S'il vous plaît, un verre de vin, par charité !...

— Passez votre chemin, ivrogne !

— A boire !... Pitié !...

Et la sentinelle aperçoit, à la clarté de la lune, un être grotesque qui rampe, avec un gobelet d'étain à la main...

Agité d'un tremblement maladif, cet homme ne cesse de tendre son gobelet et d'implorer avec des sanglots dans la voix :

— Du vin !... faites-moi... la charité d'un verre de vin !...

Une sentinelle avancée, en vue du camp ennemi, doit se méfier de tout...

Et cette pensée vient au soldat toscan.

— Si c'était un espion !...

Alors il appelle :

— A la garde !

Les camarades accourent... Wagner est entouré, mis dans l'impossibilité de fuir... Un des soldats lui enlève son gobelet, ce qui arrache des larmes au malheureux podestat dont la démence envahit décidément le cerveau malade.

Un sergent l'interroge :

— Que venais-tu faire ici ?

— Boire ! — répond cette victime de l'eau, en promenant autour de lui son regard terne.

Cette attitude bizarre éveille les soupçons du sergent qui dit à ses hommes :

— Menons-le devant le chef. M'est avis que c'est une bonne prise que nous venons de faire là ! Enfin Son Altesse tirera ça au clair... moi je ne m'en charge pas !

Sous sa tente, Méphisto veillait, consultant d'un air préoccupé des cartes et des plans étalés devant lui.

Il relève la tête et reconnaît, non sans peine, son ancien serviteur...

— Malédiction! — s'écria l'usurpateur. (Page 1563.)

— Comment ! toi... ici... Wagner ! comme tu es changé !...

— On le serait à moins, monseigneur !

Et, devant les soldats narquois, devant Méphisto dont un sourire sarcastique vient plisser les lèvres, Wagner raconte sa captivité dans l'Albergo et ses tribulations au camp des alliés.

Ce lamentable ivrogne privé de vin par tout le monde fait rire ceux qui écoutent son mélancolique récit, et pourtant sa maigre et lugubre silhouette a quelque chose de tragique... car derrière elle on voit la mort...

— Tu viens du camp des alliés, m'as-tu dit ? — demande le machiavélique commandant de l'armée toscane qui s'intéresse beaucoup plus au mouvement des troupes ennemies, qu'aux malheurs de son podestat.

— Oui... je suis parvenu à m'en échapper... car on ne voulait pas m'offrir le moindre verre...

— Sac à vin ! — s'écrie Méphisto en frappant du pied, — ce n'est pas cela que je te demande. Je veux que tu me dises ce que tu as vu et entendu pendant que tu étais avec eux.

— Rien ! monsieur ! Je ne m'occupais pas de ça... Est-ce que je pouvais prévoir...

— Il faut toujours prévoir !... quand on s'enfuit d'un camp pour passer dans un autre, à défaut d'armes et de bagages, on apporte avec soi tous les renseignements qu'on a pu surprendre...

— Je... je... n'ai pas... de renseignements ! — balbutia l'infortuné buveur d'eau qui baissait les yeux sous le regard sévère de son maître.

Mais il releva son front morne où semblait briller encore un dernier reflet d'intelligence... comme une lampe prête à s'éteindre et il murmura d'une voix blanche :

— Pourtant... je crois... attendez, monseigneur !... Un souvenir qui me revient à présent... Ce Schwerdein, mon bourreau, m'avait conduit... par mégarde... jusqu'auprès de la tente... où les chefs des alliés tenaient leur conseil de guerre... et alors, là... j'ai entendu... le marquis français... qui les commande tous... dire à l'état-major... qu'il venait de recevoir par un courrier... une bonne nouvelle... L'armée française était débarquée sur la côte et marchait contre Florence de façon à vous prendre à revers...

— Malédiction ! — s'écria l'usurpateur. — Et moi qui n'avais pas prévu cela !... Moi qui allais donner, tête baissée, dans le piège que me tendent ici ces bons alliés de Ferrare et de Gênes !...

Il se promenait à grands pas, en tordant nerveusement sa barbe...

Ses yeux lançaient des éclairs...

C'était bien la personnification vivante de la fureur diabolique...

Satan voyait s'écrouler tout l'échafaudage de sa politique traîtresse et perfide...

La France, de son talon, écrasait la tête du serpent...

Mais le serpent se redressait et voulait mordre encore...

— Oui... — se faisait-il à lui-même. — J'ai cru que la France n'interviendrait pas...

« Après le guet-apens où Roger est tombé entraînant avec lui son honneur de soldat... la France n'est pas intervenue...

« Elle a laissé se dérouler la guerre civile... Je fus libre de régner par le poison, par la ruse... Nathalie put mettre un bâtard sur le trône... le sang couler à flots dans les rues de Florence... L'Epée de la France ne sortait pas du fourreau... Je pouvais donc croire qu'elle y resterait encore... Gênes... Ferrare étaient pour moi... séparés... de bien minces adversaires... dont je serais venu facilement à bout en les attaquant l'un à près l'autre.

« Mais ils avaient opéré leur jonction... et tandis que je reste là, incertain, ne sachant si je vais attaquer l'armée des alliés, la France envahit par mer la Toscane...

« Ses troupes seront peut-être à Florence avant moi... et me prendront à revers...

« Non!... Non!... si je tombe, ce sera face à l'ennemi, et je m'ensevelirai dans les ruines de Florence...

« A Florence!... C'est là que je dois régner... ou mourir!...

Et Méphisto donna l'ordre de lever le camp, en pleine nuit, sans éveiller l'attention de l'ennemi dont on apercevait les feux de bivouac en amont sur la route... Il reprit, à marches forcées, le chemin de sa capitale !

Malgré toutes les précautions avec lesquelles il avait levé le camp, les alliés s'en aperçurent... D'ailleurs, il est juste de dire qu'ils s'en doutaient bien, après la fuite de Wagner.

Le podestat n'avait pu manquer, selon eux, d'aller retrouver son maître et de l'informer des nouvelles importantes communiquées au conseil de guerre par le marquis de Laroche-Beaulieu.

Aussi, dans sa retraite précipitée, l'armée toscane fut-elle sans cesse harcelée par l'avant-garde des troupes alliées.

Wagner suivait la marche des soldats toscans, mais c'était sans enthousiasme.

Le récit des malheurs burlesques de l'ancien ivrogne avait fait le tour du camp et c'était à qui trinquerait, par dérision, avec l'infortuné podestat, qui devenait plus blême et plus tremblant que jamais, comme si tout le vin qu'on buvait ironiquement à sa santé avait le don infernal de le plonger dans l'ivresse sans que lui-même en absorbât la moindre goutte...

. . . .

Dans la sombre et terrible Bastille qui dresse ses murs lépreux comme un défi à l'humanité et à la justice... dans les *carceri grande* de Florence, les prisonniers sont libres...

Libres!... oui... mais la mort les guette... Une mort d'autant plus affreuse qu'ils peuvent entendre la voix du canon libérateur aux portes mêmes de la ville...

Ils vont mourir... Faust... Roger et les autres Alsaciens!

Et quand les Français vainqueurs planteront leur glorieux drapeau sur la prison d'État, ils ne trouveront plus là que des cadavres !

Le pas lourd et cadencé des soldats toscans retentit sous les voûtes...

C'est le peloton d'exécution qui s'avance... Il n'y a plus rien à faire... qu'à périr aux cris de : « Vive la France ! »...

En effet, contre la décharge meurtrière, que peuvent les muscles d'acier de Frantz Holbach, l'hercule de Strasbourg... que peuvent même ces pesantes masses qui lui servent d'haltères ?...

Il les jettera, si on lui en laisse le temps, dans les rangs des soldats... il blessera ou même tuera quelques hommes...

Et après ?... il restera assez de fusilleurs pour l'abattre, d'une salve mortelle, avec tous ses compagnons.

De rage et de désespoir, le géant a pris ses deux haltères, et les jette, — inutile amas de métal, — contre la muraille qui se trouve près de lui...

O prodige !... voilà que la muraille s'est crevée; en cet endroit, elle est plus faible et comme amincie, avec une porte soigneusement cachée dans son épaisseur... mystérieuse issue qu'un ressort fait mouvoir...

Derrière, c'est le noir... le vide... et le mystère encore...

Cela peut être la mort, mais cela peut être, aussi, le salut.

Les condamnés le comprennent bien, et d'ailleurs, ils sont dans cet état d'esprit qui fait que l'on aime mieux aller au-devant de la mort, que de l'attendre, passivement, ainsi que des bêtes à l'abattoir.

Frantz Holbach a ramassé ses pesantes haltères et, concentrant toute sa vigueur dans un suprême effort, il achève d'ébranler la cloison...

Une brèche est ouverte dans la porte secrète, sous le choc formidable des engins pesants maniés par le colosse...

Haletant, inondé de sueur, Frantz Holbach s'écrie :

— Allons !... amis... suivez-moi ! Prenons ce chemin mystérieux... dût-il nous mener au fin fond de l'enfer... plutôt que d'attendre ici nos bourreaux...

— A la grâce de Dieu ! — s'écrie Roger, — et si nous devons mourir, que ce soit au moins à la face du ciel... pour la France et pour la liberté des peuples !...

Et il prend le même chemin, suivi bientôt par Gottfried le Manchot, Ludwig Frosch et son ami Heinrich...

Faust sort le dernier.

Il a hésité un instant...

Rêveur et pensif, il songeait que la science est un fruit amer. Elle ne l'a pas consolé des affolantes désillusions de l'amour déçu...

Amour trompeur... amour perfide... tu ne seras donc jamais qu'un décevant mirage et une cruelle torture ?...

— Marguerite !... Marguerite !...

Il répète ce nom jadis si doux pour lui, ce nom suave rempli d'exquises promesses et d'espérances radieuses...

Hélas!... pourquoi faut-il qu'une amère douleur remplace l'enivrante tendresse...

Marguerite... au front si pur, à l'œil si chaste... Marguerite qui semblait un ange descendue sur la terre... Marguerite a trahi son amour confiant... Oh! l'atroce secret dont la découverte depuis si longtemps crucifie son cœur aimant...

Ce baiser qu'il lui a vu donner à un autre homme!... quel supplice dans cette vision qui revient toujours...

Et la douleur qu'il ressent lui fait souhaiter la mort... Il n'a qu'à attendre... quelques secondes, le peloton d'exécution sera là...

Les balles mettront fin pour toujours à la torture... mais l'énigme cruelle sera-t-elle résolue par la mort?...

Non!... La mort c'est la fin de tout... Et le triste amant veut savoir... savoir pourquoi son amour si fidèle et si vrai a reçu ce coup fatal... au fond c'est qu'il aime toujours... et qu'il se dit que souffrir par amour, c'est encore aimer...

Aimer... c'est espérer... quand même!... aimer... c'est vivre!...

... Faust a suivi ses compagnons dans leur retraite...

Ils sont tous, à présent, dans un souterrain obscur, sans savoir où les mène ce chemin de ténèbres et de mystère...

. . . .

Méphisto était revenu à franc étrier dans sa capitale... en crevant plusieurs chevaux sur son chemin, et laissant derrière lui le gros de son armée, qui s'avançait à marches forcées...

Le sinistre aventurier voulait organiser la résistance, s'il en était temps encore...

Comme il approchait de Florence, il lui fut facile de se rendre compte que Wagner lui avait dit la vérité...

On entendait tonner le canon sur la route de Pise...

Des fuyards, en bandes nombreuses, racontaient que l'armée française s'avançait après avoir eu facilement raison des quelques postes militaires échelonnés entre Florence et la côte...

C'était un désastre complet...

Le tyran pouvait, d'ailleurs, en avoir une preuve dans les manifestations hostiles qui l'accueillirent, quand il eut franchi, au galop de son cheval, les barrières de sa bonne ville de Florence.

Les acclamations enthousiastes qui l'avaient salué, quand il partait pour la frontière, se changeaient maintenant en clameurs de haine et en vociférations méprisantes, ce qui, pour lui, était pire encore.

— A bas Méphisto!...

— Mort à l'aventurier!

— Abdication!...

— Déchéance!...

— Un beau soldat, ma foi, qui prend la fuite avant, même, d'avoir tiré l'épée!...

Au milieu des sarcasmes et des affronts, Méphisto, éperonnant son cheval, fila tout droit sur le palais.

Là, il se rendit de suite à son cabinet de travail...

Déposant sur un meuble son épée, sa dague et ses deux pistolets. d'arçon, il ramassa en hâte quelques valeurs, de l'or, des diamants et enferma le tout dans un coffret qu'il pouvait facilement installer sur sa selle...

Car le bandit, maintenant, ne songeait plus qu'à fuir...

Les Français assiégeaient les remparts de la ville où ils ne trouvaient qu'un semblant de résistance.

Pour Méphisto, tout était perdu, même l'honneur...

Il lui fallait sauver sa vie... et emporter le plus d'argent possible,.. comme un voleur qui vient de dévaliser une maison.

Ah! certes!... il l'avait bien dévalisée, la pauvre Toscane!...

Et même, à présent, dans sa fuite honteuse et précipitée, il n'avait qu'un regret, c'était de n'avoir pas poussé plus loin le vol et le pillage!...

Ce qu'il regrettait surtout, c'était de n'avoir pas eu le temps de mettre à exécution le plan machiavélique qu'il avait imaginé, pour s'attribuer la fortune immense qu'un jugement de la cour de Rome condamnait le gouvernement toscan à restituer à Faust...

Faust, convaincu de régicide, avait dû se suicider dans sa prison, mais le criminel aventurier était trop pressé de mettre sa propre vie en sûreté pour aller au trésor se faire verser l'argent du prétendu régicide.

Et puis, ses serviteurs, ses ministres, les agents du trésor, le reconnaissaient-ils encore pour leur maître...

Le canon avait cessé de tonner.

Sans doute la ville était au pouvoir des Français, qui avaient dû proclamer un nouveau gouvernement...

Mais voilà qu'une secousse formidable ébranle le plancher...

Les lames du parquet se soulèvent, comme par l'effet d'une explosion.

Méphisto a compris.

On a découvert le secret du mystérieux passage connu de lui seul, — et pour cause, — qui relie le palais à la prison d'État.

Sont-ce les Français qui accourent par là, déjà, ou bien des partisans restés fidèles à leur prince, et qui viennent partager son sort si peu enviable.

Dans le doute, le bandit veut toujours se mettre sur la défensive...

Il se dirige vers le meuble sur lequel il a déposé ses armes

Mais il n'a pas le temps de les prendre...

— *Gaudeamus!*...

C'est l'incorrigible Heinrich qui, en poussant ce cri dont il s'était quelque peu déshabitué à l'ombre des *carceri*, vient de bondir dans la pièce...

Il a saisi les pistolets d'arçon et, constatant qu'ils sont chargés, il les tient braqués sur Méphisto.

Gottfried le Manchot, terrible escrimeur, prend l'épée du tyran et en menace sa poitrine.

Méphisto, du reste, ne peut faire un mouvement. Deux mains solides l'ont immobilisé de suite... Est-il besoin de dire que c'est Frantz Holbach qui le tient?... Et il le tient bien!

Mais ce qui cause le plus cruel tourment du prisonnier, — car il l'est... sans espoir d'évasion! — c'est de voir, devant lui, libres, triom-phants, ses plus mortels ennemis... le docteur Faust... le lieutenant Roger...

— Cela t'étonne de nous voir, n'est-ce pas, Méphisto? — fait le vaillant soldat d'Alsace. — Tu ne t'attendais guère à notre visite, après tes ordres criminels!...

Le misérable a encore le cynisme de répondre :

— C'est que mes ordres ont été mal exécutés!... Il n'y a décidément de bien fait que ce qu'on fait soi-même!...

LXXV

JUSTICE ET VÉRITÉ

ᴇs Français occupent Florence. L'armée de mercenaires, les bandits stipendiés et les gardes-chiourme auxquels commandait le sinistre aventurier, n'ont pu tenir devant l'élan admirable, la véritable *furia francese* de nos troupes.

L'armée que Méphisto ramenait de la frontière a été poursuivie par les alliés jusque sous les murs de Florence et honteusement battue.

Nos soldats sont accueillis par les Toscans comme des libérateurs.

La paix règne... elle est la bienvenue, d'autant plus que la France n'exerce pas de représailles contre ceux qui ont méconnu ses droits. Dans son triomphe, comme toujours, elle est noble et généreuse! Elle ne dresse pas d'échafauds, elle n'élève pas de potences; elle se contentera d'envoyer l'auteur de tant de maux dans une détention perpétuelle, loin du théâtre de ses odieux exploits.

Méphisto est captif, et sous bonne garde, au camp français, en atten-dant sa déportation dans une enceinte fortifiée.

On a trouvé sur lui certains documents qui ont éclairé d'un jour nou-veau certains côtés obscurs de son règne sanguinaire.

C'est le pacte qu'il fit signer au docteur Faust de Strasbourg... C'est

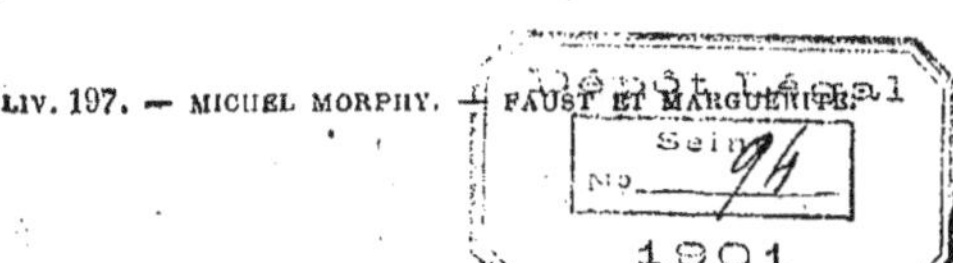
Wagner succomba à une congestion au cerveau. (Page 1571.)

le jugement de la cour de Rome réhabilitant l'ancêtre de Faust, et qu'il
a tenu secret, afin de pouvoir s'approprier cette fortune...

Mais Faust, comme citoyen de Strasbourg, est sujet du roi de France...
Le trésor de Toscane, en conformité de l'arrêt qui réhabilite la mémoire
du savant Jean Faust, est tenu « de restituer aux héritiers dudit Faust,
en capital et tous intérêts d'usage, les biens confisqués, les valeurs
saisies, etc. ».

Le jugement est exécuté dans toute sa teneur; voilà Faust riche...
immensément.

Mais il n'est pas plus heureux... L'or n'a jamais guéri les plaies du cœur!

Cependant, à défaut de cet amour qu'il voudrait oublier, mais qu'il ne peut chasser de son âme, il semble que l'amitié doive lui apporter des consolations.

Un jour que le célèbre médecin d'Alsace se trouvait au camp des alliés, où il avait été appelé en consultation par des chirurgiens militaires pour un cas difficile, il se trouva, soudain, en présence de son ancien serviteur Wagner.

Le malheureux podestat, par suite de la déroute de Méphisto, était retombé entre les mains de l'ennemi... et cet ennemi, c'était Schwerdein qui buvait plus que jamais à sa santé, en l'honneur de la victoire, tout en abreuvant son captif d'eau claire.

Dès qu'il aperçut Faust, l'infortuné Wagner se précipita à ses genoux, en s'écriant :

— Pardon... maître!... Pardon... pour l'acte... infâme... que j'ai commis... là-bas à Strasbourg... Oh! je vous en supplie... pardonnez à votre serviteur infidèle, avant qu'il meure... tué par toute cette eau qu'on lui a fait boire!...

Tous les assistants de cette scène tragi-comique, riaient à qui mieux mieux, car l'ancien podestat, maigre, efflanqué et blême, avait un aspect grotesque, rendu plus risible encore par ce tremblement qui agitait ses mains... pauvre et lamentable ivrogne qui ne buvait que de l'eau!...

Mais Faust ne riait pas; il avait vu les tristes symptômes du mal dont Wagner souffrait, et quels que fussent, à son égard, les torts du triste personnage, il n'en ressentait pas moins pour lui une incommensurable pitié.

N'était-ce pas là, derrière ce masque burlesque, une des faces de l'éternelle douleur humaine?

Wagner, écroulé aux pieds de son maître, faisait sa confession.. lamentable.

— Vous avez accusé... M. Siebel... votre élève préféré... celui que vous regardiez comme un fils... de vous avoir dérobé... ce qu'il y avait dans votre cassette... Les clefs que vous lui aviez confiées... le malheureux jeune homme... vous a dit qu'il les avait perdues... ce n'était pas vrai... on les lui avait volées... et... le voleur... c'était moi!...

— Que dis-tu? — s'écria Faust qui ne pouvait maîtriser son émotion, — c'était toi, Wagner, toi?... Et tu m'as laissé soupçonner ce malheureux jeune homme... tu as laissé peser sur lui, si longtemps, l'infamante accusation!

— Je vais tout vous dire, maître!... on ne ment pas quand on va mourir! Et je vais mourir... je le sens bien... toute cette eau... m'étouffe...

« C'était au *Gambrinus*... la seule fois où l'honnête M. Siébel... ait fait une petite débauche... et fêté... un peu trop la dive bouteille...

« Pendant qu'il réglait son compte avec l'hôtelier, il avait posé négligemment le trousseau de clefs sur la banquette... Moi, j'étais à côté, et je faisais semblant de ronfler, on ne pouvait se méfier de moi...

« Mais j'ai étendu la main et je me suis emparé des clefs...

Faust s'écria, en proie à une véritable douleur :

— Siébel... mon bon Siébel... comment ai-je pu te croire coupable d'une infamie pareille?... où es-tu... pauvre Siébel?... que ne puis-je courir auprès de toi... te serrer dans mes bras... réparer le mal que je t'ai fait!...

— J'essaye de réparer celui que j'ai fait! — poursuivit Wagner de plus en plus sombre, — que j'ai fait... oui... mais que je n'aurais pas fait... peut-être... si je n'avais pas rencontré sur ma route... le démon tentateur... l'être de perfidie et de ruse... Ah!... maudit soit Méphisto!...

— Il expie ses forfaits! Quant à toi, Wagner, le repentir que tu montres, la sincérité avec laquelle tu t'accuses toi-même ont en partie effacé l'horreur qu'inspire ton acte abominable...

« Mais quand je me rappelle mon émoi, en voyant la cassette vide de son contenu que je me disposais à rendre au chevalier Méphisto, pour me libérer d'un pacte odieux... je comprends l'abominable suggestion qu'a exercée sur toi cet être satanique...

« Il voulait m'avoir à sa merci... et le succès n'a que trop longtemps couronné sa machiavélique entreprise.

— Maître... maître... vous ne me refuserez pas... un peu de vin... Je veux en goûter encore avant de mourir.

Au-dessus de la politique aux sinueux méandres, au-dessus même de la science incertaine et confuse, Faust voyait toujours briller dans le ciel l'idéale figure de la divine pitié...

Pris de compassion pour le malheureux qui venait de lui confesser son crime, il voulut alléger sa très réelle souffrance... On fit venir du vin.

Wagner le but à longs traits... gloutonnement... comme s'il craignait d'en perdre une seule goutte.

Mais tout d'un coup, ses tempes livides devinrent violacées... ses yeux furent injectés de sang...

Après une aussi longue privation, la dose était trop forte...

Wagner succomba à une congestion au cerveau.

... Faust n'avait plus qu'une pensée : retrouver Siébel... pour lui rendre entièrement sa confiance et son affection...

A défaut de l'amour qu'il croyait mort dans son cœur, le grand savant aurait, tout au moins, les douces joies de l'amitié...

Siébel redeviendrait son élève préféré, son fils adoptif; il essayerait de faire oublier à l'honnête et loyal garçon tout le mal qu'il lui avait fait par ses injurieux soupçons, basés sur de vaines apparences...

Ah! s'il pouvait en être de même pour ce triste amour dont la blessure saignait toujours dans un obscur repli de son âme!...

Si ses soupçons n'avaient été fondés que sur des apparences mensongères, des illusions trompeuses !...

A quoi bon y songer !... C'est à Siébel, maintenant, que doivent aller toutes ses pensées... à l'ami fidèle et méconnu, injustement accusé d'un crime qu'il n'avait pas commis !...

Faust n'aura pas de repos qu'il ne sache ce qu'est devenu Siébel. Il fait faire des recherches facilitées par le moyen merveilleux dont il dispose et qui s'appelle l'argent.

C'est ainsi qu'il apprend que le jeune médecin alsacien, après l'incendie qui a détruit la rue Fragoletto, s'est réfugié chez des Bohémiens campés au Champ-de-Mars.

Les nomades, décimés par l'attaque sauvage à laquelle s'est livrée la populace, ont quitté Florence...

A force de patience et de recherches, Faust finit encore par savoir que les survivants de la tribu se sont dirigés vers la côte...

Il retrouve leurs traces... pour les perdre de suite... Les Bohémiens, qui avaient, en effet, parmi eux un jeune médecin, se sont embarqués pour la France.

Faust affrète un navire...

Oui... ils sont bien en France, les éternels nomades, mais la France est grande, et nombreuses sont les tribus vagabondes qui sillonnent, dans leurs pauvres roulottes, ses grands chemins poudreux.

Presque au moment où Faust quittait la Toscane pour n'y plus revenir, une cérémonie grandiose et touchante se passait sur la grande place de Florence, devant le palais où flotte le drapeau français.

Devant les troupes assemblées et qui présentent les armes, tandis que les clairons sonnent et que les tambours battent aux champs, un héraut d'armes lit le décret royal qui prononce la réhabilitation du lieutenant Roger.

Mais là ne se borne pas la faveur dont le roi de France honore Roger ou plutôt la justice qu'il lui rend.

Le héros alsacien, que ses frères d'armes ont proclamé innocent, prend à nouveau place parmi eux... Il rentre, avec un grade supérieur, dans cette armée qu'il aime tant !...

De plus, il lui est alloué sur le trésor de la Toscane une indemnité des plus importantes, pour les torts qu'il a subis.

Pourquoi faut-il que le bonheur de cette incomparable journée soit voilé, — comme un beau soleil que des nuages obscurcissent, — par l'opprobre et la douleur ?

Il songe, — avec quelle honte persistante ! — à la chute de Marguerite... à cette faute que rien ne peut effacer, puisque la malheureuse fut même infidèle, — du moins il le croit, — à l'amant qui aurait pu tout réparer...

Et puis quel deuil affreux pour son cœur de père !...

Valentin, l'espoir de sa vieillesse, le fils si brave et si loyal qui s'apprêtait à marcher dignement sur ses traces... Valentin en qui revivrait le nom, l'honneur et la gloire d'une rude lignée de soldats, a disparu, le pauvre enfant, et tout porte à croire qu'il est mort...

Après l'incendie du quartier des *Carceri*, au cours duquel il fut frappé d'une balle, le jeune et vaillant soldat fut recueilli dans une roulotte de Bohémiens au Champ-de-Mars.

Dans les tragiques et mystérieux événements au milieu desquels périt Nathalie Borghès, on a vu surgir Valentin, pâle et défait, à moitié nu, deux pistolets aux poings...

Et puis il est tombé au milieu du sang, sur cette scène de carnage...

Sans doute, à cette heure, il repose, dans la fosse commune, avec tous les morts anonymes de cette nuit effroyable !...

O Florence, ville maudite, dont les ruisseaux ont vu couler le sang innocent, ville de débauches et d'oppression, repaire de la plus monstrueuse tyrannie, que cette page soit, à jamais, effacée de ton histoire !...

... Mais le roi de France vient de donner au lieutenant Roger une nouvelle preuve de sa confiance.

C'est lui qui sera chargé de commander l'escorte sous laquelle on mènera Méphisto dans une forteresse française.

Le machiavélique prisonnier cherchera par tous les moyens, on le sait bien, à recouvrer sa liberté ; il faut quelqu'un qui puisse déjouer ses ruses diaboliques et le mettre dans l'impossibilité de s'échapper pendant le trajet, qui sera long.

Les « gardes du corps » qui veilleront à tour de rôle auprès du captif ont été choisis spécialement. Ce sont des hommes qu'on ne pourrait soupçonner de connivence avec le tyran enchaîné... ils l'exècrent trop pour cela, et d'ailleurs c'est à eux qu'on doit son arrestation au moment où il s'apprêtait à fuir... avec l'argent.

Ludwig Frosch, Heinrich dit *Gaudeamus* et Gottfried-le-Manchot feront bonne garde, on peut en être sûr... et maître Schwerdein aussi !...

Si Frantz Holbach se relâchait un peu de sa surveillance, ce ne serait que parce qu'il est trop empressé auprès de sa jeune et belle épouse, la Fornarina, qui est devenue très légitimement Mme Holbach et fait partie du voyage.

Mais pour robustes et vigilants qu'ils soient, les « gardes du corps » ne suffiraient pas à escorter Méphisto, car il y a bien des pays à traverser, et il faut que le prisonnier soit à l'abri d'un coup de main tenté pour le délivrer.

Un corps de troupe imposant, qui rentre en France par Gênes et la Savoie, complète l'escorte.

Le bon docteur Romalino a été nommé médecin du détachement ; sa fille Adriana l'accompagne.

Elle espère bien rencontrer, sur la belle terre de France, Siébel, son fiancé.

LXXVI

LE MARCHÉ AUX SERVANTES

DANS un gracieux et frais paysage, sur les confins de la Touraine et du Berry, s'élève la coquette petite ville de Loches.

Assise sur une colline riante qu'escalade la vigne, elle voit à ses pieds, au milieu de larges prairies émaillées de fleurs, la rivière poissonneuse de l'Indre dérouler ses méandres capricieux entre ses rives bordées de peupliers et d'aulnes, parmi les iris et les nénuphars.

Le décor n'a rien de majestueux, mais il est calme et respire la paix et l'abondance, avec ses moissons dorées, ses troupeaux qui paissent dans les prés, et cet air d'aisance et de contentement qui rayonne sur le visage des laboureurs et des vignerons

C'est la France heureuse et tranquille, laborieuse aussi, avec cette pointe de gaieté malicieuse que donne le petit vin de Touraine, guilleret, émoustillant.

Mais si petite, si calme et si paisible qu'elle soit, la bonne ville de Loches ne dresse pas moins un front orgueilleux...

C'est qu'elle porte dans ses armes les trois fleurs de lys d'or... c'est qu'elle eut l'honneur d'être résidence royale et qu'elle porte, comme une double couronne, le château qu'on appelle le *Logis du Roy* et le Donjon...

Les monuments, comme les êtres animés, semblent avoir leurs rivalités...

Et c'est d'autant plus exact ici que le Donjon et le château semblent s'être incarnés en deux hommes qui sont leurs gouverneurs respectifs...

Dans une cité petite et altière, deux gouverneurs à côté l'un de l'autre, c'est comme s'il y avait deux soleils dans le ciel... ils doivent forcément chercher à s'éclipser l'un l'autre.

Le gouverneur du château, celui du Donjon, après avoir fait le tour de la triple enceinte qui entoure la petite ville forte, sont bien forcés de se rencontrer, de se saluer et d'échanger quelques mots...

Mais la conversation est comme la promenade, elle revient toujours au même point... c'est-à-dire à la discussion des mérites respectifs des édifices superbes, mais également vides, qu'ils sont chargés de gouverner.

Le Logis du Roy doit éminemment avoir la prééminence, mais, par malheur, le roi n'y vient jamais.

Le roi a tant de châteaux, en Touraine et dans les autres parties de la France, qu'il est bien excusable de négliger son logis du pays lochois.

Et le Donjon lui dispute la suprématie... D'abord, il est plus haut que le château, et puis il est plus vieux de pas mal de siècles...

Avec cela, l'histoire lui concède plus de notoriété.

C'est entre ses murs que le cardinal La Ballue expia, dans une cage de fer, le crime d'avoir trahi la France...

C'est là que fut enfermé Ludovic Sforza, prince de Milan.

Mais la France n'a plus de traîtres à châtier, elle n'a plus de tyranneaux italiens à mettre à la raison, sans doute, car depuis que Sforza est mort son cachot est resté vide.

Le poste de gouverneur du Donjon est donc une sinécure, comme celui de gouverneur du château, et ces messieurs en sont réduits à se disputer la prédominance... au marché de la ville, quand il y a un beau poisson ou une belle pièce de venaison à acheter.

- La vie s'écoulait ainsi, passablement monotone pour les deux fonctionnaires rivaux, lorsqu'un beau jour le gouverneur du Donjon reçut, sous pli cacheté aux armes du roi, une missive officielle qui le remplit de joie... et d'orgueil.

Il allait avoir à loger un prisonnier des plus marquants... un tyran d'Italie... Méphisto!...

— Le gouverneur du palais va en crever de dépit, avec son logis royal qui sert de nid aux hirondelles! — s'écria-t-il après avoir lu le message.

Et il appela son unique servante, la vieille et peu avenante Rosalie, pour lui faire part de cette nouvelle importante.

Notre haut fonctionnaire était tellement infatué de son triomphe qu'il ne remarqua pas le tressaillement, — vite réprimé d'ailleurs, — qui avait agité la Rosalie au nom de Méphisto.

Et, toujours sous l'empire de la satisfaction intime que lui causait l'arrivée... inespérée d'un hôte pour son donjon désert, il ajouta :

— Désormais, Rosalie, vous vous adjoindrez une aide pour le service. Il n'est pas convenable qu'un homme de ma sorte n'ait qu'une servante!...

Et, dans son for intérieur, il ajouta :

— C'est bon pour mon collègue du château!...

A la suite de cet entretien, il fut convenu que Rosalie profiterait du prochain marché aux servantes, pour engager une fille de service qui travaillerait au Donjon, sous ses ordres.

Quelques mots, en passant, sur Rosalie, la servante du gouverneur si glorieux...

Disons tout de suite que, dans le pays, elle n'était pas aimée... On la trouvait querelleuse, acariâtre et avare, capable, à ce que prétendaient les mauvaises langues de l'endroit, de tondre sur un œuf et de dépouiller un mort.

Elle n'était, d'ailleurs, ni Tourangelle ni Bérichonne... Un beau jour elle était arrivée dans la contrée, venant l'on ne sait d'où. Ajoutons enfin qu'elle se donnait pour Alsacienne ; mait tout le monde la tenait pour Allemande, ce qui était peut-être vrai, après tout.

Le jour du marché aux servantes était arrivé. Il se tenait près de la porte des Cordeliers, en tête du pont jeté sur l'Indre, au pied de l'enceinte crénelée qui fait à cette fière petite ville une ceinture murale.

Les filles de la campagne qui viennent pour se louer comme domestiques se rangent là, en portant, comme signe distinctif, un modeste bouquet de fleurs des champs à leur corsage.

Rosalie l'Alsacienne... ou l'Allemande... s'était adressée en vain à plusieurs de ces robustes campagnardes.

Aucune ne se souciait d'aller servir au Donjon... surtout sous sa direction. Il leur semblait que c'était se mettre volontairement en prison, avec, pour surcroît de malheur, la plus abominable des gardes-chiourme.

Ah ! si c'était pour servir au château, ce serait autre chose ! Il y a partout de belles sculptures, les lambris sont dorés et le jardin est rempli de fleurs qui embaument.

Tandis que le donjon est triste et froid, et de hideux corbeaux, en noirs bataillons, se querellent sans cesse, avec des croassements sinistres, au sommet de ses tours à moitié démantelées.

Le gouverneur du château jouissait, avec un sourire moqueur, de la déconvenue de son collègue qui était venu assister au marché et prenait forcément sa part des refus qu'essuyait Rosalie.

Cependant cette dernière finit par trouver, comme on dit vulgairement, chaussure à son pied. C'était une fille très jeune, mais ayant un air de santé et de vigueur qui en faisait le modèle des servantes que les plus gros ouvrages ne font pas reculer.

Très brune, avec de grands yeux noirs et une chevelure bouclée, elle avait, c'était indiscutable, un type absolument étranger au pays, bien qu'elle parlât fort correctement le français.

— D'où êtes-vous, mon enfant ? — lui demanda le gouverneur du Donjon...

— Je suis... Espagnole, monseigneur, — répondit la jeune servante après un instant d'hésitation.

— Bon ! je vous engage.

Ce fut au tour de l'autre gouverneur de se montrer dépité. Il avait juré que son collègue du Donjon ne trouverait pas de domestique, et, dame, il ne voulait pas en avoir le démenti.

Il s'approcha de l'Espagnole, — ou prétendue telle, — et lui dit :

— Eh bien ! moi, mon enfant, je vous engage aussi. J'ai besoin de quelqu'un pour aider ma servante qui se fait vieille.

« Vous savez, — ajouta-t-il avec un air d'orgueil et en toisant son rival d'un air narquois, — c'est dans le Logis du Roy que vous servirez, et non dans la prison.

Sous les rafales du vent et les grondements du tonnerre, toute la petite troupe courait
à bride abattue. (Page 1584.)

La foule, qui s'était assemblée, moqueuse, autour des deux compé-
titeurs, ne doutait pas que la jeune fille ne préférât, comme tout le
monde, aller au château. Rosalie s'en reviendrait bredouille, et l'on s'en
réjouissait d'avance... Elle était si antipathique, cette satanée Allemande !

Aussi l'étonnement fut-il général, quand on entendit la fille brune
répondre d'un air décidé :

— C'est à la prison que je veux aller !...

Elle suivait Rosalie et le gouverneur du Donjon. Les bonnes gens trouvaient qu'elle avait là un goût bien singulier, alors qu'elle aurait pu servir dans le beau château aux tourelles ajourées, aux vitraux étincelants, qui se dresse au milieu de la verdure comme une dentelle de pierre...

Ce choix étrange nous étonnera moins...

La soi-disant Espagnole, c'est Saâda, l'ancienne petite reine des Bohêmes qui a abdiqué, après sa douce faute, — irréparable, hélas! — et qui s'est condamnée volontairement à un éternel exil.

En touchant le sol de France, elle a appris, ce que tout le monde sait à présent dans le royaume, que le tyran de Florence est condamné à une détention perpétuelle qu'il subira dans le donjon de Loches.

Méphisto, l'homme de sang, a fait mourir celui qu'elle aimait de son cœur ardent et pur...

Pour l'assassinat de Pépito, Saâda condamne à mort le prisonnier de Loches...

C'est pourquoi elle est accourue, justicière et vengeresse. Mais il faut vivre, et la petite Bohémienne est pauvre, très pauvre... Alors elle cherche à s'engager comme servante dans la cité où Méphisto sera captif... jusqu'au jour où elle lui fera rendre à Satan son âme de démon.

Le destin l'a favorisée plus qu'elle ne l'espérait. C'est au Donjon qu'elle va servir... près de lui.

C'est là qu'implacable, elle saura le frapper!...

LXXVII

LE SECRET DU MARTELET

MÉPHISTO est arrivé, avec son escorte, au donjon de Loches où il va prendre la peu enviable succession du traître La Ballue et du tyran Sforza...

Conformément à l'usage, le gouverneur s'est avancé jusqu'au pont-levis, et il a échangé à la lueur des torches un salut courtois avec le chef de l'escorte, le capitaine Roger, dont toute la France a connu les malheurs et l'éclatante réhabilitation.

D'une voix qui vibre comme un appel de clairon, Roger a crié, sous la herse du fort :

— Laissez passer la justice du roi!...

Il s'efface, et un peloton commandé par Schwerdein emmène dans la forteresse celui qui fut le tout-puissant maître de la Toscane.

A son tour, il peut dire : « *Lasciate ogni speranza!* » Laissez toute espérance, vous qui entrez ici...

Jamais personne ne s'est sauvé de ce donjon où la France châtie la trahison...

Jamais !... Méphisto ricane dans l'ombre, sous les mornes voûtes... Il sait que ce mot n'est pas fait pour lui !...

Son génie de ruse et d'intrigue défie les murailles les plus épaisses et les serrures les plus solides.

On dirait qu'il attend l'aide que l'Enfer ne peut manquer de lui envoyer...

Tandis qu'il se rend, sous bonne garde, dans le cachot qui l'attend pour toujours, son regard perçant découvre, sur le passage qu'il suit, avec son cortège de soldats... une femme... une vieille qu'il reconnaît bien.

Elle l'a reconnu aussi, car, de suite, elle a mis un doigt sur ses lèvres pour l'inviter au silence, tandis que ses yeux semblent dire : « A bientôt !... »

Il se tait... et avec les gardiens qui l'escortent, il ne tarde pas à arriver dans la geôle où doit désormais s'écouler sa vie.

Mais il n'est pas seul à avoir reconnu la femme qui se trouvait dans un couloir, sur son passage. Ses traits ont frappé un des soldats, et, celui-ci, en revenant, n'ayant pas sans doute, pour se taire, les mêmes raisons que Méphisto, interpelle l'apparition qui fuit à travers les galeries obscures.

— Comment... dame Marthe, vous ne reconnaissez pas votre époux ?

C'est maître Schwerdein qui vient de prononcer ces paroles, qui ne réveillent pas chez la dame un écho particulièrement sympathique, car elle répond :

— Passez votre chemin, mon brave homme, car je ne vous connais pas !... Je m'appelle Rosalie et non dame Marthe, et je suis la servante de M. le gouverneur du Donjon !...

— Oh ! oh ! ma chère, vous êtes dans les honneurs, à ce que je vois ; mais il ne faut pas que cela vous fasse perdre la tête, car on aurait de quoi rabattre votre caquet, maudite pécore !

« Du reste, croyez bien que si je me suis fait reconnaître de vous céans, ce n'est point pour faire valoir mes droits d'époux !... Dieu m'en garde, et le diable aussi !...

« C'était simplement pour vous dire qu'on sait qui vous êtes, vilain masque... Vos méfaits sont connus et vous pourriez les expier plus tôt que vous ne pensez !

« Vous avez dépouillé de leurs biens Mme Roger et sa petite Jeannette, mais, grâce au ciel, le capitaine Roger vit encore, il est rentré en faveur et en grâce auprès du roi, et il a auprès de lui d'autres fidèles Alsaciens qui ne vous aiment guère : Frantz Holbach, Ludwig Frosch, Heinrich, sans compter Gottfried-le-Manchot.

« On pourrait bien, méchante peste, vous faire rendre gorge !...

La prétendue Rosalie jugea que toute dénégation de sa part était désormais inutile... Elle se démasqua tout à fait, pour crier, cynique :

— Et quand cela serait, on n'en a pas la preuve... écrite!...

— Heu! heu!... qu'en savez-vous?... Du reste, n'oubliez pas que Strasbourg est aujourd'hui en France, et qu'un jugement rendu là-bas est exécutoire... même dans la bonne ville de Loches.

« A bonne entendeuse, salut!... Moi, tous ces discours m'ont donné soif... et je vais de ce pas voir si les vins de Touraine valent mieux que ceux d'Italie...

Et il s'en alla rejoindre ses camarades au corps de garde... à moins que ce ne fût au cabaret.

Dame Marthe, — restituons-lui désormais sa véritable identité! — comprit qu'elle était perdue. Le séjour de Loches lui serait impossible... reconnue... bafouée... avec le danger sans cesse suspendu au-dessus de sa tête, d'un jugement rendu à Strasbourg et exécutoire par toute la France...

Il ne lui restait plus, pour fuir l'imminent péril qui la menaçait, qu'à se vouer au diable... ou à Méphisto... à la reconnaissance duquel elle croyait avoir des droits anciens... qui seraient augmentés, au centuple, dans quelques instants.

... La nuit était au milieu de son cours... on n'entendait que le pas cadencé des sentinelles dans le chemin de ronde, et le cri lugubre de l'orfraie dans les fentes de la vieille tour...

A pas de loup, dame Marthe gravit l'escalier tortueux, portant dans ses mains une lourde tige de fer formant levier.

A mi-route du faîte, elle s'arrêta. Une porte épaisse, solidement fermée, se trouvait devant elle... C'était le cachot du tyran de Florence...

Elle ouvrit une sorte de judas qui servait à surveiller le prisonnier et à lui faire passer sa nourriture...

La figure diabolique de Méphisto s'encadra dans l'étroite ouverture..

— Je vous attendais... dame Marthe!... Que m'apportez-vous?

— La liberté, mon beau seigneur! Mais j'espère que vous saurez reconnaître... et récompenser comme il le mérite... un service pareil.

— Je vous payerai... royalement!

— D'abord, n'est-ce pas, comme je ne peux pas rester ici, après vous avoir fait sauver...

— Évidemment!

— Vous m'emmènerez dans votre pays... et là-bas... vous me donnerez...

— Dix mille ducats d'or! C'est entendu...

— Les avez-vous, seulement?

— J'en ai enterré un million dans une gorge des Apennins...

— A beau mentir qui vient de loin!

Elle ne pensait pas dire si juste... mais les avares sont volontiers crédules quand leur passion favorite est en jeu.

Méphisto fit taire sa méfiance, en lui disant de ce ton suggestif qui faisait de lui le plus habile des tentateurs... et des trompeurs :

— Du reste... vous viendrez avec moi! Nous déterrerons le magot ensemble.

— Je vous crois... sur parole.

— Et vous faites bien! Mais... comment sort-on d'ici?...

— Vous êtes dans la tour du Martelet... là où fut enfermé, il y a bien longtemps de ça, Ludovic Sforza...

— Mais... ce souvenir historique n'est guère encourageant. Sforza est mort ici...

— Pas dans le Martelet... mais dans la Tour ronde où on l'avait transféré...

— Ah!... et pourquoi ce changement?...

— Parce que... l'on peut sortir du Martelet... la preuve, c'est que vous allez pouvoir vous en aller... grâce à moi!...

« Figurez-vous, seigneur Méphisto, que dans mes moments de loisir j'ai fouillé dans les archives du donjon où il y a un tas de paperasses qui ne servaient qu'aux rats... et à moi!

— Le fait est que c'est bien l'asile rêvé pour des rongeurs !

— J'ai toujours beaucoup aimé les vieux papiers; on y trouve parfois des choses intéressantes et profitables...

« Pour en finir avec mon histoire, voilà la découverte que j'ai faite, dans les archives.

« Jadis, tout à fait au commencement du moyen âge, ce donjon n'était pas une prison, mais une citadelle souvent assiégée, dans ces temps de guerre continuels.

« Pour parer à la famine qui vient augmenter les horreurs d'un long siège, on avait fait creuser un souterrain de ravitaillement destiné à amener les vivres dans l'intérieur de la forteresse, à l'insu des assiégeants.

« L'entrée du souterrain se trouvait dans une salle du Martelet qui a été depuis lors transformée en cachot... c'est ici même... où vous êtes.

« Dans un angle de votre geôle, parmi les dalles dont elle est pavée, il y en a une qui porte un anneau de fer scellé en son milieu...

Méphisto arpenta quelques instants sa cellule, puis il revint au guichet à travers lequel dame Marthe lui donnait ces indications précieuses.

— J'ai trouvé la dalle en question, — fit-il, — mais comment la soulever?

— Avec ce levier que je vous ai apporté.

Et elle fit passer la barre de fer à travers l'étroite ouverture.

— Bon! — fit Méphisto en la prenant, — vous pensez à tout.

— Il le faut bien... quand on veut réussir...

— Ah! vous n'aurez pas volé vos dix mille ducats... payables dans les Apennins!... Mais où me conduira ce souterrain?

— Assez loin d'ici, en plein cœur de la forêt de Loches, près des ruines d'un ancien monastère, dans un endroit appelé le « pilier des

Chartreux ». C'est là que je vais aller vous attendre, car il est bien convenu, n'est-ce pas, que nous fuyons ensemble, après cela, sous le beau ciel de l'Italie... là où vous avez enterré votre million de ducats...

Méphisto répondit par un sourire d'ironie froide et noire, que dame Marthe, toute à ses espoirs dorés, avait pris pour un signe d'acquiescement.

Au bout d'un instant, absorbé par d'autres pensées, il posa à sa libératrice cette question :

— Vous m'avez dit que Sforza, mon prédécesseur, il y a bien longtemps de ça, avait été transféré dans une autre partie du donjon... Savez-vous pour quel motif ?...

— Oui, j'ai retrouvé ce renseignement-là dans les archives... Sforza, après de longues années de captivité, avait fini par retrouver le secret du Martelet, et il se disposait à en profiter, lorsque l'éveil fut donné... et on l'enferma dans une aile nouvellement construite du donjon, la Tour ronde, qui n'a pas de secret, elle... Mais, je vous le répète, tout cela a été oublié... les gouverneurs ont succédé aux gouverneurs... leur poste est devenu à la longue une vraie sinécure... et on a perdu de vue toute cette vieille histoire.

— Hum !... Mais s'il prenait fantaisie au gouverneur actuel d'aller consulter les poussiéreuses archives de son antique forteresse... il pourrait bien me faire déménager, moi aussi... pour la Tour ronde d'où l'on ne sort plus.

— Dame ! c'est plus que probable !

— Cela me fait voir que je n'ai pas un instant à perdre, si je veux aller me promener dans la forêt de Loches.

« Ce qui me désole, par exemple, c'est que je ne pourrai trouver là-bas, ni un cheval ni des armes, accessoires fort utiles pour une expédition comme celle que je vais tenter.

— Je ne peux vous promettre un cheval... mais vous aurez des armes. En ma qualité de domestique de confiance, je circule librement, à toute heure de jour et de nuit, dans les appartements particuliers du gouverneur. Je vais prendre, dans une pièce attenante à sa chambre, son épée et une paire de pistolets tout chargés qu'il dépose là quand il se couche, et je vous les apporterai à votre sortie du souterrain, au pilier des Chartreux !...

— Savez-vous, dame Marthe, que vous êtes une femme précieuse ! Dix mille ducats, ce n'est pas assez payé ! Je vous en donnerai quinze... Alors ! à tout à l'heure, au rendez-vous que vous m'avez fixé !...

— A tout à l'heure, seigneur Méphisto !... Vous entendez l'orage qui commence à gronder ?... Cela rend la nuit plus affreuse... c'est bien le diable si je rencontre du monde sur la route de la forêt... j'aime autant ça ! Une fois là-bas, il n'y a pas de danger que nous rencontrions des yeux indiscrets... Au revoir !...

Et dame Marthe, prestement, descendit l'escalier tortueux du Martelet.

Elle n'avait pas remarqué une ombre qui la frôlait, près du judas à travers lequel elle s'était entretenue avec le prisonnier... Une chauve-souris, sans doute... Mais l'odieuse mégère qu'à Strasbourg on traitait de vampire n'était pas faite pour redouter le contact des hôtes affreux et rapaces qui peuplent les ténèbres de leur vol lugubre...

Elle alla dans la pièce où elle savait trouver les armes du gouverneur, prit ses pistolets et son épée avec le baudrier, et sortit du Donjon...

Mais une autre femme l'avait devancée...

C'était la fille de service récemment engagée...

Saâda avait épié dame Marthe et surpris son entretien mystérieux avec Méphisto... Quand l'astucieuse créature s'était retirée, elle avait, sans s'en douter, effleuré, dans l'obscurité, la jeune servante...

La petite reine de Bohême prenait le chemin du noir rendez-vous....

Son ennemi allait être libre...

Elle aimait mieux cela... car son cachot le protégeait contre sa justice vengeresse.

Là-bas, dans la sombre forêt, elle le poignarderait à sa sortie du souterrain.

L'orage grondait... la pluie et le vent faisaient rage...

Saâda descendit jusqu'à la rivière... Là, elle détacha une barque attachée au tronc noueux d'un peuplier, et, se penchant sur les avirons, elle disparut bientôt dans la nuit, sous les roulements du tonnerre et le mugissement du vent...

. . . .

Le gouverneur du Donjon, cette nuit-là, ne s'était pas couché. Après le premier moment de fierté occasionné par l'arrivée d'un prisonnier de cette importance, il s'était dit que la présence de cet hôte constituait pour lui une énorme responsabilité.

Dans cet état d'esprit, il pensa que le mieux était de voir comment ses prédécesseurs s'étaient comportés en pareille circonstance.

Il prit sa lampe allumée et s'en alla compulser les documents de ses archives, ce qui ne lui était, ma foi, jamais arrivé depuis qu'il avait été promu à ce poste honorifique.

Soudain, il pâlit... Il venait de retrouver le plan de la galerie de ravitaillement qui, du Martelet, aboutit au pilier des Chartreux...

Presque aussitôt, il mettait la main sur un procès-verbal relatant le transfert de Ludovic Sforza dans la Tour ronde, avec l'explication des motifs qui avaient nécessité cette mesure.

Si ce Méphisto, que tout le monde dépeignait comme un être astucieux et rusé, allait découvrir le secret du Martelet... si, plus heureux que Sforza, il allait en profiter!

M. le gouverneur bondit jusqu'au cachot où il venait, quelques heures auparavant, d'incarcérer le tyran florentin...

Il ouvrit le guichet et regarda...

Méphisto n'était plus là!

Une dalle soulevée, au milieu de sa geôle, indiquait trop clairement que le captif avait brûlé la politesse à son gardien.

Immédiatement le gouverneur donna l'alarme... Bientôt toute la petite garnison fut sur pied, le capitaine Roger en tête, puis Schwerdein et les autres Alsaciens. Ils sautèrent sur leurs chevaux, pour se lancer à la poursuite du fugitif.

Au moment de monter à cheval, le gouverneur affolé demanda son épée et ses pistolets...

Ses armes avaient disparu...

Il appela Rosalie, sa domestique de confiance... Mais Rosalie ne répondit pas, — et pour cause, — à ses appels pressants.

Disparue aussi, comme par enchantement, la jeune servante espagnole, — ou prétendue telle, — qui avait été engagée depuis peu pour aider Rosalie dans son service...

— Il y a dans tout ceci un mystère dont nous aurons la clef au pilier des Chartreux!... — s'écria le gouverneur du Donjon en éperonnant son coursier.

Sous les rafales du vent et les grondements du tonnerre, toute la petite troupe courait, à bride abattue, vers la forêt de Loches!...

LXXVIII

AU « PILIER DES CHARTREUX »

DANS la journée qui précédait ces événements, un homme suivait seul, à cheval, la route qui du Berry conduit dans le pays lochois, par Écueillé et Nouans.

Les rafales du vent qui soufflait avec force s'engouffraient dans les plis de son large manteau... D'épaisses nuées couraient dans le ciel, avec des grondements sourds et d'inquiétantes lueurs. Tout annonçait l'orage.

Après avoir dépassé le hameau de Villeloin-Coulangé, le cavalier, maintenant, longeait les fossés du château de Montrésor, aux tourelles aiguës, percées de barbacanes.

Un peu plus loin, il s'arrêta, à l'entrée d'un pont de pierre jeté sur la petite rivière de l'Indrois. Et il interrogea un pêcheur qui lançait son épervier...

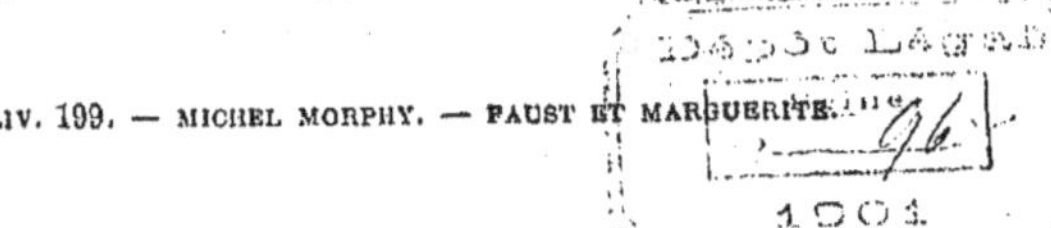

Élevant le petit Henry dans ses bras, elle s'est jetée entre les combattants. (Page 1588.)

— Holà! mon brave homme, vous n'auriez pas vu passer ici, par hasard, une troupe de Bohémiens?

— En effet, messire, il n'y a guère plus d'une heure, leurs roulottes ont traversé le pont après avoir payé au seigneur châtelain le droit de péage, en monnaie de singe, et même d'ours, car ils avaient avec eux deux de ces bêtes sauvages qui dansaient au son de la musique.

— C'est cela même! Et de quel côté les bateleurs se sont-ils dirigés?

— Ils ont pris la route de Chemillé-sur-Indrois qui, passé cette bourgade, se dirige sur Loches en traversant la forêt.

— Merci bien, l'ami! Voici pour boire à ma santé!...

Et sur ces mots, Faust, — car c'était lui, — piqua des deux après avoir jeté une bourse pleine au pêcheur qui lui avait indiqué la route suivie par les Bohémiens de Mahadok.

Allait-il, enfin, pouvoir rejoindre ces nomades qu'il cherchait depuis si longtemps?... Pourrait-il retrouver son bon et fidèle Siébel, pour se jeter dans ses bras et lui demander pardon de l'avoir si injustement et si longtemps soupçonné?...

Il n'osait l'espérer... Que de fois, depuis qu'il avait commencé ses recherches, n'avait-il pas éprouvé les plus vives déceptions?...

Pourtant, l'autre jour, en plein cœur de France, il tombait sur la trace des nomades. Leur lente caravane traversait le Berry, se dirigeant, suivant toute probabilité, du côté de l'Alsace...

Et puis, voilà que, soudain, ils changent de route... Faust, qui pour avoir des renseignements sème l'or sur son chemin, apprend que la tribu bohème vient de passer en Touraine...

Il court sur leurs pas, à bride abattue...

A Chemillé-sur-Indrois, leur présence a été signalée, une demi-heure avant son arrivée... A leur suite, il pénètre dans la forêt de Loches...

La nuit est venue, maintenant la tempête fait rage, accompagnée par les roulements formidables du tonnerre au milieu des éclairs fulgurants.

Tout d'un coup, dans l'épaisseur du bois, dans un lieu sauvage de grands arbres séculaires et de ruines antiques, il aperçoit les clignotantes lueurs des roulottes... enfin!

Les Bohémiens bivouaquent là, pour la nuit, à l'abri de ces murailles couvertes de lierre et de ces voûtes monacales qui servent d'asile aux orfraies. A quelque distance des ruines de la vieille abbaye, se trouve une colonne tronquée où, parmi les mousses et le lierre, se distinguent des vestiges de sculpture...

C'est ce qui reste du sanctuaire jadis vénéré... c'est ce que l'on appelle, encore aujourd'hui, le « pilier des Chartreux ».

Faust attache son cheval à cette colonne et se dirige vers les ruines qui servent de bivouac à la tribu nomade.

Il s'approche d'une roulotte dont la fenêtre est éclairée... Il plonge son regard dans l'intérieur...

Non! Siébel n'est pas là...

Mais est-ce une hallucination de son cerveau enfiévré?

Les fatigues de sa rapide chevauchée... l'électricité dont l'air est chargé... les émanations putrides des étangs du Berry... ont-elles à ce point obnubilé sa conscience, qu'elles lui fassent prendre les fantômes créés par son délire pour la réalité visible et palpable...

Faust repousse cette hypothèse... Il est médecin... le plus grand médecin de son époque... Et il lui a suffi de se tâter le pouls, — comme il le ferait à un malade quelconque, — pour se rendre compte que les pulsations en sont normales.

Il n'a point la fièvre, et ce qu'il voit est bien réel...

Marguerite est là, dans la roulotte, près du berceau d'un enfant qu'elle dorlote, en chantant une berceuse de son pays natal...

Le sublime docteur oublie tout... sa science immense et sa richesse aussi grande que sa science... Il a tressailli jusqu'au fond de son être... Cet enfant... c'est l'enfant de Marguerite... le fruit de la faute... et sans doute aussi... le témoignage formel de sa trahison...

Oui!... oui!... c'est bien cela!... l'enfant du mensonge et du déshonneur... l'enfant dont nul n'oserait sans honte revendiquer la paternité infamante...

Horreur!... Il vient de voir, par le côté opposé à celui où il regarde... où il épie... un homme entrer dans la roulotte de Marguerite...

Il est jeune et porte un uniforme militaire délabré par le feu des batailles... Le jeune soldat se penche en souriant... le voilà qui donne un baiser à Marguerite...

Faust en a trop vu... Il s'éloigne en proférant un cri de rage qui se perd dans les éclats de la foudre...

Sa main crispée serre la poignée de son épée...

Mais... non!... Il ne frappera pas celle qui fut trop de fois infidèle... celle qu'il a aimée... qu'il aime encore avec cette haine jalouse qui porte le sceau indélébile du véritable amour...

Il se tuera lui-même... il se châtiera d'avoir cru à l'amour et d'avoir, pour une femme, été infidèle à la science.

Grossie par l'orage, on entend, tout près de là, la rivière qui court en bouillonnant au milieu des rochers...

C'est là que Faust va chercher dans la mort l'oubli de tout... de l'amour trompeur et de la science... incertaine.

Mais, dans sa course à la mort, il se heurte à un homme et, à la clarté violette d'un éclair, il le reconnaît...

C'est Siébel... le bon... l'honnête Siébel... le disciple fidèle qu'il a méconnu... et soupçonné...

— Pardon! — fait-il, — pardon de t'avoir injustement accusé... Je sais que tu es innocent... Siébel... Avant de mourir, Wagner a confessé le vol dont je t'avais cru l'auteur...

« Maintenant, Siébel, pardonne à ton maître, car il va mourir...

— Mourir, vous... ô Faust! en pleine gloire, quand la fortune vous sourit... quand l'amour vous attend sous l'aile du bonheur!...

— L'amour... dis-tu!... amère dérision!... Quoi! tu me parles d'amour, Siébel, au moment où je viens de voir celle que j'aimais... que j'aime encore, hélas!... dans les bras d'un autre homme!...

— Que voulez-vous dire, maître?...

— Là... là... Marguerite... et il l'embrassait... encore!...

Faust, en disant cela, montrait à Siébel, d'un geste fébrile, la roulotte d'où il s'éloignait... pour chercher la mort.

— Maître... maître... — s'écria le disciple fidèle, — pourquoi votre pensée s'égare-t-elle, sur des apparences trompeuses et des soupçons menteurs ?... Marguerite est innocente, je vous le jure !... Celui avec qui elle se trouve...

Il n'acheva pas... Attirés par le bruit des voix, des Bohémiens accouraient. Valentin était à leur tête...

En le voyant, Faust dégaina... Le fils du capitaine Roger s'était mis en garde...

Ils croisèrent l'épée... malgré les efforts de Siébel pour les séparer...

— Valentin !... Faust !... au nom du ciel !...

Toute blanche, ainsi qu'une apparition surnaturelle, Marguerite s'est élancée, du sein des ruines et de la forêt sombre... dont les éclairs déchirent l'obscurité épaisse. Élevant le petit Henry dans ses bras, elle s'est jetée entre les combattants.

— Tue-moi, plutôt ! — s'écrie-t-elle. — Faust... mon amant... mon époux devant Dieu... tue cet enfant... ton fils... le gage de ta tendresse... mais ne porte pas un fer sacrilège sur Valentin... sur mon frère bien-aimé... il est innocent de ma faute... Seule... je fus coupable... coupable d'aimer... ô Faust !... coupable de croire à ta parole et à tes serments d'amour !... Seule je dois expier... ô mon Dieu !

Faust avait laissé retomber son épée... il était en proie à la plus indicible émotion qu'un homme puisse ressentir.

— Marguerite ! — fit-il d'une voix entrecoupée de sanglots, — tu parles de ta faute... de ton expiation... tu t'accuses d'avoir cru à mon amour sincère... mais n'y a-t-il pas une autre faute que tu me caches... une trahison que tu as commise et que tu as honte de dévoiler ?...

— Faust, je n'ai jamais trahi ton amour... je le jure par le Dieu de mon enfance...

— Tu oublies... cet homme que j'ai vu avec toi... là-bas à Strasbourg... tu étais à son bras !

« Moi, je me trouvais dans une mansarde d'où l'on pouvait voir tout ce qui se passait chez toi... Je soignais mon élève préféré que Frantz Holbach venait de sauver, tandis qu'il se noyait...

« Cet homme qui t'a embrassée, et qui, la nuit venue, a pénétré dans ta chambre... comme je l'ai pu voir, en me hissant sur la muraille du jardin... cet homme... me diras-tu qui c'est ?

Valentin s'avança... très calme et très grave... tenant la pointe de son épée abaissée vers la terre... et, lentement, il prononça ces paroles :

— Docteur Faust... J'en jure Dieu !... cet homme, c'était moi... Valentin Roger... le frère de Marguerite...

Au moment où se déroulait cette scène qui faisait éclater l'innocence de Marguerite aux yeux de Faust trop longtemps abusé, pas bien loin des ruines de l'ancien cloître, la Schwerdein attendait, tapie dans l'ombre, près d'un fouillis de ronces et d'épines.

Soudain, elle entendit remuer dans cette sorte de fourré, et un homme apparut qui semblait réellement sortir de terre.

C'était Méphisto qui, après un long et pénible parcours, était parvenu, enfin, à l'issue de la galerie souterraine de ravitaillement, qui, du fameux Martelet, aboutit au milieu de la forêt de Loches.

Il reconnut sa complice...

— Vous avez les armes promises? — fit-il.

— Les voici, messire!... — répondit-elle en lui tendant l'épée et les pistolets.

— Bon! — se contenta de faire Méphisto en ceignant le baudrier.

Après quoi il passa les deux pistolets dans sa ceinture.

La Schwerdein, même dans les circonstances les plus critiques, ne perdait jamais de vue ses intérêts personnels.

— Vous n'oublierez pas la récompense que vous me devez, mon beau seigneur! — fit-elle, avec l'intonation d'une créancière plutôt que d'une solliciteuse.

— Oui... tu seras payée... comptant... sorcière!...

Et, en disant ces mots, l'infernal débiteur de dame Marthe saisissait un de ses pistolets et, froidement, ajustait la femme à qui il devait sa liberté...

Il pressa sur la détente. Mais le coup ne partit pas...

— La satanée mégère! — s'écria l'évadé. — Elle a laissé mouiller la poudre.

Mais dame Marthe était édifiée dorénavant sur la reconnaissance de Méphisto; et comme elle ne tenait pas à essuyer un second coup de feu, — la poudre était peut-être plus sèche dans l'autre pistolet, — elle s'enfuit en courant et hurlant dans la profondeur de la forêt sombre.

Elle n'était pas allée bien loin lorsqu'elle tomba dans un groupe de personnages dont elle ne pouvait, dans l'obscurité, distinguer les physionomies. Peu lui importait que ce fussent des coureurs des bois, des malfaiteurs quelconques... Pour elle, ils étaient moins à redouter que ce Méphisto qui entendait la gratitude d'une si étrange manière.

Sécurité trompeuse, hélas!... A la lueur des torches que ces gens mystérieux venaient d'allumer, elle reconnut avec un effroi et une appréhension qu'on devine, Faust, Marguerite, son frère Valentin et Siébel.

— Ah! ah! — fit ce dernier en reconnaissant la sinistre mégère, — est-ce le ciel qui vous envoie... ou bien l'Enfer?

« Venez-vous pour narguer vos victimes ou pour implorer leur pardon?

« Dame Marthe, vous n'avez pas eu pitié de la veuve et de l'orpheline... Mme Roger et sa pauvre petite Jeannette, privées de leurs appuis naturels, vous ont semblé une proie facile... vous vous êtes, au prix d'un vol infâme, approprié tous leurs biens, contre tout droit et toute justice...

« Mais il y a encore des juges à Strasbourg... Il y a sur la place du marché un pilori où l'on expose les voleurs et les faussaires avant leur départ pour les galères...

La misérable créature balbutia, éperdue, mais cynique encore, jusqu'au bout :

— Il n'y a pas de preuves... écrites, et ce sont celles-là... seulement... qui comptent ! ..

Mahadok, qui n'avait rien dit, pendant toute cette scène, tout d'un coup s'avança et, tirant un document de son portefeuille, le montra à la Schwerdein affolée, en lui disant :

— Reconnaissez-vous ceci ?... C'est la preuve écrite et signée du payement de sa dette effectué par le lieutenant Roger... c'est le témoignage irrécusable du vol odieux que vous avez commis. Il va être remis par moi entre les mains du magistrat, à Strasbourg !...

La criminelle avare se voyait ruinée, irrémédiablement perdue, tandis que Mahadok expliquait que la pièce en question avait été trouvée dans la toque d'étudiant de Karl Brander, précieux trophée que le pauvre petit Georges avait porté jusqu'à complète usure.

Personne, dans le groupe, n'avait porté la main sur Marthe Schwerdein... Tous ces braves gens estimaient qu'il ne leur appartenait pas de se substituer à la justice.

La Justice !... dame Marthe était résolue à s'y soustraire... pour toujours... Elle était folle de terreur...

Partout, la justice saurait l'atteindre... La mort seule arrête son bras vengeur... et supplicier.

L'Indrois, changé en torrent par la pluie d'orage, bouillonnait tout près de là, sur les rochers...

L'odieuse mégère, la détrousseuse des morts, celle qu'on appelait « la Peste de Strasbourg », se précipita dans la rivière, qui entraîna au loin son hideux cadavre, sous le fracas du tonnerre et les rafales de la tempête... Le bourreau ne l'aurait pas !...

. . . .

Méphisto s'était facilement consolé d'avoir manqué sa libératrice... Il était débarrassé de l'encombrante personne, c'était l'essentiel, car sa fuite à travers la France devait être, maintenant, aussi rapide que possible...

Il avait des armes, mais il lui manquait une monture. Pour se mettre à l'abri de l'eau qui tombait en ondées diluviennes, il se dirigea vers les ruines qu'il apercevait, à quelque distance, grâce aux lueurs des éclairs...

Qu'on juge de sa surprise quand il vit un cheval, sellé et harnaché, qui était attaché à une colonne s'élevant, isolée, un peu en avant des vestiges de l'ancienne abbaye.

— Ma foi ! — fit-il en ricanant, — je finirai par croire à la Providence... de l'Enfer !... Satan me protège !... Le fait est que ce cheval, sans cavalier, semble avoir été mis là, à point nommé, pour faciliter ma fuite...

Et il se mit à examiner le coursier que Faust avait attaché au « Pilier des Chartreux » avant de se rendre dans le bivouac des Bohémiens...

— Une bête qui vaut son prix... et, avec cela, un harnachement des plus riches !...

« Des pistolets d'arçon... des balles... et de la poudre qui doit être sèche, celle-là !...

« Oh ! oh !... de mieux en mieux... de l'or, plein les fontes de la selle...

« Voilà ce qui s'appelle un voyageur prévoyant !

« C'est bien le diable si, avec toutes ces précautions... prises par un autre, je ne parviens pas à gagner, sans encombres, la frontière la plus proche, celle de Suisse, d'où je passerai facilement en Italie... »

Tandis que Méphisto s'apprêtait à enfourcher cette monture qu'un hasard, pour ainsi dire miraculeux, mettait ainsi à sa disposition, il entendit dans le fourré voisin un bruit de branches foulées et de feuilles froissées...

Si c'était le possesseur du cheval qui revenait... Le diabolique aventurier était bien décidé à rester en possession de l'animal... à tout prix.

Il saisit un des pistolets d'arçon dans la selle de l'inconnu et resta sur ses gardes, l'œil aux aguets, le doigt sur la détente...

Mais il n'entendit plus rien... c'était, sans doute, quelque bête sauvage faisant sa chasse nocturne...

Il se trompait... deux yeux noirs, brillants comme des escarboucles, du fond de l'ombre épaisse le guettaient...

C'était Saàda qui, comme un fauve de forêts, tournait autour de son ennemi, depuis qu'il avait surgi de terre à la sortie du souterrain...

La haine au cœur, le poignard à la main, la petite reine de Bohême épiait l'instant favorable pour frapper celui qui avait été le bourreau de Pépito... l'unique... l'éternel adoré de son cœur ardent et pur...

Rassuré sur le bruit qu'il avait entendu dans les broussailles voisines, Méphisto ne songeait plus, à présent, qu'à s'éloigner, au plus vite, de Loches et de ses alentours.

Il réfléchit que, tant qu'il serait dans la forêt, en dehors de tout chemin tracé, il lui serait bien difficile de chevaucher, à cause de la végétation inextricable qui régnait dans cette solitude boisée...

Prenant donc le cheval par le licol, il chercha à s'orienter vers la route la plus voisine, en profitant de la lueur intermittente des éclairs qui zébraient l'obscurité profonde...

Mais voilà que dans un coup de tonnerre qui semble ébranler le sol et les cieux, dans une fulgurante clarté dont la durée s'est prolongée plus longtemps, sous la crypte en ruines de l'antique monastère, il aperçoit un groupe étrange, au milieu duquel il aperçoit des visages exécrés...

Par l'enfer !... Est-ce possible ?... Là... abrités par la voûte, contre l'ouragan qui fait rage au dehors... Marguerite est assise auprès de Faust qui la contemple avec quelle tendresse, et tous deux couvrent de leurs baisers un mignon petit être... angélique trait d'union entre les deux amants réconciliés par cette émanation divine, plus forte que la méchanceté des hommes, plus puissante que le Destin... et qui s'appelle... la vérité...

Dans l'ombre... Méphisto grince des dents... toute son œuvre mauvaise est désormais anéantie... Ceux dont il avait juré la perte sont heureux, alors que lui est fugitif, traqué sans doute, à cette heure, comme une bête fauve...

Une rage folle envahit son âme ténébreuse... La haine du maudit contre l'ange de lumière...

Faust, Marguerite, ni les autres ne l'ont vu, mais à la clarté du fulgurant éclair, la douce amante de Faust vient d'apercevoir, dans la clairière, auprès des ruines, une humble fleur... et elle va pour la cueillir...

C'est l'humble pâquerette qui porte ce nom si doux : « Marguerite... » c'est la fleurette jolie que les doigts mignons des amoureuses effeuillent pour résoudre la douce énigme...

Marguerite s'élance pour consulter l'oracle fleuri...

Un coup de feu retentit, suivi bientôt d'un cri de douleur, et Méphisto pense, en ricanant :

— La poudre, cette fois-ci, n'était pas mouillée...

LXXIX

LE FEU DU CIEL

LA balle du satanique personnage n'avait pas atteint Marguerite...

Au moment où le coup partait, une ombre avait surgi du sein des broussailles épaisses qui entouraient les ruines du vieux cloître... Et cette ombre, aux formes vagues, s'écroulait sur le sol, exhalant sa souffrance dans un cri suprême.

Faust, Mahadok, Siébel et les autres accoururent en portant des des torches, à l'endroit même où venait de se passer cette tragédie, rapide... inexplicable.

Quel ne fut pas leur étonnement en reconnaissant Saâda, qui perdait le sang à flots par une large blessure.

Par quel étrange mystère, la pauvre petite reine de Bohême se trouvait-elle là, à point pour recevoir le coup de la mort destiné à Marguerite, sa sœur d'adoption?... Telle est l'énigme cruelle qui torture le cœur des témoins de ce drame affreux.

— Saâda!... ma bonne petite sœur... ma pauvrette mignonne... Comment se fait-il... que nous te retrouvions dans cette affreuse solitude?... quelle horrible et terrifiante fatalité te fait tomber dans mes bras .. victime d'un attentat infâme?... Pauvre aimée... douce sœurette!...

Le sanglots étouffent la voix de Marguerite, tandis que ses lèvres frémissantes se promènent sur le front pur de sa sœur d'adoption, sur ses joues pâles et ses jolies mains... exsangues... et d'une blancheur de marbre.

Le corps de Méphisto, carbonisé, gisait parmi les hautes herbes. (Page 1596.)

D'une voix suffoquée, haletante, Saâda explique sa présence imprévue, mystérieuse, dans la forêt de Loches, tandis que son aïeul avec le docteur Faust, et son élève Siébel, lui prodiguaient leurs soins; — sans grand espoir, hélas! — car la balle avait pénétré profondément.

Elle dit comment elle était accourue dans la petite ville de Touraine dès qu'elle avait appris que Méphisto devait, par ordre du roi, y subir sa peine... La pauvre blessée raconta la façon inespérée dont elle avait pu pénétrer au donjon, comme servante...

Dans la sombre citadelle, où elle épiait le moment de frapper son ennemi, elle avait surpris le complot de Rosalie... dame Marthe... pour faire évader Méphisto...

Alors elle était accourue là... au pilier des Chartreux, pour mettre à exécution son projet de vengeance, de justice plutôt...

Elle avait vu Méphisto sortir du souterrain, tirer sur sa complice, sans l'atteindre... Ah! le maudit!

— Méphisto!... c'est Méphisto!... — s'écria Valentin. — Il est libre... L'enfer est déchaîné!...

Et il sortit des ruines, comme un fou, nu-tête, son épée à la main, pour se mettre à la recherche du bandit diabolique qui marquait, par un nouveau crime, la première heure de sa liberté...

Quel châtiment serait jamais à la hauteur de tous ses exécrables projets?...

Le ciel qui faisait entendre, au-dessus de la cime des grands chênes, sa voix grondeuse, ne pouvait donc écraser ce monstrueux démon, sous les éclats de sa colère, le terrasser de sa foudre vengeresse?...

... Sous la voûte de l'antique monastère, entre les bras de Marguerite qu'une indicible douleur crucifiait, Saâda agonisait, devant Faust, Mahadok et Siébel, impuissants à écarter le spectre livide de la mort, qui appesantissait, sur tant de jeunesse et de grâce, sa main décharnée.

La pauvre petite reine tourna vers sa sœur d'adoption, sa chère Bohémienne blonde, ses doux yeux voilés par l'approche du trépas.

— Marguerite... sœurette adorée, — fit-elle de sa voix mourante, — ne pleure pas!...

« La mort qui vient, me délivre... du mal atroce qui ronge mon cœur...

« Dans les espaces bleus... où mon âme s'envole... je vois venir au-devant de moi... la douce image... de celui que j'ai tant aimé... le petit prince au règne éphémère... belle fleur des montagnes fauchée par des mains cruelles.

« Pépito... Pépito... ton amante... ton épouse va te rejoindre... Dans le mystérieux au-delà où nous nous retrouverons... notre règne ne finira jamais... car c'est le royaume de l'amour... Il est éternel... et aucune frontière ne limite son étendue...

« Et puis... vois-tu, Marguerite, c'était ma destinée de ne pas être heureuse... ici-bas. Alors il fallait mieux que je meure, n'est-ce pas?... Et que je meure du coup fatal qui t'était destiné... car toi, un grand bonheur t'est réservé, dans ce monde, où tu as connu tant de douleurs et versé tant de larmes...

« Je vois... ici... ton époux... Faust... Tu rentreras dans ton pays, triomphante, à son bras...

« Et le doux sourire du petit Henry, gage précieux et adoré de votre tendresse, illuminera votre vie toute d'ivresse pure et de radieuse joie...

« Ah! la vue des mourants est prophétique... La fureur du ciel... va atteindre l'auteur de tant de crimes... car le ciel s'est réservé le châtiment de Satan... L'enfer va le reprendre...

« Adieu... vous tous... mon bon monsieur Siébel... vous qui fûtes si secourable aux pauvres... et à tous les malheureux ! Et toi... mon bon grand-père... à l'âme si haute et si noble... et vous tous, mes frères... Bohémiens... adieu !...

« Sur le bord de la route poudreuse... sous les grands arbres... près du ruisseau qui murmure... vous ensevelirez, suivant la coutume... la petite reine aux pieds nus... Adieu !... adieu !...

Et, dans un dernier sourire, son âme jolie s'envola, tandis que les pleurs de Marguerite inondaient le marbre de ce front qui n'avait, vivant, jamais abrité une pensée mauvaise.

A ce moment, la foudre, en tombant, ébranla le sol et fit craquer, jusqu'en leurs fondations, les ruines antiques du monastère...

... A travers les ténèbres épaisses, Valentin avait poursuivi l'assassin qui s'enfuyait...

Les broussailles serrées, l'enchevêtrement des branches empêchaient Méphisto de se servir encore du cheval qu'il venait de voler.

Mais, non loin de là, une clairière s'offrait à sa vue.

Elle s'étendait jusqu'auprès de la route...

Que le misérable démon pût gagner la clairière, et il montait en selle... il échappait à la poursuite de Valentin.

Le frère de Marguerite arriva dans cette partie du bois, en même temps que Méphisto.

Il se précipita sur lui, l'épée haute, en s'écriant :

— Bandit, je te tiens, tu ne m'échapperas pas !

— Tu ne me tiens pas encore, non ! — ricana le diabolique personnage.

Et, reculant de quelques pas, il tira du fourreau l'épée du gouverneur que, tout à l'heure, Dame Marthe lui avait apportée, à sa sortie du souterrain.

D'un geste frénétique, il éleva en l'air la pointe de l'arme.

Une clarté d'un violet pâle, toute striée de pourpre sanglante, inonda la clairière... une secousse formidable ébranlait le sol, dans un fracas terrible dont l'écho se répercuta dans toute l'immense forêt...

C'était au moment même où Saâda expirait.

Ebloui par l'aveuglante lueur... et tout stupéfait encore par l'effroyable commotion... Valentin comprit cependant que la foudre était tombée... là... près de lui...

Méphisto avait disparu...

Une violente odeur de soufre s'était répandue tout autour...

L'air était devenu subitement très calme, comme après les grandes crises de l'atmosphère.

Et, dans un ciel pur, l'aube naissante blanchissait les hautes cimes.

Valentin put alors se rendre compte du phénomène étrange qui venait de se passer, et qui, pour un esprit même peu crédule et superstitieux, aurait pu paraître, à bon droit, surnaturel.

Le corps de Méphisto, carbonisé, gisait parmi les hautes herbes de la clairière... L'acier de l'épée était comme tordu et portait, par endroits, des traces de fusion.

Tout à l'heure, l'air était imprégné d'orage... les nuages chargés d'effluves étaient très bas, rasant presque le sol.

La pointe de l'épée que l'assassin avait élevée en l'air, servit donc à attirer la foudre.

Méphisto était mort... tué par le feu du ciel...

... La forêt s'emplit du hennissement des chevaux et du cliquetis des armes...

C'est le gouverneur du donjon qui accourt, pour rechercher le prisonnier qui s'est enfui par la galerie de ravitaillement... Le père de Valentin l'accompagne ainsi que Frantz Holbach, Ludwig Frosch, Heinrich, le brave Schwerdein et tout le reste de l'escorte.

Ils s'occupent de cerner l'ouverture du souterrain.

— Trop tard! Méphisto en est sorti!... — s'écrie Valentin qui est accouru auprès d'eux et qui vient de tomber dans les bras de son père.

— Il s'est sauvé... il échappe à la justice du Roi! — fait le gouverneur que cette évasion désespère.

— Le misérable n'a pas échappé à la justice du Ciel! — répond Valentin qui montre, dans les grandes herbes de la clairière, le corps noir, hideux, du tyran dont les crimes ont mis une page de sang dans l'histoire de la Toscane.

Sur un ordre de leur chef, des soldats s'avancent pour enlever le cadavre de Méphisto.

Mais les restes du diabolique aventurier, ainsi qu'il arrive souvent pour les corps frappés par la foudre, s'envolent en cendres noirâtres que le vent disperse.

O nature immuable! ô bois ombreux!... torrents qui mugissez sur les rocs!... oiseaux qui chantez dans la ramure... papillons qui butinez les fleurs! ô ronces et mousses!... lierres qui grimpez sur les ruines... humbles bruyères... chênes altiers... laissez passer la justice des choses!...

. . . .

L'enquête faite par le gouverneur du donjon de Loches montra à ce fonctionnaire la véracité du récit de Valentin... Du reste, il ne pouvait douter de sa parole sachant qu'il était le fils de l'héroïque Roger, que dans toute la France on appelait l'Alsacien sans peur et sans reproche.

Mais, par exemple, le maître de Rosalie fut éclairé sur la part prise à l'évasion de Méphisto par sa domestique de confiance... Il apprit, non sans une émotion poignante, le rôle vengeur que Saàda s'était attribué, dans cette sombre tragédie, et qu'elle avait bientôt transformé en une mission de dévouement surhumaine... de sacrifice sublime.

Comme elle l'avait demandé, la petite reine de la tribu nomade fut ensevelie, pieds nus, sur le bord de la route, près du ruisseau qui murmure, à l'ombre des grands peupliers qui frémissent sous les baisers de la brise.

Et sur son humble tombe, divin miracle d'amour, il pousse des marguerites... Encore aujourd'hui, les gars du Berry et les belles filles de la Touraine se rendent, en pèlerinage, sur le tombeau de la petite Bohémienne pour y cueillir les fleurettes jolies dont les oracles amoureux ne mentent jamais, dit-on.

Aimer... un peu... beaucoup... passionnément... c'est la vie... c'est le règne éternel... entrevu de sa prunelle mourante... par la reine brune, aux grands yeux noirs, qui sous le ciel bleu... dans la floraison radieuse des champs... fut un jour l'épouse du pauvre petit chevrier de Pistoia... qui avait été prince... pour son malheur.

. . . .

Dans la vieille basilique qui couronne la ville de Loches, près des verdoyants jardins du palais, quel est ce carillon joyeux qui réveille les échos endormis de la paisible cité?...

Le docteur Faust, le grand savant de Strasbourg, une des gloires de la France, — car l'Alsace c'est la France, toujours... quand même, — Faust est uni, en une cérémonie solennelle, à Marguerite, la fille du capitaine Roger, l'honneur de l'armée!

Les deux gouverneurs, enfin réconciliés, servent de témoins au célèbre médecin... Il n'y a que l'amour... même l'amour des autres, pour opérer de ces rapprochements... véritables miracles.

Mahadok et le doux Frantz Holbach sont les témoins de Marguerite.

Adriana Ramolino, qui a accompagné son père, remplit les fonctions de demoiselle d'honneur.

Mais, dans quelques instants, elle s'appellera Mme... Siébel.

En effet, à peine la bénédiction nuptiale a-t-elle été donnée à Faust et à Marguerite, que l'officiant consacre une nouvelle union : celle de Siébel et d'Adriana.

L'amour triomphe de la méchanceté des hommes et de la destinée cruelle...

. . . .

Strasbourg, — la vieille cité alsacienne et si française, — est en fête aujourd'hui... Le temps est revenu de Pâques fleuries, symbole de résurrection joyeuse, qui célèbre le renouveau de la nature entière, le divin printemps...

Sur les tours de l'antique cathédrale, les cigognes, au retour de leur émigration hivernale, sont venues faire leur nid... Le ciel est clair, l'air est tiède! Tout renaît... Hosannah!

Au marché de la ville, jamais l'animation ne fut plus grande... jamais les conversations ne furent plus vives... et plus gaies, dans la cohue des marchandes et des ménagères venues là pour faire leurs emplettes.

Mais ce n'est pas la fête du jour, ce n'est pas le printemps revenu sur la terre qui fait l'objet de tous les entretiens de ces fortes et joyeuses commères.

Approchons-nous de ce groupe que la bonne mère Schmidt domine de sa taille... opulente. La digne femme a auprès d'elle ses bonnes amies, Mme veuve Spaten et Mme Kreutzer. Toutes les trois ont un air de bonheur répandu sur leurs traits où respire l'honnêteté.

On sait la part qu'elles ont prise à l'affliction de Mme Roger, avec quel dévouement elles ont essayé de remédier au malheur qui s'était si injustement abattu sur elle et sur sa pauvre petite Jeannette...

Mais, aujourd'hui, elles sont heureuses... leur bonté exquise reçoit sa récompense...

Un courrier venu de Touraine, à franc étrier, a apporté à Mme Roger des nouvelles bien douces pour son cœur d'épouse et de mère...

Réhabilité, promu en grade, son héroïque mari revient dans sa ville natale... Valentin, son admirable fils, est avec lui.

La pauvre Marguerite qu'elle croyait à jamais perdue est enfin retrouvée... Et elle revient au bras de Faust... son époux!...

Les cloches sonnent... c'est l'heure où l'on sort du service divin...

Alléluia!... Christ est ressuscité!...

La foule se porte vers un cortège qui s'avance du côté du parvis.

Le capitaine Roger et son fils chevauchent en tête, le brave Schwerdein suit son chef... Frantz Holbach et Ludwig Frosch galopent aux portières d'une voiture dans laquelle se trouvent le docteur Faust et sa jeune épouse, ayant entre eux leur fils bien-aimé, le petit Henry, à qui ils partagent leurs ardentes caresses.

Dans une autre voiture, on peut voir Siébel avec Adriana sa femme, Heinrich et Gottfried-le-Manchot les escortent.

Tout le monde acclame les héros de l'Alsace, et les deux couples bénis... Les noms de Roger et de Faust retentissent ensemble, au milieu des joyeux vivats par lesquels tout Strasbourg célèbre leur arrivée...

Il ne manque à cette entrée triomphale que le père d'Adriana, le bon docteur Romalino, qui a voulu revenir dans son pays, où ses malades l'attendent... et aussi Mahadok avec les derniers survivants de la tribu nomade.

Les Bohémiens, qui avaient recueilli Marguerite près de Strasbourg, sur la grand'route où elle s'était évanouie, après avoir vu Faust passer, dans l'infernale chevauchée que commandait Méphisto... les éternels vagabonds ont repris leur course errante par le monde.

Hélas! les tragiques événements auxquels ils ont été mêlés ont bien diminué leur nombre... les deuils ont assombri leurs fronts et endolori leurs cœurs... mais la jeunesse... l'amour... reprennent toujours leurs droits imprescriptibles...

Parmi les cendres du passé mort, la vie renaît, pareille au phénix des légendes antiques.

De nouveaux couples se sont mariés devant le chef, l'ancêtre vénéré...

Faust les a dotés... il faut bien qu'après avoir été cause de tant de mal, la fortune restituée par le trésor de Toscane serve à faire un peu de bien... De ces unions librement contractées, de beaux enfants naîtront...

Avec leurs grands yeux noirs et leurs boucles brunes, ils courront, pieds nus sur la poussière des grands chemins, ignorant les tristesses et les souffrances de leurs pères...

Et sur le bord d'une route, ils enseveliront pieusement Mahadok, le bon vieillard, quand son heure sera venue de cesser sa marche errante...

... Que sont devenus les autres personnages de notre récit ?

Valentin Roger vient d'être promu lieutenant dans la légion alsacienne où il remplacera son père qui a pris sa retraite, comblé d'honneurs par le roi de France.

Le vieux soldat reste auprès de son épouse qui, après tant de malheurs, a bien mérité de goûter enfin les joies douces et paisibles du foyer.

L'honnête Schwerdein a pris sa retraite, lui aussi, mais c'est pour mieux demeurer fidèle au poste, comme il le dit avec sa rondeur toute militaire. En effet, il est toujours au service de son capitaine, qu'il adore comme un dieu. Avec lui, tout est propre, luisant, bien astiqué. Schwerdein est le modèle des ordonnances ; il n'a qu'un petit défaut, c'est de cultiver la dive bouteille... un peu, de temps en temps.

Il ne regrette pas son acariâtre moitié qui, en se jetant à l'eau là-bas, sur les confins de la Touraine et du Berry, a évité le châtiment qui l'attendait à Strasbourg.

Car M\u1d50\u1d49 Roger est rentrée en possession des biens dont l'avait si indignement frustrée cet odieux vampire qui s'appelait dame Marthe.

Le jugement ordonnant cette restitution n'est pas précisément tendre pour la mémoire de la Schwerdein.

Gottfried-le-Manchot s'était créé, on se le rappelle, d'ardentes sympathies parmi les braves Alsaciennes bourgeoises ou marchandes qui avaient pris en mains la défense de M\u1d50\u1d49 Roger et de sa Jeannette.

Les blessures reçues à la guerre n'ont jamais déparé un loyal et courageux soldat, aux yeux des femmes pour qui l'héroïsme est la plus haute et la plus noble des séductions masculines.

Et la glorieuse mutilation de l'excellent Gottfried ne l'a pas empêché de plaire à M\u1d50\u1d49 veuve Spaten qui ne tarde pas à convoler en secondes noces avec l'ancien combattant des guerres d'Italie.

Ils ne sont plus très jeunes, ni l'un ni l'autre, mais les petites rentes de l'épouse jointes à la modeste pension militaire du mari, assurent l'aisance du ménage et la tranquillité de leurs vieux jours.

Sous la direction du grand docteur Faust, Siébel est devenu un des médecins les plus éminents de l'Alsace, et tout le monde prévoit le moment où il sera nommé professeur à la Faculté de Strasbourg.

Adriana, heureuse et fière de la renommée naissante de son époux, se rappelle, avec une douce émotion, les circonstances dans lesquelles elle a fait la connaissance de l'étudiant alsacien, là-bas, sur les champs de bataille de la Toscane, quand tous deux soignaient ensemble les blessés de la guerre civile.

Frantz Holbach a renoncé à ses études... Décidément il ne se sent pas fait pour secouer la poussière des vénérables « bouquins ».

Mais il ne reste pas oisif pour cela, bien que ses parents, qui viennent de mourir, lui aient laissé une fortune rondelette.

En effet, le doux géant a pu, grâce à Roger, recevoir un grade dans l'artillerie de la légion... on le proclame le roi des canonniers ; il est le seul homme en France qui soit capable de manier un canon, comme d'autres manient un simple mousquet.

Celle qui fut la Fornarina, la belle hôtesse des Apennins, Mme Frantz Holbach, aujourd'hui, admire et aime ce bon colosse, si tendre et dont la force herculéenne n'a d'égale que l'enfantine douceur.

Ludwig Frosch a repris le cours de ses études et tout fait prévoir que le succès ne tardera pas à couronner son travail.

Sa nature honnête et droite, si réfléchie avec cela, malgré sa grande jeunesse, lui a concilié l'estime et la sympathie de la famille Roger... mais c'est la petite Jeannette, surtout qui, dans l'innocence de son cœur, se sent attirée vers ce grand étudiant qu'elle aime comme un frère...

Plus tard, quand elle sera en âge de se marier, et que Ludwig aura une carrière, quel beau couple ils feront tous deux.

Quand ils les voient ensemble, voilà ce à quoi pensent les parents de Jeannette qui sourient à cette gracieuse vision d'avenir.

Les voyages, et aussi les épreuves de l'adversité, ont mûri l'esprit du camarade Heinrich surnommé « Gaudeamus ».

On le voit beaucoup plus à l'école, et moins au *Gambrinus*... bref, cet excellent garçon a mis beaucoup d'eau dans son vin.

Faust poursuit sa carrière pleine de gloire, mais il a quelque chose qui vaut mieux que les triomphes de la science, et c'est... le bonheur...

Près de sa douce et tendre Marguerite, il connaît la joie pure d'aimer... et d'être aimé.

Et tous deux, quand leur cher petit Henry tend ses bras roses et potelés, cherchant les tièdes caresses de son père et de sa mère, ils oublient le passé qui s'est enfui comme un cauchemar sinistre...

Pourtant une ombre mélancolique vient parfois voiler leur front...

C'est qu'ils songent aux innocentes victimes du drame sanglant que le Destin jeta en travers de leur idylle amoureuse.

Aussi font-ils tout leur possible pour réparer les injustices du sort.

Si le docteur Faust est la Providence des malheureux, Marguerite, sa femme, est l'ange consolateur des pauvres et des affligés.

Et l'on peut dire, vraiment, que le mariage de ce couple béni fut l'union de la science humaine, de la beauté et de la divine bonté !...

FIN

TABLE DES CHAPITRES

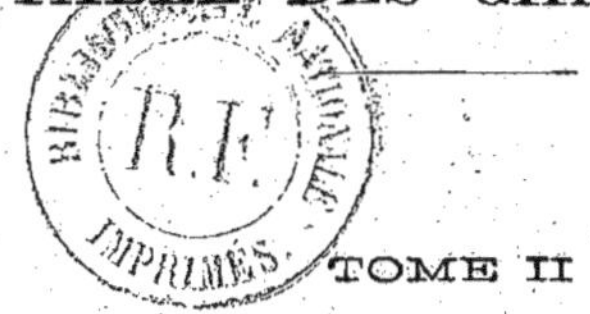

TOME II

TROISIÈME PARTIE

L'étoile d'amour.

TABLE DES CHAPITRES

DÉNOUEMENT

Christ est ressuscité !

TABLE DES CHAPITRES

IMPRIMERIE DE SCEAUX